ポケットマスターピース03

バルザック

Honoré de Balzac

野崎 歓=編

編集協力=博多かおる

集英社文庫ヘリテージシリーズ

❶

❷

❸

❹

❶バルザックの父と母 ❷若き日のバルザック（アシル・ドゥヴェリア画） ❸最初の恋人ベルニー夫人 ❹「オノレ・ド・バルザック」（ルイ・ブーランジェ画）バルザックは修道士姿で執筆した。

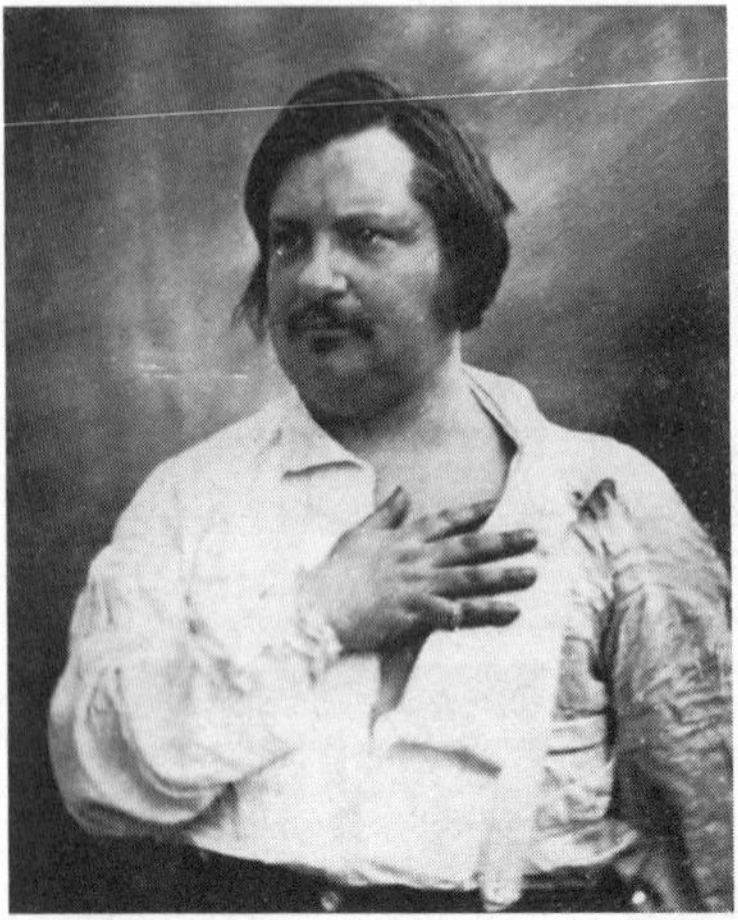

5

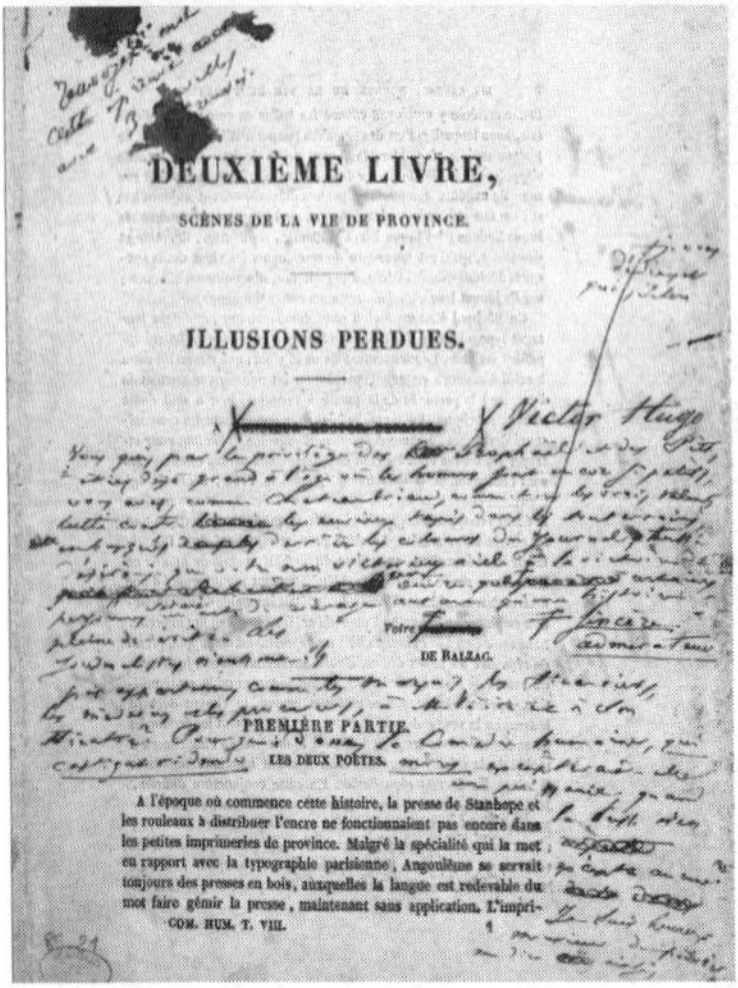

DEUXIÈME LIVRE,

SCÈNES DE LA VIE DE PROVINCE.

ILLUSIONS PERDUES.

A Victor Hugo

Votre

DE BALZAC.

PREMIÈRE PARTIE.

LES DEUX POÈTES.

A l'époque où commence cette histoire, la presse de Stanhope et les rouleaux à distribuer l'encre ne fonctionnaient pas encore dans les petites imprimeries de province. Malgré la spécialité qui la met en rapport avec la typographie parisienne, Angoulême se servait toujours des presses en bois, auxquelles la langue est redevable du mot faire gémir la presse, maintenant sans application. L'impri-

COM. HUM. T. VIII. 1

6

❺ルイ=オーギュスト・ビソン撮影による肖像写真（ダゲレオタイプ）。1842年5月撮影。バルザックの写真として現存する唯一のもの ❻『幻滅』校正刷り。エクトル・ベルリオーズ宛の献辞を削り、ヴィクトル・ユゴー宛の献辞を付け加えている。バルザックは校正の段階で大幅に加筆することがしばしばだった。

❼

❽

❾

❼ハンスカ夫人。バルザックは1832年に彼女から匿名の手紙を受け取って以来、親交を深め、未亡人となった彼女と1850年、ついに結婚。しかし、その5か月後に逝去した。❽グランヴィル「バルザックと『人間喜劇』の登場人物たち」❾バルザックの署名

03｜バルザック｜目次

ゴリオ爺さん

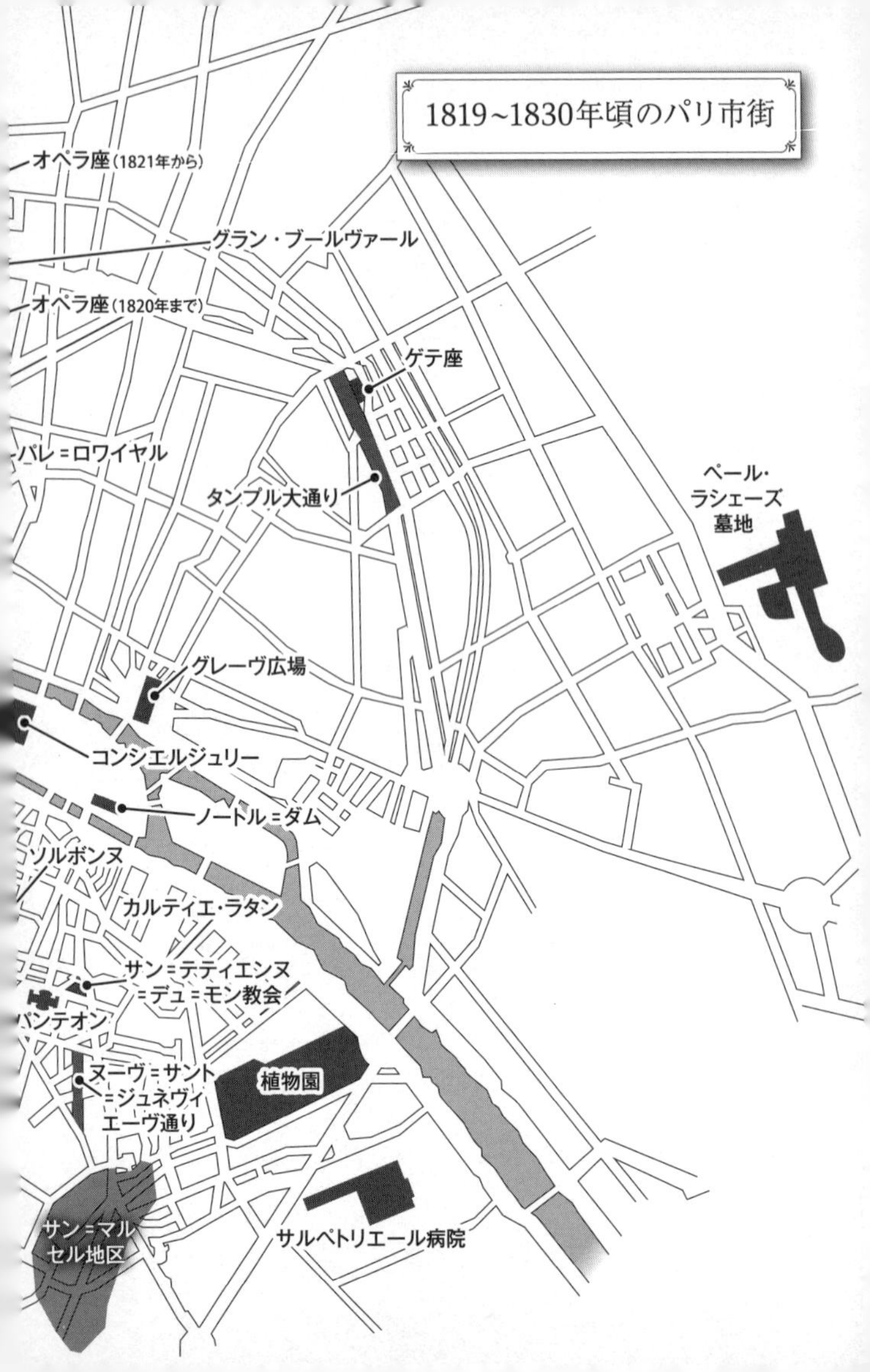
1819~1830年頃のパリ市街
オペラ座（1821年から）
グラン・ブールヴァール
オペラ座（1820年まで）
ゲテ座
パレ＝ロワイヤル
タンプル大通り
ペール・
ラシェーズ
墓地
グレーヴ広場
コンシエルジュリー
ノートル＝ダム
ソルボンヌ
カルティエ・ラタン
サン＝テティエンヌ
＝デュ＝モン教会
パンテオン
ヌーヴ＝サント
＝ジュネヴィ
エーヴ通り
植物園
サン＝マル
セル地区
サルペトリエール病院

※ X.Girard, *Plan de la Ville de Paris*, éd. Goujon (1820年)
Aristide-Michel Perrot, *Panorama de la ville de Paris* (1826年)
X.Girard, *Plan de la Ville de Paris*, éd. Goujon, Andriveau (1829年)
をもとに作成。

一　パリの下宿屋

ヴォケー夫人は、旧姓をド・コンフランという年配の女性で、かれこれ四十年前からカルチエ・ラタンとサン＝マルセル地区のあいだのヌーヴ＝サント＝ジュヌヴィエーヴ通りに下宿屋を営んでいる。ヴォケー館という名で知られるこの下宿は老若男女分けへだてなく受け入れているものの、ご立派な宿の風紀に変な噂が立ったことは一度もない。実際、三十年前から若い娘の姿を見かけたことはなかったし、青年がここに下宿するなら親からの仕送りが相当少ないにちがいないが、この物語が始まる一八一九年には、哀れな娘が一人そこに暮らしていた。ドラマという言葉は、陰惨な文学がはやるこの頃、濫用《らんよう》され意味を曲げられてすっかり信用を失ってしまったけれど、ここでは使う必要がある。言葉の本来の意味でこの作品が劇的《ドラマティック》ではなくても、この本を閉じるころ、パリ城壁の内でも外でも涙をこぼしている読者がいるかもしれないから。この物語はパリの外でも理解してもらえるだろうか？　たしかにそれは疑わしい。豊かな観察とこの土地ならではの色彩あふれるこの情景の細部は、モンマルトルの丘とモンルージュの高台にはさまれた谷、今にもくずれ落ちそうな壁土と黒いどぶ川で有名な谷間でしか、その味を十分わかってはもらえまい。パリの谷は本物の苦しみと大方まがい物の喜びにあふれ、たえず激しく揺れ動いているので、ある程度長続きする感動を生み出すには何か途方もないものが必要だ。でも悪徳と美徳が寄り集まった末、壮大で崇高になった苦悩が谷のあちらこちらに転がっていて、利己主義者も計算高い人もそれを目にすると立ち止まって同情せずにいられない。他人の苦悩から受ける印象なんて、あっという間にむさぼり食ってしまうおいしい果物のようなものではあるが。文明の車は、インドの[*1]ジャガンナータ像をのせた山車《だし》みたいに、とくべつ頑丈で砕けにくい心にひっかかって一瞬歩みが遅くなることはあっても、あっという間にそれも轢《ひ》きつぶして意気揚々と歩み続けていく。この本を白い手にとっているあなた、やわらかい肘《ひじ》かけ椅子に身を沈めて「これ、おもしろいかもしれない」とつぶやいているあなただって同じようにするだろう。ゴリオ爺さんの秘められた不幸を読んだ後、自分の無感動を作者のせいにし、大げさだとか詩的すぎるとか非難しながら、夕食をぺろりと平らげるにちがいない。でも、これだけは知っておいてほしい。このドラマは架空のお話でも小説でもない。[*2]「すべてが真実《オール・イズ・トゥルー》」、真実そのものなので、誰もが自分の身近に、おそらく心の中に、その素材を見出せるはずだ。

　下宿屋が営まれている建物はヴォケー夫人の持ち家で、ヌーヴ＝サント＝ジュヌヴィエーヴ通りの下の方、ちょうどラルバレット通りに向かって土地が突然大きく傾斜していくあたりにある。坂がひどく急なので、馬もめったに上り下りしない。そのため、ヴァル・ド・グラース陸軍病院の丸屋根とパンテオンの丸屋根にはさまれたこの界隈の狭い通りに広がる静寂は一層深く、この二つの建造物があたりを黄色っぽく染めて、二つの丸屋根の重々しい影で一帯を暗くし、環境をすっかり変えてしまっている。通りの舗石《ほせき》は乾き、下水溝には泥水もなく、壁に沿って草が生えている。どれほど呑気《のんき》な人でもここを歩いていると他の通行人と同じく気が滅入ってくるし、馬車の音さえ事件になる。家々は陰鬱で、壁は牢獄を思わせる。迷い込んだパリジャンが見るものといえば、下宿屋か養老院、貧乏か倦怠、死にかかった老いの姿か、無理やり勉強させられている陽気な若者たちの姿かだ。パリのどの地区といえども、これほどおぞましく、言ってしまえばこれほど知られていないところはない。とりわけヌーヴ＝サント＝ジュヌヴィエーヴ通りは、この物語を収めるのに唯一ふさわしい青銅の額縁のようだ。読者は、どれほどくすんだ色調や深刻な想念を心に浮かべて準備してもしすぎる心配はない――そう、地下墓地《カタコンブ》に降りていく時、階段の一段ごとに、陽は薄れ、案内人の歌声が虚《うつ》ろな響きを帯びていくように――まさにぴったりの喩《たと》え！　ひからびた心とがらんどうの骸骨と、どちらが見て恐ろしいか、誰に言い切れるだろう。

下宿の前には小さな庭があって、建物の正面はヌーヴ＝サント＝ジュヌヴィエーヴ通りと直角をなしているので、通りから見えるのは家の側面だ。建物正面に沿って、家と庭のあいだに二メートルほどの幅で雨水受けの小石が敷いてある。その先に砂利の小径《こみち》が続き、ゼラニウムや夾竹桃《きょうちくとう》や柘榴《ざくろ》の木を植えた青と白の陶器鉢が両脇に並んでいる。通りから通用門をくぐってこの砂利道に入ってゆくが、門の上の看板には「ヴォケー館」、その下に「紳士淑女その他の下宿」と書いてある。昼間なら、けたたましい音をたてる呼び鈴のついた格子門を通して中をのぞくと、小径の突き当たりの通りと向かい合った壁に、近所の画家が緑の大理石を模して描いたアーチが見える。だまし絵の効果で窪《くぼ》んでいるように見えるアーチの下には、愛の神の像が立っている。物事に象徴的な意味を読み取るのが好きな人は、像の塗料がはげかかっているのを見て、[*3]この近くで治療されているパリ的な愛の伝説を連想するかもしれない。台座の下の半ば消えかかった次のような碑銘に、[*4]一七七七年にパリに帰還したヴォルテールへの賛美がにじみ出ていて、この彫像が作られた時代がしのばれる。

[*5]きみが誰であれ　これこそ君の主
今　かつて　あるいはこれから

日が暮れる頃、格子戸にかわって板張りの扉が閉まる。建物正面と同じ幅で横にのびている小庭を、通り沿いの壁と隣家との仕切り塀がぐるりと取り囲んでいる。たれ下がった蔦《つた》がマントのようにすっぽりと壁を覆《おお》い、パリには珍しい画趣ある光景で通行人の目を引きつける。壁や塀は果樹や葡萄《ぶどう》の木で隠れているが、木に粉の吹いたような小さい実しか成らないのが毎年ヴォケー夫人の心配の種で、下宿人たちのおしゃべりのねたにもなった。どの壁に沿っても細い通路があり、菩提樹の木立に通じている。ヴォケー夫人はド・コンフラン家の生まれだというのに、下宿人たちがいくら言葉の規則を説いて注意してもこれを頑《がん》として「ぼたいじゅ」と発音していた。二本の小径のあいだには、紡錘形《ぼうすいけい》に刈った果樹が脇に並ぶアーティチョークの四角い畑があり、スカンポ、レタス、パセリなどが縁に植わっている。菩提樹の木陰には、緑に塗った丸テーブルと、そのまわりに椅子数脚。夏の暑い日には、コーヒーを飲める程度にゆとりある客たちがそこへやってきて、卵も孵《かえ》るほどの暑さの中でコーヒーをすする。四階建てで屋根裏部屋をいただく建物正面は切り石造りで、パリのほとんどの家の外観を汚している黄色っぽい塗料が塗ってある。各階に五つずつ穿《うが》たれている窓には小さく仕切った板ガラスがはまっていて、ついているブラインドは、どれも上げ方がまちまちなので横の線が揃《そろ》っていない。建物の側面には階に二つずつ窓があり、一階の窓は鉄の格子柵で飾られている。建物の裏は二十ピエ［一ピエは〇・三二五メートル］ほどの幅の中庭になっていて、豚とメンドリとウサギがうまく折り合いをつけて仲良く暮らしている。その奥には薪《まき》を積んでおく物置が建っている。小屋と台所の窓のあいだにぶら下がっている食品保存用の箱の下へ流しの汚水が落ちる。裏庭には、ヌーヴ＝サント＝ジュヌヴィエーヴ通りに面して小さな扉がある。台所女中は伝染病が発生するのを恐れて、このじめじめした場所をじゃぶじゃぶと洗い、家の汚物を門から掃き出す。

一階は下宿屋経営にうってつけの造りで、通り側の二つの窓から光が入る入り口の部屋に、ガラス張りの扉から入っていく。この居間の向こうに食堂があるのだが、食堂と台所の間には階段口が見え、階段の木の踏み段にはロウ引きした色つきタイルが貼ってある。居間には艶のある部分とない部分が交互に縞をなす粗毛織物を張った肘かけ椅子や腰かけが並んでいる。これほど気の滅入る眺めもない。中央にはサンタンヌ大理石［灰色に白い斑の入ったフランドル産大理石］を上板にした丸テーブルがあり、今日いたるところでお目にかかる、金線が消えかかった白磁器のコーヒーセットが上にのっている。床の板張りはかなりお粗木で、羽目板は窓枠の高さまで。残りの部分の壁には、フェヌロン作『テレマコスの冒険』［ホメロスの『オデュッセイア』をもとにフェヌロンが一六九九年に発表した小説］の主要な場面を描き、ギリシャ神話の登場人物に彩色を施した、光沢のある壁紙が張ってある。鉄格子のはまった二つの窓のあいだの壁にある絵は、オデュッセウスの息子テレマコスのために海の女神カリュプソーが催した饗宴《きょうえん》を下宿人に見せつけている。この絵は四十年来、若い下宿人たちの冗談の種になってきた。若者たちは貧しいから我慢して食べている下宿の夕食を茶化《ちゃか》すことで、自分は今置かれている境遇なんかより価値ある人間だと思おうとするのだ。石製の暖炉は、いつも焚口《たきぐち》がきれいなところを見ると、特別な場合をのぞいて火をおこすこともないらしい。マントルピースの上には、古ぼけた造花をたくさん投げこんでガラスの覆いをかけてある花瓶と、きわめて悪趣味な青っぽい大理石の置き時計がある。この一つ目の部屋は何とも言えない、「下宿屋の匂い」とでも呼ぶしかない匂いを発している。閉めきった部屋の匂い、カビの匂い、すえた匂いで、人をぞっとさせ、じめじめと鼻をくすぐり、衣服にしみ込んでくる。食事が終わった後の食堂の匂い、食器室や配膳室、養老院の匂いだ。若いのも年取ったのも下宿人全員が放っている独特なカタル性発散物のむかつくような成分を分析する方法がもしも発明されたら、この匂いも描写できるようになるかもしれない。

ところがだ、こうした無味乾燥な醜悪さにもかかわらず、隣の食堂に比べれば、この居間も貴婦人の居間のように優雅で香《かぐわ》しく思えてくる。食堂は全体に板張りで、かつて塗ったペンキの色が褪《さ》めて今では何色だかよくわからず、それが地となった上に脂《あぶら》が何層にもこびりついて奇妙な模様を描いている。壁際には触ると指がべとつく食器棚があり、欠けて艶のなくなったガラスの水差し、波形模様の金属性ナプキンリング、緑が青いトゥールネ製の厚い磁器皿ひと重ねなどが並んでいる。片隅には番号をふった仕切りつき収納箱が置かれ、食べ物やワインの染みがついたナプキンを下宿人たちが各自しまえるようになっている。壊したくても壊れない、どこでもお払い箱になったこうした家具は、文明に破壊された人々が*6難病患者救済院《アンキュラーブル》に入院させられるのと同様、ここに収容されている。雨が降るとカプチン修道会僧が飛び出してくる晴雨計や、どれもニス塗りの金線入り黒木額縁に収まった、見ると食欲もなくなるお粗末な版画の数々、真鍮《しんちゅう》をはめこんだべっ甲のかけ時計もある。緑のストーヴ、埃《ほこり》が油と混じってこびりついているアルガン灯［一七八二年に物理学者アルガンによって発明され、薬剤師カンケによって実用化されたランプ］、細長いテーブル。テーブルにかけられた防水のテーブルクロスはべたべたし、外から食事だけとりにくるいたずら好きな客が、指を鉄筆代わりにして自分の名前を書けるほどだ。壊れた椅子、ほどけているのに完全にはだめにならない、エスパルト製のみじめな靴拭きマット、熱気穴が壊れて蝶番《ちょうつがい》は外れ、木が焼けこげている足温器もある。ここの家具がどれだけ古く、ひび割れ、腐りかけ、がたがたし、虫に食われ、半端で、あちこち欠け、使い物にならず、息も絶え絶えかを説明するには、さらに詳しい描写が必要となり、この物語の核心に到達するのが遅れて、先を急ぐ読者は許してくれないだろう。床の赤いタイルは磨《す》り減ったのか、艶出しのために擦《こす》られすぎたのか、あちこち窪んでいる。ようするに、この食堂には詩情のない惨めさが漂っているのだ。けちくさく、凝り固まり、すり切れた惨めさ。まだ泥まみれにはなっていないとしても染みだらけ、穴やほころびがなくても、今にも腐り落ちそうな貧困である。

この部屋が一番輝いているのは、朝の七時ごろ、ヴォケー夫人の猫が女主人より先にやってきて食卓の上に飛び乗り、皿をかぶせてあるボウルの中の牛乳の匂いを嗅《か》いでゴロゴロと朝の喉ならしをする時だ。やがて、おかみさんが現れる。おかしなチュールのボンネットをかぶり、その下にうまく留まっていないつけ毛を一房ぶら下げて、皺《しわ》くちゃのスリッパをひきずりながら歩いてくる。まん中にオウムの嘴《くちばし》のような鼻が突き出ている年寄りじみた丸ぽちゃな顔、ぽってりした手、教会にしげしげ通う信心家のようなでっぷりした体つき、豊かすぎてたぷたぷしている胴回りは、不幸がにじみ出し、打算がうずくまっているこの食堂と見事に調和している。ヴォケー夫人はここのむっとするような生暖かい空気を吸い込んでも気分が悪くなったりはしない。秋の初霜のように寒々しい顔つき、皺のよった目元、踊り子の作り笑いから手形割引人のしかめ面にすばやく切り替わる表情など、いわば彼女の風貌全体が下宿屋を説明し、下宿屋がおかみさんの人柄を表している。徒刑場には看守がつきものので、みなさんもどちらか一方を、もう一方なしに想像することはできないだろう。この小柄な女の生《なま》っ白《ちろ》い太り方はここの生活の所産であって、チフスが病院の臭気から生じるのと同じだ。古いドレスを仕立て直したスカートの下にはみ出していて、生地の裂け目から中の綿がのぞいている毛糸編みのペチコートは、居間と食堂と庭を要約し、台所を予告し、下宿人たちを想像させる。おかみさんがいて初めて、この光景は完成するのだ。年のころ五十歳ほどのヴォケー夫人は、すべての「不幸な目にあった女性」に似ている。周旋料を少しでも多くせしめるために声を荒らげる取り持ち婆《ばばあ》のように、うつろな目をして一見愚直そうだが、生活を楽にするためには何だってやる用意があり、ナポレオン暗殺未遂事件の犯人のジョルジュとピシュグリュ[*7]がまだ捕まっていなかったら平気で彼らを警察に突き出せる女だ。それでも下宿人たちは「根はいい人なんだよ」などと言っている。自分たちと同じように愚痴《ぐち》をこぼしたり咳き込んだりしているのを聞いて、夫人も貧乏人だと思っているのである。ヴォケー夫人の夫というのはどんな人だったのだろう。夫人は亡き夫については決して話さなかった。夫はどういう経緯《いきさつ》で財産を失ってしまったのか。あれこれ不幸な目にあいましてね、と夫人は言っていた。夫は彼女にひどい仕打ちをし、残してくれたものと言えば、泣くための目と、暮らすための家と、どんな不幸にも同情しなくていい権利だけだった。だって、この世の辛酸をことごとくなめ尽くしてきたのだから。女主人がちょこちょこ歩き回る物音を聞きつけると、太っちょの料理女シルヴィーはあわてて下宿人の朝食の支度に取りかかるのだった。

外から食事だけしに来る客はだいたい夕食だけの約束で、月に三十フラン払っていた。こ

彼女の風貌全体が下宿屋を説明し、
下宿屋がおかみさんの人柄を表している。

の物語が始まるころ、部屋も借りていた下宿人は全部で七人だった。二階にはこの家で一番まともな部屋二つがあった。ヴォケー夫人はその小さい方に暮らし、もう一方にはクチュール夫人という、フランス共和国陸軍支払命令官の未亡人が住んでいた。クチュール夫人は、自分が母親代わりになって面倒を見ているヴィクトリーヌ・タイユフェールという若い娘と一緒に暮らしていた。二人の女性の下宿料は年額千八百フランに上った。三階の二部屋の片方は、ポワレという老人が借りていた。もう片方に住んでいたのは、黒髪のかつらをかぶって頰髭《ほおひげ》を染めた四十歳ぐらいの自称元商人、ヴォートランなる男である。四階には四部屋があり、その二つのうち一方の借り手はミショノーという年のいった独身女、もう一方は、かつてヴァーミセリ［極細のパスタでスープの浮き身などにする］やパスタや澱粉《でんぷん》の製造業者だった人で、みなにゴリオ爺さんと呼ばれるがままになっていた。残る二部屋は「渡り鳥」、つまりゴリオ爺さんやミショノー嬢と同じく、食費と住居費合わせて月に四十五フランしか払えない貧乏学生用の部屋だった。だがヴォケー夫人はこうした連中の存在をあまり喜ばず、もっとましな下宿人が見つからない時にしか彼らに部屋を貸さなかった。というのも貧乏学生はパンを食べすぎるのだ。当時、二部屋のうち一方には、法学を勉強するためにアングレームの近くからパリに上ってきた若者が住んでいた。彼に毎年千二百フランの仕送りをするために、子供の多い実家はひどく切りつめた生活をしていた。ウージェーヌ・ド・ラスティニャックという名のこの学生は、苦しい境遇にあるので努力する習慣が身につき、両親が自分にかけた期待を小さい頃から理解している青年の一人だった。勉学が何をもたらしてくれるか計算ずみで、学業の内容も社会の動向に合わせ、機会があれば真っ先に社会から利益を搾《しぼ》り取ってやろうと、輝かしい将来を準備中の青年の一人だったのである。ラスティニャックの好奇心あふれる観察とパリ社交界に打って出る才覚がなかったら、この物語には現実の色味が欠けてしまっただろう。彼の頭の回転の速さと、加害者も被害者もひた隠しにする恐るべき状況の秘密を暴こうとする熱意のおかげで、我々は事実をありのままに見ることができるにちがいない。

この四階の上には、洗濯物を干す小部屋と二つの屋根裏部屋があって、下男のクリストフと太っちょの料理女シルヴィーが寝泊まりしていた。ヴォケー夫人のところには七人の下宿人のほかに、年によって差はあるが平均して法学部生や医学部生八人ほどと、近所の常連二、三人が夕食だけの約束で食事しにきていた。夕食時には食堂に十八人分の席が用意されたが、がんばれば二十人ぐらい収容できた。しかし朝は七人の下宿人だけで、集まって朝食をとっている様子は家族の食事のようだった。みな室内履《しつないば》きのまま降りてきて、外から食事に通ってくる人たちの服装や態度について、あるいは前夜の出来事について、内輪の気安い調子でざっくばらんな意見を述べ合った。この七人の下宿人たちはヴォケー夫人の駄々っ子たちだったが、夫人は下宿料の多い少ないに応じ、天文学者のような正確さで、与える世話と敬意の量を調節していた。下宿人たちは偶然ここに集まったとはいえ、みな同じ考えにつき動かされて来た。三階の二人の住人は月にたった七十二フランしか払っていない。これほど安い家賃は、サン＝マルセル地区の、ラ・ブルブ産科施療院とサルペトリエール婦人施療院に挟まれた地区でしか見つからない。クチュール夫人だけは例外的に高い家賃を払っていたが、他の下宿人たちは人にはっきりわかる形でもそうでなくても、金がなくてひいひい言っているはずだった。そんなわけで、下宿の内部の惨めなありさまは、常連たちの同じくうらぶれた服装にも同じようにあらわれていた。男性たちは怪しげな色になったフロックコートを羽織《はお》り、上品な地区だったら道端に捨ててあるような靴を履いて、すりきれた下着と、もう魂しか残っていない服を身につけていた。女性たちは、染め直し、色あせた流行遅れの服を着て、古いレースはつぎだらけ、手袋は使い古しててかてか光り、襟飾《えりかざ》りは赤茶けて、肩かけはほつれていた。衣服はそんな調子でも、ほぼ全員がっしりした骨格と人生の嵐に耐えた体《たい》軀《く》を見せ、顔つきは冷たくきつく、通用廃止になったエキュ銀貨のように艶がなかった。しなびた口の中には貪欲そうな歯が並んでいた。この下宿人たちはすでに完了した、あるいは進行中のドラマを予感させた。といっても、フットライトを浴びて色鮮やかな書き割りの前で演じられるドラマではなく、生きた無言のドラマ、心を熱くかき乱す冷酷なドラマ、絶え間なく続くドラマである。

ミショノー嬢は弱った目の上に緑のタフタ製の垢染《あかじ》みた目庇《まびさし》をかけていて、そこには真鍮の枠がついていたが、慈悲の天使でも恐れをなすような代物だった。涙を誘うほど縁飾りがすり減ったショールは、まるで骸骨を覆っているようだった。下に隠れた身体があまりにもごつごつしていたのである。どんな酸がこの女性から女性的な肉づきを削《そ》ぎ取ってしまったのだろうか。昔はかわいらしく、姿も美しい女だっただろうに。悪習、悲しみ、あるいは欲深さのせいだろうか。愛しすぎたのか、小間物売りだったのか、ただの娼婦だったのか。快楽の種にはこと欠かず、不遜な得意顔で送った青春の日々を、通行人も避けるような老いの姿で償っているのだろうか。そのうつろなまなざしは寒気をもよおさせ、しなびた顔は人をおびえさせた。声は、冬が近づくころ茂みの中で鳴く蝉《せみ》のように甲高かった。本人の話では、膀胱《ぼうこう》カタルにかかった上、子供たちからは一文無しと思われて見捨てられた老紳士の面倒を見たという。この老人が彼女に千フランの終身年金を遺贈してくれたが、相続人たちが何度も抗議を繰り返し、彼女は中傷にさらされていた。顔は情念の働きですさんでいたとはいえ、肌にはまだ色の白さときめ細かさが残っていて、身体もいくらか昔の美しさの名残をとどめているだろうと想像できた。

　ポワレは機械仕掛けの人形みたいだった。形のくずれた古いつば付き帽をかぶり、象牙《ぞうげ》の握りが黄色くなったステッキを危なっかしい手つきで持って、色あせたフロックコートの裾《すそ》をひらひらさせ、その下にはほとんど中身のない半ズボンと、青い靴下を履いた、酔っぱらいのようにふらつく脛《すね》が見え隠れしている。白いチョッキは薄汚れ、粗末なモスリンの胸飾りは縮んで、七面鳥のような首に巻きつけたネクタイと合っていなかった。ポワレが植物園の散歩道を灰色の影のようにひょろひょろと歩いていく姿を見た人の多くは、この影絵のような人物も、イタリア大通りを闊歩するヤペテ*8の勇敢な子孫たちと同じ種族なのだろうかといぶかしく思うのだった。こんなしなびた姿になるなんて、いったいどんな仕事をしていたのだろう。どんな情熱のせいで、戯画にしたらとても実写とは思われそうにない球根みたいな形の顔が褐色に濁ってしまったのだろう。そもそも彼は何者だったのだろう。もしかすると司法省の役人で、親殺しの死刑囚にかぶせる黒いヴェールだとか、首受けの籠《かご》に敷く糠《ぬか》、処刑刀を操作する紐など、必需品の見積書や勘定報告を死刑執行人たちが送りつけてくる課で働いていたのかもしれない。あるいは、屠場の入り口の受付係か、衛生局の副検査官だったのかもしれない。ともかく、この男はわれわれの社会という大きな粉引場の臼《うす》を回すロバの一頭だったようだ。ポワレは、猿のベルトランの存在さえ知らずに火中の栗を拾う猫のラトン［「ラ・フォンテーヌの『寓話』「猿と猫」で、ずる賢い猿のベルトランが猫のラトンに火の中の栗を拾わせる」］のようなパリ住民の一人、社会の不幸や汚辱をのせてぐるぐる回している心棒のようなもの、つまりわれわれが目にすると「こんな人間もやっぱり必要なんだね」と言うような人間の一人だったのだ。華やかなパリに暮らす人々は、精神的、肉体的苦痛に青ざめたこういう顔を見たことがない。だがパリはまさしく大海原だ。測深鉛を投げ込んでみても、深さを知ることなど決してできないだろう。この海をくまなく泳ぎまわり、描き出そうとしてみるがいい。どれほど入念に調べまわり描き出そうとしても、この海の探検者がどれだけ大勢で熱心であっても、必ず未踏の地、人知れぬ洞窟、花、真珠、怪物など、見たことも聞いたこともない、文学の潜水夫たちが忘れている何かが残っている。ヴォケー館はそうした興味をそそる珍事の一つだった。

下宿人や常連客の一群と驚くほど対照的な二人の人物がいた。ヴィクトリーヌ・タイユフェール嬢は、萎黄病《いおうびょう》にかかった若い娘のように病的に色が白く、日頃の悲しげな表情、もじもじした態度、貧しくひ弱そうな様子といった点では、この物語全体の基調をなす苦悩に結びついていたが、顔つきに老けたところはなく、身ごなしや声は軽やかだった。このうら若き不幸な娘は、合わない土壌に植え替えられて葉が黄ばんでしまった樹に似ていた。赤みがかった顔、褐色をおびた金髪、ほっそりしすぎた腰などは、現代の詩人たちが中世の小立像に見出したあの優美さをたたえていた。黒が混じる灰色の瞳には、キリスト教的な優しさと諦念が表れていた。簡素で金をかけていない服の下に、若々しい身体の線が見て取れた。周囲と比較すれば彼女もかわいらしかった。幸せだったら、輝くように美しくなったことだろう。衣装が女性の外面を飾るように、幸福は女性に詩情《ポエジー》を与えるのだから。もしも舞踏会のときめきがこの青白い顔を薔薇色《ばらいろ》に上気させたなら、優雅な生活の喜びが、すでに少しこけてしまっている頬に丸みを与え、赤く染めたなら、愛が悲しげな目に生気を吹き込んでくれたなら、ヴィクトリーヌはどんな美しい娘たちにも対抗できただろう。女性を二度目に女性にしてくれるもの、つまり衣装と恋文が、彼女には欠けていたのである。ヴィクトリーヌの身の上話はそれだけでも一冊の本になったにちがいない。父親は彼女を娘として認知できない理由があるとかたくなに信じて、手元に置くことを拒み、一年に六百フランの仕送りしかせず、全財産を息子に譲れるよう、不動産を動産に変えてしまった。かつてヴィクトリーヌの母親は、遠縁にあたるクチュール夫人のところへ身を寄せて絶望のうちに死に、夫人は自分の子供のように孤児の面倒を見てきた。この共和国陸軍の支払命令官未亡人には、不幸なことに寡婦《かふ》給与財産と遺族年金しかなかった。いずれこの哀れな娘を、経験も財産もないまま、世の荒波に放り出すことになるかもしれなかった。お人好しの夫人は、ヴィクトリーヌを日曜ごとにミサに、二週間ごとに教会の懺悔《ざんげ》に連れていった。万一に備えて、とにかく信心深い娘にしておきたいという気持ちからだった。夫人の考えは正しかった。宗教的な感情が、父に否認された娘に希望を与えていた。ヴィクトリーヌは父を愛し、毎年、母の赦《ゆる》しの言葉を伝えるために父のもとへ足を運んだ。だが毎回、非情にも固く閉ざされた父の家の扉の前で門前払いを食らうのだった。唯一の取りなし役になってくれてもいい兄は、四年のあいだ一度も会いに来もしなければ、何一つ援助もしてくれなかった。彼女は、父の目を開き、兄の心を和らげてくださいとひたすら神に祈り、非難することもなく彼らの幸福を祈っていた。クチュール夫人とヴォケー夫人は、こんな残忍な仕打ちを表現する言葉は、罵詈雑《ばりぞう》言《ごん》辞典をあさっても十分見つからないと言っていた。二人がこの破廉恥《はれんち》な億万長者を呪っていると、ヴィクトリーヌは、傷ついた鳩が苦しみの叫びの中でもまだ愛を訴えるように、父をかばう優しい言葉をもらすのだった。

ウージェーヌ・ド・ラスティニャックはいかにも南国人［「南西部を含めたフランスの南半分をバルザックは南国・南部と呼んでいる」］らしい風貌で、白い肌、黒い髪、青い目の持ち主だった。体つきや物腰やいつもの姿勢を見ると、彼が貴族の出で、幼い頃に受けた教育がひたすら伝統的な良き趣味の躾《しつけ》だったことが見て取れた。衣服代は節約し、ふだんは前の年の服をだめになるまで着通していたが、時にはおしゃれな青年みたいにばりっと決めて出かけることもあった。だいたいいつも、古いフロックコートとみすぼらしいチョッキを着て、学生向きの黒い粗末なネクタイのくたびれたのをだらしなく結び、それと似たり寄ったりの安ズボンと、底を張りかえた短靴を履いていた。

この二人の若い男女と他の下宿人たちの間をつないでいたのが、ヴォートランという頬髭を染めた四十男である。彼は下町で人が「ありゃ豪快な強者《つわもの》よ！」と言うような人物だった。肩幅は広く、胸はがっしりしていて筋骨隆々、厚く角張った手の節々には燃えるような赤毛がもじゃもじゃ生えていた。年のわりに皺が多い顔には、冷徹な性格のしるしが読めたが、もの柔らかな如才《じょさい》ない物腰がそれを打ち消していた。粗野な陽気さと調和した低いよく響く声は、少しも不快ではなかった。ヴォートランは親切で朗らかだった。鍵がうまくかからない時でもあれば、すぐに外し、修理し、油をさしてヤスリをかけ、ふたたび取りつけて言うのだった。「こんなのお手のものさ」それに彼は何でもよく知っていた。船、海、フランス、外国、商売、人間、事件、法律、大邸宅から牢獄まで。誰かが不運をひどく嘆いていると、たちまち助力を申し出た。ヴォケー夫人や下宿人数人に何度も金を貸してくれたが、借りた者は、返せないぐらいならいっそ死を選んだだろう。それほどにもヴォートランは、人の良さそうな外見にもかかわらず、断固たる意思を秘めた深いまなざしで人を脅えさせていたのである。唾《つば》を吐く仕草にも、危なっかしい状況から抜け出すためには平気で罪もおかすような、何ごとにも動じない冷静沈着さが感じられた。その目は厳格な判事のように、あらゆる問題、あらゆる人の良心、あらゆる感情の奥底を見通しているようだった。昼食の後で外出し、夕食に戻り、また出かけて宵の間は戻らず、真夜中にヴォケー夫人から預かった合鍵を使って帰宅するというのが、この男の日頃の暮らしぶりだった。合鍵を渡してもらう特別サービスを受けているのはヴォートランだけだった。ただし彼がいちばんヴォケー夫人と仲がよかったのも事実で、夫人の腰に手を回しては「ママ」と呼んでいた。このお世辞のありがたみは、ちゃんと理解されていなかった。おかみさんはそんなのたやすいことだと思っていたかもしれないが、彼女のどっしりした胴まわりを抱えられるほど長い腕をもっていたのはヴォートランだけだったからだ。気前よく月に十五フラン払ってデザートの時にブランデー入りコーヒーを飲んでいたが、そこにも性格の一端が表れていた。パリ生活の渦に巻き込まれている青年たちや、直接自分に関係ないことに無関心な老人たちほど浅薄でない人がいたら、ヴォートランから受けるうさんくさい感じを見過ごしはしなかっただろう。ヴォートランは周りの人たちの生活の内情を知っている、あるいは想像できているのに、ヴォートランが何を考え、どんな仕事をしているか見抜ける者は一人もいなかった。見かけは人が良く、気配りを絶やさず陽気な態度を見せて自分と他人の間に柵をめぐらしていたものの、ヴォートランは時々、その性格の恐ろしい深淵を垣間《かいま》見せることがあった。よくユウェナリス［六五―一二八、ローマの詩人。『風刺詩』を書き当時の風俗を批判した］そこのけの辛辣《しんらつ》な警句を飛ばして法律をあざ笑い、上流社会をこきおろし、その矛盾を指摘して喜んでいるように見えたが、そうした口ぶりからはヴォートランが社会に恨みを抱き、生活の奥底に人知れぬ秘密を注意深く隠していることが感じられたはずである。

おそらく自分でも気づかずに、一方の男のたくましさ、もう一方の若者の美貌に惹かれ、タイユフェール嬢は、盗み見るような視線と密かな思いを四十男と学生に半々ずつ向けていた。しかし二人の男はどちらも彼女のことなど考えていないようだった。偶然がいつ彼女の境遇を変え、お金持ちの花嫁候補にしてくれるかもわからないのに。もっともここには、下宿人の一人一人が語る不幸が嘘なのか本当なのか確かめようとする人などいなかった。お互いに、境遇のせいで警戒心は抱いていたが、基本的に無関心だった。他人の苦しみを和らげる力など自分にはないとわかっていたし、苦労話を語り合った時に同情の杯は飲み尽くしていたのだ。年取った夫婦さながら、下宿人たちにはもう語り合うこともなかった。そこで彼らの間に残っていたのは、機械的な生活上のつながり、油の切れた歯車の動きだけだった。どの下宿人も、通りに目の見えない物乞いがいてもそのまま通り過ぎ、不幸な目にあった話を聞いても心動かされず、死を見ても貧困の問題がそれで一つ終わったとしか思わなかったにちがいない。貧しさのせいで、どれほど恐ろしい断末魔の苦悶にも無感動になっていたのだ。そのようなすさんだ魂の持ち主の中で一番幸せなのは、この自由な施療院に君臨しているヴォケー夫人だった。沈黙と冷気、乾燥と湿気でシベリアのステップのように荒漠としたこの小庭も、彼女一人にとってはのどかな緑の木陰だった。飲食店のカウンターの緑青《ろくしょう》を思わせるこの黄色く陰鬱な家も、おかみさんにだけは無上の喜びをくれた。すべての独房が彼女のものだったのである。ヴォケー夫人は、終身刑に処せられた徒刑囚たちを養い、権力をふるって服従させていた。この哀れな連中はパリのどこに、ヴォケー夫人が設定しているような値段で、健康的で十分な量の食べ物と、優雅で快適とはいかないにしてもきちんと清潔にしようと思えばできる部屋を見つけられただろうか。たとえ彼女が目にあまるような不正を働いたとしても、犠牲者は黙って耐え忍んだにちがいない。

こうした人々の集まりは、社会全体の諸要素の縮図となるはずで、実際そうなっていた。テーブルを囲む十八人の中には、学校や世間でと同じように、つまはじきにされ、なぶりものにされ、嘲笑をあびせられている哀れな人物がいた。下宿に住んで二年目の初め、ウージェーヌ・ド・ラスティニャックはこの先まだ二年間一緒に暮らさねばならない連中のなかでこの人が一番気になってきた。そのいじめられっ子とは、元パスタ製造業者のゴリオ爺さんだった。画家ならば歴史家と同様、この人物の頭上に画面のあらゆる光を集中させただろう。どんな偶然から、なかば憎しみの混じった軽蔑や、憐憫《れんびん》の混じった迫害や、不幸を足蹴にするような言動が、最古参の下宿人の上にふりかかったのだろうか。社会のさまざまな差別に迫る問いがここにある。本物の謙虚さからにせよ、非力や無関心からにせよ、何もかも我慢してしまう人間がいると、その人にすべてを堪《た》えさせて当然と思う傾向が人間の本性にはあるのかもしれない。人は誰かを、何かを犠牲にして、自分の力を証明したいのではないか。一番無力な存在、たとえばパリの浮浪児だって、凍てつく寒い日に家の呼び鈴を端から鳴らして歩き、背伸びをして真新しい記念建造物に自分の名前を落書きする。

ゴリオ爺さんは六十九歳ぐらいの老人で、一八一三年に商売をやめ、ヴォケー夫人の下宿に身を寄せた。はじめは今クチュール夫人が住んでいる部屋を借り、ルイ金貨［二十フラン相当」五枚分くらい高かろうが安かろうがまったく気にしない男らしく、年に千二百フランの下宿料を払っていた。ヴォケー夫人は受け取った前払いの保証金でこのアパルトマンの三部屋を改装した。黄色いキャラコのカーテン、ユトレヒト・ビロードを張ったニス塗りの木の肘かけ椅子、糊を混ぜた絵の具で描いた数枚の絵、場末の居酒屋でも断るような壁紙といった安っぽい家具調度にそれだけの金がかかったそうだ。当時はまだ尊敬をこめてゴリオさんと呼ばれていたゴリオ爺さんは巻き上げられるままになっていたわけだが、のんきで気前がよかったから、実務のことは何もわからない間抜けと思われてしまったのかもしれない。ゴリオは衣類をたっぷり持ってやってきた。商売をやめてからも何一つ倹約する必要のない商人ならではの見事な身の回り品一式だった。ヴォケー夫人は十八枚もある薄い上質な麻のシャツにすっかり感心してしまった。パスタ製造業者は、大きなダイヤモンドが一粒ずつのって細い鎖でつないである二本のピンをワイシャツのふんわりした胸飾りの上にさしていたから、シャツの生地の上等さがいっそう際立つのだった。だいたいいつも淡い青色の背広を羽織り、ピケ織りの白いチョッキを毎日取り替えていた。その下に、洋梨形に突き出た腹が波打ち、飾りのついた重い金の鎖を弾ませていた。同じく純金製のタバコ入れには、髪の毛がたくさんつまったロケットが入っていて、一見したところ女泣かせの艶福家《えんぷくか》のようだった。下宿の女主人が彼のことを女たらしと言って冷やかすと、好きな道楽をほめられた町の旦那のように陽気な笑いを唇に浮かべるのだった。彼の簞笥《オルモワール》（アルモワールと言うべきところを、ゴリオ爺さんは貧しい労働者のようにこう発音していた）には、家庭で使っていた銀器がぎっしり入っていた。ヴォケー夫人は、食器類の荷を解いて棚に並べるのを親切げに手伝いながら目を輝かせた。取り分け用の大さじ、シチュー用スプーン、ナイフとフォークのセット、油・ヴィネガー入れ、ソース入れ、皿の数々、金メッキをほどこした銀の朝食セットなど、どれもこれも美しく、相当な量の金や銀を含んだ品で、ゴリオ爺さんがどうしても手放したくないものだった。それらはみな、彼の家庭生活の華やかさを思い出させてくれる贈り物だったのである。ゴリオ爺さんは一枚の皿と、嘴でつつき合う鳩がのった蓋つきの小さなボウルを大切にしまいながらヴォケー夫人に言った。「これはですね、妻が結婚記念日にくれた最初の贈り物なんです。かわいそうに、あいつは！　これを買うために、独身時代の貯金を全部はたいてしまって。おわかりでしょう、これを手放すぐらいなら自分の爪で地面を耕すほうがましです。生きてるかぎり毎朝このボウルでコーヒーを飲めるんだからありがたい。文句なんか言えた義理じゃありませんね、この先、働かなくても当分暮らしていけるんですし」その上、ヴォケー夫人はカササギのように好奇心旺盛な目で何枚かの国債証書をのぞいてしまったが、だいたいの足し算で、このすてきなゴリオには年に八千から九千フランの収入があるものと知れた。人には三十八歳と言っていたが実際は四十八歳だった、ド・コンフラン家生まれのヴォケー夫人は、この日からある思惑を抱くようになった。ゴリオの目の下はまくれ、ふくらみ、垂れ下がっていて、しょっちゅう目を拭いていなければならなかったが、夫人は感じのいいちゃんとした様子の人だと思った。しかも肉づきのいい盛り上がったふくらはぎは、四角ばった長い鼻と同じく、未亡人が重要視しているらしい精神的資質を告げており、素朴で間の抜けた丸顔がそれを裏づけていた。きっと全精神を感情につぎ込める、身体強健な男にちがいなかった。高等理工科学校の理髪師が毎朝やってきて髪粉《かみこ》をふりかけ、鳩の羽型に分けた髪は、狭い額に五つの鋭角を描き、顔を立派に引き立てていた。少々野暮ったいところはあったが、一分の隙《すき》もなくめかしこんでいたし、タバコ入れにいつでもマクーバ・タバコ［マルティニーク産の高級タバコ］がいっぱい詰まっていることを疑いもしない男らしく、贅沢にタバコを嗅いでいた。そうしたわけで、ゴリオ氏が引っ越して来た日の夜、ヴォケー夫人はベーコンに包まれて焼かれるシャコのように、夫ヴォケーの死装《しにしょう》束《ぞく》を捨てゴリオ夫人として生まれ変わりたいという欲望に身を焦《こ》がしながらベッドに入った。結婚し、下宿を売り、町人階級の華と呼ぶべきゴリオと腕を組んで歩き、地区で一目《いちもく》置かれる夫人になり、日曜にはショワジー、ソワシー、ジャンティイー［当時のパリの住人たちが日曜によく遊びに行った郊外の三つの村。ガンゲットと呼ばれる、踊って飲み食いできる店が多数あった］などに野遊びにいき、ボックス席を借り切って好きなだけ芝居を観るのだ。もう、七月[*9]になると下宿人の誰かがくれる招待券なんか待たなくていい。パリ小市民の黄金郷のすべてを、ヴォケー夫人は夢見た。一スー［五サンチーム。微々たる金］ずつけちけちと貯めた四万フランの貯金があることを、彼女はこれまで誰にも話したことがなかった。財産からして、自分が見劣りのしない結婚相手になると思っていたのはたしかだ。「ほかの点でも、あたしはあの人にひけはとらないよ」と、自分の魅力を自らに言い聞かせるように、彼女はベッドの中で寝返りを打ちながら呟《つぶや》いた。太っちょのシルヴィーは、毎朝その魅力がベッドにへこみをつけているのを見つけるのだったが。

この日からおよそ三ヶ月のあいだ、ヴォケー夫人はゴリオ氏のところに来る理髪師を利用し、身支度にも少々金をかけた。立派な方々が下宿に出入りしているのだから、家にもそれにふさわしい体裁を整えなければ、というのが言い訳だった。下宿人の顔ぶれを変えようとあれこれ画策し、これからはあらゆる点で申し分のない人しか置かないつもりだと公言した。知らない人が来ると、パリで一番名の知れた尊敬すべき豪商の一人ゴリオ氏がここを選んでくださったなどと自慢した。一番上に「ヴォケー館」と記したチラシも配り、「カルチエ・ラタンでもっとも古く信頼ある賄《まかな》いつき下宿。ゴブランの谷を見下ろし（たしかに四階からは見えた）眺望絶佳《ぜっか》、すてきな庭の先には菩提樹の『並木道』がずーっと続いています」と説明していた。おかみさんは空気のよさや静けさにも触れていた。このチラシを見てランベルメニル伯爵夫人という三十六歳の女性がやってきたが、どこそこの戦場で死んだ将軍の未亡人で、亡夫の財産整理が終わって遺族手当が交付されるのを待っているという。ヴォケー夫人は食事に気を配るようになり、六ヶ月近くのあいだ暖炉に火をたき、チラシの約束を守ろうとがんばったので、「自腹を切る」はめにさえなった。伯爵夫人はヴォケー夫人を「大切なお友達」と呼んで、ヴォーメルラン男爵夫人とピクワゾー大佐未亡人という二人の友人を連れてこようと約束した。二人ともマレ地区でもっと家賃の高い下宿に暮らしているが、そろそろ契約が切れるのだ。それに軍事省が手続きを終えてくれさえすれば、この二人も懐が豊かになるはずだった。「それがね、役所っていうところは仕事がのろいのね」と夫人は言っていた。二人の未亡人は夕食の後、連れ立ってヴォケー夫人の部屋へ上がっていき、カシス酒を飲んだり、おかみさんのために取ってあるお菓子をつまんだりしながらおしゃべりをした。ランベルメニル夫人はゴリオに関するおかみさんの目論みに大賛成で、実にいい考えだし、そもそもここに来た日から察しがついていたと言った。ゴリオさんは非の打ちどころのない人だとも評した。

「そうですよ奥様、あの人はあたしの目ん玉みたいに生き生きして、年のわりに矍鑠《かくしゃく》としてるから、まだまだ女を楽しませてくれるでしょうよ」

伯爵夫人は、こうした野望にふさわしくないヴォケー夫人の服装について助言を惜しまなかった。「臨戦態勢を整えなければ」とたきつけた。あれこれ作戦を練ってから、二人の未亡人は一緒にパレ＝ロワイヤル［かつての王族の屋敷の一部が貸し出され、カフェや商店、賭博場などが入って娯楽の場として栄えていた］へと出かけ、ガルリー・デ・ボワ［パレ＝ロワイヤルの中にあった当時流行の木造アーケード］で羽根飾りのついた帽子と布帽子《ボンネット》を買った。伯爵夫人は女友達を「ラ・プティット・ジャネット」［リシュリュー通りとイタリア大通りの角にあった有名な服飾品店］という店へ引っ張っていき、そこでドレス一着とスカーフを一緒に選んだ。こうして軍備が整えられ、ヴォケー未亡人が武装を固めたさまは「ブッフ・ア・ラ・モード」［パレ＝ロワイヤル近く、リセ通りにあったレストラン。ショールをかけ、頭に帽子をかぶった牛の看板があった］の看板にそっくりだった。それでも自分では見違えるほど美しくなったと思ったので、伯爵夫人に恩を感じ、けっして「ポンポン気前がいい」たちではなかったのに、二十フランの帽子をプレゼントさせてくれと言った。じつはランベルメニル夫人にゴリオの気持ちを打診してもらい、自分を売り込んでもらおうという下心があったのだ。ランベルメニル夫人はこの策略にころよく手を貸してくれた。彼女はパスタ業者につきまとい、会談にこぎつけた。自分が横取りしようという腹で誘惑の手練手管を使ったようだが、ゴリオは申し出をはねつけたとは言わないまでも、もじもじして煮えきらなかったから、夫人はなんと無礼なと怒って部屋を出てきた。

「ねえあなた」と夫人は親友に向かって叫んだ。「あんな男からは何も搾り出せやしないから！　おかしいくらい用心深いの。ただのしみったれ、あほ、間抜けだわ。不愉快な目にあわされるだけよ」

ゴリオ氏とランベルメニル夫人のあいだにはよほどのことがあったと見え、伯爵夫人はもう顔を合わせるのも嫌だと言った。次の日、下宿代六ヶ月分を払い忘れたまま、夫人は五フラン相当の古着を残していなくなってしまった。ヴォケー夫人はやっきとなって行方を探したが、パリ中たずね回ってもランベルメニル夫人の消息をつかむことはできなかった。おかみさんはしばしばこの嘆かわしい事件のことを話題にし、実際は牝猫より疑い深いたちなのに、自分は人を信用しすぎるのだとこぼしていた。身近な人を警戒し、見知らぬ人には気を許してしまう人は多い。おかみさんも、それに似ていた。奇妙に思えるが現実にはよくあるこの精神現象の原因は、人間の心の中に容易に見つかる。おそらくある種の人たちは、自分が一緒に暮らしている人たちからはもう何も引き出せないと思っているのだろう。自分の魂の空虚さをさらけ出してしまい、裏で相手からそれ相応に厳しく批判されているのを感じているのだ。それでも、誰もかけてくれない褒《ほ》め言葉がどうしても聞きたくなったり、持ってもいない美点を備えているように見せたくてたまらなかったりして、いつか失うことはわかっていても、見知らぬ人たちの尊敬や愛情を何とか手に入れようとする。また、生まれつき打算的な人たちもいて、友達や近親者には少しも尽くそうとしない。そんなことは、やって当然だからだ。見知らぬ人たちに親切にすると、自尊心がちょびっと満足させられる。愛情の輪が狭まれば狭まるほど、かえって冷淡になる。輪が広がれば広がるほど、世話好きになる。本質的にけちで欺瞞《ぎまん》に満ちた唾棄《だき》すべきこうした二つの性質を、ヴォケー夫人は合わせ持っていたとみえる。

「おれがその時ここにいたら、そんな目にはあわせなかったのになあ」とヴォートランは言ったものだった。「その食わせ者の化けの皮を剝《は》いでみせただろうに。そういう女たちのご面相には明るいんでね」

了簡《りょうけん》の狭い人間の常として、ヴォケー夫人は、目の前の出来事の枠を越えて原因を追及してみることができない癖がついていた。自分の失敗はえてして人のせいにした。ランベルメニル夫人事件で損害を被った時も不運の原因はパスタ業者にあると見なし、彼女自身の言によれば、その瞬間からゴリオへの幻想も冷めはじめたのである。いくら媚《こび》を売っても、身を飾り立てるのに金を使っても無駄だとわかると、その理由を詮索しはじめた。すると、この下宿人には前から、彼女の表現でいう「あやしい行動」が見られたことに気づいた。とにかく、あれほど大切に育んできた希望が砂上の楼閣だったことがわかり、その道に詳しいらしい伯爵夫人の痛烈な言葉を借りると「あんな男からは何一つ引き出せない」ことも今や明白なのだ。ヴォケー夫人がゴリオに、最初感じた好意以上に激しい嫌悪感を抱くようになったのは当然の成りゆきだった。その憎しみは愛にではなく、裏切られた希望に比例していた。人の心は愛の高みへと上っていく際には時々一休みするが、憎しみの急坂を転げ落ちる時にはめったに立ち止まらない。だがゴリオ氏は彼女のところの下宿人だったから、傷つけられた自尊心の爆発を抑え、失望のため息を押し殺し、修道院長に侮辱された修道士のように復讐《ふくしゅう》の衝動をこらえなければならなかった。肝っ玉の小さい人間は、善い感情も悪い感情も、次から次へと卑しい方法で満足させようとする。ヴォケー夫人は女独特の底意地の悪さを発揮し、犠牲者を迫害する陰湿な方法をあれこれ考えだした。まず、食卓に登場させていた贅沢品を削ることにした。「ピクルスもアンチョビーももうなしだからね。馬鹿をみるだけさ」と、献立をもとに戻した日の朝、おかみさんはシルヴィーに言った。ゴリオ氏は粗食で、自力で一身代を築き上げる人間に必要な倹約が習慣になってしまっていた。スープと茹肉《ゆでにく》、野菜料理というのが、今までも、おそらくこれからも、彼の一番好きな夕食だった。だからヴォケー夫人にとって、どの点でも好みを踏みにじることができない下宿人をいじめるのはなかなか難しかった。攻撃の余地のない男を前に絶望し、彼女はその評判を落としにかかり、ゴリオ氏への嫌悪感をほかの下宿人たちにも植えつけようとした。下宿人たちはおもしろがって復讐に加勢した。一年目の終わりにさしかかると未亡人はいよいよ不信感を募らせ、年に七、八千フランの年利収入があって、すばらしい銀食器や、お妾《めかけ》さんが持っているような美しい宝石を所有しているこの商人が、なぜ財産に比べて微々たる下宿代を払い自分の下宿に住んでいるのかと訝《いぶか》しむようになった。この最初の年のほとんどの期間、ゴリオは週に一度か二度、外で食事をした。それからだんだん、外食は月に二度ほどにまで減っていった。ゴリオ旦那が女と外食するのはヴォケー夫人の財布にとって都合がよかったため、次第にきちんきちんと自分のところで食事をとるようになったのが夫人は不満だった。こうした変化は、ゴリオ氏の財産がじりじりと減ってきたせいだけではない、下宿屋の女主人を困らせようとしているのだと解釈された。このような小人物のいちばん嫌らしい癖の一つは、相手も自分と同じようにケチくさい根性を持っていると思い込むことだ。不幸にも二年目の終わりに、ゴリオ氏は三階に移って下宿代を九百フランに減らしたいとヴォケー夫人に申し出て、自分について語られている噂を裏書きするかたちになってしまった。彼はぎりぎりまで倹約する必要に迫られ、冬のあいだ一度も部屋の暖炉に火を焚《た》かなかった。ヴォケー未亡人が下宿代を前払いしてほしいと言うと、ゴリオ氏は応じたが、その時からおかみさんは彼を「ゴリオ爺さん」と呼ぶようになった。ゴリオが落ちぶれた原因を皆が競って見抜こうとした。でも簡単に調べがつくわけがない！　というのも、偽の伯爵夫人が言ったとおり、ゴリオ爺さんはむっつり屋のだんまり屋だったからだ。頭の空っぽな連中はどうでもいいことしか話せないので何でもしゃべってしまうが、その人たちに言わせれば、自分が何をしているか言わない人間は悪いことをしているに決まっているという。立派な豪商と思われていた男がぺてん師呼ばわりされ、前は「色男」だったのに、今や助平爺《すけべえ》さんにされてしまった。このころヴォケー館に住み始めたヴォートランの説では、ゴリオ爺さんは証券取引所に出入りしてすっからかんになった後、今ではその日その日の国債の値鞘《ねざや》を種に、株式仲間のどぎつい隠語でいうところの「ケチくさい相場を張っている」のだった。また別の説によれば、毎晩、賭博場《とばくじょう》で十フランぐらい賭けて儲《もう》けもその程度の、しがない博打《ばくち》打ちの一人だった。高等警察のスパイだという意見もあったが、ヴォートランによれば、その手合いに加わるほど目《め》端《はし》の利く男ではなかった。ゴリオ爺さんは短期で高利をかせぐ守銭奴だという者もいたし、富籤《とみくじ》で毎回同じ番号に賭けている男だという者もいた。つまり人々は彼を、悪徳や汚辱や無能が生み出す、ありとあらゆる最高に怪しげな存在に仕立て上げたのである。ただ、その素行や悪徳がどれほどおぞましいにしても、ゴリオがかきたてる嫌悪感のせいで彼を下宿から追放するまでには至らなかった。下宿代はちゃんと払っていたのだから。それにまた、彼は重宝な存在でもあった。誰もが自分の上機嫌や不機嫌を、冗談か八つ当たりにしてゴリオに浴びせかけることができたからである。一番もっともらしく思われ、みんなに受け入れられていたのはヴォケー夫人の説だった。それによると、夫人の目の玉みたいに生き生きして、年のわりに矍鑠として、女をまだまだ楽しませてくれそうなこの男は、変態趣味の放蕩者《ほうとうもの》だというのだ。ヴォケー夫人が中傷の根拠としたのは次のような事実だった。六ヶ月間も人の金で暮らしていったあのひどい伯爵夫人がいなくなって数ヶ月後のある朝のことである。まだベッドに入っていたおかみさんの耳に、絹のドレスのさらさら言う音と、若い身軽な女性のかわいらしい足音が階段の方から聞こえてきた。女性は、うまくするするっと開いたゴリオの部屋に入っていった気配である。まもなく太っちょのシルヴィーが女主人のところへやってきて報告したところによると、「女神のように着飾り」、泥一つついていない絹の編み上げ靴を履いた、堅気《かたぎ》にしてはきれいすぎる娘が、うなぎのように通りから台所へすべりこんでくると、ゴリオ氏の部屋はどこか尋ねた。ヴォケー夫人と料理女は立ち聞きをし、しばらく続いた面会のあいだに優しくささやき合う言葉をいくつも耳にした。ゴリオ氏が「おんな」を送りに出ると、太っちょのシルヴィーはすぐに買物籠を抱え、市場に行くふりをして恋人たちの跡をつけていった。

「おかみさん」と、帰ってくるなりシルヴィーは女主人に言った。「ゴリオさんはやっぱり、もんのすごい金持ちにちがいありませんよ。女たちにあんな贅沢をさせてるんですから。レストラパード通りの角に見事な馬車が待たせてあって、おんなはそれに乗ってっちまいました」

夕食の時、ゴリオの目に陽の光があたっていたので、ヴォケー夫人は立っていって、眩《まぶ》しくないようにカーテンを引いた。

「ゴリオさんたら、美人にもてるのねえ。お陽さままであなたを追いかけてますよ」と朝の訪問のことをほのめかしておかみさんは言った。「それに趣味がいいのね。とってもきれいなひとじゃない」

「わたしの娘でしてね」とゴリオは得意そうに言ったが、下宿人たちには体裁を繕《つくろ》おうとする老人の見栄と映った。

この訪問からひと月たって、ゴリオ氏にまた訪問があった。一度目には午前中の服装でやってきた彼の娘が、今度は社交界のパーティーにでも出るように着飾り、夕食後に訪ねてきたのである。居間でおしゃべりをしていた下宿人たちは、その娘がすらりとして優美な金髪の美女で、ゴリオ爺さんの娘にしてはあまりに上品すぎると見た。

「二人目！」と、同じ女性だとわからなかったシルヴィーが言った。

数日後、背が高くて体つきが美しく、小麦色の肌に褐色の髪、生き生きした目をした別の娘がゴリオ氏に面会を求めた。

「三人目！」とシルヴィーは言った。

この二人目の娘も、一度目はやはり午前中に父に会いに来たが、数日後、晩になってから舞踏会の衣装に身を包み、馬車で乗りつけてきた。

「四人目！」と、ヴォケー夫人と太っちょのシルヴィーは言った。この堂々とした貴婦人のうちに、はじめ午前中に訪ねて来た簡素な服装の女性の面影はこれっぽっちも認められなかったのだ。

ゴリオは当時まだ千二百フランの下宿代を払っていた。ヴォケー夫人は、金のある男が四、五人の愛人を持つのは当然だと考えていたし、娘だと言い繕うのもなかなかうまいと思った。ヴォケー館に女たちを呼んでいることにも別に腹を立てたりしなかった。ただ、下宿人ゴリオが自分に無関心な理由がこれでわかったから、二年目のはじめには「老いぼれ色猫」と呼ぶことにした。そしてついにゴリオが九百フラン台の下宿代しか払わなくなった時には、女たちの一人が部屋から降りてくるのを見咎《みとが》めて、この家をなんだと思っているのかとひどく横柄に問いただした。ゴリオ爺さんは、あれは上の娘だと答えた。

「じゃ、娘さんが三十六人もいるっていうの？」ヴォケー夫人はとげとげしく言った。

「二人しかいませんよ」とゴリオは、零落して何につけ従順になってしまった男の物柔らかな口調で答えた。

三年目の終わり頃になるとゴリオ爺さんはさらに出費を切り詰め、四階に移って月に四十五フランの下宿料を払う身となった。タバコもやめ、床屋も断って、もう髪粉をつけなくなった。はじめてゴリオ爺さんが髪粉なしで降りてきた時、おかみさんはその髪の色を見て思わず驚きの叫びをもらしてしまった。髪は、緑がかった薄汚い灰色だったのである。顔つきは人知れぬ悩みのせいで日々悲しげになり、食卓を囲む顔の中でもいちばん沈痛に見えた。もう疑いの余地はなかった。ゴリオ爺さんは放蕩者で、悪い病気にかかり、薬をいろいろ飲まなければならず、副作用で目がつぶれなかったのは医者の腕がよかったからにすぎない。彼の髪がみっともない色をしているのも遊びすぎた結果だし、放蕩を続けるために飲んだ薬のせいだろう。こうした埒《らち》もない噂も、このご老人の精神と身体の状態からして本当らしく思えるのだった。持ち合わせの服を着古してしまうと、一オーヌ［一八三七年に廃止された長さの単位。パリでは約一・一八八メートル］あたり十四スーの安キャラコを買ってきて、前のきれいな下着の代わりを作らせた。彼のダイヤモンド、金のタバコ入れ、金鎖、宝石は、一つ、また一つと消えていった。薄青色の上着や上等な服はもう着ていなかった。夏も冬も、茶色の粗末なラシャのフロックコートをはおり、モヘアのチョッキを着て、厚いウール地でできたグレーのズボンをはいていた。彼はだんだんとやせてきた。ふくらはぎはこけ、かつて幸せに満ち足りてふくらんでいた裕福な町人の顔は、皺だらけになってきた。ヌーヴ＝サント＝ジュヌヴィエーヴ通りに引っ越してきて四年目になると、昔の面影はまるでなくなっていた。六十二歳なのに四十歳にも見えなかったお人好しのパスタ製造業者、ぽっちゃり脂ぎって、能天気で活力に満ち、快活な様子が道行く人の目を楽しませ、笑顔も若々しかった彼が、惚《ぼ》けて足元もおぼつかない、血の気を失った七十歳の老人に見えた。あんなに生き生きしていた青い目は、どんよりした鉄灰色を帯び、眼光も鈍くなって、もう涙も出ず、赤い目の縁から血の涙が滲《し》み出ているようだった。この姿を見てぞっとする者もあれば、哀れに思う者もいた。医学部の若い学生たちは、下唇が垂れているのに気づいて顔面角《がんめんかく》の角度を測定し、さんざんうるさく質問攻めにしても何も聞き出せなかったので、痴呆症にかかっていると診断を下した。ある夜、夕食の後、ヴォケー夫人がからかうような調子で「そういえば、このごろはもういらっしゃらないのね、お嬢さんたち？」と聞き、彼が父親だということを疑ってみせた。ゴリオ爺さんはおかみさんに剣の先で突かれでもしたかのようにびくっと体を震わせた。

「ときどきは来ますよ」と、彼はうわずった声で答えた。

「うへえ、まだときどき会ってるんだって！　すごいぞ、ゴリオ爺さん」と学生たちは囃《はや》し立てた。

しかし、老人は自分の返事が誘った冗談も耳に入らず、ふたたび何やら深い物思いに沈んでいった。表面だけ観察していた者たちは、知性が衰えた老人に特有の惚けだと思った。もし爺さんのことをよく知っていたなら、その精神的、身体的様子が提示している問題に激しく興味をそそられただろうに。とはいえ、それほど無理なこともまたなかった。ゴリオが本当にパスタ製造業者だったのか、財産の額はどのくらいだったのかくらいは簡単に調べがついただろうが、ゴリオの件に好奇心を持った老人たちは自分の地区から出ることなく、牡蠣《かき》が岩にはりつくように下宿にこもって暮らしていた。他の連中は、ひとたびヌーヴ＝サント＝ジュヌヴィエーヴ通りを出るともうパリ生活独特の興奮に巻き込まれ、日頃からかいの的にしている老人のことなど忘れてしまった。視野の狭いお年寄りにとっても、のんきな若者たちにとっても、ゴリオ爺さんの寒々しい貧困や耄《ほう》けた態度は、いかなる財産や能力とも両立し得ないものに思えた。爺さんが娘と称している女性たちに関しては、誰もがヴォケー夫人の意見に与《くみ》していた。夜の時間をおしゃべりに費やす年配女性たちが好き勝手な推測をするうちに身につける容赦ない論法を用いて、ヴォケー夫人はこう言うのだった。「会いにきた女性たちはお金持ちそうだったけど、ゴリオ爺さんにあんな裕福な娘さんたちがいるんなら、あたしの下宿の四階に月四十五フランで住んで、物乞いみたいな格好で外出するはずがないでしょ」この推論を否定する材料は何もなかった。そういうわけで、このドラマの幕が切って落とされた一八一九年十一月の末には、哀れな老人に関する下宿人たちの考えはすでに固まっていた。老人には娘も妻もいたことがない。快楽に溺れすぎてカタツムリ同然になってしまったのであり、今や人間のかたちをした軟体動物だった。分類するなら「着帽類」ってとこだろう、と、回数払いで夕食を食べにくる常連の一人で、博物館に勤めている男は言っていた。ポワレだって、ゴリオに比べればワシのように知能が高く、ジェントルマンだった。ポワレは話し、理屈をこね、返事もした。ただ本当のところ、話し、理屈をこね、返事をするからといって、別に意味のあることを言っているわけではなかった。というのも、ほかの人が言ったことを別の言葉で繰り返す癖があったからだ。それでもポワレは会話の展開に協力してくれたし、なかなか元気もよく、感受性も備えているようだった。反対にゴリオ爺さんは、これも博物館員の言葉を借りれば、いつでもレオミュール[*10]零度に留まっていた。

ウージェーヌ・ド・ラスティニャックは、とびぬけて優秀な青年や、切羽《せっぱ》つまって一時的に逸材の能力を身につけた若者なら誰でも経験したことがあるような心境で実家からパリへ戻ってきた。パリへ出て一年目は、大学でまず取らないといけない資格がそれほど勉強しなくても取れるものだったので、パリ生活の物質面での目につきやすい快楽を自由に味わう余裕があった。とはいえ、各劇場のすべての演目に通暁《つうぎょう》し、迷宮のように入り組んだパリの出口を研究し、習慣を知り、言葉づかいになじみ、首都独特の歓楽に慣れ、名所悪所を調べ回り、面白い講義を聞き、博物館や美術館の収蔵品を見尽くそうと思ったら、学生でも十分時間があるとは言えない。そんな時、学生はくだらないことをすごいものだと思って熱中してしまう。講義のレベルを聴衆の水準に下げて報酬をもらっているコレージュ・ド・フランスの教授を崇拝の的にしたりする。オペラ・コミック座の二階前列の桟敷《さじき》席にいるご婦人方を意識してネクタイを直し、気取ったポーズを取ったりもする。こうして次々と洗礼を受けていくうちに、一皮むけて人生の視野も広がり、社会を構成している人間のさまざまな層の重なりを理解するようになる。陽光降り注ぐなかシャンゼリゼ通りを行く馬車の列を、最初は感嘆の目で見ているだけだが、やがて羨望の念がわきあがってくる。ウージェーヌが文学士と法学士の予備試験に合格し、休暇で帰省した時、自分でも気づかぬ間にもうこの学習の効果が表れはじめていた。子供のころの幻想や、田舎特有の考え方はすっかり消えていた。知性は鍛え直され、野心はたきつけられて、先祖伝来の館の中で家族に囲まれていても正確に物事を判断できた。父親と母親、二人の弟と二人の妹、そして年金だけを財産とする伯母［実際は大伯母］は、ラスティニャックの小さな領地からの収入に頼って暮らしていた。年収およそ三千フランのこの領地は、葡萄栽培事業の不安定な収入に依存しており、なおかつウージェーヌに仕送りする千二百フランを毎年そこから捻出しなければならなかった。家族が自分には健気《けなげ》に隠していた日々の窮乏をウージェーヌは見た。子供の頃は美人だと思っていた自分の妹たちと、夢に描いた美女をそのまま現実にしたようなパリ女性を比較せずにはいられなかった。自分の肩にかかっているこの大家族の不安定な将来を考え、どれほどささやかな産物も大切そうに貯蔵する倹約ぶり、葡萄の搾りかすで作った家族用の飲料、ここに記してもしかたない色々な事情を目の当《ま》たりにした。出世への欲望は煽《あお》られ、地位名声への渇望は募った。偉大な魂の持ち主によくあるように、ウージェーヌは自分の能力以外の何ものにも頼りたくなかった。だが彼の精神はまさに南国的だった。決心したはいいが、いざ実行しようとなると、大洋に漕ぎだしてみたもののどちらの方向に舵を取ったらいいのか、どんな角度に帆を張ったらいいのか見当もつかない青年たちを捉えるあの躊躇《ためら》いに襲われることになった。最初こそがむしゃらに勉強に打ち込もうとしたが、間もなく、コネを作っておく必要があるな、社会生活で女性たちはこれほど影響力を持っているものか、などと気づいてそわそわし出し、出世を助けてくれる女性を見つけるために社交界に飛び込もうと突然もくろみ始めた。情熱的で才気ある青年、しかもその情熱と才知が、優美な物腰や、女性なら喜んで虜《とりこ》になりそうな生き生きした美貌でよけいに目立つ青年を、女たちが邪険に扱うはずがないじゃないか？　こんな考えが、昔は妹たちと陽気に散歩した野原のただ中を歩きながらも一気に浮かんできて、その横で妹たちは、兄さんはずいぶん変わってしまったと思っていた。伯母のマルシアック夫人はかつて宮廷に伺候《しこう》したことがあり、もっとも身分の高い貴族たちと知り合いだった。若い野心家は、幼いころ伯母がよく聞かせてくれた思い出話の中に、法学部で習《い》おうとしているのと少なくとも同じくらい重要な社会征服の手蔓《てづる》が潜んでいることにはたと気づいた。そこで伯母に、交際を復活できそうな親戚関係はないだろうかとたずねた。老婦人は家系図の枝を揺すってみた末、富める縁者という利己的な集団の中で甥《おい》に力を貸してくれそうなあらゆる人のうち、ボーセアン子爵夫人がいちばん気難しくないだろうと判断した。伯母はこの若い女性に古風な文体で手紙をしたため、子爵夫人に気に入られたらほかの親戚にも紹介してもらえるでしょうと言いながらウージェーヌに渡した。パリに戻って数日後、ラスティニャックは伯母の手紙をボーセアン夫人に送った。子爵夫人は返事として、翌日の舞踏会への招待状を送ってきた。

一八一九年十一月末の下宿の状況はだいたいこんなふうだった。数日後、ウージェーヌはボーセアン夫人の舞踏会に出かけ、夜中の二時ごろ下宿に戻った。踊りながら学生は健気にも、失った時間を取り返すために朝まで勉強しようと心に誓っていた。このひっそりした界隈ではじめて徹夜しようとしていたわけだが、まばゆい社交界を見て、活力が湧いてきたような錯覚に酔わされていたのだ。その日、彼はヴォケー夫人のところで食事をしなかった。そのため下宿人たちは、それまでにも何度かウージェーヌがプラドのダンスホール[*11]やオデオンの舞踏会から絹の靴下を泥だらけにし、舞踏靴を履きつぶして帰ってきた時のように、舞踏会から戻るのは翌日の朝方になるのだろうと思ってしまった。入り口に鍵をかける前に、クリストフは扉を開けて通りを見回した。ウージェーヌはちょうどそこへ現れ、そっと自分の部屋に上がってしまったが、後からついてきたクリストフは派手に物音を立てていた。ウージェーヌは服を脱いで室内履きに履き替え、みすぼらしいフロックコートをひっかけ、泥炭で火をおこし、勉強の準備をさっと整えたので、彼が身支度するかすかな音は、まだ続くクリストフのどた靴の騒音でかき消されてしまった。ウージェーヌは法学書に没頭する前にしばし物思いにふけった。ボーセアン子爵夫人が今をときめくパリ社交界の花形の一人で、その屋敷がフォーブール＝サン＝ジェルマン［正統王朝派の貴族が住んでいたパリ左岸の地区］でもっとも居心地よい邸宅とされていることを自分の目で確かめてきたのだ。名前と財産から言っても、夫人は貴族階級の頂点に立つ人物の一人だった。伯母のマルシアック夫人のおかげで貧乏学生の彼も子爵夫人邸で丁重に迎えられたが、そのような好意がどれほどありがたいものかまだわかっていなかった。金色に輝くこうしたサロンに出入りを許されるということは、上流貴族の資格を授けられたも同然なのだ。社交界の中でも最も閉鎖的なこのサロンに登場したことで、彼はどこへでも出入りできる権利を手に入れた。きらびやかな集いに目がくらみ、子爵夫人ともほんの少し言葉を交わすのがやっとだったウージェーヌは、夜会に集うパリの女神たちの群れの中に、若者がまず初めに夢中にならずにはいられないような女性の一人を見つけただけで満足だった。背が高く佳麗な容姿のアナスタジー・ド・レストー伯爵夫人は、パリでも指折りの美しい体つきをした女性として通っていた。大きな黒い目、すばらしい手、形のいい足、情熱的なしぐさ、ロンクロール伯爵が純血種の馬と呼んでいたこの女性を想像してほしい。神経のぴりぴりしたところも、彼女の美点をまったく損なっていなかった。太っているという批判を受けない程度に豊満でふくよかだった。「純血種の馬」や「サラブレッド[*13]」などといった言い回しが、「蒼穹《そうきゅう》の天使」や「オシアン[*12]風の容貌」に取って代わり、ダンディズムが昔風の愛の神話を駆逐《くちく》し始めた時代のことである。とにかくラスティニャックにとって、アナスタジー・ド・レストー夫人は欲望をそそる女だった。扇子《せんす》の上に書き込まれた踊りのパートナーのリストに二度も入れてもらったし、最初のコントルダンス「数組の男女が向かい合って踊るダンス」の間に言葉をかけることもできた。「どこでまたお目にかかれるでしょう?」と、女性の心をくすぐる、あのたかぶる思いを抑えられない調子で彼はいきなり言った。「どこでって、ブーローニュの森でも、ブッフォン座でも、わたしの家でも、どこででもよ」と彼女は答えた。そこでこの大胆な南国人は、美しい伯爵夫人と親しくなろうと夢中になった。コントルダンス一曲とワルツ一曲を踊るあいだに一青年が相手の女性と親しくなれる最大限のところまで。ボーセアン夫人の従弟《いとこ》だと名乗ると、彼には一流の貴婦人に思えたこの女性から招待を受け、家に出入りする許可までもらえた。別れぎわに彼女が投げてくれた微笑を見て、ラスティニャックはぜったいに訪問しなければと思った。彼の無知を笑わない男に出くわしたのはまったくもって幸いだった。当時の名だたる不遜なダンディたち、モーランクール、ロンクロール、マクシム・ド・トライユ、ド・マルセー、ダジュダ・ピント、ヴァンドネス兄弟らがうぬぼれきった顔を並べ、世にも優雅な夫人たち、レディー・ブランドン、ランジェ公爵夫人、ケルガルエ伯爵夫人、セリジー夫人、カリリアーノ公爵夫人、フェロー伯爵夫人、ランティ夫人、デーグルモン侯爵夫人、フィルミアーニ夫人、リストメール侯爵夫人、デスパール侯爵夫人、モーフリニューズ公爵夫人、グランリュー家の夫人たちと一緒にいるところに出くわしたら、そんな無知は致命的な欠陥になっただろう。世間知らずの学生は運良く、ランジェ公爵夫人の恋人で、子供のように純朴なモンリヴォー男爵に出会い、レストー伯爵夫人はエルデール通りに住んでいると教えてもらった。若くて、社交界に憧れ、女性を求めていたところへ、二つの屋敷の扉が自分の前に開かれる！　フォーブール＝サン＝ジェルマンでボーセアン子爵夫人の家に足を踏み入れ、ショセ＝ダンタンのレストー夫人の家でひざまずくんだ！　パリのさまざまなサロンを一目でのぞきこみ、自分は女性の心の中に援助と後ろ盾《うしろだて》を見つけられるほどの美男子だと胸を張れる！　決して足を踏み外すことのない軽業師の自信に満ちた足取りで渡り切らなければならない、ピンと張られた綱を、剛胆な足さばきで進んでいけるだけの激しい野心に燃えている自分を感じ、魅力的な女性のうちに最良の支え棒を見つけたのだ！　そんなことを考えながら、泥炭の火のかたわら、法典と貧困のあいだに、かの女性が崇高な姿で立ち現れる幻を見たなら、誰だってウージェーヌのように瞑想で将来をはかり、未来を成功で彩ったことだろう。とりとめのない思いは未来の喜びを狂おしく先取りして、彼はもうレストー夫人のそばにいるような気分に浸っていた。その時、聖ヨセフ［聖母マリアの夫、キリストの養父で大工］のウームという気合いにも似た呻《うめ》きが夜のしじまを破り、若者の心に反響した。瀕死の人間の喘《あえ》ぎではないかと思い、そっとドアを開け、廊下に出ると、ゴリオ爺さんの部屋の扉の下から一条の光が漏れているのに気づいた。ウージェーヌは隣人の具合が悪いのかもしれないと心配になって鍵穴に目を近づけ、部屋の中をのぞいた。すると、老人が何やらあまりに怪しげな作業に夢中になっているのが目に入ったので、自称パスタ製造業者が夜中に何を企んでいるのかよく観察すれば、社会の役に立つかもしれないと考えた。ゴリオ爺さんはひっくり返したテーブルの横棒に、金めっきをほどこした銀の皿とスープ皿のようなものを括《くく》りつけたらしく、豪華な彫りの入った食器の周りにロープのようなものを巻き、すごい力で締め上げていた。おそらく潰《つぶ》して銀の塊にしようというのだろう。爺さんの節くれ立った腕がロープの力を借り、金メッキをした銀をパスタ生地のように音もなくこねているのを見て、ウージェーヌは「うわっ、なんて男だ」とつぶやいた。「泥棒か、盗品売買でもしていて、ばれないで商売をしていくために鈍くて無能なふりをし、物乞いみたいな暮らしをしてるんだろうか」とウージェーヌはしばし身体を起こしながら考えた。学生はもう一度、鍵穴に目をつけた。もうロープはほどいてあり、ゴリオ爺さんは銀の塊をつかむと毛布をテーブルの上に広げてそこに載せ、棒状にするために転がしたが、その作業を驚くほどやすやすとやってのけた。「あの人はポーランド国王アウグスト二世［一七五〇―一八二七、フレデリック・アウグスト一世。怪力の持ち主だったとされる］にも負けない力持ちだってことか？」と延べ棒がほぼできあがったのを見たウージェーヌは思った。ゴリオ爺さんは完成した品を悲しげに眺め、涙をこぼした。銀を捏《こ》ねるために灯してあった糸蠟燭《いとろうそく》をふっと吹き消し、それからため息をつきながら横になる音がウージェーヌの耳に聞こえてきた。「頭がいかれてるんだな」と学生は思った。

「かわいそうな子だ！」とゴリオ爺さんは声に出して言った。

この言葉を聞いて、ウージェーヌは今夜のことについては沈黙を守り、隣の爺さんを軽々しく罪人扱いしないほうが賢明だと判断した。自分の部屋に戻ろうとすると、突然、何の音とも言い表しにくい不思議な物音が聞こえてきた。どうやらラシャの上履きを履いた男たちが階段を上ってくる音のようだった。ウージェーヌが耳を澄ますと、じっさい二人の男が交互に呼吸する息づかいが伝わってきた。扉がきしむ音も、人の足音も聞こえなかったが、三階のヴォートラン氏の部屋にかすかな光が見えた。「たかが一軒の下宿屋にしては、おかしなことがいろいろあるもんだな」と彼は思った。階段を数段降りて聞き耳を立てると、金貨のジャラジャラいう音が耳を打った。まもなく光は消え、扉の開く音もしないまま、再び二人分の息づかいが聞こえてきた。二人の男が降りていくにつれて音は小さくなっていった。

「誰なの、そこを行くのは？」とヴォケー夫人が寝室の窓を開いてどなった。

「わたしが戻ってきたんだよ、ヴォケーのおっかさん」とヴォートランが野太い声で言った。

「変だな、クリストフは鍵をかけてたのに」とウージェーヌは部屋に戻りながら思った。「パリじゃ、身の回りで起きていることをちゃんと知るには、夜どおし起きてないといけない」これらのちょっとした事件のせいで野心的な恋の物思いからさめてしまった彼は、勉強に取りかかった。ゴリオ爺さんのことであれこれ疑念が湧いてきて気が散るし、それ以上に、輝かしい運命の使者のようにときどき目の前に現れるレストー夫人の面影に気を取られて、しまいにはベッドに入り、ぐっすり眠り込んでしまった。若者が徹夜で勉強しようと思っても、十回に七回は眠ってしまう。徹夜するには二十歳以上でないとだめだ。

翌朝、パリはあの深い霧に覆われていた。町を包み込み、煙《けぶ》らせ、どんなに几帳面な人でも時刻を勘違いしてしまうような濃霧である。仕事の待ち合わせもつぶれる。正午の鐘が鳴る頃、皆まだ八時だと思っている。九時半になってもヴォケー夫人はベッドから出ていなかった。クリストフとシルヴィーも朝寝坊して、下宿人用の牛乳の上皮を入れたコーヒーをゆっくりと啜《すす》っていた。この不法に徴収した十分の一税にヴォケー夫人が気づかないように、シルヴィーはいつも牛乳を長いあいだ煮立てるのだった。

「ねえシルヴィー」とクリストフが一枚目のトーストをコーヒーに浸しながら言った。「ヴォートランさんは何だかんだ言っていい人だけど、昨日の夜もまたお客さんが二人来てたんだ。おかみさんが心配しても、何も言っちゃだめだよ」

「あんた何かもらったの？」

「今月分ってことで百スーくれた。まあ、『黙ってな』ってことだろう」

「あの人とクチュール夫人はけちじゃないけど、ほかはみな、お正月に右手でくれたものを左手で取り返そうとするような人たちだからね」とシルヴィーは言った。

「しかも連中がくれるものといえば」とクリストフは続けた。「しみったれた百スー銀貨一枚さ。二年前からゴリオ爺さんは自分で靴を磨いてる。けちなポワレは靴墨《くつずみ》も使わない。ボロ靴につけるくらいなら飲んじまおうってところだろう。あのひょろひょろ学生ときたら、四十スーよこした。四十スーじゃブラシ代にもならない。おまけにあの人は古着をおれにくれないで売っちまう。なんてひどい下宿だ」

「でもまあ」とシルヴィーはコーヒーをちびちび飲みながら言った。「この界隈じゃ、あたしたちの勤め口は一番ましな方だよ。暮らしも悪くないし。そういえば、ヴォートランのおっさんのことで何か人にきかれなかった？」

「うん、何日か前に通りで知らない男に『頰髭を染めたがっしりした旦那がいるのは、おたくじゃないかね』って聞かれたな。おれは『いえ、あの人は染めてませんよ。あんな賑やかな人に、そんな暇はないです』って答えてやった。そのことをヴォートランさんに話したら、

『いいぞお前、いつもその調子で答えてくれ。欠点を人に知られることほど不愉快なことはないからね。縁談がこわれることだってある』って言ってた」

「こっちはさ、市場であたしにかまをかけて、あの人がシャツを着替えているところを見たことがあるか言わせようとした人がいるんだよ。まったく馬鹿にして！　あれ」とシルヴィーは話を中断して言った。「ヴァル・ド・グラースの教会で十時十五分前の鐘が鳴ってるのに、誰も起きてこないね」

「いや、みんな外出しているんだ。クチュール夫人と若い娘さんは朝八時からサン＝テティエンヌ＝デュ＝モン教会で聖体をいただきにお出かけさ。ゴリオ爺さんは包みを持って出ていった。学生は、授業が終わって十時にならなきゃ帰ってこない。階段を掃除しながら、みんなが出かけてくのを見たんだ。ゴリオ爺さんは持ってた荷物をおれにぶつけて……まったく、鉄みたいに硬かったな。あの爺さん、何をやってるのか。周りにいいようにあしらわれているけど、それでも律儀な人で、ほかの連中よりずっとましだ。たいしたものはくれないけど、爺さんに使いに行かされる先の奥さんたちはチップをたっぷりくれるし、そりゃ豪勢に着飾ってる」

「爺さんが娘って呼んでる女たちでしょ、一ダースほどいる」

「おれが使いに行った先は二人だけで、ここに来たことのある人たちだけど」

「あ、おかみさんが起き出したみたい。また一騒ぎだ、行ってこないと。牛乳を見張っててね、クリストフ。猫が狙ってるから」

シルヴィーはおかみさんの部屋に上がっていった。

「どういうことなのシルヴィー、もう十時十五分前じゃない。マーモットみたいにあたしをぐっすり寝かしておくなんて！　そんなこと、これまで一度もなかったよ」

「霧のせいです。包丁でぶったぎらなきゃいけないぐらい厚いんですから」

「だって朝食は？」

「下宿のみなさんは悪魔でもついてるみたいにお元気で、朝もどき《パトロン＝ジャケット》から出かけちゃいました」

「ちゃんとした言葉でお話しよ、シルヴィー」ヴォケー夫人が続けた。「朝またぎ《パトロン＝ミネッー》から、って言うもんだよ「正しくは朝まだき《ポトロン＝ミネ》」」

「はあ、おかみさん、何とでもおっしゃるとおりに申しますよ。ともかく十時には、お食事ができてますからね。ミショネット夫人とネギ《ポワロー》旦那はまだ起きてきてません。家にいるのはあの人たちだけなのに、切り株みたいに眠りこけてるんです」

「なんだいシルヴィー、そんなふうに二人を一緒にするなんて、まるで……」

「まるで何ですか？」とシルヴィーは品のない馬鹿笑いをして言った。「似合いのつがいじゃありませんか」

「不思議だね、シルヴィー。昨日の夜、クリストフが戸締まりをした後で、ヴォートランさんはどうやって入ってこられたんだろう」

「逆ですよ、おかみさん。クリストフはヴォートランさんが帰ってきた音を聞いて、降りていって入り口を開けたんです。それをおかみさんは勘違いなさって……」

「上着を取っておくれ。食事の支度を急いでちょうだい。羊肉の残りにじゃがいもを合わせて、一個二リヤール〔リヤールは昔の銅貨で、一リヤールは四分の一スー、つまり八十分の一フラン〕の梨を焼いてデザートにするんだよ」

しばらくしてヴォケー夫人が降りてくると、牛乳の入ったボウルの上にかぶせてあったお皿を猫が前足でちょいと落っことし、大急ぎでミルクをなめているところだった。

「こら、ミスチグリ!」ヴォケー夫人は叫んだ。猫は逃げ出し、また戻ってきて彼女の脚に体をこすりつけた。「そうかいそうかい、おべっかを使うがいいよ、おいぼれのずる猫ちゃん。シルヴィー、シルヴィー」彼女は呼んだ。

「はいはい、なんでしょうおかみさん」

「ごらん、猫がなめちゃったよ」

「クリストフのやつが悪いんですよ、蓋をしとくように言ったのに。どこへ行ったんだろう、まったく! だいじょうぶですよ、おかみさん、ゴリオ爺さんの分にします。水を足しときますけど、なに気づくもんですか。食べるものにだってろくに注意しちゃいないんだから」

「あの変人、どこへ出かけたの?」ヴォケー夫人は皿を並べながら言った。

「知りませんよ。何だかわからない怪しげな取引をいろいろとやってるんでしょ」

「あたしゃ寝すぎたよ」ヴォケー夫人は言った。

「でも、だからこそおかみさんはバラの花のようにみずみずしく……」

このとき呼び鈴が鳴り、ヴォートランが野太い声で歌いながら居間に入ってきた。

　わったしゃーせっかいーを、駆けめーぐり、[*14]
　どっこでーも　か、お、な、じ、み……

「これはこれは、おはようございます、ヴォケーのおっかさん」と、ヴォートランはおかみさんの姿を見て声をかけ、粋《いき》な身振りで腕に抱きかかえた。
「ちょっと、やめなさいって」
「『まあ失礼な!』と言うものですよ」とヴォートランは応じた。「そら、言ってみて。おっしゃっていただけませんかな？　どれ、一緒に食卓の準備でもいたしやしょう。ほら、わたしはこう見えてもなかなか親切でしょうが、どうだい？」

　栗毛やブロンドの娘《こ》を追いかーけ、
　恋しぃい、こ、が、れ、た、の、さ

「そうだ、奇妙なものを見て来たよ」

　ぐうぜーん、まーかせに

「何を見たの？」とヴォケー夫人。

「ゴリオ爺さんが八時半にドーフィーヌ通りにいてね。古い食器や潰した金銀を買い取る金銀細工商の店にさ。結構いい値段で金メッキの銀食器セットを売ったんだが、素人にしてはうまく潰してあったよ」

「へーえ、ほんと？」

「うん。こちらは、[*15]王立運輸会社の馬車で外国へずらかる友達を見送ってきた帰り道でね。ひとつ見とこうと思ってゴリオ爺さんが店から出てくるのを待ってたんだ。笑い話だね。爺さん、この界隈のグレ通りに戻ってきて、有名な高利貸しのところに入っていった。ゴプセック〔『人間喜劇』の複数の小説に出てくる有名なユダヤ人高利貸し〕っていう、自分の父親の骨でドミノを作りかねないような、とんでもない男だ。ありゃユダヤ人、アラブ人、ギリシャ人、さすらい人だか何だか知らないが、あいつから金を盗《と》ろうったって苦労しそうだぜ。銀行に金貨を預けてるらしいから」

「そこで何やってんの、ゴリオ爺さんは？」

「何もやってやしないよ」ヴォートランは言った。「やり遂げるより、壊すほうだからね。女好きで、そのために破産するようなおばかさんなのさ」

「お戻りですよ！」とシルヴィーが言った。

「クリストフ」とゴリオ爺さんが大きな声で言った。「一緒に上がってきてくれるかな」

クリストフはゴリオ爺さんについていって、ほどなく降りてきた。

「どこ行くの？」ヴォケー夫人は召使いに聞いた。

「ゴリオさんのおつかいに」

「これは果たして何でしょう？」ヴォートランはクリストフの手から手紙を取りあげて言った。そして、

「アナスタジー・ド・レストー伯爵夫人様、だって。行き先は？」と、手紙をクリストフに返しながら続けた。

「エルデール通りです。伯爵夫人以外の人には渡しちゃいけないって言われてます」

「何が入ってるのでしょう？」とヴォートランは手紙を陽にかざして言った。「紙幣？　いいや」そういいながら手紙をちょっと開けてのぞいた。そして「支払済の手形だ。恐れ入りました！　年のくせに色男だなあ！　そら行っておいで、このちゃっかり者め」と大きな手をクリストフの頭の上に置き、召使いの身体をコマみたいにぐるぐる回しながら言った。

「たっぷりお駄賃もらえるよ」

食卓の準備ができていた。シルヴィーは牛乳を沸かしていた。ヴォケー夫人はストーヴに火をつけ、ヴォートランはそれを手伝いながらあいかわらず鼻歌を歌っていた。

わったしゃーせっかいーを、駆けめーぐり、
どっこでーも　か、お、な、じ、み……

食事の準備がすっかり整ったところへ、クチュール夫人とタイユフェール嬢が帰ってきた。

「こんな早くからどちらへお出かけでした、奥さん？」ヴォケー夫人がクチュール夫人にたずねた。

「サン＝テティエンヌ＝デュ＝モン教会に、お祈りを捧げに行ってきたんですよ。今日はタイユフェールさんをお訪ねする日ですもの。かわいそうにこの子ったら、葉っぱみたいに震えてますわ」とクチュール夫人はストーヴの前に腰を下ろして言った。夫人がストーヴの焚口に靴をかざすと、靴から湯気が立ちのぼった。

「あったまりなさいよ、ヴィクトリーヌさん」ヴォケー夫人は声をかけた。

「けっこうですな、お嬢さん、神様にお祈りしてお父さんの心を和らげようってのは」とヴォートランは孤児に椅子をすすめながら言った。「でもそれじゃ十分とは言えませんね。あの老いぼれイルカ野郎にことをちゃんと説明できる男友達が必要でしょう。相手は、三百万も持っていながらあなたに持参金もくれない野蛮人です。このご時世、きれいな娘さんに持参金は必須ですよ」

「お気の毒にねえ」ヴォケー夫人は言う。「でもあなた、お父さんはそんなひどいことして、ご自分の身に不幸を招いているようなものだわ」

　この言葉を聞くとヴィクトリーヌの目に涙があふれ、クチュール夫人の合図でおかみさんは口をつぐんだ。

「せめてこの子の父親に会って、話をして、亡くなった奥さんの最後の手紙を手渡せたらいいんですけど」と支払命令官の未亡人は言った。「手紙を郵便で送りつける気にはなれなくてねえ、わたしの筆跡は向こうに知られてますし……」

「[*16]おお、罪なき不幸な迫害された女たちよー」とヴォートランは話をさえぎって声を張り上げた。「まさにそれがお二人の今の立場だ。数日のうちにわたしが手伝わせていただきますよ、そうすればすべてうまくいきますって」

「ありがとうございます」ヴィクトリーヌは涙にぬれた、燃えるようなまなざしをヴォートランに投げたが、相手はそれを見てもまったく心動かされないようだった。「お父様に会う手だてが見つかりましたら、お父様の愛情とお母様の名誉は、わたしにとって世界のどんな富にもまさる宝だと伝えてください。おかげさまで父のかたくなな心がほぐれるようでしたら、ヴォートランさんのことを神様に一生懸命お祈りします。ご恩はけっして忘れません……」

「わったしゃーせっかいーを、駆けめーぐり……」ヴォートランは皮肉っぽい声色《こわいろ》で歌った。

その時、ゴリオとミショノー嬢とポワレが降りてきた。シルヴィーが羊肉の残りを調理するために作っていたルーの匂いに引き寄せられてきたのだろう。七人が食卓について挨拶を交わすと同時に十時が鳴り、通りに学生の足音が聞こえた。

「あら、ウージェーヌさん」とシルヴィーが言った。「今日は皆さんと一緒にお昼が食べられますよ」

学生は下宿人たちにこんにちはと言って、ゴリオ爺さんの隣に座った。

「実はさっき、不思議な出来事《アヴァンチュール》があったんです」と、彼は羊肉を自分の皿にたっぷり取り分け、ヴォケー夫人がいつもみんなが取る分量を目ではかっているパンを切りながら言った。

「つやっぽい出来事《アヴァンチュール》ですって」とポワレが言った。

「どうしてそんなことでびっくりするんだい、おじさん？」ヴォートランがポワレに言った。

「お兄さんぐらい美男子だったら不思議じゃないだろ」

ヴィクトリーヌはおずおずとした視線を若い学生に向けた。

「その出来事《アヴァンチュール》を話してよ」とヴォケー夫人がせがんだ。

「きのう、ボーセアン子爵夫人の舞踏会に行ってきたんです。ぼくの親戚ですけど、すばらしい邸宅に住んでて、部屋という部屋の壁には絹が張ってあって、まあともかく、豪華な夜会を開いたんです。その楽しかったことと言ったら、ぼくも王様《ロワ》……」

「トレ」とヴォートランが間髪を容《い》れずに言った。

「ちょっと」とウージェーヌはきっとなって聞いた。「何が言いたいんです？」

「トレって言ったんだよ、鳥のロワトレ［スズメ目キクイタダキ］の方が王様よりよっぽど楽しい思いをしてるからね」

「まったくですね。王様《ロワ》よりか、気苦労のないあの小さな鳥になりたいものだ、だって……」と、「右に同じ」主義者のポワレが言いかけた。

「それで」とウージェーヌは割り込んで続けた。「ぼくは、舞踏会にいた中でもいちばんきれいな女性の一人で、ほれぼれするような伯爵夫人で、見たこともないほど素敵な人と踊ったんです。桃の花を髪に飾って、胸になんともきれいな花束、いい香りがする本物の花束をつけていました。でも、やっぱり実際に見てもらわないとねえ。ダンスでぽっと上気した女性の姿なんか、口ではとても説明できませんからね。ところが今朝の九時頃、その神々《こうごう》しい伯爵夫人がグレ通りを歩いているのを見かけたんですよ。心臓がどきどきしました、ぼくはてっきり……」

「ここへいらっしゃると思ったんだね」とヴォートランが心の底を見透かすような視線を学生に投げて言った。「高利貸しゴプセックおやじのところに行くところだったんだろう、きっと。パリの女性の心の中を探ってごらん、愛人より先に高利貸しにぶつかるから。きみのお気に入りの伯爵夫人はアナスタジー・ド・レストー夫人といって、エルデール通りにお住まいだ」

この名前を聞いて、ウージェーヌはヴォートランをじっと見つめた。ゴリオ爺さんは急に顔を上げ、きらきら光る不安げなまなざしを話している二人の方へ投げたので、下宿人たちはびっくりした。

「クリストフは間に合わないな。あの娘《こ》は自分であそこへ行ってしまったんだ」とゴリオは悲痛な声で言った。

「ほら、当たったね」とヴォートランは身をかがめてヴォケー夫人の耳元にささやいた。

ゴリオは何を食べているのかもわからず、機械的に口にものを入れていた。この時ほどゴリオが耄けて、しかも何かに気を取られているように見えたことはなかった。

「ヴォートランさん、いったい誰があなたにあの女《ひと》の名前を教えたんですか？」ウージェーヌが聞いた。

「ほら、おいでなすった」ヴォートランが答えた。「ゴリオ爺さんも知ってたんだよ。どうしてわたしにわからないはずがある？」

「ゴリオさんが！」とウージェーヌは叫んだ。

「何ですかな」と哀れな老人は言った。「あの子は昨日、きれいでしたかね？」

「誰がですって？」

「レストー夫人ですよ」

「あのしみったれ爺さんを見てよ」とヴォケー夫人はヴォートランに言った。「目があんなに輝いてる」

「じゃあやっぱり囲ってるんですかね、その女を？」ミショノー嬢が学生に小声で言った。

「それはもう、ものすごくきれいでした」と言うウージェーヌを、ゴリオ爺さんは食い入るように見つめていた。

「ボーセアン夫人がいらっしゃらなかったら、ぼくの神々しい伯爵夫人が舞踏会の女王だったでしょう。若い男たちはあの人ばかり目で追っていました。ぼくはダンスの相手の十二番目に入れてもらったんです。夫人はコントルダンスをぜんぶ踊ったんですよ。ほかの女性たちはじりじりして悔しがってました。昨夜幸せな人がいたとしたら、それはあの人です。この世で美しいものといえば、帆をはったフレガート船、駆ける馬、踊る女性だと言うけれど、本当ですね」

　そこでヴォートランが口を開いた。「昨日は公爵夫人の家で得意の絶頂、今朝は手形割引人の店で失意のどん底、これがパリ女ってものさ。夫の金でむちゃな贅沢を続けられないとなれば、身を売っちまう。その才覚もなけりゃ母親の腹を裂いて、中に値打ちのものが光ってないか探す始末だ。とにかく何だってやりかねない。そんなの、わかりきった話よ」

　ウージェーヌの話を聞いて晴れ上がった日のお陽さまのように輝いたゴリオの顔は、このヴォートランの辛辣な考察を聞いて暗く翳《かげ》った。

「ところで」とヴォケー夫人は言った。「あなたの出来事《アヴァンチュール》はどうなったのよ。その人に声をかけたの？　法学を勉強しにいらっしゃいませんかって聞いた？」

「あちらはぼくに気がつかなかったんです」ウージェーヌは言った。「でも、パリで一番美しい女性に、朝九時にグレ通りで会うなんて。舞踏会から朝の二時に帰ったはずなのに、おかしな話じゃありませんか。そんな出来事《アヴァンチュール》が起きるのはパリだけですね」

「もっと面白いことだってあるよ」とヴォートランは言った。

　ヴィクトリーヌは、今日これから実行しようとしている計画で頭がいっぱいだったので、話をほとんど聞いていなかった。クチュール夫人は席を立って着替えに行こうとヴィクトリーヌに合図した。二人の女性が出て行くと、ゴリオはそれにならった。

「ねえ、見た？」とヴォケー夫人はヴォートランと他の下宿人たちに言った。「あの爺さんがそういう女たちのせいで破産したことはまちがいないわね」

「美しいレストー伯爵夫人がゴリオ爺さんのものだなんて、ぼくは何があっても絶対に信じませんよ」と学生は叫んだ。

「いや」とヴォートランは彼をさえぎった。「別にきみが信じてくれなくてもいいんだ。きみはまだ若いから、パリってものを知らないのさ。パリには『情熱に憑《つ》かれた人間』［性的倒錯者という意味にもとれる表現］というのがいてね」（この言葉に、ミショノー嬢はわけ知り顔でヴォートランの方を見た。その様子はまるでラッパの音をききつけた軍馬のようだった）

「おやおや」と、ヴォートランは話を中断し、ミショノー嬢に鋭いまなざしを投げて言った。「みーんな誰にでも、ちょっとした《情熱》がある、そうでしょう?」（老嬢は裸像を見た修道女のように目を伏せた）ヴォートランは続けた。「それでだ、そうした人間は、一つの考えに取りつかれてしまうと、ぜったいにそれを放そうとしないんだ。決まった泉、しかもだいたい淀んで腐ってる泉の水しか飲みたがらない。その水を飲むためなら、妻も子供も売りかねない。自分の魂だって悪魔に売っちまうかもしれない。ある者にとっては、この泉の水は、賭博だ、株だ、あるいは絵や昆虫の収集だ、音楽だ。また別の者にとっては、おいしいものを作ってくれる女だ。地上のあらゆる女を差し出したって、そういうやつはヘンという顔をする。自分の情熱を満足させてくれる女にしか興味がないからね。女はたいがい、男のことを少しも愛してない。だから邪険《じゃけん》に扱い、楽しみをちょびっとずつ高く売りつける。ところが、こういう放蕩者は懲《と》りもせず、女にありったけの金を貢ぐために、最後に残った毛布まで質に入れかねない。ゴリオ爺さんはそうした人間の一人だね。爺さんの口が堅いのをいいことに、伯爵夫人はいいようにしぼりあげてる。上流社会なんてそんなものさ。哀れな爺さんは彼女のことしか考えてない。その情熱を抜きにしたら、ご覧のとおり、ただのアホだ。でも話をそっちのほうに持っていけば、爺さんの顔はダイヤモンドのように輝き出す。そのくらいの秘密を見抜くのはわけない。あいつは今朝、銀を潰しに持ち出した。グレ通りのゴプセックおやじのところに入っていくのをおれは見た。さてここから先が肝心だよ。帰ってくると、クリストフをレストー伯爵夫人のところに送ったが、あの間抜けクリストフがおれたちに見せちまった手紙の中には支払済の手形が入ってた。伯爵夫人も自分で古狸《ふるだぬき》の手形割引人のところへ向かったなら、事態が急を要したことは明らかだ。ゴリオ爺さんは、夫人のために気前よく金を払ってやったわけさ。このことから、お若い学生さん、伯爵夫人が笑い、踊り、しなをつくり、桃の花を揺らし、ドレスをつまんで持ち上げていた間も、自分自身か愛人の手形が不渡りになることを恐れて、いわゆる『崖っぷちに立たされた』思いで震えてたことがわかるだろう」

「そんな話を聞いたら、どうしても真相が知りたくなってきました。明日、レストー夫人の家に行ってきます」とウージェーヌは叫んだ。

「そうですね、明日レストー夫人の家に行かないと」とポワレが言った。

「ゴリオ老人も来てるかもしれないよ。粋な心づかいのお返しを受け取りに」

「何ですか」とウージェーヌは不快そうに言った。「あなたの言うパリはまるで泥沼ですね」

「しかも妙な泥沼だよ」とヴォートランは続けた。「馬車に乗っていて泥にまみれる者はまっとうな人間で、徒歩で泥まみれになるやつはペテン師だってさ。泥沼から何かちょっと拾い出したが最後、裁判所の広場で珍品みたいにさらし者にされる。百万フラン盗んだら、サロンで美徳の鏡みたいに名が売れる。みんなで警察と司法に三千万フランも払ってこんな道徳を維持してるんだ。けっこうな話さね」

「なに、じゃあ」とヴォケー夫人がとつぜん言った。「ゴリオ爺さんは銀の朝食セットを潰してしまったの？」

「蓋に二羽の雉鳩《きじばと》がついてたものですか？」とウージェーヌ。

「そうそう」

「そうとう大切にしてたんですね。ボウルや皿を潰しながら、涙を流していましたよ。偶然見てしまったんです」ウージェーヌは言った。

「命と同じくらい大切にしてましたよ」と未亡人は言った。

「わかっただろう、ご老人がどれだけ熱を上げてるか」とヴォートランは言った。「あの女は爺さんの魂をくすぐる術《すべ》を知っているんだよ」

学生は自分の部屋へ上がっていった。ヴォートランは出かけた。しばらくしてクチュール夫人とヴィクトリーヌは、シルヴィーが探してきた辻馬車に乗り込んだ。ポワレはミショノー嬢に腕を貸し、心地よい昼の二時間を二人で散歩しに植物園へと出かけた。

「おやまあ、あの人たち、もう夫婦同然だ」と太っちょのシルヴィーは言った。「二人いっしょに出かけるのは今日がはじめてですよ。両方ともかさかさに乾いているから、ぶつかり合えば火打ち金みたいに炎が出るでしょう」

「ミショノー嬢のショールにご用心」と笑いながらヴォケー夫人が言った。「火口《ほくち》みたいに火がつきそうだよ」

午後の四時にゴリオが戻ってくると、二つのくすぶるランプの灯りのもとに、目を赤く泣きはらしたヴィクトリーヌの姿が見えた。ヴォケー夫人は、午前中にタイユフェールを訪問して何の実りもなかったというクチュール夫人の話をきいていた。娘と老婦人がたびたび訪問してくるのにうんざりしたタイユフェールは、二人を部屋に通して直接話をつけようとしたという。

「ねえおかみさん」とクチュール夫人はヴォケー夫人に言った。「考えてもみてください、あの人はヴィクトリーヌに椅子もすすめないから、この子はずっと立ちっぱなしだったんですよ。わたしには、怒りも見せずにただ冷淡に、もうわざわざ来るには及ばないって言うんです。娘とも呼ばず、お嬢さんはうるさく訪ねていらして（一年に一度ですよ、人でなし！）自分の心証を害しているし、ヴィクトリーヌの母親は持参金もなく結婚したので、お嬢さんは何も請求する権利はないなどとひどいことばかり並べ立てるので、かわいそうなこの子は泣き出してしまいましてね。ヴィクトリーヌは父親の足元に身を投げ出して、健気にもこう言ったんです。自分がこれほど何度もお願いするのも、お母様のことを思えばこそで、お父様のご意思にこれからは文句一つ言わず従います。ですが亡くなったかわいそうなお母様の遺言だけは読んでください、と。それから手紙を取り出して、世にも美しい、心のこもった言葉を口にしながら差し出したんです。そんな言葉、どこで覚えたのかしらね。きっと神様が言わせてくださったのでしょう。だってこの子の言葉は霊感を受けているようで、聞いているわたしも馬鹿みたいに泣いてしまったのですから。その間、悪党が何をしていたか想像できます？　爪を切っていたんですよ。かわいそうなタイユフェール夫人が涙で濡らした手紙を受け取ると、『けっこう』と言いながら暖炉の棚の上にぽんと放り投げたんです。娘を立たせようとはしましたが、この子が父親の手に口づけしようとすると、さっと手を引っ込める始末で。ひどいじゃありませんか。その時、馬鹿息子が入ってきましたが、妹に挨拶もしないのですよ」

「二人とも怪物なんですか」とゴリオ爺さんが言った。

「それから」クチュール夫人はゴリオの叫びに耳を貸さずに続けた。「父親と息子はわたしに一礼すると、急ぎの用事があるのでこれで失礼と言って出ていってしまいました。今日の訪問はこんなぐあいでしたの。ともかく、あの人も娘には会うことは会ったわけです。どうして自分の娘だと認めたがらないのか、理解できませんわ。瓜《うり》二つですのに」

そこへ下宿人たちが、住み込みのも通いのも次々やってきて挨拶し合い、むだ口をたたきあった。パリの一部の階層ではこうしたむだ口がユーモア精神をつくっているが、その主な材料は本当にばかばかしいことで、おかしいのはとりわけ語る人の身ぶりや発音の仕方だ。こうした、ある集団に特有の言い回しの流行《はや》り廃《すた》りは激しく、表現のもとになっているおふざけの賞味期限は一ヶ月足らずだ。政治事件、重罪裁判所での訴訟、町の流行歌、俳優の駄《だ》洒落《じゃれ》など、なんでもこのとんち遊びの題材になり、思想でも言葉でも、飛んできたバドミントンの羽根のようにラケットで相手に打ち返せばいいのだった。パノラマ[*17]以上に高度な目の錯覚を使ったディオラマ[*18]が近年発明され、これにちなんで画家のアトリエのいくつかでは「ラマ」をつけて話す遊びが流行していた。ヴォケー館の常連の若い画家が、この冗談を下宿に伝染させたのだ。

「やあ、ポワレのだんなぁ」と博物館員は言った。「体調ラマはいかがラマ？」そして返事を待たずに「奥様がた、心配事がおありのようですね」とクチュール夫人とヴィクトリーヌに声をかけた。

「夕べのおまんままだかいな？」と、ラスティニャックの友達で医学生のオラース・ビアンションが声を張りあげた。「あっしのちっこい胃は《かかとまでしかと》下がってきとるぞ」

「なんとも寒いったラマー」とヴォートラン。「そっちへ寄っておくれよ、ゴリオ爺さん！やれやれ、おたくの足がストーヴの口を占領しちまってるじゃないか」

「ヴォートラン大先生ともあろう方が」とビアンションが声をかけた。「どうして寒いったラマーなんておっしゃるのです？　お間違えですよ、なんとも寒いドラマーとおっしゃらなくては」

「いや、寒いったラマーでいいんだ」と博物館員は言った。「《足が寒いってたマラん》となる発音規則を思い出したまえ」

「こりゃまたそうかね！」

「非合法律博士ラスティニャック侯爵のお出ましだ」と、ビアンションがウージェーヌの首ねっこをつかまえ、窒息させようとしているかのように締めつけながら言った。「おーい、皆の衆、来てくれぇぇ！」

ミショノー嬢はそっと入ってきて何も言わずに一同に頭を下げ、三人の女性のそばに腰を下ろした。

「あの蝙蝠《こうもり》みたいな婆さんを見るとぼくはいつも寒気がするんですよ」とビアンションはミショノー嬢を指してヴォートランに言った。「ぼくはガル[*19]の骨相学を勉強しているんですが、あの女の頭にはユダの隆起がありますね」

「ユダに会われたことがあるのかな？」とヴォートランはきいた。

「会ったことのない人なんかいるでしょうか」とビアンションは答えた。「まったく、あの青白い婆さんを見てると、梁《はり》をしまいに食い破ってしまうひょろ長い虫を思い出さずにはいられませんね」

「まったくもって仰《おお》せのとおりだ、お若いの」と四十男は頰髭を手でなでながら言って、こう続けた。

　バラ[*20]なれば　バラのさだめを生きにけり
　一朝のはかなき命

「おお、あの元気になれる、ちから増《ラマ》スープが来ました！」クリストフがスープをうやうやしく捧げて入ってくるのを見てポワレが言った。

「おあいにくさま」とヴォケー夫人が言った。「キャ、別《ベツ》のスープですよ」

若者たちは笑いこけた。

「一本取られたね、ポワレ」

「ポワレちゃん、ぺちゃんこ」

「ヴォケーおかみに座布団《ざぶとん》二枚！」とヴォートラン。

「今朝の霧に気づいた人はいるかね？」と博物館員が言った。

「前例のない強烈な霧でしたな。陰気で憂鬱、蒼白でぜいぜい言ってる、ゴリオのような霧」とビアンションが答えた。

「ゴリオラマさ」と画家が言った。「なにも見えないんだから」

「もしもし、ガオーリオット卿、貴殿ノコトガ話題ニナテイルヨ」

末席の、料理を運んでくる出入り口近くに座っていたゴリオは顔を上げ、ときどき出る商売をやっていた頃の古い癖で、ナプキンの下にあったパンの匂いを嗅いだ。

「なによ」ヴォケー夫人が、スプーンの音や皿の音、皆の話し声にも負けない鋭い声で言った。「パンがおいしくないとでも言うの？」

「とんでもない」ゴリオが答えた。「これは極上のエタンプ産の小麦粉でできてますよ」

「どうしてそれがわかるんですか」とウージェーヌはきいた。

「白さと、味ですね」

「鼻の味覚ってわけね、匂いを嗅いでたんだから」とヴォケー夫人は言った。「ずいぶん倹約家におなりだから、しまいには台所の匂いを嗅いでお腹をいっぱいにする方法を考え出すんじゃないの」

「特許をお取りになったらいい」と博物館員が言った。「ひと財産作れますよ」

「ほっとけよ、昔パスタ業者だったってことをぼくたちに信じさせるためにあんなことをやってるんだから」と画家が言った。

「じゃあ、あなたの鼻はコルニュ「蒸留器」だってわけですね」と博物館員がなおも聞いた。

「コル何だって?」とビアンションが言った。

「コルヌイユ（ミズキの実）」

「コルヌミューズ（バグパイプの一種）」

「コルナリーヌ（紅瑪瑙《べにめのう》）」

「コルニッシュ（軒蛇腹《のきじゃばら》）」

「コルニッション（小キュウリ）」

「コルボー（カラス）」

「コルナック（象つかい）」

「あなた、悪ふざけがすぎますよ」

「コルノラマ（角《つの》ラマ）」

八つの答えが、食堂の四方八方から連続射撃のような速さで飛んできた。かわいそうなゴリオ爺さんは、外国語を一生懸命理解しようとしている人のようにポカンとした顔で一同の顔を見回したので、ますますみんなの笑いを誘った。

「コルなんですって？」と彼はそばにいたヴォートランにきいた。

「足がタコルルルルさ、爺さん」ヴォートランはそう言ってゴリオ爺さんの頭をポンと叩き、帽子を押し込んだので、帽子は目のところまでずり落ちてしまった。

哀れな老人はこの突然の攻撃に呆然《ぼうぜん》としてしばらく動けなかった。クリストフは、ゴリオがスープを飲み終わったものと思って皿を下げてしまった。だから、帽子をずり上げてスプーンでスープをすくおうとしたゴリオ爺さんは、テーブルを打ってしまった。みんなはどっと笑った。

「あなた」と老人は言った。「悪ふざけがすぎますよ。もし今度こんなふうに帽子を押し込んだりしたら……」

「うん、どうなるって、とっつぁん」とヴォートランが相手の言葉をさえぎって言った。

「いつか、しっぺ返しを食うことになりますよ」

「地獄でだね」画家が言った。「いたずら小僧をとじこめておくあの暗い片隅でね」

「それはそうと、お嬢さん」とヴォートランがヴィクトリーヌに言った。「ちっとも召し上がりませんね。お父さんは相変わらず聞く耳持たずでしたか」

「ひどい人ですよ」とクチュール夫人は言った。

「物の道理をわきまえさせる必要がありそうですな」とヴォートランが言った。「そもそも」と、ビアンションの近くにいたラスティニャックが言った。「お嬢さんは扶養料の件で訴訟を起こされたらいかがです、何も召し上がらないんですから。おっと、ゴリオ爺さんがヴィクトリーヌさんを見つめてる、あの目つきはどうです」

老人は食べることも忘れて、哀れな娘をじっと眺めていた。娘の顔には本物の苦悩が、愛する父に否認された子供の悲しみがくっきりと刻まれていた。

「ねえ」とウージェーヌは小声で言った。「ぼくたちはゴリオ爺さんのことを勘ちがいしてたよ。あれは馬鹿でも無神経な人間でもない。ガルの骨相学を適応して、きみの所見を教えてほしい。昨晩、銀の皿をロウみたいにねじり潰しているところを見たけど、今だって、爺さんの顔にはただならぬ想いが浮き出ている。あの人の人生は謎だらけで、まちがいなく研究する価値ありだ。おいビアンション、きみにいくら笑われようと、ぼくは大真面目だよ」

「あの男はおもしろい医学的症例だし」とビアンションは言った。「よしわかった、爺さんの同意が得られれば、解剖してみよう」

「そうじゃなくて、頭を触ってみてよ」

「うん、でもあいつの愚鈍が伝染《うつ》ったらどうしよう」

次の日の午後の三時頃、ウージェーヌ・ド・ラスティニャックはとびきり洒落た身なりでレストー夫人の家へと出かけていった。道すがら、青年の生活をたかぶる想いで美しく彩る、あの向こう見ずで狂おしい希望に胸をふくらませていた。そんな時、青年というものは障害も危険も計算に入れない。すべてに成功を見て取り、想像の働きで人生を詩に変えてしまう。果てしない欲望の中に息づいているにすぎない将来の計画が覆《くつがえ》されたとなると落ち込み、悲嘆にくれる。こういう青年たちに無知で臆病なところがなかったら、社会は立ち行かなくなってしまうだろう。ウージェーヌは靴に泥がつかないように細心の注意をはらって歩いたが、歩きながらレストー夫人に何を言おうかしきりに考えていた。自分の将来がかかっている愛の告白にもってこいの場面をあれこれ想像しては、機知に富んだ言葉を用意し、想像の会話の中で当意即妙《とういそくみよう》の答えを工夫し、しゃれた言い回し、タレーラン〔旧体制下からフランス大革命を経て七月王政まで、政治の諸舞台に登場した政治家〕風の警句を準備した。だが学生はついに泥をはねあげてしまい、パレ＝ロワイヤルで靴を磨かせ、ズボンにブラシをかけてもらわねばならなかった。「まさかの時」のために持ってきた三十スーの銀貨を小銭にくずしながらウージェーヌは思った。「金さえあれば、馬車で行ったのになあ。そうすればじっくり考えられたのに」ようやくエルデール通りに着いたウージェーヌは、レストー伯爵夫人に面会を求めた。表門に馬車の音も聞こえなかったところへ、中庭を徒歩で横切っていくウージェーヌを見た召使いたちは軽蔑のまなざしを向けてきたが、若者はいつか必ず成功する自信がある男の冷ややかな怒りをもってそれを受け止めた。中庭に入ってきた時、優雅な二輪馬車《キャブリオレ》に高価な馬具でつながれた美しい馬が地面を蹴《け》っているのを見てひけ目を感じていただけに、召使いたちの一瞥《いちべつ》はなおのこと胸にこたえた。その二輪馬車は、金に糸目をつけぬ生活の豪《ごう》奢《しゃ》さを見せびらかし、持ち主が慣れ親しんでいるパリのあらゆる快楽を匂わせていた。ウージェーヌはひとりで不機嫌になった。さっきまでは、頭の中に開いている引き出しから機知をいくらでも取り出せそうに思えたのに、その引き出しは閉じ、頭が働かなくなった。従僕が客の名前を告げに行き、伯爵夫人の返事を待っているあいだ、控えの間の窓際に片足で立ち、窓の掛け金に肘《ひじ》をついてぼんやりと中庭を眺めた。かなり時間がかかっているような気がした。一直線に突き進むとき思いがけない奇跡を生み出す、あのフランス南部の人間に特有の粘り強さがなかったら、おそらく帰ってしまったことだろう。

「お客さま」と従僕が言った。「奥様は居間にいらっしゃいますがお取り込み中で、お返事をいただけませんでした。ですが客間でお待ちになられるようでしたら、前からお待ちの方もいらっしゃいますので、そちらへどうぞ」

一言で主人たちを非難したり判断したりする召使いの恐るべき力に感心しながら、ウージェーヌは従僕が出ていった扉を決然と開けた。この家の人たちと知り合いなのだと、横柄《おうへい》な従僕たちに思わせたかったのかもしれない。だが迂闊《うかつ》にも飛び込んだ部屋は、ランプや食器棚、バスタオルをあたためる器具などが置いてある小部屋だった。暗い廊下と裏階段がその向こうに続いていた。居間から聞こえる忍び笑いを聞いて、ウージェーヌの狼狽《ろうばい》は最高度に達した。

「お客さま、客間はこちらでございます」と従僕はうわべだけ丁重なあの調子で言ったが、若者はまたしても馬鹿にされている気がした。

ウージェーヌはあわてて引き返したので浴槽につまずいてしまったが、さいわい帽子をとっさに押さえたので水の中に落とさずにすんだ。この時、小さなランプに照らされた長い廊下の奥で扉が開き、レストー夫人の声とゴリオ爺さんの声、そしてキスの音が一度に聞こえた。ウージェーヌは食堂に戻ってそこを横切り、従僕の後について一つ目の客間に入っていったが、窓から中庭が見えることに気づいて窓の前に立ち止まった。さっきのゴリオ爺さんが本当に彼の知っているゴリオ爺さんかどうか、自分の目で確かめたかったのだ。妙に胸がどきどきし、ヴォートランの恐ろしい考察が思い出された。従僕は客間の入り口でウージェーヌを待っていたが、その扉から洒落た身なりの若者がいきなり飛び出してきて、しびれを切らしたように言った。「もう帰るよ、モーリス。三十分以上も待ったとお伝えしてくれ」この横柄な青年には、きっと横柄にふるまう権利があったのだろう、イタリアオペラの一節か何かを口ずさみながら、ウージェーヌが佇《たたず》んでいた窓の方へ向かってきた。この学生の顔を見るためでもあり、中庭をのぞくためでもあった。

「伯爵さま、いましばらくお待ちになってはいかがでしょう。奥様はご用事がお済みのようですので」と、モーリスは控えの間に戻りながら言った。

ゴリオ爺さんは裏階段の下から正門の近くへ出てきたところだった。勲章をつけた若い男が駆る軽二輪馬車を通すために正門が開いていたのにも気づかず、老人は雨傘を取り出して広げようとしていた。ゴリオ爺さんはあわやのところで後ろに飛びのき、轢かれずにすんだ。傘のタフタ地に驚いた馬は少し脇にそれて、玄関階段の方へ突進した。若い男はむっとした様子で振り向いたが、ゴリオ爺さんの姿を目にすると、老人が門を出ていく前に軽く会釈をした。その会釈には、頼らざるを得ない高利貸しにしかたなく示す礼儀、あるいは堕落した人間に強要されてやむなく見せ、後で赤面する敬意のようなものが表れていた。ゴリオ爺さんはいかにも人のよさそうな、好意のこもった挨拶を返した。これらの出来事は稲妻のごとく一瞬のうちに起きた。夢中で見ていて、近くに人がいることにも気づかなかったウージェーヌの耳に突然、伯爵夫人の声が聞こえてきた。

「あらマクシム、お帰りになるところだったの？」ちょっと恨めしげな、なじるような口調で彼女は言った。

レストー伯爵夫人は軽二輪馬車が入ってきたことに気づいていなかった。ウージェーヌがぱっと振り向くと、白いカシミア地にバラ色のリボンがついた部屋着をなまめかしく着て、パリの女が朝よくするように髪を無造作に結った伯爵夫人の姿が目に飛び込んできた。かぐわしい香りを漂わせているのは、きっと風呂上がりなのだろう。柔らかさを増したような彼女の美しさは、ひときわ妖艶だった。目は潤《うる》んでいた。若者の目は何もかも見てしまう。植物が大気の中から自分に適した養分を吸い取るように、青年の心は女性が発する輝きに溶け込む。だからウージェーヌは触らなくても、この女性の手からあふれるみずみずしさを感じ取った。カシミアの生地ごしに胸元のバラ色の肌が見え、わずかにはだけた部屋着からときどき素肌がのぞくと、彼の目はそこに釘づけになってしまった。伯爵夫人にはコルセットの張り骨も必要なかった。ベルトだけでしなやかな体の線が際立ち、首筋が恋心を誘い、足は部屋履きにおさまってかわいらしかった。マクシムが接吻しようと手を取った時、ウージェーヌはマクシムに気がつき、伯爵夫人はウージェーヌの姿に気づいた。

「まあ、あなたでしたのね、ラスティニャックさん、よくいらしてくださいましたわ」と夫人は、気のきいた人間ならすぐに意を汲《く》み取って引き下がるような調子で言った。

マクシムは邪魔者を退散させようと、かなり意味ありげな目つきでウージェーヌと伯爵夫人を代わるがわる眺めていた。「まいったな、きみ、このへんてこなやつを早く追い出してくれよ」という言葉が、アナスタジー伯爵夫人がマクシムと呼んだ、この無礼なまでに横柄な男の視線からはっきり読み取れた。夫人は、本人の気づかぬうちに女性の秘密すべてを語ってしまうしおらしい表情で、その青年の顔をじっと見守っていた。ウージェーヌの心に、青年への激しい憎しみがこみ上げてきた。何よりまず、みごとにカールしたマクシムの金髪は、自分の髪がどれほどみっともないか思い知らせてくれた。マクシムは上等なぴかぴかの靴を履いていたが、自分の靴には、気をつけて歩いてきたのに軽く泥の跡がついていた。しかも、マクシムは腰のあたりを優雅に絞り、たおやかな女性のような体つきに見せるフロックコートを着ているが、ウージェーヌは昼の二時半から黒い燕尾服《えんびふく》を着ているではないか。シャラント県出身の才気煥発な若者は、このほっそりして背が高く、瞳は明るい色で、青白い顔色をした、孤児の財産まで巻き上げかねない男の一人である伊達男《ダンディ》が、服装のおかげでどれだけ優位に立っているかを見て取った。レストー夫人はウージェーヌの返事も待たずにさっと隣の客間に逃げ込み、部屋着の裾がまとわりついたり翻《ひるがえ》ったりするその姿は蝶のようだった。マクシムは彼女の後を追った。いきり立ったウージェーヌはマクシムと伯爵夫人についていった。そこで三人は、大広間の中ほどにある暖炉の前で向かい合うことになった。学生は、この不愉快なマクシムの邪魔になることは百も承知だった。だが伯爵夫人の機嫌を損ねる危険をおかしてでも、この伊達男の邪魔をしてやりたくなったのだ。突然、ボーセアン夫人の舞踏会でこの青年を見かけたことを思い出し、マクシムがレストー夫人にとって何なのか、ぴんときた。そして、人に愚かな真似をさせるか、大成功に導くかどちらかの、若者らしい無鉄砲さで「あれがぼくのライヴァルだ、あいつに勝つんだ」と心の中で叫んだ。なんと無謀な！　彼は知らなかったのだ、マクシム・ド・トライユ伯爵が、わざと相手に侮辱させておいて決闘で先に発砲し、相手を殺してしまう男だということを。ウージェーヌも狩猟はうまかったが、射撃場で二十二の標的のうち二十を射倒したことはまだなかった。若いトライユ伯爵は暖炉の脇の肘かけ椅子にどっかと腰を下ろし、火ばさみを取って、ひどく乱暴な、あまりにもふてくされた仕草で炉の中をかきまわしたので、アナスタジーの美しい顔はたちまち悲しげに曇った。彼女はウージェーヌの方を振り向き、明らかに「どうして帰ってくださらないのかしら？」と冷ややかに問いかけている視線を投げた。しつけのいい人間なら、退出の麗句とでも呼ぶべき言葉をすぐにひねり出すところだった。

だがウージェーヌは愛想のいい態度をつくろって言った。「奥様、至急お目にかかりたいと思いましたのは、実のところ……」

彼はふいに言いさした。扉が開いた。二輪馬車《ティルビュリー》を操っていた紳士が、帽子もかぶらずにいきなり姿をあらわし、伯爵夫人には挨拶せず、ウージェーヌをうさんくさそうに眺め、マクシムに手を差し出して「やあ、こんにちは」と言ったが、その様子がさも親しげだったのでウージェーヌはびっくりした。田舎育ちの若者は、三角関係の生活がどれほど心地よいものか知らないのである。

「主人のレストーです」と伯爵夫人は学生に夫を示して言った。

ウージェーヌは深々と頭を下げた。

「こちらは」と夫人は続けてウージェーヌをレストー伯爵に紹介した。「ラスティニャックさんとおっしゃって、マルシアック家を通じてボーセアン子爵夫人の親戚にあたる方です。先日、子爵夫人の舞踏会でお目にかかったのよ」

マルシアック家を通じてボーセアン子爵夫人の親戚にあたる方！　自分の家に来る客は一流の人ばかりですと証明してみせる時に女主人が味わう誇りのようなものから、伯爵夫人がほとんど強調せんばかりに発音したこの言葉は、魔法のような効果を発揮した。伯爵は冷ややかで儀礼的な態度を捨て、学生に会釈した。

「はじめまして、お近づきになれて光栄です」

マクシム・ド・トライユ伯爵さえ、そわそわした視線をウージェーヌに投げ、横柄な態度を急に改めた。家名の強力な働きによるこの魔法の杖の一振りは、南国人の頭脳の中の三十もの引き出しを開き、準備してきた才気を取り戻させてくれた。突如射してきた一条の光が、それまで闇に包まれていたパリの上流社会の雰囲気をくっきりと見通させてくれた。ヴォケー館やゴリオ爺さんのことは、もう思考の彼方に離れていってしまった。

「マルシアック家は途絶えたものと思っていましたが？」とレストー伯爵がウージェーヌに訊ねた。

「そうなのです」彼は答えた。「わたくしの大伯父のシュヴァリエ・ド・ラスティニャックは、マルシアック家の跡取り娘と結婚しました。この人には娘が一人しかなく、その娘が、ボーセアン夫人の母方の祖父にあたるド・クラランボー元帥と結婚しました。わたくしどもは分家でして、海軍中将だった大伯父が国王に忠勤を励んで全財産を失ってからは、ますます貧しくなりました。革命政府は、東インド会社を清算したとき、わたくしどもの債券を認めようとしなかったのです」

「あなたの大伯父さまは大革命前に[*21]《ヴァンジェール号》の艦長をしていらっしゃいませんでしたか？」

「まさにその通りです」

「それでは、《ヴァルヴィック号》の艦長をしていたわたしの祖父と知り合いだったはずですよ」

　マクシムはレストー夫人の方を見てちょっと肩をすくめ、「伯爵があいつと海軍の話でも始めたら、万事休すだよ」とでも言うような様子をしてみせた。アナスタジーはトライユ氏の目つきの意味を理解した。女の驚くべきしたたかさを発揮し、微笑みを浮かべてこう言った。「マクシム、ちょっと来て。お願いしたいことがあるの。お二人には、《ヴァンジェール号》と《ヴァルヴィック号》でご一緒に航海を続けていただきましょう」

アナスタジーは立ち上がり、人をからかい虚仮《こけ》にするような合図をマクシムに送った。マクシムは一緒に彼女の部屋へ向かっていった。ドイツ語の「貴賤相婚的な《モルガナティック》」［左手の結婚、つまり身分違いの結婚を指したが、転じて婚外関係のこと］という気の利いた表現にあたるフランス語はないが、この「婚外《モルガナティック》」カップルが扉のところまで達するか達しないかのうちに、伯爵はウージェーヌとの会話を中断し、

「アナスタジー、ここにいなさい、わかっているだろうが……」と不機嫌そうに叫んだ。

「はい、はい、すぐ戻ります」と夫の言葉をさえぎって妻は言った。「マクシムにお使いを頼むだけなの、ちょっとですむのよ」

夫人はすばやく戻ってきた。この手の女性は、自分が好き勝手に振る舞うために夫の性格を研究せざるを得ず、夫の貴重な信用を失わないためにはどの程度のことまでしてよいか、ちゃんと見極められる。だから生活上の細かいことでは決して夫に逆らわない。伯爵夫人は夫の声の調子から、自室に長くいたらただではすまされないと感じた。こんな予想外の成りゆきもウージェーヌのせいだった。そこで伯爵夫人は、恨めしそうな態度と仕草でマクシムに学生を示し、マクシムは皮肉たっぷりな口調で、伯爵とその妻とウージェーヌに向かって言った。「みなさんご用事がおありのようで、お邪魔になるといけませんから失礼いたします」そしてさっさと出ていった。

「ゆっくりしていきたまえ、マクシム」と伯爵が叫んだ。

「夕食にいらしてね」と言った伯爵夫人は、またもウージェーヌと伯爵を残し、マクシムを追って応接間へ行ってしまった。二人はそこにかなり長いあいだ一緒にいて、いくらなんでもそろそろレストー氏がウージェーヌを追っ払ってくれるだろうと思っていた。

ラスティニャックの耳には、二人が笑い転げたかと思うと、おしゃべりをしたり、黙りこくったりするのが聞こえていた。だが抜け目のない学生は、伯爵夫人にもう一度会ってゴリオ爺さんと夫人の関係を突きとめようと思い、レストー氏を相手に才知をふるったり、お世辞を言ったり、議論をふっかけたりしていた。明らかにマクシムに恋しているこの女性、しかも夫を尻に敷いている女性が、ゴリオ爺さんとも密かな関係を結んでいるとなると、まったく訳がわからない。ウージェーヌはこの謎を解き、いかにもパリジェンヌらしいこの女性を自分の思い通りに支配したかった。

「アナスタジー」と伯爵がまた妻を呼んだ。

「しかたないわ、かわいそうなマクシム」と夫人は青年に言った。「あきらめなくては。また今晩ね」

「ナジー、頼むよ」とマクシムが彼女の耳元にささやいた。「あの若造、今後は門前払いにしてもらいたいな。あいつの目は、きみの部屋着がはだけるたびに炭火のように輝いてたよ。今にきみに告白でもして、きみの評判を傷つけかねないし、そうしたらぼくはあいつを殺さざるをえなくなるからね」

「なに言ってるの、マクシム」と彼女は答えた。「ああいう学生さんは、逆に、うってつけの避雷針になるのよ。レストーにあの学生を毛嫌いさせてみせるわ」

マクシムは声を立てて笑い、伯爵夫人に見送られて出ていった。夫人は窓辺に寄って、彼が馬車に乗り込み、馬に足踏みさせ、鞭《むち》をふるうのを見ていた。正門が閉じてから、夫人はやっと戻ってきた。

「ねえ驚いたよ」と、妻が入ってくるなり伯爵は言った。「この方のご家族がお住まいの土地は、シャラント川沿いのヴェルトゥイユから遠くないそうだ。こちらの大伯父さまとわたしの祖父は知り合いだったのだよ」

「古くからご縁のある方にお目にかかれて光栄ですわ」と伯爵夫人は言った。

「思っておられる以上にご縁が深いのです」とウージェーヌは小声で言った。

「何ですって?」と伯爵夫人は勢いよく聞き返した。

「というのも」と学生は続けた。「下宿でぼくの隣の部屋に住んでいる人が、さっきお宅から出て行くところを見たのです、ゴリオ爺《ペール・ゴリオ》さんという人ですが」

《爺さん》という飾りまでついたこの名前を聞いて、暖炉の火をかき立てていた伯爵は、火傷《やけど》でもしたように火ばさみを火の中に放り出して立ち上がった。

「ゴリオ氏《ムッシュー・ゴリオ》と言っていただきたかったですね」と、伯爵は声を荒らげた。

伯爵夫人は夫の苛立《いらだ》ちを見て、はじめ青ざめ、それから赤くなり、明らかに狼狽している様子だった。夫人はできるだけ落ち着いた声で、屈託ない調子をつくろって言った。「あの方以上にわたくしどもが愛している人と出会うことなど不可能ですし……」だが途中で言いよどむと、急に何か思いつきでもしたかのようにピアノに目をやり、「音楽はお好き？」ときいた。

「大好きです」とウージェーヌは答えたが、とんでもないへまをしでかしてしまったことをぼんやりと感じて、赤くなりぼーっとしていた。

「歌はお歌いになる？」夫人はピアノのところに行って、下のドから上のファまですべての鍵盤を勢いよくかき鳴らした。ルルルァア、と楽器が鳴った。

「それが、だめなんです」

レストー伯爵は部屋の中をあちらこちら歩き回っていた。

「残念だわ、成功するための大事な手段のひとつをお持ちじゃないのね。——*22いとしい《カーアロ》、いとしい《カーアロ》、いーとーしーい《カーアーアーロ》人よ、たーめらーうなーかれ《ノンドゥビターレ》」と、伯爵夫人は歌った。

《ゴリオ爺さん》という名前を口にすることでウージェーヌは魔法の杖をひと振りしたのだが、その効果は、「ボーセアン夫人の親戚」という言葉の効果と正反対だった。彼が置かれていた立場はちょうど、骨董品《こっとうひん》収集家の家に特別のはからいで招かれた人間が、彫像がたくさん入っている戸棚にうっかりぶつかってしまい、つなぎの弱かった彫像の頭を三つ四つ落としてしまったようなものだった。穴があれば入りたかった。レストー夫人の顔はこわばって冷たく、よそよそしくなった目はうっとうしい学生の視線を避けていた。

「奥様」と彼は言った。「ご主人とお話がおありのようですので、このあたりでお暇《いとま》させていただきます、どうか……」

「お越しいただければいつでも」と伯爵夫人は身振りでウージェーヌを押し止め、せかせかと言った。「主人もわたくしも大変うれしく存じますわ」

ウージェーヌは夫妻に深々とお辞儀をした。何度も断ったのに控えの間までついてきたレストー氏に見送られて退出した。

「あの人が来たらいつでも必ず」と伯爵はモーリスに言った。「奥様もわたしも留守だと言ってくれ」

石段を降りかけた時、ウージェーヌは雨が降っているのに気づいた。「やれやれ」と彼は思った。「わざわざへまをしに来たようなものだな。何が原因で、どれほど重大なへまだったかわからないけど、おまけに服と帽子まで台無しにしてしまいそうだ。ぼくなんかは、自分の巣に閉じこもってせっせと法律を勉強して、無骨《ぶこつ》な司法官になることだけ考えていた方がいいのかもしれない。社交界でうまく立ち回るには、必要なものが山ほどある。二輪馬車、ぴかぴかに磨き立てた靴、ひととおりの装身具、金の鎖、午前中は六フランもする鹿革の白い手袋、夜はお決まりの黄色い手袋……。ぼくがそんなところに出入りできるわけがないじゃないか。あのいまいましいゴリオの爺さんめ、くそっ！」

通りに出て雨宿りしていると、新郎新婦を送ってきた帰りなのだろう、雇い主に内緒で流しの客をつかめればもっけの幸いといった様子の貸馬車の御者が、黒い燕尾服に白いチョッキ、黄色い手袋に磨いたブーツという出で立《いた》ちで雨傘も持っていないウージェーヌを見て合図を送ってきた。ウージェーヌはもやもやした怒りにとらえられていた。こういう怒りにつき動かされた若者は、うまい出口がそちらに見つかると期待してかのように、落ち込んだ深淵にますますはまり込んでいってしまう。ウージェーヌはうなずいて御者の誘いに応じた。ポケットに二十二スーしかないのに、馬車に乗り込んだ。座席にはオレンジの花の蕾《つぼみ》や金銀の糸の切れはしが散らばり、新婚夫婦が乗ったことを語っていた。

「どちらまででしょう？」すでに白い手袋をはずしていた御者が聞いた。

「ええい、どうせもう転んだようなものだから、ただでは起きないぞ」とウージェーヌはつぶやき、「ボーセアン邸へ」と声を張り上げた。

「どちらのボーセアン邸で？」と御者は言った。

この見事な一言はウージェーヌを狼狽させた。新米の伊達男は、ボーセアン邸が二つあることも知らなければ、自分のことなど気にもかけていない裕福な親類がどれだけいるかもご存じなかったのである。

「ボーセアン子爵邸、通りは……」

「グルネル通り」御者はうなずき、相手の言葉をさえぎって言った。そしてさらに「サン＝ドミニック通りにも、ボーセアン伯爵とボーセアン侯爵のお屋敷がありましてね」と昇降台をたたみながらつけ加えた。

「知ってますよ」とウージェーヌはぶっきらぼうに答えた。

「今日はみんな寄ってたかってぼくのことを馬鹿にするんだな！」帽子を前の席のクッションの上に放り投げながら彼は思った。「こんな寄り道をして、王様の身代金ほども金がかかるなあ。ただせめて、ぼくの親戚だとかいう女性を文句なく貴族的なやりかたで訪問できるわけさ。ゴリオ爺さんのせいでもう少なくとも十フラン使ってる、あのおいぼれ悪党ったら！　そうだ、ぼくが出会った事件をボーセアン夫人に話してみようかな。おもしろがって笑ってくれるかもしれない。あの人なら、しっぽをつかませない古ネズミとあの美女のうさんくさい関係の謎を解き明かしてくれるぞ、きっと。ひどく金のかかりそうなあんなふしだら女にぶつかっていくより、親戚の女《ひと》に気に入られる方がいいに決まってる。美しい子爵夫人の名前があれほどの力を持ってるんだから、本人はどれほどの影響力を持っているだろう。よし、上を目指そう。天の何かを狙うなら、神を狙わなくちゃ！」

ウージェーヌの心に浮かんだ無数の思いを簡単にまとめると、以上のようになる。雨粒が落ちてくるのを眺めているうちに、落ち着きと自信がいくらか戻ってきた。手元に残っている五フラン金貨二枚を使ってしまうことになるけれど、燕尾服とブーツと帽子をだめにしないために有効に使うのだ。御者が「開門願います！」と叫ぶのを聞くと、うれしさがこみ上げてきた。赤地に金モールの制服をつけた門衛が邸の大門の蝶番をきしらせる。ウージェーヌは自分の乗っている馬車がポーチをくぐり、前庭をぐるりとまわって、正面玄関の庇の下に止まるのを、うっとりと満足感に浸って眺めていた。青地に赤い縁取りのたっぷりした外《がい》套《とう》を着た御者が昇降台を広げにきた。と、馬車を降りようとしたウージェーヌの耳に、玄関の柱の下から押し殺した笑いが聞こえてきた。三、四人の従僕たちがもうこの俗悪な新婚馬車について冗談を言い合っていたのだ。学生は自分の乗ってきた馬車と、そこに停まっていたパリで一番優美な箱馬車《クーペ》の一つを見比べ、従僕たちの笑い声に目を開かれた。箱馬車《クーペ》には二頭の潑剌《はつらつ》とした馬がつながれていて、耳にバラの花を挿し、轡《くつわ》をかんでいる。頭に髪粉をふって襟飾りをきちんとつけた御者が、馬が今にも駆け出そうとしているかのように手綱《たづな》をしっかり握っている。ショセ＝ダンタンでは、レストー夫人の中庭に二十六歳の男のしゃれた二輪馬車《キャブリオレ》が停まっていた。フォーブール＝サン＝ジェルマンでは、三万フラン出しても買えないような、大貴族の豪華な馬車が待っていた。

「誰が来ているんだろう」とウージェーヌは思った。パリには恋人のいない女性などほとんどいないし、こうした女王たちの一人を征服するには血より高い代価を払わねばならないことが、遅まきながらわかってきた。「なんだ、ぼくの親戚のご婦人にもマクシムみたいな男がいるのかな」

彼は暗澹《あんたん》たる気持ちで玄関の石段を上った。若者の姿を見て、ガラスの扉が開かれた。櫛《くし》をかけられているロバのように神妙な顔つきをした従僕たちが目に入った。このあいだ出席した舞踏会は、ボーセアン邸の一階にあって接客用に使われているいくつかの大広間で催されたのだった。招待の手紙を受け取ってから舞踏会までの間にこの親戚の女性を訪ねる時間がなかったので、ウージェーヌはまだボーセアン夫人の私室に足を踏み入れたことがなかった。高雅な女性の心ざまや暮らしぶりを語る身の回りの洗練された素晴らしい品々をはじめて目にする機会が訪れようとしていた。レストー夫人のサロンが比較の対象を提供してくれたからこそ、これはますます興味深い研究になるはずだ。四時半からが子爵夫人の面会時間だった。五分早かったら、夫人は親戚の青年を追い返していたにちがいない。パリ式のさまざまな礼儀作法を知らないまま、ウージェーヌは花がいっぱい飾られ、白を基調に黄金の手すりがついて赤い絨毯《じゅうたん》を敷きつめた階段を上り、ボーセアン夫人の部屋へと案内されていった。口伝えに語られるボーセアン夫人の来歴、パリのサロンで夜ごと耳から耳へささやかれ、日々移り変わるああした噂話の一つを、彼はまだ知らなかった。

子爵夫人は三年前から、ポルトガル貴族の中でもとりわけ名高く裕福な人物の一人、ダジュダ＝ピント侯爵と恋仲だった。つき合っている二人にとっては、あまりに魅力的で、第三者の同席はとても耐えられないといった純真な関係だった。そこでボーセアン子爵もしかたなくこの婚外関係《ユニオン・モルガナティック》を尊重し、世間に範を示した。この交友が始まったころ、午後二時に子爵夫人を訪問した人たちは必ずダジュダ＝ピント侯爵の姿を見かけたものだ。ボーセアン夫人は、面会謝絶などにしたら社会のしきたりに反するのでそうもできず、ひどく冷たい態度で客をあしらい、天井と壁のあいだの縁飾りを熱心に眺めていたので、客はみな自分がどれだけ邪魔になっているかよくわかった。二時から四時のあいだにボーセアン夫人を訪ねると迷惑になるということがパリ中に知れ渡ると、夫人は誰にも邪魔されなくなった。夫人はイタリア座やオペラ座へ、ボーセアン氏とダジュダ＝ピント氏と一緒に出かけていた。処世術をわきまえた男であるボーセアン氏は、妻とダジュダ＝ピント氏を席につかせると、自分はいつも座を外してしまうのだった。ところが今や、ダジュダ＝ピント氏は結婚しようとしている。相手はロシュフィード家の令嬢だった。上流階級全体の中でただ一人だけがこの結婚のことを知らずにいたが、それがボーセアン夫人なのである。女友達の何人かは、夫人にそれとなくこの話をしていた。だが、誰もがうらやむ自分の幸福に友達が水をさそうとしているのだろうと思い、夫人は笑い飛ばした。とはいえ、まもなく結婚の公示が行われる。美男のポルトガル人は、子爵夫人に自分の結婚の話をしにきたのだが、裏切りの言葉をなかなか言い出せずにいた。なぜだろうか。こうした「最後通牒《つうちょう》」を女性につきつけることほど難しいことはないのだろう。女性に二時間も愁嘆場《しゅうたんば》を演じられ、最後には死んだふりをされ、気つけ薬を取りにいかされるより、男性から決闘場で心臓に剣を突きつけられる方がましだという男性もいる。そんなわけで、ダジュダ＝ピント氏はこの時、針の筵《むしろ》の上にいるような思いで、帰りたくてしかたなかった。ボーセアン夫人の耳にもやがてこの知らせは伝わるだろう、手紙を書こう、恋する女の心臓を一突きするには、肉声よりも手紙の方が好都合だなどと自分に言い聞かせていた。子爵夫人の従僕がウージェーヌ・ド・ラスティニャック氏の来訪を告げた時、ダジュダ＝ピント侯爵はうれしくて身震いした。恋する女性は、快楽に変化をつけるのにたけている以上に、疑いを抱く能力をもっている。恋人に捨てられそうになると女性は、ウェルギリウスの駿馬《しゅんめ》＊23が恋を告げる遠くの微粒子を嗅ぎつけるよりもすばやく、相手の男のちょっとした仕草の意味も見抜いてしまう。だからボーセアン夫人も、恋人が思わず見せたかすかな身震い、自然に出たからこそ残酷な身震いを見逃すはずはなかった。パリでは誰の家に行くにも、その家の知人から、夫と妻、子供の身の上話を聞いてからでなければ訪問してはいけないという法則を、ウージェーヌはまだ知らなかった。それというのも、訪問先で失言をしないためである。ポーランド語には、へまをしてはまり込んだぬかるみから何とか抜け出すという意味だろうが、「五頭の牛を牛車につなげ」という面白いイメージをはらんだ表現がある。こういう会話上の失敗を表す言葉がフランスにはないのは、この国では悪口が個人の行状を吹聴して歩くので、そんな失言もあり得ないと思われているからだろう。レストー夫人の家でぬかるみにはまり、五頭の牛を牛車につなぐ余裕も夫人に与えてもらえなかったのに続き、今度はボーセアン夫人の家にまかり出て牛飼いのまねを繰り返せるのはウージェーヌだけだった。ただし、レストー夫人とトライユ氏をおおいに邪魔した彼が、今度はダジュダ氏を窮地から救うことになった。

「ではさようなら」ポルトガル人は、贅沢もそこでは優雅の別の名にほかならない灰色と薔薇色のしゃれた小客間にウージェーヌが入っていくと、急ぎ足で扉の方へ向かいながら言った。

「でもまた今晩ね」ボーセアン夫人は振り向き、侯爵を見つめて答えた。「イタリア座にいらしてくださるのでしょう」

「それが、だめなのです」とダジュダ侯爵は扉の取っ手に手をかけて言った。

ボーセアン夫人は立ち上がり、ウージェーヌのことなどまったくおかまいなく、侯爵を自分のそばに呼び戻した。ウージェーヌの方は立ちつくしたまま、目を奪う豪華な富の輝きにぼうっとなり、アラビアン・ナイトの世界を現実に見る思いで、自分にはいっこうに気づく気配のないこの女性を前に身の置き場に困っていた。子爵夫人は右手の人差し指を上げると、美しい仕草で侯爵に自分の目の前の席を指した。この仕草には、恋の情熱ゆえの有無を言わせぬ横暴な力が込められていたので、侯爵は扉の取っ手を放して戻ってきた。ウージェーヌは侯爵を眺め、羨望の念を覚えずにはいられなかった。

「あれだな、箱馬車《クーペ》の男は！　駿馬やお仕着せを着た従僕や、うなるほどの黄金がないと、パリでは女性に目も向けてもらえないということか」

奢侈《しゃし》の魔が心に食い入った。金を儲けたいという熱望に捉えられ、黄金への渇きが喉をひりひりさせた。今学期分の仕送りはもう百三十フランしか残っていない。父、母、弟、妹、伯母は、五人で月に二百フランも使わないのだった。自分の現在の境遇と、到達すべき目標をさっと思い比べて、ウージェーヌはますます呆然としてしまった。

「どういうことですの」と子爵夫人は笑いながら言った。「イタリア座に来られない、って」

「仕事の用事ですよ。イギリス大使のところで晩餐があるんです」

「では、早めに切り上げていらして」

男が女をだまそうとすると、どうしても嘘を嘘で塗り固めることになる。そこでダジュダ氏は笑いながら言った。「ご命令ですか？」

「ええ、もちろん」

「そう言ってほしかったのですよ」とダジュダは、他の女性だったら誰でも安心してしまったにちがいない、あの意味深げなまなざしを投げながら答えた。そして子爵夫人の手を取り、接吻して出ていった。

ウージェーヌは髪に手をやり、挨拶しようとして身をくねらせた。ボーセアン夫人がやっと自分をかまってくれるだろうと思ったのである。しかし彼女はふいに身を躍らせると廊下へ飛び出し、窓べに駆け寄って、ダジュダ氏が馬車に乗りこむところをじっと見つめた。耳を澄まし、彼が行き先を指示する声を聞き取ろうとした。馬車の後ろに乗る従僕が御者に「ロシュフィードさま宅へ」と繰り返す声が聞こえてきた。この言葉と、ダジュダ氏が馬車の座席に身を沈める様子は、この女性にとって稲妻と雷鳴も同然だった。夫人は胸のつぶれるような不安にとらわれて客間に戻ってきた。社交界ではもっとも恐ろしい災難といえども、この程度のものである。ボーセアン夫人は寝室に入り、机の前に座ると、美しい便箋を取り出してこう書いた。

「イギリス大使館ではなく、ロシュフィード家で夕食をなさるからには、ぜひそのわけをお聞かせいただかねばなりません。お待ちしています」

手が震えて歪んだ字をいくつか直した後、クレール・ド・ブルゴーニュを意味するCという文字で署名してから、彼女は呼び鈴を鳴らした。

「ジャック」と、すぐやってきた従僕に夫人は言った。「七時半にロシュフィードさまのところへうかがって、ダジュダ侯爵がいらっしゃるかどうかきいてちょうだい。もし侯爵がいらしたら、この手紙を渡して。お返事はいりません。もしいらっしゃらなかったら、戻ってきてわたしに手紙を返してください」

「奥様、客間でお待ちの方がいらっしゃいますが」

「ああ、そうでした」と言って、夫人は客間の扉を押した。

ウージェーヌがひどくいたたまれない気持ちになりかけた頃、ついにボーセアン子爵夫人が姿を現し、「失礼いたしました」と声をかけた。手紙を書く用事がありましたもので。でももう、ゆっくりお相手できますわ」

夫人は自分で何を言っているかわかっていなかった。そのしみじみした語調がウージェーヌの心の琴線を揺さぶった。夫人は自分で何を言っているかわかっていなかったのだから。「ロシュフィード家のお嬢さんと結婚しようっていうのね。自由の身だとでも思っているのかしら？　今夜、この結婚は破談になるわ、そうでなかったらわたし……。いいえ、明日になればそんな話はなくなっているから」

「お従姉《ねえ》さん……」

「はぁ？」と言いながら子爵夫人は彼をちらっと見たが、その蔑《さげす》んだようなまなざしは学生を凍りつかせた。

ウージェーヌはこの「はぁ？」を理解した。三時間ほど前から多くのことを学んできたので、神経を研ぎすましして危険な事態に備えていたのだ。

「奥様」と彼は赤くなって言い直した。そしてちょっとためらってから続けた。「どうか失礼をお許しください。ぼくはあまりにも後ろ盾を必要としていて、ちょっとした縁続きでも大変ありがたいのです」

ボーセアン夫人はほほえんだ。ただ、悲しそうに。すでにまわりの空気に不幸が轟《とどろ》きはじめているのを感じていたのだ。

「ぼくの家族が置かれている境遇をご存じでしたら」とウージェーヌは言葉をついだ。「奥様は、おとぎ話の妖精の役割を演じて、名づけ子のまわりから障害を取り除いてくださるに違いありません」

「そう、では従弟のあなたのために」と夫人は笑いながら言った。「どんなことをして差し上げられるかしら」

「ぼくのような者にわかるでしょうか。闇の中に消えてしまいそうなほどかすかな姻戚関係で奥様につながっているだけでも幸運の極みです。お目にかかっただけで気が動転し、何を申し上げに来たのか忘れてしまいました。パリで知り合いといえば奥様だけなのです。ああ、奥様のスカートにまとわりつきたいと願い、奥様のためなら死んでもいいと思っている哀れな子供としてぼくを受け入れていただけませんでしょうかとお願いし、ご助言をいただきたくて参ったのです」

「わたしのために人を一人殺せるかしら？」

「一人と言わず二人でも」とウージェーヌは答えた。

「子供みたいなことを！　そう、子供なのね」と夫人は涙をこらえながら言った。「きっと心から愛するでしょうね、あなたなら」

「もちろんです」と彼は大きくうなずいて言った。

そんな野心家らしい答えを聞いて、子爵夫人はウージェーヌに激しく興味をひかれた。この南国人は生まれてはじめて計算を働かせていた。レストー夫人の青い私室からボーセアン夫人の薔薇色の客間へ来るあいだに《パリ法学》三年分を学習してしまっていたから。これこそ、世の人は語ろうとしないが高等社会法学なのであって、よく学んでうまく適用すれば何だって実現できるのである。

「ああ、思い出しました」とウージェーヌは言った。「奥様の舞踏会でレストー夫人とお近づきになりまして、今朝、お宅へうかがってきました」

「きっとお邪魔だったでしょうね」とボーセアン夫人はほほえんで答えた。

「ああ、そうなんです、ぼくは奥様に助けていただけなかったら、みんなを敵に回してしまいそうなくらい世間知らずなんです。パリでは、若くて、美しくて、お金持ちで、上品で、恋人がいない女性にめぐりあうことはとても難しいんですね。ところがぼくには、あなたがた女性がよく心得ていらっしゃること、つまり人生というものを教えてくれる女性が必要なのです。どこに行ってもトライユ氏みたいな人にぶつかるにちがいありません。ですから、謎解きをしていただき、ぼくがどんな失敗をしたのか教えていただきたくてうかがったのです。あそこでぼくはある爺さんの話を……」

「ランジェ公爵夫人がお見えです」とジャックが告げた。話の腰を折られたウージェーヌはひどく苛立ったそぶりを見せた。

「成功なさりたかったら」と子爵夫人がささやいた。「そんなにあからさまに感情を表してはだめよ」

「まあ、ようこそ」と彼女は立ち上がってランジェ公爵夫人を迎え、実の妹に見せるような、喜びを抑えきれない様子で優しく手を握りしめた。公爵夫人はかわいらしい甘えた仕草で応えた。

「二人は親友なんだな」とラスティニャックは思った。「それなら、ぼくには一気に二人の庇護者ができるぞ。人間の好き嫌いも同じだろうから、こちらの夫人もぼくに関心を持ってくれるだろう」

「どのようなうれしい思いつきでわたしに会いに来てくださったの、アントワネット？」とボーセアン夫人はたずねた。

「だって、ダジュダ＝ピントさんがロシュフィードさんのお宅に入っていらっしゃるのを見たのよ、それであなたはお一人なのだと思って」

ボーセアン夫人は唇を嚙《か》んだりはせず、赤くもならず、目つきもまったく変わらなかった。公爵夫人がこの決定的な言葉を口にしているあいだに、顔の表情はむしろ明るくなったように見えた。

「お客様がみえていると知っていたら……」と、ランジェ公爵夫人はウージェーヌの方を振り返りながら言った。

「こちらはわたしの親戚のウージェーヌ・ド・ラスティニャックさんです」とボーセアン夫人は言った。「あなた、モンリヴォー将軍の消息はご存じ？　セリジーさんに昨日聞いたのですけど、最近お姿が見えないそうね。今日はお宅にお見えになったの？」[*24]

すっかり心奪われているモンリヴォー氏に捨てられたという噂の公爵夫人は、この質問に心臓を突き刺される思いだった。彼女は赤くなって答えた。「昨日はエリゼ宮にいたわ」

「お勤め[*25]だったのね」とボーセアン夫人が言った。

「クララ、あなたもきっとご存じでしょうけど」とランジェ公爵夫人は視線でありったけの悪意を送りながら言った。「ダジュダ＝ピントさんとロシュフィード家のお嬢さんの結婚が明日、公示されるんですってね」

この一撃はあまりにも強烈だった。ボーセアン夫人は青ざめたが、笑いながら答えた。

「馬鹿な人たちがおもしろがって広める噂のたぐいでしょう。ダジュダ＝ピントさんが、ポルトガルで一番高貴な名前の一つを、ロシュフィード家の者などに名乗らせるはずがないわ。ロシュフィード家はついこのあいだ貴族になったばかりなのよ」

「でも人の噂だと、ベルトさんには年に二十万フランの金利収入が入ることになるそうね」

「ダジュダさんはお金持ちだから、そんな計算をするわけがありません」

「だってあなた、ロシュフィード家のお嬢さんはかわいらしい方よ」

「そうかしら！」

「とにかく今晩、ダジュダさんはロシュフィード家でお夕食ですって。結婚の条件もすべて整ったの。あなたがそんなふうに何もご存じないなんてびっくりよ」

「それであなた、どんなへまをなさったの、ラスティニャックさん？」とボーセアン夫人は言った。「このかわいそうな坊やは社交界に投げ出されたばかりで、わたしたちが言っていることはぜんぜんおわかりにならないのよ、アントワネット。この方のために、そのお話はまた明日ということにしましょう。明日になれば、すべてが公《オフィシエル》になって、あなたのお話もまちがいなく非公式《オフィシイウー》なおせっかいだったってことになるでしょうから」

ランジェ公爵夫人はウージェーヌに、相手を上から下まで眺め回し、ぺしゃんこにし、ゼロの状態にしてしまうような横柄な視線を投げた。

「ぼくはそれと知らずに、レストー夫人の心臓に短刀を突き刺してしまったのです。それと知らずにやったのが、ぼくの過ちなのです」と学生は言った。持ち前の才気が役に立ち、二人の女性の優しげな言葉の下にある辛辣な皮肉がわかってきた。

「事情を知った上でわざと傷つけようとしてくる人たちならば、みなさんは交際を続けられ、恐れさえするかもしれません。ところが、与える傷の深さも知らずに相手を傷つけてしまう人間は愚か者扱いされ、要領の悪い不器用な人間として、皆に軽蔑されるのです」

ボーセアン夫人はウージェーヌにとろけるようなまなざしを投げたが、偉大な魂の持ち主は、そのような視線に感謝と威厳を同時に込めることができるものだ。さきほど彼を値踏みするためにランジェ公爵夫人が投げかけた競売鑑定人さながらの一瞥でウージェーヌの心にぱっくり開いた心の傷を、このまなざしは香《かぐわ》しい薬のように癒してくれた。

「実はなんと、ぼくはレストー氏のご好意を手に入れたところだったのです」とウージェーヌは続けた。「というのも」と彼は、ランジェ公爵夫人の方を謙虚そうではあるがいたずらっぽくもある様子で見やり、「申し上げておかねばなりませんが、ぼくはまだ、しがない学生で、ひとりぼっちで貧乏なものですから……」

「そんなことをおっしゃってはいけませんよ、ラスティニャックさん。わたしたち女性は、誰も欲しがらないものになど見向きもしませんから」

「ええ、でも」とウージェーヌは言った。「ぼくはまだ二十二歳［他の箇所では二十一歳。作者の誤り］ですから、年齢なりの不幸に耐えられるようでないと。そうです、ぼくは罪を告白し償いを求める場にうかがっているのです。これ以上美しい懺悔台にひざまずくことなどできません。こちらで罪を犯し、あちらの告解所でまた懺悔するのですね」

この反宗教的な言葉をきいて、公爵夫人は冷ややかな態度をとり、その悪趣味をはねのけるようにボーセアン夫人に言った。

「この方はパリに出ていらしたばかりで……」

ボーセアン夫人は従弟のことも公爵夫人のことも遠慮なく笑いはじめた。

「出てきたばかり、そうなのよあなた、それで、良き趣味を教えてくださる女の先生を探していらっしゃるの」

「奥様」とウージェーヌはランジェ公爵夫人に言った。「わたしたちの心を魅了するものの秘密を知ろうとするのは自然なことではないでしょうか？」（「おいおい」と彼は心の中で思った。「床屋みたいに陳腐なせりふを言ってるぞ」）

「レストー夫人は、たしかトライユさんの女生徒だったわね」と公爵夫人。

「ぼくはそんなこと全然知らなかったんです」とウージェーヌはまた口を開いた。「ですから軽率にも、お二人のあいだに割りこんでいったんです。ともかく、はじめはご主人ともかなり話が合いましたし、しばらくは夫人にも我慢していただいていました。なのにふと、その前に廊下の奥で伯爵夫人に接吻して、裏階段から出ていく姿が見えた人物と知り合いだと言ってみたくなったのです」

「誰なのかしらそれは？」と二人の女性がきいた。

「貧乏学生のぼく同様、サン＝マルセル地区の奥に、月々四十フランほどで暮らしている老人です。皆に馬鹿にされどおしの、それこそ不幸な男で、ぼくたちはゴリオ爺さんと呼んでいます」

「まあ、なんて子供なの、あなたは」とボーセアン夫人は叫んだ。「レストー夫人はゴリオさんのお嬢さんなのよ」

「パスタ製造業者の娘ですわ」とランジェ公爵夫人が言い足した。「はじめて宮廷に顔を出したのが、お菓子屋の娘と同じ日だったのよ。覚えていらっしゃらない、クララ？　王様は笑い出されて、ラテン語で小麦粉についてなにか洒落をおっしゃったわ。人は、じゃなくて何だった？　人は……」

「《同ジ粉ヨリナリテ》〔Ejusdem farinæ、ラテン語の成句。共通の欠点をもつ人や物を表す表現〕」とウージェーヌが言った。

「そう、それよ」と公爵夫人は応じた。

「では、あの人がレストー夫人の父親なんですか」ウージェーヌはぞっとしたような身ぶりをして言った。

「もちろんよ。あの老人には娘が二人あって、両方とも父を見捨てたも同然なのに、父親は理性を失うほど娘たちを愛しているの」

「下のお嬢さんは」とボーセアン夫人はランジェ公爵夫人の方を見て続けた。「ドイツ風の名前の、ニュシンゲン男爵とかいう銀行家と結婚したんじゃなかったかしら。デルフィーヌというお名前じゃない？　オペラ座の脇桟敷に席をお持ちの金髪の方で、イタリア座にもいらしては、目立とうとして大きな声で笑う人でしょ」

ランジェ公爵夫人は、ほほえんでこう言った。「ねえ、あなたには感心してしまうわ。どうしてあんな人たちのことにそれほど興味を持てるの？　レストーさんみたいにぞっこん惚れ込んででもいなければ、アナスタジー嬢の魅力に粉まみれになるなんて、できることじゃないわ。しかも苦労するわよ。あの女《ひと》はトライユさんの手中に落ちて、今に身を滅ぼすでしょうからね」

「娘たちは父親を見捨てたのですか」とウージェーヌは繰り返した。

「ええ、そうなのよ、自分たちの父親を、父というものを、一人の父親を」とボーセアン夫人が答えた。「人の話によると、とてもいいお父さんで、娘に立派な結婚をさせて幸せにしようと、それぞれに五、六十万フランも分けてあげて、自分には八千から一万フランの利子収入しか取っておかなかったのですって。娘たちはいつまでも自分の娘だと信じて、娘たちのそれぞれの嫁ぎ先に、自分が愛され大事にしてもらえる二つの生活、二つの家ができたと思っていたのね。ところが二年も経つと婿たちは、とんでもなく卑しい人間かなにかのように、父親を交際仲間からはじき出してしまったの」

ウージェーヌの目に涙がいく粒か浮かんだ。ついこのあいだ帰省して、家族の清く神聖な愛情で心を洗われたばかりだったし、心はまだ若々しい信念にあふれていた。それに今日は、パリ文明の戦場での初陣の日だった。本物の感動は伝わりやすいものだから、しばらく三人は黙ってお互いの顔を見つめ合っていた。

「ほんとうに」とランジェ公爵夫人が言った。「恐ろしいことね。でも、わたしたちは同じようなことを毎日のように目にしているのよ。それには何か理由があるのじゃない？　ねえあなた、婿ってものが何だか考えたことがおあり？　あなたにしろわたしにしろ、将来のお婿さんのために、自分の可愛い娘を大事に育て上げるのよ。数限りない愛情の絆《きずな》で結ばれた娘、十七年間も家族の喜びで、ラマルティーヌ風に言えば家庭の《白き魂》だった娘が、やがて災いの種になってしまう。お婿さんは、わたしたちから娘を取り上げてしまうと、娘の愛情を斧《おの》のようにつかんで、かわいい天使と実家をつないでいる感情を、心からも身体からも、すべて断ち切ってしまうのです。つい昨日まで、娘はわたしたちにとってすべてだったのに、一夜明けると敵になっているんです。こんな悲劇が毎日のように起きているのを見ていないかしら。息子のためにすべてを犠牲にした義理の父親にひどく無礼な仕打ちをする嫁がいるかと思えば、義理の母親を追い出してしまう婿もいる。今の社会で劇的《ドラマティック》なものって何だろうという声をよく聞くけど、婿をめぐる劇《ドラマ》は身の毛もよだつものだわ、ひどく愚かしいものになってしまったわたしたちの結婚のことは置いておくとして。あのパスタ業者のお爺さんの身に起きたことは、わたしにはよくわかります。あのフォリオさんはたしか……」

「ゴリオです、奥様」

「そうね、あのモリオは、大革命期に自分の地区の委員長をしていたの。例の有名な食糧不足の舞台裏に通じていたので、その頃に、小麦を仕入れ値の十倍で売って財産を作り始めたわけです。あの男は小麦を欲しいだけ手に入れられました。わたしの祖母の執事は、彼に莫《ばく》大《だい》な額の小麦を売ったそうよ。ああした連中はみなそうだったけど、このゴリオも公安委員会と結託していたに違いないわ。執事が祖母に、グランヴィリエにいるかぎり身の危険はございません、あなたさまの麦が立派な公民証がわりですからと言っていたのを覚えています。それでね、首切り人たちに麦を売っていたあのロリオには、たった一つの情熱しかありませんでした。人の話では、娘たちを溺愛しているのですって。そこで彼は、上の娘をレストー家に嫁がせ、下の娘を、王党派のふりをしている裕福な銀行家、ニュシンゲンのところへやったのです。ナポレオン帝政時代にはもちろんまだ、二人の婿たちもこの年老いた《九三年老人》［一七九三年から九四年にかけての恐怖時代に大革命に参加した人］を家に迎えるのをそんなに嫌がったりはしませんでした。ブオナパルテ［王党派の人々がナポレオンを呼ぶ時の蔑称］時代は、まだしもよかったのです。ですがブルボン王家が戻ってくると、あの老人はド・レストー伯爵にとって迷惑な存在になり、銀行家にとってはもっと足手まといになりました。娘たちは多分まだ父親を愛していて、ヤギとキャベツ、[*26]つまり父親と夫を両方立ててうまくやっていこうとしました。娘たちは誰もいない時にゴリオを家に呼んでいたのです。『パパ、来てちょうだい。水入らずでいられるからこの方がいいわ』などと、優しいふりをした言い訳を考え出して。わたしが思うには、本物の感情には見る目もあれば知恵もあるものよ。だから《九三年老人》の心はきっと血を流したにちがいありません。娘たちが自分のことを恥ずかしがっているのがわかったんです。娘たちが夫を愛しているなら、婿たちの迷惑にもなっていると悟りました。だから自分を犠牲にしなければならなくなったの。父親だから、自分が犠牲になったのです。彼は自分から、娘たちの家に出入りするのをやめました。娘たちが満足しているのを見て、いいことをしたと思いました。この小さな犯罪において、父と娘は共犯者だったわけです。こういうのは、どこにでもある話よ。ドリオ爺さんは、娘たちのサロンでは汚い油の染みのようなものだったんじゃないかしら。自分でも、そこにいると気詰まりで、退屈していたんじゃないかしら。この父親の身に起きたことは、この上なく美しい女性とその最愛の男性のあいだにも起こりかねないことなのです。女の愛情にうんざりしてくれば、男性はさっそく逃げ出し、女から離れるためにどんな卑怯な真似もするでしょう。感情というのはみなそんなものだわ。わたしたちの心は宝箱で、中身を一気に投げ出したら破滅してしまいます。感情をすべてさらけ出してくる男は、一銭も持っていない男と同じくらい許しがたいものです。この父親はすべて与えてしまったのです。二十年のあいだ、情けと愛情を注ぎ続け、しまいに財産を一気にすべてあげてしまったのです。レモンを搾り尽くすと、娘たちは搾りかすを道端に投げ捨てたわけね」

「世の中ってひどいわ」とボーセアン夫人はショールの糸をほぐしながら、目も上げずに言った。ランジェ公爵夫人が、この話の中で自分に当てつけて言った言葉がひどく胸にこたえたのだ。

「ひどいですって！　いいえ」と公爵夫人は言った。「世の中はそういうふうに動いている、それだけのことよ。こんなことをお話しするのも、わたしだって世の中にだまされっぱなしでないことをわかっていただきたかったからなの。わたしも考え方はあなたと同じ」そしてボーセアン夫人の手を握って続けた。「この社会は泥沼よ。お互い、高いところに留《とど》まるようにしましょうね」ランジェ公爵夫人は立ちあがり、ボーセアン夫人の額にキスして言った。「あなた今とってもおきれいよ。これまで見たこともないくらい顔色がいいわ」そしてラスティニャックの方を見ると、軽く頭を下げて出ていった。

「ゴリオ爺さんって崇高な人なんですね」と、老人が夜中に銀をねじまげていた姿を思い出しながら、ウージェーヌは言った。

ボーセアン夫人は物思いに沈んでいて聞こえないようだった。しばらく沈黙が続き、哀れな学生は恥ずかしさにぼおっとなって、出て行くことも、居残ることも、話しかけることもできずにいた。

「世の中は卑劣で意地悪だわ」とついにボーセアン夫人が言った。「何か不幸なことが起こると、さっそく友達がそれを知らせにやってくるんですからね。そして短刀の柄の立派さをみせびらかしながら、刃でわたしたちの心をえぐり回すんだわ。もうさっそく皮肉と嘲《ちょう》弄《ろう》！　ああ、自分の身を守らなければ」彼女はいかにも貴婦人らしく顔を上げ、誇りに満ちた両目からは稲妻のような光がほとばしった。そしてウージェーヌの姿を目にして「あら、まだいらしたの」と叫んだ。

「はあ、まだおります」彼はしょんぼりと言った。

「そうよ、ラスティニャックさん、この世間を、価値相応に扱いなさい。出世なさりたいのなら、わたしがお手伝いしましょう。女たちの堕落がどれだけ深いものか、男たちの情けない虚栄心がどれほどふくれ上がっているか、計り知ることになるでしょう。わたしは社交界という書物を読み尽くしたつもりでしたが、まだ知らないページもあったのでした。今や、わたしはすべて知っています。冷酷に計算すればするほど、あなたは先へ進んでいけるのです。容赦なく相手をたたきなさい、向こうに恐れられるように。男性も女性も、宿駅ごとに乗りつぶす駅馬のように扱うことだわ。そうすれば望みの頂点まで到達できます。おわかりでしょうけど、あなたに関心を寄せる女性がいなければ、ここではものの数にも入らないのです。あなたには、若くてお金があって優雅な女性が必要ね。でも本物の愛情を抱いたなら、宝物のように隠しておきなさい。悟られると身の破滅です。処刑する側でなく、犠牲者になってしまいますから。もし恋をしても、秘密はしっかり心にしまっておくのです。相手がどんな人間かよく確かめた上でなければ、心を開いてはだめ。まだ存在していないあなたの恋をあらかじめ守るためには、世間を信用しない訓練を積んでおくことです。よく聞いてね、ミゲル……（彼女はそれと気づかず、無邪気にも名前を言い間違えた）［ミゲルはダジュダ＝ピントの名前］。二人の娘たちが父親を見捨て、死んでくれればいいとさえ思っているにしても、それよりもっと恐ろしいことがあるのですよ。それは、姉妹のあいだの敵対心なの。レストー家は名門なので、奥さんも社交界に迎えられ、宮廷にも顔見せしました。ところがその妹さん、お金持ちで美しいデルフィーヌ・ド・ニュシンゲン夫人は銀行家の妻で、悶《もだ》え死にしそうなのです。嫉妬に苛《さいな》まれているのね、お姉さんに百里も差をつけられてしまったから。もう姉を姉とも思っていないはずです。この二人の女性は、父親を否認したように、自分たちもお互いを姉妹と見なしていません。ですからニュシンゲン夫人はわたしのサロンに足を踏み入れるためなら、サン＝ラザール通りとグルネル通りのあいだの泥をなめつくすことも辞さないでしょう。ド・マルセーが自分の夢をかなえてくれるだろうと思っていたようで、ド・マルセーの奴隷になってうるさくつきまとっているけれど、ド・マルセーは彼女のことなどどうでもいいのです。もしあなたがあの女《ひと》をわたしに紹介すれば、あなたはすっかり気に入られて、熱愛されるでしょう。そのあとで、好きになれればあの女《ひと》を愛せばいいのだし、そうでなければ彼女を利用なさい。盛大な夜会でお客さんが大勢いる時に、一、二度ご招待するわ。でも午前中は絶対にお目にかかりませんよ。ちょっとご挨拶すれば十分でしょう。あなたはゴリオ爺さんの名前を口にしたために、自分でレストー伯爵夫人の家の扉を閉ざしてしまったのです。もちろん、あなた、レストー夫人の家を二十回訪ねたところで、二十回とも留守だって言われるわ。あなたは出入り禁止になってしまったの。それならゴリオ爺さんに頼んで、デルフィーヌ・ド・ニュシンゲン夫人に引き合わせてもらいなさいよ。美しいニュシンゲン夫人なら、あなたのいい看板になるでしょう。あの女《ひと》から特別目をかけられる男性におなりなさい、そうすれば他の女性たちもあなたに夢中になります。あの女《ひと》のライヴァルや、お友達や、親友までが、あなたを横取りしようとするわ。ほかの女性が選んだ男を好きになるような女が必ずいるものですから。わたしたちがかぶる帽子をかぶれば、貴族女性の物腰まで身につくと思っているみじめなブルジョワ女と同じことね。あなたは女性たちにちやほやされるでしょう。パリでは女にもてることがすべてです。それが権力への鍵なのです。女性たちがあなたのことを機知も才能もある人間だと思えば、男性たちもそれを信じます。あなたがその評価を崩すようなことをなさらなければですが。そうなればあなたは何でも望めるようになり、どこへでも出入りできるようになります。社交界がどんなところか、つまり騙《だま》す人と騙される人の寄り集まりだということもわかってくるでしょう。けれど、どちらの組にも入ってはだめ。この迷宮に分け入っていくためのアリアドネの糸[*27]としてわたしの名前を貸してあげます。わたしの名前を汚さないでくださいね」と、ボーセアン夫人は項《うなじ》をそらせ、女王のようなまなざしで学生を見つめて言った。「真っ白なまま返してちょうだい。さあ、ではお帰りになって。わたしたち女性にも、女の戦いというものがあるのよ」

「もし、地雷に火をつけにいく、どこまでも献身的な男があなたに必要でしたら」とウージェーヌは夫人の言葉が終わらないうちに言った。

「そうしたら？」と彼女はたずねた。

ウージェーヌは自分の胸を叩き、従姉の微笑にほほえみ返して退出した。五時になっていた。ウージェーヌは空腹を感じ、夕食の時間に間に合わないのではないかと心配になった。

こんな気がかりがあったから、パリの町を馬車で風のように運ばれていく幸せがしみじみと感じられた。それは何の苦労もせず湧いてくる快感だったので、次々と頭に浮かんでくる考えに思う存分ふけることができた。この年頃の青年は、軽蔑されると興奮し、悔しがり、社会全体を拳《こぶし》で脅し、復讐を誓うと同時に自分の力を疑ってしまう。ラスティニャックはこの時、「自分でレストー伯爵夫人の家の扉を閉ざしてしまったのです」という言葉に傷ついていた。「行ってやる！」と彼は心の中で叫んだ。「もしボーセアン夫人の言うとおり、出入り禁止になっているなら……ぼくは……そうだ、レストー夫人が、行く先々のサロンで必ずぼくに出くわすようにしてやる。剣を習い、ピストルを練習して、彼女のマクシムを殺してやるんだ！　だけど、そのための金はどうする？」と内心の声が叫んだ。「金はどこで工面するんだ？」突然、レストー夫人の家にひけらかされていた財宝が目の前にきらめいて見えた。ゴリオの娘がいかにも好きそうな贅沢品、金ぴかもの、人目をひく高価な品、成り上がり者の愚かな奢侈、囲われ女の浪費を彼はそこに見てきたのだった。この心惑わすような幻影も、壮麗なボーセアン邸のイメージにたちまち押しつぶされてしまった。パリ社会の上層部へと翔け上がった彼の想像力は、知性と意識を押し広げ、心に数々の邪念を吹きこんだ。彼は世間をあるがままに見た。つまり金持ちの世界では法律も道徳も無力であり、出世と財産こそ「この世の大原則《ウルティマ・ラティオ・ムンディ》」なのだ。「ヴォートランの言うとおりだ、成功は美徳なり」とウージェーヌは思った。

ヌーヴ＝サント＝ジュヌヴィエーヴ通りに着くと、ウージェーヌは急いで自分の部屋に上がり、降りてきて御者に十フラン渡し、あの胸の悪くなるような食堂に入っていった。十八人の会食者たちが、まぐさ棚に向かった家畜のように餌を食《は》んでいるところだった。下宿人たちのみじめな様子とこの部屋のわびしさを見るとぞっとした。変化があまりに唐突で、何もかもあまりに対照的だったから、野心は胸の中でとてつもなくふくれ上がった。片方には、優雅をきわめた社交生活のみずみずしくうっとりするようなイメージ、すばらしい芸術品や贅沢品に囲まれた若々しく潑剌とした人々の姿、詩情にあふれ情熱に輝く顔。もう一方には、泥で縁取られた陰気な情景、情熱が骨と筋しか残さなかったような顔つき。捨てられた女の怒りにかられてボーセアン夫人が口にした教訓や魅力的な提案が思い出され、目の前の悲惨な光景がそれに注釈をつけていた。ラスティニャックは出世するために二つの塹壕《ざんごう》[*28]を並行して掘り進めようと決意した。つまり学問と愛の両方を支えとし、学識に富む博士にして社交界の寵児になろうと考えた。まだまだ子供だったのだ。この二つの線は、決して交わらない漸近線なのに。

「いやに沈んだ顔をしてるね、侯爵閣下」ヴォートランが、心の奥深く隠された秘密まであぶり出すような視線を彼に投げて言った。

「ぼくを侯爵閣下なんて呼ぶような人の冗談にはつきあう気になれませんね」と彼は答えた。「このパリで本物の侯爵になるには、年に十万フランの金利収入が必要です。なのに、ヴォケー館で暮らしているようじゃ、福の神のお気に入りとは言えませんからね」

ヴォートランはラスティニャックを、保護者のような、それでいて軽蔑したような目つきで見た。まるで「この小僧、貴様なんか一口で食っちまえるんだが」とでも言っているようだった。そしてこう答えた。「ご機嫌斜めですな、美しいレストー夫人に気に入っていただけなかったんですかな」

「夫人のお父上がぼくと同じテーブルで食事をしていると口走ったために、出入り禁止になりました」とラスティニャックは言った。

会食者たちは顔を見合わせた。ゴリオ爺さんは目を伏せ、後ろを向いて目を拭《ぬぐ》った。

「あなたの嗅ぎタバコが目に入りましたよ」とゴリオは隣の男に言った。

「ゴリオ爺さんをいじめるやつは、これからはぼくが相手になる」とウージェーヌはかつてのパスタ業者の隣にいた男をにらみつけて言った。そして「爺さんはぼくたちの誰より立派な人なんだ。女性のみなさんは別にしてですが」とタイユフェール嬢の方を向いて付け加えた。

この言葉が締めくくりとなった。ウージェーヌの言葉の調子に、会食者たちは押し黙らざるを得なかったのである。ヴォートランだけが、からかうようにこう言った。「ゴリオ爺さんを引き受けて後見人になろうっていうからには、剣をしっかり構えて、ピストルをうまく撃てるようにならないとね」

「そうするつもりです」

「では今日から戦闘開始というわけかい？」

「ええ、たぶん」とラスティニャックは答えた。「しかしぼくは自分のやっていることを誰にも報告する義務はありません。こっちも、ほかの人たちが夜中にやっていることを探ろうとは思っていませんから」

ヴォートランはラスティニャックを横目でにらんだ。

「ねえ、坊や。人形芝居にだまされたくなかったら、小屋の中に完全に入り込むしかないのだよ。幕の穴から中をのぞいているだけじゃだめだ。今日はこのへんにしよう」ラスティニャックが今にも食ってかかってきそうなのを見てとって、彼は言った。「きみの都合がいい時に、またちょっくら話そうじゃないか」

夕食は陰気でしらけたものになった。学生の言葉を聞いて深い悲しみにとらわれたゴリオ爺さんは、自分に対する一同の気持ちが変わったことにも、皆の迫害を封じる力をもつ青年が自分の弁護に立ったことにも気づかずにいた。

「じゃあ、ゴリオさんは」とヴォケー夫人は小さい声で聞いた。「伯爵夫人のお父さまだってわけ?」

「それに男爵夫人の父でもあるんです」ラスティニャックがおかみさんに教えた。

「それしか能のない男だよ」とビアンションがラスティニャックに言った。「頭を触ってみたけど、こぶは一つしかない。父性のこぶだ。あれはきっと《永遠の父親》にちがいない」

ウージェーヌはひどく深刻な気持ちになっていたので、ビアンションの冗談にも笑えなかった。ボーセアン夫人の忠告を生かしたいと思い、どこで金が手に入るだろうと考えた。目の前に広がる空虚でいて豊かな社交界という大草原を眺め、不安に襲われた。夕食がすむと、一同は彼を一人残して出ていった。

「わたしの娘に会われたんですね？」とゴリオは興奮した声で若者に言った。

老人の言葉で物思いからさめたウージェーヌは、ゴリオの手をとり、共感のこもったまなざしで見つめて「あなたは誠実で立派な方です」と答えた。「また今度、お嬢さんたちの話をしましょう」そう言うと、ゴリオ爺さんの話を聞こうとせずに立ち上がった。そして自分の部屋にこもり、母に次のような手紙を書いた。

「愛するお母さん、ぼくのために差し出していただける三つ目の乳房をお持ちではないでしょうか。ぼくはひとっ飛びに出世できそうな状況にあります。ぼくには千二百フラン必要です。どうしても必要なのです。お父さんにはこのお願いのことは話さないでください。反対なさるかもしれませんし、このお金が手に入らなければ、ぼくは絶望にとりつかれて脳天をピストルで打ち抜くことになるでしょう。今度お会いしたらすぐに理由をお話しします。というのも、今置かれている状況を説明するには、お母さんに書物何巻分の手紙を書いても足りないくらいなんです。ぼくは賭博もしていません、お母さん、借金もありません。ぼくにくださった命をまっとうさせてやろうとお思いでしたら、この額を都合していただきたいのです。実は、ボーセアン子爵夫人のお宅にうかがって、夫人の庇護にあずかることができました。社交界に出なければならないのですが、きちんとした手袋を買おうにも、金がまるでない状態です。パンと水だけで暮らすことも厭《いと》いませんし、必要とあれば断食する覚悟です。しかしパリで葡萄畑にあたるものを耕すのに、道具なしですますわけにはいかないのです。自分の道を切り開くか、泥の中に埋もれて終わるかという分かれ道にきています。お母さんたちがどれほどぼくに期待をかけてくれているかわかっています。だからこそなるべく早くそれを実現したいのです。優しいお母さん、何か古い宝石などを売っていただけませんか。遠からず、代わりになるものを買ってお返しします。家計の状態はよく承知していますから、そのような犠牲の値打ちもわかっています。ぼくがご好意をけっして無駄にしないつもりでいることを信じてください。そうでなければ、ぼくは人でなしです。やむにやまれぬ必要からこんなお願いをしているのだとお考えください。ぼくらの将来はすべて、この軍資金にかかっています。このお金で、ぼくは戦闘を開始しなければなりません。というのもパリ生活は絶え間ない闘いなんです。もし、金額を揃えるために伯母さんのレースを売り払うほかない時には、必ずもっときれいなのをお送りしますから、とお伝えください。(以下略)」

彼は妹たちにも手紙を書いて貯金を無心した。二人は大切なお金を喜んで差し出してくれるにちがいなかったけれど、家庭でそのことをしゃべらないように、ウージェーヌは若い心のうちにぴんと張りつめ、打てば高く響く道義心の琴線を弾《はじ》き、妹たちの細やかな心づかいに訴えた。それでも手紙を書き終わると、抑えられない心のおののきを感じた。胸がどきどきし、体が震えた。この若い野心家は、孤独に埋もれた妹たちの魂の無垢な気高さを知っていた。妹たちにどれほど気苦労をかけるか、そしてまた妹たちがどれほど喜ぶかも知っていた。二人は葡萄園の奥で、どんなに楽しそうに、最愛の兄のことをひそかに語り合うだろう。ウージェーヌの良心は起き上がって光を放ち、妹たちがささやかな貯金をこっそり数えている姿を照らしだした。乙女らしい茶目っ気ある知恵を発揮して、お金を匿名で彼に送ろうとし、崇高な行いをするために人生ではじめてペテンを企てているところも見えてきた。「妹の心は混じりけのないダイヤモンドだ、限りない優しさの泉だ」と彼は思った。手紙を書いたことを恥じた。妹たちの願いはどれほど力強く、天をめざして翔《かけ》る彼女たちの魂の飛翔はどれほど清いことか。彼女たちはどれほど嬉々《きき》として自分を犠牲にすることだろうか。金額が足りなかった時、母はどれほど悩み苦しむことか。こうしたうるわしい感情、恐ろしい犠牲が、デルフィーヌ・ド・ニュシンゲンに到達するための踏み台として利用されようとしているのだ。幾粒かの涙、家族という神聖な祭壇に捧げられた最後の薫香《くんこう》の数粒が目からこぼれ落ちた。絶望に心かきみだされて、ウージェーヌは部屋の中を歩き回った。半開きのドアの隙間からこの様子を見たゴリオ爺さんは、入ってきて声をかけた。

「どうなさったかな?」

「ああゴリオさん、あなたが父親であるように、ぼくもまだ息子であり兄なんです。アナスタジー伯爵夫人のことを心配なさっていましたが、無理もありません。マクシム・ド・トライユみたいな悪い虫がついていますから、きっと破滅させられてしまうでしょう」

ゴリオ爺さんは何かつぶやきながら出ていったが、ウージェーヌにその意味はわからなかった。次の日、ウージェーヌは手紙を郵便箱に投函しにいった。最後まで迷ったが、「ぼくなら一発あてられるさ！」と言いながら郵便箱に手紙を放り込んだ。賭博者の言葉であり、偉大な将軍の言葉であり、人を救うことより滅ぼすことの方が多い、運命論者の言葉である。数日後、ウージェーヌはレストー夫人の家を訪れたが、会ってもらえなかった。マクシム・ド・トライユ伯爵がいない時間を選んで行ったのに、三度訪れて、三度とも門前払いをくわされた。ボーセアン子爵夫人の言ったとおりだった。この学生はもう勉強しなかった。出席の返事をするためだけに講義に出かけ、名前を呼ばれて答えるとすぐに教室を抜け出した。大部分の学生と同じ理屈をつけて、自分への言い訳にしていた。つまり、試験の間際《まぎわ》になったらちゃんと勉強しようというのである。二年目と三年目の授業を同時に登録しておき、最後の最後のところで法学を真剣に、一気に習得しようと決めた。こうすれば十五ヶ月のあいだ暇ができる。そのあいだにパリという大海原を航海してまわり、女を漁り、財産を釣り上げるつもりだった。その週のうちに彼は二度ボーセアン夫人に会った。ダジュダ氏の馬車が出ていくのを見届けてから邸に上がるようにした。フォーブール＝サン＝ジェルマンでもっとも詩的な人物であるこの名高い女性は、まだ数日のあいだ勝ち誇っていられ、ロシュフィード嬢とダジュダ侯爵の結婚を延期させた。だが、幸福を失うのではという恐れから以前にもまして情熱に燃えたこの数日間が、破局を早めることになったのである。ロシュフィード家と腹を合わせていたダジュダ侯爵は、喧嘩して仲直りしたことで、かえって好都合な状況が生まれたと見た。ボーセアン夫人がやがてこの結婚を想像することに慣れ、男の人生設計に組み込まれている将来の予定のために、午後の逢引を諦めてくれるだろうと考えていたのだ。毎日、神聖な誓いを繰り返しながら、ダジュダ氏は芝居を打っていたわけであり、子爵夫人は喜んでそれに騙されていた。「あの人はいさぎよく窓から飛びおりるかわりに、階段をずりおちるにまかせていたのよ」と、親友のランジェ公爵夫人は言ったものだ。ただし最後の希望の光はまだしばらく輝き続き、そのあいだボーセアン夫人はパリにとどまって、彼女が迷信に近いような愛情を注いでいた若い従弟に尽くしてやることができた。ウージェーヌの方も、同情や真のなぐさめを誰の目の中にも見出せないような状況に置かれていた夫人に献身的に尽くし、細やかな配慮を惜しまなかった。このような時に優しい言葉をかけてくる男性がいたら、何か思惑があってそうするに決まっている。

ニュシンゲン家に接近を試みる前に、チェス盤上の局面をぬかりなく見きわめておきたいと思い、ラスティニャックはゴリオ爺さんの過去の生活について調べることにした。確かな筋から情報を集めてきたが、それを要約すると次のようになる。

ジャン゠ジョアシャン・ゴリオは大革命前、倹約家で腕がいい一介のパスタ作りだったが、なかなか積極的なところもあり、一七八九年の最初の騒乱でたまたま命を落とした主人の店の営業権を買い取った。小麦市場に近いジュシエンヌ街に居を構え、この危険な時代の最有力者に自分の商売を守ってもらうため、地区の区長を引き受けるという抜け目なさも持ち合わせていた。このような知恵が彼の財産のもとになった。その頃、根も葉もなかったのか本当だったのか、飢饉《ききん》の噂が広まってパリで穀類の値段が急上昇し、ゴリオの財産は増え始めた。民衆はパン屋の店先に殺到したが、騒ぎ立てることなく食料品店にイタリアのパスタを買いにいった人々もいたのである。この年［パリに飢饉の噂が広まった一七九三年］に市民《シトワイアン》ゴリオは資金を貯《た》め、そのおかげで後に、豊かな資本を持つ者の特権をくまなく活用して商売を広げることができた。ある程度の才能しか持たないすべての人間に起きることが彼にも起きた。凡庸であるがゆえに救われたのである。しかも彼の財産が知られるようになったのは、金を持っていても危険でなくなった時だったので、誰の妬《ねた》みも買わなかった。穀類の取引が彼の知力をすべて吸い取ってしまったように見えた。小麦、小麦粉、穀屑、それらの質や生産地の見分け、保存法、相場の予想、豊作か不作かの見通し、穀物の安価な仕入れ、シチリアやウクライナからの買いつけといった問題になると、ゴリオの右に出るものはいなかった。商売の指揮をとり、穀類の輸出入に関する法律を解釈し、法の精神を研究してその欠陥を把握するゴリオの様子を見たら、国務大臣も務まる人物と人は思ったことだろう。忍耐強く、活動的で精力的、堅実で仕事が早く、鷲《わし》のように炯眼《けいがん》だった彼は、すべてに先手を打ち、あらゆることを予見し、何でも知っていてすべてを隠していた。策を練らせれば外交官、行動においては兵士のようだった。それが、ひとたび得意の商売を離れ、質素で薄暗い店から出てきて入り口の框《かまち》に肩をもたせかけ、何時間も暇をつぶしている時など、ゴリオは愚鈍で粗野な職人に戻り、理屈ひとつわからない、精神的な楽しみにはいっさい無感動な、芝居に行けば眠ってしまう、パリのドリバン［シュダール・デフォルジュの喜劇『ものわかりの悪い男、あるいは満室の宿屋』（一七九〇年）の主人公で、娘にとんでもない婿を押しつけようとする］のような、愚直だけが取り柄の男になってしまうのだった。こうした人間には、だいたいみな似たところがある。ほぼ例外なく、心に崇高な感情を抱いているのだ。二つの愛情がパスタ業者の心を独占し、心の潤いを吸い尽くしていた。商売が彼の脳みそを使い果たしたのと同じだった。ゴリオの妻は、ブリー地方［パリ盆地の東南部、小麦の産地］の豪農の一人娘で、彼にとって神々しい崇拝の的、限りない愛の対象だった。ゴリオは妻の中に自分とは正反対の、か弱いのに芯が強く、繊細で愛らしい性質を見て心底感嘆していた。男の心に生まれつき備わっている感情があるとすれば、弱い者を絶えず守ることで覚える誇らしい気持ちではないだろうか。その気持ちに愛情を、つまり素直な心の持ち主なら自分の喜びの源泉にかならずや抱く熱烈な感謝の気持ちを加えてみれば、人間の心のさまざまな不思議も理解できるだろう。翳りひとつない七年間を送った後、ゴリオは不幸にも妻を失った。それはちょうど、感情の世界の外でも、妻が彼に大きな影響を与え始めていた頃だった。もっと長生きしたら、ゴリオ夫人は夫の鈍い性質に磨きをかけ、世間や人生の諸事について彼の目を開くこともできたかもしれない。そんな状況にあって、ゴリオの父性愛は常軌を逸するまでに肥大していった。彼は、妻の死によって行き場を失った愛情を娘たちに注いだ。はじめのうちは娘たちも父親の気持ちを十分に満足させてくれていた。商人や豪農たちが自分の娘をゴリオの後妻に押しつけようとして、どんなに結構な条件の縁談を持ち込んできても、彼はやもめで通そうとした。ゴリオが多少とも好意をもつ唯一の人間だった舅《しゅうと》によると、ゴリオは妻が亡くなっても彼女に不実なまねはしないと確かに誓ったそうだった。小麦市場の連中はこの崇高な錯乱を理解できず、冗談の種にして、ゴリオに何か滑稽なあだ名をつけた。そのうちの一人が取引の後で一杯やりながらついそのあだ名を口にしたところ、パスタ業者から肩に強烈なげんこつの一撃をくらって、頭からオブラン通りの馬車よけ石に突っ込んでしまった。ゴリオが無分別なほど娘たちに尽くし、心配性で細やかな愛情を寄せていることはよく知られていた。そこである日、商売仇《しょうばいがたき》の一人がゴリオを市場から追い出し、相場を牛耳《ぎゅうじ》ろうとして、デルフィーヌが二輪馬車に轢かれたとゴリオに告げた。パスタ業者は真っ青になって市場を飛び出した。この虚報のせいで、恐怖と安堵という相反する感情に揺さぶられた結果、ゴリオは何日も寝込んでしまった。男の肩に殺人的な一発をくらわせたりはしなかったが、経済恐慌の時にこの男が破産するように仕組み、市場から追い出した。二人の娘の教育が常識はずれなものだったことは言うまでもない。六万フラン以上の年利収入が入る身で、自分では年に千二百フランも使っていなかったゴリオの楽しみは、娘たちの気まぐれを叶えてやることだった。選り抜きの先生たちが、優れた教育を受けたしるしになるさまざまな技芸を教えにきていた。付き添いの夫人も雇った。娘たちにとって幸運なことに、才気あふれる趣味のよい女性だった。二人の娘は馬に乗り、馬車を持ち、裕福な老貴族の妾のような生活をしていた。どんなに金のかかる望みでも、口に出しさえすれば、父親はいそいそと叶えてくれた。こうした贈り物のお返しに、父親は娘たちがちょっと甘えてくれるだけで満足していた。ゴリオは娘たちを天使のように崇《あが》め、当然、自分より上の存在だと思っていた。かわいそうな男！　ゴリオは娘たちから受ける苦しみさえも愛していた。結婚する年頃になると、娘たちは自分の好みに合った夫を選ぶことができた。それぞれが父の財産の半分を持参金としてもらえることになっていた。美貌ゆえにレストー伯爵に求婚されたアナスタジーは貴族かぶれだったので、父の家を離れ、上流階級に打って出ることにした。デルフィーヌはお金が好きだった。彼女は、神聖ローマ帝国から男爵の位を授けられたドイツ生まれの銀行家ニュシンゲンと結婚した。ゴリオは相変わらずパスタ業者のままだった。商売が彼の人生のすべてだったのに、娘や婿たちは、彼が商売を続けていることをやがて不快に思うようになった。五年間にわたって懇願された末、彼は店を売り払った金と、最近数年間の利益を持って引退することにした。引っ越してきた下宿で、ヴォケーおかみが八千フランから一万フランの年収になると見積もった財産はこれだった。ゴリオは、二人の娘が夫の圧力のもとに、父を引き取るどころか、おおっぴらに家に呼ぶことも拒むのを見て絶望し、この下宿に転がり込んだのだった。

　ゴリオの店の権利を買い取ったミュレという人物が爺さんについて知っていたことはこれですべてだった。ラスティニャックがランジェ公爵夫人から聞いていた憶測も、こうして裏書きされた。人目につかないがおぞましいこのパリ悲劇の導入部は、ここで終わる。

二　社交界への登場

　この十二月の第一週の終わりごろ、ラスティニャックは二通の手紙を受け取った。一通は母から、もう一通は上の妹からだった。見慣れた筆跡を目にして、うれしさに胸は高鳴り、同時に不安におののいた。この吹けば飛んでいきそうな二枚の紙に、自分の野望に対する生か死かの判決が含まれているのだ。両親の窮状を思うと不安にかられたが、両親から特に愛されていることもよく知っていたので、親の最後の血まで吸い取ってしまったのではないかと恐れずにはいられなかった。母の手紙には次のように綴《つづ》られていた。

「大切なウージェーヌ、あなたが頼んできたものを送ります。このお金は有効に使ってください。たとえあなたの命に関わるような場合だって、お母さんはもう二度とこんな大金をお父さんに知らせずに用意できないし、そんなことをしたら家庭の平和にひびが入ってしまいます。それほどの額を用意するには、地所を担保に入れなければ無理でしょうから。知りもしない計画の善し悪しを判断することはできないけれど、わたしにも打ち明けられないなんて、いったいどんな種類の計画なのでしょう？　それを説明するのに、書物何巻分もかかるはずはありません。母親には一言で通じるものなのだから。その一言さえ言ってくれれば、不安に胸をかきむしられることもなかったでしょうに。あなたの手紙を読んで感じたつらい気持ちを言わずにおくことはできません。大切なウージェーヌ、あなたはどんな思いに切羽《せっぱ》つまって、お母さんにこんな恐ろしい思いをさせたの？　わたしに手紙を書きながらずいぶん苦しんだでしょう、わたしも読みながら本当に心が痛みましたから。どんな道に足を踏み入れようとしているの？　あなたの人生、あなたの幸福を、ありのままのあなたでないものに見せかけることにかけているのですか。自分で到底払えないほどお金がかかり、勉強のための貴重な時間を失わずには出入りできないような社交界を見ることにかけているのですか。ねえ、ウージェーヌ、お母さんの心を信じてください。曲がりくねった道を行ったら、偉大なことは何一つ成し遂げられません。忍耐と諦めこそ、あなたのような境遇の若者が持つべき美徳です。あなたを叱ったりはしません、わたしたちの贈り物に何一つ苦い味を添えたくないから。わが子を深く信頼しているのと同じくらい先見の明もある母の言葉だと思ってください。あなたも自分の義務がどんなものかわかっているでしょうし、わたしはあなたの心がどれほど清らかで、あなたの考えがどれほど立派なものか知っていますよ。だからわたしは何の不安もなく『かわいい息子よ、どんどん先へ進みなさい！』と言えるのです。わたしが心配で震えているのは、母親だからです。けれどあなたの一歩一歩に、わたしたちのお祈りと祝福がやさしくつき添っていくことでしょう。慎重になさい。一人前の大人として、分別をもって行動するのですよ。あなたにとって大切な五人の人間の運命が、あなたの肩にかかっているのですから。わたしたちはみな、あなたの計画を助けてくださるよう神様にお祈りしています。マルシアックの伯母さまは、今度のことでは格別ご親切にしてくださいました。あなたが手紙で話していた手袋のことだって、よくわかるとおっしゃったのです。わたしは長男が特にかわいくてね、とうれしそうにおっしゃっていました。ウージェーヌ、伯母さまを大切に思わなければだめですよ。伯母さまがあなたのために何をしてくださったか、あなたが成功するまでは言いませんせん。さもないと、あなたは伯母さまのお金で指を火傷してしまうでしょう。あなたがた子供には、思い出を犠牲にするということがどんなことだかわからないのです。でも子供のためとなれば、犠牲にできないものなんてないのだから。伯母さまから、あなたの額《ひたい》にキスすると、そしてこのキスで、たびたび幸福に恵まれる力を授けたいとのご伝言を預かっています。あの親切で立派な伯母さまは、痛風で指が痛みさえしなければ、ご自分であなたに手紙を書かれたでしょう。お父様はお元気です。一八一九年の収穫は期待以上でした。ではウージェーヌ、さようなら。あなたの妹たちのことは、わたしからは何も書きません。ロールがあなたに手紙を書くそうだから。家庭の細々した出来事をおしゃべりする楽しみは、あの子に残しておいてあげましょう。どうかあなたが成功できますように。そうです、ウージェーヌ、成功してください。今回とてもつらい思いをさせられましたから、二度目には耐えられそうもないですよ。わが子に与える財産があったらと思い、貧乏とはどういうことか、つくづく思い知らされました。ではさようなら。手紙を書いてね。お母さんが送るキスをここに受け取ってください」

この手紙を読み終わった時、ウージェーヌは泣いていた。娘の約束手形を払ってやるために銀器を潰し、売りにいったゴリオ爺さんを思い出していた。

「おまえの母親だって宝石をねじまげたんだぞ！」と彼は心の中で叫んだ。「伯母さんは形見の品を売り払う時、きっと涙を流したにちがいない。お前はどんな権利があってアナスタジーを非難するんだ？　彼女が愛人のためにしたことを、おまえは自分の将来への身勝手な思いからしたんじゃないか。彼女とおまえと、どっちがましな人間なんだ？」耐えがたい灼熱に臓腑《ぞうふ》を焼かれるように感じた。社交界に出るのは諦め、このお金に手をつけないでおきたかった。彼は気高く美しいあの密かな悔恨を心に抱いた。人がその同類を裁く時、こうした悔恨の価値が認められることはめったにない。だが、地上の裁判官が重く罰した罪人も、その悔恨ゆえに天使たちに赦されることがよくある。ウージェーヌは妹の手紙を開いた。無邪気で優しい文面が、心にすがすがしい風を送り込んでくれた。

「お兄さん、お手紙はちょうどいい時に着きました。アガートと私は、自分たちのお金を何に使おうかさんざん考えあぐねて、もう何を買ったらいいかわからなくなっていたところだったのです。お兄さんは、ご主人様の時計をぜんぶひっくり返したスペインの王様の従僕と同じことをしてくれたのよ。ほんとうに、わたしたちには欲しいものがありすぎて、どれを優先したらいいかって、いつも喧嘩ばかりしていたの。二人の望みがすべて叶えられるようなお金の使い道に気づいてなかったのです。アガートは喜んで飛びはねました。そうなんです、わたしたちは一日中、正気を失った二人の女みたいにはしゃいでいました。あまりといえばあまりのことに（伯母さまの口癖です）お母様はこわい顔をしておっしゃいました。『どうしたんですか、あなたたち？』って。ちょっぴり叱られたら、きっとわたしたちもっとうれしかったと思うの。女の人は、愛する人のために苦しむことに、喜びをたくさん見出すはずですもの。でも、うれしい中にもわたしは一人、もの悲しい気持ちに沈んでいました。わたしきっといい奥さんになれないわ、金遣いが荒いの。自分のために、ベルトを二本やら、コルセットに紐穴を開けるためのかわいらしい錐《きり》やら、つまらないものをたくさん買ってしまったので、あのおでぶのアガートほどお金をもっていないんです。アガートったら倹約家で、カササギみたいにお金をため込んでいるのよ。二百フランも持っていました。わたしの方は、お兄さん、百五十フランしかないの。ああ、ばちがあたったのね。ベルトなんか井戸に捨ててしまいたい。つけていたら、きっといつも気がとがめるもの。お兄さんのお金を盗んだも同然だわ。アガートったら優しいのよ。『二人から三百五十フランってことにして送りましょうよ』と言ってくれたのです。でもわたしは事実をありのままに話したかったの。お兄さんのご用命を果たすために、わたしたちがどんなふうにしたかわかる？　わたしたちの誇らしいお金を抱えて、二人で散歩に出かけました。街道に出ると、あとはリュフェック［シャラント県、アングレームの北にある小都市］まで一息に走っていって、王立運輸会社の事務所をやっているグランベールさんにお金を託したのです。帰り道はつばめみたいに身が軽やかだったわ！　『幸せだと体が軽くなるのかしら？』とアガートがわたしに聞いたくらい。いろんなことを二人で話したのだけど、ここでは教えてあげません。パリジャンのお兄さん、あなたの話ばかりだったんですから！　大切なお兄さん、わたしたちお兄さんが大好きよ。結局のところ、すべてその一言に要約できます。秘密に、ということでしたが、伯母さんによると、わたしたちみたいな悪賢い娘にはなんだってできるんですって、もちろん黙っていることとも。お母さんは伯母さんとひそかにアングレームに行きました。二人とも、この旅行の遠大な政治的目的については沈黙を守っていらっしゃいます。旅行に先立って長い会議が開かれたようですが、わたしたちも、男爵閣下も、出席を許されませんでした。ラスティニャック王国では、皆あれこれ推測をめぐらしております。王女たちが女王陛下のために刺繍《ししゅう》している透かし花模様入りモスリンのドレスは極秘のうちに出来上がりつつあります。あと二幅で終わりです。ヴェルトゥイユの側には塀を作らないことが決定されました。生け垣にするのだそうです。そのため庶民は果樹や果樹棚に損害をこうむるでしょうが、他国の人々は、美しい眺望を得ることになりましょう。もしお世継ぎの殿下にハンカチがお必要でしたら、マルシアック皇太后さまが、ポンペイア、およびヘルクラネウム［二つとも、ナポリ近くにあり、ヴェスヴィオ火山の噴火で埋没した古代の都市］と名づけられた貴重品箱と行李《こうり》の中を探された折、ご自身のご記憶にもない、きれいなオランダ麻の布一反を発見されたことをお伝えしておきます。王女ロールとアガートは、ご用命ありしだい、針と糸と、相変わらずいささか赤みを帯びすぎた手を提供するものであります。二人の若き王子、ドン・アンリとドン・ガブリエルは、悪しき習慣が直っておりません。ブドウジャムをたらふく食べ、姉たちを怒らせ、何一つ学ぼうとせず、鳥の巣を荒らして喜び、ばか騒ぎをし、国法に背いて柳の小枝を伐り、杖を作っています。俗に司祭様と呼ばれておりますローマ法王の特使様は、あの子たちがこれからも文法の神聖な規範《カノン》をなおざりにして、戦争ごっこのためにニワトコの茎で吹き矢《カノン》ばかり作っているようならば、破門にするとおっしゃっています。さようなら、お兄さん、いまだかつて一通の手紙が、お兄さんの幸せを願うこれほどの祈りと、これほどたくさんの満たされた愛情を運んだことはないでしょう。帰ってきたら、わたしたちにお話ししてくれることがいっぱいあるわね！　全部教えてくださいね、このわたしによ、長女なんだから。伯母さまは、お兄さんが社交界でもてているというようなことを匂わせてました。

さる貴婦人とのみ聞けど、仔細《しさい》は語られず[*1]

もちろん、わたしたち娘には秘密という意味！　ねえウージェーヌ兄さん、もしよかったら、わたしたちはハンカチなんかなくてもだいじょうぶだから、お兄さんのシャツを作るわ。この件については、すぐに返事をくださいね。仕立てのいい、きれいなシャツが早急に必要でしたら、すぐに取りかからなくちゃ。わたしたちの知らない仕立て方がパリにあるようなら、見本を送ってください。特に袖口《そでぐち》のところを知りたいの。さよなら、さよなら！　お兄さんの額の左側、わたしが独占しているこめかみの上にキスします。便箋の裏側はアガートのために残しておくわね。わたしの書いたことを一言も読まないって約束です。でも、念のため、妹が書いているあいだ、そばについていることにします。

お兄さんを愛する妹

ロール・ド・ラスティニャック」

「そうだ」とウージェーヌはつぶやいた。「何が何でも出世するんだ！　宝を山のように積んだって、これほどの献身に報いることなんかできやしない。家族のみんなに、ありとあらゆる幸福を運んでいってあげたい。千五百五十フランか！」と一息置いてから彼は続けた。「一枚一枚の金貨が、狙った目的に当たるようにしないと。ロールの言うとおりだ。いや、女っていうのはすごいな。ぼくには粗《あら》いキャラコのシャツしかない。人の幸せのためとなれば、若い娘は泥棒なみに悪賢くなるんだなあ。自分のことだと無邪気一方なのに、ぼくのことだと何でもお見通しだ。地上の罪悪をまったく理解できないのに、その罪に赦しを与えてくれる天国の天使みたいだ」

社交界はもう彼のものだった。さっそく仕立て屋を呼び、どんな人間か見極め、手なづけてしまった。トライユ氏の姿を見て、ウージェーヌ・ド・ラスティニャックは仕立て屋が若者の人生に及ぼす影響力を理解していたのだ。いやはや！　仕立て屋は不倶戴天《ふぐたいてん》の敵となるか、勘定書が取り持つ友人になるかで、その中間はない。ウージェーヌが出会った仕立て屋は、彼の商売の父性的役割を心得ている男で、自分を青年たちの現在と未来をつなぐ連結符《ハイフン》と見なしていた。そこで恩義を感じたラスティニャックは、後に得意とするようになった警句を一つ吐き、この男にひと財産作らせてやったのだった。「あの男の作った二本のズボンが、年収二万フランの持参金つき結婚を二つまとめたのを知ってますよ」

千五百フランの金があって、好きなだけ服が作れる！　この時、貧しい南仏人はもう何も疑わず、しかるべき金額を手にした若者に特有な、あの何とも言いがたい雰囲気をまとって朝食に降りていった。金が懐《ふところ》に入ったとたん、学生の中には想像上の支柱がすっくと立ち、彼を支えてくれるようになる。前より足取りがしっかりし、自分を動かす梃子《てこ》の支点を内面に感じ、目には力がみなぎって真っすぐ見つめるようになり、身のこなしも敏捷《びんしょう》になる。前日までは謙虚で臆病で、人から殴られもしただろうが、一夜明けると総理大臣も殴りかねない勢いだ。彼の内側で途方もない変化が起きているのである。すべてを望み、何だってできる。好き放題にあれこれ欲しい物を思い浮かべ、陽気で、気前よく、あけっぴろげになる。つまり、今まで翼をもがれていた鳥が両翼を取り戻したのだ。金のない学生は快楽の端切れにも食らいつく。犬が幾多の危険を冒してでも一本の骨を盗み、砕き、髄までしゃぶってから、また走っていくのと同じだ。ところが、逃げ足の早い金貨を何枚かポケットの中でじゃらじゃら言わせている学生は、快楽を味見し、一つ一つ細かく賞味し、陶然となり、天にも上る思いで、「貧困」という言葉が何のことだったのか忘れてしまっている。パリがそっくり彼のものなのだ。すべてが輝き、きらめき、燃え上がる年頃！　弾けるような力がみなぎっているのに、男も女も、誰もそれを活用する術を知らない。借金と激しい不安があるからこそ、すべての快楽が十倍にもなる年頃だ。セーヌ川左岸のサン＝ジャック通りからサン＝ペール通りのあいだで青春を過ごさなかった者に、人生は少しもわかりはしない。「ああ、パリの女性たちが知っていてくれたら！」とラスティニャックは、ヴォケー夫人が出してくれた一個一リヤールの焼梨を貪りながら思った。「ぼくに愛されようと、みんなここに押しかけてくるだろうに」この時、王立運輸会社の配達人が格子戸の呼び鈴を鳴らし、食堂に入ってきた。ウージェーヌ・ド・ラスティニャックさんはおいでですかと言って、包みを二つ差し出し、帳簿に署名を求めた。ヴォートランが投げかけてきた深いまなざしに、ラスティニャックは鞭打たれたような衝撃を受けた。

「これで剣術のレッスン代と射撃の練習料が払えるね」とヴォートランは言った。

「宝船が着いたわね」と、ヴォケー夫人が包みをじっと見ながら言った。

ミショノー嬢は物欲しげな顔を見せてしまうのが怖くて、お金に目をやらないようにしていた。

「いいお母様をお持ちだわ」とクチュール夫人が言った。

「あなたはいいお母さんをお持ちですな」とポワレが繰り返した。

「そう、おっかさんは血の出るような思いをしたのさ」とヴォートランは言った。「これからはきみも羽目《はめ》を外してお楽しみができるわけだ。社交界に行ったり、持参金を釣り上げたり、頭に桃の花をさした伯爵夫人と踊ったりね。だが、悪いことは言わない、射撃場にしっかり通うことだな」

ヴォートランはピストルで相手を狙う格好をしてみせた。ラスティニャックは配達人にチップを渡そうとしたが、ポケットに一銭も入っていなかった。ヴォートランは自分のポケットを探り、配達人に二十スー投げ与えた。

「きみなら信用貸しができるからね」と学生の顔を見ながら彼は言った。

ボーセアン夫人宅から戻ってきた日に刺々《とげとげ》しい言葉を交わして以来、ラスティニャックはこの男が我慢ならなくなっていたが、ここはお礼を言わざるをえなかった。この一週間、ラスティニャックとヴォートランは同じ場に居合わせても口をきかず、互いの様子を探り合っていた。なぜだろうと考えたが、ラスティニャックにはわからなかった。たぶん想念というものは、それが形成される力に正比例した勢いで外に発射され、臼砲《きゅうほう》から出た砲弾を支配する法則と同じような数学的法則に従って、脳が狙った場所へとぶつかっていくのだろう。その効果はまちまちだ。打ち込まれた想念に住みつかれて荒らされてしまうような柔かい性格もあれば、防備の堅い性格、青銅の防塞《ぼうさい》がはりめぐらされている頭蓋もある。後者の場合、他人の意思が飛んできても、城壁にぶつかった砲弾のようにぺしゃんこにつぶれて落ちてしまう。また、ふわふわした綿のようにつかみどころのない性格もあって、他人の想念がそこに当たると、角面堡《かくめんほう》のやわらかい土に勢いを削がれた砲弾のように、その場で息絶えてしまう。ラスティニャックは、ちょっとした衝撃でもすぐに爆発する火薬がいっぱい詰まった頭の持ち主だった。知らぬ間にあれこれ奇妙な現象を引き起こして私たちを驚かす想念の投射や感情の伝播の影響を受けずにすむには、あまりにも力に満ちあふれて若かった。彼の精神の眼力は、山猫のように鋭いその目と同じく明敏だった。心身両面における彼の認識力は、不思議なほど広範囲に達し、どんな鎧《よろい》にも隙間《すきま》を見つける巧みな剣術使いともいうべき傑出した人物が持つ、あの驚くべき進退の自在さを備えていた。一ヶ月このかた、ラスティニャックのうちでは長所も短所も同じくらい育っていた。短所の方は、社交界に登場し、募るばかりの欲望を成就したくなって助長されていた。長所の一つには、困難を解決するためにはまっしぐらにそれに立ち向かって行く南国人特有の激しさがあった。ロワール以南の人はそうした性質のせいで、優柔不断でいることなどできない。北フランス人はこの長所を短所と呼ぶ。北方人に言わせれば、それはミュラ［ジョアシャン・ミュラ（一七六七—一八一五）。ナポレオンの妹カロリーヌの夫で、一八〇八—一四年ナポリ王。豪胆で有能な騎兵として知られたが、ナポレオンを裏切る身勝手な行動の末、最後には処刑された］の出世のもとであり、死の原因ともなった。ここから結論するに、南仏人が北フランス人の狡智《こうち》とロワール以南の大胆さを併せ持つことができれば、完璧な人間となり、スウェーデン国王の地位にとどまることもできるだろう。＊2 そういうわけでラスティニャックは、相手が敵なのか味方なのかもわからないまま、ヴォートランが浴びせてくる砲火に長く身をさらしていることなどできなかった。たびたび、この奇怪な人物が自分の情熱を見抜き、心を見透かしているような気がしていた。ところが相手はどこもかしこもぴったりガードを固めていて、すべてを知り、すべてを見ながら何も言わないスフィンクスさながら、揺るぎなき謎を湛《たた》えているようだった。懐が温かくなったのを感じたラスティニャックは反抗心を起こした。

「ちょっとお待ちいただけますか」と彼は、コーヒーの残りを飲み干して立ち上がりかけたヴォートランに言った。

「どうしてだい？」四十男はつば広の帽子をかぶり、鉄のステッキを手に取って言った。彼は時々、泥棒四人に襲われても平気だぞとでもいうように、そのステッキをぐるぐると振り回していた。

「お金をお返ししたいんです」とラスティニャックは答え、急いで包みを一つほどくと、ヴォケー夫人に百四十フランを渡した。

「勘定清くて友情ありって言いますからね」と若者は未亡人に言った。「大晦日《おおみそか》までの分を払いましたよ。この百スーを崩していただけますか」

「友情あれば勘定清し、か」と、ポワレがヴォートランの方を眺めながら繰り返した。

「はい、二十スーです」とラスティニャックは鬘《かつら》をつけたスフィンクスに銀貨を差し出した。

「まるでおれに借りを作るのを怖がってるみたいじゃないか」とヴォートランは若者の心の底まで見通すようなまなざしを投げ、あざけるような皮肉っぽい笑みを返した。ラスティニャックが今までに何度も目にしては癇癪《かんしゃく》を起こしそうになった笑みだった。

「それは……そうでしょう」と、二つの包みを抱え、自分の部屋に上がろうと立ち上がった学生は答えた。

ヴォートランは居間に通じる扉から出ていくところで、学生は階段下のホールに続く扉から立ち去ろうとしていた。

「ラスティニャコラマ侯爵閣下、きみの言葉は少々礼儀を欠いてないかね」と言ってヴォートランは居間の扉をステッキでばしっと叩き、学生の方へ歩いてきた。学生は冷たく見返した。

ラスティニャックは食堂の扉を閉め、ヴォートランを食堂と台所の間にある階段下のホールに連れていった。ホールから庭に通じる木の扉があり、扉の上部には鉄格子のはまった横長のガラス窓がついていた。台所から出て来たシルヴィーの前で学生は言った。

「ヴォートランさん、ぼくは侯爵でもないし、ラスティニャコラマという名前でもありません」

「あの二人、決闘になりそうね」とミショノー嬢がどうでもよさそうな調子で言った。

「決闘ですね！」とポワレが繰り返した。

「そんなまさか」とヴォケー夫人が金貨の山を撫でながら応じた。

「あの人たち、菩提樹の下へ行くわ」とヴィクトリーヌが立ち上がって庭をのぞきながら叫んだ。「ラスティニャックさんの方が正しいのに」

「上にあがりましょう、ね。わたしたちには関係のないことなんだから」とクチュール夫人は言った。

クチュール夫人とヴィクトリーヌは席を立ったが、扉のところで太っちょのシルヴィーが道をふさいでいた。

「いったい何があったんです？」とシルヴィーは言った。「ヴォートランさんはウージェーヌさんに『話をつけよう』なんて言ってましたよ。それから腕をつかんで、二人でほら、アーティチョークの畑の中をずんずん歩いてますよ」

そこへヴォートランが顔をのぞかせた。「ヴォケーのおかみさん」と、彼はにやにやしながら言った。「心配いらないよ。菩提樹の下でちょっとピストルを試すだけだからね」

「ああ、おじさま」とヴィクトリーヌは手を合わせて言った。「どうしてウージェーヌさんを殺そうとなさるんですか」

ヴォートランは二歩下がって、ヴィクトリーヌをじっと見つめた。そして「これは話が違ってきましたな」とからかうような声で叫んだので、かわいそうな娘は赤くなった。「あれはなかなかの好青年でしょう、ね？」と彼は続けた。「ははあん、おかげさまでいい考えが浮かびましたよ。ひとつお二人を幸せにしてあげましょう、かわいいお嬢さん」

クチュール夫人は若い娘の腕を取って「ヴィクトリーヌ、今朝のあなたはどうかしてますよ」と耳にささやきながら引っぱっていった。

「うちでピストルなんか撃ってもらっちゃ困りますよ」とヴォケー夫人は言った。「やめてくださいよ、ご近所をびっくりさせて、おまわりさんが飛んでくるようなまねは」

「まあ落ち着きなさい、ヴォケーのおかみさん」ヴォートランは答えた。「そうかっかとしないで。だいじょうぶだよ、おれたちは射撃場に行くことにするから」そしてラスティニャックに追いつき、親しげに腕を組んだ。「三十五歩離れて続けざまに五回、スペードのエースに命中させられる腕前をお見せしても、きみの勇気は挫《くじ》けないかね。きみはちょっと怒りっぽいようだが、そんなことじゃ阿呆みたいに殺されてしまうよ」

「怖気《おじけ》づいたんですか」とラスティニャックは言った。

「おれの疳《かん》の虫にさわらんでもらいたいね」とヴォートランは答えた。「今朝は寒くないから、あそこに座ろう」とヴォートランは緑に塗ってあるベンチを指さした。「あそこなら誰

ヴォートランはラスティニャックに追いつき、
親しげに腕を組んだ。

にも話を聞かれないだろう。きみに話があるんだ。きみはなかなかいい若者だから、痛い目に遭わせたりしたくない。おれはきみのことが好きなんだ、この死神だ……（おっと、あぶない）、ヴォートランの名にかけてね。どうしてきみに惚れ込んだか、それをお話ししよう。その前に言っておくが、きみのことは、自分が作ったかのようによく知っているんだ。証拠を見せようか。その金包みはそこに置きなよ」と彼は丸テーブルを指さして言った。

ラスティニャックは金をテーブルの上に置くと腰をおろした。さっきは自分を殺すと言っておきながら、今度は保護者のように振る舞うこの男の豹変《ひょうへん》ぶりに、好奇心はいやましに募った。

「おれが誰で、何をしてきたか、何をしているか、知りたいんだろう」とヴォートランは続けた。「きみは好奇心が強すぎる。まあ、焦るなよ。そのうちいろいろ聞かせてやるから。おれにはいろいろ不幸なことがあったんだ。まずおれの話を聞いてもらって、それから返事を聞こうじゃないか。おれのこれまでの人生を要約するとこうなる。おれは誰か？　ヴォートランだ。おれは何をしているのか？　気の向いたことをさ。それはどうでもいい。おれの性格を知りたいかい？　おれは、こっちによくしてくれる人間、またはおれとうまが合う人間には優しいんだ。そういう相手なら何をされたって許しちまう。たとえ向こう脛を蹴られたって、『気をつけろ！』とさえ言わない。ところが畜生、おれをうるさがらせる奴ら、虫の好かない奴らに対しては、悪魔みたいに意地悪なんだ。きみにも言っといた方がいいだろうが、おれは人間一人殺すことなんか、このくらいのこととしか思ってない」とヴォートランは唾を吐き出して言った。「ただ、どうしても必要な時に、手際よく殺すようにはしてるよ。おれはいわゆる芸術家なのさ。こう見えても、ベンヴェヌート・チェッリーニ［一五〇〇―七一、イタリアのルネッサンス期の彫刻家。奔放な生涯を『自伝』に綴った］の回想録を読んだんだ。しかもイタリア語でね。あの豪放な男から学んだのは、神の摂理にならって行き当たりばったりに人を殺すこと、どこででも美が見つかればそれを愛するってことだ。それに第一、あらゆる人間を敵に回しても勝つ見込みがあるなんて、やりがいのあるおもしろい勝負じゃないか。現在の社会的混乱の構造ってのを、おれはよーく考えてみたんだ。ねえ、決闘なんて子供の遊びで、愚の骨頂だ。生きている二人の男のうち一人が死ななきゃいけない場合、偶然にまかせるなんて、アホじゃなきゃできない。決闘って何かって？　丁か半か、それだけのことさ。おれは、スペードのエースに続けて五発、前の弾の上に次の弾を撃ち込むようなぐあいに命中させられる。しかも三十五歩離れたところからね。こんなちょっとした才能があれば、確実に相手を倒せると思ったっていい。ところがだね、二十歩離れたところからある男を狙って、撃ち損じたことがあるんだ。奴《やっこ》さんは、人生で一度もピストルなんか使ったことがない男だったよ。ほら、見てみな」と、このとんでもない男は自分のチョッキをはだけ、熊の背中みたいに毛むくじゃらの胸を見せた。そこに生えている黄褐色の毛は、見る者に恐怖の入り混じった嫌悪感を催させた。「あの青二才がおれの胸毛を焦がしてね」とヴォートランは言葉をつぎながら、ラスティニャックの指を自分の胸に残っている穴に触らせた。「だがあの頃はおれも若かったよ。ちょうど君の年頃でね、二十一歳だった。まだ何かを信じられた。女の愛とか、きみがこれから血道をあげようとしているいろんな馬鹿げたことをさ。おれたちは決闘しかけたんだったよな。きみはおれを殺したかもしれない。おれが今ごろ、地下に眠ってたとしよう、きみはどこへ行ってたかね。ここをずらかってスイスにでもとんずらし、親父のわずかな財産を食いつぶすことになってただろうよ。きみが今どんな立場に置かれているか、おれがずばり教えてあげよう。しかも、この俗世の現実をよくよく研究した結果、服従か反抗か、二つしか取る道はないってことを見極めた人間の高い見地から言わせてもらうよ。おれは何にも服従しない。わかるかい。じゃあ、きみが送ろうという暮らしを続けていくために、どのくらい金が必要か知ってるかな？　百万フランだ。それも早急に。それがなけりゃ、きみみたいなお馬鹿さんは、至高の存在が天にいらっしゃるかどうか調べるためにセーヌ川に身を投げて、サン＝クルー［パリ西方のセーヌ河岸の町］の土左衛《どざえ》門《もん》がひっかかる網のところまでぷかぷか行くことになりかねない。その百万フランを、おれがきみにあげよう」ここで彼は言葉を切って、ウージェーヌの顔を眺めた。「ははあん！　ヴォートランおじさんに、さっきよりいい顔をしてくれるんだね。百万フランという言葉を聞いた時のきみの顔は、まるで男に『じゃ今晩』と言われて、ミルクをなめる猫のように舌なめずりしながらお化粧している若い女の子にそっくりだ。それも結構、話を続けよう。本題に入ろうじゃないか。きみの身上書は次のとおり。里にいるのは、父親と母親、大伯母、妹二人（十八歳と十七歳）に、弟二人（十五歳と十歳）。以上が乗員名簿だ。伯母さんが妹たちの教育をしている。司祭が弟たち二人にラテン語を教えにきている。家族は白パンより栗の粥《かゆ》を食べることの方が多く、親父さんはズボンをなるべく傷まないように大事にはき、おふくろさんは冬物も夏物も一着ずつ用意するのがやっとだ。妹たちは自分たちで工夫できるだけのおしゃれしかしてない。おれはなんでも知ってるんだ、南にいたこともあるしね。きみに年に千二百フラン送って、お宅の狭い地所の実入りが三千フランしかないなら、きみんとこの暮らし向きはだいたいこんなもんだろう。料理女と従僕が一人ずついる。パパは男爵だから、体裁を飾らないといけないわけだ。さて、きみはといえば、きみには野心がある。親戚にボーセアン家がいるとはいえ、徒歩で移動し、出世したいが金はない。ヴォケーおかみのまずい料理を食べているが、フォーブール＝サン＝ジェルマンのおいしいご馳走《ちそう》が大好きで、粗末なベッドに寝ていながら、豪華な邸宅を夢見てる。きみの欲望を非難してるわけじゃないよ。野心を持つってことは、ねえきみ、誰にでもできることじゃない。どんな男性を求めてるかって女性に聞いてごらん、野心のある人って答えるに決まってるから。野心家はほかの男より腰もしっかりしてるし、鉄分豊かな血が流れてて、熱い心を持ってる。女っていうのは心強いと自分が幸せで美しいと感じるものだから、たとえ男につぶされてしまう危険があっても、他のどんな種類の男より、力強い男に惹かれるんだ。きみの欲望の一覧表を作ってみたのも、ひとつ君に質問したいことがあるからでね。その質問とはつまりこういうことだ。きみは狼《おおかみ》みたいにがつがつし、歯も尖《とが》ってるが、鍋に材料を入れるのにどうやるつもりかね。まずは法律を詰め込む。面白くもないし、何も学ばせちゃくれないが、やらなきゃならん。まあそれは仕方ないとしよう。弁護士になって、やがては重罪裁判所長の椅子に座り、きみよりよっぽどましで不憫《ふびん》な人間の肩にT・F［徒刑囚に押した強制労働 Travaux Forcés を意味する印］の烙印《らくいん》を押して懲役に送る。金持ち連中に、枕を高く眠れますよって示してやるためにね。愉快じゃないね、しかも長くかかるしさ。まず、パリで二年間じりじり待たされて、大好きなおいしいご馳走に触れることもできず、ただ眺めてなくちゃならない。望み続けてまったく満たされないっていうのは、つらいじゃないか。もしきみが血の気のない軟体動物みたいな男だったら、何の心配もない。だがきみは、ライオンみたいに熱い血がたぎってて、一日に二十も馬鹿げた真似をしかねない貪欲な男だ。だから、神様の作られた地獄の中でも一番恐ろしいこの責め苦に負けてしまう。仮にきみがおとなしくしていて、牛乳を飲み、悲歌《エレジー》でも作っていたとしよう。高潔なきみのことだ、犬でも発狂しかねない退屈と貧困にさんざん耐えた後、まずは辺鄙《へんぴ》な田舎町でつまらん検事の代理をつとめるところから始めにゃならん。肉屋の犬にスープでもやるように、政府は千フランの給料を投げてよこす。泥棒にむかって吠えたて、金持ちの肩をもち、心ある人間をギロチンにかける。ご苦労さま！　後ろ盾がなけりゃ、田舎の裁判所で朽ち果てるだろう。三十歳ぐらいでまだ法服を脱ぎ捨ててなければ、年収千二百フランの判事となる。四十にもなれば、年収六千フランほどの持参金がついた製粉業者の娘と結婚する。ありがたいこった。後ろ盾があれば、三十歳で年俸三千フランの初級判事になり、町長の娘と結婚する。もし、投票用紙に書かれたマニュエル［自由派の代議士だったジャック・アントワーヌ・マニュエル（一七七五―一八二七）への暗示］という名をヴィレール［一七七三―一八五四、王党派の政治家。一八二一年から二七年にかけて首相をつとめ、亡命貴族賠償法などの反動法案を成立させた」と読み替えるような政治上の破廉恥行為をやれば(韻を踏んでるからね、良心の呵責《かしゃく》は少ないだろうよ)、四十歳で検事長になり、末は代議士になれるだろう。しかし言っとくが、良心に染みをつけ、二十年間も人知れぬ気苦労と貧乏を重ね、おまけに妹たちは結婚できないまま年を取っちまうんだよ。それにご注意申し上げておくと、フランス中で検事長は二十人だが、この職を狙ってる人間は二万人もいる。その中には、一級だけ昇進するために家族を売りかねないような不届き者だっているんだ。そんな職業は嫌だっていうのなら、別の方面を見てみよう。ラスティニャック男爵は弁護士になる気はおありかな？　けっこうなご商売だ。まず十年間も食うや食わずの生活を送りながら、一ヶ月に千フランも使って書庫や事務室を設け、社交界に顔を出し、訴訟を担当させてもらうために代訴人の法服にキスし、裁判所の床を舌で掃き清めなきゃならない。この商売で成功できるなら、おれだってやめろとは言わないさ。だが、五十歳で年に五万フラン以上稼いでる弁護士がパリに五人もいたら教えてもらいたいね。こんなことをして魂をすり減らすぐらいなら、おれだったら海賊にでもなった方がましだ。だいたい、どこで元手を見つけるんだ？　そうしたことはみな愉快じゃないね。持参金つきの女をねらうっていう手もある。結婚したいかい？　首に石をくくりつけることになるよ。さらに、金のために結婚するとなると、きみの名誉心や自尊心はどうなってしまう？　そんなことなら、今日から世間の因習への反逆を開始した方がいい。妻の前に蛇のように這《は》いつくばって、母親の足をなめ、雌豚でも吐き気がするような卑屈なまねをしても、もしそれで幸せになれるなら何でもないさ。でも、こんなふうに結婚した女と一緒にいても、溝石《どぶいし》みたいに不幸になるに決まってる。女房と闘うより、男どもと闘った方がいい。ここが人生の分かれ道だ。さあきみ、選ぶんだ。いや、きみはもう選んだんだったね。従姉《いとこ》のボーセアン夫人の家に行って、贅沢の匂いを嗅いできた。ゴリオ爺さんの娘であるレストー夫人のお屋敷に行って、パリ女の匂いも嗅いできた。あの日、きみは額に、ある言葉を刻んで帰ってきた。おれには読めたよ、「出世する!」ってね。何としてでも出世する。あっぱれ! とおれは思った。これこそおれの眼鏡にかなう逞《たくま》しい青年だとね。きみには金が必要になった。どこで工面するか。きみは妹たちの生き血をしぼった。男の兄弟ってのは、多かれ少なかれ、姉妹から金をくすね取るものさ。五フラン銀貨より栗の実の方が多い郷里で千五百フランがどうやってかき集められたか、神のみぞ知るだが、その金も、略奪にきた兵士たちみたいにあっというまに姿を消すだろう。その後はどうする気だ? 働くか? 働くっていっても、きみがいま考えているような仕事じゃ、ポワレ程度の能力の人間で、老後ヴォケーおかみの下宿に一部屋借りるのが関の山だ。手っ取り早く出世する、これが、きみと同じ立場にいる五万人の青年たちが目下《もっか》解決しようとしている問題なんだ。きみもその中の一人にすぎない。これからどれほど努力しなけりゃならないか、どんなに熾烈《しれつ》な競争が待ち受けているか、考えてもごらん。五万ものいい地位があるわけはないから、壺の中のクモみたいに共食いすることになる。パリではどうやって自分の道を切り開くものか、知ってるかね? 天才のひらめきを見せるか、器用に堕落するかだ。大砲の弾みたいに人間の群れの中に突っ込んでいくか、ペスト菌みたいに忍び込んでいくかどちらかなのさ。誠実さなんてものは何の役にも立たない。人は天才の力の前に屈服するが、しかしまた天才を憎み、中傷しようとする。天才は分け前をよこさず独占してしまうからね。だが、もし天才が長くがんばり通せば、人はひれ伏す。一言で言えば、泥の中に葬るのに失敗したら、ひざまずいて拝むんだ。堕落はどこにでもあるが、才能はめったに生まれない。だから堕落はあふれかえる凡人どもの武器で、きみは至るところでその切っ先を感じるだろう。夫には六千フランこっきりの年収しかないのに、妻が一万フラン以上も衣装代にかけているなんてこともある。俸給千二百フランの小役人なのに地所を買うのもいる。ロンシャンの中央車道を走る権利をもつ上院議員の息子の馬車に乗せてもらいたいばかりに、身を売る女だっている。哀れなゴリオのお馬鹿さんが、娘の裏書きした手形を払わなきゃならなかったのを見ただろう。娘の亭主には五万フランもの年収があるのに。地獄さながらの凄《すさ》まじい企みにぶつからずに、パリでは二歩も歩けないんだ、できるものならやってごらん。どんな女でもいい、一人の女に恋すれば、その相手が金持ちで、きれいで、若くたって、きみは困った立場に陥ることになる。嘘だと思ったら、おれの頭をそこのレタス一個と引きかえに賭けてもいいよ。女はみな、法律に首かせをはめられ、何につけても夫と交戦状態にある。女が自分の愛人のため、衣装のため、子供のため、家庭のため、虚栄のためにどんなうさんくさい取引をしているか、いちいち説明し出したらきりがない。しかもその動機が美徳だなんてことはめったにないね。だから正直者は万人の敵だ。ところで、正直者って何だと思う？パリでは、正直者ってのは口出しせず、人の分け前にあずかろうともしない人間のことだ。

あちこちでつらい労働をやって、けっして報われることのないあの惨《みじ》めな奴隷どものことを言ってるんじゃないよ。おれに言わせれば、あいつらは神様の創られた間抜け同業組合さ。たしかに、あそこには愚劣きわまりない姿で咲き誇ってる美徳もあるが、貧困まみれだ。神様が悪ふざけをして最後の審判にご欠席なさったら、あの善人たちがどんな泣きっ面をするか、目に見えるようだね。したがって、きみが一気に出世したいなら、すでに金持ちであるか、あるいはそう見せかける必要がある。裕福になるためには、ここで一か八かの大勝負に出ないとだめだ。そうでないとせこい稼ぎ方しかできない、そりゃご免こうむりたいね。きみにも就ける百の職業の中で、さっさと出世するのが十人いる、すると人は彼らを泥棒と呼ぶ。ここから結論を出したまえ。ありのままの人生っていうのは、こんなもんなんだ。台所よりきれいなもんじゃない。同じくらい臭いし、ご馳走を作ろうと思ったら手を汚さなけりゃならない。ただ、ちゃんと汚れを落とす方法を知っとくことだな。それこそ現代のモラルなんだから。世の中のことをこんなふうに語るのも、おれはその権利を社会から与えられているからでね。世間をよく知ってるのさ。おれが世間を非難してると思うかい？　全然。世間っていうのはね、ずっとこういうふうだったんだ。道徳家先生たちにも決して変えられないだろうよ。人間は不完全だ。時と場合によって多かれ少なかれ偽善的なものだが、それを馬鹿な連中は真面目だとか不真面目だとか言うんだ。民衆の肩をもって、金持ちを責めるつもりはない。人間っていうものは、上でも、下でも、真ん中でも、みんな同じだからね。ところが、この高等家畜の百万頭につき十頭ほど勇猛果敢なのがいて、あらゆるものの上に立ち、法律さえ超越する。おれもその一人なんだ。きみが優れた人間なら、頭をあげて、まっすぐ突き進んだらいい。だが妬みや中傷や凡庸、およびあらゆる人間と闘わねばならない。ナポレオンはオーブリー[*3]という名の陸軍大臣に出会って、あやうく植民地送りになるところだった。自分の胸に手を当てて考えてみてくれ。毎朝、前の夜よりも意欲に満ちて目覚められるかどうか。それができるとしたら、一つ君に提案があるんだ。誰も断りゃしないはずの提案だがね。よく聞いてくれよ。おれには、ある考えがある。アメリカ合衆国の南部かどこかへ行って、十万アルパン［一アルパンは一エーカー、つまり四千四十七平方メートル］ぐらいの大領地で族長みたいな生活を送ろうと思うんだ。おれは農園主になる。奴隷を使い、牛やタバコや材木を売って、数百万フランくらいのちょいとした金を儲ける。王侯のように暮らし、思うがままに振る舞って、漆喰《しっくい》の巣穴の中でうずくまってるここの生活では考えられないような生き方をする。おれは大詩人なんだ。おれの詩は、書きやしないが、行動と感情に表れるんだ。いま五万フラン持っているが、これじゃせいぜい四十人の黒人しか買えやしない。おれの族長生活趣味を満足させるには二百人の奴隷が必要だから、二十万フラン必要だ。黒人奴隷っていうのはね、いいかい、体だけがっちり育った子供みたいなもんで、好きなようにこきつかっても、詮索好きな検察官に釈明を求められる心配もない。この黒い資本をもとに、十年後には三、四百万稼いでいるだろう。成功しちまえば、誰もおれに『お前は何者だ？』なんて聞きはしない。合衆国市民四百万フラン氏ってことになる。そのころおれは五十歳、まだ朽《く》ち果てる年じゃないから、自分の流儀で楽しむことができるだろうよ。手短に言おう。きみに百万フランの持参金つきの娘を世話するから、おれに二十万フランくれないか？　二十パーセントの手数料ってわけだ、どうだい。高すぎるかな？　きみはかわいい奥さんに惚《ほ》れられるようにする。いったん結婚してしまったら、心配事があるような、気がとがめるような様子をして、二週間ばかりしょげこんでみせる。そしてある晩、ちょっとばかりいちゃついた後で、『大好きだよ』なんて言いながら、接吻と接吻のあいだに、二十万フランの借金があることを奥さんに打ち明けるんだ。こんな茶番は、毎晩のように上流階級の若者たちが演じている代物さ。若妻は、心奪われている相手に財布を渡さないわけはない。金を損すると思うかね。そんなことはない。ちょっと事業でもやれば、二十万フランくらい訳なく回収できる。金と、きみほどの頭があれば、好きなだけ、しこたま財産が作れる。ゆえにだ、半年のうちに、きみは自分の幸福と、可愛い妻の幸福と、きみのヴォートラン・パパの幸福を作り上げていることになるんだ。冬のあいだ薪もなくて指に息を吹きかけてるきみの実家の幸福は言わずもがなだ。おれの提案も、おれの要求も、驚くにはあたらない。パリで結ばれるご立派な六十の結婚のうち、四十七組はこれと似たり寄ったりの取引をやってるんだからね。公証人会は、ある男に無理やり……」

「ぼくは何をすればいいんです？」ラスティニャックはヴォートランの言葉をさえぎり、勢いこんで聞いた。

「ほとんど何もしなくていい」と男は、魚が釣り糸の先にかかったのを感じた釣師の秘かな笑みにも似た喜びの色を思わず見せて言った。

「いいか、よく聞くんだよ。不幸で貧しいあわれな娘の心っていうのは、愛情の潤いを吸い込みたくて待ち焦がれてるスポンジみたいなもんだ。愛情が一滴落ちてくれば、たちまちふわっと膨《ふく》らむ乾いたスポンジさね。孤独と絶望と貧窮の中に暮らしていて、もうすぐ財産が転がりこんでくるとは夢にも思っていない娘に言い寄るってのは、きみ、トランプでいえばストレート・フラッシュ、当選番号を知っていて買った宝くじ、誰も知らない情報を握って張る相場みたいなもんだ。きみはしっかりした杭の上にゆるぎない結婚を築くことができる。この若い娘に何百万フランという大金が転がり込んできたとしよう。娘はそれを石ころみたいにきみの足元に投げ出すだろう。『受け取ってちょうだい、大好きなお方！　取っておいてよ、アドルフ！　アルフレッド！　さあ受け取って、ウージェーヌ！』ってその子は言うだろうよ、アドルフやアルフレッドやウージェーヌが前に自分のために犠牲を払う心意気を示したんなら。犠牲と言ったって、古着を一着売って、一緒にカドラン＝ブルー［タンプル大通りとシャルロ通りの角にあったレストラン。ブルジョワ層が好んで通った］でマッシュルームのクリーム煮入りパイを食べ、それから夜はアンビギュ・コミック座［タンプル大通りにあった劇場。メロドラマなどを演目とし、町人層の客が多かった］に行くとか、腕時計を質に入れて肩かけを買ってやるとかいった程度のもんだ。恋文を書きながすとか、離ればなれになっている時には涙に見せかけて便箋の上に水をたらすなんていう、女たちがひどくありがたがる、くだらない手練手管のことは言う必要もないだろう。きみは恋の穏語をよくご存じのようだからね。いいかい、パリっていうのは新大陸の森林みたいなところで、イリノイ族だとかヒューロン族だとかいった野蛮な種族が二十種類ぐらいせわしなく動き回り、社会的な狩りをやってその獲物で生きてるんだ。きみも何百万フランという金を追いかける狩人だ。その金を捕まえるためには、罠《わな》やもち竿《ざお》や囮《おとり》も使う。狩りにもいろいろあるんだ。持参金を追いかけるのもいれば、債務清算に群がって儲けようってやつもいる。人の良心を金で釣って票を得ようとするのもいれば、予約購買者ごと新聞を売り渡すのもいる。獲物袋をいっぱいにして帰ってきた者が尊敬され、祝福され、上流社会に受け入れられるんだ。この土地がもてなし好きだってことはちゃんと認めてやろうぜ。きみが相手にしているのは、世界で一番愛想のいい町なんだ。ヨーロッパのすべての首都の誇り高い貴族社会が破廉恥な百万長者の仲間入りを拒否したとしても、パリは腕をさしのべ、その祝宴に駆けつけ、晩餐をご馳走になり、卑劣な行いに乾杯するんだからな」

「ですがそんな女の子、どこで見つけるんです?」

「目の前にいるよ、すでにきみのものだ!」

「ヴィクトリーヌさんですか?」

「当たり!」

「でも、どうして?」

「あの子はもうきみを愛してるよ、きみのかわいいラスティニャック男爵夫人は!」

「だって一文無しじゃないですか」とラスティニャックは面食らって言った。

「いや、そこなんだ。もうちょっとだけ説明させてもらおう」とヴォートランは続けた。

「そうすればすっかりわかるからね。タイユフェール[*4]のおやじは、大革命の時に友達の一人を殺したと言われてる古狸だ。世間に何と言われようと気にしないしたたか者の一人さ。銀行家で、フレデリック・タイユフェール会社の代表取締役だ。一人息子がいて、ヴィクトリーヌには一銭もやらず、息子に財産をすべて譲ろうとしている。おれは、そういった不公平は好きじゃないんだ。おれにはドン・キホーテみたいなところがあって、強者をくじき弱者を助けたくなる。もし神の思し召しで息子が天国に召されるようなことになれば、タイユフェールも娘を引き取るだろう。とにかく相続人が欲しいだろうからね。アホらしいがこれが人間の性《さが》だ。それにあいつにはもう子供は作れない、おれは知ってるんだ。ヴィクトリーヌは優しくてかわいらしいから、じきに父親をうまく手なずけ、情愛の鞭をつかってドイツ独楽《どま》みたいにぶんぶん回らせるだろう。あの娘《こ》はきみの愛情にほだされているだろうから、きみを忘れることもなく、結婚するだろう。おれは神の摂理の役割を引き受ける。神様にその気を起こさせてやるのさ。おれが昔尽くしてやった友人で、旧ロワール帝国軍［ナポレオンのワーテルロー敗戦後、ロワール川地方に集結し、連合軍に抵抗した軍隊］の大佐だったが、このあいだ近衛師団に入団したのがいる。おれの意見を聞いて、過激王党派に転向したんだ。自分の主義に固執しているようなおばかさんとは違うってこと。もう一つきみに忠告しておくと、自分の主義や言葉にこだわっちゃだめだよ。もし求められたら、売っちまいな。けっして意見を変えないと自慢している男なんぞ、まっすぐ歩くのだけを自分の仕事と考え、絶対に誤らないと信じこんでる間抜けだ。原理原則などない、あるのは出来事だけだ。法則などない、あるのは状況だけだ。優れた人間は、出来事や状況に順応して、それを自分の望む方向に導いていくもんだ。もしも固定した原則や法則があったら、シャツを取り替えるように人民がそれをしょっちゅう取り替えるはずがないじゃないか。個人が、国家よりおとなしくしてなきゃいけない理由はないんだ。フランスへの貢献という点では最低の男が、ずっと共和主義を貫いたからっていう理由で妄信的に崇められてるが、あんなやつにはラ・ファイエット［一七五七―一八三四。政治家、将軍。アメリカ独立戦争に参加し、フランス大革命と七月革命に活躍した］って名札をつけて、機械類といっしょくたに国立工芸院［一七九四年に創設され、機械や時計などを展示した］にでも飾っとくのがいいのさ。反対に、みんなが石を投げつけているあの公爵［タレーランのこと。八〇ページ注参照］は、人間など軽蔑してるから、顔につば吐くように、求められるがままいくらでも宣誓をしたが、ウィーン会議でフランスの分割を阻止した。この人には栄冠を授けるべきなのに、泥を投げつけている。そう、おれはこう見えても事情通でね。たくさんの人間の秘密を握ってますよ。もういい。ある一つの原理の適用について三人の人間の意見が一致する日が来たら、おれも揺るぎない意見を持ってやってもいいが、それまでにはだいぶ時間がかかるだろう。裁判所でも、三人の判事が一つの法律の条項について同じ見解を示すことはないんだから。さっきの男の話に戻ろう。おれが頼めば、あいつはイエス・キリストをもう一度十字架にかけることだってやってのけるよ。ヴォートラン親分の一言で、かわいそうな妹に百スーも送ってこない、あのふざけた男にいいがかりをつけ……」ここでヴォートランは立ち上がって剣を構える姿勢をとり、フェンシングの師匠が突きを入れる時の仕草をしてみせた。そして「闇に葬るんだ！」と言い添えた。

「なんて恐ろしいことを言うんですか！」ウージェーヌは叫んだ。「ヴォートランさん、冗談でしょう？」

「おいおい、落ち着けよ」と男は言った。「子供じみたことを言いなさんな。だが、それで気がすむんなら、腹を立てりゃいい、憤慨するがいい。おれのことを恥知らずとか悪党とか、ごろつきとか盗賊とか、なんとでも呼べ。だがペテン師とかスパイとは呼んでくれなさんな。さあ、思い切り攻撃なさるがよいぞ！　許してやるよ、きみの年では当たり前なんだから。おれもそんな風だったよ、このおれ様も。ただし、よく考えてごらん。きみはいつか、もっと悪いことをやるだろう。誰かきれいな女に色目を使って、金をせしめてきたりね。もうその手を考えてたじゃないか！」とヴォートランは言った。「だって、色恋でも当てにしなきゃ、どうやってきみは成功するんだ？　美徳っていうのはね、学生さん、分割できないんだ。美徳はあるか、ないか、どちらかだ。過ちの償いをするって言うだろ。改悛《かいしゅん》の祈りを捧げれば犯した罪が帳消しになるっていう、こりゃまたけっこうなシステムだわな。社会の階段のしかるべき段までよじのぼるために人妻を誘惑したり、同じ家の子供たちのあいだに不和の種をまいたり、ようするに自分の快楽や個人的利益のために、こそこそと、あるいは公然と行われているこうした破廉恥な行為が、信仰や望徳や慈善の行いだと思うかい？　どうして、一夜にして小さな子供から財産の半分を取り上げたダンディは二ヶ月の禁固で済んで、一千フラン札一枚を盗んだ貧しい人間は罪状加重で徒刑場に送られちまうんだ？　それがこの世の法律なんだ。どんな条項だって、不条理に行き着く。手袋をはめてお上品な言葉を使う紳士は、血は流さないが、他人の家系に自分の血を流し込んで殺人行為を犯す。かたや人殺しはバールを使って扉をこじあける。両方とも夜陰にまぎれた犯行だ。おれが提案していることと、きみがいつかやることのあいだには、血が流されるかどうかっていう違いしかない。きみはこの世に不変のものがあるなんて思ってる。人間を軽蔑しなよ、そして法律の編み目をかいくぐる隙間でも見つけた方がいい。出所がはっきりしない巨万の富は、手際よくやったので世間に忘れられた犯罪がもとになってるのさ」

「やめてください、それ以上聞きたくない、しまいに自分まで疑ってしまいそうです。今は自分の心の声だけを聞いて行動したいんです」

「好きなようにするがいいよ、坊や、きみはもっと強い人間だと思ってたがね。もうこれ以上は続けないが、最後にひと言」と言ってウージェーヌはじっと学生を見つめた。「きみはおれの秘密を握ったんだ」

「あなたの申し出を拒むような若者は、それを忘れることもできるはずです」

「いい言葉だ、気に入ったよ。ほかのやつだったら、そこまで周到な気づかいはできないだろうからね。おれがきみのためにやってやろうってことを忘れちゃあだめだよ。二週間の猶予をあげよう。乗るか降りるか、どっちかだ」

ヴォートランがステッキを脇に抱えて悠々と立ち去っていくのを見ながら、ラスティニャックは思った。「なんていう鋼鉄の頭脳の持ち主なんだろう。ボーセアン夫人が婉曲に言ったことを、あの人は露骨にずけずけ言ってきた。鉄の爪でぼくの心を引き裂いたんだ。どうしてぼくはニュシンゲン夫人の家に行きたがってるんだ？　思いついたとたんに、あいつは動機を見破ってしまった。あの悪党は、ぼくが今までに人や書物から教わった以上のことを簡潔に言ってみせたわけだ。美徳とは妥協を許さないものだとしたら、ぼくは妹たちの金を盗んだことになるんだろうか」そう考えながら、彼は金包みをテーブルの上に投げ出した。「そして腰をおろし、頭がくらくらするような物思いに落ち込んだまま動けずにいた。美徳に忠実でいることは、崇高な殉教だな！　やれやれ、みんな美徳を信じているのに、美徳を備えた人なんてどこにいるんだ？　民衆は自由を崇め奉っているけど、地球上のどこに自由がある？　ぼくの青春はまだ、雲一つない青空のように青く澄みわたっている。偉くなろう、金持ちになろうとするのは、嘘をつき、ぺこぺこし、這いつくばり、ふんぞりかえり、おべっかをつかい、本心を隠して生きていくと決心することなんじゃないか？　嘘をつき、ぺこぺこし、這いつくばってきた人間の家来になると同意することじゃないのか？　そいつらの共犯者になるには、まずその手先にならないといけない。いやだ、そんなことは。ぼくは気高く清く働くんだ。昼も夜も休まず働いて、自分の勤勉さだけで成功したい。それは、出世するために一番時間がかかる道だろう、けど、ぼくは毎日、悪い考えにわずらわされずに、頭を枕の上にゆったり休めて眠れる。自分の人生を眺め渡して、百合みたいに清らかだと思えるのが一番気持ちいいじゃないか。ぼくとぼくの人生は、若者とその婚約者みたいな間柄だ。ヴォートランは結婚して十年たつと何が起こるか見せつけやがった。ちくしょう！　頭がこんがらがる。もう何も考えたくない。心こそいちばん確かな道案内人さ」

ウージェーヌは、仕立て屋が来ましたよと告げる太っちょのシルヴィーの声で我にかえった。金の入った二つの包みを抱えたまま仕立て屋の前に出ていったが、その状況にまんざら悪い気はしなかった。夜会服の仮縫いをすませ、新調した昼の訪問用の服を身につけると、ウージェーヌの姿は見違えるほど変わった。

「これならマクシム・ド・トライユにもひけをとらないぞ。やっと貴族らしい格好になったなあ」と自分で思った。

「ちょっと失礼しますよ」とゴリオ爺さんがウージェーヌの部屋に入ってきて声をかけた。

「ニュシンゲン夫人がどこの屋敷にでかけるかお尋ねでしたね？」

「ええ！」

「それなら、次の月曜に、あの子はカリリアーノ元帥夫人の舞踏会に行きますよ。もしいらっしゃれたら、わたしの二人の娘が楽しそうにしていたか、どんな衣装を着てたか、つまり何もかも教えてくださいよ」

「どうしてそれがわかったんです、ゴリオ爺さん？」ウージェーヌは相手を火のそばに座らせながらたずねた。

「あの子の小間使いが教えてくれましてね。娘たちのすることはみんなテレーズとコンスタンスから聞いてます」と爺さんはうれしそうに言った。相手に知られずに恋人の様子を探る方法を思いついて喜んでいる若い恋人のようだった。

「あなたはあの子たちに会えるんですねえ、あなたは！」と爺さんはうらやましくて切ないほどの想いを無邪気に表して言った。

「まだわかりませんよ」とウージェーヌは答えた。「ボーセアン夫人の家に行って、カリリアーノ元帥夫人に紹介してもらえるかどうか聞いてみますね」

これからいつも身につけていられる新しい服でボーセアン子爵夫人の家へ出かけると思うと、ウージェーヌの心にはある種の喜びがこみあげてきた。世の道徳家たちが心の深淵と呼ぶものも、単に個人的な利害から生まれる無意識の衝動、ひと皮むけばつまらない思いつきにすぎない。よく大げさな説教の対象となる心変わりや突然の転向も、快楽を得るための打算なのである。見事な服を着て、美しい手袋をつけ、上等な靴を履いた自分の姿を眺めると、ラスティニャックはさきほどの立派な決心を忘れてしまった。不誠実な方へ傾いていくとき、若者は良心の鏡に自分を映してみようとはしない。だが熟年者はすでに鏡の中の自分を見てしまっている。人生の二つの時期の根本的な違いはそこにある。数日前から、隣り合って暮らすウージェーヌとゴリオ爺さんは仲良しになっていた。このひそやかな友情は、ヴォートランと学生を反目させたのと同じ心理的理由から生まれていた。人間の感情が物質世界に及ぼす影響を確かめようとする大胆な哲学者なら、人間と動物を結ぶ心の絆のうちに、感情が実際に物質的なものだという証拠をいくつも見つけられるだろう。犬ははじめて出会った人が自分のことを好きかどうかたちまち見抜く。犬よりすばやく人の性格を見抜ける観相学者[*5]がいるだろうか。〈鉤型《かぎがた》原子 atomes crochus〉［「気が合う」という意味で使われるラテン語表現］という、諺《ことわざ》のように使われる表現があるが、これはイメージ豊かな原初の言葉から生きのびた実例の一つで、その残りくずを篩《ふるい》にかけて喜んでいる連中の学問的たわごとに異議を唱えるものである。人は、愛されている時には愛されていると感じるものだ。感情はあらゆるものに刻印され、空間を乗りこえてゆく。手紙は魂であり、語る声のじつに忠実なこだまだ。だから繊細な心の持ち主は、手紙を愛の一番大切な宝物の一つとみなしている。計算と無縁な感情のおかげで、犬のような性質が崇高の域にまで達していたゴリオ爺さんは、学生の心の中にうごめく同情心や感嘆の混じった好意、若々しい共感などを嗅ぎつけていた。そのような結びつきが芽生えかけても、まだ二人が打ちとけて語り合う機会は訪れていなかった。ウージェーヌがニュシンゲン夫人に会いたいという希望を口にしたのも、夫人の家に紹介してもらおうと老人をあてにしていたわけではない。ただ、ゴリオが何かの折にふと口にしてくれれば、自分の得になることもあるかもしれないとは思っていた。ゴリオ爺さんは、ラスティニャックがレストー家とボーセアン家を訪ねた日に皆の前でつい漏らしたこと以外、娘たちについて学生に何も話していなかった。「ねえあなた」とゴリオはその翌日、ラスティニャックに声をかけた。「わたしの名を口にしたためにレストー夫人があなたのことを恨んだなんて、どうしてそんなふうに思ったんです？　二人の娘はこのわたしをそりゃあ愛してくれてます。わたしは幸せな父親です。ただ、二人の婿がわたしにけしからん態度を取りまして。亭主たちとわたしの仲が悪いせいでかわいい娘たちが苦しむのは嫌でしたから、こっそり娘たちに会うことにしたのですよ。こうした内緒ごとには、好きな時いつでも娘に会える父親にはわからない楽しみがありましてね。わたしは気が向いた時に訪ねて行くわけにはいかんのです、わかりますかな。天気がいい時には、小間使いに娘が外出するかどうか聞いておいて、シャンゼリゼに行きます。そこで娘たちが通るのをじっと待つんですが、馬車がやってくると胸がどきどきしましてねえ、あの子たちの着飾った姿をほれぼれ眺めます、娘たちも通りがかりにわたしに微笑んでくれます。そうすると、どこかからうららかな陽の光が射しこんだみたいに、あたりのものが金色に見えるのです。娘たちはまた同じ道を通って戻ってくるはずですから、わたしはそこで待ってます。あの子たちの姿がまた見えてきます！　娘たちは外気にあたって元気そうになり、頰を薔薇色に染めています。わたしのまわりには『きれいな女《ひと》だな！』なんて声が聞こえます。それを聞くとうれしくてね。血を分けた娘たちですから。あの子たちの馬車を曳いてる馬までかわいい。わたしは娘たちが膝に抱いてる小犬になりたいぐらいです。愛し方っていうのはひとそれぞれ違うもんで、わたしの愛し方は誰にも害を及ぼさないのに、人はどうしてなんだかんだ言うんでしょうね。わたしはわたしなりに幸せなんです。あの子たちが夜、家を出て舞踏会に出かける姿を見にいくのは法律に違反しますかね？　遅れて着いて『奥様はお出かけです』って言われた時のつらさといったら！　ナジーに会うために朝の三時まで待ったことだってあります。なにしろ二日も前からあの子の姿を見ていませんでしたから。うれしくて死にそうでしたよ。わたしの話を出すんなら、娘たちがどれだけ優しいかってことだけを言ってくださいませんか。あの子たちはわたしを贈り物攻めにしたがるんで、こう言って断るんです。『おまえたちの金はとってはきなさい。贈り物なんかもらってもしかたない。お父さんは何もいらないんだから』って。そもそもあなた、わたしはいったい何でしょう？　みじめな骸《むくろ》同然で、魂は娘のいるところならどこへでもついていくんですわ」老人はウージェーヌが出かけようとしているのを見てしばらく口をつぐんだ後、「ニュシンゲン夫人にお会いになったら、二人の娘のどちらが好きか、教えてくださいよ」と言い足した。ウージェーヌは、ボーセアン夫人を訪問する時間までチュイルリー公園を散歩しようとしていた。

この散歩はウージェーヌにとって運命的なものになった。彼の姿は何人もの女性の目を惹いた。それほど美男子で、若く、趣味のいい垢ぬけた身なりをしていたのだ。うっとりしたような目つきで眺められているのに気づくと、彼はもう妹や伯母から金を搾り取ったことも、道徳的な嫌悪感のことも考えなかった。頭上を、人がよく天使と見まがう悪魔が飛んでいくのが見えた。極彩色の翼をもつこの魔王は、ルビーをまき散らし、宮殿の正面に金の矢を射かけ、女たちに真紅の衣を着せ、もとはごく質素だった王座を愚かしい輝きで彩る。ウージェーヌは、騒々しい虚栄の神の声に耳を傾けてしまった。その金ぴかぶりが、権力の象徴のように思えることもあるのだ。ヴォートランの言葉は、どれほど冷笑的《シニカル》なものだったにせよ、彼の心の中に根を下ろしてしまっていた。「お金も恋も望むまま！」とささやく小間物売り[*6]の婆さんのおぞましい横顔が、純な乙女の記憶に刻みつけられるのと同じだった。ウージェーヌはゆったりと散歩してから五時頃ボーセアン夫人の家を訪ね、そこで青年の心には防御策がない、残酷な一撃を受けることになった。ウージェーヌの目に映る子爵夫人はそれまで礼儀正しく奥ゆかしい人物で、貴族的な教育の産物ではあるが真心がこもっていてこそ完全になる、あの蜜のように甘い優雅さをたたえた女性だったのだが。

彼が入っていった時、ボーセアン夫人は無愛想な仕草で応じ、「ラスティニャックさん、あなたにお会いするわけにはいきませんの、少なくとも今は。用事があって……」と素《そ》っ気《け》ない声で言った。

観察眼のある者にとって――ウージェーヌ・ド・ラスティニャックはたちまちそういう人間になっていったのだが――この言葉、身ぶり、目つき、声の調子は、貴族階級の性質と習慣の歴史を物語るものだった。彼はビロードの手袋の下に鉄の手を、慇懃《いんぎん》な物腰の下に身勝手と利己主義を、ニスの下に木の下地を見た。言ってみれば、王座の羽根飾りの下に始まり、下級貴族の兜《かぶと》飾りで終わる「王たる我は」の声を聞いたのである。ウージェーヌは夫人の言葉をあまりに安易に鵜《う》呑《の》みにし、この女性の高潔さを信じた。あらゆる不幸な人間と同じく彼も、恩を施す者と施される者を結ぶ契約、第一条項で優れた心の持ち主のあいだに完全な平等が認められているあの契約に、誠意をもってサインしたのだった。二人の人間を一つに結ぶ親切心などというものは、本物の愛と同じくらい理解されにくく、めったに存在しない、この世のものならぬ情熱なのだ。親切心も本物の愛も、美しい魂のみに許された贅沢である。ラスティニャックはカリリアーノ公爵夫人の舞踏会に行きたかったので、相手の唐突な不機嫌にもぐっと耐えた。

「奥様」と彼はうわずった声で言った。「大事な用でなければ、お邪魔しにまいりませんでした。後ほどで結構ですので、お目にかかれませんでしょうか。お待ちしております」「そう、では一緒に夕食を召し上がりにいらして」と夫人は、先ほどきつい言い方をしてしまったことを少々申し訳なく思って言った。この女性は本当に、高貴な生まれであるばかりか、心も優しかったのだ。

このうって変わった優しい言葉に感動しながらも、ウージェーヌは辞去しながらこう考えた。「這いつくばるんだ、何ごとも我慢するんだ。女性の中でも一番優れたあの人が友情の約束をあっというまに反古《ほご》にし、お前を古靴みたいに放り出すとしたら、他の女性は推《お》して知るべしだ。みんな自分のことしか考えていないんだろうか。たしかにボーセアン夫人の家は商店じゃないし、ぼくがあの人にすがりつくのも間違ってる。ヴォートランの言ったとおり、大砲の弾にならないとだめだな」この学生の苦い反省も、子爵夫人の家で晩餐にあずかれるうれしさに、やがてかき消されてしまった。こうして一種の運命的な力によって、ささいな出来事まですべてが共謀し、彼を人生のある道へと押しやっていくようだった。その道を行くと、ヴォケー館の恐るべきスフィンクスの考察によれば、戦場にいるように、殺されないためには殺すしかなく、だまされないために人をだますしかないのだった。そして良心も感情も入り口に預けて、仮面をつけ、情け容赦なく人々をもてあそび、栄冠を獲得するにはスパルタでのように人に気づかれずに幸運をつかまねばならないのだ。ボーセアン子爵夫人の家をふたたび訪れると、夫人はいつもどおり柔らかな思いやりに満ちあふれていた。二人は連れ立って、子爵が待っている食堂に入っていった。そこには、誰もが知るとおり王政復古期に洗練の極みに達した食卓の贅が輝いていた。ボーセアン子爵は遊び飽きた多くの人々と同じく、もはや美食以外に楽しみがなかった。食道楽にかけては、ルイ十八世やデカール公爵［ルイ十八世の料理長、一八二二年に亡くなったのは消化不良のためと言われた］の流派に属していた。子爵の食卓には器の贅沢と中身の料理の贅沢と、二重の贅沢があった。代々社会的権勢を受け継いできた家の一つではじめて食事にあずかるウージェーヌは、こんな光景を目にしたことがなかった。かつて帝政時代には、軍人たちが内外で彼らを待ち受けている戦いに備えて力をつけられるよう、舞踏会の最後に夜食が出されていたが、その習慣はすたれてしまっていた。ウージェーヌは舞踏会にしか出席したことがなかった。のちに彼は冷静沈着な男として有名になるが、当時もうその落ち着きを身につけ始めていたので、間抜けな仰天ぶりを見せずにすんだ。だが彫刻が施された銀器や洗練を極めた豪華な食卓を眺め、経験したこともない音も立てぬ給仕にうっとりしているうちに、熱烈な想像力をもつ男だからこそ、午前中に心に誓った窮乏生活よりもこの絶えず優雅な生活の方がいいと思わずにはいられなかった。一瞬、下宿のことが思い出された。あの場所が心底おぞましくなり、一月になったら引っ越そうと決意した。清潔な家に住むためでもあったが、ヴォートランから逃れるためでもあった。彼の大きな手が自分の肩をつかんでいるような気がしたのである。パリでは、堕落はさまざまなかたちをとる。饒舌な堕落も無口な堕落もある。それを考えると、良識ある人間は、国家が何をまちがってパリに学校を置き、若者を集めているのかと疑問に思う。美しい女性が安全に暮らせて、両替商が木椀に並べている金貨が魔法のように飛んでいってしまわないのも、むしろ不思議に思えてくる。パリでは青年による犯罪が、いや軽犯罪でさえ、少ないことを考えるなら、自分と闘ってたいていは勝利をおさめるこの辛抱強いタンタロス「ギリシャ神話の人物。黄泉《よみ》の国に追放され、水を飲もうとすると水が引き、果実を食べようとすると枝が遠ざかる状況におかれ、永遠の飢えと渇きに苦しんだ」たちに、人はどれほどの敬意を感じることか！　パリと取っ組み合う貧しい学生を巧みに描いたら、現代文明のもっとも劇《ドラマティック》的な主題の一つになるだろう。ボーセアン夫人はウージェーヌに何かしゃべらせようとしてしきりに彼の方を見たが無駄だった。夫の子爵の前で彼は何も語りたくなかったのである。

「今夜、イタリア座へ連れていってくださる？」とボーセアン夫人が夫にたずねた。

「あなたの命令に従えたらどれほど嬉しいことか」、と彼は慇懃でいてからかうような口調で答え、ウージェーヌはすっかりそれにだまされた。「でもヴァリエテ座で人と会う約束があってね」

「愛人に会うのね」と夫人は思った。

「今夜はダジュダは来ないのかい」と子爵がきいた。

「ええ」と夫人は不機嫌そうに言った。

「ではね、お供がどうしても必要だというのなら、ラスティニャックさんにお願いしたらいいよ」

子爵夫人は微笑んでウージェーヌの方を見た。

「あなたの評判を危険にさらすことになるわ」と彼女は言った。

『フランス人が危険を愛するは、そこに栄光あればなり』とシャトーブリアンも言っております」と、ラスティニャックは一礼して答えた。

それからしばらくして彼は、軽快に走る箱馬車の座席にボーセアン夫人と並んで座り、人気の劇場へと運ばれていった。正面桟敷に入り、美しいドレスに身を包んだ子爵夫人とともに自分が満場のオペラグラスの注視の的となっているのに気づいた時には、何か魔法が働いているのではないかとさえ思った。次から次へとおとぎの国を旅しているようだった。

「わたしにお話があったのでしょう」とボーセアン夫人はウージェーヌに声をかけた。「あら見てごらんなさい、ここから三つ目の桟敷にニュシンゲン夫人がいるわ。お姉さんとド・トライユ氏は反対側よ」

こう言いながらも子爵夫人はロシュフィード嬢がいるはずの桟敷を眺めていたが、そこにダジュダ氏の姿が見えなかったので、夫人の顔はぱっと輝いた。

「きれいな方ですね」とニュシンゲン夫人を眺めてウージェーヌは言った。

「でもまつげが白いでしょ」

「ええ、でもなんてほっそりした愛らしい体つきでしょう」

「手が大きくてね」

「美しい目ですねえ」

「顔が長いわ」

「しかし面長な顔は品がありますよ」

「品があったら、本人もうれしいでしょうね。オペラグラスを目に近づけたり離したりするあの人の仕草を見てごらんなさい。ゴリオの血が動作の端々《はしばし》に表れているのよ」子爵夫人がこう言ってのけたので、ウージェーヌは唖然《あぜん》とした。

実際、ボーセアン夫人は劇場内をオペラグラスで眺め渡していて、ニュシンゲン夫人には目もくれていないようだったのに、その身ぶりひとつ見逃していなかったのである。集まった人々はうっとりするほど美しかった。デルフィーヌ・ド・ニュシンゲン夫人は、ボーセアン夫人の若く美しく趣味のいい親戚の関心を独占していることに、かなり気をよくしていた。ウージェーヌは彼女だけを見つめていたのである。

「あの人ばかりしげしげと見ていらっしゃると評判になるわ、ラスティニャックさん。そんなふうにいきなり熱をあげて飛びつくようでは、何ごとにも成功できませんよ」

「ねえ、お従姉《ねえ》さん」とウージェーヌは言った。「すでにいろいろとお力添えをいただいていますが、ご親切の仕上げをしていただけないでしょうか。あなたにとってはいとも簡単なことで、ぼくにとっては大変ありがたいことなのです。ぼくはすっかり夢中になってしまいました」

「もう？」

「ええ」

「あの方に？」

「ぼくの望みをきいてくれる女《ひと》が他にいるでしょうか」と、彼は親戚の女性に深いまなざしを投げて言った。「カリリアーノ公爵夫人はベリー公妃とお親しいですから」と少し間を置いてから彼は続けた。「あなたもカリリアーノ公爵夫人にお会いになるのでしょう。ぼくを公爵夫人に紹介して、月曜に夫人が開く舞踏会に連れていってくださいませんか。そこでニュシンゲン夫人にお目にかかって、さっそく小手調べをしてみたいんです」

「もちろんいいわ」とボーセアン夫人は答えた。「もうあの方に心が動いているなら、あなたの恋路は順調よ。ほら、ガラティオンヌ公爵夫人の桟敷にド・マルセーさんがいるでしょう。ニュシンゲン夫人は嫉妬に苛まれているはず。女性に近づくのに、これほどいいタイミングはないわ。とりわけ銀行家の奥さんが相手ならばね。ショセ゠ダンタンのご婦人方はみな、復讐が大好きですから」

「あなただったらそんな時どうなさいますか」

「黙って苦しみます」

この時、ダジュダ侯爵がボーセアン夫人の桟敷に入ってきた。

「あなたと落ち合うために、まずい仕事をしてうっちゃらかしてきました」と彼は言った。「その分こちらで楽しませていただきたくて、お伝えしておきますが」

子爵夫人の顔の輝きを見て、ウージェーヌは真剣な恋の表情とはどんなものかを知り、パリ風の媚態《びたい》による作り顔と区別することを学んだ。従姉にほれぼれし、押し黙ると、ため息をつきながらダジュダ氏に席を譲った。「こんなふうに愛している女性っていうのは、何て気高く崇高な存在なんだろう」と彼は思った。「それなのにこの男は、人形みたいな女のためにこの女《ひと》を裏切ろうとしている！　どうして彼女を裏切ったりできるんだろう」胸に子供っぽい怒りがたぎってきた。ボーセアン夫人の足元に身を投げ出したいと思った。鷲が野原から自分の巣へと、まだ母親の乳を吸っている白い子山羊《こやぎ》をさらっていくように、悪魔の力を借りて夫人を自分の心の中に運んできたいと思った。美女の居並ぶこの大博物館にいながら、自分の絵がないこと、恋人がいないことに屈辱を覚えた。「恋人を持つことは、王侯のような地位につくこと、つまり権力の印なんだ！」ウージェーヌは侮辱された男が敵をにらむような目でニュシンゲン夫人を見つめた。ボーセアン夫人は彼の方を振り向き、気をきかせてくれて本当にありがとうと目配せ一つで伝えた。第一幕が終わった。

「あなたはニュシンゲン夫人をよくご存じでしょう。あの方にラスティニャックさんを紹介してあげてくださらない」と夫人はダジュダ侯爵に言った。

「お知り合いになれたらあの方もきっと喜びますよ」と侯爵は応じた。

美男のポルトガル人は立ち上がり、学生の腕を取った。ラスティニャックはあっというまにニュシンゲン夫人のそばへやってきていた。

「男爵夫人」と侯爵は声をかけた。「ボーセアン子爵夫人のご親戚であるウージェーヌ・ド・ラスティニャック騎士をご紹介させていただきます。あなたから鮮烈な印象をお受けになったようですので、崇拝の的の近くへとお連れし、幸福をいっそう完全なものにしてあげたくなったのです」

ダジュダはこの言葉をからかい気味の調子で言ったが、それは裏にある、やや露骨でもう

ダジュダ侯爵はイタリア座でニュシンゲン夫人に
ウージェーヌ・ド・ラスティニャックを紹介した。

まく繕われていれば決して女性の気を損ねはしない意図をちゃんと伝えていた。ニュシンゲン夫人は微笑み、さきほど出ていった夫の席をウージェーヌにすすめた。

「ここにずっといらしてとは申し上げられません」と彼女は言った。「ボーセアン夫人のおそばにいられる幸運に恵まれたら、誰だってそこに留まるに決まっていますもの」

「でも従姉に気に入られるには、こちらでおそばに留まらせていただいた方がよさそうなのです」と小声でウージェーヌは言った。そして普通の声に戻り、「ダジュダ侯爵が到着なさるまで、ボーセアン夫人と二人であなたのことをお噂し、お姿全体にただよう気品について語り合っておりました」と続けた。

ダジュダ侯爵は桟敷から出ていった。

「本当に、わたしのところにいてくださるおつもり？」と男爵夫人が言った。「では、お近づきになれますわね。レストー夫人からお話を聞いて、ぜひお目にかかりたいと思っておりました」

「としたらレストー夫人はかなり嘘つきだということになりますね。あの方はぼくを門前払いにしたのですから」

「何ですって？」

「では正直にその経緯をお話ししてしまいます。ただ、このような秘密を打ち明けるにあたってお願いですが、どうか寛大な気持ちでお聞きいただきたいのです。ぼくはあなたのお父上の隣の部屋に住む者です。レストー夫人がお嬢さんだということを知らず、お父さまのことを何の気なしについ話題にしたところ、あなたのお姉様とご主人のお怒りを買ってしまいました。ランジェ公爵夫人とぼくの従姉がこの親不孝をどれほど悪趣味なものと見なしたか、ご想像も及ばないほどです。その場面を話して聞かせたところ、二人ともひどく笑い転げましてね。その時、あなたとお姉様を比べて、ボーセアン夫人はあなたのことをほめちぎり、ぼくの隣人のゴリオ氏に対してあなたがどれだけお優しいか話してくださったのです。そもそも、お父様のような方を敬愛せずにいられるでしょうか。ゴリオ氏はあんなに心をこめてあなたを愛してらっしゃるので、ぼくはすでに嫉妬しているくらいです。今朝は二人で二時間もあなたのことを話していました。その後、お父様が話してくださったことで頭がいっぱいでしたので、今晩、従姉のところで夕食をした時にも、お心の優しいあなたがそれと同じくらいお姿も美しいはずはないなどと言ってしまったのです。ぼくの熱烈な賛美の気持ちをさらにかきたてるためだったのでしょうか、ボーセアン夫人はぼくをここに連れてきてくださったのです。いつものとおりお優しく、ここに来ればあなたにお目にかかれるとおっしゃって」

「まあ」と銀行家の妻は言った。「すでにお礼を申し上げなければならないのね？　もう少しでわたしたち、昔からのお友達同士みたいになれますわ」

「あなたのおそばでは、友情もけっして月並みな感情ではないはずですが、ただのお友達にはけっしてなりたくないんです」

恋の初心者が使うこうした馬鹿げた決まり文句も、女性にはいつだって魅力的に聞こえるものだ。冷静な気持ちで読むから寒々しく響くだけである。若者の身ぶり、口調、まなざしが、言葉に計り知れない価値を与える。ニュシンゲン夫人はラスティニャックを魅力的だと思った。女性は皆そうだが、学生がもちかけたあからさまな問いには返答しようがなかったので、ほかのことに返事をした。

「そうです、かわいそうな父にあんな振る舞いをするなんて、姉は間違ってます。父はわたしたち二人にとって神のような人でしたもの。父には午前中しか会ってはいけないとニュシンゲンにはっきり命令されたものですから、わたしもその点は譲りました。でも、そのことで長いあいだ苦しみましたわ。よく泣いたものです。結婚の野蛮な現実を知った上に、こういう横暴な仕打ちを受けたのが、家庭生活がうまくいかなくなった一番の原因でした。人の目にはパリで一番幸せな女性に見えるかもしれませんが、実際は一番不幸な女なんです。こんなことお話しするなんて、分別のない女と思われそうね。でもあなたはわたしの父をご存じですから、それだけでも、赤の他人とは思えないのです」

「あなたのものになりたいと、ぼくほど激しく願っている人間にお会いになることは絶対にないはずです」とウージェーヌは続けた。「あなたがた女性は何を求めていらっしゃるでしょうか。幸福です」と彼は心に染み入るような声で言った。「女性にとって幸福とは、愛され、崇められ、自分の望みや気まぐれや悲しみや喜びを打ち明けられる男の友人を持つことだとしましょう。自分の心を、かわいらしい欠点や美しい長所も含めてありのままにさらけ出し、裏切られる心配をせずにいられることだとしましょう。そういう絶えず献身的で熱く燃える心というのは、夢多き若者だけが持っているものなんです、本当に。そうした若者は、あなたの合図一つで死ぬことだってできますし、世間のことなんかまだ何も知らず、知りたいとも思っていません。なぜって、あなたが世界のすべてだからです。ぼくは世間知らずで、あなたにきっと笑われるでしょう。田舎の奥から出てきたばかりで、まるっきり初心《うぶ》で、これまで清らかな心の持ち主にしか出会ったことがありません。しかも、恋などせずに生きていこうと思っていたのです。そんな時、従姉に会い、あの人の心の間近に置いていただき、ぼくにも恋愛の限りない宝というものがおぼろげながらわかってきたのです。一人の女性に自分を捧げられる日がくるまで、ぼくはシェリュバン「ボーマルシェ『フィガロの結婚』の登場人物」のように、あらゆる女性に恋する男です。劇場に入ってきてあなたのお姿を見たとたん、何かの流れに運ばれるように、あなたの方へ引き寄せられていくのを感じました。あなたのことをずいぶんと夢見てきました。しかし現実のあなたがこれほどお美しいとは想像していませんでした。ボーセアン夫人はあなたのことをそんなに眺めてはいけないとおっしゃいました。あなたの赤い唇や白いお肌、優しい目を見つめるのがどんなに楽しいことか、あのひとにはわからないのです。ぼくこそ、分別のないことを申し上げています。でもどうかこのまま続けさせてください」

　こうした甘い言葉を次から次へささやかれることほど、女性にとって心地よいことはない。どれほど謹厳な信心深い女性でさえ、答えてはいけないとわかっていても耳を傾けてしまう。こんな調子で切り出した後、ラスティニャックは甘くささやくような声で思いのたけを一気

かった。

微笑みかけた。夫が迎えにくるまで、ラスティニャックはニュシンゲン夫人のそばを動かなの方にちらりちらりと目をやりながら、まるで先をうながすように時々ラスティニャックにに語った。ニュシンゲン夫人は、ガラティオンヌ公爵夫人の桟敷から動かないド・マルセー

「奥様」とウージェーヌは言った。「カリリアーノ公爵夫人の舞踏会の前に、一度お訪ねしたいのですが」

「妻がいいって言ってるがら、まぢがいなぐ歓迎されるや」と、ずんぐりしたアルザス人の男爵は言った。その丸顔には油断ならない狡猾《こうかつ》さがあらわれていた。

「これはなかなか順調なすべり出しだぞ。『愛していただけるでしょうか?』って言っても、あの人はそれほど嫌がっていなかったもの。ぼくの馬に轡《くつわ》はついた。飛び乗って、手綱を操ればいいんだ」とウージェーヌは考え、席を立ってダジュダと一緒に出て行こうとしているボーセアン夫人に挨拶しにいった。哀れな学生は、ニュシンゲン夫人が気もそぞろで、今にもド・マルセーから心を引き裂くような決定的な手紙が届くのではと気が気でないのを知らなかったのである。うわべだけの成功にうきうきしながら、ウージェーヌは皆が自分の馬車を待っている正面玄関の柱廊のところまでボーセアン子爵夫人を送っていった。

「ご親戚の青年はまるで別人のようになりましたね」ウージェーヌが立ち去ると、ポルトガル人は笑いながらボーセアン夫人に言った。「銀行のお宝をそっくり横取りしかねないですよ。鰻《うなぎ》のようにしなやかな方ですから、きっと出世するでしょう。今ちょうどなぐさめを必

要としている女性を選んであげるなんて、あなたでなければできないことですね」

「ただ」とボーセアン夫人は答えた。「女性の方が、自分を捨てようとしている男をまだ愛してるかどうかが問題よ」

ウージェーヌはイタリア座からヌーヴ＝サント＝ジュヌヴィエーヴ通りまで、この上なく甘美な計画をあれこれ思い描きながら歩いて戻った。ボーセアン子爵夫人の席にいた時も、ニュシンゲン夫人の桟敷にいた時も、レストー夫人が自分をしげしげと観察していたことに気づいていた。彼女の家で門前払いを食らうことはもうないだろうと思った。カリリアーノ公爵夫人にもうまく取り入るつもりだったので、これでもうパリ上流階級の中心に四つの立派な伝《つて》ができるはずだった。取るべき具体的な手段はまだ把握しきれていなかったが、利害が複雑に絡み合った社交界の仕組みの中で機械の上の方によじ登るには、歯車のどれか一つにつかまらなければならないと彼はもう見抜いていた。自分にはその歯車を制御する力だってあると感じていた。

「ニュシンゲン夫人がぼくに関心をもってくれるなら、夫を操縦する方法を教えてあげよう。あの亭主は大金を儲ける仕事をやってるみたいだから、ぼくが一気に一財産作るのに手を貸してくれるかもしれない」彼はあからさまにそう考えたわけではなかった。まだ状況を計算ずくで判断し、分析し、打算するほど政治家にはなっていなかったのである。こうした考えは、かすかな雲のように地平線上に漂っていただけで、ヴォートランの思想のような強烈さはなかった。でもそれを良心の坩堝《るつぼ》にかけて調べてみれば、真に純粋なものは何一つ残らなかっただろう。こうした妥協を重ねるうちに人は、現代が大っぴらに見せて憚《はばか》らないあの弛緩したモラルに行き着いてしまうのである。悪にけっして屈することなく、まっすぐな道から少しでも外れることが罪だと考える実直な人間、美しい意思の持ち主が今ほど少ない時代は過去になかった。そういう妥協なき実直さのイメージから二つの傑作が生まれた。モリエールのアルセスト［『人間嫌い』の登場人物］と、最近のウォルター・スコットによるジェニー・ディーンズとその父親［『エジンバラの牢獄《ろうごく》』の登場人物］だ。おそらくこれらと対照的な作品、つまり社交界の野心家が、体裁は保ちつつ目標に到達しようと、自分の良心を犠牲にしながら悪とすれすれに歩いて行く紆余曲折《うよきょくせつ》を描いた作品も、それに負けず美しく、劇的《ドラマティック》なものになるだろう。下宿の入り口に着いた時、ウージェーヌはニュシンゲン夫人にすっかり恋してしまっていた。彼女の姿は燕《つばめ》のようにほっそりと華奢《きゃしゃ》に見えた。酔わせるような優しいまなざし、下に流れる血が透けて見えそうなほどきめ細かくなめらかな肌、心とろかす声音、ブロンドの髪など、彼はすべてを思い出していた。歩いて血のめぐりがよくなったせいで、陶酔はよけいに深くなったのかもしれない。学生はゴリオ爺さんの部屋のドアを勢いよく叩いた。

「ゴリオさん、デルフィーヌ夫人に会ってきましたよ」と彼は声をかけた。

「どこでです？」

「イタリア座で」

「あの子は楽しそうにしていましたか？　まあまあ、お入りください」

爺さんはシャツ姿で起き上がってきて扉を開け、またすばやくベッドにもぐり込んだ。

「あの子のことを話してくださいよ」とゴリオはせがんだ。

はじめてゴリオ爺さんの部屋に入ったウージェーヌは、娘の華やかな衣装に見とれてきた後だけに、老人の暮らしている部屋のみじめさに啞然とせずにはいられなかった。窓にはカーテンもかかっていなかった。壁に張った色染めの壁紙は湿気のせいであちこち剝がれたりめくれたりし、煤《すす》で黄色くなった漆喰がのぞいていた。爺さんは粗末なベッドに寝ていたが、上にかけているのは薄い毛布と、ヴォケー夫人の古着のまだ使える切れ端を集めて作った綿入れの足かけ布団だけだった。床のタイルはじめじめして埃だらけだった。ガラス窓の向かいには、胴がふくれた紫檀《したん》の古い簞笥があり、ねじれた青銅でできたその引き手は、葉や花で飾られた葡萄の枝の形をしていた。木の棚のついた古い家具の上には、洗面器に入れた水差しと、髭剃り道具一式がのっていた。部屋の隅に靴が置いてあった。枕元には、扉も大理石の台もついていないナイトテーブル。火を焚いた跡のない暖炉の脇にはクルミ材の四角いテーブルが見えたが、その脚は前にゴリオ爺さんが銀の食器類を潰すために使ったものだった。それから爺さんの帽子がのっているみじめな書き物机、座面が藁《わら》の肘かけ椅子、二脚の椅子。これらが、みすぼらしい家具の全てだった。ベッドの天蓋を吊る金具は一枚のぼろきれで天井に結びつけられ、赤白格子の粗末な布が垂れ下がっていた。どれほど貧しい使い走りの屋根裏部屋にも、ヴォケー館のゴリオ爺さんの部屋よりはましな家具が備わっているだろう。この部屋を眺めていると寒気がし、胸が締めつけられた。それは牢獄のもっともわびしい独房に似ていた。燭台をナイトテーブルの上に置いたときウージェーヌの顔に浮かんだ表情に、ゴリオは幸い気づかなかった。爺さんはあごまで毛布をかぶったまま、青年の方へ顔を向けた。

「どうです、レストー夫人とニュシンゲン夫人と、どちらがお好きですか?」

「デルフィーヌ夫人の方です」とウージェーヌは答えた。「だって、あの人の方があなたを愛していますから」

熱のこもったこの言葉に、爺さんはベッドから腕を出してウージェーヌの手を握りしめた。

「ありがとう、ありがとう」と老人は心打たれて言った。「あの子はわたしのことをなんと言っていましたかね」

学生は男爵夫人の言葉をうまく美化して再現した。老人は神様の言葉でも聞くようにじっと耳を傾けていた。

「かわいい子だ! そうですとも、そうですとも、あの子はわたしのことが大好きなんです。けど、アナスタジーのことであの子が言ってたことを真《ま》に受けちゃいけませんよ。二人はお互いにやきもちを焼いてますから、わかりますかね? それもあの子たちの愛情のしるしなんです。レストー夫人だってわたしを大切に思ってくれてます。それはもうちゃんと知ってますんでね。父親ってのは子供のこととなると、神様がわたしらのことをお見通しなのと同じで、心の奥底まですっかり見えるし、何を考えてるかわかるもんです。あの子たちは二人とも情が深い。ああ、これでいい婿たちに恵まれてたら、幸せすぎてばちが当たったかもしれませんが。この世には完璧な幸福などないんでしょう。あの子たちの家で暮らせましたらねえ。わたしの家にいた頃みたいに娘たちの声を聞いたり、すぐそばにいるのを感じたり、歩いたり出かけたりする姿を見たりできたら、それこそ胸がどきどきしてしまうでしょう。あの子たちはきれいに着飾っておりましたか」

「それはもう」とウージェーヌは言った。「でもゴリオさん、娘さんたちがあんなお金持ちと結婚しているのに、どうしてこんなあばら家に住んでいらっしゃるんです？」

「だって」と爺さんは、うわべは無頓着そうに言った。「もっといい暮らしをしたって何になります？　そういうことはなかなかうまく説明できないんだが。筋道立てて話すことが苦手ですのでね。すべてはここにあります」とゴリオは心臓のあたりをポンと叩いて言った。「わたしの人生はね、娘たちの中にあるんです。あの子たちが楽しく幸せに暮らして、きれいな服を着て、ふかふかの絨毯の上を歩いていてくれれば、自分がどんな服を着ていようと、どんなところに寝てようと、どうでもいいんです。あの子たちがあったかくしてればわたしは寒くないし、あの子たちが笑ってればわたしは退屈しない。わたしの悲しみは、あの子たちの悲しみだけです。あなただって父親になったら、自分の子供たちが片言《かたこと》を話すのを聞いて、この子は自分から生まれ出たんだ！　とつくづく思うでしょうよ。ちっちゃな生きものたちがあなたの血の一滴一滴とつながっているのを感じるでしょう。子供はわたしたちの血の精華なんですから。そうですとも。自分が子供の肌にしっかと結びつけられているのがわかるし、子供が歩けば自分も動いているような気持ちになります。どこにいても、あの子たちの声がわたしに答えてくれるんです。あの子たちが悲しそうな目つきをすると、わたしは血が凍る思いです。いつかあなたも、自分の幸せより子供の幸せの方が人を幸福にしてくれるってことがわかりますよ。うまく説明できないんですがねえ。胸の中がほのぼのとしてきて、全身に喜びが伝わっていく、そんな感じです。言ってみれば、わたしは三人分生きているわけです。ちょっと妙なことをお話ししてもいいですかね。じつはですな、わたしは父親になったとき、神様というものがわかったのです。神様はそのままそっくり、至るところにおられる。なぜなら森羅万象が神から生まれ出たものだからです。そう、わたしと娘の関係もそれと同じだ。ただ、神様が世界を愛しておられるより、わたしはもっと娘たちを愛してるし、世界は神様ほど美しくないが、娘たちはわたしより美しい。あの子たちはわたしの魂にしっかりつながってますから、今晩、あなたがあの子たちにお会いになることもわたしはちゃんと予感してましたよ。ああ、心から愛されている女性は幸せなもんだが、わたしの大事なデルフィーヌをそんなふうに幸せにしてくれる男性がいたら、その人の靴も磨くし、使い走りをしたっていい。小間使いから聞きましたが、あのくだらんド・マルセーってやつは心ない冷たい男らしいじゃないですか。あいつの首をへし折ってやりたいと何度思ったことか。夜啼鶯《ナイチンゲール》みたいに美しい声で、絵のモデルみたいにすんなりした体つきをした、あれほどかわいらしい女を愛さないなんて！　それにしても、あんなでぶの愚鈍なアルザス人と結婚するとは、あの子もまたどこに目をつけていたんだろう。あの子たち二人に必要なのは、姿がよくて心も優しい青年でしたのに。まあとにかく、自分たちの好きなように選んだんでしてね」

ゴリオ爺さんは崇高だった。ウージェーヌは燃えさかる父性愛の炎に照らされたゴリオの姿をはじめて目の当たりにしていた。ひとつ注目すべきは、感情がもつ浸透力の強さである。どれほど粗野な人間でも、本物の強い愛情を吐露《とろ》するとなると独特な流体[*7]を放射し、顔つきが変わり、動作は生き生きし、声にも艶が出てくる。この上なく愚かな人間も、情念の作用のおかげで、話し方に表れなくても想念において最高度に雄弁になり、光に満ちた世界を動き回っているように見える。この時、老人の声や仕草には、偉大な役者のしるしとなるあの伝達力が備わっていた。そもそも、わたしたちの美しい感情はみな、意志の詩《ポエジー》ではないだろうか。

「では、お嬢さんがそのド・マルセーと別れることになるでしょうと言っても、気を悪くなさらないでしょうね」とウージェーヌは言った。「あの伊達男はガラティオンヌ公爵夫人とくっつくためにお嬢さんを捨てたんですよ。ぼくのほうは今夜、デルフィーヌ夫人に恋してしまったんです」とウージェーヌは言った。

「おや！」とゴリオ爺さん。

「そうなんです。あの人にも嫌な顔はされませんでした。一時間半も恋の話をしたんです。あさっての土曜日には、あの人に会いにいくことになって」

「ああ、あの子があなたを好きになったら、わたしもどんなにあなたをかわいく思うことでしょうねえ。あなたはいい人だ、絶対にあの子を苦しませたりはなさらないだろう。もし娘を裏切ったりしたら、わたしが真っ先にあなたの首をちょん切りますよ。女に恋は二つとないんですから、わかりますかね？　いや、つまらんことを言いました、ウージェーヌさん。この部屋はあなたにはちと寒いでしょう。そうそう、あなたは娘と話をなさったんでしたね。何かわたしへのことづけはありませんでしたかな」

「何もない」とウージェーヌは心の中で思った。だが口に出して「娘からの心を込めたキスを送るとおっしゃってました」と言った。

「それじゃおやすみ、お隣さん。ぐっすり眠って、いい夢を見てください。今の言葉で、わたしも楽しい夢が見られる。神様があなたの望みを全部かなえてくれますように。あなたは今晩、わしにとってやさしい天使でしたよ、娘の息吹を運んできてくださったんですからね」

「かわいそうになあ」とウージェーヌは床につきながら思った。「大理石のように冷たい心の持ち主だってほろりとさせられるだろう。娘の方は、トルコ皇帝のことほどにも父親のことなんか考えてないんだからな」

　この会話を交わしてからというもの、ゴリオ爺さんは隣のラスティニャックを思いがけない相談相手というか、友達と見なすようになった。二人のあいだには、ゴリオが他の人と仲良くなるとしたらこれしかありえないという関係が成立した。情熱はまちがった計算をしない。ゴリオ爺さんは、ウージェーヌがデルフィーヌと親密な仲になれば、自分もデルフィーヌとの距離を縮められるし、今より娘に歓待されるようになるだろうと思ったのである。それに老人は、自分の悲しみの種の一つをウージェーヌに打ち明けていた。日々何度となく父が幸福を願っているのに、デルフィーヌ・ド・ニュシンゲン夫人はまだ恋の甘い味を知らなかったのである。たしかにウージェーヌは、爺さんの表現を借りるなら、今まで出会った中でいちばん気持ちのいい青年の一人で、デルフィーヌがそれまで手に入れられなかったあらゆる喜びを与えてくれそうに思えた。そんなわけで、爺さんが隣の住人に抱いた友情は日増しに強くなっていった。彼らの友情なしには、この物語の結末を知ることもできなかっただろう。

翌朝の食事の時、ゴリオ爺さんがウージェーヌの隣に座って意味ありげに学生を眺め、言葉をかけ、いつもは石膏《せっこう》マスクのように見える顔つきまですっかり変わっているのを見て、下宿人たちはびっくりした。この前の会談以来はじめてラスティニャックと顔を合わせたヴォートランは、学生の胸のうちを読み取ってやろうとアンテナをはっているようだった。昨晩、眠りにつく前に、自分の目の前に開ける広大な世界を測ってみたウージェーヌは、ヴォートランの計画を思い出してついヴィクトリーヌ・タイユフェール嬢の持参金のことを考え、どんなに高潔な若者でも金持ちの跡取り娘を見る時にするような目つきでヴィクトリーヌを見つめずにはいられなかった。偶然、二人の目は出会った。哀れな娘は、新しい服に身を包んだウージェーヌをすてきだと思わずにはいられなかった。二人が交わしたまなざしはかなり意味深長なものだった。あらゆる乙女をとらえ、はじめて出会った魅力的な男に結びつけてしまうあの漠然とした欲望の対象に自分がなっていることを、ラスティニャックはもう疑わなかった。彼にこう叫ぶ声が聞こえた。「八十万フランだぞ！」だがすぐに昨夜の思い出が蘇《よみがえ》ってきて、ニュシンゲン夫人への計画的な情熱は、意思と関係なく湧いてくる悪しき考えの解毒剤になってくれるように思えた。

「昨晩、イタリア座でロッシーニの『セヴィリアの理髪師』をやっていました。あんな美しい音楽を聴いたのははじめてですよ」と彼は言った。「ああ、イタリア座に桟敷を持てたら幸せですねえ」

ゴリオ爺さんは、犬が主人のちょっとした身ぶりも見逃さないように、この言葉をすばやく捉えた。

「まったく、自由ないいご身分ねえ」とヴォケー夫人は言った。「男性の皆さんは、お好きなことを何でもできるんだから」

「どうやって帰ってきたんだい」とヴォートランは聞いた。

「歩いてです」とウージェーヌは答えた。

「おれだったら」と誘惑者は続けた。「中途半端なお楽しみはごめんだね。馬車で行って、自分の桟敷におさまって、快適に帰ってきたいもんだ。すべてか無か、それがおれのモットーさ」

「いいモットーだこと」とヴォケー夫人がまた言った。

「ニュシンゲン夫人に会いにいらっしゃるんでしょう」とウージェーヌはゴリオにささやいた。「きっと歓迎されると思いますよ。あの人は、ぼくのことをゴリオさんからいろいろ細かく聞きたがるはずです。耳にしたところだと、お嬢さんは何としてでも、ぼくの親戚のボーセアン夫人の家に招かれたいらしいんです。ぼくはお嬢さんのことが本当に好きなので何とか願いが叶えられるようにしてさしあげたいと思っていると、忘れずに伝えてください」

ラスティニャックはすぐに法学部の授業に出かけていった。このおぞましい下宿には、なるべくいたくなかったのだ。たぎる野望を心に抱く青年なら経験したことのあるあの頭のほてりに取りつかれ、ほとんど一日中、あちらこちらを歩き回った。ヴォートランの議論を思い出し、社会生活について考えていたところへ、リュクサンブール公園で友達のビアンションに出くわした。

「なんだってそんな深刻な顔をしてるんだい？」ラスティニャックの腕を取ってリュクサンブール宮殿の前を歩きながら、医学生はたずねた。

「ぼくは邪《よこしま》な考えに悩まされてるんだ」

「どんな種類の考えなんだい。考えなんて治るよ」

「どうやったら治るんだ？」

「その考えに身を委ねちまえばいいのさ」

「どんな問題かも知らずに茶化してるな。ルソーを読んだことある？」

「うん」

「ルソー[*8]が、パリから一歩も動かずに、意思の力ひとつで中国にいる老代官を殺せるとしたらどうするかって読者に聞いているくだりを覚えているかな」

「うん」

「で、きみならどうする？」

「なあに、おれは今、三十三人目の老代官をやっつけているところなんだ」

「冗談はよしてくれ。そういうことが可能で、首を縦に振るだけでいいと証明されていたら、きみはやるかい？」

「その老代官はよほど年寄りなのかな。うーん、若くても年寄りでも、体が麻痺していてもぴんぴんしていても、おれはもちろん……そうだな、くそっ。やらない」

「おまえは立派なやつだ、ビアンション。でももし、頭もこんがらがるくらい一人の女性に恋してて、衣装だの馬車だの、ありとあらゆる気まぐれを叶えてあげるために金がものすごく必要だとしたら？」

「それじゃ、ぼくの理性を奪っておいて、理性的に考えろっていうんだね」

「そこなんだ、ビアンション。ぼくの頭はいかれてる。治してくれ。ぼくには天使みたいに美しく純真な二人の妹がいて、幸せにしてやりたいんだ。五年以内に、妹たちに必要な二十万フランの持参金をどこで見つけるか。ねえ、人生には、みみっちく稼ぎまわって自分の幸福をすり減らさないために、大きな賭けに出るべき時があるだろ」

「でもきみが言ってるのは、人生の門出で誰もがぶつかるような問題だよ。きみはゴルディオス[*9]の結び目を剣で断ち切りたがっている。それをするには、アレクサンドロス大王じゃなきゃだめだ。そうでないと牢獄行きだ。ぼくはおとなしく田舎に帰って親父の跡を継ぎ、ささやかな暮らしができればそれで幸せさ。人間の感情なんて、せまい輪の中だろうと、大きな輪の中だろうと、同じように十分満足させられるものだ。ナポレオンだって一日に二回夕飯を食べたわけじゃないし、キャピュサン病院でインターンをやっている医学部生より数多くの愛人を持てたわけでもない。ぼくたちの幸せはいつだって、足の裏から後頭部までのあいだに収まってる。その幸福が一年に百万フランかかろうと、二千フランかかろうと、ぼくたちの内なる知覚は変わらない。結論として、ぼくは中国の老代官を生かしておくね」

「ありがとうビアンション、胸がすっとした。いつまでも友達でいよう」

「それはそうと」とビアンションは言葉を続けた。「植物園でキュヴィエ［フランスの動物学者、古生物学者で、比較解剖学を確立した。一八〇二年からパリ植物園の教授］の講義があってね、出てきたら、ミショノーとポワレがベンチに腰かけて一人の男としゃべってるのが目に入ったんだ。その男はさ、去年、議事堂のそばで騒動があった時［一八一八年十月、下院選挙の際に小規模の騒動があった］にも見かけたやつで、年金で暮らす堅気な市民になりすましている警察の男だって気がしたんだ。あの二人をよく見張っておこう。わけは後で話す。じゃあね、四時に出席を取るから、返事をしてくるよ」

ウージェーヌが下宿に戻ると、ゴリオ爺さんが待ちかまえていた。

「はい、あの子からの手紙ですよ。どうです、きれいな字でしょう」と爺さんは言った。

「イタリア音楽がお好きだと父からうかがいました。わたしの桟敷にお越しいただければ幸いに存じます。土曜にフォドールとペレグリーニ［それぞれ、ソプラノとバス・シャンタントの歌手で、イタリア座を代表する歌手。当時のイタリア座の公演は火曜、木曜、土曜に行われていた］が歌いますので、お断りにはならないと信じています。主人も気軽な夕食にいらしていただきたいと申しております。ご承知いただけると、わたしを劇場へ連れていくという夫としての苦役から解放されて、さぞ喜ぶことでしょう。お返事はけっこうですので、ぜひいらしてくださいませ。

かしこ
D・de N・

「わたしにも見せてくださいよ」と、爺さんはウージェーヌが手紙を読み終わるとせがんだ。「もちろんいらっしゃるでしょう、ねえ？」と便箋の匂いを嗅いでからゴリオはまた言った。「いい匂いだ！　あの子の指が触ったんですなあ」

「女性というのは、こんなふうに男の首に飛びついてくるもんじゃない」と学生は考えていた。「ド・マルセーを取り戻すために、ぼくをだしに使おうっていうんだろう。こんなことをするのは、悔しまぎれからに決まってる」

「ねえ」とゴリオ爺さんは聞いた。「何を考えてるんです？」

ウージェーヌは、このころ一部の女性たちが取り憑かれていた虚栄心の錯乱に通じていなかった。フォーブール＝サン＝ジェルマンの屋敷の扉を開いてもらうためなら、銀行家の妻にはいかなる犠牲でも払う用意があることを知らなかったのだ。当時、フォーブール＝サン＝ジェルマンの社交界に顔を連ねる女性たちを、あらゆる女性の上に置く風潮が広まりかけていた。彼女たちは〈小王宮《プティ・シャトー》[*10]の奥方たち〉と呼ばれ、中でもボーセアン夫人、その友達のランジェ公爵夫人、モーフリニューズ公爵夫人が最高位を占めていた。ショセ＝ダンタンの女性たちが、同性の美しき星座がきらめくこの上級社交界に入ろうとどれほど躍起《やっき》になっていたか、知らないのはラスティニャックだけだった。だが猜疑心《さいぎしん》が役に立って彼は冷静になり、条件を受け入れるのではなく相手に条件をつけるという悲しい力が湧いてきた。

「ええ、行きますよ」と彼は答えた。

　こうしてウージェーヌは好奇心にひかれ、ニュシンゲン夫人の家へ行くことになった。もし夫人に冷たくされていたら、情熱にかられて自分から押しかけただろうに。といっても、翌日になって出発する時間が来るのがやはり待ち遠しくないわけではなかった。青年にとって、はじめての情事には、初恋に劣らぬ魅力があるのかもしれない。男たちは口に出して言わないが、かならず成功できるという確信は無数の楽しみを与えてくれるし、それがある種の女性の魅力にもなっている。欲望は、勝利の難しさからも生まれるが、たやすさからも生まれる。男の情熱はすべて、愛の帝国を二分するこの二つの要因のどちらかによってかき立てられたり、保たれたりしている。この区分は、人がなんと言おうとやはり社会を支配している気質という重要な問題から生まれるのだろう。憂鬱質の人間には、女の思わせぶりな媚態という強精剤がいるが、神経質な人間や多血質の人間は、あまり抵抗が長引くと逃げ出してしまう可能性がある。言い換えれば、悲歌《エレジー》は本質的にリンパ質で、バッカス讃歌は胆汁質である。ウージェーヌは身支度を整えつつ、青年たちがからかわれるのを恐れて語りはしないが、自尊心をくすぐられる、ちょっとした幸せの数々を味わった。髪を整えながら、黒い巻き毛の下に美しい女性の視線がすべりこむところを想像した。若い娘が舞踏会のためにドレスを着る時にするような、子供っぽいしなをあれこれつくってみた。上着の折り目をのばしながら、自分のすらっとした体つきを満足げに眺め、「もちろん、世間にはもっと格好の悪いやつもいるよね！」とつぶやいた。それから、下宿の常連が全員テーブルについているところへ降りていった。自分の優雅な身なりを見て連中が上げたばかばかしい歓声を、ウージェーヌは機嫌よく受け止めた。誰かがめかしこんで現れると皆がびっくり仰天するのも、下宿屋に特有の習慣だ。誰かが新しい服で現れたなら、各自が一言言わずにはいられない。「クト、クト、クト、クト」とビアンションは馬でも駆り立てるように、舌を口蓋に当てて鳴らした。

「貴族院議員の公爵さまみたいな格好じゃないの！」とヴォケー夫人は言った。

「女性を口説きにお出かけ？」とミショノー嬢がつっこみを入れた。

「コケコッコー！」と画家が叫んだ。

「奥様にどうぞよろしく」と博物館員が言った。

「奥さんがいるんですか？」とポワレは聞いた。

「奥様は仕切りつき、水に浮いて、色落ちしません。お値段は二十五スーから四十スーまで、模様は最新流行の碁盤縞《ごばんじま》、洗濯できて着心地上々、麻が五十パーセント、綿が五十、ウールも五十。歯痛によく効く、王立医学アカデミー認定の病すべてに効く。特にお子さんに効果てきめん、頭痛、胸焼け、食道、目、耳の病気にも大の妙薬！」とヴォートランは大道の薬売りの口調をまねて滑稽にまくしたてた。

「さあさあ皆様、この妙薬はいくらと思われるかな？　二スー？　いやいや、ただ同然！　これこそはモンゴル皇帝に献上した品の残り、かのバーデンたいたいたーい公さまも、ヨーロッパ中の国王君主も、一目見たいとおおせられた品だ！　さあさ、どんどん入った入った！　お代はこちらの窓口へ。音楽スタート！　ブルーン、ラ、ラ、トリーン！　ズンチャカチャッチャッ、ドーンドーン！　おーいクラリネット、音程がおかしいぞ」と、ヴォートランはしゃがれ声で続けた。「とっちめてやる！」

「ああ、ほんとに楽しい人ねえ」とヴォケー夫人はクチュール夫人に言った。「この人といれば、絶対に退屈なんかしないでしょうよ」

ヴォートランがおもしろおかしく言い立てた口上をきっかけに沸き起こった笑いや冗談のただ中で、ウージェーヌはタイユフェール嬢の盗み見るようなまなざしを見逃さなかった。タイユフェール嬢はクチュール夫人の方へ身をかがめ、耳元に二言三言ささやいた。

「馬車が来ましたよ」とシルヴィーが告げた。

「どこで夕食を召し上がるのかな？」とビアンションはたずねた。

「ニュシンゲン男爵夫人のところですって」

「ゴリオさんのお嬢さんです」とウージェーヌは答えた。

この名前を聞いた皆の視線はいっせいにかつてのパスタ製造業者に注がれた。老人は一種の羨望をこめてウージェーヌを眺めていた。

ラスティニャックはサン＝ラザール通りに着いた。それはパリで「おきれいな」家と呼ばれる、細い石柱に貧弱な回廊をめぐらした軽薄な屋敷の一つだった。いかにも銀行家の邸宅らしく、金のかかる凝った造りがあちこちに見られ、壁には化粧漆喰を用い、階段の踊り場は大理石のモザイクになっている。ニュシンゲン夫人はイタリア絵画を飾った小客間にいたが、インテリアはカフェの内装のようだった。男爵夫人は悲しげだった。不安を押し隠そうとする様子が少しもわざとらしくなかったので、ウージェーヌはなおさら気になった。姿を見せれば喜んでもらえると思ったのに、女は絶望にくれていたのだ。当てがはずれ、彼の自尊心は傷ついた。

「ご信頼いただける資格もほとんどないぼくです」とウージェーヌは夫人の心配そうな様子をからかってから言った。「けれどぼくがお邪魔なのでしたら、嘘をつかないで、どうか正直におっしゃってください」

「ここにいらして」と夫人は言った。「あなたがお帰りになったら、わたし、一人ぼっちになってしまいます。主人は外で食事ですし、一人になりたくないの。気を紛らわせていないとだめ」

「いったいどうなさったんです」

「あなたにだけはお話ししたくないことなの」と夫人は叫ぶように言った。

「ぼくは知りたい。では、その秘密はぼくにも関係があることなんですか」

「もしかすると。いいえそんなことないわ」と彼女は言葉をついだ。「心の底にしまっておかなければならない夫婦喧嘩ですから。おととい、お話ししなかったかしら。わたしは幸せじゃないんです。金の鎖ほど重いものはないのね」

女性が青年に自分は幸せでないと言い、しかもその青年が才気にあふれ、品のいい服を着こなし、ポケットには自由になる金が千五百フランも入っていたら、誰でもウージェーヌと同じことを考えて自惚《うぬぼ》れたにちがいない。

「これ以上、何をお望みなのですか」と彼は答えた。「美しく、若く、愛されていて、お金持ちなのに」

「わたしの話はやめにしましょう」と彼女は悲しげに首を振って言った。「一緒にお食事して、妙《たえ》なる音楽を聴きにいきましょうよ。これ気に入っていただけるかしら」と夫人は言って立ち上がり、ペルシア模様が入った何とも豪奢な白いカシミアのドレスを見せた。

「あなたのすべてがぼくのものだったらいいのに」とウージェーヌは言った。「ほれぼれしてしまいます」

「やっかいな荷物を背負い込むことになりましてよ」と彼女はさびしそうに笑いながら言った。「ここには不幸を告げるようなものなど何もないのに、そんな見かけと裏腹に、わたしは失意のどん底にいるの。心配ごとで夜も眠れず、きっと今に醜くなってしまうんだわ」

「ああ、そんなことありえません」とウージェーヌは言った。「献身的な愛にも消せないという、そのお苦しみをどうしても聞かせていただきたいのですが」

「打ち明けたら、あなたはわたしから逃げていくわ」と夫人は言った。「あなたは愛しているとおっしゃってもまだ、わたしをちやほやしてくださっているだけ。そんなのは男性のたしなみの一つにすぎないのですもの。もしわたしを本気で愛してくださったら、恐ろしい絶望の淵にはまるわよ。だからわたしは口をつぐんでいなければならないの。お願いですから」と彼女は言葉を続けた。「ほかのことをお話ししましょう。わたしの部屋をごらんになって」

「いえ、ここにいましょう」とウージェーヌは暖炉の前のソファにニュシンゲン夫人と並んで座り、自信たっぷりに相手の手を握った。

彼女は手を引っ込めなかったばかりか、力をこめて若者の手を握り返したが、そこには心の動揺が表れていた。

「いいですか」と、ラスティニャックは言った。「心配事がおありなら、どうしてもぼくに打ち明けてくださらないといけません。ぼくがあなたご自身のためにあなたを愛している証拠をお見せしたいのです。あなたの悲しみの種を教えてください。六人の男を殺さなければならないとしても、お悩みを一掃してみせますから。そうしてくださらないと、ぼくは出ていって二度と戻ってきませんよ」

「それなら」彼女はせっぱつまった思いに捉えられ、額をたたいて叫んだ。「さっそくあなたを試すことにするわ」そして「そうよ、もうこれしか方法がないんだわ」と心の中で思った。彼女は呼び鈴を鳴らした。

「旦那様の馬車には馬がついているかしら？」

「はい、奥様」

「わたしが使います。旦那様にはわたしの馬車と馬を使っていただいて。夕食は七時でいいわ」

「さあ、行きましょう」と彼女はウージェーヌに声をかけた。ニュシンゲン氏の箱馬車《クーペ》に夫人と並んで乗ったウージェーヌは夢を見ているような気がした。

「パレ＝ロワイヤルへ」と夫人は御者に言った。「フランス座のそばのね」

途中、彼女は心落ちつかないらしく、ウージェーヌがあれこれ質問しても答えようとしなかった。この無言でつけいる隙のない頑なな抵抗をどう解釈したらいいのか、彼にはわからなかった。

「一瞬にしてこの女《ひと》は手の届かないところへ行ってしまった」と彼は思った。

馬車が止まった時、男爵夫人は理性を失った言葉を封じるようにウージェーヌをじっと見た。というのも男の方はすっかり頭に血が上っていたのだ。

「わたしをほんとに愛していらっしゃる？」

「ええ」と彼は心に広がる不安を抑えながら言った。

「何をお願いしてもわたしのことを悪く思ったりなさらない？」

「もちろんです」

「わたしの言いつけに従ってくださる?」

「どんなことでもおっしゃるとおりに」

「賭博場にいらしたことはあるかしら」と彼女は震える声で言った。

「いいえ、一度も」

「ああ、安心した。あなたにはきっとつきがあるわ。これがわたしの財布よ」と夫人は言った。「持っていって。中に百フラン入ってます。この幸福な女が持っているお金のすべてよ。賭博場に行ってほしいの。どこにあるのかわたしは知らないけれど、パレ=ロワイヤルの中にあるのは確かだわ。ルーレットというゲームにこの百フランを賭けて、すべて失うか、六千フランにして持ってきていただきたいの。お戻りになったら、わたしの悩みをお話しします」

「何をどうすればよいのかさっぱりわかりませんが、とにかく仰せに従うことにします」とウージェーヌは言ったが、「一緒に危険な橋を渡ろうとしているんだから、もうぼくに何も拒めないぞ」と思って内心うれしくなった。

　ウージェーヌはきれいな財布を受け取ると、古着屋に聞いて一番近い賭博場を教えてもらい、九番地[*11]に駆けつけた。賭博場に上がり、言われるままに帽子を預け、入っていってルーレットはどこかとたずねた。常連客があきれて見守る中、ボーイに連れられて細長いテーブルの前に行った。見物人がぞろぞろついてきたが、ウージェーヌは恥じる様子もなく、どこへ賭金を置いたらいいのかと聞いた。

「この三十六の番号の一つに一ルイ［二十フラン金貨］を置いて、その番号が出ると、三十六ルイもらえるんですよ」と白髪の上品な老紳士が教えてくれた。

ウージェーヌは百フランを自分の年齢の番号、二十一の上に投げ出した。我に返る暇もないうちに、驚きの声が上がった。知らぬ間に勝っていたのである。

「お金を引っ込めなさい」と老人が彼に言った。「同じ手で二度は勝てませんよ」

ウージェーヌは老人が差し出した熊手を受け取って三千六百フランを自分のほうへかき寄せ、あいかわらず賭けの仕組みは何もわからないまま、今度は赤の上にそれを張った。周りの人たちは彼が賭け続けるのをうらやましそうに眺めていた。ルーレットが回った。また勝った。胴元[*12]がさらに三千六百フランを投げてよこした。

「七千二百フランがあなたのものになったのですぞ」と老人が彼の耳元にささやいた。「わたしの言うことをきいて、もうお帰りなさい。赤はすでに八回も出ています。あなたがお情け深い方なら、この親切な忠告のお礼として、貧乏のどん底にあるナポレオン時代の知事の困窮を救ってくださるでしょうな」

呆気に取られたラスティニャックは、白髪の男性が十ルイ取るにまかせ、七千フランを持って、あいかわらず賭けのことは何一つわからないまま、自分の運に仰天して階段を下りていった。

「さあ、今度はぼくをどこへ連れていくんですか」馬車の扉が閉まると、彼はニュシンゲン夫人に七千フランを見せて言った。

デルフィーヌは彼を夢中で抱きしめ、頰に激しくキスしたが、情熱はこもっていなかった。「わたしを救ってくださったのね!」喜びの涙がとめどなく彼女の頰を流れた。「ぜんぶお話しするわ、お友達のあなたに。そう、お友達になってくださるわね。わたしのことを金持ちで裕福な暮らしをしている何一つ不自由のない女、少なくともそう見える女だと思ってらっしゃるでしょう。ところが、ニュシンゲンは一スーだってわたしの好きなように使わせてはくれないのです。家のことはすべて、馬車も、劇場の桟敷も払ってくれるわ。でもわたしの着るものやアクセサリーにかかるお金は、不十分な額しか渡してこないの。考えるところがあって、人知れず貧乏させているんです。このわたしにも誇りがあるから、夫に泣きついたりなんかできません。七十万フランも持参金のあるわたしが、どうして身ぐるみはがれるままになってしまいます。夫が要求する代償を払って夫の金をもらったりしたら、最低な女になっていたのかと思うでしょう。それは誇りと、腹立たしさからなんです。結婚生活に入る時、わたしたち女はまだ本当に若くて世間知らずなんですもの。お金をくださいなんて、そんな言葉、口が裂けても夫に言えませんでした。どうしても言えなかったために、自分の貯金や、気の毒な父からもらった金を使い崩して、そのうち借金を抱え込んでしまった。結婚はわたしにとってまたとなく恐ろしい失望でした。あなたにはとてもお話しできません。これだけお伝えすれば十分だわ、ニュシンゲンと別々の部屋に住むことができなかったら、わたし、窓から身を投げてしまうって。宝石やら装飾品やらを買ってできた借金(父のせいで、わたしたちには欲しいものを我慢できない習慣がついてしまったの)、若い女がよくするような借金を夫に打ち明けなければならなくなった時には、死ぬ苦しみを味わいました。でもついに勇気を出して話したんです。わたしにだって、自分の持ってきた一財産があったんですから。そしたらニュシンゲンは逆上して、わたしのせいで破産させられるとか、ひどいことをわめき立てました。地面の奥深く潜《もぐ》ってしまいたいぐらいだったわ。わたしの持参金を取り上げていたので、とにかく払ってはくれました。でもそれから、わたしの個人的な出費は額を決められてしまったのです。家庭の平和のために、それで我慢することにしました。その後わたしは、あなたもご存じのある方の自尊心に応えようとしました」と彼女は言った。「だまされてしまったけど、あの人の性格の高貴なところを認めないわけにはいかないわ。それにしても結局、あの人はわたしを卑劣なやり方で捨てたんです。女が困っている時に惜しみなく金を投げ出してやったなら、一生、その女を見捨てるべきじゃないわ。まだ二十一歳で美しい心を持つあなた、若くて純粋なあなたは、どうして女性が男から金を受け取れるのかと首を傾《かし》げるでしょう。ああ! でも、自分を幸福にしてくれる人と何もかも分かち合うのは当然じゃない? すべてを与え合っている時、そのごく一部のことなんか、誰が気にします? 愛情がなくなってはじめて、お金というものが問題になってくるんです。恋人たちは、命あるかぎり結ばれていると思うものでしょう? 心から愛されていると信じている時に、別れを予想できる人なんているかしら? 男性が永遠の愛を誓ってくれるのに、利害を別々にするなんて考えられる? 今日、ニュシンゲンに六千フラン出すのをきっぱり断わられた時、どれほど悩み苦しんだことか。あの人は毎月その額を、愛人のオペラ座の踊り子に渡しているんですよ。わたしは死んでしまおうと思いました。とんでもない考えがあれこれ頭に浮かびました。女中や、自分の小間使いの身の上さえうらやましく思えた瞬間もありました。父に頼みに行くなんて、まさか！　アナスタジーとわたしは父からすっかり搾り取ってしまったんですもの。かわいそうな父は、自分が六千フランになるなら、自分の身を売ったことでしょう。無駄に父を絶望させるだけの話です。あなたは恥辱と死からわたしを救ってくださったのです。わたしは苦悩で正気を失っていました。ああ、お話ししなければと思ったのは、こういうことだったの。あなたの前で正気の沙汰とは思えない取り乱し方をしてしまって。あなたが馬車から出ていって、お姿が見えなくなった時、わたし、歩いて逃げ出したくなりました。どこへ？　わかりません。パリの女性の半分くらいは、こんな生活をしているのです。うわべは贅沢でも、心の中はたまらない心配ごとだらけ。わたしよりもっと不幸な女性だって知っています。出入りの商人に偽の計算書を作らせなければならない女もいるし、夫の金をくすねざるをえない人もいるんですよ。世の夫の中には、二千フランするカシミアを五百フランだと思っている人もいれば、五百フランのカシミアが二千フランだと思い込まされている人もいます。一着のドレスを手に入れるために子供にひもじい思いをさせてけちけち金をため込む女もいます。わたしはそういう醜いごまかしはしていません。一番ぞっとするのは、夫を操縦するために夫に身を売る女もいるということだわ。わたしは少なくともその点は自由の身です。ニュシンゲンに自分の身を黄金で覆ってもらうことだってできますけど、尊敬できる人の胸に顔をうずめて泣くほうがいいの。ああ、今晩はド・マルセーさんも、自分が金を出してやった女だという目でわたしを見る権利はないでしょう」

彼女はウージェーヌに涙を見せまいとして両手に顔をうずめたが、ウージェーヌはその手をどけて彼女の顔をじっと見た。そんな彼女の姿は崇高だった。

「お金と愛情を一緒くたにするなんて、醜いでしょう？　わたしを愛せるはずがないわ」とニュシンゲン夫人は言った。

女性をあれほど気高くする善良な感情と、現在の社会の仕組みが女性に犯させる過ちがこんなふうに混じり合っているのを目の当たりにしたウージェーヌは激しく動揺した。苦悩の叫びを発しながら心を無防備にさらけ出している美しい女に見とれながら、優しいなぐさめの言葉をかけた。

「お話ししたことを盾にとって、わたしをいじめたりなさらないでね。約束してちょうだい」と彼女は言った。

「ああ、ぼくにはとてもそんなことできません」とウージェーヌは答えた。

夫人は彼の手をとり、感謝のこもった愛くるしい仕草で自分の胸にあてた。「あなたのおかげで、また自由で陽気な心を取り戻せたわ。今まで鉄の手で押さえつけられて生きてきたんですもの。これからは質素に、無駄づかいは一切せずに暮らしていきます。そうなってもわたしのことお嫌いにならないわよね？　これは取っておいて」と彼女は六枚しか紙幣を受け取らずに言った。「本当のところ、あなたに三千フランお借りしたと思っています。だってあなたと半分ずつ分け合うつもりだったんですもの」ウージェーヌは処女のように拒んだ。だが男爵夫人が「あたしの共犯になってくださらないなら敵とみなすわよ」と言ったので、金を受け取り、「もしもの場合の元手にとっておきましょう」と言った。

「ああ、そうおっしゃるんじゃないかと恐れていたの」と彼女は青ざめて叫んだ。「真剣におつきあいしてくださるつもりがあるなら、どうか誓って。もう二度と賭博には手を出さないって。どうしましょう、あなたを堕落させたりしたら、それこそ悩み死にしてしまうわ」

二人は家に着いていた。あれほどの困窮とこれほどの贅沢の対照の激しさに、ウージェーヌは呆然としていた。耳にはヴォートランの不吉な言葉が聞こえてきた。

「そこへおかけになって」男爵夫人は自分の部屋に入ると、暖炉のそばのソファを指して言った。「これから、とっても書きにくい手紙を書くの。お知恵を貸してね」

「書くのなんかおよしなさい」とウージェーヌは答えた。「お札を封筒に入れて、小間使いに届けさせればいいじゃないですか」

「あなたって本当にすてきな方」と彼女は言った。「育ちがいいってそういうことなのね。生粋のボーセアン風だわ」夫人は微笑んだ。

「魅力的なひとだ」とウージェーヌは恋心を募らせながら思った。そして、金のある高級娼婦のように優雅な逸楽の香りを漂わせているこの部屋を見回した。

「お気に召した？」と、彼女は小間使いを呼ぶために呼び鈴を鳴らしながら言った。

「テレーズ、これを自分でド・マルセーさんのところに持っていって、ご本人に手渡してちょうだい。もしいらっしゃらなかったら、手紙を持ち帰ってね」

テレーズはウージェーヌのほうをいたずらっぽく眺めてから出ていった。晩餐の用意ができていた。ラスティニャックはニュシンゲン夫人に腕を貸し、美しい食堂へと案内されていった。従姉のところで息をのんだような、贅を凝らした食卓がそこに用意されていた。

「イタリア座のある日は」と夫人は言った。「お夕食にいらして、それから劇場に連れていってね」

「そんな楽しい生活がずっと続くならそれに慣れてしまってもいいんですが、ぼくはまだこれから出世しなければならない貧しい学生ですからね」

「出世なさるわよ」と彼女は笑いながら言った。「ご覧のとおり、何だってどうにかなるんですから。わたしだってこんなに幸せになれるとは思っていなかったわ」

女性の性質には、可能なことで不可能なことまで証明してみせたり、予感で事実を打ち砕いてみせたりするところがある。ニュシンゲン夫人とラスティニャックがブッフォン座の桟敷に入っていった時、満ち足りた様子が彼女をなんとも美しくしていたので、観衆たちはちょっとした中傷の言葉をささやき合った。こうした中傷に対して、女たちは身を防ぐ術もない。勝手にでっち上げられた不品行が信じられてしまうこともある。パリを知っている者は、そこで言われていることを何一つ信じないし、そこで行われていることを語ろうとしない。ウージェーヌは男爵夫人の手をとり、二人は互いの手を時に強く、時にやさしく握って、音楽が与えてくれる感覚を伝え合っていた。二人にとって、それは陶然たる夜だった。彼らは一緒に劇場を出た。ニュシンゲン夫人はウージェーヌをポン・ヌフまで送っていきたいと言った。道中、彼女はパレ＝ロワイヤルであんなに熱烈に何度も与えたキスを一つも許そうとしなかった。ウージェーヌは、矛盾していると文句を言った。

「さっきのは、思いがけなくわたしに尽くしてくださったことへのお礼ですもの。今度のは約束になってしまうわ」

「じゃあ、あなたは何一つ約束してくれる気がないんですね、薄情な人だ」ウージェーヌは機嫌を損ねた。恋する男を夢中にさせるあのじれったそうな仕草で、彼女はキスさせようと手を差し出した。相手がしぶしぶその手をとったその様子を見て、彼女はすっかり楽しい気分になって言った。

「では、月曜に舞踏会でね」

美しい月明かりの中を歩いて帰りながら、ウージェーヌは真剣な物思いにふけっていた。幸せでもあり不満でもあった。自分の欲望の的である、パリで一番美しく優雅な女性が今にきっと自分のものになるだろうと思えば、この恋の冒険ゆえに幸福だった。だが、ひと財産作ろうという目論みが覆されたことには不満だった。その時やっと、一昨日の夜に自分が漠然と考えていたことが実際何だったのかわかってきた。人はいつも失敗してから、期待がどれだけ大きかったかを理解する。ウージェーヌはパリの生活の楽しみを味わえば味わうほど、世に知られず貧乏暮らしを続けるのは嫌だと思うようになってきた。千フラン札を自分のものにしてかまわないと思い込むために、都合のいい理屈をあれこれ考え出し、ポケットの中でお札を皺くちゃにしてしまった。やっとヌーヴ＝サント＝ジュヌヴィエーヴ通りにたどり着いて階段の上まで来ると明かりが見えた。ゴリオ爺さんは、爺さんの言葉で言うと隣の学生が「娘の話をしゃべってくれる」のを忘れないように、扉を開け、燭台を灯したままにしてあったのだ。ウージェーヌは何もかも隠さずに話して聞かせた。

「なんだって」とゴリオ爺さんは嫉妬から来る絶望にかられて声をあげた。「あの子たちはわたしを一文なしとでも思っているのかね。わたしにはまだ千三百フランの公債利子が入ってくるのに。ああ、かわいそうな子だ、どうしてここへ駆けつけてこなかったんだろう。公債を売って、元金から必要な金を工面して、残りでわたしは終身年金を設定すればよかったのに。あの子が困ってるって、どうしてわたしに知らせにきてくれなかったんです、お隣さん？　あの子のなけなしの百フランを賭けにいくなんて、よくもまあそんなことができましたね。胸を引き裂かれる思いですよ。婿なんてそんなやつらなんですからねえ。おお、取っつかまえたら首を締め上げてやる。なんてことだ、泣いたって、あの子は泣いたんですか？」

「ええ、ぼくのチョッキに顔を埋めて」とウージェーヌは言った。

「ああ、そのチョッキをください」とゴリオ爺さんは言った。「なんと、ここにあの子の、かわいいデルフィーヌの涙がこぼれたのか。子供の頃は泣いたこともなかったのに。そら、別のを買ってあげるから、すぐに脱いで、ここに置いてってくださいよ。夫婦財産契約によれば、あの子は自分の財産を自由に使えるはずなんだ。ああ、明日さっそく代訴人のデルヴィルに会いにいこう。あの子の財産投資を本人の名義でするように要求させてやる。これでも法律には詳しいんだ、老練な狼なんだ、昔みたいにまた牙をむいてやる」

「そうだ、この千フランは、あの人が儲けの中からぼくにくれると言ってきかなかったお金です。あの人のために取っておいてください、チョッキに入れて」


ゴリオはウージェーヌをじっと見つめ、手をのばして学生の手を握った。ゴリオの涙が一粒、ウージェーヌの手の上にこぼれた。

「あなたはきっと成功なさる」と老人は言った。「神様は公平でいらっしゃるからね。わたしは誠実っていうのがどんなもんかよーく知ってます。そのわたしが言うのだから間違いないが、あなたみたいな人はめったにいない。あなたもわたしのかわいい子供になってくれますね？　さあ、お休みなさい。あなたは眠れますよ、まだ父親じゃないのだから。あの子が泣いた、それを教えてもらったが、わたしはあの子が苦しんでいる間、あそこで馬鹿みたいにのうのうと食事しとった。二人の娘のためには、神様もキリストさまも精霊さまも売り渡しかねないわたしが！」

「たしかに」とウージェーヌはベッドに入りながら考えた。「ぼくは一生、正直な人間でいられそうだ。良心の声に従うっていうのは気持ちのいいもんだなあ」


人の見ていないところで善き行いをするのは、おそらく神を信じる者だけだろう。そしてウージェーヌは神を信じていた。翌日、舞踏会に出かける時間になると、ラスティニャックはボーセアン夫人の家を訪れた。夫人はカリリアーノ公爵夫人に紹介してくれようと、一緒に連れていってくれた。彼はカリリアーノ夫人にきわめて愛想よく迎えられた。ニュシンゲン夫人も来ていた。デルフィーヌはウージェーヌの歓心を買うために全員に気に入られようと着飾っていて、彼がいつこちらを見てくれるかと待ちこがれ、焦りをうまく隠しおおせているつもりだった。女心の動きを見抜ける者にとっては、何とも甘美な瞬間である。考えていることをすぐには言わず相手を焦《じ》らせ、うれしくても思わせぶりにそれを隠し、女性が不安になっている姿に愛の告白を読み取り、自分がちょっと微笑めば消える相手の心配を楽しむ。そうした喜びを何度もかみしめたことのない男がいるだろうか。この舞踏会のあいだに、ウージェーヌは自分がどれほど有利な立場にいるかを突然悟り、ボーセアン夫人の公認の親戚であるがゆえに、社交界に一つの地位を得ていることを理解した。ニュシンゲン男爵夫人はすでに彼のものだと誰もが信じていたので、彼の存在はますます目につき、若者たちは羨望のまなざしを投げかけてきた。そうした視線のいくつかに気づいたラスティニャックは、はじめてうぬぼれの喜びを味わった。客間から客間へと渡り歩き、人々の集まりを縫って歩いていると、自分の幸福がほめそやされているのが聞こえた。女性たちは、あの人はあらゆる成功を手にするでしょうと予言していた。デルフィーヌは彼を失うのを恐れ、一昨日あれほど拒んだキスをその夜は断らないと約束してくれた。ラスティニャックはこの舞踏会でいくつもの招待を受けた。ボーセアン夫人から何人もの女性に紹介されたが、みな優雅な女を自任している女性たちで、その邸宅は心地よい社交の場として知られていた。ラスティニャックはパリ社交界の絢爛《けんらん》たる最上層部に乗り出したことを自覚した。だからその晩は彼にとって、輝かしい初舞台の魅力に満ちあふれていた。若い娘が自分のもてはやされた舞踏会のことをいつまでも覚えているように、彼は年を取ってからもこの夜会のことを思い出したのだった。翌日の昼、食事をとりながら下宿人たちの前で自分の成功ぶりをゴリオ爺さんに話して聞かせていると、ヴォートランは顔に悪魔のような笑いを浮かべた。

「じゃあなんだね」と容赦ない論理家は言った。「社交界の寵児が、ヌーヴ＝サント＝ジュヌヴィエーヴ通りのヴォケー館に住み続けられるとでも思っているのかね。たしかに、あらゆる点から見て尊敬すべき下宿ではあるが、お世辞にもお洒落とは言えないからなあ。そりゃあこの家だって豪華で、ありあまるほどの富に輝いてるし、ラスティニャック様のような名士の仮のお屋敷たる光栄にも浴している。だが結局のところ、ヌーヴ＝サント＝ジュヌヴィエーヴにあって、贅沢とは無縁だ。というのもひたすら質素ラマだよな、違うかい。ねえ君」とヴォートランは保護者じみた、からかうような調子で言葉を続けた。「パリで幅をきかせようと思ったら、三頭の馬と、昼用に軽二輪馬車《ティルビュリー》一台、夜用に箱馬車《クーペ》一台が必要だ。乗り物代だけでも九千フランてとこだね。仕立屋で三千フラン、香水屋で六百フラン、靴屋で三百フラン、帽子屋で三百フラン使わないことには、きみの立場にふさわしくない。洗濯屋にも千フランかかるだろう。流行の若者は、シャツとネクタイには凝らなきゃいけないからな。人が一番よく見てるところだしね。恋愛も教会も、祭壇に美しい掛け布を要求するものなんだ。これでもう一万四千フランだね。賭博場や賭けごとや贈り物に使う金は勘定に入ってない。ポケットマネーに二千フランは用意しておかなきゃならんだろう。おれはそういう生活を送ったことがあるんだ、出費については心得なきにしもあらず。こうした必要不可欠な経費に、食事代六千フラン、ねぐら代千フランを足してごらん。どうだい、きみ、年に二万五千フランってとこだが、これを懐からひねり出せなけりゃ、泥沼に落ち、人には馬鹿にされ、運にも成功にも女にも見放されちまう。おっと、従僕と馬丁を忘れてた。それにさ、クリストフがきみの恋文を届けにいくのか？　今使ってる便箋に書くのかね？　そんなの自殺行為だ。経験豊かな年寄りの言うことを聞きなよ」とヴォートランは低いバスの声を次第に強《リンフォルツアンド》めながら続けた。「清貧に甘んじて屋根裏部屋に閉じこもり、勉強と結婚するか、別の道をとるか、どっちかだ」

　そう言うとヴォートランはタイユフェール嬢を横目で見て、片目をつぶってみせた。その視線は、先日彼がラスティニャックを堕落させようとして心に蒔いた魅惑的な理屈を思い出させ、要約しているようだった。数日が過ぎたが、その間、ラスティニャックはひどく浮ついた生活を送っていた。ほとんど毎日ニュシンゲン夫人と一緒に夕食をとり、お供をして社交界へでかけていった。朝の三時か四時に戻り、正午に起きて身支度を整え、天気がいい日はニュシンゲン夫人とブーローニュの森に散歩に行った。時間の貴重さも知らずに時を浪費し、ナツメヤシの雌しべが婚姻の実り豊かな花粉を待ちこがれるような熱心さで、贅沢のあらゆる教えと誘惑を吸い込んだ。派手な賭けをして大金を儲けたりすったりし、しまいにはパリの青年たちの無軌道な生活に慣れてしまった。最初に手にした金の中から、母と妹たちに千五百フランを返し、美しい贈り物も添えて送った。ヴォケー館を出ていくつもりだと宣言したものの、一月の末になってもまだそこにいて、引っ越す算段もつかずにいた。若者はほぼ誰でも、一見説明しがたいある法則に従って生きているが、その法則の原理は彼らの若さそのものと、快楽に飛びつく猛烈な勢いから生まれている。金持ちであれ貧乏人であれ、青年はみな生活の必需品を買うとなると常に金がなく、気まぐれな浪費のためには金を見つけ出す。つけで手に入れられるものはやたらと気前よく買い、現金で払うものにはけちけちする。手に入れやすいものを浪費することで、持っていないものに復讐したいかのようだ。問題をもっとわかりやすく言うと、学生は服よりも帽子のほうをずっと大切にする。仕立屋は儲けが大きいのでつけを認めてくれるが、単価の低い帽子屋は、学生が交渉しなければならない相手の中でも一番手強い相手となるのだ。劇場のバルコニー席に座っている若者が、目を見張るような素晴らしいチョッキを美しい女性のオペラグラスに見せつけていたとしても、靴下を履いているかどうかは疑わしい。メリヤス製品屋もまた、学生の財布を食い荒らすゾウムシだからである。ラスティニャックもそんな状態にあった。ヴォケー夫人に対してはいつも空っぽで、虚栄心を満足させるためにはいつもぱんぱんにふくらんでいた彼の財布は、ごく当たり前の支払いとさえ折り合わない、むら気な失敗と成功を繰り返していた。彼の自尊心はこの悪臭ただよう不快な下宿に定期的に傷つけられていたが、かといってここを出るためには、おかみさんに一ヶ月分の下宿代を支払った上、伊達男《ダンディ》のアパルトマンにふさわしい家具を買い揃えねばならないではないか。そんなことは、あいかわらず不可能だった。儲けた金から大金を割いて、出入りの宝石屋で時計や金の鎖を買い、賭博に金が必要となればそれを青年たちの陰気で口の固い友である質屋にもっていくことなら彼にもできた。だが食費や部屋代を払い、優雅な生活の開拓に必要な道具を買い揃えるとなると、思いつきも勇気も湧いてこないのだった。ありふれた必需品のための金、必要があって借りたけれどその用が足りてしまった借金は、どうしたら払えるのか、知恵が浮かばなかった。こういう行きあたりばったりの生活を経験した人の多くは、勤労市民の目には神聖なものである借金の支払いをぎりぎりまで遅らせる。手形という恐るべき形態で請求されるまでパンの代金を払わなかったミラボー［一七四九―九一。フランスの政治家。生まれは貴族だったが、三部会で平民代表となり、立憲君主制を主張し、大革命の初期に重要な役割を果たした］もそうだった。このころ、ラスティニャックは賭け事で金をすって借金を背負いこんだ。固定収入なしにこの生活を続けるのは不可能だとわかってきた。しかし、不安定な状況の身を刺すような苦痛にうめきながらも、この生活がくれる途方もない快楽をあきらめる気にもなれず、どんな代償を払ってでも続けるつもりだった。財産を作るためにあてにしていた幸運な偶然は夢と化し、現実の障害は大きくなるばかりだった。ニュシンゲン夫妻の家庭の秘密に通じていくうちに、愛を成功の道具にするには、あらゆる恥を飲み干し、若気の過ちを購《あがな》う純真な考えを捨てる必要があることに気づいた。外から見ればきらびやかだが、じつは後悔のサナダムシに食い荒らされている生活、つかの間の喜びを消えることのない不安という高い代償で償わねばならない生活を、彼は受け入れ、そこをのたうち回り、ラ・ブリュイエール[*13]の粗忽者《そこつもの》と同じく溝《どぶ》の泥を寝床とした。だが粗忽者と同じで、まだ自分の服しか汚していなかった。

「中国の老代官は結局殺したの？」とある日ビアンションが食卓から立ち上がりながらウージェーヌに声をかけた。

「まだだよ、でももう虫の息だ」

医学生はこの言葉を冗談だと思ったが、そうではなかった。ウージェーヌは久しぶりに下宿で夕食をとったが、食事の間じゅう物思いに沈んでいた。デザートになっても出て行かず、食堂でタイユフェール嬢のそばに残り、ときどき彼女に思わせぶりな視線を投げていた。下宿人の何人かはまだ食卓についてクルミを食べていたし、別の何人かは、やりかけた議論を続けながら行ったり来たりしていた。ほぼ毎晩の例にたがわず、会話に興味を持てる度合い、胃袋の消化の具合に応じて、下宿人たちはそれぞれ気ままに席を立っていった。冬は、夜の八時前に食堂から誰もいなくなることはめったになかった。八時になるとそこには四人の女性だけが残り、男性中心の集まりでいつも沈黙を強いられている腹いせをするのだった。ヴォートランは一度急いで出ていくように見えたが、ウージェーヌが物思いにふけっているのを見て食堂に留まり、学生から見えない場所に陣取っていたから、ウージェーヌは彼が出ていったとばかり思っていた。最後に出ていった下宿人たちにもついていかずに、ヴォートランは抜かりなく居間に待機していた。学生の心を見抜き、そろそろ決定的な兆候が現れるだろうと予感していたのだ。

ラスティニャックは実際のところ、多くの若者が経験したことがあるはずの困った状況に陥っていた。愛しているからなのか、相手をもてあそぶつもりなのか、ニュシンゲン夫人はパリで用いられる女性外交術のさまざまな手練手管を使い、真剣な恋の不安や苦悶《くもん》をことごとくラスティニャックになめさせていたのである。ボーセアン夫人の親戚の青年を引きつけておくために公衆の面前で自分の評判を危険にさらしてみせたものの、彼が享受しているように見える権利を実際に与えるのをためらっていた。彼女は一ヶ月前からウージェーヌの感覚を刺激しつづけ、ついに彼の心にまで鋭く拍車を入れるようになっていた。つきあい始めた頃こそ、この学生は自分が主導権を握っていると感じていた。パリの若者の心には男二、三人分の感情が宿っているものだが、美しい感情も邪悪な感情も残らず揺り動かす手段を使って、ニュシンゲン夫人はしだいに二人のうちの強者になったのである。彼女のうちでそれは計算だったのだろうか。いや、女性はどれほど不誠実に見える時も、何か自然な感情に負けただけなのだから、自分を偽ってはいないのだ。おそらくデルフィーヌは、突然あれほど青年の言うままになり、愛情を示してしまった後で、自尊心が頭をもたげ、譲歩した部分を取り戻したい、あるいは一時的に無効にしたいという気持ちになったのだろう。情熱に引きずられていく時でさえ、転落の途中でためらい、自分の将来を託そうとしている男の心を試してみるのは、パリ女にとってごく自然なことだ。はじめての恋で、ニュシンゲン夫人の希望はすべて裏切られ、利己的な青年に尽くして自分の誠意を無視されたところだった。彼女が疑い深くなったのも無理はない。もしかすると、急な成功にうぬぼれているウージェーヌの態度に、二人の置かれている奇妙な状況から生まれた一種の侮《あなど》りのようなものを感じたのかもしれない。彼女はウージェーヌのような年頃の青年に対して威厳があるところを見せたかったのであり、自分を捨てた男の前でいつも小さくなっていた後で、堂々とふるまいたかったのかもしれない。自分がド・マルセーのものだったことをウージェーヌに知られていただけに、夫人は簡単に手に入る女だと思われたくなかった。それに、人でなしの若き放蕩児に屈辱的な快楽の相手をさせられてきた後で、愛の花咲く野をそぞろ歩くのが楽しくてしかたなく、その光景の一つ一つに見とれ、木の葉のざわめきにいつまでも耳を傾け、純潔なそよ風に吹かれていたかったのだろう。真実の愛が、悪しき恋のつけを払わされていたわけである。最初の裏切りの衝撃が女性の心の中でどれだけの花をなぎ倒してしまうか、男性がそれを理解しないうちは、こういう行き違いは不幸にもしばしば繰り返されるにちがいない。理由が何だったにせよ、デルフィーヌはラスティニャックをもてあそび、彼をもてあそぶことを楽しんでいた。というのも自分が愛されているのがわかっていたし、女心の思し召し次第で、恋人の悩みを解消できる自信があったからだ。ウージェーヌはプライドからも、自分の初陣を負け戦に終わらせたくなかった。だから聖ユベール祭の初狩りで［聖ユベールは狩人の守護聖人。その祝日は十一月三日］、ヤマウズラ一羽でもいいから仕留めようと躍起になっている狩人のように、追撃の手をゆるめなかった。不安、傷つけられた誇り、見当違いであれ当然のものであれさまざまな絶望が、彼をますますこの女性に縛りつけていた。パリ社交界全体がニュシンゲン夫人は彼のものだと思っていたが、はじめて会った日以上には何も前進していなかったのだ。愛が快楽を与えてくれる以上に、女性の媚が喜びをくれることもあると知らなかった彼は、愚かしい怒りにとらわれていた。女性が愛に抗《あらが》っている季節のあいだ、ラスティニャックが走りの果物の収穫を楽しめたとしても、それはまだ青く、すっぱく、甘美な味がするだけに高くつくものだった。時折、自分には金もなく、将来の見通しもないことを思い出すと、良心の声が止めるにもかかわらず、ヴォートランに吹き込まれたタイユフェール嬢と結婚して金持ちになるチャンスのことを考えずにはいられなかった。しかもその頃ひどく金に困っていたので、たびたびまなざしで幻惑してくる恐ろしいスフィンクスの術策に、ほとんど無意識のうちにはまっていった。

ポワレとミショノーが自分の部屋に上がっていくと、ラスティニャックはあとに残ったのがヴォケー夫人と、毛糸の袖を編みながら暖炉のそばで居眠りをしているクチュール夫人だけだと思い込み、タイユフェール嬢が思わず目を伏せるほど優しいまなざしで彼女を眺めた。

「悩みごとでもおありですか、ウージェーヌさん？」と、ヴィクトリーヌはしばらく続いた沈黙を破って言った。

「悩みのない人間なんているでしょうか！」とウージェーヌは答えた。「ぼくらのような青年は、いつでも身を投げ打って相手に尽くしたいという自分の気持ちに報いてくれる献身的な愛に包まれていると信じられたら、悩みなど永遠に忘れてしまうかもしれませんが」

タイユフェール嬢は返事するかわりに彼をじっと見つめたが、そのまなざしの意味は取り違いようがなかった。

「あなたは、いま自分の心に疑いをもっていらっしゃらないかもしれない。でも将来も絶対に心変わりしないと約束できますか？」

哀れな娘の唇の上に、魂から湧いてきた一条の光線のような微笑みが浮かび、顔全体を輝かせた。これほど激しい感情の爆発を引き起こしてしまって、ウージェーヌは怖くなった。

「何ですって！　もし明日にもあなたがお金持ちでお幸せになり、莫大な財産が転がりこんできたとしても、貧しかった頃好きになった惨めな若者を愛し続けてくれるというのですか」

彼女はかわいらしくうなずいた。

「ずいぶんと不幸な若者でも？」

彼女はまたうなずいた。

「ほら、そこで何くだらないこと言ってるの」とヴォケー夫人が叫んだ。

「ほっといてくださいさい、せっかく意気投合しているんですから」

「じゃ、ウージェーヌ・ド・ラスティニャック騎士とヴィクトリーヌ・ド・タイユフェール嬢の間に結婚の約束が整ったのかな？」ヴォートランが食堂の入り口に突然現れ、野太い声で言った。

「ああ、びっくりした」クチュール夫人とヴォケー夫人が同時に言った。

「最悪の選択ってわけでもないでしょう」とラスティニャックは笑いながらヴォートランに答えたものの、ヴォートランの声を聞いて、経験したことがないような耐えがたい胸騒ぎを感じていた。

「悪い冗談はやめてくださいな。さあヴィクトリーヌ、部屋に上がりましょう」とクチュール夫人は言った。

ヴォケー夫人も、クチュール夫人たちの部屋で晩を過ごして蠟燭と暖炉の薪を節約しようと、二人についていった。ウージェーヌはヴォートランと差し向かいでその場に残された。

「きみが今にここへたどりつくことはわかっていたよ」と男は落ち着きはらって言った。「だがね、おれは人並みに心づかいができる男なんだ。いま決心するのはやめておきなさい。尋常な状態にないからね。きみは借金をしている。情熱や絶望からではなくて、ちゃんと理性で判断した上でおれの方へ歩み寄ってきてもらいたいんだ。おそらく何千フランか必要なんだろう。取っておきなよ、よかったら」

この悪魔はポケットから財布を出し、紙幣を三枚抜き取って学生の目のまえでひらひらさせた。ウージェーヌは抜き差しならない状況に追い込まれていた。ダジュダ侯爵とトライユ伯爵に口約束で賭けて負け、二千フラン借りていた。返すだけの金がないために、その晩招かれていたレストー夫人の家での集まりに出かける勇気がなかった。お菓子を食べたり、お茶を飲んだりするだけの気楽な集いだったが、ホイスト［十九世紀にフランスで流行した英国起源のカードゲーム］で六千フラン負けることもある会だった。

「ヴォートランさん」ウージェーヌは身体が震えているのを何とか見破られまいとしながら言った。「あんなことをうかがってしまったからには、あなたから恩義を受けるわけにはいかないのはおわかりでしょう」

「ほほう、そういうふうに言ってもらえなかったら、おれはつらい思いをしただろうよ」と誘惑者は答えた。「きみは若くて美男子で、傷つきやすく、ライオンみたいに誇り高く、乙女のようにやさしい。悪魔の恰好の餌食になるだろう。おれは若い人のそういう性質が好きなんだ。高等政治学的考察をもう二、三できるようになりゃ、きみも世間をありのままに見られるようになるんだが。優れた人間は世間で美徳の芝居をいくつか演じてみせて、あとは平土間の間抜けどもに拍手喝采されながら好き勝手に暮らしていける。遠からず、きみも我々の仲間になるよ。そうさ、おれの生徒になる気があれば、なんだって成就させてやるんだがね。何を望もうと、望みを抱けばただちに叶えてあげる。名誉でも、財産でも、女でもね。文明全体が、おいしいご馳走としてきみの前に差し出されるんだ。きみはおれたちの秘蔵っ子、かわいい末っ子になる。きみのためならおれたちは喜んで死んでいくだろうし、きみの邪魔になるものは踏みつぶしてやる。それでもまだためらってるとしたら、きみはおれを悪党だとでも思っているのかい？　あのチュレンヌ将軍［一六一一—七五、ルイ十四世時代の名将。バルザックはしばしば、泥棒にした約束を守った人間としてチュレンヌを引き合いに出している］は、きみが今まだ持っていると思っているくらいの誠実さは十分備えていたが、山賊たちと取引したところで、身を汚したとは考えなかったぜ。おれの恩は受けたくないんだろ。それならそれでいい」とヴォートランはうす笑いをうかべて言った。「この紙切れを受け取って、ここに一筆書いといてくれ」彼は印紙を貼った紙を取り出して言った。「ほらここへ、斜めに『三千五百フランたしかに領収いたしました。返済期限は一年』ってね、それから日にちも入れて。きみが良心の呵責《かしやく》を感じなくてもすむように、利子は十分に高くしとくよ。おれのことを高利貸しと呼んでくれていいし、感謝する必要なしと思ってくれていいんだ。今は軽蔑されといてやるよ、そのうちきみに好かれるのは確実だから。おれの中にひそむ底知れぬ深淵、凝縮された途方もない感情がきみにもやがてわかるだろう。アホどもはそれを悪徳と呼んでいる。だがきみは、おれを卑怯者や恩知らずだと思うことは絶対にないだろう。要するにこのおれは、チェスで言えばポーンでもビショップでもなく、ルークなのさ」

「あなたはいったい何者なんです?」とウージェーヌは叫んだ。「ぼくを苦しめるために生まれてきた人なんですか」

「とんでもない、きみが一生泥にまみれることのないよう、自分が泥をかぶってやろうっていう親切な男だよ。どうしてそんなに尽くすのかって聞きたいのかい? いつか耳元にそっと教えてあげよう。しょっぱなからきみに、社会秩序っていう組み鐘《カリヨン》は叩くとどんな音がするか、どういう仕組みで動くものかなんてことを話してびっくりさせてしまったね。だが最初は怖気《おじけ》づいても、戦場に立った新兵と同じで、そんなのすぐに忘れちまうよ。そして周りの人間なんか、自分で自分を王に任命しようという強者のために死ぬ覚悟を決めてる兵隊みたいなもんだって考えに慣れてしまう。時代は変わったもんだ。昔だったら刺客に『ここに百エキュある。誰それを殺してくれ』なんて言って、ささいなことで一人の男を闇に葬った後で平然と夕飯を食ったもんだ。今じゃあ、危ない橋を渡る必要もない、首を縦にふるだけで立派な財産を作ってやろうって言っているのに、きみはためらっている。ふぬけの時代だね」

ウージェーヌは手形にサインし、引き換えに紙幣を受け取った。

「いいかい、ひとつまじめな話をしよう」とヴォートランが言葉をついだ。「おれはここ何ヶ月かのうちにアメリカに発ちたいんだ、タバコ栽培をやりにね。いずれ友情のしるしに葉巻を送ってあげよう。もし金持ちになれたら、きみを援助してやろう。もし子供がいなかったら（その可能性は高い、おれは挿し木みたいにこの世に自分を植え替えることには興味がないから）、そうしたらだね、おれの財産はきみに残してやろう。それが男の友情ってもんじゃないか？　だっておれはきみのことが好きなんだよ。他人のために尽くすのがおれの情熱なんだ。前にもやったことがある。わかるかい、きみ、おれは他の人間たちより一段上の世界に生きているんだ。行動は手段だと思っている。そして目的しか見ない。人間なんておれにとって何だと思う？　こんなもんさ！」とヴォートランは親指の爪を歯ではじいて言った。「一人の人間はすべてか無かだ。ポワレって名のやつなら、無以下だ。南京虫みたいにひねりつぶしていい。面白くもないし、臭いからね。だが、きみみたいな人間は、神なんだ。それはもう、皮に覆われた機械じゃない。この上なく美しい感情が躍動する舞台なのさ。おれは感情だけで生きている。感情ってものは、一つの想いに凝縮された全世界じゃないかね？　ゴリオ爺さんを見てみろよ。二人の娘は彼にとって全宇宙なんだ。爺さんは娘たちを導きの糸として、神の創られた世界の中を進んでいく。それでだ、人生っていうものをよーく掘り下げてみたおれにとって、本物の感情は一つしかない。それは男と男の友情だ。ピエールとジャフィエ、あれがおれの情熱なんだ。『救われたヴェネツィア』［イギリスの劇作家オトウェーの悲劇、一六八五年作。主人公のヴェネツィア人ジャフィエと異国の兵士ピエールは強い友情で結ばれている」はそらで覚えてるよ。友達に「死体を一つ埋めにいこう」って言われて、一言も文句を言わず、うるさい説教もせずに黙ってついていく、肝っ玉のすわった男たちに大勢会ったことがあるかい？　おれはそれをやったんだ、このおれはね。こんなことは誰にでも話すわけじゃない。だがきみは優れた男だ。きみには何でも言える。何だって理解できるんだから。きみは、つまらんガマガエルどもがあがいている泥沼の中で、長いこともたもたしてるわけにはいかないんだ。さて、言いたいことは以上。結婚するんだな。お互いに、切っ先をぐいぐい突っ込んでいこう。おれの剣は鉄でできてるから、決してなまったりはしない、ハッハッハ！」

ヴォートランはラスティニャックの気を楽にしてやろうと、否定的な返事を聞こうとせずに出ていった。人間が自分自身の手前をつくろったり、自分の非難すべき行動を正当化したりするために使う、あのささやかな抵抗や内心の葛藤のからくりをよく知っているようだった。

「あいつはあいつで好きなようにすればいい、ぼくはタイユフェール嬢とはぜったいに結婚しないから」とウージェーヌは思った。

こんな男と契約を結ぶことを想像するだけで、内側が熱く焼けるような不安に襲われた。ヴォートランはおぞましい男だったが、考え方が皮肉っぽく、社会全体を相手取る大胆さを感じさせるからこそ、しだいに大きな存在に思えてきた。ラスティニャックは着替えて馬車を呼び、レストー夫人の家へ出かけた。この女性は数日前から、上流社交界の中心へと一歩ごとに躍進し、やがて恐るべき影響力を持つようになるはずの青年をますます丁重に扱うようになっていた。ウージェーヌはトライユ氏とダジュダ氏に借りていた金を返し、夜のひと時をホイストに興じて過ごして、前にすった金を取り戻した。これから自分の道を切り開かねばならないのに、多かれ少なかれ運命論者である若者の大半と同じく迷信深かった彼は、これほどつきがあるのは、正しい道に踏みとどまろうとがんばっている自分への天のご褒美《ほうび》だと思おうとした。翌朝彼は、ヴォートランにまだ手形を持っているかと急いで聞きにいった。持っていると聞くと、自然に湧いてきた喜びを顔に出し、三千フランを差し出した。

「すべて順調に進んでるよ」とヴォートランは彼に言った。

「ぼくはあなたの片棒を担ぐつもりはありませんよ」とウージェーヌは答えた。

「わかってる、わかってる」とヴォートランは相手の言葉を遮って言った。「またそんなお子様みたいなことを言って。入り口でつまらんことにひっかかってるな」

三　死神だまし

二日後、ポワレとミショノー嬢は、植物園の人気《ひとけ》のない散歩道で、陽のあたるベンチに座って誰かと話をしていた。相手は、医学部生が怪しいとにらんだのも納得できる風貌をした、例の男だった。

植物園の人気のない散歩道で、
ポワレとミショノーは例の男と話していた。

「ミショノーさん」とゴンデュロー氏は言った。「なぜ尻込みなさるのか、さっぱりわかりませんね。王国警察大臣閣下は……」

「ほほう、王国警察大臣閣下がねえ」とポワレは繰り返した。

「ええ、大臣閣下がこの件に関心をお持ちでして」とゴンデュローは答えた。

もと小役人で、頭は空っぽだが小市民的な美徳は持っているはずのポワレである。ビュッフォン通りに住む自称年金生活者の口から警察という言葉が漏れ、一般市民の仮面の下にエルサレム街［当時、警察庁のあった通り。オルフェーヴル河岸につながっていた］の密偵の顔がちらついてもなお彼が相手の話に耳を傾けていたと聞いて、おかしいと思わない人がいるだろうか。ところがこれほど自然なこともまたなかった。一部の観察者たちがすでに指摘してはいるがまだ公表されていない次のような考察をお伝えすれば、「お馬鹿さん目《もく》」という大きな括りの中でも、ポワレがある特殊な類に属していることがよりはっきり理解されるだろう。すなわち、世の中には《ペンだこ族》という種族がいる。彼らは国家予算の上で、千二百フランの俸給しかもらえない財緯一度、つまり行政のグリーンランドのような地帯と、三千から六千フランの俸給をもらえる財緯三度、つまり耕作は困難だが特別手当が気候に順応して花を咲かせることもある、やや温暖な地域のあいだに棲息している。こうした下っ端役人の病的な偏狭さをもっともよく表している特徴の一つは、すべての省の教主たる大臣に対する無意識的、機械的、本能的な尊敬である。小役人たちはこの教主たちを、判読不能な署名と、「大臣閣下」という四文字のみを通して知っている。だがこの四文字は『バグダッドのカリフ』［ボワエルデュー作曲のオペラ。一八〇〇年オペラ・コミック座で初演］における「イル・ボンド・カーニ」［上の歌劇の中で、カリフがお忍びの際に使う変名］にも匹敵するもので、地面に這いつくばっているこの種族の目から見れば、有無を言わせぬ神聖な権力を体現しているのである。キリスト教徒にとってのローマ法王と同じく、役人たちにとっての大臣閣下は、行政上決して誤りを犯すことなき存在だ。大臣が放つ威光は、その行い、言葉、および彼の名において発せられる言葉すべてに浸透し、大臣服の刺繍ですべてを覆って、大臣が命ずる行為を正当化する。閣下という名が、意図の純粋性と意思の神聖さを証明し、どれほど容認しがたい観念も通らせてしまう通行証になる。哀れな役人たちは、自分の利益のためにはしないようなことでも、「大臣閣下」という言葉が発せられるやいなや、汲々《きゅうきゅう》としてそれを実行するのである。軍隊と同じく役所にもそれなりの受け身な従属がある。その制度は良心を窒息させ、人間性を殺し、時とともに、人間をついにはねじかナットのようなものにして行政という機械にはめ込んでしまう。人を見る目があるらしいゴンデュローは、ポワレがそうした役所的なお馬鹿さんであることをすぐに嗅ぎつけ、いよいよ手の内を見せてポワレの目を眩《くら》ます必要が出てきた時に「大臣閣下」という呪文のような言葉を切り札として持ち出したのだ。彼にとってポワレはミショノーを雄にしたようなもの、ミショノーはポワレを雌にしたようなものにしか思われなかった。

「閣下ご自身が、大臣閣下が！　ははあ、そうなると話はだいぶ違ってきますな」とポワレは言った。

「ほらお聞きになりましたか、あなたはこちらの方の意見を信頼しておられるようですが」と偽の年金生活者はミショノー嬢に言った。「それでですね、大臣閣下は、ヴォケー館に住んでヴォートランと名乗っている男こそ、トゥーロンの徒刑場から脱走した徒刑囚であると確信しておられるのです。徒刑場で彼は〈死神だまし〉《トロンプ・ラ・モール》の名で知られていました」

「へえ、〈死神だまし〉か！」とポワレは言った。「もしその名の通り死神までだませるんだったら、うらやましいやつですな」

「そうですとも」と密偵は言った。「このあだ名は、やつがどんなに大胆不敵なことをやっても、悪運強く、命を落とさなかったことからきているんです。あいつは危険な男なんですよ、おわかりですか。いろんな素質に恵まれてる桁《けた》はずれなやつです。刑をくらったために、かえって仲間うちで敬意を集めているくらいで……」

「じゃ、尊敬すべき男なんですな」とポワレはきいた。

「まあ、あいつなりに。他人の罪を引っかぶってやったことだってあるんですよ。やつがたいそうかわいがっていた、若いとびきりの美男子が犯した偽造罪をね。その青年は賭博好きのイタリア人でしたが、その後軍隊に入って、立派に勤めているようです」

「でも、ヴォートランがたしかにその〈死神だまし〉だと警察大臣閣下が確信なさっているなら、どうしてまたわたしなんかを必要となさるんでしょう？」とミショノー嬢は訊ねた。

「ああ、そのとおり」とポワレは言った。「大臣閣下が、あなた様がお話しくださったとおり、何らかの確信をお持ちなのでしたら……」

「確信というほどではないのです。そうではないかとにらんでいる段階でして。ご説明しましょう。〈死神だまし〉とあだ名されているジャック・コランは、三つの徒刑場の囚人たちから絶大な信頼を受けていて、代理人兼出納係に選ばれたのです。こうした仕事でずいぶん金を稼いでいます。折り紙つき《オム・ド・マルク》の豪傑じゃないとできない仕事ですからね」

「ああ、なるほど！　今の洒落がわかりましたか、ミショノーさん？」とポワレが言った。「烙印《マルク》を押された札つきだから、折り紙つき《ド・マルク》っておっしゃったんですよ」

「ヴォートランと名乗っている男は」と密偵は続けた。「徒刑囚たちの金を預かって、それを投資し、保管し、脱走してくる者がいれば用立ててやるのです。遺言で指定されている時にはその家族に金を渡し、徒刑囚が情婦のためにあの男宛ての手形を振り出せば、女たちが金を使えるようにしてやるといったぐあいです」

「情婦たちですって！　女房たちの間違いじゃないんですか？」とポワレが口をはさんだ。

「いや、徒刑囚はだいたい内縁の妻しか持っていません。われわれはそれを情婦《いろ》と呼んでますが」

「つまり彼らはみんな、内縁関係のまま暮らしているわけで？」

「そういうことになります」

「なんとまあ」とポワレは言った。「そういうおぞましいことを大臣閣下が許しておかれてはいけませんな。あなたは大臣閣下にお会いになるわけですし、お見受けしたところ人道的な考えをお持ちのようですから、そうした連中の不道徳な行動を大臣閣下のお耳に入れておくべきですな。社会のほかの人たちに悪い例を示すじゃないですか」

「ですが、政府は徳行の見本にするために、やつらを牢屋にぶちこんでるわけではありませんから」

「たしかに。ですが、言わせていただければ……」

「ねえちょっと、この方のお話を先にうかがいましょうよ」とミショノー嬢が言った。

「ミショノーさん、おわかりでしょう」とゴンデュローが続けた。「政府は、この非合法な資金を押さえることに重大な関心を寄せざるをえんのです。その額は相当なものだと言われています。〈死神だまし〉は何人かの仲間の金だけでなく、〈一万の会〉から来る資金も隠して、相当な額をしまいこんでいるんですから……」

「一万人の怪盗ですって！」とポワレが肝をつぶして叫んだ。

「いや、そういう意味ではないのです。〈一万の会〉は大泥棒の組合でして、大がかりな仕事だけをやり、一万フラン以上儲からないようなけちな仕事には手を出さないやつらの集まりなのです。この組合は、まっすぐ重罪裁判所送りになるような悪党の中でも特にすご腕の連中からなってましてね。やつらは法を知っていて、つかまっても死刑を適用されるようなドジはぜったい踏みません。コランはそいつらに信用されていて、顧問役をしているんですね。この男は莫大な資金を利用して私設警察のようなものを作り、非常に広範囲な情報網を張りめぐらして、ちょっとやそっとじゃ見破れない秘密で覆い隠しています。一年前からやつのまわりにスパイを張り込ませているのに、あいつの手の内がまだ見破れない。あの男の基金と才能がたえず悪徳に金を支払い、犯罪資金を提供し、社会とつねに交戦状態にある悪党どもの軍団を準備万端の状態に維持するのに役立っているのです。〈死神だまし〉を逮捕してその資金を押さえられれば、悪を根源から絶つことになります。だからこそ、やつの征伐は、国家的な問題、高度に政治的な課題になったのですよ。成功した暁には、協力者は表彰される可能性がありますね。ポワレさん、あなただってもう一度お役所勤めができるかもしれませんよ。警視の書記くらいにはなれるにちがいありません。そういう役職なら、恩給をもらい続けるのに何の支障もありませんしね」

「でもどうして」とミショノー嬢は言った。「〈死神だまし〉は金を持ち逃げしないんですか？」

「そりゃあ」と密偵は答えた。「徒刑囚の金なんか盗んだら、どこへ逃げようと、あいつを殺せという命を受けた人間につきまとわれるでしょうよ。それに、資金というものは、良家のお嬢さんを誘拐するみたいに簡単にかっさらっていけるもんじゃありません。だいたい、コランはそんな真似のできない男です。自分の名折れになると思うでしょう」

「たしかに、おっしゃるとおりです。名折れでしょうな」とポワレは言った。

「これまでお話をうかがってきても、なぜとっととあの男を捕まえにいらっしゃらないのかわかりませんけど」とミショノー嬢は言った。

「それでは、お答えしましょう。しかし」と彼は耳元で言った。「あちらの方がわたしの話の腰を折らないようにしてくれませんか。そうでないと、いつまでたっても話が終わりませんから。ありゃ、かなり金を持ってないと人に話を聞いてもらえないタイプのおっさんですな。そう、〈死神だまし〉はここにやってくるにあたって、堅気の人間の皮をかぶり、パリの善良な市民になりすまし、目立たない下宿に転がり込んだのです。抜け目のない男です。やつの不意を打つことなんかとてもできない。というわけでヴォートラン氏は手広く事業をやっている、尊敬すべき人間として通っているのです」

「もちろんね」とポワレは独り言を言った。

「大臣閣下は、万が一、本物のヴォートラン氏でも逮捕してしまって、パリの実業界や世論を敵に回すことになるのを恐れておられます。警察長官にもいろいろと敵がいまして、お立場はそう安泰じゃない。間違いでもあれば、長官の地位を狙っているやつらが、悪口や自由派の非難を利用して長官を失脚させようとするでしょう。サント＝エレーヌ伯爵を名乗った脱獄囚[*1]コワニャールの事件と同様にことを進める必要があります。もしあれが本物のサント＝エレーヌ伯爵だったら、我々もただじゃすまなかったはずなのでね。だからよくよく確かめないといけないのですよ」

「それなら、きれいな女のひとが必要じゃありませんか」とミショノーは勢い込んで言った。

「〈死神だまし〉は女を近づけません」と密偵は答えた。「ひとつ秘密をお教えしましょう。あいつは女性に興味がないのです」

「だったら、そういう調査でわたしが何の役に立てるのかわかりませんね。仮にそれを二千フランでお引き受けするとしても」

「これ以上簡単なことはないのです」と見知らぬ男は言った。「あなたに薬品の入った小瓶をお渡しします。飲むとちょっと血流が乱れて卒中に似た発作を引き起こしますが、命にまったく危険はありません。ワインやコーヒーにも混ぜられる薬です。すぐにあいつをベッドに運んで、息があるかどうか確かめるふりをして服を脱がせてください。そばに誰もいない時をみはからって肩のところをぴしゃりとたたき、文字が現れるかどうか見ていただきたいのです」

「まったくなんでもないことですな」とポワレが言った。

「では、やっていただけますか？」とゴンデュローが老嬢に訊ねた。

「でもあなた」とミショノーは口を開いた。「文字が現われなかったら、それでも二千フランいただけるんですか？」

「いや」

「報酬はいかほどになります？」

「五百フランです」

「それっぽっちのためにそれほどのことをするなんて。結果がどうでも、良心の咎めは一緒ですよ。良心の痛みを癒さなければならないんですからね、このあたしは」

「ほんとに、この方は良心の塊みたいな方なんですよ。たいへん魅力的で、物わかりのいい方でいらっしゃるだけでなく」とポワレが言った。

「わかりました」とミショノー嬢は言った。「もし〈死神だまし〉だったらあたしに三千フランください。普通の市民だったら何もいりませんから」

「いいでしょう」とゴンデュローは言った。「ただし、作戦が明日実行されるという条件で」

「そんな急には無理ですよ、聴聞司祭様にもご相談しなければなりませんから」

「抜け目のない方だ」と密偵は立ちあがりながら言った。「では明日お目にかかりましょう。もしわたしに急ぎの用事がおありでしたら、サント＝シャペルの中庭の奥の、サンタンヌ小路までいらしてください。アーチの下に入り口は一つしかありません。ゴンデュローに会いに来たとおっしゃってください」

　キュヴィエの講義から戻るところだったビアンションは〈死神だまし〉という風変わりな言葉を聞いて耳をそば立て、かの有名な保安警察部長の「いいでしょう」という言葉を聞き取った。

「どうして決めてしまわないんですか、終身年金三百フランが転がりこむっていうのに」とポワレは言った。

「どうしてですかって？」とミショノー嬢は答えた。「だって、よく考えなくちゃ。もしヴォートランが〈死神だまし〉だったら、あっちと話をつけたほうが有利かもしれないでしょう。でもあの男に金を要求すると、危険を知らせることにもなるし……相手は金をよこさずに逃げかねない男ですからね。そうなると目もあてられない大失敗になるわ」

「危険を知ったところで」とポワレは言った。「さっきの方が、男は見張られてるって言ってませんでしたか？　でも、あなたは丸損ですな」

「それに、あの男はどうも虫が好かない。あたしに不愉快なことしか言わないんだから」とミショノーは思った。

「しかしね」とポワレは言葉をついだ。「もっといいやり方があるでしょう。さっきの人は身なりもちゃんとしてたし、なかなか立派な方のようでした。あの方が言っていたように、その人間がどんなに勇敢でありうるにせよ、犯罪人を社会から追放するのは法に従う行いですよ。一度身につけた悪癖は直らないっていうじゃないですか。もしあいつが気まぐれを起こしてわれわれを皆殺しにしようとしたらどうします。いやはや、恐ろしいこった！　われわれは最初の犠牲者になるだけでなく、犯罪を幇助《ほうじょ》したことにもなるんですからね」

ミショノー嬢は考えこんでいて、きちんと閉めていない水道の蛇口から垂れる水滴のようにポワレの口から次々漏れてくる言葉が耳に入らなかった。この老人は一度しゃべり始めると、ミショノー嬢が止めないかぎり、ぜんまいを巻いた機械のようにいつまでも話し続けるのだった。はじめ、ある話題についてしゃべっていたかと思うと、脱線を繰り返してまったく逆のことを論じ出し、結論は何一つ出てこない。ヴォケー館に着く頃には、さんざん横道にそれたり、とりとめのない引用をしたりした挙げ句、ラグロー[*2]とモラン夫人の事件で自分が被告側の証人として行った供述のことを話し始めていた。下宿に足を踏み入れたミショノー嬢は、ウージェーヌ・ド・ラスティニャックがタイユフェール嬢と仲睦まじく話し込んでいるのを見逃さなかった。二人は心弾む話に夢中になっていて、二人の年寄り下宿人が食堂を通り抜けても気づかずにいた。

「きっとああなると思ってましたよ」とミショノーはポワレに言った。「一週間前から、魂を奪うような視線を送り合っていましたからね」

「そうなんです、だから彼女は有罪になったんです」

「誰が？」

「モラン夫人」

「わたしはヴィクトリーヌさんのことを話してるんですよ」とミショノー嬢は気づかないうちにポワレの部屋に入っていきながら言った。「なのにモラン夫人のことを言ってるなんて。その女はいったい何者なんです？」

「ヴィクトリーヌさんはどんな罪を犯したんですか」とポワレはきいた。

「ウージェーヌ・ド・ラスティニャックさんに惚れたっていう罪ですよ！　どんなことになるかも知らず、深みにはまりこんでいくんだわ。何も知らずに、かわいそうな娘《こ》！」

ウージェーヌは午前中、ニュシンゲン夫人の態度にすっかり絶望させられていた。心の中ではもうヴォートランにすっかり身を任せてしまっていた。この並外れた男が自分に寄せる友情にどんな動機がひそんでいるのか、その結びつきが将来何に発展するのか、そんなことは考えようとしなかった。タイユフェール嬢と甘い約束を交わしながら、一時間前からすでに奈落に足を踏み入れていたのであり、彼をそこから引きずり出すには奇跡が必要だった。ヴィクトリーヌは天使の声を聞く思いで、自分のために天も開け、ヴォケー館は、舞台装置家が劇中の宮殿に施すような幻想的な色彩を帯びてきた。彼女は愛し、愛されていた。少なくともそう信じていた。下宿人のうるさい目を盗んでラスティニャックを見つめ、彼の言葉に耳を傾けていたら、どんな女性でもそう信じただろう。青年は良心に抗って、悪いことをしつつあると知りながら悪事を働こうとし、そのくらいの軽い罪なら一人の女性を幸福にすることで購えると自分に言い聞かせていた。彼は絶望で美しくなり、心に燃える地獄の業火で輝いていた。ラスティニャックにとって幸いなことに、奇跡は起きた。ヴォートランが上機嫌で入ってきて、自分が悪魔的な才知を駆使して結びつけた二人の若者の心を読み取り、からかうような野太い声でこう歌って、二人の楽しみをたちまちかき乱してしまったのだ。

ぼくのかわいいファンシェット[*3]
かざらなくても魅力的……

ヴィクトリーヌは、それまでの人生で味わってきた不幸と同じくらいたくさんの幸せを心に抱いて逃げていった。かわいそうな娘！　手を握られ、頬にラスティニャックの髪が触れるのを感じ、学生の唇の温かさが感じられるほど耳元近くで言葉をささやかれ、震える腕で腰を抱かれ、首にキスを受けたのだ。それは彼女の恋にとって婚約の式だった。太っちょのシルヴィーがすぐ近くにいて、光り輝く食堂にいつ入ってくるかわからなかったからこそ、この恋の約束は、どれほど有名な恋物語の中で語られている献身の誓いよりも熱く激しく魅惑的になった。わたしたちの祖先の美しい表現で「[*4]ささいな秘め事」と呼ばれるこうした取るに足らない恋のしるしさえ、二週間ごとに告解に行く信心深い娘にとっては罪のように思われた。後に財産と幸せを手にし、自分のすべてを相手にゆだねる時が来るだろうが、それよりもっと多くの心の宝を、彼女はこのとき惜しみなく与えたのだった。

「うまくいったよ」とヴォートランはウージェーヌに言った。「二人の伊達男《ダンディ》が喧嘩してくれたんだ。すべて予定どおりに運んだ。意見の衝突ってことでね。例のカモがわれわれの鷹《たか》を侮辱してきたのだ。明日、クリニャンクールの角面堡でと決まった。八時半にタイユフェール嬢がここでのんびりとバターつきパンをコーヒーに浸している時、父上の愛情と財産を相続することになるのさ。そう考えるとおかしくないか？　あのタイユフェールの小倅《こせがれ》は剣が巧みで、同じトランプの札を四枚揃えた勝負師みたいに自信たっぷりなんだ。だがおれの考え出した手で、ぐさっとやられるだろうよ。剣を跳ね上げて、額を突く手でね。きみにもそのうち教えてやろう。おそろしく有効なんだから」

ラスティニャックは茫然自失《ぼうぜんじしつ》した様子で相手の話を聞いていて、何も答えられなかった。その時、ゴリオ爺さんとビアンションとほかの下宿人数人がやってきた。

「おれの期待したとおりの男になってくれたね」とヴォートランはラスティニャックに言った。「自分が何をやっているかわかっているね。いいぞ、鷲の子くん！　きみは人間どもを支配する。きみは強く、根性があって勇敢だ。おれの尊敬を勝ち得たぞ」

ヴォートランは相手の手を取ろうとした。ラスティニャックはさっと手を引っ込め、青ざめて椅子に倒れ込んだ。目の前に血の沼が見えるような気がした。

「ははあ、まだ美徳の染みのついたおむつをしてるんだね」とヴォートランは小声で言った。「あのドリバン［一二六ページ注参照］爺さんには三百万フランの財産があるんだよ。おれはやつの財産を調べた。持参金さえ手に入れれば、きみも花嫁衣装みたいに純白になれるさ、自分自身の目にもね」

ラスティニャックにもう迷いはなかった。その晩のうちにタイユフェール家の父子に警告しに行こうと心に決めた。その時、ヴォートランが彼のそばを離れたので、ゴリオが彼の耳にこう囁いた。「ずいぶん沈んでらっしゃいますな。わたしが陽気にしてあげましょう、一緒にいらっしゃい！」老人はランプの火を糸ロウソクに灯した。ラスティニャックは好奇心を刺激され、ついていった。

「あなたの部屋に行きましょう」と老人は言った。シルヴィーから学生の部屋の鍵をもらってきていたのだ。「あなたは今朝、あの子に愛されていないと思ったんでしょう」とゴリオは言った。「娘に無理やり追い返されて、あなたは腹を立て、絶望して帰ってきた。おばかさんですな。あの子はわたしを待ってたんです。おわかりですか。わたしらは、あなたが三日後には住むことになる、そりゃ素敵なアパルトマンの仕上げに行くことになっていましたんでね。わたしがしゃべったとは言わないでくださいよ。あの子はあなたをびっくりさせるつもりなんだから。ですがわたしはこれ以上、秘密にしておけない。あなたはサン＝ラザール通りの目と鼻の先のアルトワ通り［現在のラフィット通り］に住んで、王子様みたいな暮らしをなさるんです。まるで花嫁でも迎えるように素敵な家具も入れておきました。あなたには内緒で、一ヶ月前から二人であれこれ準備していたのですわ。わたしの代訴人も作戦を開始してくれたから、娘の手元には、持参金の利子として年に三万六千フラン入ってくることになるでしょう。あの子の八十万フランはしっかりした不動産に投資するように要求するつもりですよ」

ウージェーヌは押し黙ったまま、腕を組んで、雑然とした惨めな部屋の中を行ったり来たりしていた。ゴリオ爺さんは学生が背中を向けている隙をねらって、赤いモロッコ革の小箱を暖炉の上にのせた。箱には金でラスティニャック家の紋章が押してあった。

「ねえラスティニャックさん」と哀れな老人は言った。「今度のことをわたしは一心不乱にやりました。実は、自分の勝手な都合もありましてね。あなたが引っ越して地区を変わられることには、わたしの都合も絡んでるのですよ。一つお願いをしても、はねつけたりなさらんかな？」

「どんなことです？」

「あなたのアパルトマンの上の六階に部屋が一つ付いてるんだが、そこにわたしが住むってのはどうですかね？　わたしも年を取って、ここでは娘たちの家から遠すぎますんでね。お邪魔はしません。ただそこにいるだけの話です。娘のことを毎晩話してください。それほどご迷惑にもなりますまい？　あなたが帰ってきたら、わたしはベッドに入っているだろうが音が聞こえて、『かわいいデルフィーヌに会ってきたんだな。一緒に舞踏会に行ったんだ。あの人のおかげで娘も幸せだ』と思えるわけです。病気になっても、あなたが帰ってきたり、動き回ったり、出かけていったりする物音を聞くだけで心の慰めになります。あなたの中にはわたしの娘がたくさん詰まってますから！　あの子たちが毎日通るシャンゼリゼにしても、あそこからならすぐに行けて、いつでも娘たちの姿を見られます。ここからだと、遅れてしまうこともありますんでね。それに、あの子はあなたのところに寄るかもしれない。娘の声が聞けるし、朝の綿入り外套を羽織ったあの子が、子猫のように可愛らしくちょこちょこ歩く姿も見られるでしょう。一ヶ月前から、あの子はまた昔のようになりました。快活でおしゃれで、娘時代のようだ。心が癒えてきたんです。あなたのおかげで幸せになったんです。ああ、あなたのためにはどんな不可能なことだってしてあげたい。さっき、帰り道に『パパ、あたしとっても幸せなの』って言ってましたよ。あの子たちが改まって『お父さま』なんて言うと心が凍りつきますんでね。『パパ』って呼ばれると、あの子たちが小さかった頃に返ったような気がして、いろんな思い出がよみがえってきます。その方がいっそう、わたしはあの子たちの父親なんだなあって実感が湧きます。娘たちがまだ誰のものにもなっていないような気がしてくるんです」爺さんは目を拭った。泣いていたのだ。「パパという言葉を聞かなくなってずいぶん経ちます。腕を組んだのも久しぶりですよ。そう、どっちの娘とも、並んで歩くなんてことは十年来なかった。あの子の服に触れて、歩調を合わせて歩いて、体温を感じるってのはいいもんです！　とにかく、今朝はデルフィーヌをあちらこちらへ連れていきましたよ。あの子といっしょにいろんな店に入りました。それから家に送っていってね。ああ、わたしをそばに置いといてください。あなたも時には用事を頼める人が必要でしょう。その時はわたしがいます。ああ、あのアルザスのデブのでくの坊が死んでくれたら、痛風が機転をきかして胃まで上ってくれたら、娘も幸せになれるのに！　あなたはわたしの婿になり、晴れてあの子の夫になれるでしょうに。あの子はこの世の楽しみを何一つ知らない、不幸せな子です。だからわたしは何でも許してやってます。神様はきっと愛情深い父親の味方をしてくださるでしょう。あの子はあなたに首ったけでしてね」とゴリオは少し間を置き、うなずきながら言った。「『ねえお父さん、あの人、すてきな方でしょ。心も優しいわ。わたしの話をなさってた？』って、アルトワ通りからパッサージュ・デ・パノラマまで、あの子はずっとそんなふうにしゃべってましたよ。あの子はついに心のうちを打ち明けてくれたんです。楽しかった今日の午前中、わたしは年も忘れて、身もすっかり軽くなってました。あなたがわたしに千フラン紙幣を渡してくれた話もしました。かわいいですねえ、あの子は涙を流して感激していましたよ。おや、暖炉の上にあるあれは何でしょう？」とゴリオはラスティニャックがじっとしているのに我慢できなくなって言った。

　ウージェーヌは言葉を失い、隣人の顔をぽかんと見つめるばかりだった。ヴォートランが明日に予告している決闘が、一番大切な希望の実現と激しい対照をなし、まさに悪夢を見ているようだった。暖炉の方を振り向くと、四角い小箱が見えたのでそれを開けてみたら、ブレゲ[*5]の時計の上にのっている一枚の紙が目に入った。その紙には、こんな言葉が書かれていた。

　いつどんな時もわたしのことを考えてほしいの、だって……

デルフィーヌ

「だって……」という最後の言葉は、二人のあいだに起きたある場面を仄《ほの》めかしているらしかった。ウージェーヌはほろりとさせられた。箱の内側の金地にも、ラスティニャック家の紋章が琺瑯《ほうろう》びきで描かれていた。前から欲しかった見事な時計で、鎖も、ねじ巻きも、作りも、デザインも、望みどおりの品だった。ゴリオ爺さんは顔を輝かせていた。きっとウージェーヌがプレゼントに驚いてどんな顔をするか、逐一報告すると約束してあったのだろう。若い二人の心の物語に対して第三者だったにもかかわらず、爺さんは負けず劣らず幸せそうだった。すでに娘のためにも自分のためにも、ラスティニャックに惚れ込んでいたのだ。

「今晩、会いにいらしてください、あの子は待ってますよ。あのデブの図太いアルザス人は、踊り子のところで夕食をとるそうですからな。ああ、わたしの代訴人が痛いところを突いてやった時の、やつの間抜けな顔といったら。娘を熱愛してるだなんて、まあよく言ったもんだ。娘に手を触れようものなら、ぶっ殺してやる。デルフィーヌがあんなやつに……（ゴリオはため息をついた）、そう考えただけで犯罪を犯しそうになります。だがあいつを殺しても人殺しにはなりませんよ、だってあんなの、豚の胴体に子牛の頭が乗っかってるだけですから。わたしも一緒に住まわせてもらえますかね？」

「ええ、やさしいゴリオさん、ぼくがあなたのことを大好きなのはご存じじゃないですか……」

「そうなんだ、あなたはわたしのことを恥に思ったりなさらない、あなただけは！　どうか抱きしめさせてください」（そう言ってゴリオは学生を腕に抱いた）「あの子をとびきり幸せにしてくれるって、わたしに約束してくださいよ。今夜は会いに行ってくれますね？」

「ええ、もちろん！　ただ、急ぎの用事があって、これから出かけなければならないんです」

「何かお役に立てることでもありますかな？」

「そうだ、お願いします！　ぼくがニュシンゲン夫人の家に行っている間に、タイユフェール氏のところを訪ねて、重大な件についてお話ししたいから、今夜のうちに一時間割いてくれるようにお願いしていただけませんか」

「じゃあ、あれは本当なのか」とゴリオ爺さんは顔色を変えて叫んだ。「下の馬鹿どもが言っているように、タイユフェールの娘をくどいているのかね？　なんてこった！　ゴリオの平手うちがどんなものか知らないな。わたしらをだましたら、拳骨がものを言いますぞ。ああ、とても信じられない」

「誓って言いますが、ぼくはこの世で一人の女性しか愛してません」とウージェーヌは言った。「ついさっき、それがわかったんです」

「ああ、うれしいことだ！」とゴリオは言った。

「ですが」とウージェーヌは言葉を続けた。「タイユフェールの息子が明日、決闘するんです。しかも殺されるって話を聞いてしまったのです」

「それがあなたとどんな関係があるんです？」とゴリオは言った。

「だって、息子を行かせないように、父親に教えてあげないと……」とウージェーヌは口走った。

その時、部屋の戸口のあたりからヴォートランがこう歌う声が聞こえてきて、ラスティニャックの言葉は遮られてしまった。

おおリチャード、おお我が王！[*6]
世界はあなたを見捨てた
ブルーン、ブルーン、ブルーン、ブルーン、ブルーン

わったしゃーせっかいーを、駆けめーぐり、
どっこでーも　か、お、な、じ、み……
トラ、ラ、ラ、ラ……

「みなさぁん、お食事ですよ。ほかの方たちはもうテーブルについてお待ちです」とクリストフが叫んだ。

「そうだ」とヴォートランが言った。「おれのボルドーワインを一本取りにきてくれ」

「どうですあの時計、すてきだと思いませんか？」とゴリオ爺さんが声をかけた。「あの子

は趣味がいいでしょう?」

ヴォートランとゴリオ爺さんとラスティニャックは一緒に降りていき、遅れて来たので並んで食卓につくことになった。ウージェーヌは食事のあいだヴォートランに思いきり冷たい態度を取ったが、ヴォケー夫人には何とも楽しい男だったヴォートランも、これほど派手に才気を振りまいたことはかつてなかった。冴えた駄洒落を次々と飛ばし、食卓についている人たちをはしゃがせた。この図太《ずぶと》さと落ち着きぶりに、ウージェーヌは愕然《がくぜん》とさせられた。

「今日はいったい何があったの? 花鶏《アトリ》みたいに陽気じゃない」

「取引がうまくいった時は、おれはいつだって陽気だよ」

「取引?」とウージェーヌは聞き返した。

「ああ、そうなんだ。商品の一部を引き渡したんだが、その手数料がかなり入ってくるはずでね。ミショノーさん」とヴォートランは、老嬢が自分をしげしげと見ているのに気づいて言った。「おれをそんなにじろじろご覧になるとは、この顔に何か気に入らんところでもあるのかな? どうか言ってくださいよ。お気に召すように顔の造りを変えますからね」

「ポワレ」とヴォートランは元役人を横目で見ながら続けた。「こんなことで気まずくなったりはしないよね、おれたちの仲は」

「すごい! [*7]道化のヘラクレス《エルキュール・ファルスール》のモデルをやってほしいなあ」と若い画家がヴォートランに言った。

「そうだな、いいよ、もしミショノーさんが[*8]ペール・ラシェーズ墓地のヴィーナスのモデルになるんなら」

「じゃあポワレさんは？」とビアンションが言った。

「ポワレはポワレのモデルをするさ。果樹園の神様になるんだ、ポワレは梨《ポワール》から来てて
……」

「ぼけ梨のろくでナシ！」とビアンションが引き取った。「じゃあ、あなたは梨[*9]とチーズの
あいだですね」

「くだらないことばかり言ってないで」とヴォケー夫人は言った。「あなたのボルドーワインでも飲ませてよ。瓶が鼻先をのぞかせてるじゃない。座を陽気にしてくれるし、イナフ(胃の腑）にもいいし」

「男性諸君」とヴォートランは語りかけた。「議長女史が静粛を命じておられます。クチュール夫人とヴィクトリーヌ嬢は、諸君の他愛もないおしゃべりにご立腹なさることはありますまい。ですが、ゴリオ爺さんの純情を尊重してください。わたしはみなさんにボルドーワインのボトルラマを一本、提供させていただきます。ラフィット[*10]の名によって二重に有名なものですが、政治的な意味合いはございません。おい、そこのとんま！」とヴォートランは動こうともしないクリストフを見て言った。「こっちだ、クリストフ！　自分の名前が呼ばれてるのに聞こえないのかい！　ぼんくら、酒を持ってこいって！」

「お待たせしました」とクリストフは瓶を差し出しながら言った。

ウージェーヌとゴリオ爺さんのグラスになみなみと注いだ後、ヴォートランは自分のグラ

スにゆっくりと数滴たらした。隣の二人が飲んでいるあいだに自分も味を見ていたが、突然顔をしかめた。

「だめだ、コルクの匂いがしやがる。クリストフ、これはお前にやるから別のを取って来てくれ。右側のだ、わかるだろう？　十六人いるから、八本頼む」

「そんなに奮発してくれるなら」と画家が言った。「ぼくも栗を百個おごりますわ」

「ワーワー！」

「ブーウウーン！」

「プルルルル！」

　みんなの歓声は、回転花火のように四方に飛び散った。

「さあ、ヴォケーおばさんはシャンパンを二本おごってくれ」とヴォートランが叫んだ。

「ははあ、そう来たかい！　この家よこせとでも言ったらどう？　シャンパン二本だって！　十二フランもするんだよ。あたしにゃそんな金ありゃしない、だめだめ。でもウージェーヌさんが払ってくれるならカシス酒をおごってもいいわ」

「出たよ、マンナ〔とねりこの一種で樹液から下剤が作られる〕みたいに腹下しになるおかみさんのカシス酒」と医学生がつぶやいた。

「やめてくれ、ビアンション」とラスティニャックは叫んだ。「マンナって聞いただけで胸が……よし、シャンパンだ。ぼくが払います」と学生は言い足した。

「シルヴィー」とおかみさんは声をかけた。「ビスケットと小さいお菓子をもってきて」

「おかみさんの小さい菓子は大きいからなあ」とヴォートランが口を出した。「かびの髭が生えてるよ。だがビスケットなら、出した出した」

たちまちボルドーワインが行き渡り、一座は活気づいてますます陽気になった。すさまじい笑い声の中に、さまざまな動物の鳴き声の真似が飛び交った。博物館員がさかりのついた猫の鳴き声に似たパリの物売りの声を真似してみせると、八つの声が次のような文句をいっせいに歌い立てた。「ハサミ研ぎぃ、包丁研ぎぃー!」「小鳥のエサはいかがでしょう?」「奥様がたのお楽しみぃ、ウェハースだよ!」「陶器のつぎ屋でござい!」「牡蠣屋ぁ、牡蠣!」「女房も叩ける洋服たたきぃ!」「古着、縁飾り、古帽子!」「サクランボ、甘ーいサクランボ!」鼻にかかった声で「雨傘ぁ〜、こうもり傘ぁ〜」と叫んだビアンションが栄冠を勝ち取った。やがて頭も割れんばかりの大騒ぎになり、支離滅裂な言葉のやり取りが続いた。それはまさしく一つのオペラで、楽長のごとく指揮をとっているヴォートランは、もう酔っぱらっている様子のウージェーヌとゴリオ爺さんを見張っていた。二人は椅子に背をもたせかけ、酒もほとんど飲まず、このいつにない乱痴気騒ぎを深刻な顔で見守っていた。二人とも今晩のうちにやらなければいけないことが気になっていたが、どうしても立ち上がれそうになかった。横目で二人の表情の変化を見守り続けていたヴォートランは、二人の目がとろんとして閉じそうになった瞬間を捉え、ラスティニャックの耳元にかがみこんでこう囁いた。「ねえ坊や、ヴォートランおじさんと張り合うには、まだ悪知恵が足りないね。それにおれはきみのことが好きだから、馬鹿な真似をするのを放っておくわけにはいかないんだ。

おれが何かやろうと決意したら、行く手をさえぎることができるのは神様だけさ。ああ、タイユフェール親父に注進に及ぼうなんて、小学生みたいなへまをやるつもりだったんだね。竈《かまど》には火が入って、粉は練り上がり、パンはヘラにのっている。明日になったらパン屑を派手に散らしながら、ぱりっとパンにかぶりつくのさ。この期《ご》におよんで、パンを竈に入れるのを邪魔しようってのかい。いやいや、すべてうまく焼き上がるだろう。良心がちくっとしたって、消化でこなれちまうよ。一眠りしているあいだに、伯爵フランケシーニ大佐が剣の先で、ミッシェル・タイユフェールの遺産相続の幕を切って落としてくれる。ヴィクトリーヌには年に一万五千フランばかりの金が転がり込む。ちゃんと調べたんだが、母親の遺産だって三十万フランになるんだ……」

ウージェーヌにはヴォートランの言葉が聞こえていたが答えられなかった。舌が口蓋に貼りついたようで、どうしようもない眠気に襲われていた。食卓も会食者の顔も、もう光の靄《もや》を通したようにぼんやりとしか見えなかった。まもなく騒ぎは静まり、下宿人たちは一人また一人と去っていった。残っているのがヴォケー夫人、クチュール夫人、タイユフェール嬢、ヴォートランとゴリオ爺さんだけになった時、ラスティニャックの目にはまるで夢を見ているように、ヴォケー夫人が瓶に残っているワインを集めて、何本かの瓶を満タンにしようとしている姿が映った。

「ああ陽気だねえ、若いねえ」と未亡人は言っていた。

それがウージェーヌにわかった最後の言葉だった。

「あんな悪ふざけをやれるのはヴォートランさんだけですよ」とシルヴィーが指摘した。

「まあクリストフったら、うなり独楽みたいにいびきをかいて」

「じゃあね、ママ」とヴォートランは言った。「おれはブールヴァール［オペラ座からサン＝ドニ門に至る劇場などの多い繁華街］に行って『荒山』に出るマルティ［当時のメロドラマの人気俳優］を観てくる。『孤独な男』[*11]を脚色した大芝居でね。もしよかったら連れてってあげるよ、そちらのご夫人方も一緒に」

「せっかくですけど、けっこうですわ」とクチュール夫人は答えた。

「まあ奥さん！」とヴォケー夫人は叫んだ。「アタラ・ド・シャトーブリアン[*12]が書いた『孤独な男』からとったお芝居に行くのを断るなんて。あたしたち、夢中になって読んだじゃありませんか。あんまりよかったから、去年の夏、ぼたいじゅの下でエロディーさん［『孤独な男』のヒロイン］を思ってマグダラのマリアみたいにさめざめと涙を流したじゃないですか。なんてったって道徳的な作品だから、お嬢さんの教育にもいいかもしれませんよ」

「あたしたち、お芝居に行くのは禁じられているんです」とヴィクトリーヌは言った。

「おや、こちらのお二人は、夢の世界に発たれましたかな」とヴォートランはゴリオ爺さんとウージェーヌの頭をおどけた身ぶりで揺さぶった。

　楽に眠れるように頭を椅子の上にのせてやってから、ヴォートランはこう歌いながらウージェーヌの額に熱烈なキスをした。

眠れ[13]、愛《いと》しき者よ
我、夜を徹して見守らん

「ウージェーヌさんはお加減が悪いんじゃないかしら」とヴィクトリーヌは言った。「じゃあ、ここに残って介抱してあげてくださいよ」とヴォートランは答えた。そして「それが、従順な妻としてのあなたの義務ですからね」と彼女の耳元に囁き、「この青年はあなたに夢中だ。あなたは彼のかわいい妻になる。わたしはそう予言しますね。それから」と声を高くして、「『二人は国中から尊敬され、幸せに暮らして、たくさんの子供に恵まれました』とさ。恋物語はみんなこういうふうに終わるんだ。さあ、ママ」とヴォケー夫人の方に向きなおっておかみさんを抱きかかえながら言った。「帽子をかぶって、花柄のきれいなドレスを着て、伯爵夫人のショールを羽織ってきなさい。おれさまが自ら馬車を拾ってくるから」そして、こう歌いながら出ていった。

お日様[14]、お日様、お天道様《てんとさま》、
あなたのおかげでかぼちゃが熟《う》れる……

「ねえクチュールの奥さん、あんな人と一緒だったら、屋根の上でも楽しく暮らせるでしょうね。おやおや」とおかみさんはパスタ製造業者の方を振り向いて続けた。「ゴリオ爺さんたらこんなところで寝てしまって。このけちな爺さんは、あたしをどっかへ連れてってくれようと思いついたことなんか一度もないんだからね。ほらこの人、床に転げ落ちそうだよ。いい年して正体なくすなんて、みっともない。もともとないものはなくしようもないってかね……。シルヴィー、この人を部屋まで運んでやって」

シルヴィーは爺さんの脇を抱えて歩かせると、服を着たまま、荷物のようにベッドの上に横ざまに放り投げた。

「かわいそうに」とクチュール夫人はウージェーヌの目の上に落ちかかる髪をかき上げてやりながら言った。「若い娘みたいね、度を過ごしたらどうなるか知らないんだわ」

「ほんとに、三十一年も下宿をやっていて、若い人をほら、よく言うように手塩にかけて育ててきたけど、ウージェーヌさんほど優しくて品のいい人は見たことがありませんよ。寝顔のきれいなことと！　肩に頭をもたれさせておやりなさいよ、クチュールの奥様。あら、ヴィクトリーヌさんの肩に倒れかかる。若い人たちには神様がついていらっしゃるのね。ウージェーヌさんたら、もうちょっとのところで、椅子の角にぶつけて頭を割るところだったわ。この二人、お似合いの夫婦になりそうじゃありませんか」

「おかみさん、よしてちょうだい」とクチュール夫人は叫んだ。「そんなことをおっしゃっては……」

「いいじゃないの、ウージェーヌさんにはどうせ聞こえませんよ。ちょっとシルヴィー、あたしの着替えを手伝ってちょうだい。よそいきのちゃんとしたコルセットをつけるから」

「あれまあ、夕ご飯の後によそいきのコルセットを？」とシルヴィーは言った。「だめですよ、おかみさんの体を締め上げるには他の人を探してくださいよ。あたしゃご主人を殺すなんてぜったい嫌ですからね。そんな無茶をなさったら命取りになりますよ」

「かまわないよ、ヴォートランさんに恥をかかせないようにしないとね」

「ご自分の相続人がそんなにかわいいんですか？」

「さあさあ、シルヴィー、つべこべ言わないで」と未亡人は出ていきながら声をかけた。

「あの年でね」と料理女はヴィクトリーヌにおかみさんを指して言った。

クチュール夫人とヴィクトリーヌ、その肩に頭をのせて眠っているウージェーヌだけが食堂に残った。静まり返った家の中にクリストフのいびきが響き、子供のようにすやすやと眠っているウージェーヌの穏やかな眠りを浮き立たせていた。人のためになることをしながら、女らしい情を惜しみなく注ぎ、やましい気持ちもなしに青年の心臓の鼓動を自分の胸の上に感じられて、ヴィクトリーヌは幸せだった。その顔には何か母性的な、相手を守ろうとするような表情が浮かび、誇らしげに見えた。心に浮かぶさまざまな思いの中を、若く清い体温の交わりに刺激されて、狂おしい官能の衝動が走った。

「気のどくに、かわいい子！」とクチュール夫人はヴィクトリーヌの手を握って言った。

老婦人は、幸福の後光がさし始めたこのあどけなくも憂わしげな顔に見とれていた。中世の素朴な絵には、細かい要素はすべて省き、空の金色が反射しているような黄色がかった顔にだけ画家が静謐《せいひつ》で気高い絵筆の魔法を揮《ふる》ったものがある。ヴィクトリーヌはそうした絵のどれかに似ていた。

「この人、二杯しかお飲みにならなかったのにね、おばさま」とヴィクトリーヌはウージェーヌの髪を指で梳《す》きながら言った。

「ウージェーヌさんが遊び人だったら、飲んでも他の人たちと同じように平気だったでしょうよ。酔っぱらったってことは、かえってほめられていいことですよ」

馬車の音が通りに響いた。

「おばさま」とヴィクトリーヌは言った。「ヴォートランさんが戻ってきたわ。ウージェーヌさんをそちらに引き取って。こういうところをあの人に見られたくないの。あの人の表情を見ると魂が汚れるようだし、目つきといったら、まるで服でも脱がされるように女の人をまごつかせるんですもの」

「いいえ、それはあなたの勘違い。ヴォートランさんは親切な方ですよ。死んだうちの主人にちょっと似たところがあってね。がさつだけど根は優しくて、無骨とはいえ頼りになる人よ」

そこへヴォートランが音もなく入ってきて、ランプの光に愛撫されているような若い二人が作る図をじっと眺めた。

「ふーむ」と腕を組んでヴォートランは言った。「『ポールとヴィルジニー』の心優しき作者ベルナルダン・ド・サンピエールだったら、これを見て感動的な場面を書いたに違いありませんな。青春はじつに美しいものだね、クチュール夫人。かわいそうに、坊や、よくお眠り。

果報は寝て待てって言うからな」とウージェーヌを見つめて彼は囁いた。そしてクチュール未亡人の方に向き直ってこう続けた。「ねえ奥さん、わたしがこの青年に惹かれ、心動かされるのも、心の美しさが顔の美しさと調和してるのを知ってるからなんですよ。見てごらんなさい、天使の肩にもたれた天童《ケルビム》のようじゃないですか。この坊やには愛される価値がある。もしおれが女だったら、彼のために死にたい（そんなばかな！）、いや生きたいと思いますね。こうやって二人の姿に見とれてると」と声を低め、クチュール未亡人の耳元にかがみ込んで言った。「神様は、この二人を結び合わせるためにお創りになられたとしか思えませんな。神の摂理はどこでどう実現されるかわからない。人の心の奥底までお見通しです」と彼は最後のところで声を大きくした。「きみたちがそうやって同じ純粋な想いで、人のあらゆる情で結ばれているのを見ると、将来も二人が離れればなれになるなんてとても考えられないのだよ。神様は公正だからね。ところで」と彼はヴィクトリーヌに言った。「あなたの手相には幸運の線があったような気がしますね。ちょっと手を見せてくださいよ、ヴィクトリーヌさん。おれは手相には詳しいんだ、よく運勢を占ってやったこともある。そら、怖がらないで。やあ、これはすごいぞ。嘘じゃない、あなたは近いうちにパリでも指折りの資産家の相続人になりますよ。お父さんはあなたを呼び戻す。あなたは爵位のある美しい若者に熱愛されて、彼と結婚するでしょう」

この時、めかしこんだ未亡人が階段を降りてくる重たげな足音がして、ヴォートランの占いはそこまでとなった。

「よお、ヴォケッェェェルおっかさん、エトワァアルのように美しく、嚙みタバコ束のようにぐるぐる巻きだね。でもちょっと息が苦しくはないかな？」とヴォートランはコルセットの張り骨の上に手を当てて言った。「胸がかなり締めつけられてるね、ママ。もし泣いたりしたら、破裂しちまいますぞ。しかしその時はわたしが骨董屋みたいに丁寧にかけらを拾い集めてさしあげやしょう」

「この人ったら、フランスふうの粋な言葉づかいまで知ってるんですよ」とおかみさんは身をかがめてクチュール夫人の耳元に囁いた。

「さらば、子供たちよ」ヴォートランは、ウージェーヌとヴィクトリーヌの方を向いて声をかけ、「きみたちを祝福する」と言って二人の頭の上に手を置いた。「お嬢さん、わたしの言うことを信じなさい。誠実な人間の祈りってのは、ばかにしたもんじゃない、きっと幸福を運んできてくれる。神様が聞き届けてくださるのです」

「では行ってきますよ、奥さん」とヴォケー夫人はクチュール夫人に声をかけた。そして小声でつけ加えた。「どう思われます？　ヴォートランさんはあたしに気があるのかしら」

「おやおや、まあまあ」

「ねえおばさま」二人きりになると、ヴィクトリーヌはため息をつき、自分の手を眺めながら言った。

「ヴォートランさんのおっしゃったことがもし本当だったら！」

「そうなるために必要なことはたった一つ」と老婦人は答えた。「あの人でなしのお兄さんが馬から落ちてくれればそれですむのに」

「まあ、おばさま！」

「そうね。敵の不幸を望むのも、やっぱり罪なんでしょうね」とクチュール未亡人は言葉をついだ。「では教会に行って懺悔しましょう。だけど本当のところ、あの男の墓にならん、あたしは喜んで花を供えにいくでしょうよ。心のねじ曲がった人間だもの。自分の母親の弁護をする勇気もなく、悪だくみして、あなたを押しのけ遺産をひとり占めしたんだよ。わたしの従妹《いとこ》にはかなりの財産があったんです。あなたにとって不利なことに、夫婦財産契約にはお母さんの持参金のことがまったく触れられていなかったのよ」

「だれかの命を犠牲にして手にした幸福だったら、幸せになってもずっとつらい思いをするわ」とヴィクトリーヌは言った。「わたしが幸せになるためにお兄さんが死ななければならないのなら、ここにずっといる方がいい」

「だけどねえ、あの親切なヴォートランさんの言うとおりですよ」とクチュール夫人は続けた。「あの人は信心深いのよ。悪魔ほどにも敬意を込めずに神様のことを話すほかの人たちと違って、あの人が不信心者じゃないのがわかってうれしかったよ。そうよ、神の摂理がどこでどう実現されるか、誰にわかるもんですか」

シルヴィーに手伝ってもらって、二人の女性はウージェーヌをやっとのことで寝室に運び込み、ベッドに寝かした。シルヴィーはゆっくり眠れるように青年の服をゆるめてやった。部屋を出る前、クチュール夫人が背を向けた隙に、ヴィクトリーヌはウージェーヌの額に唇をあてた。盗んだ罪深いキスがくれるはずの幸せな気持ちをありったけ込めて。彼の部屋を眺め渡し、この一日に味わった数えきれない喜びを一つの想いの中につめ込んだ。それを一枚の絵に思い描いて長いあいだ見つめ、自分はパリで一番幸せな女だと感じながら眠りについた。

ヴォートランがウージェーヌとゴリオ爺さんに睡眠薬入りのワインを飲ませるために催した宴会は、かえってこの男の破滅を決定づけることになった。半分酔っぱらったビアンションは、〈死神だまし〉のことでミショノー嬢を問いただすのを忘れてしまった。もしビアンションがこの名を口にしていたら、ヴォートラン――本当の名をここで言うなら、徒刑場で知らぬ者はないあのジャック・コラン――の警戒心を呼び覚ましただろうに。しかもミショノー嬢がコランの気前の良さを当てにして、いっそ彼に危険を教え、夜のうちに逃がした方がいいのではないかと計算していたところへ、ペール・ラシェーズ墓地のヴィーナスというあだ名をつけられたために、徒刑囚を警察に売ることに決めてしまった。ミショノーはポワレに付き添われ、サンタンヌ小路で有名な保安警察部長に会おうと出かけたところだったが、相手はゴンデュロー[*15]という名の高級官吏だとあいかわらず思い込んでいた。司法警察の長は彼女を愛想よく迎えた。話し合いで手筈の詳細が決まると、ミショノー嬢は烙印を確認するための薬品を渡してくれと言った。サンタンヌ小路の大物が机の引き出しを探ってガラスの小瓶を取り出しながら見せた満足げな仕草を見てしまったミショノー嬢は、ははぁん、この捕り物には単なる一徒刑囚の逮捕以上に重要な何かがあるに違いない、と察した。脳みそを絞ったあげく、警察は徒刑場の裏切り者から得た情報に頼って、タイミングよく莫大な金品を押収できそうだと期待しているんじゃないかと読んだ。ミショノー嬢がこの推測を口にすると、抜け目のない相手は微笑を浮かべ、老嬢の疑いをはぐらかそうとした。

「それは違いますよ」とゴンデュローは答えた。「やつは、泥棒仲間の側にこれまで現れたことがないほど危険なソルボンヌ[*16]なんです。それだけのことですわ。悪党どもにはそれがちゃんとわかっている。コランは彼らの旗印であり、支柱であり、いわばやつらのナポレオン・ボナパルトなんです。みんなあいつに惚れ込んでましてね。あいつがグレーヴ広場［パリ市庁舎前の広場で、かつて処刑の場所だった］で自分のトロンシュ［伐り取られた木の幹］をさらすなんてことはぜったいにないでしょう」

ミショノー嬢にはさっぱり話がわからなかったので、ゴンデュローは自分が使った二つの隠語を説明してやった。ソルボンヌとトロンシュというのは、泥棒たちが使う力強い表現である。泥棒たちは誰より先に、人間の頭を二つの面から考える必要を感じたのだ。ソルボンヌというのは生きた人間の頭、その信条や意見を表す。トロンシュというのは、頭もちょんぎられてしまうとどれだけ取るに足らないものになるかを表した軽蔑的表現である。

「コランはわれわれを愚弄しているのですよ」と警察の男は続けた。「ああいう、イギリス式に鍛え上げられた鋼鉄の棒みたいな男を相手にする場合はですね、逮捕の時にちょっとでも抵抗したらその場で殺してしまうという手もあります。明日の朝、やつが乱暴な真似でもしてくれれば片づけてしまえると思って期待してるんですが。そうすれば訴訟だの、拘置の費用だの、食費だのが省けて、社会の邪魔者を厄介払いできますから。訴訟手続や証人喚問、証人への日当、刑の執行など、ああしたならず者を法にしたがって片づけるために必要な費用は、あなたがおもらいになる三千フランを超えてしまうんですよ。それに、時間が節約できます。〈死神だまし〉の太鼓腹にぶすっと銃剣を突き刺せば、百件ほどの犯罪を予防でき、五十人ほどの悪党の堕落も防ぐことができて、そいつらを軽罪裁判所あたりでおとなしくさせておける。これが腕のいい警察ってものです。本当の博愛主義者たちに言わせると、こういうふうに事を運ぶのこそ、犯罪を予防する道なんですよ」

「そりゃまた、国のために尽くすことですな」とポワレは言った。

「まさにそうです」と部長は答えた。「今晩はなかなか筋の通ったことをおっしゃいますね。ええ、まさしくわたくしどもは国のために尽くしています。ですから世間はわれわれに対してずいぶん不当な考えをもっているのですよ。わたくしどもは社会に人知れぬ大きな貢献をしています。まあどのみち、優れた人間は偏見を超越しなければなりませんし、キリスト教徒なら、人々が思い描いているようなかたちで善が行われない時に結果として生じる不幸を身に引き受けねばなりません。パリはパリなのです、おわかりですか？　この言葉がわたしの生活を説明しています。そろそろ失礼しますよ、ミショノーさん。明日、部下を連れて植物園に行っています。前にわたしがいたビュッフォン通りの家へクリストフを使いにやって、ゴンデュロー氏に会いたいと言わせてください。どうも、ポワレさん、失礼いたします。もし何か盗まれでもしたらお申しつけください、探し出してみせますよ」

「どうです」とポワレはミショノーに言った。「警察って言葉を聞いただけで気が動転してしまうお馬鹿さんがよくいますが、あの方はとても親切だし、あなたが頼まれたことなんか、おはようの挨拶みたいに簡単なことじゃないですか」

　翌日はヴォケー館の歴史の中でも最大の異変の日となるはずだった。それまで、ここの平穏な生活でいちばん目立った事件といえば、偽のランベルメニル伯爵夫人の彗星のような出現だった。だが、このとてつもない一日の出来事に比べれば、すべてが色あせてしまうだろうし、ヴォケー夫人の会話の中ではこの日のことが永遠の話題になるだろう。まず、ゴリオとウージェーヌ・ド・ラスティニャックは十一時まで寝ていた。ゲテ座［タンプル大通りにあった劇場］から真夜中に帰ってきたヴォケー夫人は、十時半までベッドに入っていた。ヴォートランにもらったワインをすっかり飲んでしまったクリストフはいつまでも眠っていたので、下宿のサービスはすっかり滞っていた。ポワレとミショノー嬢は、朝食が遅くなったことに文句は言わなかった。ヴィクトリーヌとクチュール夫人はといえば、朝寝坊をしていた。ヴォートランは八時前にでかけ、ちょうど朝食の支度ができたところへ戻ってきた。そんなわけで十一時十五分ごろ、シルヴィーとクリストフが食事の支度ができましたと各部屋の扉を叩いてまわった時、誰ひとり不平は漏《も》らさなかった。シルヴィーとクリストフがいなくなった隙に食堂へ真っ先に降りていったミショノー嬢は、ヴォートランの銀のコップに例の液体を注いだ。コップにはコーヒー用のクリームが入っていて、他の人たちのコップと一緒に湯煎《ゆせん》にかけられていた。老嬢は、下宿のこういう習慣を利用して計画を実行しようと前から考えていたのである。七人の下宿人が揃うには少々手間がかかった。ウージェーヌが伸びをしながら一番最後に降りてくると、使いの者がニュシンゲン夫人からの手紙を彼に渡した。手紙にはこう書かれていた。

「あなたに対しては見栄をはるつもりもありませんし、怒ってもいません。夜中の二時までお待ちしていました。愛している人を待つ！　そのつらさを一度味わった人は、他の人に同じ苦しみを与えることなどできないはずです。あなたがはじめて恋をなさっていることがよくわかりました。何が起きたのでしょう？　わたしはすっかり不安になりました。心の秘密を人目にさらす恐れさえなければ、あなたの身に起きていることが幸運か不幸か知るために駆けつけたでしょう。でも徒歩にしろ馬車にしろ、そんな時間に出かけたら身の破滅ではなかったかしら。女であることの不幸をつくづく感じました。どうかわたしを安心させてください。父の話をお聞きになったはずなのに、どうしていらっしゃらなかったのか教えてください。腹は立てるかもしれませんけど、赦してあげます。お病気なの？　どうしてそんな遠くに住んでいるの？　何か一言、お願いだから。またすぐに、よね？　お忙しいなら、一言でいいから。『すぐ行く』とか『病気』とかおっしゃって。でもお病気だったら、父が知らせにきたはずね。いったい何が起きたの？……」

「そうだ、何が起きたんだ？」とウージェーヌは叫んで、手紙を最後まで読まず、皺くちゃにしながら食堂に駆け込んだ。

「今何時です？」

「十一時半だ」とヴォートランはコーヒーに砂糖を入れながら言った。

脱獄囚はウージェーヌに冷たい、射すくめるようなまなざしを投げた。それは磁気的な力を人一倍備えた人間だけが投げかけることのできるまなざしで、精神病院の凶暴な患者でさえおとなしくしてしまうという。ウージェーヌは全身が震えた。通りに馬車の音が聞こえ、クチュール夫人にはすぐそれとわかったが、タイユフェール家のお仕着せを着た召使いが慌てふためいた様子で入ってきた。

「お嬢様」と召使いは叫んだ。「お父様がお呼びです。たいへん不幸な事件が起きました。フレデリック様は決闘なさって、額に剣の一突きを受けられたのです。お医者様たちは助かる見込みなしとおっしゃっています。何とか最後のお別れに間に合うかしれません。すでに意識は失われましたが」

「若いのにお気の毒な！」とヴォートランが声を張りあげた。「三万フランも年収がある身で、なんで喧嘩なんかするんだ。今どきの若いもんは身の処しかたを知らんね」

「ちょっとあなた！」とウージェーヌが思わず大きな声を出した。

「え、どうした、坊や？」ヴォートランは悠然とコーヒーを飲み干した。ミショノー嬢は全神経を集中させて彼の動作を目で追っていたので、一座を仰天させた大事件にも心動かされなかった。

「決闘なんてパリで毎朝起きているじゃないか？」

「わたしも一緒に行きますよ、ヴィクトリーヌ」とクチュール夫人が言った。

二人の女性はショールも帽子も身につけずに飛び出していった。立ち去る前に、ヴィクトリーヌは目に涙をいっぱいためてウージェーヌを見つめた。その目は「わたしたちの幸福のせいで涙するなんて、思いもしませんでした」と語っていた。

「まあ、あなたったら大した予言者じゃないの、ヴォートランさん」とヴォケー夫人が言った。

「おれは何でも屋なんだ」とジャック・コランは言った。

「まったく不思議なことだねえ」とヴォケー夫人はこの出来事について意味のない言葉をくどくどと並べ立てた。「死は何の相談もなしに突然やってくるんだからね。若い人たちが、年寄りより先に死んでしまうこともよくあるし。あたしたち女は、決闘する心配がないから幸せですよ。でも、男性にはない、いろんな病気にもかかるけど。女性は子供を産むし、産みの苦しみは長く続くからね。ヴィクトリーヌさんにとっては思いもかけない幸運だわ。父親はあの子を引き取らないわけにいかないもの」

「ほらな」とヴォートランはウージェーヌを眺めながら言った。「昨日は一文無しだった娘《こ》が、今日は数百万フランの金持ちだ」

「ちょっとウージェーヌさん」とヴォケー夫人は叫んだ。「あなた、いいところに目をつけといたわね」

この言葉を聞くと、ゴリオ爺さんはウージェーヌをじっと見つめ、皺くちゃになった手紙がその手に握られているのに気づいた。

「手紙をしまいまで読んでない！　どういうことですかな。あなたもほかの男と同じなのかね」とゴリオ爺さんは問いただした。

「おかみさん、ぼくはヴィクトリーヌさんとは絶対に結婚しません」とウージェーヌはヴォケー夫人に言った。その言葉にこめられた恐怖と嫌悪に、一同はびっくりした。

ゴリオ爺さんは学生の手をとって握りしめた。手に接吻しかねないくらいだった。

「おっとっと！」とヴォートランは言った。「イタリア人はうまいことを言っているよ。『時が経てば《コル・テンポ》』ってね」

「お返事をお待ちしているのですが」とニュシンゲン夫人の使いがラスティニャックに言った。

「行きますと伝えてください」

使いは出ていった。ウージェーヌは激しい苛立ちのあまり慎重さを失《な》くしていた。「どうしたらいいんだ？」と彼は大きな声で独り言を言った。「証拠は何もない！」

ヴォートランは薄笑いを浮かべた。その時、胃に吸収された薬の作用があらわれ始めた。それでも徒刑囚はきわめて頑健だったので、立ち上がってラスティニャックを見つめ、うつろな声でこう言った。「お若いの、果報は寝て待てってさ」

そしてどしんとその場に倒れ、動かなくなった。

「やはり天罰というものはあるんだ」とウージェーヌは言った。

「かわいそうにヴォートランさんたら、どうしちゃったんだろう」

「卒中よ」とミショノー嬢が叫んだ。

「シルヴィー、はやく、お医者さんを呼んできて」とおかみさんは言った。「ねえラスティニャックさん、急いでビアンションさんを見つけてきてくださいよ、シルヴィーはかかりつけのグランプレル先生に会えないかもしれないから」

ラスティニャックは、おぞましい巣窟を抜け出す口実ができたのをこれ幸いと、駆け足で飛び出していった。

「クリストフ、ほらあんた、薬屋まで走ってって、卒中に効くものを何かもらってきてちょうだい」

クリストフは出ていった。

「ちょっとゴリオ爺さん、この人を上の部屋に運ぶから手伝ってくださいよ」

ヴォートランはみんなに抱えられて何とか階段を担ぎ上げられ、ベッドに寝かされた。

「わしは何の役にもたたないから、娘に会いに行ってきますよ」とゴリオ氏は言った。

「身勝手な爺さんだね！」とヴォケー夫人は叫んだ。「とっとと行っちまいなさい、あんたなんか犬みたいに野たれ死にするがいい」

「エーテルがあるかどうか、見てきてくださらない」とミショノー嬢はヴォケー夫人に頼んだ。ミショノーはポワレに手伝わせて、もうヴォートランの上着を脱がせてしまっていた。

ヴォケー夫人が自分の部屋へ降りていったので、戦場の指導権はミショノー嬢の手に握られた。

「さあ、シャツを脱がせて、さっさとこの人をひっくり返してちょうだい。わたしに男の裸なんか見せないように少しは気をきかせてよ」と彼女はポワレに言った。「そんなところにぼんやり突っ立ってないで！」

ヴォートランがうつぶせの姿勢にされると、ミショノー嬢は病人の肩をバシンと平手で叩いた。すると決定的な二文字［強制労働 Travaux Forcés を表すT・F］が、赤くなった部分の真ん中に白く浮かび上がった。

「こりゃ、ずいぶんあっさりと三千フラン儲けられましたな」ミショノーがシャツを着せているあいだ、ポワレはヴォートランをまっすぐに支えながら言った。「うへえ、なんて重いんだ」とヴォートランを寝かしながらもしゃべり続けた。

「静かにしてよ。どっかに金庫があるんじゃないの？」と老嬢は口早に言い、壁を突き破らんばかりの目で、部屋にある家具をどうでもよさそうなものまで全部、食い入るように眺めた。「この机を開けられないかしら、何か口実を作って」とミショノー嬢がまた言った。

「それはちょっとまずいんじゃないですか」とポワレは答えた。

「そんなことないでしょ。盗んだお金は、みんなのものだったんだから、もう誰のものでもないわ。ああ、でも時間がない」とミショノーは続けた。「ヴォケーばあさんの足音がする」

「はい、エーテル」とヴォケー夫人は言った。「まったく、いろんな事件のある日だねえ。あれ、この人は病気なはずがないよ、ひな鳥みたいに白いもの」

「ひな鳥みたいに？」とポワレが繰り返した。

「心臓だって規則正しく打ってるし」とおかみさんはヴォートランの胸に手をあてて言った。

「規則正しく？」とポワレは驚いて聞いた。

「しっかりしたもんだよ」

「そう思われますか？」とポワレがまた訊ねた。

「そうよ！　眠っているみたいじゃない。シルヴィーがお医者さんを呼びに行ったけどね。ほらミショノーさん、この人、エーテルを嗅いでるわ。なんだ、ただの《一過性》《スパスム》（痙攣《スパスム》のこと）だった。脈もちゃんと打ってる。トルコ人みたいに頑丈な人ですもの。ミショノーさん、ちょっと見て、胃のへんのすごい胸毛を。こういう人は百歳まで生きるよ。それにしてもこの鬘はびくともしないのね。はあ、ぴったり貼りつけてあるんだわ。赤毛だもんだから、鬘をつけてるんだね。赤毛の人って、ほんとうの善人かまったくの悪人かどっちかだって言うじゃない。この人はいい人なんだろうね？」

「絞首台にふらさげるのにちょうどいい人ですよ」とポワレは言った。

「美人の首っ玉にぶらさがるのに、って言いたいんでしょ？」とミショノーはあわてて言い繕った。「ポワレさん、あっちへ行っててちょうだい。あなたがたが病気になった時、看病するのはあたしたち女の役目ですからね。それに、あなたにできるのはせいぜい歩き回ることぐらいなんだから」と彼女はつけ加えた。「ヴォケー夫人とあたしで、ヴォートランさんをちゃんと看病できます」

　ポワレは不平も言わず、主人に蹴飛《けと》ばされた犬のようにすごすごと出ていった。ラスティニャックは歩き回って外の空気を吸おうと下宿を出たのだった。息がつまりそうだった。定刻に犯されたこの罪を、昨夜、自分は阻止しようとした。何が起きたのだろう？　どうすればよかったのだろう？　自分も共犯なのではないかと思って彼は震えた。ヴォートランの沈着ぶりを思うと、なおのこと心が凍るようだった。

「でも、もしヴォートランが何も言わずに死んだとしたら？」とラスティニャックは考えた。

　彼は猟犬の群れに追いたてられるようにリュクサンブール公園の小径を歩き回った。犬の吠え声が聞こえるような気さえした。

「おーい」とビアンションが声をかけてきた。「今朝の『ル・ピロット』[*17]紙を読んだかい？」

『ル・ピロット』紙はティソ氏が主宰する急進的な新聞で、他の朝刊より数時間遅く、地方向けにその日のニュースを載せた版を発行していたので、地方では他紙よりも二十四時間早く情報を伝えていた。

「たいへんな記事が出てるよ」とコシャン病院のインターン生は言った。「タイユフェールの息子が近衛将校のフランケシーニ伯爵と決闘して、額に五センチほどの深い傷を受けたって。あのヴィクトリーヌさんがパリで一、二を争う財産を持つ結婚相手になったんだ！　いやあ、それがわかってればねえ！　死なんて、どう転ぶかわからない《三十・四十》［親がカードを二列に並べて、合計点が三十に近い方が勝ちとなるカードゲーム。運の移り変わりが激しい］の勝負みたいだな。ヴィクトリーヌさんはきみに気があったってのは本当なの？」

「やめてくれ、ビアンション。あの娘《こ》とは絶対に結婚しない。ぼくは惚れ惚れするようなすばらしい女性を愛してて、彼女に愛されてるんだ、それに……」

「なんだか、不実を働かないように相当がんばってるような口ぶりだね。タイユフェール氏の財産を棒に振っても惜しくないような女の人がいるなら見せてくれよ」

「悪魔どもが寄ってたかってぼくを追いかけてくるのか?」とラスティニャックは悲鳴をあげた。

「誰に腹を立ててるんだ? 気はたしかかい? 手をかしてごらん」とビアンション。「脈を診てみよう。おや、熱があるな」

「ヴォケーおかみのところへ行ってほしい」とウージェーヌは言った。「ヴォートランの悪党が死んだようになってぶっ倒れたところなんだ」

「おや」とビアンションは答えた。「怪しいとにらんでたことがあったんだが、やっぱりそうか。行って確かめてくる」

法科学生の長い散歩は厳粛なものだった。ラスティニャックはいわば、自分の良心の中をひとめぐりしたのだ。動揺し、考え直し、迷ったにせよ、少なくとも彼の良心は、この仮借なき恐ろしい対話から、どんな試練にも耐えうる鉄の棒のように鍛えられて出てきた。ゴリオ爺さんが昨晩してくれた打ち明け話を思い出した。自分のためにデルフィーヌの家に近いアルトワ通りに選んでくれたというアパルトマンのことも考えた。デルフィーヌの手紙を取り出して読み直し、そこに口づけした。「こういう愛情こそ、ぼくをつなぎとめてくれる救いの錨《いかり》だ」と彼は思った。「あのかわいそうな老人は、ずいぶんつらい思いをしてきたんだ。

口に出しては言わないけど、誰だって察しがつく。そうだ、実の父親のように面倒をみよう、うんと楽しい思いをさせてあげよう。あの女《ひと》がぼくを愛してくれるなら、ぼくのところによく来るだろうし、そうなれば爺さんのそばで日中を過ごすこともあるだろう。あの尊大なレストー夫人は人でなしで、自分の父親を門番にもしかねない。いとしいデルフィーヌ！　彼女のほうが爺さんにずっと優しい。愛されるに値する女《ひと》だ。ああ、今晩、ぼくの願いが叶う！」ラスティニャックは時計を取り出してうっとりと眺めた。「ぼくにとってすべてうまく進んできたんだ。いつまでも愛し合う仲なら、助け合ったっていい、これを受け取ったっていい。第一、ぼくはかならず出世してやる、そしてすべて百倍にして返せる。この関係には何の罪もないし、どれほど厳格な道徳に照らしても、人に眉をひそめさせるような要素はぜんぜんない。立派な人でこういう関係を結んでいる人はいくらでもいる。ぼくたちは誰も欺いていない。ぼくらを汚すのは、嘘だけだ。嘘をつくってことは、誇りを捨てることじゃないか。デルフィーヌはだいぶ前から夫と別々の生活をしている。だいたい、このぼくから、あのアルザス人にはっきり言ってやる、彼女を幸せにできないんだからぼくに渡してくれって」

ラスティニャックの内心の戦いは長く続いた。青年らしい美徳が勝ち残るにちがいなかったが、日も暮れかかった四時半頃、抑えがたい好奇心にかられて、永遠におさらばしようと心に誓っていたヴォケー館の方へと戻っていった。ヴォートランが死んだかどうか確かめたかった。吐剤を与えることを思いついたビアンションは、ヴォートランが吐いたものを化学分析するために自分の病院へ届けさせていた。ミショノー嬢がそれを捨てようとしきりに言い張るので、ビアンションの疑念はますます募った。しかもヴォートランの回復がいやに早かったから、ビアンションは下宿の陽気な盛り上げ役に対して何か陰謀が企まれたのではないかと勘ぐらずにいられなかった。ラスティニャックが戻った時、ヴォートランは食堂のストーヴの脇に立っていた。タイユフェールの息子の決闘のニュースでいつもより早く集まってきた下宿人たちは、事件の詳細やヴィクトリーヌ嬢の運命への影響を知りたくて、ゴリオ爺さんを除いて全員顔をそろえ、この出来事について話し合っていた。食堂に入っていった時、ウージェーヌの目は、落ち着きはらったヴォートランの目にぶつかった。その視線はウージェーヌの心に深く食い入り、邪悪な琴線を何本か激しく揺さぶったので、青年は身震いした。

「おう、坊ちゃん」と脱獄囚は声をかけた。「死神もおれには相当手こずりそうだ。このご夫人がたによると、去勢牛でもころりといきそうな卒中を見事にもちこたえたっていうから」

「去勢牛どころか、雄々しい闘牛でも参ったはずよ」とヴォケーおかみが勢いよく言った。

「おれが生きてて、がっかりってわけかな？」と、ヴォートランはラスティニャックの考えを見抜いたように思って耳に囁いた。「そうだとしたら、きみも相当な強者《つわもの》ということになるがね」

「まったく」とビアンションは言った。「ミショノー嬢が昨日、〈死神だまし〉っていうあだ名の男の話をしてましたけど、あなたにこそ似合いそうな名前ですね」

この言葉はヴォートランに雷に打たれたような衝撃を与えた。彼は青ざめ、よろめき、磁気を帯びたまなざしは烈日のごとくミショノー嬢の上に落ちた。この意思の放射を受けて、老嬢は膝ががくがくし、椅子の上に倒れ込んだ。ミショノーの身の危険を悟ったポワレは、あわてて彼女とヴォートランの間に割って入った。それほどにも、今まで本性を覆い隠していたお人好しの仮面をかなぐり捨てると、徒刑囚の顔には底知れぬ獰猛さがあらわれたのだ。このドラマの意味がさっぱりわからない下宿人たちは啞然としていた。その時、男たちの足音と、兵士たちの銃が通りの舗石にぶつかる音が聞こえてきた。コランがとっさに窓や壁を見回して逃げ道を探そうとしたその瞬間、四人の男が居間の入り口に姿を現した。先頭に保安警察部長が立ち、警部三人を従えていた。

「法律と国王の名において！」と警部の一人が言ったが、その言葉は一座の驚きのつぶやきにかき消されてしまった。

間もなく食堂はしーんと静まり返った。下宿人たちは左右二列に分かれ、三人の警部を通すために道をあけた。男たちは脇のポケットに手を入れ、弾をこめたピストルを握っていた。警部たちについてきた二人の憲兵が居間の入り口を守り、階段に通じるドアにも別の二人が姿を現した。建物の正面に沿った砂利道の上に、何人もの兵士の足音や銃の音が聞こえた。〈死神だまし〉は逃走の望みをすべて絶たれたのだった。全員のまなざしが、引きつけられるように〈死神だまし〉の上に集まった。部長はつかつかと彼のそばへ歩み寄り、まず頭に激しい平手打ちをくらわせた。鬘が飛び、ぞっとするほど醜い地頭がむきだしになった。短いレンガ色の赤髪のせいでどこか狡猾で恐ろしく精悍《せいかん》な感じがする頭と顔は、上半身とぴったり調和し、地獄の火に照らし出されたようにこの男の本性をあらわにしていた。一同はヴォートランのすべてを理解した。彼の過去、現在、未来、仮借なき教義、自分の意思への信頼、反社会的な思想と行動が彼に与えている威厳、何ものにも耐えうる強靭な身体、そのすべてが見て取れた。彼の顔には血が上り、目は山猫のようにらんらんと輝いた。とてつもなく凶暴なエネルギーに満ちた動きでその場に跳び上がり、ものすごい声で吠えたので、下宿人はそろって恐怖の悲鳴をあげた。このライオンのような動作を目にした警部たちは、一同の叫びに勢いづいてピストルを取り出した。コランはピストルの撃鉄がいっせいに光るのを見て身の危険を悟り、突如、人間に持てる最高の力のしるしを見せた。すさまじくも荘厳な場面だった。彼の顔つきが見せた変化は、汽罐《きかん》に充満した、山脈でも持ち上げかねないもうもうとした蒸気が、冷たい水の一滴でたちまち霧散してしまうあの現象にしか比べようがなかった。ヴォートランの怒りを冷却させた水滴は、稲妻のようにひらめいたある省察だった。彼はにやりと笑い、鬘を眺めた。

「今日は礼儀作法を忘れちゃったのかい」と彼は保安警察部長に言った。それからうなずいて憲兵たちを呼び、両手を差し出した。「憲兵諸君、手錠でも指鎖でも何でもかけてくれよ。おれが抵抗しなかったってことは、ここにいらっしゃる皆さんが証人だからな」この火山のような人間から、溶岩と火花が噴き出たかと思うと引っ込んだそのすばやさに、皆の口から感嘆のつぶやきが漏れて食堂にこだました。

「あてがはずれたろ、裁判所に客を斡旋《あっせん》するぶちこみ屋さん」と徒刑囚は有名な警察部長をじっと見て言った。

「さあさ、とっとと服を脱ぐんだ」とサンタンヌ小路の男は軽蔑しきった様子で言った。

「なぜだい」とコランは言った。「ご婦人がたの前だよ。何も否認はしない、だまって降参してやるんだ」

彼はちょっと黙った。そして相手の意表をつくことを言い出そうとしている演説家のように一同を見回した。

「そら、書いてくれ、ラシャペルの父っつぁん」とヴォートランは、紙挟みから逮捕の調書を取り出してテーブルの端に座った背の低い白髪の老人に言った。「おれは懲役二十年をくらったジャック・コラン、通称〈死神だまし〉であること認める。今さっき、このあだ名に恥じないことを証明したばかりだ。おれがちょっと手をあげただけで」と彼は下宿の常連たちに向かって言った。「この三人のいぬどもはヴォケーおかみの家の床に、おれの血を残らずぶちまけただろう。こいつらは人を罠にかけるのが仕事なんだ」

ヴォケー夫人はこの言葉を聞いて気分が悪くなった。「なんてこった、大変なことをしちゃったよ。あたしゃきのう、この男とゲテ座に行ったんだからね」と彼女はシルヴィーに言った。

「ちっとは頭を働かせてものを考えな、おかみさん」とコランは続けた。「きのうゲテ座のおれの桟敷に行ったのが、災難だとでもいうのかね？」と彼は声を高めた。「あんたたちはおれたちよりましな人間なのか？　おれが肩に背負ってる汚辱に比べりゃあ、おまえさんたちの心の方がずっと汚ねえ、腐敗した社会のぐにゃぐにゃ弱虫どもめ。おめえらの中で一番ましな人間だって、おれの誘いを断れなかったじゃねえか」コランは目をラスティニャックの上にとめて優しく微笑んだが、その笑みは顔の険しい表情と奇妙なコントラストをなしていた。「おれたちの取引はあいかわらず有効なんだよ、ただし、きみが承知してくれればだ、わかったかい」そして歌い出した。

ぼくのかわいいファンシェット
かざらなくても魅力的……

「心配しなくったっていい」と彼は続けた。「おれの取り分はちゃんと受け取れる。みんなおれを怖がってるから、ごまかしたりはしないさ、このおれ様を！」
徒刑場というものが、その習俗と言語、おどけた冗談から恐ろしい威嚇への急転換、ぞっとするような偉大さ、馴れ馴れしさ、卑俗さすべてと共に、この呼びかけの中に、そしてこの男のうちに突然あらわれた。そこにいたのはもはや一人の男ではなかった。堕落した一つの種族全体、野蛮だが論理的で、凶暴だが柔軟性に富んだ一種族の典型だった。コランは一瞬にして地獄の詩《ポエジー》そのものになり、そこにはただ一つ、改悛の情をのぞいて、人間のあらゆる感情が描き出されていた。彼のまなざしは、常に闘い続けようと欲する堕した大天使のまなざしだった。ラスティニャックは自分の抱いた邪念の贖罪《しょくざい》として、この男との罪深いつながりを認め、目を伏せた。

「誰がおれを売りやがったんだ？」とコランは凄まじい目つきで一座を見回した。そしてミショノー嬢に目をとめると、「お前だな、よぼよぼスパイめ、おれに偽の卒中をくらわしやがって、余計なことを！　おれが一言言っただけで、お前の首なんか一週間後には切り落とされてらあ。だが赦してやるよ、おれはキリスト教徒だから。それに、もともとおれを売ったやつはほかにいる。誰だろう？　ははあん、上で引っかき回してやがるな」と彼は司法警察の刑事たちが自分の部屋の戸棚を開け、持ち物を押収している音を聞きつけて言った。

「鳥は巣立って、昨日飛んでいきましたぜ。おめえらになんか何もわかるもんか。おれの帳簿はここにあるんだ」とコランは額を叩いて言った。「誰がおれを売ったかわかったぞ。〈絹ノ糸〉の野郎に違いねえ。そうだろ、岡っ引きのだんな」と彼は警察部長に声をかけた。

「上に札束がおいであそばしたのと、タイミングが合いすぎてるもんな。もう空っぽだよ、イヌのみなさん。〈絹ノ糸〉の野郎は、二週間後にはお陀仏《だぶつ》だ。おまえさんたちが憲兵隊総出で守らせたって無駄無駄無駄。それで、このミショネットばばあには一体いくら払ったんだ？」とコランは警察官たちに訊ねた。「どうせ三千フランかそこらだろう。このおれ様の価値はもっと上なんだよ、骨まで腐ったニノン［一六二〇—一七〇五、高級娼婦で、そのサロンには文人たちが集まった］、ぼろ着姿のポンパドゥール［一七二一—六四、ルイ十五世の愛妾］、ペール・

ラシェーズ墓地のヴィーナスめ。おれに知らせてくれたら六千フランやったのに。気づかなかったか、このおいぼれ売女《ばいた》が。そうすりゃおれだってその方がよかった。そうだよ、不愉快で出費も多い旅行をしなくてすむように、六千フランやっただろう」とコランは手錠をかけられている間に言った。「こいつらは、おれをうんざりさせるために裁判を長引かせるんだ。すぐに徒刑場に送ってくれりゃ、オルフェーヴル河岸［当時の警察庁の所在地］の間抜けどもがいくらじたばたしたって、じきに仕事に戻れるのにな。あっちに行けば、みなさまの大将、この〈死神だまし〉親分を逃がすために、連中は何だってやってくれる。おれ様みたいに、自分のためにならどんなことでもしてくれる子分を一万人も抱えてる人間がおまえらの中にいるか？」彼は誇らしげにたずねた。「それというのも、ここがいいからさ」とコランは胸を叩いて言った。「おれは一度だって人を裏切ったことなんかない。おい、よぼよぼスパイ、みんなの顔を見てみろ」と彼はミショノーに向かって言った。「みんな、おれのことは怖そうに見てるが、お前を見ると胸がむかつくんだ。まあ、賞金をしっかり受け取るんだな」コランは下宿人たちを見回してちょっと黙った。「おまえたち、何をぽかんとしてるんだ。徒刑囚を見たことがないのか？　ここにいらっしゃるコランさまのような格の徒刑囚はな、おまえらより根性がしっかりしてるんだ。おれが師と仰ぐジャン゠ジャック・ルソーが言う、社会契約てえものの根深い欺瞞に、真っ向から異議を唱えてるのさ。つまり、おれは一人で、裁判所や憲兵や予算を山ほど抱えた政府に立ち向かい、しかも手玉に取ってやるんだ」

「うっへえ、見事な面構えだ、絵になるぞ」と画家が叫んだ。

「それはそうと、首切り役人の家来どの、いや後家《ごけ》さん（徒刑囚たちがギロチンを呼ぶときの恐ろしい詩情あふれるあだ名だ）の執事殿」とコランは保安警察部長の方に向き直って言った。「いい子だから、おれを売ったのが〈絹ノ糸〉のやつかどうか教えてくれ。ほかのやつの罪をあいつが背負うのは気の毒だし、公平じゃないからな」

　この時、ヴォートランの部屋をくまなく調べて目録を作った警部たちが戻ってきて、捜査隊長に小声で耳打ちした。逮捕の調書が完成したのだ。

「みなの衆」とコランは下宿人たちに向かって言った。「おれは引かれていきますぜ。ここに滞在中、たいへん親切にしていただいて、感謝の気持ちは忘れないよ。別れの挨拶を受け取ってくれ。そのうち南仏[*18]のイチジクでも送らせてもらいやしょう」そして何歩か歩きかけたが、振り返ってラスティニャックを見つめた。「じゃあな、ウージェーヌ」と言ったその優しい悲しげな声は、今までの荒っぽい演説の調子と奇妙な対照をなしていた。「もし困ったことがあったら、頼りになる友達を一人残しておくからね」手錠をかけられているのに、彼は構えの姿勢をとってフェンシングの師匠のように足踏みをし、「一、二！」と叫んで突きを入れた。「嫌な目にあったら、あいつに相談するといい。人間でも金でも、何でも君の好きなようになる」

　この奇怪な人物は、ラスティニャックと自分にしかわからないように、最後の言葉にかなりおどけた調子を混ぜていた。憲兵や兵士や警部が下宿から引き上げると、おかみさんのこめかみを気つけ薬でこすっていたシルヴィーが、呆然としている下宿人たちを見回して言った。

「なんだかんだ言っても、ありゃいい人でしたよ」

先ほどの場面で心が千々に乱れ、金縛りにかかったようになっていた各人だったが、この言葉で呪縛が解けた。下宿人たちは互いに顔を見合わせてから、全員いっせいにミショノー嬢の方へ目を向けた。ミイラのように痩せてひからびて寒々しい姿の彼女は、ストーヴのそばにうずくまり、目庇の影だけでは自分の目の表情を隠しきれないことを恐れているかのように目を伏せていた。ずっと前から何となく感じが悪いと思っていたこの顔の正体が、突然明らかになった。低いざわめきが起こり、部屋中に鈍く響いた。その完全な音の調和《ユニゾン》は、全員が共有する嫌悪感を表していた。ミショノーにも聞こえたはずだが、彼女は動こうとしなかった。ビアンションがまっ先に、隣の男の方へ身をかがめて言った。

「あの女と一緒にこれからも飯を食わなきゃいけないなら、ぼくは出て行きますよ」

すぐさま、ポワレをのぞく全員が医学生のこの提案に賛同した。みんなの支持を得て意を強くしたビアンションは、ポワレの方に歩み寄って言った。

「あなたはミショノー嬢と特別に親しいんだから、あの女に話をして、今すぐ立ち退《の》くべきだってことをわからせてやってくれませんか」

「今すぐですって？」と、驚いたポワレは繰り返した。

そして老嬢のそばへ行き、耳元に何か囁いた。

「だってわたしは下宿代も払ってあるし、皆さんと同じように自分の金でここにいるんですよ」と、ミショノーは下宿人たちに毒蛇のようなまなざしを投げて言った。

「そんなことなら心配ご無用、みんなで出しあって返してあげましょう」とラスティニャックが言った。

「コランの肩をもつのね」と老嬢は悪意に満ちた探るような目つきで学生を見て言った。

「そのわけを見抜くのはむずかしくありませんよ」

この言葉を聞いたラスティニャックは、老嬢に飛びついて絞め殺そうとするかのように突進しかかった。彼女のまなざしには今や油断ならない裏切りの精神が読み取れ、その視線は彼の心に恐ろしい光を投げかけたのだ。

「かまうな、ほっとけよ」と他の下宿人たちが叫んだ。

ラスティニャックは腕を組んでじっと黙りこんだ。

「ユダ嬢のことにはけりをつけてもらいたいね」と画家がヴォケー夫人に言った。「ミショノーを追い出さないなら、ぼくらはみんなこのボロ家を出ていって、スパイと徒刑囚しかいない下宿だって言いふらしますよ。逆にあいつが出て行けば、今度のことは内緒にしておこう。結局のところ、こんなのは上流社会にだって起こりかねない事件なんだから。徒刑囚の額に焼き印でも押して、あいつらが堅気のパリ市民に化け、揃いもそろってふざけた芝居を打つのを禁じるようになるまではね」

この言葉を聞くとヴォケー夫人は奇跡的に元気を取り戻し、起き上がると腕を組んで、涙の跡もない澄んだ目を見開いた。

「まあ、あなた、うちの下宿をつぶすつもり？　あのとおりヴォートランさんの……あら」とおかみさんは話を中断して独り言を言った。「どうしてもあの人を堅気の名で呼んじまう！」そしてまた続けた。「ほら、そのせいで一つアパートが空いちまったというのに。みんな住む場所を決めてしまっているこの季節に、また二つも部屋を空けろっていうの？」

「みなさん、帽子をかぶって、ソルボンヌ広場のフリコトー［学生たちが通った安食堂］に飯《めし》を食いに行きましょうや」とビアンションは言った。

ヴォケー夫人はどちらについた方が有利か一目で見て取り、ミショノー嬢のそばへ駆け寄っていった。

「ねえあなた、あたしの下宿をつぶしたいとはお思いにならないでしょ、ね？　この人たちのせいであたしがどんな困った立場に立たされているか、おわかりでしょうに。今夜のところはご自分の部屋に上がってくださいな」

「だめだ、だめだ」と下宿人たちは叫んだ。「今すぐ出ていってもらおう」

「ですがこの人は気の毒に、夕食もすんでないんですよ」とポワレが哀れげな声を出した。

「どこでも好きなところに行って食ったらいいよ」と何人かがどなった。

「女スパイはたたき出せ！」

「スパイどもはたたき出せ！」

「ちょっとみなさん」と、突然、恋のせいで勇ましくなった雄羊ほどにも勇気がわいてきたポワレが言った。「女性に対する敬意を忘れちゃいけませんぞ」

「スパイに性別《セックス》なんかないぞ」と画家は言った。

「この阿魔ったラマ《セクソラマ》ー！」

「とびラマで送った《ポルトラマ》る！」

「みなさん、それは無作法というものです。人を追い出す時でも、それなりの礼儀ってものがあるでしょう。われわれは金を払った、だから残ります」ポワレは鳥打ち帽をかぶり直すと、ミショノー嬢の隣の椅子に腰をおろした。おかみさんは必死に老嬢を説得しようとしていた。

「なんと聞き分けのない」と画家がふざけて言った。「困った子だね、出てお行き！」

「よし、あんたらが出ていかないなら、ぼくたちが出ていく」とビアンションは言った。

　下宿人たちはみな居間の方へぞろぞろと移動しはじめた。

「ミショノーさん、どうしてくれるの？」とヴォケー夫人は叫んだ。「あたし破産しちゃうわ。あなたにここにいられたら困るんですよ。あの人たち、乱暴なまねだってしかねませんからね」

　ミショノー嬢は立ち上がった。

「出て行くぞ！」「出ていきゃしないよ！」「いや行くさ！」「行かないってば！」下宿人たちが代わる代わる口にしたこういう言葉を耳にし、皆が自分について交わし始めた会話の刺々しさを感じて、さすがのミショノーもおかみさんとひそひそ何か取り決めてから、出ていく腹を決めざるを得なかった。

「あたしはビュノー夫人の下宿に移りますから」とミショノーは脅すように言った。

「どうぞご勝手に」とヴォケー夫人は答えた。商売敵で、だからこそ自分が大嫌いな下宿を選ぶなんて、ひどい侮辱に思えたのだ。「とっととビュノーさんのところへいらしたら。ヤギでも踊り出すようなワインを飲んで、残飯屋から買った料理を食べるがいいわ」

下宿人たちは押し黙って二列に分かれた。ポワレはミショノーをいとも優しげに眺め、後を追うべきか残るべきか決めかねて、優柔不断な様子を無邪気にさらけ出したので、ミショノー嬢の出発に機嫌をよくした下宿人たちは顔を見合わせて笑い出した。

「ほれ、ほれ、ポワレ」と画家は彼をけしかけた。「それ行け、それそれ」

博物館員は皆が知っている恋歌《ロマンス》の出だしをおどけて歌い出した。

[*19]シリアへと旅立ーつ
若き美男のデュノワはぁぁぁ

「行きたまえ。行きたくってうずうずしてるんだから。《人はみな、おのが好みに《トラジット・スア・ケムクエ・》ひかれていく《ウォルプタス》》とビアンションは言った。

「このウェルギリウスの句を意訳すれば、《蓼《たで》食う虫も好きずき》ってとこだ」と復習教師が言った。

ミショノー嬢がポワレを見て腕を取るような仕草をすると、ポワレはこの呼びかけに抗うことができず、老嬢のそばに寄って支えた。拍手がわき起こり、笑いが爆発した。

「いいぞ、ポワレ！」「おいぼれポワレ！」「太陽神《アポロン》ポワレ！」「軍神《マルス》ポワレ！」「ポワレあっぱれ！」

この時、使いの者が入ってきて、ヴォケー夫人に手紙を渡した。読み終わると、おかみさんは椅子の上にくずおれてしまった。

「あとは家が焼けるのを待つばかりだ。雷が落ちて来たようなもんだよ。タイユフェールの息子は三時に亡くなったんですって。あのかわいそうな若者が犠牲になってもいいから、ご婦人たち二人に幸せになってもらいたいなんて願ったあたしに罰《ばち》があたったんだ。クチュール夫人とヴィクトリーヌは荷物を取りによこしたのよ、二人ともお父さんの家に住むことになったからって。タイユフェールさんは、クチュール未亡人を付き添いの夫人としてそばにおくことを娘に許しました。四つも部屋が空いてしまって、五人も下宿人が減るなんて！」

おかみさんは座り込み、今にも泣き出しそうだった。

「貧乏神が家に入り込んだんだよ」とおかみさんは叫んだ。

突然、馬車の止まる音が通りに響いた。

「また何か災難が！」とシルヴィーが言った。

ゴリオが、若返ったように、幸福に輝く上気した顔をいきなりのぞかせた。

「ゴリオが馬車で？」と下宿人たちは言った。「この世の終わりだね」

老人は、部屋の隅で物思いにふけっていたラスティニャックのところへまっすぐ歩み寄り、腕を取った。

「さあ行きましょう」老人は楽しげに言った。

「何が起きているかご存知ないんですか?」とウージェーヌは言った。「ヴォートランは徒刑囚だとわかって逮捕されていったし、タイユフェールの息子は死んだんですよ」

「ふむ、それがわたしらと何の関係があるんです?」とゴリオは答えた。「娘と食事するんですよ、あなたのところで。おわかりかな? あの子が待ってます、行きましょう」

ゴリオはラスティニャックの腕を乱暴にひっぱって無理矢理に歩かせた。まるで自分の恋人をさらっていくかのようだった。

「食事にしましょうや」と画家が言った。

そこで各自が椅子に座り、食卓に向かった。

「まったく」とおでぶのシルヴィーが言った。「今日は何から何までついてませんよ。羊肉のシチューが焦げついちゃいました。しょうがない、焦げたのをがまんして食べてくださいね」

ヴォケー夫人は、いつもなら食卓のまわりに十八人いるのに十人しかいないのを見て、一言も発する元気がなかった。皆が彼女をなぐさめ、気分を盛り上げようとした。通いの連中は、はじめヴォートランのことや一日の事件を話題にしていたが、まもなくいつものとおりくねくねと脇道に逸れ、決闘や徒刑場や裁判、改正すべき法律、監獄などを論じはじめた。

そのうちに会話は、ジャック・コランやヴィクトリーヌ、その兄とは千里も隔たったところへ行ってしまった。十人しかいなかったが二十人分ほどもわめき立て、ふだんよりも大勢いるかのようだった。この日の夕食と昨晩の夕食で違うのはそこだけだった。明日になればまた明日で、パリのその日の出来事から貪り食うための別の獲物を見つけてくるにちがいないこのエゴイスト連中のいつもの無頓着ぶりがふたたび優勢になった。ヴォケー夫人自身も、シルヴィーの声を通して聞こえてきた希望になぐさめられ、落ち着きを取り戻した。

この一日はウージェーヌにとって夜までずっと、魔法の幻灯《ファンタスマゴリア》［十九世紀に流行した見世物。暗い室内で、幽霊や幻想的に動くイメージを投影した］を見ているように思えたはずだ。しっかりした性格と優れた頭脳を持つ彼だったが、ゴリオ爺さんと並んで辻馬車に乗った時、自分の考えにどう整理をつけたらいいのかわからなかった。ゴリオの口調にはいつにない喜びがあらわれていたが、さまざまな衝撃を受けた後のウージェーヌの耳には、夢の中で聞く言葉のように響いた。

「今朝で終わったのでね。三人で一緒に食事です、一緒ですよ！　どうです？　デルフィーヌ、あのかわいいデルフィーヌと食事するのも四年ぶりだ。今日は遅くまでずっとあの子と一緒にいられる。今朝からわたしらはあなたの住居《すまい》に行ってたんです。わたしは上着を脱いで、人足みたいに働きましてね。家具を運ぶのを手伝ったりして。ああ、あの子が食事の時どんなにやさしくしてくれるか、あなたはご存じない。『ほらパパ、これ食べて、おいしいわよ』なんて世話をやいてくれるんですよ。そうするとわたしは胸がいっぱいになって、もう食べられなくなってしまう。ほんとうに、今夜みたいにゆっくりあの子とくつろげるなんて、じつに久しぶりです」

「じゃ」とウージェーヌは言った。「今日は世界がひっくり返ったんですね」

「ひっくり返った？」とゴリオ爺さんは言った。「とんでもない。どんな時代にも、これほど世界がうまくいってたことはありませんて。通りにはうれしそうな顔ばかり見えるし、みんな握手したり抱き合ったりしている。誰もが自分の娘のところに夕食に呼ばれているみたいに幸せそうだ。あの子がわたしの目の前でカフェ・アングレ［イタリア大通りがマリヴォー通りと交わる角（現在の十三番地）にあった有名な高級レストラン］のコック長に注文してくれたようなしゃれた料理を食べにいくみたいじゃないですか。いやまあ、あの子と一緒だったら、苦い青汁も蜜のように甘く感じられることでしょう」

「ぼくもなんだか生き返ってきた気がします」とウージェーヌは言った。

「ちょっと御者さん、ちゃんと走ってくれないか」とゴリオ爺さんは前のガラス窓を開けてどなった。「もっと急いでくれ。さっきのところまで十分で連れてってくれたら、チップを五フランはずむから」この約束を聞くと、御者は稲妻のような速さでパリを横切っていった。

「のろいな、この御者は」とゴリオは言い続けた。

「いったいぼくをどこへ連れていくんです」とラスティニャックはゴリオに訊ねた。

「あなたの家にですよ」とゴリオ爺さんは答えた。

馬車はアルトワ通りに止まった。爺さんは先に降りて、喜び極まり何にも頓着しなくなっているやもめ男の気前のよさで十フランを御者に投げ与えた。

「さあ、上がりましょう」と彼はラスティニャックに声をかけ、中庭を横切り、立派な外観の新しい建物の四階にある、中庭に面したアパルトマンの扉の前へと連れて行った。ゴリオ爺さんが呼び鈴を鳴らすまでもなく、ニュシンゲン夫人の小間使いのテレーズが扉を開けてくれた。ウージェーヌは中に入った。そこは瀟洒な独身者用のアパルトマンで、控えの間と小さな客間《サロン》、寝室、庭を見下ろす書斎からなっていた。小さな客間の家具調度は、どれほど美しく優雅な客間と比べても見劣りしないものだった。蠟燭の光に照らされ、客間にデルフィーヌの姿が見えた。彼女は暖炉脇の二人掛けソファから立ち上がると、手にしていた扇子を暖炉棚の上に置き、愛情のこもった声で彼にこう言った。

「わざわざお迎えに行かなくてはならなかったのね、気のきかない方」

テレーズは出ていった。ウージェーヌはデルフィーヌの体に腕を回して激しく抱きしめ、喜びの涙を流した。心も頭も、これでもかというほど刺激を受け疲れ果てたこの日、それまで見てきたことと、今目にしている光景との対照が、ついに神経の発作を引き起こしたのだ。

「わしにはよくわかってたよ。この人がおまえを愛してるってことが」とゴリオ爺さんは娘に囁いたが、ぐったりしたウージェーヌはソファに横たわって一言も口をきけず、魔法の杖のこの最後の一振りがいかにして振られたのかもわからずにいた。

「さあ来てみてちょうだい」と、ニュシンゲン夫人は彼の手をとって寝室に連れていった。絨毯も、家具も、どんな細部までも、デルフィーヌの寝室を小型にして再現しているのが見てとれた。

「ベッドがありませんね」とウージェーヌは言った。

「そうなの」と、彼女は顔を赤らめ、相手の手を握りながら言った。

ウージェーヌはデルフィーヌを見つめ、恋する女の心に隠された本物の恥じらいを、若いなりにも隈なく悟った。

「永遠に愛さずにはいられない女《ひと》だ」と彼はデルフィーヌの耳元に囁いた。「心がこんなに通じ合うからこそ、言わせてください。愛が激しく真剣であればあるほど、ヴェールをかけて秘密にしておかなければいけない。ぼくたちの秘密を誰にも知られないようにしましょう」

「おや、わたしはその『誰にも』の中に入らないだろうね」とゴリオ爺さんは不服そうに呟いた。

「ゴリオさんはぼくたちの一人ですよ、ご存じじゃないですか……」

「ああ、そう言って欲しかったんだ。わたしには気をつかわないでくださいよ。どこにでもいて、目には見えないがそこにいるってことだけわかる、あの妖精みたいに行ったり来たりしますんでね。ねえデルフィネット、ニネット、デデル！　わたしが『アルトワ通りにきれいなアパルトマンがあるから、あの人のために家具を入れよう』って言ったのは間違ってなかっただろう？　おまえは乗り気じゃなかったね。わたしは生みの親であるように、おまえの幸せの生みの親でもあるぞ。父親ってのは、幸せになるために与え続けずにはいられない。

いつまでも与え続ける、それでこそ父親ってもんだ」

「なんですって？」とウージェーヌはきいた。

「うん、この子ははじめ乗り気じゃなかったのだ。人にくだらない噂を立てられるのがこわくてね。まるで世間の評判が幸せより大事であるかのようにですよ。しかしどんな女性だって、この子がしているようなことをやってみたいと夢見ているもんです」

ゴリオ爺さんは一人でしゃべっていた。ニュシンゲン夫人はラスティニャックを書斎へ連れていき、しのびやかに交わしたとはいえ、キスの音が部屋に響いた。書斎も、何一つ欠けるもののない優雅なアパルトマン全体とつり合っていた。

「あなたのお望みに添えたかしら」と彼女は食卓につこうと客間に戻ってきながら言った。

「ああ、望み以上です。どこから見ても煌《きら》びやかなこの家は、美しい夢を実現してくれていて、若々しい優雅な生活のあらゆる詩情を漂わせています。そうしたすべてをしみじみ感じているからこそ、自分がそれにふさわしい人間だったらと思わずにはいられません。ですが、あなたから受け取るわけにはいかないのです、ぼくはまだあまりにも貧しくて……」

「あら、もうわたしに反抗なさるのね」と、ふざけて威張ってみせるような口調で彼女は言い、女性が相手の気づかいを吹き飛ばすためにからかう時の、あのかわいらしいふくれっ面をしてみせた。

ウージェーヌは一日中、自分の心を厳しく問いつめてきたばかりか、落ちかけた深淵の深さをヴォートランの逮捕で知り、高潔で慎重な心の鎧をきつくまとったばかりだった。だからこそ、自分の高邁な考えに対する優しい反駁に屈しようとはしなかった。彼の心は深い悲しみに捉われた。

「なんですって」とニュシンゲン夫人は言った。「お断りになるの？　そういう拒絶が何を意味するかわかっているのかしら？　あなたは将来に確信が持てなくて、わたしと結びつきができるのはどうかって、二の足を踏んでるのね。わたしの愛情を裏切ることになるんじゃないかと心配してるんでしょ？　わたしを愛してらっしゃるなら、そして、もしわたしも……あなたを愛しているとしたら、そしたら、こんなちっぽけなお手伝いを受け取るのになぜ尻込みなさるの？　わたしがどんなに楽しい気持ちでこの独身男性用のアパルトマンを準備したか知ってらしたら、ぐずぐず言わないで、すまなかったっておっしゃるはずよ。あなたのお金をお預かりしていたでしょう。それをうまく使ったまでなの。あなたは立派にふるまってるつもりかもしれないけど、了簡が狭いわ。わたしにもっと重大なことを要求してるくせに（まあ、と彼女はウージェーヌの目が情熱的に輝くのを見て思った）つまらないことで妙に気取るのね。愛していらっしゃらないのなら、ええ、どうぞ断ってちょうだい。わたしの運命は一言で決まるんだわ。さあ、おっしゃって。ねえお父さん、この人に上手に言い聞かせてよ」と彼女は少し黙ってから父の方を向いてつけ加えた。「名誉の問題について、わたしの方が鈍感だとでも思ってるのかしら」

ゴリオ爺さんはこの可愛らしい諍《いさか》いの場面を見聞きしながら、阿片《アヘン》吸引者のようなこわばった笑いを浮かべていた。

「子供だわね！　あなたはまだ人生の入り口にいるのよ」と彼女はウージェーヌの手を取って言った。「多くの人が乗り越えられない柵を前にしていて、一人の女の手がその柵を開いてあげようとするのに、あなたは尻込みなさるのね。でもあなたは成功なさるでしょう、輝かしい未来を築かれるでしょう。成功という文字が、あなたの美しい額に書いてありますもの。今日あたしがお貸しするものなど、今に返してくだされるんじゃない？　昔、貴婦人たちは騎士に鎧や剣や兜や鎖帷子《くさりかたびら》や馬を贈って、騎馬試合で自分の名のもとに闘ってもらったでしょう。ウージェーヌ、わたしがあなたに贈るものは現代の武器で、ひとかどの人物になろうとする者には必要な道具なのよ。あなたのいる屋根裏は、パパの部屋に似ているとしたら、さぞかし立派でしょうね。ねえ、お食事にしない？　わたしに悲しい思いをさせたいの？　返事をして」彼女はウージェーヌの手を揺すりながら言った。「ねえパパ、この人に決心をつけさせて。そうじゃないとわたしはここを出ていって、二度とこの人には会いません」

「どれ、わたしが決心をつけさせてあげよう」とゴリオは放心状態から我に返って言った。「ウージェーヌさん、あなたは高利貸しから金を借りることとならしますかね？」

「やむをえず」と彼は答えた。

「じゃ、あなたはわたしのものだ」と爺さんは擦《す》りきれた汚い革の財布を取り出して言った。「わたしは高利貸しになりましてね。支払いはすべてわたしがすませておきました。ここにあるもの全部について、あなたは一銭も借りはない。なに、たいした額じゃありません、せいぜい五千フランだ。お貸ししますよ、このわたしがね。お断りにはならないでしょう、わたしは女じゃありませんから。紙切れにひとつ証文を書いといてください、いつか返していただくとしましょう」

ウージェーヌとデルフィーヌの目に涙が浮かび、二人は驚いて顔を見合わせた。ウージェーヌは老人の手をとって固く握りしめた。

「どうしたんです、あんたがたはわたしの子供じゃないのかね？」とゴリオは言った。

「でもお父さん、どうやって工面なさったの」とニュシンゲン夫人はたずねた。

「ああ、その話かね」とゴリオは答えた。「この人に近くに住んでもらおうと、おまえにやっと決心させて、おまえが花嫁でも迎えるようにいろんなものを買っているのを見て思ったんだよ、『この子は金に困ることになるぞ』ってね。代訴人の話では、おまえの財産を取り戻すために夫を相手取って訴訟を起こしても、半年以上かかるそうじゃないか。よし、とわたしは年利千三百五十フランの永久国債を売った。その中の一万五千フランで、質に入っていた年利千二百フランの終身年金を買い、残りの金で業者たちに支払いを済ませたんだよ。わたしは上に年百五十フランの部屋があるし、一日に四十スーで王様みたいに暮らせる。だからお釣りがくるくらいだ。わたしは物持ちがいい。着るものだってほとんど何もいらないくらいでね。二週間前から『二人は幸せになれるぞ！』って思いながら腹の中で笑っていたんだよ。どうだい、おまえたち幸せじゃないかい？」

「ああ、パパ、パパ！」と叫びながら飛びついてきたニュシンゲン夫人を、ゴリオは膝に抱え上げた。彼女は父親を接吻で覆い、ブロンドの髪で父の頬を撫で、喜びに輝く年老いた顔に涙を注いだ。「お父さん、お父さんこそ本当の父親よ。いいえ、この世にお父さんのような父親は二人といないわ。ウージェーヌは前からお父さんのことが大好きなのに、これからどうなっちゃうんでしょう！」

「ちょっと、わたしの子供たち」と娘の心臓が自分の心臓の上で鼓動するのをもう十年も聞いたことのなかったゴリオ爺さんは言った。「ねえデルフィネット、お父さんを嬉し死にさせようっていうのかい。わたしの弱い心臓は破裂してしまうよ。ほれウージェーヌさん、勘定はもう済みましたよ」そして老人は狂ったように荒々しく娘を抱きしめたので、彼女は「あっ、痛い！」と叫んだ。「なんだって、痛くしたって？」と父親は真っ青になって言った。そして人間のものとは思われない苦悩の表情で娘を見つめた。この父性のキリストの表情を的確に描写するには、救世主が人類のために耐え忍ばれた受難を描こうと、パレットの巨匠たちが生み出したイメージの中に比較を求めるしかないだろう。ゴリオ爺さんは指で強く押しすぎたベルトのあたりにやさしくキスした。

「いやいや、痛くなんかしてないだろう」と彼はほほえんで娘に問いかけながら言った。「おまえこそ叫んだりしてわたしの胸を痛くしたね。ほんとはもっとかかったんだ」ゴリオは娘の耳元に口を寄せ、気をつけてキスしながら囁いた。「だけどあの人にはごまかしておかないと。そうでないと怒らせてしまうかもしれないから」

ウージェーヌはこの男の尽きることのない献身ぶりに唖然としていた。そして青年にとっては信仰に等しい、あの純真な感嘆の表情でゴリオ爺さんを見つめていた。

「ぼくはすべてに値する人間になってみせます」と彼は叫んだ。

「ああウージェーヌ、立派な言葉だわ」と言ってニュシンゲン夫人は額にキスした。「この人はおまえのためにタイユフェール嬢とその何百万の財産を断ったんだよ」とゴリオ爺さんが言った。「そうですとも、あの娘《こ》はあなたに惚れていましたよ。そしてお兄さんが死んだから、クレジュス大王［紀元前六世紀のリディアの最後の王。バクトラス川の砂金の採掘による莫大な富で知られる］みたいに金持ちになってねえ」

「どうしてそんな話を持ち出すんです？」とラスティニャックは悲鳴を上げた。

「ウージェーヌさん」とデルフィーヌは彼の耳元に言った。「これで、今夜の心残りは一つだけ。明日からあなたのことほんとに大切にするわ、しかも、ずっとよ」

「おまえたちの結婚以来、今日ほど楽しい日を過ごしたことはないなあ。おまえたちに苦しめられるのでさえなければ、わたしは神様のお気のすむだけ、いくら苦しんだっていい。『今年の二月、人が一生かかっても得られないぐらいの幸せを、しばし味わったんだ』って心の中で言えるもの。こっちを向いてごらん、フィフィーヌ」とゴリオ爺さんは娘に言った。「どうです、じつにきれいでしょうが。こんなにすてきな顔色で、こんなかわいらしいえくぼを持ってる女の人をたくさん見たことがありますか？ いや、ないでしょう？ それで、こんな美人をつくったのはわたしなんですよ。これからはあなたのおかげで幸せになり、千倍も美しくなるでしょう。お隣さん、わたしは地獄に行ってもいい」とゴリオは言った。

「ご所望ならわたしの天国の席を差し上げますよ。さあ、食べよう、食べよう」彼はもう自分で何を言っているのかわかっていなかった。「すべてわたしたちのものだ」

「まあお父さんったら！」

「わたしを幸せにするのがどんなに簡単なことか、おまえにわかってもらえればなあ」とゴリオは立ち上がって娘に近づき、頭を抱きかかえ、編んだ毛の分け目にキスして言った。「この上にいるから、ときどき会いにきておくれ。ほんのひと足歩けばいいだけだから。約束してくれるね」

「ええ、大好きなお父さん」

「もう一度言っておくれ」

「ええ、やさしいお父さん」

「もういいよ、わたしの気の済むようにしていたら、百回も言ってもらわにゃならん。食事にしよう」

夜がふけるまで、三人は子供のようにはしゃいでいた。ゴリオ爺さんは三人の中でも特に羽目をはずし、娘の足にキスしようとして足元に転がったり、長い間じっと目を見つめたり、ドレスに頭をこすりつけたりした。つまり、いちばん年若く優しい恋人がするような狂態を次々と演じたのである。

「おわかりでしょ？」とデルフィーヌがウージェーヌに言った。「お父さんと一緒にいると、すっかりお父さんのものにならないといけないのよ。これから、うっとうしくなることもあるでしょうね」

すでに何度か嫉妬心が湧き上がってくるのを感じていたウージェーヌは、あらゆる忘恩の種をはらんでいるこの言葉を非難できなかった。

「アパートの準備はいつ終わるんでしょう」とウージェーヌは部屋を見回しながら言った。

「今晩はお別れしないといけませんね?」

「ええ、でも明日はわたしと夕食を召し上がりに来てね」と彼女は含みのある口ぶりで言った。「明日はイタリア座の日ですもの」

「わたしは平土間に行っているよ」とゴリオ爺さんが言った。

真夜中だった。ニュシンゲン夫人の馬車が表で待っていた。ゴリオ爺さんとウージェーヌはヴォケー館に帰る道すがら、ますます熱っぽくデルフィーヌのことを語り合い、二つの激しい情熱のあいだで奇妙な言い争いが起きるほどだった。ウージェーヌは、いかなる個人的な利害にも汚されていない父親の愛が、根強さと大きさという点で自分の愛を凌《しの》いでいることを認めないわけにいかなかった。父親にとって偶像はいつまでも清く美しく、娘を愛しく思う気持ちは、過去も未来も糧《かて》にして増していくばかりだった。二人が戻った時、ヴォケー夫人はシルヴィーとクリストフにはさまれてストーヴのそばにしょんぼり座っていた。老女主人の姿はまるで、カルタゴの廃墟に立つマリウス［前一五八—前八六。ローマの将軍、政治家］のようだった。彼女はシルヴィーを相手に愚痴をこぼしながら、残ったただ二人の下宿人を待っていたのだ。[*20]バイロン卿がタッソーに吐かせた嘆きの言葉はじつに美しいものだが、ヴォケー夫人が心の底からもらした悲嘆の深い真実味には遠く及ばない。

「明日の朝のコーヒーは三人分でいいんだよ、シルヴィー。ねえ、あたしの下宿がこんなに空っぽだなんて、胸もつぶれるじゃないの。下宿人のない人生なんて、いったい何だろう？　まったく無意味だよ。家から家具をはずしたみたいに、下宿から下宿人がいなくなっちゃった。生活ってのは家具のうちにあるのにさ。こんな災難を引き寄せるなんて、あたしが神様に何をしたっていうのかしら？　うちのインゲン豆やジャガイモは、二十人分も仕入れてあるんだよ。うちに警察が来るなんて！　これからはジャガイモばっかり食べていかないと。

クリストフには暇を出そう」

居眠りしていたサヴォワ人はとつぜん目を覚まして言った。

「なにかご用ですか？」

「かわいそうに！　番犬みたい」とシルヴィーが言った。

「なにしろ時期はずれだからね、もうみんな下宿を決めちまってるよ。どこから下宿人が降ってくるっていうの？　考えると頭がおかしくなりそう。あのミショノーばあさんはポワレを連れて行っちゃって！　あの男を手なずけるのに、どんな手を使ったんだろうね。犬みたいについてくなんてさ」

「そりゃ、おかみさん」とシルヴィーは大きくうなずきながら言った。「ああいう年取った独り身の女は、いろんな手を心得てるもんですよ」

「あのかわいそうなヴォートランさんは徒刑囚にされちまったけど」とおかみさんは続けた。

「ねえシルヴィー、まだどうしても信じられないよ。あんな陽気な人がねえ。月に十五フランも払ってブランデー入りコーヒーを飲んでくれて、きちんきちんと下宿代を払ってくれてたのに」

「おまけに気前のいい人でした」とクリストフが口を開いた。

「きっと何かの間違いですよ」とシルヴィーが言った。

「いやそんなことないよ、自分で白状したんだから」とヴォケー夫人が続けた。「しかも、こういうことがみんなあたしの家で、猫一匹通らないこの界隈で起きたんだからねえ！　まったく、夢を見ているようだよ。そりゃあね、ルイ十六世にあんな災難がふりかかったのも見たし［一七九三年に断頭台にかけられたこと］、ナポレオン皇帝が失脚して、戻ってきてまた没落したのも見ました。そういうのは、すべて起こりうることが起こったにすぎないけど、下宿屋にはふつう浮き沈みがないんだよ。王様なんかいなくてもいいけど、人は食事をしなきゃいけないからね。しかもド・コンフラン家生まれの立派な婦人がおいしいものを作って食事を出してるんだから、世の終わりでも来ないかぎり……ああ、そうだ、これは世の終わりなんだ」

「しかもおかみさんをこんな目に遭わせたミショノー嬢が、人の噂では三千フランの年金にありつくなんて聞きますとね」とシルヴィーが叫んだ。

「その話はやめておくれ、あんなのただのあばずれなんだから」とヴォケー夫人は言った。「しかもビュノー婆さんのところに引っ越すなんてね。どうせ何でもやりかねない女だよ。

きっと恐ろしいことをさんざんやってきたんでしょ。昔は人を殺したり、盗みを働いたりしたにちがいないよ。あの気の毒なヴォートランさんのかわりに、徒刑場にいきゃよかったんだ……」

その時、ウージェーヌとゴリオ爺さんが呼び鈴を鳴らした。

「やっと帰ってきた、あたしに忠実なあのお二人さんが」と、おかみさんはため息をつきながら言った。

忠実なはずの二人は、下宿に起きた災難のことなどもう忘れかけていて、ショセ＝ダンタン地区に引っ越すとあっさりおかみさんに告げた。

「ああ、シルヴィー」とおかみさんは言った。「一巻の終わりだ。お二人さん、あたしにとどめの一撃を加えてくれましたね。イナフ（胃の腑）の中までずしんときましたよ。ここに棒がつかえてるみたい。今日一日で十も年を取ったようだ。頭がおかしくなりそう、ほんと。インゲン豆をどうしよう？　そうだ、あたし一人きりになるんだったら、明日おまえは出ていってね、クリストフ。みなさん、おやすみなさい」

「いったいどうしたんです？」とウージェーヌはシルヴィーに聞いた。

「どうしたかって、いろんな事件が起きて、みんな出ていっちゃったんですからね。おかみさんは頭が変になってるんですよ。おや、泣いてるのが聞こえる。少し泣いた方が楽になるでしょう。あたしがここに雇われてから、おかみさんが涙をこぼすなんてはじめてのことです」

翌日になるとヴォケー夫人は、本人の表現によると「頭がまとまって」いた。下宿人をすべて失い、生活をひっくり返されてしまった女らしくしょげていたが、理性は取り戻していた。本物の悲しみ、底知れぬ悲しみ、利益を傷つけられ、習慣を破られた者の悲しみとはどんなものか、彼女を見ればよくわかった。男が恋人の部屋を去る時に投げかけるまなざしも、ヴォケー夫人が誰もいないテーブルを眺めたそのまなざしほど悲しげではないだろう。ウージェーヌは、ビアンションが数日後にはインターンを終えるから、自分の代わりに部屋を借りるかもしれないし、博物館員もクチュール夫人の部屋に住みたがっていたので、近いうちに下宿人の数も元に戻るだろうと言っておかみさんをなぐさめた。

「そうなればいいんですけどね、あなた。でもここには不幸が住みついてるんですよ。十日もしないうちに、今度は死神が来るでしょう、見ててごらんなさい」とおかみさんは陰気なまなざしを食堂に投げて言った。「誰が犠牲になるんだろう」

「引っ越すことにしてよかったですね」とウージェーヌはゴリオ爺さんに囁いた。

「おかみさん」と息せき切ってかけて来たシルヴィーが言った。「もう三日間もミスチグリの姿が見えません」

「ああ、もしあたしの猫ちゃんが死んじゃったなら、猫にまで逝かれてしまったなら、あたしは……」

かわいそうに未亡人は最後まで言いきれず、両手を合わせると、この恐ろしい前兆に打ちのめされてソファの背に仰向けに倒れかかった。

郵便配達がパンテオンの界隈にまわってくる正午頃、ウージェーヌは美しい紙に包まれ、ボーセアン家の紋章で封印された手紙を受け取った。中にはニュシンゲン夫妻宛てに、一ヶ月前から予告されていた子爵夫人邸での大舞踏会への招待状が入っていた。招待状に添えてウージェーヌへの短い手紙があった。

「ニュシンゲン夫人へのわたしの気持ちを、あなたならきっと快くお伝えくださると思ったものですから、ご依頼のあった招待状をお送りいたします。レストー夫人の妹さんにお目にかかれるのを楽しみにしております。あの美しい方をお連れください。でもあなたの愛情をあの方に独り占めされては困ります。わたしがあなたに抱いている愛情のお返しに、わたしにもたくさんお気持ちを向けていただかなければ。

ボーセアン子爵夫人」

「おや」とウージェーヌはこの手紙を読み返しながら考えた。「ボーセアン夫人はかなりはっきりと、ニュシンゲン男爵の方はごめんだと言ってきたな」彼はすぐにデルフィーヌのところへ出かけていった。喜んでもらえるのがうれしくて、ご褒美ももらえるかもしれないと思った。ニュシンゲン夫人は入浴中だった。ラスティニャックは夫人の私室で待ったが、二年前からの欲望の対象を手に入れようと気がはやり、熱くなっている青年なら感じて当然の待ち遠しさに身悶えしていた。こうした感情は、青年の生活でも二度とは味わえないものである。男が執着するはじめての真に女たる女、つまりパリ社会が要求する輝かしい属性を身につけて彼の前に現れる女には、恋敵などいない。パリでの恋は、あらゆる点で他の土地での恋とは違っている。皆、上品ぶって自分の「打算なき恋」を月並みな言葉で語り、体裁を飾るものだが、パリでは男も女もそんな芝居にだまされはしない。この土地では、女は相手の心と官能を満足させるだけではだめだ。人生を織りなすさまざまな虚栄に対して果たさねばならないもっと重大な義務があることを、女たちは百も承知だ。とりわけここでは、恋は本質的に見栄っ張りであつかましく、浪費癖で、ほら吹きで、派手好きなのである。ヴェルマンドワ公爵がこの世に生まれ出るのを助けようとしてルイ十四世が袖飾りを破ってしまった時、袖飾りが一つ三千フランもすることを王に忘れさせてしまったラ・ヴァリエール嬢[*21]への情熱を、宮廷の女性たちはみなうらやましく思った。だとしたら、世の他の人間たちに何を期待できるだろう？　若く、金持ちで、爵位を持っていなければならない。できれば、ほかの条件も持っていたほうがいい。偶像の前で焚くお香をたくさん持って行けばいくほど、好意を寄せてもらえる。もちろん、偶像のように崇める相手があなたにいればの話だが。恋は一つの宗教であり、その祭儀には他のあらゆる宗教の祭礼より多くの金をかけねばならない。通ったしるしにあたりを荒らしていくいたずら小僧のように、恋はあっという間に通り過ぎる。想いの豊かさは屋根裏部屋の詩《ポエジー》だ。そういう富もなかったら、屋根裏の貧者の恋はどうなってしまうだろう。パリ法典の過酷な掟に例外があるとしたら、それは、かぼそいが涸れることない澄んだ泉のほとりに住む、社会の教義に少しも毒されていない孤独な魂のうちにある。その者たちは緑の木陰を離れようとせず、あらゆる事物の中に書かれ、自分の内にも見出せる無限なものの言葉に、うっとりと耳を傾ける。そして地上の人々を憐れみつつ、翼を得て天翔《あまがけ》る日をじっと待っている。だがラスティニャックは、栄華の味をあらかじめ味わってしまった青年の多くと同じように、一分の隙もなく武装して社会の闘技場に登場したいと思っていた。社交界の熱気に伝染し、自分には社会を支配する力があると感じていたかもしれないが、その野心を達成する手段も目的も知らなかった。人生を満たしてくれる純粋で神聖な愛がなくても、こうした権力への渇望はそれ自体、美しいものになりうる。私利私欲をすべて投げ捨て、国家の栄華を目標と見なすだけでいい。だがラスティニャックは、人生の流れを見渡して判断を下せるような段階には達していなかった。田舎育ちの人間の青春を緑の葉のように包んでいるみずみずしく甘美な想いの魅惑さえ、それまでまだ完全に払い落としていなかった。パリのルビコン川[*22]を渡る決心が、なかなかつかなかったのである。燃えるような好奇心を抱きながらも、真の貴族が田舎の城館で送るあの幸福な暮らしへの郷愁をいくらか持ち続けていた。だが彼の最後のためらいも、昨夜、自分のアパルトマンに入った時に消え去ってしまった。生まれがくれた精神的な特権を以前から享受していた彼は、富がもたらす物質的な利益を味わうに及んで、地方人の皮を脱ぎ捨て、輝かしい未来を見通せる立場にゆるりと身を落ち着けたのだった。そのようなわけで、デルフィーヌを待ちながら、少し自分のものになりかけてきたこの美しい居間でソファに深々と腰を下ろし、彼は昨年パリに上ってきた時のラスティニャックとずいぶんかけ離れた自分を感じていた。心の遠《とお》眼鏡《めがね》を通して過去の自分を見ると、今の自分がはたして本当の自分なのかさえ怪しく思えるほどだった。

「奥様はお部屋においでです」とテレーズが告げにきた時、彼は思わず体を震わせた。

デルフィーヌは暖炉の横で、みずみずしく、すっかりさわやかになってソファに横たわっていた。モスリンの波の中に浮かんでいる彼女を見ると、花の中に果実がなるインドの美しい植物を思い浮かべずにはいられなかった。

「やっと二人きりになれたわね」と彼女は想いのこもった声で言った。

「ぼくが何を持ってきたか当ててみてください」とウージェーヌはそばに座り、手に口づけしようと腕を取って言った。

ニュシンゲン夫人は招待状を読みながらうれしさを身ぶりに表した。涙を浮かべた目でウージェーヌを見つめ、虚栄心が満たされた喜びに我を忘れて彼の首に腕を巻きつけると、自分の方へ引き寄せた。

「しかもあなたが（ね、大好きなウージェーヌ――と彼女は耳元でささやいた――テレーズが化粧部屋にいるの、気をつけましょうね！）、わたしにこの幸せを運んできてくださったのね。そうよ、わたしはこれを幸せと呼ばせていただくわ。あなたが手に入れてくださったのだもの、プライドの勝利以上のものでしょう？　誰もわたしをあの社交界に紹介しようとしてくれなかったのよ。そんなことを言うと今のわたしは、パリジェンヌらしい、浅はかで蓮《はす》っ葉《ぱ》で軽薄な女に見えるかもしれないわね。でも考えてもみて。わたしはあなたのためなら何でも犠牲にする覚悟があるし、今までにもましてフォーブール＝サン＝ジェルマンに足を踏み入れたいと思うのは、あなたがそこへ出入りなさっているからなの」

「ボーセアン夫人は、舞踏会にニュシンゲン男爵が来るのはごめんですと匂わせてると思いませんか？」とウージェーヌは言った。

「もちろんよ」と男爵夫人は手紙をウージェーヌに返しながら言った。「ああいう女性は、慇懃無礼なことにかけては天才的よ。でもいいの、わたしは行くわ。姉も来るはずなの。すばらしい衣装を用意しているそうよ。じつはね、ウージェーヌさん」と声を落として彼女は続けた。「姉はおそろしい疑惑を晴らすために行くんですよ。姉についての噂をご存じない？　ニュシンゲンが今朝やってきて、クラブでは昨日そのことがおおっぴらに話題になっていたって言ってたわ。女の名誉、家庭の名誉なんて、ほんとにもろいものね。かわいそうな姉の身になって、攻撃され、傷つけられたように感じました。ある人たちによると、トライユさんは署名した十万フランの手形がほとんどみな不渡りになってしまって、訴えられかけているんですって。せっぱつまった姉は高利貸しにダイヤを売ったらしいのだけど、それがあなたも見たことがあるはずの、レストーの母から伝わったあの立派なダイヤなの。とにかく二日前から、その噂でもちきりなのよ。とすると、わたしが思うには、アナスタジーは金糸銀糸のドレスを作らせ、ボーセアン夫人の舞踏会にあのダイヤをつけてとびきり華やかな装いで現れて、満座の注目を集めようとしているはず。こっちだって姉にひけを取りたくないわ。あの人はいつもわたしを抑えつけようとしてきました。親切にしてくれたことなど一度もないの。こちらはずいぶん姉に尽くして、お金がないときにはいつも用立ててあげたのに。だけど社交界のことなんかどうでもいい。今日はわたし、すっかり幸せになりたいの」

ラスティニャックは午前一時になってもまだニュシンゲン夫人の家にいた。夫人は、恋人たちの別れぎわの挨拶、将来の喜びをいっぱい約束するあの挨拶を惜しみなく与えながら、ふと翳った表情を見せて言った。「わたし怖がりで迷信家なのよ。この嫌な予感にどんな名をつけてくれてもいいけれど、今の幸せを何か恐ろしい災難で償わなければならないんじゃないかとびくびくしているの」

「子供ですね」とラスティニャックは言った。

「あ、今晩はわたしが子供扱いされちゃった」とデルフィーヌは笑った。

ウージェーヌは翌日には必ず下宿を引き払うつもりでヴォケー館に戻った。だからこそ道すがら、まだ唇の上に幸せの味を残している時にすべての若者が思い描く、あの楽しい夢想に身を任せた。

「どうでした？」ラスティニャックが扉の前を通った時、ゴリオ爺さんが声をかけた。

「そうですね、明日ぜんぶお話ししますよ」とラスティニャックは答えた。

「全部ですよ、ほんとに」と爺さんは大きな声で言った。「ゆっくりおやすみなさい。明日にはわたしらの楽しい生活が始まるんですからね」

四　父の死

翌日、ゴリオとラスティニャックは運送屋さえ来れば下宿を出られる準備が整っていたところへ、正午ごろヌーヴ＝サント＝ジュヌヴィエーヴ通りに馬車の音が響き、ヴォケー館の前でぴたりと止まった。ニュシンゲン夫人が馬車から降りてきて、父はまだ下宿にいるかとたずねた。シルヴィーがいますよと答えると、夫人はすばやく階段を駆け上がった。ウージェーヌは自分の部屋にいたが、隣のゴリオはそのことを知らなかった。朝食の時、ウージェーヌはゴリオに自分の荷物を運んでおいてくれるように頼み、四時にダルトワ通りで落ち合おうと言った。だが爺さんが運送屋を頼みにいっているあいだに、ウージェーヌは学校でさっと出席の返事をし、ヴォケー夫人に支払いを済ませるために、誰にも気づかれずに下宿に戻っていた。というのもこの件をゴリオに任せると、熱にうかされているゴリオがきっと自分の分も払ってしまうだろうと思ったからだ。おかみさんは出かけていた。ウージェーヌは忘れ物がないかどうか確かめようと、自分の部屋に上がった。ヴォートラン宛ての白地手形が机の引き出しに入っているのを見つけて、やはり見にきてよかったと思った。ヴォートランに金を返した日、何気なくそこへ放り込んでおいたものだった。火もなかったので手形を細かく引きちぎろうとしたところへデルフィーヌの声が聞こえてきたので、音を立てないように気をつけ、立ち止まって耳を澄ました。彼女なら、自分に秘密などあるはずがないと思ったのだ。すると父と娘の会話に最初の言葉からひどく興味をそそられ、そのまま立ち聞きせずにはいられなくなった。

「ああ、お父さん」とデルフィーヌは言った。「お父さんがわたしの財産の決算を要求することを思いついてくださったのが遅すぎなくて、わたしが破産しないですむといいんだけど。ここで話してもだいじょうぶかしら？」

「うん、下宿には誰もいないよ」とゴリオはかすれた声で言った。

「どうしたの、お父さん？」とニュシンゲン夫人は言った。

「おまえは今、わたしの頭に斧を振り下ろしたんだよ。神様が赦してくれますように。お父さんがどれだけおまえを愛しているかわかっていないんだね。わかってたらそんなことをいきなり言い出すはずがない。とくに、まだ何も絶望と決まったわけじゃないなら。もう少しでわたしらがアルトワ通りに引っ越そうっていう時にここに会いにくるなんて、どんなのっぴきならないことが起きたんだい？」

「だってお父さん、災難に襲われた時に、とっさの衝動を抑えられるものかしら？　頭がおかしくなりそうよ。後になって起きるにちがいない不幸が、お父さんの代訴人のおかげで少し早めにわかったの。お父さんの昔からの商売の経験に頼る必要がありそうだから、溺れた人が枝にすがりつくように駆けつけてきたのよ。デルヴィルさんは、ニュシンゲンがあれこれ詭弁《きべん》を弄《ろう》するもので、それなら訴訟に持ち込みましょう、裁判長の許可はすぐ取れるでしょうからって脅したんです。するとニュシンゲンは今朝わたしのところにやってきて、自分を破産させてわたしも一緒に破産したいのかって聞くの。それでわたしは、そういう問題はよくわからないけど、自分にも財産があって、その財産を自分で自由にできるのが当然だし、今回のいざこざについてはすべて代訴人に任せてあるから、この件のことは何も知らないし何もききたくないって答えてやったのよ。お父さん、そう言うようにっておっしゃってたわね?」

「うん、そうだよ」とゴリオ爺さんは言った。

「そうしたら、夫は事業の内情を打ち明けてきたんです。あの人は、自分の全財産とわたしの財産をある事業につぎ込んだのだけど、その始まったばかりの事業には、巨額の資金が投資されているように見せかける必要があったんですって。わたしが自分の持参金を提示するように無理強いすれば、夫は破産を申告しなければならないそうなの。逆に一年待ってくれれば、土地事業にわたしの財産を投資して二倍にも三倍にもして返す、この事業さえ一区切りつけばわたしは全財産を自由にできる、名誉にかけて約束するからって言うのよ。お父さん、あの人は真剣そのものなので怖くなったわ。自分のやり方を許してくれって謝ってきて、わたしの名義のまま、事業の管理をすべて任せてくれれば、私生活の上ではもう何も束縛しないから好きにしてくれてかまわないって言うの。それに自分の誠意を示そうとして、わたしを登録名義人に指定する書類が法的に正しいかどうか調べたかったら、いつでもデルヴィルさんを呼ぼうと約束してくれたんです。つまり、無条件降伏してきたわけなの。あと二年間だけ自分に家計を見させてくれ、渡す以上のお金は使わないでくれって言うんです。今のところは世間体を保つだけで精一杯だから、踊り子とも手を切ったし、信用を落とさずに事業を完成までもっていくためにはとことん切り詰めて、しかも人目につかないように倹約しないといけないって、証拠をあげて説明していたわ。わたしは夫を問いつめてもっと詳しいことを聞き出そうと思って、あの人を罵り、すべて疑ってみせたの。夫はわたしに帳簿を見せ、しまいには泣き出してしまった。男の人があんなふうになるの、はじめて見たわ。完全に正気を失って、自殺すると言い出して、わけのわからないことを口走るんですもの、かわいそうになってしまって」

「おまえはそんな戯言《たわごと》を信じるのか」とゴリオ爺さんは叫んだ。「あいつは芝居を打ってるんだ！　商売でドイツ人にはよく会ったことがある。あいつらはあらかた善良で無邪気な連中だ。ところが実直で人の良さそうな外見に隠れてずる賢くぺてんをやり始めると、ほかの誰より食わせ者ときてる。おまえは夫にだまされているんだ。やつは追いつめられたと感じて、死んだふりをし、自分の名では思うようにできないことをおまえの名義で好き勝手にやろうとしている。この状況を利用して、商売につきものの浮き沈みから身を守ろうと思ってるんだよ。あいつは腹も黒いが、知恵も働く。ほんとにたちが悪い。わたしは無一文になった娘たちを放ってペール・ラシェーズ墓地に入るわけにはいかん。今でも商売にはいくらか心得がある。やつは資産を事業につぎ込んだと言ってるんだな。じゃあ、あいつの持ち分は有価証券とか、借用証書とか、契約書に記されているはずだ。それをちゃんと見せてもらって、おまえの分を清算してもらおうじゃないか！　一番有利な投資先を選んで、危険を冒してでもそれに賭けてみよう。『デルフィーヌ・ゴリオ、ニュシンゲン男爵と財産別有の妻』っていう名で承認名義を取得するんだ。それにしても、やつはわたしらをアホとでも思っているのか？　自分の娘を財産もパンもなしに放っておくなんて考えを、わたしが二日間でも我慢できると思っているのか？　一日だって、一晩だって、二時間だって、お父さんには耐えられない！　もし本当にそうなったら、生きていられるものか。ええい、わたしが人生の四十年間を働きどおしに働いてきたのは何のためだ。背中に粉袋をかつぎ、滝のような汗を流し、死ぬまで不自由を忍んでもいいと思ってたのも、おまえたちのためなんだ。天使のようなおまえたちのためとなれば、どんな仕事もひょいひょいとできたし、重い荷物も軽く感じられた。それなのに今になって、わたしの財産も人生も、煙のように消え失せるなんて！　そんなことになったら、お父さんは憤死してしまう。天と地のあらゆる神聖なものにかけて、ことをはっきりさせ、やつの帳簿も、金庫も、事業もぜんぶ調べ上げるんだ！　おまえの財産がそっくり無事だとわかるまで、わたしは眠らない、横にもならない、ものも食わないぞ。おまえが夫と別財産になっているのは不幸中の幸いだし、代訴人としてついていてくださるデルヴィルさんは、ありがたいことに真っ正直な方だ。今に見てろ！　おまえの大事なあの百万フラン、年利にすれば一年に五万フランを、おまえが死ぬまで自分のものにしておけないなら、パリ中で大騒ぎしてやる！　そうとも、裁判所がわしらを見捨てたら、議会に訴え出てやる。お金のことではおまえも不自由なく幸福に暮らしている、そう信じてたからこそ、苦しいこともがまんできたし、悲しみも和らいだんだ。金こそ人生だ。金があればなんでもできる。あのデブのアルザス人の間抜けは何をほざいているんだ？　デルフィーヌ、おまえを鎖でつないで不幸にしているあのデブの馬鹿野郎に、四分の一リヤールたりとも譲歩しちゃいかん。あいつがおまえの助けを必要としているなら、たっぷり痛めつけて、有無をいわせずまっすぐに歩かせてみせようじゃないか。ああ、頭が焼けるようだ。頭の中で何か燃えている。デルフィーヌが貧乏になってしまうなんて！　ああ、わたしのフィフィーヌ、おまえが！　ちくしょう！　手袋はどこだ？　さあ行こう。帳簿も、事業の中身も、金庫も、往復文書も、この目で何もかも見てやる、今すぐに。おまえの財産に危険がないとわかるまで、それをこの目で確かめるまでは気が休まらない」

「ああお父さんたら！　慎重にやってね。この問題に少しでも復讐の気持ちをはさんだり、あんまり敵意を見せたりしたら、わたしはおしまいなのよ。あいつはお父さんのことをよく知ってて、わたしがお父さんの入れ知恵で自分の財産のことを心配するようになったのは当然な成り行きだと思ってるわ。でもぜったい、夫はわたしの財産をがっちり握ってるし、前からそうしようと企んでたのよ。あれは、有り金を残らず持って、あたしたちを置いて逃げ出しかねない悪党なの！　わたしが裁判所に訴えて、今名乗っている名を自分から汚すことなんかしないだろうって、よくわかってるのよ。あの人は強くもあるし弱くもあるんです。何もかもちゃんと調べてみたわ。あの人を追いつめたら、わたしも破滅してしまう」

「それじゃ、あいつはぺてん師じゃないか？」

「ええ、そうなの、お父さん」そう言うとデルフィーヌは泣きながら椅子に座りこんだ。

「そんな男と結婚させてしまったのかって、お父さんが悲しむと思って、これまで言いたくなかったの。あの人は裏の言動も心の持ち方も、魂も肉体も、すべてがおんなじように醜いかぎりなの。わたしはあの人を憎み、軽蔑してます。そうよ、本人からあれこれ聞かされた後で、あの下劣なニュシンゲンを尊敬できるもんですか。わたしに話したような商売上のからくりに足をつっこめる人間は、良心なんか少しも持ち合わせていないのよ。わたしが怯えてしまったのは、あの人の心の内にはっきり読めた考えのせいなの。夫のくせに、わたしを自由にしてやろうと露骨に提案してきたのよ、どういう意味かわかる？　いざという時には、あの人の道具になって、名義を貸すならば、という条件でなの」

「だって法律というものがあるじゃないか！　そういう婿のためには、グレーヴ広場があるじゃないか！」とゴリオは叫んだ。「死刑執行人がいないなら、わたしが自分の手でギロチンにかけてやる」

「だめよお父さん、あの人を罰せる法律なんてない。ニュシンゲンの妙に遠回しな言い方を簡潔に要約すればこうなるの。『言うとおりにしないと何もかもおしまいだよ。きみは一文無しになって、破産だ。わたしにはきみ以外の相棒はありえないからね。それが嫌なら事業が完成するまで好きにやらせてくれ』って。わかる？　あの人はまだわたしを当てにしているの。女としての、妻としての良心があると思って安心してる。わたしがあの人の財産に手を出したりしないで、自分の財産だけで満足するだろうと思ってるわ。破産しないためには、あの卑劣で泥棒みたいな共同事業に加担しないとだめなの。あの人はわたしの良心を買い取り、その代金がわりに、ウージェーヌの恋人として好きにふるまうのも許そうっていうわけです。『きみは好きに不貞の罪を犯せばいい。だから、わたしが哀れな連中を破産させて罪を犯すのも放っておいてくれ』ということよ。この言葉の意味もまだわかるわね？　じゃ、あの人の言っている投機ってなんだかご存じ？　自分の名で買った更地に、偽装名義人の名で家を建てさせるの。この人たちは、建築にあたっていろんな請負業者と契約を結び、長期の手形で支払いをします。そして、ほんのわずかな額でニュシンゲンに家屋を譲渡し、夫は家の所有者になります。そうしておいて、その名義を貸した連中は破産して、だまされた請負業者たちに対する債務を免れてしまうの。ニュシンゲン商会という名前が、気の毒な建設業者たちの目を眩ますのに役立つわけ。そういうからくりらしいわ。それからまた、必要な場合には巨額の支払いを証明できるように、ニュシンゲンが相当の額をアムステルダムやロンドンやナポリやウィーンに送ったこともわかりました。そんなお金、どうやって押さえることができるの？」

ウージェーヌはどしんという重い音を聞いた。ゴリオ爺さんが床に膝をついたらしかった。

「ああ神様、わたしは何ということをしでかしてしまったのでしょう。あの人でなしに娘を渡してしまった以上、あいつはその気になればどんなことでも娘に要求するでしょう。ゆるしてくれ、デルフィーヌ」と老人は叫んだ。

「ええ、わたしがこんな最悪の状況に陥ったのも、いくぶんお父さんのせいかもしれないわ」とデルフィーヌは言った。「結婚するころ、わたしたち女には、物事を判断する力なんかほんのわずかしかないんですもの。世間や商売、男性や世の風習のことなんか知ってたかしら？　父親は娘の代わりにそういうことを考えてくれないといけないはずよ。お父さんを責めてるわけじゃないの。ああ泣かないの。こんなこと言ってごめんなさい。今度のことでは何もかもわたしが悪いのよ。

「おまえももう泣かないでくれ、かわいいデルフィーヌ。目をかしてごらん、お父さんのキスで涙をふいてあげるから。さあ、わたしも昔のように頭を働かせて、おまえの夫がこんがらがらせた糸のもつれを解いてみせよう」

「いいえ、それはこのわたしに任せておいて。夫をうまく操ってみせる。あの人はわたしのことが好きなの。その弱みを利用して、わたしのために資産の一部をさっそく土地に投資するよう仕向けるわ。わたしの名義でアルザスのニュシンゲンという土地を買い戻させてもいいし。夫はあの土地に未練があるから。ただ明日、帳簿や事業の内容を調べにきてほしいの。デルヴィルさんは商業方面のことは何もご存じないのよ。あ、だめ、明日は来ないで。動揺したら困るもの。ボーセアン夫人の舞踏会が明後日だから、きれいに、晴れやかな顔で出られるようにゆっくり休んでおいて、大切なウージェーヌさんの顔を立てたいの。ねえ、あの人のお部屋に行ってみましょうよ」

この時、ヌーヴ＝サント＝ジュヌヴィエーヴ通りに馬車が止まり、シルヴィーに「父はおりますか？」とたずねるレストー夫人の声が階段から聞こえてきた。ベッドに飛び込んで寝ているふりをしようかと思っていたウージェーヌは、この展開で救われた。

「そういえばお父さん、アナスタジーの話をお聞きになった？」とデルフィーヌは姉の声を聞きつけて言った。「あの人の家庭でも変なことが起きているらしいの」

「何だって！」とゴリオ爺さんは言った。「それじゃお父さんは寿命がもたない。この頭は二重の不幸には耐えられないよ」

「こんにちは、お父さん」と、レストー伯爵夫人は部屋に入ってきて言った。「あらデルフィーヌ、いたの」

レストー夫人は妹に出くわして気まずい様子だった。

「こんにちは、ナジー」とニュシンゲン男爵夫人は言った。「わたしがいるのが変わったことだとでも？　わたしはね、毎日お父さんに会っているのよ」

「いつからよ？」

「お姉さんも来てればわかったはずでしょ」

「わたしをいじめないで、デルフィーヌ」と伯爵夫人は哀れっぽい声で言った。「わたし本当に困り果ててるの、もうだめだわ、お父さん！　ああ、今度こそ一巻の終わりよ」

「どうした、ナジー？」とゴリオ爺さんは叫んだ。「わたしらにすべて話してごらん。真っ青じゃないか。デルフィーヌ、姉さんを助けて、優しくしてあげなさい。そうしたらお父さんはもっとおまえが好きになるから」

「かわいそうなナジー」とニュシンゲン夫人は姉を座らせながら言った。「話して。何でも赦せるほど姉さんをずっと愛してるのはわたしたち二人だけよ。ね、肉親の愛情ほど確かなものはないわ」妹が気つけの塩をかがせたので、伯爵夫人は我に返った。

「わたしは死にそうだ」とゴリオ爺さんは言った。そして泥炭の火をかきたてながら言葉をついだ。「さあ、二人とももっとそばに寄っておくれ。寒気がする。どうした、ナジー？ 早く話してくれないと、命がもたない……」

「じゃあお話しするわ」と哀れな女は語り出した。「夫にすべて知られてしまったんです。ねえお父さん、しばらく前の、マクシムの手形のこと覚えてます？ 実はね、あれが最初じゃなかったの。その前にもわたしずいぶん払ってあげたのよ。一月の初めごろ、トライユさんは心配事を抱えてるように見えたの。わたしには何も言わなかったけれど、愛している人の心の中を読み取るのはたやすいことよね、ちょっとしたことでわかっちゃうわ。予感というものもあるし。それにあの人はいつにも増して愛情深くて優しくて、わたしはますます幸せだった。かわいそうなマクシム！ 後で知ったのだけど、あの人は心の中でわたしに別れを告げていたのよ。ピストルで脳天を打ち抜くつもりだったそうなの。さんざん問いただしたりせがんだりして、二時間もあの人の膝にすがりついたあげく、十万フランの借金があることを聞き出したんです。ああパパ、十万フランよ！ わたし頭がおかしくなったわ。お父さんにはそんなお金ありっこない、わたしが全部搾り取ってしまったんだから」

「うん、泥棒にでも行かないかぎりそんな金は用意できなかっただろう。でもお父さんは盗みにでも行ったよ、ナジー、これからだって行ってみせる」

瀕死の人間の喘ぎのように悲痛な調子で吐き出されたこの言葉には、無力になった父性愛の苦悶がまざまざと表れていた。姉妹はしばらく口をつぐんでしまった。深淵に投げられた石のように絶望の深さを示しているこの切羽つまった叫びを聞いたら、どれほど利己的な人間も冷淡ではいられなかっただろう。

「そのお金をね、わたしは自分のものでない品を処分して工面したの、お父さん」と言って伯爵夫人は泣き崩れた。

デルフィーヌも胸がしめつけられ、姉の首に顔を埋めて泣いた。

「じゃあ全部ほんとうだったのね」と彼女は言った。

アナスタジーはがっくりとうなだれた。ニュシンゲン夫人は姉を抱きしめてやさしくキスし、自分の胸に引き寄せた。

「ここでは、姉さんはいつも愛されるだけ。裁かれる心配はないのよ」とデルフィーヌは言った。

「わたしの天使たち」とゴリオは弱々しい声で言った。「どうしておまえたちは不幸な時だけ仲良くなるんだい?」

「マクシムの命を救うために、つまりわたしの幸福のすべてを救うために」と伯爵夫人は、温かく脈打つ愛情のしるしに勇気づけられて続けた。「わたしはお二人も知っているあの高利貸しのところへ行きました。地獄が生み出した男、どんなことにも心動かされないゴプセックのところへ、主人があれほど大切にしているダイヤモンドを持っていったの。あの人のも、わたしのも、全部持っていって、売ってしまったの。売ったのよ! わかる? マクシムは助かったけど、わたしは破滅よ。レストーは何もかも知ってしまったんです」

「誰から聞いたんだ？　どうやって？　そんなやつ、たたき殺してくれる」とゴリオ爺さんは叫んだ。

「きのう、夫の部屋に呼び出されたの。行ってみるとね……『アナスタジー』っていうその声だけで、すっかりわかってしまった。『あなたのダイヤモンドはどこにある？』と聞かれたので『わたしの部屋です』と答えると、『いや違う』と夫はじっとわたしを見つめて言うの、『あそこにある、わたしの簞笥の上に』って。ハンカチにくるんだ宝石箱を見せられたわ。『どこから戻ってきたか知ってるかね？』と聞かれたから、わたしは彼の足元にひれ伏して……泣きながら、どんなやり方で死んでほしいか教えてくれって言ったの」

「そんなことを言ったのか！」とゴリオは言った。「神の御名にかけて、おまえたちのどちらかに危害を加えるようなやつは、わたしが生きているかぎり、とろ火で焼かれる覚悟をせい！　そうだ、細かく切り刻んでやる、ちょうど……」

ゴリオ爺さんはそこで黙った。喉がつまって言葉が出なくなってしまったのだ。

「そしたらね、デルフィーヌ、主人は死ぬよりつらいことを要求してきたの。わたしが聞かされたようなことを、神様どうか、ほかの女性が聞かずにすみますように」

「あの男を殺してやる」とゴリオ爺さんは言い放った。「あいつは一つしか命を持っていないが、二度殺してやらねばならん。うん、それで？」とアナスタジーを見つめながらゴリオは聞いた。

「それでね」と伯爵夫人はしばらく間をおいてから言った。「あの人はわたしをじっと見てこう言ったの。『アナスタジー、わたしはすべてを沈黙のうちに葬ることにする。これからも一緒に暮らす、子供たちがいるからね。トライユ氏を決闘で殺したりはしない。やり損ねるかもしれないし、別のやり方で亡きものにするとなると、法に触れるだろう。あなたの腕に抱かれているところを殺せば、子供たちの名誉にかかわる。あなたの子供も、その父親も、このわたしも破滅しなくてすむように、わたしは二つの条件をあなたに課すことにした。質問に答えてくれ。まず、わたしの子供はいるのか？』わたしは、いますと答えたわ。『どの子だ？』ときかれたので『長男のエルネストです』と答えると、夫は『よし、では今後、一つの点についてだけは、わたしの言う通りにすると誓いなさい』と言うの。わたしは誓ったわ。すると、『わたしが要求した時には、あなたの財産の売却証書に署名するんだ』って」

「署名しちゃだめだ」とゴリオ爺さんは叫んだ。「そんなものに絶対署名しちゃいかん。ああ、ああ、レストーの旦那、あんたは女性を幸せにするとはどういうことか知らず、女が幸せのあるところに幸せを求めていくと、自分の情けない無能を棚にあげて女を罰そうとするんですな……ちょっと待った！　わたしがついてる、そう思い通りにはさせませんぞ。ナジー、安心していなさい。あいつは跡取り息子が大事なんだな、そうかそうか。息子をさらってやる、ううむ、わたしの孫でもあるんだ。わたしだって会ってもいいだろう、あのちびに。故郷の村に連れていって、大切に面倒をみるとしよう。安心しなさい。あの人でなしには『われわれ二人で話をつけよう。息子が欲しければ娘に財産を返せ、そして好きにさせろ』

って言って降参させてやる」

「お父さん！」

「そうだ、おまえの父親だ！　わたしは本物の父親なんだ。あんな間抜けな貴族の殿様に娘たちをいじめられてたまるものか。くそ！　わたしの血管に何が流れているか、自分にもわからんわい。虎の血が流れているんだ、あの二人の男を食い殺してやりたい。ああ子供たち！　おまえたちの生活はそんなことになっているのか？　わたしももうおしまいだ。わたしがこの世にいなくなったら、おまえたちは一体どうなってしまうんだろう。父親というものは、子供たちが生きてる間はずっと生きていなければ。ああ神様、あなたの創られた世界はなんてうまくできていないんでしょう。あなたにも息子さんが一人おられるっていうじゃないですか。自分の子供のことで苦しむことのないようにしてくださらなきゃ。わたしの天使たち、なんてことだ！　せっかく会いに来てくれても、それが悩みごとのせいだなんて。二人とも、涙しか見せてくれないじゃないか。まあいい、お父さんを愛してくれていることはよくわかってる。来なさい、ここに悲しみを打ち明けに来なさい。わたしの心は広いから、すべて受け止められる。そうだ、この心臓を突き刺したっていい、引き裂かれても、かけらが父親の心臓であることに変わりはないんだから。二人の悩みをこの身に引き受けて、代わりに苦しみたい。ああ、小さい頃は二人とも幸せだったのに……」

「わたしたちが楽しく暮らせたのはあの時代だけよ」とデルフィーヌは言った。「ああ、大きな納屋の中で、粉袋の上からすべり降りて遊んだあの頃はどこへ行ってしまったんでしょう」

「お父さん、それだけじゃないの」とアナスタジーがゴリオの耳元にささやいたので、老人はぎくりとした。「ダイヤモンドは十万フランには売れなかったの。マクシムは訴えられています。あと一万二千フラン払えばすむのよ。あの人、これからはおとなしくして、賭博はやらないって約束してくれたわ。この世であたしに残っているのは、あの人の愛情だけです。これほどいろいろなものを抛《なげう》ってきたんですもの、彼に逃げられたら死ぬしかない。あの人のために、財産も、名誉も、心の平和も、子供たちも犠牲にしたのよ。ああ、せめてマクシムを自由の身にして、名誉を回復させてあげてください。社交界に残れたら、ちゃんと地位を築ける人です。今となっては、マクシムの義務はわたしを幸せにしてくれることだけじゃないの。このままでは子供たちが一文無しになってしまうかもしれないのです。あの人がサント＝ペラジーの牢獄［負債を払えずに訴えられた者や政治犯などが入れられた牢獄。現在の五区にあった］に入れられたら何もかも終わりだわ」

「ないんだナジー、もう何もない、一銭もないんだ！　世の終わりだ。ああ、世界は崩れる、まちがいない。逃げるんだ、先に行きなさい！　いや、まだ銀の留め金と、食器が六組ある。世に出てはじめて買ったものだったな。それと千二百フランの終身年金しかもうない……」

「永久国債はどうなったの？」

「あれは売ってしまったんだ、生活に必要なちょっぴりの年金だけ残して。フィノィーヌにアパルトマンの改装をしてあげるために一万二千フラン必要だったのでね」

「あんたのところで？　デルフィーヌ」とレストー夫人は妹に聞いた。

「そんなことはどうだっていい」とゴリオ爺さんは言った。「どのみち一万二千フランは使ってしまったんだから」

「ああわかったわ」と伯爵夫人は続けた。「ラスティニャックさんのためなのね。かわいそうにデルフィーヌ、やめときなさい。しまいにどうなるか、このわたしを見ればわかるわ」

「あらお姉さん、ラスティニャックさんは恋人を破産させることなんかできない人よ」

「けっこうなお言葉ね、デルフィーヌ。窮地に陥っているわたしに、もう少し優しくしてくれるかと思ったわ。でも考えてみれば、一度だってわたしを愛してくれたことなんかなかったわね」

「いや、デルフィーヌはおまえを愛してるよ、ナジー」とゴリオ爺さんが割って入った。「さっきもわたしにそう言ってたよ。おまえの話になったら、姉さんは美人だけど、わたしはかわいいだけなんて言ってね、この子は」

「この子が！」と伯爵夫人は繰り返した。「むしろ氷のように冷たい美しさってとこね」

「たとえそうだとしても」とデルフィーヌは顔を赤くして言った。「お姉さんこそ、わたしに対する今までの仕打ちは何よ？　わたしを妹とも思わず、行きたかった家の扉をすべて閉めさせて、ちょっとでも機会があれば必ずわたしに意地悪したじゃない。お姉さんみたいに、かわいそうなお父さんから千フラン、また千フランと搾り取って、こんな状態にまで追いつめるなんてこと、わたしはしてないわ。これは姉さんの仕業なのよ。わたしはできるだけお父さんに会うようにしてきました。家から閉め出しもしなかったし、お金が必要な時だけやってきて手をなめるようなこともしてないわ。お父さんがわたしのために一万二千フラン使ったことだって知らなかったのよ。わたしはだらしない生活はしていませんからね、言っとくけど！　だいたい、パパが贈り物をしてくれる時だって、こちらからねだったことなんかないわ」

「あなたはわたしより幸せだったからよ。ド・マルセーさんはお金持ちでした、あなたはよーく知ってるでしょうけど。あなたはいつだって黄貨みたいに金への執着のかたまりだったわ。さようなら、わたしには妹もいなければ……」

「やめなさい、ナジー！」とゴリオ爺さんは叫んだ。

「世間ではもう誰も信じていないことを蒸し返すなんて、あなたみたいな心ない姉にしかできないことね。ひどい人だわ」とデルフィーヌは言い返した。

「二人とも、お願いだからやめてくれ。でないとわたしはおまえたちの目の前で命を絶つよ」

「まあいいわ、ナジー、ゆるしてあげる」とニュシンゲン夫人は続けた。「あなたは不幸せなんだもの。でもわたしの方がずっとましな人間よ。姉さんを救うためなら何だってしようと思っていた時にあんなことを言うなんて。夫の寝室にさえ入ろうと思ったわ。そんなの自分のためにだって、それから……誰のためだってできないことなのに。九年前から姉さんがわたしにしてきたあらゆる意地悪にふさわしい仕打ちね」

「子供たち、ねえ、抱き合っておくれ！」と父親は言った。「二人とも天使みたいに優しい子なんだから」

「いいえ、ほっといてちょうだい」ゴリオに腕をつかまれた伯爵夫人は、父の抱擁をふりほどきながら言った。「この子は、うちの夫よりも薄情だわ。なのに、まるで自分こそあらゆる美徳の鏡みたいに言うじゃない！」

「トライユさんに二十万フランも貢《みつ》いだなんて白状するよりは、ド・マルセーさんにお金を借りていると思われる方がましだわ」とニュシンゲン夫人も負けじと言い返した。

「デルフィーヌ！」と伯爵夫人は妹の方へ一歩詰め寄った。

「姉さんはわたしをでたらめに中傷するけど、こちらは本当のことを言ったまでよ」とニュシンゲン男爵夫人は冷ややかに応じた。

「デルフィーヌ、あんたって人は……」

ゴリオ爺さんが飛び出して伯爵夫人をつかまえ、手で口をふさいでしゃべらせまいとした。

「まあお父さん、今朝その手で何にさわったの？」と伯爵夫人はゴリオに言った。

「ああそうだ、ごめんよ」と哀れな父親は手をズボンで拭きながら言った。「おまえたちが来るとは知らなかったんだ、引っ越すところでね」

叱られたゴリオは、姉娘の怒りが自分の方に逸れたので内心喜んでいた。

「ああ！」と老人は座りこんで言った。「おまえたちに心を引き裂かれてしまった。死にそうだ！　頭の内側が、火でも燃えているみたいに熱い。さあ、思いやりをもって、仲良くしてくれ。おまえたちはお父さんを殺してしまうよ。デルフィーヌ、ナジー、そりゃ二人とももっともだが、間違ってもいるんだ。なあ、デデル」と男爵夫人の方に涙でいっぱいの目を向けて語りかけた。「姉さんには一万二千フランいるんだから、なんとか工面しようじゃないか。そんなふうに睨み合ってないで」と言って父親はデルフィーヌの前にひざまずいた。そして「お父さんを喜ばせるために、姉さんに謝ってくれないか」と耳元にささやいた。「姉さんが一番不幸なんだから、ね？」

「ナジー」とデルフィーヌは、苦悩が父親の顔に刻みつけた荒々しく狂おしい表情にぎょっとして言った。「わたしが悪かったわ、キスしてちょうだい……」

「ああ、二人のおかげで心がすーっと癒されるようだ」とゴリオ爺さんは叫んだ。「でもどこで一万二千フランを見つけたものだろう？　[*1]兵役の代理人にでも志願しようか？」

「ああ、お父さん！　だめよ、だめよ」と二人の娘は父を取り囲んで言った。

「そんなことを考えてくれただけでも、神様がご褒美をくださるわ。わたしたち、一生かかってもご恩を返せなさそう……。そうじゃない、ナジー？」とデルフィーヌは言った。

「そもそもお父さん、それだけのお金じゃ、焼け石に水よ」と伯爵夫人は言い放った。

「じゃ、自分の血を売って何とかすることもできないのか？」と絶望した老人は叫んだ。

「おまえを救ってくれる人がいれば、わたしはその人に身を捧げるよ、ナジー！　その人のためなら、人殺しだってやる。ヴォートランみたいに徒刑場にだって行く。わたしは……」

ゴリオは雷に打たれたようにはたと口をつぐんだ。「もう何もない！」と言って彼は髪をかきむしった。「盗みに入れる先でも知っていたら。盗むものを見つけるのだって容易じゃない。フランス銀行[*2]を襲うには時間も人手もいる。ああ、死ななきゃならん、もう死ぬしかないんだ。そうなんだ、わたしはもう何の役にも立たない、父親じゃない！　この子はわたしに頼んでいる。金が必要なんだ。それなのにわたしは情けないことに一文無しだ。ああ、よくも終身年金なんか設定して。おいぼれ悪党め、娘たちがいるのに！　娘を愛していないのか？　くたばれ、どうせ犬みたいに惨めな人間なんだから野垂れ死にするがいい。いや、おまえなんか犬以下だ。犬はそんな馬鹿なまねはしないだろうよ！　ああ、頭が！　煮えくり返るようだ！」

「ちょっとパパ、落ち着いてちょうだい！」と言って二人の娘は、ゴリオが頭を壁に打ちつけるのを止めようと、両側から彼に取りついた。

　ゴリオはむせび泣いていた。ウージェーヌはぞっとして、ヴォートラン宛ての手形をつかんだ。そこには額面より高い金額の証紙が貼ってあったので、金額を修正し、ゴリオ宛ての一万二千フランの正規手形にして隣の部屋へ入っていった。

「ここにお入り用のお金があります」とウージェーヌは手形を差し出して言った。「眠っていたのですが、みなさんの話し声で目が覚めて、ゴリオさんにどれだけの借りがあるかわかりました。この手形を現金に換えてください。ぼくの方ではまちがいなく落とします」

　伯爵夫人は身じろぎもせず、手形をつかんでいた。

「デルフィーヌ」と彼女は、怒りに、激怒に、憤怒にうち震えながら、蒼白になって言った。

「何もかも赦してあげたわ、神様もご存じよ！　でもこればっかりは！　何なの、この人が隣にいるのを、あんた知ってたのね！　わたしがこの人の前で自分の秘密や、自分の生活や、子供たちの暮らしや、自分の恥や名誉をしゃべり散らすのを放っておいて、復讐しようっていう卑しい考えだったのね！　いいわ、あんたなんかとはもう赤の他人よ、憎んでやる、ありとあらゆる意地悪をしてやる、わたしは……」あまりの怒りに言葉も途切れ、喉がつまってしまった。

「何を言うんだ、この人はわたしの息子、わたしたちの子供なんだよ。おまえの弟で、恩人じゃないか」とゴリオ爺さんは叫んだ。「この人を抱いてお礼を言いなさい、ナジー。ほら、わたしはこうする」と言うと、ウージェーヌを狂ったように抱きしめた。「ああ、わたしの息子！　あなたの父親以上のものにならせてくださいよ。わたしは家族になりたい。神になって、世界をきみの足元に投げ出してあげたい。ほら、この人に接吻するんだ、ノジー。この人は人間じゃない、天使なんだ、本物の天使なんだ」

「お父さん、ほっときなさいよ。姉さんは今、頭がいかれてるんだから」とデルフィーヌは言った。「いかれてる、いかれてるですって！　それじゃあんたはなんなのよ？」とレストー夫人は詰め寄った。

「二人とも、まだそんなことを言ってるなら、わたしは死んでしまうよ」と老人は叫んで、弾丸に当たったようにベッドの上に倒れた。「娘たちに殺される！」と彼はつぶやいた。

伯爵夫人は、この場面のすさまじさに呆然として立ちつくしていたウージェーヌの顔を眺め、「ちょっとあなた」と、身振りと声とまなざしで問いただすように言った。デルフィーヌがチョッキを手早くゆるめてあげているゴリオの方には見向きもしなかった。

「きちんと支払いをし、口外はいたしません」とウージェーヌは質問を待たずに答えた。

「あなたがお父さんを殺したのよ、ナジー！」とデルフィーヌは気絶している老人を姉に向かって指さして言った。アナスタジーは部屋から飛び出していった。

「わたしはあの子をゆるしてやる」と老人は目を開いて言った。「あの子の立場は恐ろしくつらいんだ。どんなしっかりした頭だっておかしくなるだろうよ。ナジーをなぐさめて、優しくしてやってくれ。死んでいくかわいそうなお父さんに、約束してくれるね」彼はデルフィーヌの手を握って言った。

「お父さん、どうなさったの？」とデルフィーヌはすっかり怯えてたずねた。

「何でもない、何でもないんだ」と父は答えた。「すぐ治るよ。おでこのところが何だか押さえつけられるようでね。偏頭痛だろう。かわいそうに、ナジーはこの先どうなってしまうことか」

この時、伯爵夫人が入ってきて父親の足元に身を投げ、「ゆるして！」と叫んだ。

「もういいから」とゴリオ爺さんは言った。「そんなふうに言われると、さっきよりもっとつらくなるよ」

「あなた」と伯爵夫人は目に涙をためてラスティニャックに声をかけた。そして「苦しみのあまり、さっきはとんでもないことを言ってしまいました。弟になってくださいます？」と手を差し出して続けた。

「ナジー」と言ってデルフィーヌは姉に抱きついた。「大切なナジー、何もかも水に流しましょう」

「いやよ、わたしは覚えているわ！　このわたしは」

「わたしの天使たち」とゴリオは叫んだ。「おかげで、目の上にかかっていた膜が取れたよ。二人の声をきいて元気が出てきたぞ。もう一度仲良くキスしあっておくれ。どうだいナジー、この手形でおまえは救われるんだろうね？」

「そうだといいんですけど。ねえパパ、手形に裏書きしてくださる？」

「おや、そいつを忘れるなんて、お父さんはどうかしてる。ちょっと気分が悪かったからね、ナジー、怒らんでくれ。急場を切り抜けられたら、すぐ知らせてよこすんだよ。それよりわたしが行こう。いや、だめだ、もうおまえの亭主に会うわけにはいかない。その場で殺してしまうかもしれないから。おまえの財産を取り上げるなんて言っても、わたしがいるからそんなことはさせん。早く行きなさい、マクシムが身持ちを改めるように、よく言い聞かせるんだよ」

ウージェーヌは呆気にとられていた。

「あのかわいそうなアナスタジーは昔から激しい性格なの」とニュシンゲン夫人は言った。

「でも心根はいいのよ」

「手形を裏書きしてもらうために戻ってきたんですよ」とウージェーヌはデルフィーヌの耳

元にささやいた。

「そう思う？」

「思いたくはないですけどね。あの人には用心した方がいいですよ」彼は、口に出すのもはばかられる考えを神に告白するかのように天を仰ぎ見て言った。

「そうね、姉さんにはいつもちょっと芝居じみたところがあったわ。父は、作り顔にすぐだまされてしまうの」

「ゴリオさん、お加減はいかがですか？」とウージェーヌは老人にたずねた。

「眠りたいよ」とゴリオは答えた。

ウージェーヌはゴリオを助けて横にならせた。爺さんがデルフィーヌの手を握ったまま眠ってしまうと、娘は部屋を出ていった。

「今夜イタリア座でね」と彼女はウージェーヌに言った。「その時、お父さんの容体を知らせてちょうだい。明日はお引っ越しなさってね。あなたのお部屋を見てみたいわ。まあ、なんてひどいところなの！」と彼女は部屋に入るなり言った。「お父さんの部屋よりもっとひどい部屋に住んでいたのね。ウージェーヌ、さっきの行いは立派だったわ。できるものなら、あなたをもっと好きになりたいくらい。でもね、お金持ちになりたいんだったら、あんなふうに一万二千フランを窓から投げ捨てるようなことはしちゃだめよ。トライユ伯爵は根っからの博打打ちなのに、姉は見て見ぬふりをしてるの。伯爵は、自分がお金の山を取ったり取られたりしているいつもの場所に、その一万二千フランを探しに行けばよかったんです」

うめき声が聞こえてきたので二人はゴリオの部屋に戻ったが、老人は眠っているようだった。しかし二人の恋人が近づいてみると、「あの子たちは幸せじゃない！」という言葉が聞こえてきた。眠っているにしても、目覚めているにしても、その言葉の響きは娘の心を強く打ち、デルフィーヌは父親の横たわっている粗末な寝台に近づいて額にキスした。老人は目を開いて言った。

「デルフィーヌか」

「お父さん、お加減はいかが？」

「だいじょうぶ、心配いらないよ。ちょっと外出してくる。さあ、さあ、子供たち、幸せになるんだよ」

ウージェーヌはデルフィーヌを家まで送っていったが、ゴリオをあんな状態で残してきたのが心配で、一緒に夕食をとるのを断り、ヴォケー館に戻った。ゴリオ爺さんは起き出して食卓につこうとしていた。ビアンションはパスタ業者の顔をしっかり観察できる位置に座っていた。ゴリオがパンを手に取り、どんな粉でできているか調べようと匂いを嗅いでいる様子を見ると、その動作に行為の自覚と呼ぶべきものがまるで欠如しているのがわかった。医学生は絶望的な仕草をした。

「コシャン病院のインターン先生、ぼくのそばに座ってくれよ」とウージェーヌは言った。

老人の近くに座れることになるので、ビアンションは喜んで席を移ってきた。

「どうだい？」とウージェーヌはきいた。

「見立て違いでないかぎり、もうだめだね。爺さんの中で何かとんでもないことが起こったにちがいない。今にも深刻な漿液《しようえき》性の卒中が起きる危険がありそうだ。顔の下半分はまあ平常なのに、上半分はひとりでに額の方に引っ張られている。見てごらん。それに目が、漿液の脳への滲出を示す独特な様相を呈してるんだ。細かい埃が目にいっぱい溜まっているように見えるじゃないか。明日の朝になれば、もっとはっきりしたことがわかるだろう」

「何か治療法はないの？」

「まったくない。反応を体の先端の方へ、たとえば脚の方へ逸らせる方法でも見つかれば、死期を遅らせることはできるかもしれないけどね。明日の晩になってもああした兆候が消えないようだったら、気の毒だが爺さんはおしまいだ。どんな原因で病気が起きたか知ってる？　きっと何かひどい衝撃を受けて精神が参ってしまったんだろう」

「知ってるよ」とラスティニャックは娘たちが休みなしに父親の心を痛めつけたことを思い出しながら言った。

「少なくともデルフィーヌはお父さんを愛してる、彼女の方は！」とウージェーヌは思った。その晩イタリア座で、ラスティニャックはニュシンゲン夫人に不安を与えすぎないよう慎重に話をした。

「心配しなくてもだいじょうぶ」と、彼女はウージェーヌが二言三言しか言わないうちに答えた。「父は丈夫な人なの。ただ今朝は、わたしたちがちょっとショックを与えすぎてしまったのね。姉とわたしの財産が危ないんですもの、どれほどの災難かわかる？　あなたの愛情のおかげで、前だったら死ぬほど不安だったはずのことにも平然としていられるけど、そうでなかったら生きてはいられないわ。今では、わたしにとって心配は一つだけ、起こりうる不幸も一つだけなの。それは生きる喜びを感じさせてくれた愛情を失うことよ。この想い以外はすべてどうでもいいし、心惹かれるものなんか、もう世間に一つもないわ。わたしにとってはあなたがすべてなの。お金があってうれしいのも、あなたにもっと気に入られたいから。恥ずかしいけれど、父より恋人のほうが大切なんです。なぜかしら？　わからない。わたしの命のすべてがあなたの中にあるんだわ。父はわたしに心臓をくれたけれど、あなたがそれを鼓動させてくれたの。世の中の人みんなに非難されたって平気よ！　あなただってわたしを責める権利はないけど、抑えられない想いのために犯す罪をあなたが赦してくれるならね。わたしのこと、親不孝な娘だと思う？　まさか、わたしたちのお父さんみたいにいいお父さんを愛さないなんて、そんなこと不可能よ。だけど、わたしたちの惨めな結婚の当然の成り行きを、父にいつまでも隠しておけたはずがないわ。父はどうしてこんな結婚に反対してくれなかったんでしょう。わたしたちのためによおく考えてくれるのが父親の役割じゃなかったかしら。今や、父はわたしたちと同じくらい苦しんでる。でもわたしたちに何ができたでしょう。慰めたらいいのかしら。父を慰めることなんかできないわ。わたしたちの諦めは、非難や愚痴が父を苦しめるのよりもっと、父につらい思いをさせるはず。人生には、何をしても苦しみにしかならない時があるのね」

嘘偽りない気持ちの率直な表現を聞いて、ウージェーヌは愛しさが募り、じっと黙りこんでいた。パリの女性はしばしば嘘つきで虚栄心が強く、自分勝手で、人の気を引くのが好きなくせに冷たい。だが本気で恋をしたとなると、ほかの女たちよりはるかに多くの感情を愛のために犠牲にする。普段のあらゆる卑小さの分だけ偉大になり、崇高になるのだ。それにウージェーヌは、人間にもっとも自然に備わっている情を判断する時、特別な愛情のせいで距離を置いてそれを眺めると、女性が深く冷静な知恵を発揮するものだと知って驚いていた。ニュシンゲン夫人はウージェーヌが黙っているので気を悪くした。

「ねえ、何を考えているの？」と彼女はたずねた。

「あなたの言葉がまだ耳に響いているんです。今までぼくは、あなたがぼくを愛してくれる以上に、あなたを愛していると信じていたんです」

彼女は微笑んで、会話が礼節の命ずる域を出ないように喜びをこらえた。デルフィーヌはそれまで一度も、若く真剣な恋の想いに震える言葉を聞いたことがなかった。もう少し話を続けていたら、きっと自制できなくなってしまったことだろう。

「ウージェーヌ」と彼女は話題を変えて言った。「何が起きてるかご存じないのね？　パリ社交界の人たちは明日全員、ボーセアン夫人の家に詰めかけるわよ。ロシュフィード家とダジュダ侯爵は示しあわせて噂がいっさい漏れないようにしていたのだけど、明日、王様が結婚契約に署名なさるの。あなたのかわいそうなご親戚の女性は何も知らずにいるのよ。お客さまをもてなさないわけにもいかないでしょうし、ダジュダ侯爵は舞踏会にいらっしゃらないでしょう。世間はこの事件の話でもちきりなの」

「世間というものは卑劣な行為を笑い飛ばし、しかもそれに加担するんですね。ボーセアン夫人がそのせいで命を落としかねないことがわからないんですか？」

「わからないわ」とデルフィーヌは笑みを浮かべて言った。「あの種の女性がどんなものか、あなたはご存じないのよ。とにかくパリの社交界の人たちがそっくり彼女の家に押しかけるの、わたしも行くわ！　それにしても、こんな幸運をつかめたのはあなたのおかげね」

「しかし」とラスティニャックは言った。「それはパリによく流れる根も葉もない噂の一つじゃないんですか」

「明日になれば真相がわかるわ」

ウージェーヌはヴォケー館に帰らなかった。新しいアパルトマンを使う楽しみに抗いきれなかったのだ。前の晩はウージェーヌが夜中の一時にデルフィーヌのもとを去らなければならなかったが、この日はデルフィーヌが朝の二時に彼のもとを去って家に戻っていった。翌日、ウージェーヌはかなり遅くまで眠り、正午ごろ、ニュシンゲン夫人が昼食に来るのを待っていた。若者はそうした甘い幸福に飢えているものだから、ウージェーヌもゴリオ爺さんのことをほとんど忘れてしまった。自分のものになった優雅な品の一つ一つに慣れ親しんでいくことは、彼にとって果てしない饗宴だった。ニュシンゲン夫人がそこにいて、すべてにみずみずしい値打ちを添えていた。だが四時頃、恋人たちは老人がこの家に移り住むのをどんなに楽しみにしていたかを思い出し、ゴリオ爺さんのことを考えた。ウージェーヌは、もしゴリオがこのまま寝込んでしまうようなら早急にここへ移した方がいいと言って、デルフイーヌと別れ、ヴォケー館へと急いだ。ゴリオ爺さんもビアンションも食卓についていなかった。

「よう」と画家がウージェーヌに声をかけた。「ゴリオ爺さんがいかれちまったよ。ビアンションが上で付き添っている。爺さんのところに娘が来てね、レストラマ伯爵夫人の方だ。その後、老人は出かけようとして、病気がますますひどくなったのさ。われわれの集団は、花形の一人を失おうとしている」

ラスティニャックは階段の方へ突進した。

「ちょっと、ウージェーヌさん!」

「ウージェーヌさん! おかみさんがお呼びですよ」とシルヴィーが叫んだ。

「ねえ」と未亡人は彼に言った。「ゴリオさんとあなたは、二月の十五日に引き払うはずだったでしょ。もう十五日を三日も過ぎて、十八日ですよ。あなたにもあの人にも、ひと月分払ってもらわなきゃ。ただしゴリオ爺さんの分を保証してくださるんなら、口約束だけでけっこうだけど」

「どうしてです? ゴリオさんを信用しないんですか」

「信用って! 老人に意識が戻らないでそのまま死んじゃったら、娘たちは一銭もよこさないだろうし、遺品ぜんぶ合わせたって十フランにもならないでしょうよ。今朝、あの人は残ってた食器を持ち出しちまったんですよ、なぜだか知らないけど。若い者のような格好をしてたわ。おかしな話だけど、紅をつけたみたいで、若返って見えてね」

「ぜんぶぼくが請け合いますから」ウージェーヌはぞっとして身震いし、破局を予感しながら言った。

彼はゴリオ爺さんの部屋に上がっていった。老人はベッドに横たわり、ビアンションがその傍《かたわ》らにいた。

「こんにちは、ゴリオさん」とウージェーヌは声をかけた。

老人は少し笑みを浮かべ、どんよりした目を彼の方に向けて答えた。「あの子はどうしてます？」

「元気ですよ。あなたの方は？」

「まあまあです」

「疲れさせちゃだめだよ」とビアンションはウージェーヌを部屋の隅に引っ張っていきながら言った。

「どうなんだい？」とウージェーヌは聞いた。

「奇跡でも起こらんかぎり助かる見込みはない。大脳漿液の溢出《いっしゅつ》が起きた。芥子泥《からしでい》の湿布《しっぷ》をしているところだ。幸い、それを感じたからね、効いてるんだよ」

「動かせるかな？」

「無理だ。このまま安静にさせて、身体を動かすことも感情を刺激することもいっさい避けなきゃ……」

「ビアンション、恩に着るよ。ぼくたち二人で看病しよう」とウージェーヌは言った。

「すでにうちの病院の主任医師に来てもらったんだがね」

「どうだって？」

「明日の夜になったらはっきりしたことが言えるって。病院の勤務が終わったらもう一度来てくれるそうだ。あいにく、この困った爺さんは今朝、無茶なことをやらかしたんだが、何があったか説明したがらないんだ。騾馬《らば》みたいに頑固だからね。ぼくが話しかけると聞こえないふりをするし、答えなくてすむように眠ってしまう。目を開けば呻き出すしさ。朝がた外出して、どこだか知らないが徒歩でパリをほっつき歩いてきたんだ。手元にあった金目のものはぜんぶ持ち出して、何かいまいましい取引をしてきたらしいが、それで体力の限界を超えちまったのさ。娘の一人がやってきてね」

「伯爵夫人かな？」とウージェーヌは言った。「背が高く髪は栗色、切れ長で生き生きした目をして、かわいい足に、しなやかな身体つきの？」

「うん」

「ちょっと爺さんと二人にしてくれないか」とラスティニャックは言った。「白状させてみよう。ぼくになら何でも言うと思うから」

「じゃあ、その間に食事をしてくる。ただ、あまり興奮させないでくれよ。まだいくらか望みはあるから」

「わかった、だいじょうぶだよ」

「あの子たちも明日は楽しく過ごすでしょうな」と、ゴリオ爺さんは二人だけになるとウージェーヌに言った。「大舞踏会に行くんですからねえ」

「今朝いったい何をしたんです、ゴリオさん。今晩寝てなければならないほど具合が悪くなるなんて？」

「なんにも」

「アナスタジーが来たんでしょう？」

「うむ」とゴリオ爺さんは答えた。

「ねえ、ぼくには包み隠さず話してくださいよ。今度は何をねだりに来たんです？」

「ああ」と話すために力を振りしぼって老人は続けた。「あの子はとっても不幸せでね。ナジーはダイヤモンドの事件以来、一文無しなんです。明日の舞踏会のために、あの子は宝石みたいにぴったり似合う金糸銀糸のドレスを新調した。ところが裁縫師の女がけしからんやつで、信用貸しを認めたがらない。それであの子の小間使いが衣装代の内金として千フランを立て替えたんですと。かわいそうなナジー、そこまで落ちぶれるとは。わたしは胸が張り裂けそうだったよ。しかも小間使いは、レストーがナジーをすっかり信用しなくなったのを見て、貸した金が戻ってこないんじゃないかと怖くなった。それで裁縫師とぐるになって、千フランを返してくれなければ衣装は渡さないように仕組みおった。舞踏会は明日で、衣装はできあがってる。ナジーは困り果ててね。わたしの食器を借りて質に入れさせてくれって頼みにきたんです。あの子の亭主は、あの子が売ったと噂されてるダイヤモンドを上流社会の連中に見せつけるために、舞踏会に行かせようとしてます。その怪物にナジーが『千フランの借りがあるから払ってください』なんて言えますか？　とても言えたもんじゃない。わたしにはその気持ちがよくわかりましたよ。妹のデルフィーヌもみごとに着飾って行くでしょう。アナスタジーは妹に見劣りするわけにはいかんのです。それにあの子はあんなに泣いて！　かわいそうに！　昨日、一万二千フラン持っていなくてわたしは本当に情けなかった。その落ち度を償うためなら、この惨めな命の残りを差し出したいぐらいだったよ。わかっていただけますかな、わたしには何でも耐え忍ぶ気力があったが、今度という今度の金づまりには、胸がつぶれましてね。ああ！　どうのこうの言ってはおれん！　わたしは迷わず、見かけをつくろって、元気を出して外出しました。食器と留め金を六百フランで売り、それからゴプセック親父のところで、向こう一年わたしの終身年金証書を質入れして、一時払いで四百フランもらってきたんです。なあに、わしはパンでもかじってればいいんだ。若い頃はそれで平気だったからね、今だって大丈夫です。少なくともこれでかわいいナジーは楽しい一晩を過ごせる。さぞかしあでやかな姿でしょうねえ。ほらここ、枕の下に千フラン札があります。かわいそうなナジーを喜ばせられるものが頭の下にあると、身体も温まるようでね。これであのけしからん小間使い[*3]のヴィクトワールに暇を出せる。主人を信用しない召使いなんて聞いたことありますか。明日はわたしも元気になってますよ、ナジーが十時に来るのでね。あの子たちに病気だと思われたくない、舞踏会に行くのをやめてわたしを看病するだろうから。ナジーは明日、自分の子供にするようにわしにキスしてくれるでしょう。あの子に優しく撫でてもらえばわしも治る。どのみち、薬屋に行けばきっと千フランぐらいかかったじゃないですか？　それならわたしの万能薬のナジーに千フランあげたほうがいい。せめて、金に困っているあの子を慰めてやれる。終身年金なんか買ったわたしの過ちの埋め合わせにもなりますしね。あの子はどん底に落ちてしまったのに、わたしには引き上げてやる力がない。オデッサに穀物を買いつけにいこう。あそこではフランスの三分の一の値で麦を買えるから。穀類の現物輸入は禁じられてるが、法律を作ったお偉いさんたちも、小麦を原料とする製品を取り締まることまでは考えなかった。それを今朝思いついたんですよ、わたしは！　はっ、はっ、は……。澱粉でうまい仕事がたんとできるでしょう……」

「頭がいかれている」とウージェーヌは老人をじっと見て思った。「さあ、休んでください、話すのはもうやめて……」

　ビアンションが上ってくると、ウージェーヌは夕食をとるために降りていった。それから二人は夜どおし、一方は医学書を読み、もう一方は母と妹たちに手紙を書きながら、交代で病人の看病をした。翌日になって病人にあらわれた徴候は、ビアンションによると期待の持てるものだった。だが不断の看護が必要で、それをできるのは二人の学生だけだった。看護の詳細を語るにあたって、当時のお上品ぶった用語を汚すわけにはいかない。老人のやせ衰えた体に蛭《ひる》をくっつけただけでなく、湿布、足湯など、そもそも若者二人の体力と献身がなかったらできないさまざまな医学的処置が施された。レストー夫人は来なかった。使いの者に金を取りにこさせたのだ。

「自分で来ると思ってましたけどね。でも、これも悪くない。本人が来たら心配しただろうから」老人はこの成り行きを喜んでいるように言った。

夜の七時に、テレーズがデルフィーヌの手紙を持ってやってきた。

「何をしてらっしゃるの？　愛されてすぐ、わたしはもうかまわれなくなってしまうのかしら？　心から心へとじかに伝えあった打ち明け話の中で、あれほど美しい魂を見せてくださったあなたは、感情にどれほど陰影があるものかご存じの上、ずっと心変わりしない方に思えました。『エジプトのモーゼ』［ロッシーニ作曲のオペラ。一八一八年ナポリ初演］の祈りを聴いてあなたがおっしゃったとおり、『ある人たちにとってそれは、同じ一つの音にしか聞こえないかもしれないけれど、ほかの人たちにとっては無限の音楽』なんですもの。今夜、ボーセアン夫人の舞踏会に行くためにお待ちしていることを忘れないでね。ダジュダ氏の結婚契約はついに今朝、宮廷で署名されました。お気の毒な子爵夫人は、二時までご存じなかったそうです。処刑があると民衆がグレーヴ広場に押しかけるように、パリ社交界の人たちはこぞって子爵夫人の家に駆けつけるでしょう。あの方が苦悩を押し隠せるかどうか、潔く死ねるかどうか見に行くなんて、恐ろしいことじゃない？　もし今までにあの方の家にうかがっていたら、わたしは行きません。でもあの方はもう二度と人を招待なさらないでしょうし、そうしたら、わたしがこれまでしてきた努力はすべて水の泡になってしまいます。わたしの立場は、ほかの人たちとまるで違うのです。それに、わたしが行くのはあなたのためでもあるわ。お待ちしています。二時間後になってもまだわたしのところに来てくださらなかったら、そんな裏切りを赦せるかどうかわかりません」

ウージェーヌはペンをとってこう返事を書いた。

「あなたのお父さまが生きのびられるかどうか知るために、お医者様を待っているところです。ご危篤の状態です。医師の診断をお伝えしにうかがいますが、死の宣告になるのではと恐れています。舞踏会にいらっしゃれるかどうかは、その時におわかりになるでしょう。愛をこめて」

医師は八時半にやってきた。希望のある所見は述べなかったが、死がさし迫っているという判断も下さなかった。病状は一進一退するだろう、老人の命と意識は経過次第だと言っていた。

「あっさり死んでしまった方が楽なんですがね」それが医師の結論だった。

ウージェーヌはゴリオ爺さんの看病をビアンションにまかせ、ニュシンゲン夫人に悲しい知らせを伝えに出かけた。家族の義務という考えがまだ頭にしみ込んでいる彼にしてみれば、どんな楽しみも諦めなければならないはずの知らせだった。

「ともかく楽しんでくるように、あの子に言ってくださいよ」眠っていたように見えたゴリオは、ウージェーヌが出ていこうとすると起き上がってそう叫んだ。

若者は悲しみに沈んだ面持ちでデルフィーヌの前に現れた。彼女は髪を結い、靴を履いて、あとは舞踏会用のドレスを身につければよいばかりになっていた。けれども画家が絵を仕上げる時の筆づかいに似て、支度の最終段階は絵の下塗りよりも時間がかかるようだった。

「まあ、まだ着替えをなさってないの?」とデルフィーヌは言った。

「だって、あなたのお父さんが……」

「またお父さんの話？」相手の言葉を遮って彼女は言った。「父から受けた恩は、あなたに教えてもらわなくてもわかってます。わたしはお父さんのことをずっと昔から知ってるんですから。何も言わないで、ウージェーヌ。あなたが着替え終わるまで話は聞かないわ。テレーズがすべてあなたの家に準備してあります。わたしの馬車は用意ができているから、乗っていって、すぐ戻ってきて。父のことは、舞踏会に行く途中でお話ししましょ。早めに出ないと。馬車の列に巻き込まれたら、十一時に着けても上出来なくらいよ」

「でも！」

「さあ、黙って、行ってきて！」と言いながら、デルフィーヌは首飾りを取りに化粧室へ駆けこんでいった。

「ほら、行ってらっしゃい、ウージェーヌ様、奥様を怒らせてしまいますよ」と言って、テレーズはこの優雅な父親殺しにぞっとしている若者を押し出した。

ウージェーヌは何ともやるせない、心折れそうな物思いにふけりながら着替えに行った。社交界は、足を踏み入れたが最後、ずるずると首まで浸かってしまう泥の大海のように思えた。「みみっちい犯罪ばかり行われているところなんだ。ヴォートランのほうがずっと偉大だな」と彼は思った。ウージェーヌは社会生活の三つの大きな様態を見てきた。それは〈服従〉〈闘争〉〈反抗〉だった。つまり、〈家族〉〈社交界〉〈ヴォートラン〉だ。そして、どれを取っていいのかわからなかった。服従は退屈だし、反抗は不可能で、闘争は先が見えない。

想いは家族の方へ飛んでいった。平穏な生活の清らかな感動がよみがえり、自分を慈しんでくれる人たちの中で過ごした日々が思い出された。あの大切な人たちは、家庭の自然の掟を守りながら、何の不安もない満ち足りた不断の幸せをそこに見出している。こうした善良な考えが浮かんでも、デルフィーヌのところへ行って清らかな魂の信条を告白し、〈愛〉の名において彼女に〈徳〉を命じる勇気はなかった。始まっていた教育が、すでに実を結んでいたのだ。彼はもう利己的に恋をしていた。ウージェーヌはその鋭い勘のおかげで、デルフィーヌの心の本質を見抜いていた。父親の死体を踏み越えてでも舞踏会に行く女だと予感していた。それなのに自分には、説教師の役割を演じる気力もなければ、彼女の機嫌を損ねる勇気もなく、別れてしまうだけの正義感もない。「この状況で、向こうがまちがっていることを証明したら、とても赦してはもらえないだろうな」と思った。そこで、医者の言葉に勝手な注釈をつけ、自分が考えているほどゴリオ爺さんの容体は危くないと思い込もうとした。つまりデルフィーヌの振る舞いを正当化するために、人殺しの理屈を積み重ねていった。デルフィーヌは自分の父親が今どんな状態にあるか知らないのだ。老人自身も、彼女が見舞いに行ったところで、舞踏会に行きなさいと追い返すだろう。罪に見えることも、家庭内では一人一人性格が違ったり、利害や立場が千差万別だったりするのであれこれ融通をつけざるを得ず、赦されることがあるのに、しばしば社会の法は、形式が厳格だから容赦なく有罪と決めつける。ウージェーヌは自分をだましておきたかった。恋人のためなら、自分の良心さえ犠牲にしかねない心境にあった。二日前から彼の生活の中ではすべてが変わってしまった。

女性というものが生活に混乱を投げ込み、家族の姿を色褪せさせ、自分の得になるようにすべてを取り上げてしまったのだ。ウージェーヌとデルフィーヌは相手からきわめて鮮烈な快楽を受け取るのに絶好の条件のもとで出会った。下準備が十分整っていた二人の情熱は、ふつうなら情熱を殺してしまうもの、つまり快楽によって、ますます大きくなっていった。自分のものにしてみて、ウージェーヌはそれまで彼女を欲していただけだったことに気づき、幸せを手にした次の日にやっと彼女を愛し始めたのである。恋というのは、快楽への感謝にすぎないのかもしれない。この女が卑劣だろうと崇高だろうと、彼は持参金のように与えることのできた官能のよろこびゆえに、そして受け取ったよろこびゆえに彼女を熱愛した。デルフィーヌの方も、タンタロスが自分の飢えを満たし、からからになった喉の渇きを癒しに来てくれた天使を愛したであろうように、ウージェーヌを愛したのだった。

「それで、お父さんはどうなの？」彼が舞踏会の服装に着替えて戻ってくると、ニュシンゲン夫人は言った。

「ひどく悪いんです」とウージェーヌは答えた。「ぼくへの愛の証拠を見せてくれるなら、すぐに二人で駆けつけましょう」

「そうね、行くわ」と彼女は言った。「ただし舞踏会の後でね。ウージェーヌ、お願いだから、お説教はやめて。さあ行きましょう」

彼らは出発した。ウージェーヌは途中しばらく黙り込んでいた。

「どうしたの？」とデルフィーヌはきいた。

「お父さんが苦しそうに喘いでいる声が聞こえるんです」と彼は怒ったような口調で言った。そして若者らしい熱のこもった口ぶりで、レストー夫人が虚栄心にかられて残酷な振る舞いに及んだこと、父親の最後の献身が死に至る発作を引き起こしたこと、アナスタジーの金糸銀糸のドレスがどれだけ高くつくかということを切々と語った。デルフィーヌは泣いていた。「みっともない顔になる」と彼女は思った。すると涙は乾いた。「お父さんの看病に行くわ。もう枕元を離れないわ」と彼女は言った。

「ああ、それでこそぼくの望みどおりのあなただ」とラスティニャックは叫んだ。

五百台の馬車の角灯がボーセアン邸のまわりを照らし出していた。明かりの灯された大門の両側に、騎馬の憲兵が一人ずつ控え、馬に足踏みをさせていた。社交界の人々が続々と詰めかけ、誰もが失墜の瞬間におけるこの貴婦人の姿を見ようと急いでいたので、ラスティニャックとデルフィーヌが到着した時、邸宅の一階にある部屋はどこもすでに人で埋め尽くされていた。ルイ十四世[*4]に恋人を取り上げられた王女のもとへ宮廷人たちがこぞって押しかけた時以来、ボーセアン夫人の場合ほど派手に取りざたされた恋の破局はなかった。このような状況に置かれても、準王家と言うべきブルゴーニュ家最後の娘は立派に不幸に耐え、最後の瞬間まで社交界に君臨していた。彼女が社交界の虚栄を甘受してきたのも、自分の恋の勝利に役立てるために すぎなかった。パリで一番美しい女性たちが、衣装と笑顔でいくつもの客間を生き生きと彩っていた。宮廷のやんごとなき人々、大使たち、大臣たち、各界の名士たちは、十字勲章や大勲章やさまざまな色の綬章で身を飾り、子爵夫人のまわりにひしめいていた。大邸宅の金色の天井の下でオーケストラの奏でる主題が次々と鳴り響いていたが、女王にとってはこの館も砂漠同然だった。ボーセアン夫人は玄関に近い客間の入り口に立ち、友人と称する人々を迎えていた。白いドレスを着て、さりげなく編んだ髪に飾り一つつけていない彼女は、落ち着き払った様子で、苦悩も、おごりも、そらぞらしいはしゃぎぶりも見せていなかった。誰も彼女の心の内を読むことはできなかった。まさに大理石でできたニオベ［ギリシャ神話に出てくるタンタロスの娘、テーベの王妃。子だくさんを自慢したためにアポロンとアルテミスに子供を皆殺しにされ、自分は石となった］のようだった。親しい友人に向けた微笑みには時おり皮肉の色が浮かんだ。しかし誰の目にも、いつもの夫人と変わりなく、幸福に光り輝いていた時のままに見えたから、かつてローマの若い娘たちが微笑みながら死んでいく剣闘士たちに拍手を送ったように、どれほど鈍感な人々も夫人を讃えずにはいられなかった。パリ社交界が、その女王の一人に別れを告げるために盛装して集まったかのようだった。

「おいでにならないのではと心配していました」と夫人はラスティニャックに言った。

「奥様」とラスティニャックはこの言葉を非難と受け取り、震える声で答えた。「最後まで残らせていただくつもりでまいりました」

「ありがとう」と言うと夫人は彼の手を取った。「ここにいる人たちの中で、信頼できるのは恐らくあなただけです。愛するなら、いつまでも愛せる女《ひと》になさいね。一人たりとも女性を捨ててはいけませんよ」

ボーセアン夫人はラスティニャックの腕を取って歩いてゆき、みんながトランプをしてい

「ニュシンゲン夫人は今夜とてもおきれいよ……」

る部屋の長椅子に一緒に座った。

「侯爵のところへ行っていただきたいの」と夫人は言った。「従僕のジャックがあなたをご案内して、侯爵宛ての手紙をお渡しします。わたしの手紙を返していただきたいと書いてあります。全部返してくれるはずよ、そう思いたいわ。手紙を受け取ってお戻りになったら、わたしの部屋に上がっていらしてくださいね。知らせてもらうようにしておきます」

　他の人々に混じってやってきた親友のランジェ公爵夫人を迎えるために、彼女は立ち上がった。ラスティニャックは出かけ、ダジュダ侯爵が夕べを過ごしているはずのロシュフィード邸を訪ねて侯爵に面会を求めると、案の定、彼はそこにいた。ダジュダは学生を自宅に連れていき、小箱をひとつ渡して「ここに全部入っています」と言った。彼はウージェーヌに何か話したげだった。舞踏会の様子や子爵夫人のことをたずねたかったのか、あるいはひょっとして、後にそうなるように、すでに[*5]自分の結婚に絶望していることを告白したかったのか。だが自尊心の迸《ほとばし》りが一瞬目に閃《ひらめ》き、彼は自分の最も高貴な感情について沈黙を守るという嘆かわしい勇気を発揮してしまった。

「わたしのことはあの人に何も言わないでください、ウージェーヌ君」そう言うと彼は、心をこめて悲しげにラスティニャックの手を握り、行ってくれと身振りで合図した。ウージェーヌはボーセアン邸に戻り、子爵夫人の部屋に通された。そこには旅立ちの準備が整っていた。ウージェーヌは暖炉のそばに座り、杉の小箱を眺めながら、深い憂愁に沈んでいった。彼にとってボーセアン夫人は『イーリアス』の女神たちのような壮大さを帯びていた。

「ああ、あなた」子爵夫人は入ってくるとラスティニャックの肩に手を置いて言った。

彼は従姉が天を仰ぎ、片手を震わせ、もう一方の手を上げて泣いている姿を見た。彼女はふいに小箱を手に取ると、暖炉の火の中に投じ、燃え上がるのをじっと見つめた。

「みんな踊っている！　あの人たちは時間どおりにやってきたけど、死はなかなか来てくれないのね。黙って！」ボーセアン夫人は何か言おうとしたラスティニャックの口に指をあてた。「わたしはパリも社交界も、もう二度と見ないつもりです。朝の五時になったらここを出て、ノルマンディーの奥地に身を埋《うず》めに行くわ。今日は午後の三時から、支度をしたり、証書に署名したり、身の回りの始末をしたりしなければならなかったので、誰かを使いに出すこともできませんでした、あのお宅に……」彼女は言いよどんだ。「あの人の居場所はわかっていたのですけど、きっとあちらの……」悲しみがこみあげてきて、また言葉が途切れた。こうした時には、すべてが胸を刺し、ある種の言葉はとても口に出せない。「それで今晩、あなたにこの最後のお手伝いをしていただこうと思っていたの。友情のしるしに何かさし上げたいわ。あなたのことはたびたび思い出すでしょう。優しく気高く、若く純粋な方だと感じました。そういう美点はこの社交界では珍しいものなのです。ときどきはわたしのことも思い出してくださいね。そう、これを」と彼女はあたりを見回して言った。「わたしがいつも手袋を入れていた小箱です。舞踏会や劇場に行く時に、ここから手袋を取り出しては、いつも、自分をきれいだと思ったものよ。だって幸せだったのですもの。触れるたびに、ここに何か楽しい気持ちを残してきたわ。この中にはわたしがたくさん入っているの。もういないボーセアン夫人がそっくり。受け取ってくださいね、アルトワ通りのあなたのお宅へ運ばせておきますから。ニュシンゲン夫人は今夜とてもおきれいよ、しっかり愛してあげてね。もうお会いできなくても、優しくしてくださったあなたのためにわたしが祈っていることを忘れないで。下に降りましょう、泣いていると思われたくないから。これから先、長い長い時間、一人でいられるのですし、誰もわたしの涙の理由を穿鑿《せんさく》しなくなるでしょう。この部屋をもう一目だけ」ボーセアン夫人は立ち止まった。それから一瞬、両目を手で覆ってから、涙を拭いて目を水に浸すとラスティニャックの腕を取った。「行きましょう」と夫人は言った。

一人の女性がこれほど凜《りん》とした態度でこらえている苦悩に触れて、ラスティニャックは、今まで覚えたことのない激しい感動に胸を衝かれた。彼は舞踏会に戻ってボーセアン夫人と一緒に会場を一回りした。この優美な女性の、最後の細やかな心づかいだった。

まもなくレストー夫人とニュシンゲン夫人、二人の姉妹の姿が目に入った。レストー伯爵夫人はダイヤモンドをありったけ身につけて華やかな姿だったが、本人にとっては一つ一つが焼けるように熱かっただろうし、身につけるのもこれが最後だった。自尊心と愛情がどれほど強かったにせよ、夫人は夫の視線をまともに受け止めることができなかった。この光景は、ラスティニャックの沈んだ心を明るくしてくれるようなものではなかった。[*6] イタリア人大佐の背後にヴォートランの姿がちらつき、姉妹のダイヤの下に、ゴリオ爺さんが横たわっている粗末な寝台が見えてきた。彼の物憂げな態度に思い違いをしたボーセアン夫人は腕を離した。

「行っていらっしゃい。あなたの楽しみをお邪魔したくありませんから」と彼女は言った。

ラスティニャックはすぐにデルフィーヌに呼びとめられた。みなに自分の存在を印象づけられたのがうれしくてたまらず、仲間入りさせてもらいたいこの社交界で集めてきた賛辞を学生の足元に捧げたくてうずうずしていたのだ。

「ナジーをどう思う？」とデルフィーヌは聞いた。

「あの人は、お父さんの死まで手形のように割引いてしまったんですよ」とラスティニャックは言った。

明け方の四時頃には、客間の人影もまばらになってきた。やがて音楽も聴こえなくなった。大広間に残ったのはランジェ公爵夫人とラスティニャックだけだった。子爵夫人は大広間に戻ったら会えるのは学生だけだと思い、ボーセアン氏に別れの挨拶をしてから大広間に戻ってきた。夫は「間違っているよ、きみ、その歳で田舎に引きこもってしまうなんて。われわれと一緒にこのままいたらどうだい」と繰り返しながら寝にいってしまった。

ランジェ公爵夫人の姿を目にして、ボーセアン夫人は思わず叫び声をあげた。

「クララ、思った通りだわ」とランジェ夫人は言った。「二度と戻らないつもりでお発ちになるのね。でもその前にわたしの話を聞いて、誤解を解いてからにしてちょうだい」彼女は女友達の腕をとって隣の客間に連れていき、涙にうるんだ目でボーセアン夫人をじっと見つめ、両腕に抱きしめて頰にキスした。

「ねえあなた、冷たい気持ちのままお別れしたくないの。あまりにも重い後悔を背負うことになりますもの。わたしのことは、あなた自身と同じように信頼してくださっていいのよ。今夜のあなたは崇高だったわ。わたし、自分があなたに劣らない人間だと感じて、あなたにそれを証明したいの。あなたには時々申し訳ないことをしてしまったし、いつも親切だったわけでもない。ゆるしてちょうだい。あなたを傷つけたかもしれない行動はすべて取り消して、自分の言葉を撤回したい気持ちよ。同じ苦しみがわたしたちの心を結びつけているんですもの。あなたとわたしとどちらが不幸かわからないわ。モンリヴォーさんは今晩、こちらにいらっしゃらなかったの。わかるかしら？　今夜の舞踏会であなたを見た人は、ねえクララ、あなたのことを決して忘れないわ。わたしは最後の努力をしてみます。もし失敗したら、修道院に入るつもり［詳細は『ランジェ公爵夫人』に書かれている］。あなたはどちらへいらっしゃるの？」

「ノルマンディーのクールセルへ、神様がわたしをこの世からお召しになる日まで、愛し、祈りに行きます」

「ラスティニャックさん、どうぞこちらへ」ボーセアン夫人は若者が待っていることに気づき、震える声で言った。学生はひざまずき、この親戚の女性の手を取って接吻した。「アントワネット、さようなら！」とボーセアン夫人は言った。「お幸せになってね」「あなたの方は、お幸せだし、お若くて、まだ何かを信じられるわね」と夫人はラスティニャックに言った。「わたしは社交界を去るにあたって、幸せな死に方をする人たちのように、敬虔で真心のこもった感動をそばに感じることができたのだわ」

ボーセアン夫人が旅行用の四輪馬車《ベルリーヌ》に乗り込むのを見とどけ、涙に濡れた最後の別れの挨拶を受けてから、ラスティニャックは五時ごろ帰途についた。夫人の涙は、民衆におもねる人たちが信じさせようとしているのとは反対に、身分の高い人々も心の掟の外に置かれているわけではなく、悲しみなしに暮らしているわけでもないことを証明していた。彼の教育は終わろうとしていた。ウージェーヌはじめじめとした寒い朝方、歩いてヴォケー館に帰った。ラスティニャックが隣人の部屋に入っていくと、ビアンションは言った。

「残念だがゴリオ爺さんは助かりそうもないよ」ラスティニャックが隣人の部屋に入っていくと、ビアンションは言った。

「ねえビアンション」と、ウージェーヌは眠っている老人を眺めてから言った。「きみは欲望の的を絞って、つつましい人生を歩いていってくれ。ぼくがいるところは地獄だ、しかもそこに居続けなければならない。社交界がどんなに悪く言われていても、本当だと思っていい。黄金と宝石に覆われたそのおぞましさを描くことのできるユウェナリス［二八ページ注参照］なんかいやしないよ」

翌日、ラスティニャックは午後の二時ごろビアンションに起こされた。医学生は外出しなければならないのでゴリオ爺さんの看病を頼みにきたのだが、病人の容体は午前中に悪化してしまっていた。

「爺さんは二日ともたないよ。もしかするともう六時間も生きられないかもしれない」と医学生は言った。「しかし、だからといってぼくたちは病気との闘いをやめるわけにはいかない。金のかかる手当をする必要があるだろうな。看病は二人でやればいい。だけどぼくには一銭もないんだ。爺さんのポケットを裏返して、簞笥の引き出しも探ってみたが、結局ゼロさ。意識を取り戻した時に聞いてみたら、一リヤールも手もとにないって。きみはいくら持ってる？」

「残っているのは二十フラン」とラスティニャックは言った。「これを元手に賭けてこよう、一発当ててみせるよ」

「もし負けたら？」

「爺さんの婿や娘たちに金を要求するさ」

「もし連中がよこさなかったら？」とビアンションはまた聞いた。「今さしあたっての急務は、金を見つけることじゃなくて、爺さんの足から腿《もも》の真ん中までを熱い芥子泥で包むことなんだ。もし病人が叫びでもしたら、まだ望みがある。やり方は知ってるよね。それにクリストフが手伝ってくれるだろう。ぼくは薬屋に寄って、必要な薬を全部つけで売ってくれるように頼んでくる。気の毒な老人がもううちの病院に運べる状態にないのが残念だな。もっといい手当ができただろうに。じゃあ、来て代わって。ぼくが戻ってくるまで病人のそばを離れてはだめだよ」

二人の青年は老人の寝ている部屋に入っていった。引きつって血の気がなく、憔悴《しょうすい》しきった老人の顔の変わりように、ウージェーヌはぞっとした。

「具合はどうです、パパ？」寝台にかがみこんで彼はたずねた。

ゴリオはどんよりした目をウージェーヌの方に向け、じっと見つめていたが、誰だかわからないようだった。ウージェーヌはこの光景に耐えられず、涙で目を濡らした。

「ビアンション、窓にカーテンをつったほうがいいんじゃないか？」

「いや。病人はもう外界の状況に影響を受けなくなっている。暑さ寒さを感じたら、しめたものなんだがね。だけど煎じ薬を作ったり、いろんなものの用意をしたりするのに火は必要だよ。粗朶《そだ》をもってこさせるから、薪が手に入るまでそれで我慢してくれ。昨日の昼と夜とで、きみの薪も爺さんの泥炭もぜんぶ燃やしちまった。湿気がひどかったからね、水滴が壁を伝っていたよ。部屋をどうにか乾かすのがやっとだった。クリストフが掃除してくれたけど、ここはまさに馬小屋だね。杜松《ねず》の枝［ヒノキ科ビャクシン属の針葉樹である西洋杜松の枝を燃やして出る煙には殺菌作用があるとされ、病院などで使われた］も燃やしてみたが、臭いのなんのって」

「ああ、まったく」とラスティニャックは叫んだ。「あの娘たちときたら！」

「そうそう、もし何か飲みたがったら、これを飲ませて」とインターン生はラスティニャックに大きな白い壺を見せた。「苦しそうにうめいて、腹が熱をもって固くなってたら、クリストフに手伝ってもらってあれをやるんだよ……わかるね。もし万が一、ひどく興奮してやたらとしゃべったり、つまりいくらか錯乱した様子を見せても、そのままにしておいていい。悪い兆候じゃないから。ただし、クリストフをコシャン病院によこしてくれ。病院のお医者さんか、ぼくの仲間かぼく自身がお灸をすえに来る。今朝きみが寝ている間に、ガル博士［四〇五ページ訳注19参照］のお弟子さんと、パリ市立病院の主任医師と、うちの医長とで、大がかりな合同診断をやったんだ。先生方によると、奇妙な兆候が認められそうで、かなり重要ないくつかの学問上の問題について知見を得るために病気の進行を観察することになった。一人の先生がおっしゃるには、漿液の圧迫がある特定の器官に強くかかると、独特の現象を引き起こすことがあるそうだ。だから病人が何か言ったら、よく聞いておいてくれよ。その言葉がどんな種類の観念に属するか確認できるようにね。それが記憶、洞察、判断のどれから出たものか。物質的なことか、それとも感情に関することか。未来を推測しているのか、過去を振り返っているのか。つまり、ぼくらに正確に報告できるようにしておいてほしいんだ。漿液の滲出が一度にどっと起きた可能性もある。その場合は、今みたいな痴呆状態のまま死んでいくだろう。この種の病気では、奇妙なことばかりなんだ。もしここらへんで破裂した場合」とビアンションは病人の後頭部を指して言った。「変わった現象の例がいろいろある。脳の一部の機能が回復して、死期が遅れたりするんだ。漿液が脳から流れ出て、解剖してみなければわからない特殊な経路を通っていくこともある。難病患者救済院《アンキュラーブル》に［四〇四ページ訳注6参照］痴呆状態の老人がいるんだが、その男の場合、あふれた漿液は脊髄を下っていったんだ。ひどい苦しみようだが、まだ生きてる」

「あの子たちは楽しんでましたかね？」と、ウージェーヌがいるのに気づいたゴリオ爺さんが言った。

「まったく、娘のことしか頭にないんだ」とビアンションが言った。「昨晩は『あの子たちは踊ってる！　あのドレスを着ている！』って百回以上も言ってたよ。娘たちを名前で呼んでね。こっちまで泣けてきた、嘘は言わない。『デルフィーヌ、わたしのかわいいデルフィーヌ！　ナジー！』ってあの調子でやられると、いやはや、涙がどっと出てきちょう」

「デルフィーヌ」と老人は言った。「あの子が来ているんでしょう？　ちゃんとわかってましたよ」彼の目は尋常でない活気を取り戻し、壁やドアを眺め回した。

「下へ降りて、シルヴィーに湿布の用意をするように言ってくる」とビアンションが叫んだ。「ちょうどいいタイミングだ」

ウージェーヌはひとり老人のそばに残った。ベッドの足もとに腰かけて、この見るだに恐ろしくいたましいゴリオの顔をじっと眺めていた。

「ボーセアン夫人は去ってしまうし、この人は死にかけている。美しい魂は、この世に長く留まることができないのだ。実際、偉大な感情が、下劣で卑小で軽薄な世間と折り合いをつけることなんてできるだろうか」

昨夜出席した舞踏会のイメージが記憶によみがえり、この死の床の光景と激しい対照をなしていた。ビアンションがふいにまた現れた。

「あのさ、ウージェーヌ。今、主任の先生に会ったから、走って戻ってきたんだ。もし病人に理性回復の徴候が見えて口をきくようだったら、長い湿布の上に寝かせて、芥子泥で首筋から腰の下までくるむようにしてから、ぼくたちを呼んでよ」

「ありがとうビアンション」とウージェーヌは言った。

「いやあ、医学上の重要な研究材料だからね」と医学生は新人らしい熱意を込めて言った。

「なんだ」とウージェーヌは答えた。「じゃあ、この気の毒な老人を愛情から介抱しているのは、ぼくだけなのか」

「午前中のぼくの看護ぶりを見ていたら、そんなことは言わなかっただろうよ」とビアンションは相手の言葉に腹を立てたふうもなく言った。「経験を積んだ医者は病気しか見ない。ぼくにはまだ病人が見えるんだよ、きみ」

ビアンションはウージェーヌ一人を老人のもとに残して出ていった。発作が起こるのではないかと心配しながら立ち去ったが、実際まもなくその徴候があらわれた。

「や、あなたでしたか、ウージェーヌさん」とラスティニャックに気づいてゴリオ爺さんは言った。

「少しはよくなりましたか？」と学生は老人の手を握って言った。

「ええ、さっきは頭が万力《まんりき》で締めつけられるように痛かったんですがね、楽になりました。娘たちにお会いになりましたか。もうすぐ来るでしょうね。わたしが病気だって知れば、すぐに駆けつけてくるでしょう。ジュシエンヌ街にいた頃は、本当によく介抱してくれたもんです。困ったな、あの子たちが来ても困らないように、部屋をきれいにしておきたいが。どっかの若い男が、わたしの泥炭を全部燃やしちまったんです」

「クリストフの足音がします」とウージェーヌは老人に言った。「その若い男があなたに送ってくれた薪を持ってくるんですよ」

「そりゃいいが、どうやって薪代を払ったものかな？　わたしは一文無しなんだ。ぜんぶやってしまったんですから、ぜんぶ！　物乞いをして暮らさないといけない。せめて、あの子の金糸銀糸のドレスはきれいだったんでしょうね？――ああ、苦しい！――ありがとう、クリストフ。神様がご褒美をくれますように。このわたしにはもう何もない」

「きみとシルヴィーには、ぼくからお礼をはずむからね」とウージェーヌはクリストフに耳打ちした。

「娘たちはすぐ来ると言っていただろうね、そうだろう、クリストフ？　もう一度行ってみてくれないか、百スーあげるから。あの子たちに、わたしは加減が悪い、死ぬ前に会ってもう一度キスしたいと伝えておくれ。ただ、あまりあの子たちをびっくりさせないように言うんだよ」

ラスティニャックの合図で、クリストフは出かけていった。

「あの子たちはもうすぐ来るだろう」と老人は続けた。「娘たちのことはよくわかってる。わたしが死んだら、あのやさしいデルフィーヌはどれほど悲しむことか。ナジーもだ。わたしは死にたくない、あの子たちを泣かせたくないから。死ぬってことは、ウージェーヌくん、あの子たちにもう会えなくなるってことですよ。あの世に行ったら、わたしはさぞかし退屈するだろうね。父親にとって地獄ってのは、子供たちなしで過ごすことですからな。あの子たちが結婚してから、もうだいぶ訓練は積んでるが。わたしの天国はジュシエンヌ街だった。ねえ、もし天国に行ったら、精霊になって、地上のあの子たちのまわりに舞い戻れるでしょうかな。そんな話を聞いたことがありますが。本当ですかね。ああ、ジュシエンヌ街にいた頃のあの子たちの姿が目に浮かびますよ。あの子たちは朝降りてきて、『おはよう、パパ』って言うんです。わたしは娘たちを膝の上に抱き上げて、からかったりふざけたりする。あの子たちもわたしをやさしく撫でてくれる。みんな揃って朝食を食べ、晩ご飯を食べ、つまりわたしは父親でした。子供たちと一緒にいる楽しさを味わってたんです。ジュシエンヌ街に暮らしていた頃、あの子たちは理屈もこねず、世間のことは何も知らず、わたしを愛してくれてました。そう、あの子たちはどうしていつまでもちっちゃいままでいてくれなかったんだろう？（ああ苦しい、頭が引っ張られるようだ）ああ、ああ、すまない、娘たち！　わたしは恐ろしく苦しいんだ。こりゃ本物の苦しみらしい、おまえたちのおかげで苦しみには強くなってるはずだが。うーん、せめてあの子たちの手を握っていられたら、痛みも感じないだろうに。あの子たちは来ると思いますか？　クリストフはあのとおり気がきかんからなあ。わたしが自分で行くべきだった。あの子たちに会えるんだ、あの男は。ところであなた、きのう舞踏会に行ったんでしょう。娘たちがどんなだったか教えてくださいよ。あの子たちはわたしの病気のことはぜんぜん知らなかったんですな、そうでしょう？　でなけりゃ踊らなかったでしょうねえ、かわいそうに！　ああ、もう病気なんかしてられない。娘たちにまだうんと力を貸さないといけないんだから。あの子たちの財産が危ないんだ。まったく、なんてひどい亭主たちにあの子たちを渡してしまったんだろう。わたしを治してください、治してください！（うう、苦しい！　ああ、ああ！）ねえ、治してもらわないと。あの子たちに金をつくってやらないと、どこに行けば金儲けできるかわかってるんですから。オデッサに澱粉を作りに行くんですよ。わたしは抜け目ない男だ、何百万も儲けてみせる（ああ、なんて苦しいんだ！）」

ゴリオはしばらく黙っていた。あらん限りの力をふりしぼって苦痛をこらえようしているようだった。

「あの子たちがここにいてくれれば、わたしも泣き言を言ったりしないんだが」とゴリオは言った。「泣き言なぞ言う必要がないからね」

老人は浅い眠りに落ち、その状態がしばらく続いた。クリストフが戻ってきた。ゴリオ爺さんが眠っているものとばかり思っていたラスティニャックは、クリストフが大きな声で使いの結果を報告するのを止めようとしなかった。

「まず伯爵夫人のお宅にうかがいましたが、お話しできませんでした。旦那様とのっぴきならぬ話し合いの真っ最中だそうで。ねばっていると、レストーの旦那がご自分で出てらして、こんなふうに言うんです。『ゴリオさんが死にかけているって？　ほう、それがあの人にとっても一番いいことだろうよ。重要な用件にかたをつけるまで、家内にはここにいてもらわないとならない。すべて終わったら行くだろうさ』って。なんだか怒ってるみたいでしたよ、あの旦那は。帰ろうとしたら、それまで気がつかなかった別のドアから奥様が控えの間に出ていらして、『クリストフ、お父様に伝えてちょうだい。夫と話し合いの最中だから行かれないって。子供たちが生きるか死ぬかの問題だって。でも、話がすんだらすぐに行きますから』って、そうおっしゃるんです。ニュシンゲン男爵夫人の方は、また話が別なんで。会えもしなければ、話もできませんでした。小間使いがこう言うんです。『あら、奥様は今朝の五時十五分に舞踏会からお帰りになって、まだお休み中ですよ。お昼前にお起こししたら、怒られてしまいますわ。呼び鈴でお呼びになったら、お父様のご容体が悪いと申し上げることにしますね。悪い知らせだったら、急いでお伝えすることはないでしょ』いっくら頼んでも無駄でした。いやはや！　男爵にお話ししたいと頼んだら、留守ですとさ」

「どちらも来ないのか！」とラスティニャックは叫んだ。「二人に手紙を書こう」

「どちらも来ないい」と老人が寝床に起き上がって言った。「大事な話があったり、寝ていたりして、来ないんだ。わたしにはわかっていた。子供っていうのがどんなもんか、死ぬ時にならなきゃわからない。ああウージェーヌさん、結婚するのはおよしなさい、子供なんか持つもんじゃない。命を授けてやったのに、お返しに死をよこす。この世に生を与えてやったのに、この世からこっちを追い出そうとする。いや、あの子たちは来るもんですか。そんなことは十年前からわかってた。時々そうじゃないかと思ったのに、どうしても信じられなかったんだ」

ゴリオの両目に大粒の涙が浮かび、赤くなった目の縁から転がり落ちずに止まっていた。

「ああ、もしわたしが金持ちだったら、財産を握ったまま譲らないでおいたら、あの子たちはここに来て、舐めるようにほっぺたにキスしたでしょう。わたしだって大邸宅に住んで、きれいな部屋をたくさん持って、召使いを抱えて、暖炉にはあったかい火が燃えていたでしょう。娘たちは夫や子供も連れてやってきて、涙にかきくれたでしょうよ。そういうことが全部できたはずなんだ。ところが今や何もない。金があれば何だって手に入る、娘たちだって。ああ、わたしの金、どこへ行ってしまった？　残してやれるお宝があれば、娘たちはわたしの手当をし、看病してくれるだろうに。あの子たちの声が聞けて、姿も見られただろうに。ああウージェーヌさん、あなたはわたしの可愛い子供、たった一人の子供だ。わたしは見捨てられ、一文無しで死んだ方がいい。少なくとも、不幸な人間が愛されてる時には、それが本物の愛情だってことがわかるからね。いや、やっぱり金持ちになりたい。そうすればあの子たちに会えるだろう。まったく、わからんぞ。二人とも石のような心をしているんだ。わたしはあの子たちをかわいがりすぎたせいで、あの子たちに愛されなかった。父親ってのはいつまでも金持ちでなけりゃいかん。じゃじゃ馬を操るのと同じで、子供たちの手綱をしっかり握っておかないと。それなのにわたしはあの子たちの前にひざまずいてしまった。ひどい娘たちだよ！　十年来の親不孝の仕上げを見事にやってくれた。結婚したての頃は、わたしにどれだけ細やかな心遣いを示してくれたか、きみも知ってたら！（ああ、苦しくてたまらない！）なにしろあの子たちそれぞれに八十万フランほども分けてやったばかりだったからねえ。娘たちも婿たちも、わたしに冷たくはできなかった。家に招待しては、『お父さままこちらへ、お父さまあちらへ』ってもてなしてくれたよ。いつ行っても、食卓にはわたしの席が用意されていた。婿たちとも一緒に食事をしたが、丁重に扱ってくれた。まだ金を持っているように見えたんだろう。なぜかって？　自分の財産のことは一言もしゃべっていなかったからね。娘たちに八十万フランずつもやる男は、ちやほやしておかねばならん。いろいろと心づくしを受けたが、金のためだったんだ。世間なんて、きれいなもんじゃない。わたしはこの目でちゃんと見たよ。馬車で劇場にも連れてってもらった。夕食の後も、好きなだけ残っていられた。つまり、あの子たちはわたしの娘だと名乗り、人前でわたしを父親として認めていたんだ。こっちだってまだ勘が働くから、何一つ見逃しはしなかった。すべてがわたしの痛いところを衝き、胸をぐさっと貫いた。うわべだけの親切だってわかっとったが、もう手遅れだったんだよ。ここの一階の食卓にいるより、娘たちの家にいる時の方がもっと落ち着かなかった。何を話していいかもわからない。社交界の連中のうちには、婿たちの耳元でこんなことを聞くのもいる。『あの方はどなたで?』『大金持ちの舅ですよ、うなるほど金があるんです』『ああ、なるほど!』っていうようなわけで、金ゆえの敬意をもってわたしを眺めていた。時々あの子たちに気まずい思いをさせたかもしれないが、自分の欠点は十分埋め合わせてきました。それに、完璧な人間なんているでしょうかな。(頭がずきずき痛む!) わたしは今、死ぬ苦しみを味わってるわけだが、ウージェーヌさん、こんなのはね、アナスタジーがはじめて、あの子に恥をかかせるような馬鹿なことを言ったのだと、わたしを睨んで知らせてきた時の苦しみに比べれば何でもありませんよ。あの子の目つきに、全身の血管を切り開かれたようだった。何もかも知りたいと思いましたが、結局はっきりわかったのは、わたしがこの世で余計な人間だってことでした。翌日、気を晴らそうと思ってデルフィーヌの家に行くと、またへまをやってあの子をかんかんに怒らせてしまった。わたしはすっかり取り乱してね。一週間のあいだ、何をしたらいいのか、もう訳もわからなかった。娘たちに叱られるのが怖くて、会いにいく勇気も出ませんでした。そうやって娘たちの家から追っ払われたのです。ああ神様！　わたしが耐え忍んできた不幸や苦しみをご存じでしょう。年をとり、変わり果て、くたくたに疲れ、髪も白くなってしまったこの年月のあいだ、匕首《あいくち》でどれだけ心を突かれたか数えていらしたでしょう。だのになぜ、今もこうやってお苦しめになるんです？　娘を愛しすぎた罪はもう十分償ってきました。あの子たちはわたしが愛情を注いだ分だけ仕返しをして、死刑執行人みたいにわたしを拷問にかけてきました。ところが、父親っていうのは馬鹿なもんです！　博打好きが賭博場に戻っていくみたいに、つい娘が可愛くて、あの子たちの家に出かけてしまった。娘たちは、わたしにとって悪い道楽みたいなもの、愛人みたいなもの、要するにすべてだったんです！　あの子たちは二人とも、服だとかアクセサリーだとか、なんだかんだ必要なものがある。小間使いがそれをわたしに教える。そうすると、やさしく迎えてほしいばっかりに、買ってやってしまう。それでも、社交界ではこう振る舞うもんだとか、娘たちはちょっとした忠告をしてくれてね。ああ、だが成果が上がるのを次の日まで待ってはくれなかった。あの子たちはわたしのことを恥ずかしく思うようになっていったんだ。これが、子供に立派な教育をしてやったことの報いです。わたしの歳じゃあ、もう学校に行くわけにもいかなかった。（ひどく苦しい、ああ、お医者さん、お医者さん！　頭を切り開いてもらえば、少しは楽になるだろうに）娘たち、アナスタジー、デルフィーヌ！　おまえたちに会いたい。憲兵をやって、力づくで連れてきてくれ。正義はわたしの味方だ。人情も、民法も、何もかもわたしの味方だ。わたしは抗議する。父親が踏みつけにされるようでは国も滅びるぞ。そんなことわかりきってる。社会も、世界も、父親を軸に回ってるんだ。子供たちが父親を愛さなかったら、何もかも崩壊だ。ああ、あの子たちに会いたい、声を聞きたい、二人に何を言われてもいいから。そうすればわたしの痛みも和らぐのに。とりわけデルフィーヌだ。でもね、あの子たちが来たら、いつもみたいな冷たい目でわたしを見ないように言ってくださいよ。ああ、優しいウージェーヌさん、黄金[*7]のような瞳が、突然灰色の鉛に変わってしまうのを見るのはどんな気持ちか、あなたにはわからないでしょう。あの子たちの瞳がわしのために輝かなくなった日から、ここでずっと冬に閉ざされてきました。もう味わうものといったら悲しみしかなく、とことんそれをなめ尽くしたんです。わたしは蔑まれ、罵られるためにだけ生きてきた。娘を愛するあまり、あの子たちが恥ずかしい楽しみをほんのちょっぴり売りつけてくる時も、その代償に、ありとあらゆる侮辱をぐっと飲み干してきた。父親が娘に会うために人目を忍ぶなんて！あの子たちに命を授けたわたしなのに、今日という今日、娘に一時間も割いてもらえない！わたしは喉が渇いてる、ひもじい、胸が焼けつきそうだ、それなのに、あの子たちは父親の断末魔の苦しみをなだめにも来てくれない。わたしは死ぬんだ、自分でわかる。あいつらは、父親の屍《しかばね》を踏みつけにするのがどういうことか、知らないらしいですよ。天には神様がいらして、わたしら父親が何と言おうと仕返しをなさるぞ。いや、いくらなんでもあの子たちは来るでしょう！　おいで、かわいい子たち、わたしにキスしに、最後の接吻をしに。それがお父さんの臨終の聖餐《ヴィアティック》なんだから。お父さんはおまえたちのために神様にお祈りしよう、孝行娘だったとお伝えして弁護してあげよう。結局のところ、おまえたちに罪はないんだ。あの子たちに罪はありませんとも、ウージェーヌさん、みんなにそう言ってくださいよ、あの子たちがわたしのことで肩身の狭い思いをしないように。みんなわたしの過ちから出たことなんだもの。父親を踏みつけにすることに慣らしてしまったんだ。それがうれしかったんですよ、このわたしは。これは誰にも関係のないことです、人間の裁きにも、神の裁きにも。わたしのせいであの子たちを罰したりなさったら、神様は不公平です。わたしが振る舞い方を知らなかったのです。自分の権利を自分から放棄するっていう馬鹿な真似をしたんです。あの子たちのためなら、どんなに卑しいことでもやったでしょう。仕方ないじゃないですか！　どれほど優れた心ばえの人でも、立派な魂の持ち主でも、こういう親心の弱さのせいで堕落しかねなかったでしょうよ。わたしはみじめな男だ、当然の報いを受けたにすぎない。娘たちがだらしない人間になったのも、このわたし一人が原因なんだ、あの子たちを甘やかしてしまって。娘たちは、昔はボンボンを欲しがったが、今は快楽を欲しがってる。娘時代、わたしはいつも気まぐれを叶えてやった。十五歳でもう馬車を持ってましたからねえ。叶えられない望みは何ひとつなかった。わたし一人に罪がある、しかも愛情ゆえの罪です。あの子たちの声を聞くと、心がぱっと明るくなるようでしたよ。おお、娘たちの声が聞こえる、あの子たちはやってくるんだ。そうだ、そうだ、来るだろうとも。法律だって、父親の死に目には会うように命じている。法律はわたしの味方だ。それに、馬車でひとっ走りじゃないか。わたしが払おう。何百万フランも遺産があると、あの子たちに書き送ってください。嘘じゃないさ。オデッサにパスタを作りに行こう。やり方ならよーく知ってる。わたしの計画でいけば、数百万は儲かりますよ。誰も思いつかなかったんだ。小麦や小麦粉と違って、輸送中に傷む心配もまったくない。なんですって、澱粉ですって？　こいつでも数百万儲かりますよ！　嘘をつくことにゃならんから、数百万って言ってください。あの子たちが金目当てでやって来ようと、わたしはだまされるほうがいい、会えるんですから。娘たちがほしい！　わたしが作ったんだ！　わたしのものなんだ！」そう言ってゴリオはベッドの上に起き上がった。ウージェーヌの目に映った老人の顔は、白髪を振り乱し、ありとあらゆる脅しの表情を浮かべて威嚇していた。

「さあ」とウージェーヌは言った。「横になってください、ゴリオ爺さん。今、娘さんたちに手紙を書きますから。もし二人が来ないようだったら、ビアンションが戻ってき次第、ぼくが呼びに行ってきます」

「それでも来なかったら？」と老人はむせび泣きながら言った。「そうなったらわたしは死んでしまう、怒りが爆発して、怒り狂って死んでしまう！　腸《はらわた》が煮えくり返るようだ。今になって、自分の一生がはっきりと見えてきたぞ。わたしはだまされていたんだ！　あの子たちはわたしを愛してなんかいない、わたしを愛してくれたことなんか一度もなかった。そんなの明らかだ。今まで来なかったんだから、これからだって来るもんか。遅くなれば遅くなるほど、わたしを喜ばせようって気も薄れてくる。あの子らの本性はわかっている。わたしの悲しみも悩みも貧しさも、一度だって察してくれなかった。わたしが死ぬのだって察せられないだろうよ。わたしの愛する心の内だって少しもわかっておらん。そうだ、わたしが骨までしゃぶらせる癖をつけてしまったから、何をしてやってもあの子たちはありがたいと思わなくなってしまったんだ。目玉をくり抜かせてくれと娘から頼まれれば、『ほら、くり抜きなさい』って言っただろう。わたしはとんでもない愚かもんだ。あの子たちは、父親はみんなわたしのようだと思っている。人はいつだって、自分の値打ちを見せつけとかなきゃいかん。娘の子供たちがわたしの復讐をしてくれるだろうよ。ここに来たほうが自分たちの身のためなのに。来ないと自分たちの臨終もろくなことにならないって注意してやってください。この一つの過ちで、あらゆる罪を犯すことになるんだ。さあ出かけて行って、ここに来ないと父親殺しになると伝えてきてください。いまさらそんな悪行を重ねなくても、もう十分、父親殺しの罪を犯してきたじゃないか。こう叫んできてください、『おーい、ナジー、おーい、デルフィーヌ！　おまえたちにあんなに優しくしてくれたお父さんが苦しんでる！だから来てくれ！』って。何も聞こえない、誰も来ない。じゃわたしは野良犬のように死ぬのか？　これがわたしの報いなのか、見捨てられて死ぬってのが。恥知らずの性悪《しょうわる》女たちめ。憎んでやる、呪ってやる。夜中に棺桶《かんおけ》から出てきて、あいつらをまた呪ってやる。だってみなさん、わたしは間違っているでしょうか？　あの子たちの仕打ちはひどいじゃないですか？　え？　わたしは何を言ってるんだ？　デルフィーヌがそこにいるっておっしゃいませんでしたか？　二人のうちではあの子の方がましだ。きみはわたしの息子だ、ウージェーヌくん、きみこそは！　愛してやってくださいよ。あの子の父親がわりになってやってください。もう一人の娘はとっても不幸なんです。それにあの子たちの財産が！　ああ、神様！　わたしは死ぬ、苦しすぎる！　頭を切ってくれ、心臓だけ残しておいてくれ」

「クリストフ、ビアンションを呼んできてほしい」老人のうめきや叫びがただならぬ様子を帯びてきたのにぎょっとして、ウージェーヌは叫んだ。「それから、馬車を一台拾ってきてくれ」

「娘さんたちを迎えにいってきますよ、ゴリオさん、必ず連れてきますからね」

「力づくで、力づくでな！　国民軍だろうと、歩兵隊だろうと、片っ端から、何にでも頼んでください！」と老人は、理性の最後の閃きが宿るまなざしをウージェーヌに投げて言った。「政府にも検事にも話して、あの子たちを引っ張ってきてください、お願いだ！」

「でもさっきは二人を呪っていましたよ」

「誰がですかね」と老人はあきれかえった様子で言った。「わたしがあの子たちを愛してることはよく知ってるでしょう。かわいくてならん。娘たちに会えばわたしの病気は治る。さあ、お隣さん、わたしの可愛い息子、行ってきてください。あなたはいい人だ。何かお礼をしたいが、臨終の人間の祝福以外あげるものがないんだ。ああ、せめてデルフィーヌに会って、あなたに恩返しするように言っておきたいんだが。姉の方が無理だったら、デルフィーヌだけは連れてきてくださいよ。あの子が来たがらないようだったら、あなたももう愛してやらないって言ってやってください。あなたにぞっこん惚れてるから、きっと来るでしょう。何か飲み物をください、腸が燃えるようだ！　頭に何か載せてもらえるかな。それが娘たちの手なら、わたしも助かるんだが、そうだ、そんな気がする……。ああ、わたしが死んじまったら誰があの子たちの財産を立て直してくれるんだ？　わたしは娘たちのためにオデッサに行きたい、パスタを作りに」

「これを飲んでくださいよ」と、ウージェーヌは瀕死の病人を起こして左の腕に抱え、右手で煎じ薬が入ったカップを持って言った。

「きみはきっと、お父さんお母さんを愛しているんだろうねえ」と老人は力の入らない手でウージェーヌの手を握って言った。「わたしはあれたちに、娘たちに会わずに死んでいく、わかってもらえるかね。ずっと喉が渇いているのに、何も飲ましてもらえない、これがこの十年間のわたしの生活だった。二人の婿がわたしの娘たちを殺してしまった。そうなんだ、あの子たちが結婚してから、わたしには娘はもういなくなったんだ。父親の皆さん、結婚についての法律を作るよう、議会に陳情しなさい。とにかく、娘さんを愛してたら結婚させちゃだめだ。婿っていうのは、娘を台無しにし、すべて汚してしまう大悪党だ。結婚なんかなくそう！　結婚が娘を親から奪い、死ぬ時も娘に会えなくなる。父親の死について法律を作ってくれ。恐ろしいことだよ、これは。復讐だ！　娘たちが来るのを邪魔してるのは婿たちなんだ。あいつらを殺せ！　レストーを殺せ！　アルザス人を殺せ！　あいつらがわたしを殺すのだ。死にたくなかったら娘たちを返せ！　ああ、もうおしまいだ、わたしはあの子たちに会えずに死んでいく。わたしの娘たち！　ナジー、フィフィーヌ、ほら、来なさい！　パパはもういくよ……」

「ゴリオさん、お願いですから落ちついて、ね、少し休んでください。安静にして、興奮しないで、何も考えないようにしましょう」

「あの子たちに会えない、それがひどく苦しい！」

「もうすぐ会えますよ」

「本当か！」と錯乱した老人は叫んだ。「ああ、あの子たちに会える！　声が聞ける！　わたしは幸せに死んでいける。うん、そうだ、これ以上生きたいとは思わない、もう未練はなかったんだ、ますますつらくなっていくばかりだから。だけどあの子たちに一目会って、服に触りたい！　ああ、服だけでいいんだ、たいしたことじゃない。とにかく娘たちの何かを感じたい。髪に触らせてくれ、髪に……」

棍棒《こんぼう》の一撃をくらったように、爺さんはがっくりと頭を枕の上に落とした。その両手は、娘たちの髪を摑《つか》もうとしているかのように毛布の上をせわしなく動いていた。

「あの子たちを祝福する」とゴリオは力をふりしぼって言った。「祝福する」

そして不意にぐったりとした。その時ちょうどビアンションが入ってきた。

「クリストフに会ったよ。今、辻馬車を連れてくるって」と言うと病人を眺め、まぶたを開いてみた。二人の学生には、生気のないどんよりした目が見えた。「もう助からないだろう」とビアンションは言った。「無理だと思う」そして脈をとり、老人の心臓に手をあてた。「内臓はまだちゃんと動いてる。でも、この状況じゃかえって不幸だね。死んでしまった方がましなんだが」

「まったく、そうだね」とラスティニャックは答えた。

「きみ、どうしたんだ。死人みたいに真っ青だぞ」

「爺さんの叫びや嘆きを聞いてしまったんだ。神様はきっとおられる。ああ、たしかに神様はおられて、どこかにもっといい世界をお創りになったはずだ。そうでなかったらぼくらのいるこの世は無意味だ。これほど悲劇的じゃなかったら、わっと泣き出してただろうけど、心臓と胃が恐ろしく締めつけられて泣くに泣けない」

「ところで、これからいろんなものが必要になるけど、金はどうやって工面しよう？」

ラスティニャックは時計を取り出した。

「じゃあ、急いでこれを質に入れてきてくれるかな。一分たりとも無駄にできないから、ぼくは寄り道したくない。クリストフが辻馬車を連れてきたらすぐ出かける。ぼくは持ち金ゼロだ、戻ってきた時に御者に金を払うようにしないと」

ラスティニャックは階段を駆け下り、エルデール通りのレストー夫人の家へ出かけていった。道中、見てきたばかりのおぞましい光景に衝撃を受けて想像力は燃え立ち怒りが募った。控えの間に入ってレストー夫人に面会を求めると、今はお目にかかれませんとのことだった。

「しかし」とラスティニャックは従僕に言った。「危篤に陥られたお父上に頼まれて来ているのですよ」

「わたしどもは伯爵様に厳しく申し渡されておりまして……」

「レストー伯爵がご在宅なら、お父上がどんな状態にあるか申し上げて、今すぐお目にかかりたいと伝えてください」

ラスティニャックは長いこと待たされた。

「今この瞬間にも、息を引き取るかもしれない」と彼は考えていた。

従僕が彼を入り口の客間に案内した。レストー氏は立ったまま、椅子を勧めようともせず、火の入っていない暖炉の前で学生を迎えた。

「伯爵」とラスティニャックは言った。「あなたのお義父《とう》さまが、薪を買うお金さえないいま、惨めなあばらやで今にも息を引き取ろうとなさっています。まさに危篤の状態で、お嬢さまに一目会いたいと……」

「失礼ですが」とレストー伯爵は冷ややかに答えた。「わたしがゴリオ氏にほとんど愛情を寄せていないことはご存じでしょう。あの人は家内の影響を受けて性格が歪んでしまい、わたしの人生の不幸のもとをつくったのです。わたしの生活の平和を乱した敵だと思っています。あの人が死のうが生きようが、わたしにとってはまったくどうでもいいことでしてね。あの人に対する気持ちはそんなところです。世間はわたしを非難するかもしれませんが、わたしは世の意見など軽蔑しています。世間の馬鹿者や関係のない連中からどう思われるかを心配するより、片づけねばならんもっと重要な件があるのです。家内の方は、外出できる状態ではありません。それに家内が家を離れることは、わたしが許しません。わたしと子供に対する義務を果たしさえすればすぐに、家内が会いにうかがうとお父上にお伝えください。本当に父親を愛しているなら、まもなく自由になるはずです……」

「伯爵、あなたはレストー夫人のご主人なのですから、あなたの行動をとやかく言う権利はわたしにはありません。ですが、あなたの誠意はあてにしてもよろしいですね？　では、お父様はもう二十四時間も持たないと、お見舞いにいらっしゃらないのでお嬢さんをすでに呪っていらしたと、これだけは伝えると約束してください」

「ご自分でおっしゃったらいかがですか」ラスティニャックの口ぶりにみなぎる憤怒《ふんぬ》の情に驚いて、レストー伯爵は言った。

ラスティニャックは伯爵に導かれ、いつも伯爵夫人がいる客間に入っていった。夫人は涙にかきくれ、死を望む女のように安楽椅子に身を沈めていた。その姿を目にして、彼は哀れに感じずにはいられなかった。ラスティニャックの方を見る前に、夫人は夫におずおずとしたまなざしを向けた。精神的、身体的虐待に打ちひしがれ、完全な虚脱に陥っていることを示す視線だった。伯爵がうなずいてみせると、夫人は話してよいというしるしと理解して口を開いた。

「何もかも聞こえていました。わたしが今置かれている立場を知ったら、きっと赦してくださるはずですと父にお伝えください。こんな責め苦にあおうとは思っていませんでした。わたしの力を超えていますけど、最後まで闘ってみせます」と彼女は最後のところを夫に向けて言った。そして「わたしは母親なんです。表面上どう見えても、咎《とが》められるようなことは父に対して何一つしていないとお伝えください」と絶望しきった様子で学生に言った。

ラスティニャックは夫人がとんでもない危機に陥っていることを察して、夫妻に一礼すると、呆然となって立ち去った。レストー氏の口調から、自分の努力が無駄なことがわかったし、アナスタジーにもう自由がないことも悟った。ニュシンゲン夫人の家に駆けつけると、夫人はベッドに入っていた。

「わたし具合が悪いの」と彼女は言った。「舞踏会の帰りに風邪をひいたみたい。肺炎になるといけないから、お医者さんを呼んでいるところ……」

「あなたが瀕死の病人だったとしても」とラスティニャックは相手の言葉を遮って言った。「お父さんのところへ、這ってでも行かないといけません。お父さんはあなたを呼んでいるんです！　お父さんの叫びをちょっとでも聞いたら、自分の病気なんか吹っ飛ぶはずですよ」

「ウージェーヌ、お父さんはあなたが言うほど具合が悪くないかもしれないわ。でも、あなたに少しでも駄目な女だと思われたら生きていけないから、あなたのお好きなようにするわ。わたしにはわかってるけど、この外出のせいでわたしの病気が悪化して命取りにでもなったら、お父さんは悲しみのあまり死んでしまうでしょう。いいわ、お医者さまが来たらすぐに行くことにするわ。あら、どうして時計を持ってらっしゃらないの？」と彼女は鎖が見えないのでたずねた。ウージェーヌは赤くなった。「ウージェーヌ、ウージェーヌ、もう売ってしまったり、なくしてしまったのだとすれば……ずいぶんひどいわ」

学生はデルフィーヌのベッドにかがみこみ、耳元にささやいた。

「わけを知りたいですか？　じゃあ、教えてあげましょう。お父さんに今夜着せてあげなければならない死装束を買うお金も、お父さんにはもうないんです。あなたからいただいた時計は質に入れてあります。ぼくも、もう一銭も持っていなかったので」

デルフィーヌはいきなりベッドから飛びおりて机のそばへ駆け寄り、財布をつかんでラスティニャックに差し出した。そして呼び鈴を鳴らして叫んだ。「行くわ、行くわよ、ウージェーヌ。着替えの時間をちょうだい。わたし、人でなしになっちゃう！　先に行ってて。あなたより先に着くわ」そして「テレーズ！」と小間使いを呼び、「旦那様に、すぐにお話ししたいことがあるからいらしてくださいと伝えて」と言いつけた。

瀕死の病人に娘が一人は来ると伝えられるのがうれしくて、ウージェーヌはほとんど上機嫌でヌーヴ＝サント＝ジュヌヴィエーヴ通りに戻った。その場で御者に支払いをすませてしまおうと思い、財布の中を探った。階段の上まで来ると、ゴリオ爺さんがビアンションに支えられ、内科医の立ち会いのもとに病院の外科医から手当を受けているのが見えた。背中にお灸をすえているところだった。医学の最後の手段であり、しょせん無駄な治療である。

「熱いのがわかりますか」と医者はきいていた。

隣の学生の姿を目にしたゴリオ爺さんは、こう答えた。

「あの子たちは来るんでしょうね？」

「これは助かるかもしれない」と外科医は言った。「口をきいてますからね」

「来ますよ」とウージェーヌは答えた。「デルフィーヌさんはすぐ後から来ます」

「もうねえ」とビアンションは言った。「娘のことばっかり言ってたんだ。串刺しの刑にかけられた人間は水をくれってわめき続けるらしいけど、それと同じで爺さんは、娘、娘って叫び続けてね」

「やめましょう」と内科医が外科医に言った。「もう打つ手はありません。助かりませんよ」

ビアンションと外科医は、悪臭を放つ粗末な寝台に瀕死の病人を横たえた。「そうは言っても、シーツと下着は替えてあげないといけない」と内科医は言った。「もう望みはないが、病人の人間性は尊重しないといかんからね。ビアンション君、後でまた来る」と彼は学生に声をかけた。「もしまだ苦痛を訴えるようだったら、横隔膜《おうかくまく》の上にアヘンを塗ってあげなさい」

外科医と内科医は出て行った。

「さあウージェーヌ、元気を出せ！」ビアンションは二人だけになるとラスティニャックに言った。「きれいなシャツを着せて、シーツを代えるんだ。シルヴィーに、シーツをもって手伝いにくるように言ってくれ」

ウージェーヌが降りていくと、ヴォケー夫人がシルヴィーと一緒に食卓の準備をしているところだった。ラスティニャックが二言三言言うと、おかみさんは険があるのに媚びるような態度で彼のそばへ寄ってきた。損はしたくないが客の機嫌も損ねたくないといった、疑り深い女商人特有の態度だった。

「ウージェーヌさん。ゴリオ爺さんがもう一銭も持ってないってことは、あなたもあたしと同じようによおくご存じでしょ。白目をむきかけている人間に新しいシーツをやるなんて、捨てるのと同じことじゃないの。しかも、死人を包むのにどうしたって一枚犠牲にしなきゃいけないんだからなおさらですよ。あなたにはもう、百四十四フランも貸しがあるんです。これにシーツ代四十フランと、シルヴィーがお渡しするロウソク代なんか細々したものあれこれを入れると、少なくとも二百フランにはなりますよ。あたしみたいな貧しい未亡人には、とてもじゃないけど損してすむ金額じゃないわ。ねえウージェーヌさん、ここはひとつ公正な立場でお願いしますよ。貧乏神に住み込まれてからこの五日というもの、わたしはもう相当損しているんですから。あなたの言ってたとおり、あのお年寄りがすぐ立ち退いてくれたなら、わたしが三十フラン出したってよかったんです。ほかのお客さんにも響きますからねえ。もうちょっとで、病院に運ばせるところですよ。とにかく、わたしの立場にもなってみてくださいな。下宿が第一ですよ、下宿はあたしの命なんですからね」

ウージェーヌは急いでゴリオ爺さんの部屋へ上っていった。

「ビアンション、時計の金は？」

「テーブルの上にあるよ。三百六十何フランか残ってる。受け取った金から、支払いがまだだったものの分をぜんぶ払っちまったからね。質札は金の下に置いてある」

「どうぞ」ウージェーヌはむかむかしながら階段を転げ落ちるように駆け降りると言った。

「勘定をすませてください。ゴリオさんはもうここに長くはいないでしょうし、ぼくも……」

「そうね、あの人は棺桶に入って出ていくんでしょうね、かわいそうに」とおかみさんは二百フラン数えながら、半分うれしそうな、半分さびしそうな様子で言った。

「早くしてください」ラスティニャックは言った。

「シルヴィー、シーツをお渡しして。それから上へ行ってこの方たちのお手伝いをしておいで」

「シルヴィーにも心づけをお忘れなくね」とヴォケー夫人はウージェーヌの耳に囁いた。「もう二日も徹夜してるんですから」

ウージェーヌが背を向けると、未亡人はあわてて料理女のところへ走り寄った。「シーツは、七番の裏返したのでいいからね。まったく、それだって死人にはもったいないくらいだよ」とシルヴィーに耳打ちした。

すでに階段を数段上りかけていたウージェーヌに、老女主人の言葉は聞こえなかった。

「さあ」とビアンションが彼に言った。「シャツを着せよう。まっすぐ支えてくれ」

ウージェーヌはベッドの枕元にまわって、瀕死の老人を支えた。ビアンションがシャツを脱がせたが、老人は胸の上に何か押さえるような仕草をしたかと思うと、ひどい痛みを訴える動物のような、ろれつのまわらない哀れな叫びをあげた。

「ああ、そうだ」とビアンションが言った。「さっきお灸をすえる時にはずした、髪の毛で編んだ鎖とちっちゃなロケットを欲しがってるんだ。かわいそうに、返してあげないとね。暖炉の上にあるよ」

ウージェーヌは灰色がかった金髪を編み込んだ鎖を取りにいった。きっとゴリオ夫人の髪の毛なのだろう。ロケットの片側にはアナスタジー、反対側にはデルフィーヌの名が刻まれていた。それはいつもゴリオの心臓の上に置かれていた、彼の心のうつし絵だった。ロケットに入っていた巻き毛はとても細やかだったから、二人の娘が本当に小さかったころ切ったものにちがいない。ロケットが胸に触れると、老人はハァーっと長い息を吐いた。そこには、見る者が戦慄を覚えるほど深い満足が表れていた。まさに、老人の感受性の最後の反応だった。人間の精神的親和力がそこから発し、そこへと向から未知の中枢へ、彼の感受性は引っ込んでいくようだった。ゴリオの引きつった顔に病的な歓喜の表情が表れた。思考力が失われてもなお生き残る感情の力の恐るべき噴出に心打たれた二人の学生は、瀕死の病人の上に熱い涙を注いだ。老人は鋭い喜びの叫びをあげた。

「ナジー、フィフィーヌ！」とゴリオは叫んだ。

「まだ生きている」とビアンションは言った。

「生きていて何になるんでしょう？」とシルヴィーが言った。

「苦しむだけだ」とラスティニャックが答えた。

ビアンションは相棒にも同じようにするように合図してから、ひざまずいて病人の膝の下に腕を通した。ラスティニャックはそれを真似て、ベッドの反対側から爺さんの背の下に手を入れた。シルヴィーがそばに控え、病人の体が持ち上げられたらすぐシーツを引き抜いて、持ってきた新しいシーツと取りかえようと待ち構えていた。二人の涙に勘違いしたのだろう、ゴリオは最後の力を振りしぼって両手を広げ、ベッドの両側に学生たちの頭を探り当てると、二人の髪の毛を荒々しくつかんだ。そしてかすかに「ああ、わたしの天使たち!」と言うのが聞こえた。そのふたつの言葉、ふたつのつぶやきには、これを最後に飛び去っていく魂の響きが刻まれていた。

「かわいそうに」と、ゴリオの叫びに胸を締めつけられたシルヴィーが言った。老人の叫びには、またとなく恐ろしい嘘、意図しない嘘が最後にかきたてた至高の感情が表れていたのである。

この父親の最後の吐息は、喜びの吐息だったにちがいない。その吐息は、ゴリオの全生涯の表現だった。彼は相変わらず騙され続けていたのである。ゴリオ爺さんはそっと寝床に降ろされた。この時から彼の顔には、生と死の闘いの痛々しい徴《しるし》が絶え間なく浮かび続けた。その闘いは、人間にとって喜怒哀楽の情のもととなる脳の認識力が失われた肉体の中で繰り広げられていた。破壊はもう時間の問題でしかなかった。

「あと数時間はこういう状態が続いて、それから誰も気づかないうちに息を引き取るだろう。死に際の喘ぎさえないだろう。たぶん脳が完全にやられてしまっているんだ」

このとき階段に、息を切らして上ってくる若い女の足音が聞こえた。

「来るのが遅すぎた」とラスティニャックは言った。

それはデルフィーヌではなく、小間使いのテレーズだった。

「ウージェーヌ様」と彼女は言った。「かわいそうな奥様がお父様のために要求なさったお金のことで、旦那様と奥様のあいだに激しい言い争いが起きまして。奥様は気絶なさって、お医者様が呼ばれました。刺絡《しらく》［静脈を針などで刺して血液を出す方法］しなければならなくなり、奥様は『お父様が死にそう、パパに会いたい！』と、聞く者も胸の張り裂けるような叫びをもらしておいででした」

「もういいよ、テレーズ。あの人が来たところで、後の祭りだ。ゴリオさんにはもう意識がないんだ」

「お気の毒に。これほどお悪かったのですか」とテレーズは言った。

「もうあたしに用はないですね。夕食の支度をしに行かなくっちゃ、四時半だから」シルヴィーはそう言って出ていったが、階段の上でレストー夫人と危うくぶつかるところだった。

伯爵夫人の出現は、沈痛で恐ろしい光景だった。夫人は一本の蠟燭でぼんやりと照らされた死の床を眺め、生の最後の震えにぴくぴくと動く父の顔を見て、涙にかきくれた。ビアンションは遠慮して座をはずした。

「やっと抜け出してきましたが、遅すぎました」と伯爵夫人はラスティニャックに言った。

学生は悲しみをこらえきれない顔でうなずいた。レストー夫人は父親の手を取って口づけした。

「ゆるして、お父さん！　わたしが呼べばお墓からでも戻ってくるとおっしゃっていたでしょう。それなら、一瞬でもいいから意識を取り戻して、罪を悔いている娘に祝福を与えてください。聞こえますか。とんでもないことになりました。わたしがこの世で受けられる祝福は、もうお父さんの祝福だけです。みんながわたしを憎んでいます。愛してくれるのはお父さんだけです。子供たちにさえ憎まれることになりそうです。わたしも一緒に連れていってください。お父さんを愛し、大切にしますから。もう聞こえないのね。頭がおかしくなりそう」そう言うと彼女はがっくり膝をつき、変わり果てた父の姿に錯乱の表情で見入った。「わたしの不幸も行き着くところまで行き着いてしまいました」と、ウージェーヌの方を見て彼女は言った。「トライユさんは莫大な負債を残して逃げてしまって、わたしをだましていたことがわかったんです。夫はけっして赦してくれないでしょう。わたしの財産は夫の手に握られてしまいました。幻想はすべて消えました。ああ、わたしはいったい誰のために、自分を熱愛してくれるただ一つの心を（彼女は父を指さした）裏切ってしまったのでしょう！　父を軽んじ、つき放し、さんざんひどい仕打ちをしてきました、とんでもない人でなしだわ！」

「お父様もご存じでしたよ」とラスティニャックは言った。

その時、ゴリオは目を開いた。だがそれは痙攣《けいれん》のせいだった。もしかしてという期待が表れた伯爵夫人の身ぶりは、瀕死の病人の眼にも劣らず、見る者をぞっとさせた。

「聞こえたのかしら？」と伯爵夫人は叫んだ。「違うわ」そうつぶやくと、父親のそばに座り込んでしまった。

レストー夫人が父親につき添っていたいと言うので、ウージェーヌは少し食べ物をお腹に入れておこうと、階下へ降りていった。他の下宿人たちはすでに集まっていた。

「どうだい」と画家が彼に声をかけた。「上ではもうすぐ亡《なき》がらマが見られそうだっていうじゃないか」

「シャルル」とウージェーヌは言った。「冗談を言うのもいいが、なにもこんな痛ましいことをねたにしなくてもいいだろう」

「じゃあ、もうここでは笑うこともできないのか」と画家は言った。「かまわないだろ。ビアンションの話では、もう爺さんには意識がないっていうんだから」

「ということは」と博物館員が口を開いた。「爺さんは生きていた時と同じ状態で死ぬわけだね」

「お父様が死んでしまった！」と伯爵夫人が叫んだ。

この恐ろしい叫び声を耳にして、シルヴィーとウージェーヌとビアンションは階段を駆け上がった。レストー夫人は気を失っていた。彼らは夫人を正気づかせてから、待たせてあった馬車に乗せた。ウージェーヌは夫人の介抱をテレーズに頼み、ニュシンゲン夫人の家へ連れていくよう言いつけた。

「ああ、たしかに息をひきとってしまったよ」とビアンションは降りてきて言った。

「さあみなさん、テーブルについてください。スープが冷めますよ」とヴォケー夫人が声をかけた。

二人の学生は並んで座った。

「これからどうすればいい？」とウージェーヌはビアンションに聞いた。

「目は閉じたし、身体の格好も整えてきたよ。死亡届を出して、区役所の検死医に死亡を確認してもらったら、死体を白い布に包んで縫って埋葬する。ほかにどうなってほしいんだい？」

「もう、こういうふうにパンを嗅ぐこともないんだな」と、下宿人の一人が爺さんのしかめ面《つら》を真似て言った。

「いいかげんにしてくれ」と復習教師が言った。「みんな、ゴリオ爺さんはもういいじゃないか。食傷気味だよ、一時間前から手をかえ品をかえ、その話ばっかりなんだから。パリというありがたい都がくれる特権の一つはだね、誰の目につくこともなく生まれて、生きて、死んでいけるってことなんだ。我々もそういう文明の恩恵にあずかろうじゃないか。今日一日だけでも六十人の人間が死んでいく。数えきれないほどのパリの犠牲者にいちいち哀悼の涙を注いでいられるか？ ゴリオ爺さんがくたばったのは、本人のためにはかえって幸せさ。爺さんが好きで好きでたまらないっていうなら、行ってお通夜でもすればいい。われわれ残りの人間には、ゆっくり飯を食わせてもらいたいね」

「ええ、そうね」とおかみさんが言った。「あの人は死ねてよかったのよ。生きているあいだは、つらいことばかりみたいだったからね」

ウージェーヌにとって父性の象徴だった人物に対する追悼の辞はこれだけだった。テーブルを囲む十五人はいつものように雑談を始めた。ウージェーヌとビアンションは食べ終わると、フォークとスプーンの音、会話に混じる笑い声、食い意地ばかり張っていて冷淡な顔のさまざまな表情、みんなの無関心など、すべてに吐き気を覚えた。二人は、通夜に来て死人のかたわらで祈りを捧げてくれる司祭を探しにいこうと外に出た。老人を見送る儀式も、二人に都合できるわずかな額に合わせて控えめにしなければならなかった。夜の九時ごろ、亡骸《なきがら》はあの殺風景な部屋で、両脇を二本の蠟燭に照らされ、革紐を渡した台の上に安置された。司祭が来て死者のかたわらに座った。ラスティニャックは祈禱《きとう》や葬式の費用について司祭に尋ね、寝る前にニュシンゲン男爵とレストー伯爵に短い手紙を書いて、埋葬の費用すべてをまかなうために執事をよこしてほしいと頼んだ。クリストフに手紙を持っていかせて横になると、疲れ果てて眠りこんだ。翌朝、ビアンションとラスティニャックは自分たちで死亡届を出しに行かざるをえなかった。死亡の確認は正午頃に行われた。それから二時間たっても、二人の婿たちのどちらも金を届けてよこさず、代理人が来るでもなく、ラスティニャックはもう司祭に謝礼を払わなければならなかった。老人をシーツに包んで縫い込むのにシルヴィーが十フラン要求したので、ウージェーヌとビアンションは計算し、もし死者の親族にいっさい何もする気がないなら、費用全体をやっと払えるかどうかだと悟った。そこで医学生は、病院で安くわけてもらった貧者のための棺桶に自分で亡骸を入れた。

「あのへんてこな連中にいたずらをしてやろうじゃないか」とビアンションはウージェーヌに言った。「ペール・ラシェーズ墓地に五年契約で一区画買って、教会と葬儀屋に三等の葬式を頼むんだ。もし、婿や娘たちが費用の返済を断ったら、墓にこう彫らせるのさ。『レストー伯爵夫人とニュシンゲン男爵夫人の父にして、二人の学生の金で埋葬されたゴリオ氏、ここに眠る』とね」

ウージェーヌはニュシンゲン夫妻宅とレストー夫妻宅へ出かけていったが無駄足だったので、そこでようやくビアンションの忠告に従う気になった。彼は門の中にさえ入れてもらえなかった。どちらの家でも門番は厳命を受けていた。

「旦那様も奥様も、いっさい面会をお断りしておられます」と門番は言った。「お父様がお亡くなりになられ、お二人とも深い悲しみに沈んでおいでです」

こんな場合にねばってはいけないとわかるくらいには、ウージェーヌはもう十分にパリの社交界で経験を積んでいた。デルフィーヌのそばまで行けないと思うと、胸が妙な具合に締めつけられた。

「アクセサリーでも一つ売って、お父様が最後の住処《すみか》まで見苦しくなく送られるようにしてください」と門番のところでデルフィーヌ宛てに手紙を書いた。

ウージェーヌは手紙に封をし、テレーズを通じて男爵夫人に渡してくれるよう門番に頼んだ。だが門番はニュシンゲン男爵に渡し、男爵は手紙を火にくべてしまった。用事をすべて済ませてからウージェーヌは三時ごろ下宿に戻ったが、あの通用門のところに、黒布でわずかに覆っただけの棺が二脚の椅子の上に置かれ、人気のない通りに出されているのを見て涙をおさえられなかった。まだ誰も手を触れていない粗末な灌水器《かんすいき》が、聖水を満たした銀メッキの銅皿に浸してあった。門には黒幕さえ張ってなかった。それは、飾りも参列者も友人も親戚もない貧者の葬式だった。病院に出かけなければならなかったビアンションはウージェーヌに書き置きをし、教会と交渉してきた結果を報告していた。インターン生によると、ミサは法外な値段なので、それより安い晩禱のお勤めで済ませねばならず、クリストフに一筆持たせて葬儀屋に使いにやったとのことだった。ビアンションのなぐり書きを読み終えようとしていたウージェーヌがふと見ると、二人の娘の髪の毛が入っている金の輪のついたロケットがヴォケー夫人の手に握られていた。

「なぜそれをはずしたりしたのです？」と彼はおかみさんに聞いた。

「へえ、これも一緒に埋めなきゃいけないんですか？　金でできているんですよ」とシルヴィーが答えた。

「もちろんです」とウージェーヌは憤然として言った。「二人の娘を思い出させてくれるたった一つの品ぐらい、持たせてやらなくてどうするんです」

死者を運ぶ馬車が来たので、ウージェーヌは棺をかつぎ込ませてから蓋を開け、老人の胸にうやうやしくロケットをのせた。それはデルフィーヌとアナスタジーがまだ若く清く純粋で、老人が臨終の叫びの中で言った言葉によると「理屈をこねなかった」頃の残像だった。ヌーヴ＝サント＝ジュヌヴィエーヴ通りからそう遠くないサン＝テティエンヌ＝デュ＝モン教会へと哀れな老人を運ぶ馬車に付き添ったのは、二人の葬儀人夫のほか、ラスティニャックとクリストフだけだった。教会に着くと、亡骸は天井が低く薄暗い礼拝堂に降ろされた。学生は礼拝堂のまわりにゴリオ爺さんの二人の娘か夫の姿がないかと探したが、無駄だった。彼と一緒にいるのは、時々たんまり心づけをはずんでくれた老人に最後の敬意を示さなければと思っているクリストフだけだった。二人の司祭と聖歌隊の少年と教会の小使を待つあいだ、ラスティニャックは一言も物が言えず、ただクリストフの手を握りしめた。

「ほんとにねえ、ウージェーヌさん」とクリストフは言った。「律儀で誠実なお方でした。偉そうにものを言うこともなく、誰にも迷惑をかけず、けっして意地悪などしない方でしたよ」

二人の司祭と聖歌隊の少年と教会の小使がやってきて、もはや教会もただで祈りをあげてくれるほどのお金がない時代に、七十フランで望みうるかぎりの祈りをあげてくれた。聖職者たちは詩篇をひとつ朗唱し、リベラ［カトリックの典礼における死者のための祈りで「主よ我を解き放ちたまえ」と始まる］と深き淵より《デ・プロフンディス》［葬儀で唱われる詩篇］を唱った。葬儀は二十分続いた。墓地へ向かう馬車は、司祭と聖歌隊の少年を乗せる一台しかなかったので、ウージェーヌとクリストフはお願いして一緒に乗せてもらった。

「ほかに見送りの方の馬車もありませんので」と司祭は言った。「急いで行けますな。もう五時半です。遅れないようにしませんと」

ところが、棺が霊柩車に運びこまれたその時、レストー伯爵家とニュシンゲン男爵家の紋章をつけた空《から》の馬車が二台現れ、ペール・ラシェーズ墓地まで葬列についてきた。六時に、ゴリオ爺さんの亡骸は墓穴に降ろされた。墓穴のまわりには娘たちの家の使用人が並んでいたが、学生の金で老人に捧げられた短い祈りが終わるやいなや、司祭といっしょにさっさと姿を消した。二人の墓掘り人は、棺が隠れる程度にシャベルで何回か土をかけると身を起こし、そのうち一人がラスティニャックに心づけを要求した。ウージェーヌはポケットを探ったが一銭もなく、クリストフにやむをえず二十スー借りた。それ自体はたいしたことではなかったが、ラスティニャックの心は耐えがたい悲しみに震え始めた。日が暮れていった。湿っぽい黄昏《たそがれ》が神経を逆なでした。彼は墓穴をじっと見つめ、そこに青年としての最後の涙を埋めた。神聖な感動が無垢な心に流させた涙、地面に落ちるや天まで跳ね返っていくような涙だった。彼は腕を組み、雲を眺めた。そんな姿を見て、クリストフは去っていった。

一人残されたラスティニャックは墓地の高みへと何歩か歩き、セーヌ川の両岸に沿ってくねくねと横たわっているパリを見下ろした。すでに灯火が輝き始めていた。その目は、ヴァンドーム広場の円柱と廃兵院《アンヴァリッド》の円屋根のあいだ、彼があれほど入り込みたいと思っていた上流社会が息づく場所を食い入るように見つめていた。うなりを上げているこのミツバチの巣に向かって蜜を吸い上げんばかりのまなざしを投げると、彼は勇ましい言葉を吐いた。「さあ、今度はぼくらの番だ！」

こうして社会に投げかけた挑戦の第一歩として、ラスティニャックはニュシンゲン夫人の家へ夕食に出かけていった。

（博多かおる＝訳）

「ゴリオ爺さん」訳注

「一　パリの下宿屋」

1—**ジャガンナータ像をのせた山車**　これに轢かれて死ぬと極楽往生ができると信じる者がいた。転じて、犠牲を強いる、抗えない絶対的な力。

2—**すべてが真実**　一八三四年十二月《パリ評論》に発表された『ゴリオ爺さん』のタイトルの下には、この言葉がシェイクスピアの名とともに掲げられていた。

3—**この近くで治療されているパリ的な愛の伝説**　性病患者の病院とも呼ばれたキャピュサン病院は、下宿の南西のフォーブール＝サン＝ジャックにあった。

4—**一七七七年**　実際には一七七八年二月に、ヴォルテールはスイス国境に近いフェルネーから自作の悲劇『イレーヌ』上演のためパリに戻り、パリ市民の熱狂的な歓迎を受けた。

5—**きみが誰であれ〜あるいはこれから**　ヴォルテールがメゾン侯爵家の庭園の彫像用に作った碑銘。

6—**難病患者救済院**　回復の期待できない病人、身体障害者や貧者を収容していた病院は当時パリに二つあり、男性用はセーヌ右岸のポパンクール通り、女性用は左岸のセーヴル通りにあった。

7—**ジョルジュとピシュグリュ**　ジョルジュ・カドゥダルはブルターニュのカトリック王党派の反乱を率いた首領の一人で、一八〇三年にナポレオン暗殺を企てて、ギロチン刑となった。革命期に将軍として活躍したピシュグリュは王党派側に寝返り、やがてカドゥダルの陰謀に加担し、かつての部下の密告によって一八〇四年に逮捕された。

8—**ヤペテの勇敢な子孫たち**　ホラティウスの『頌歌《オード》』第一巻三からの引用。プロメテウス、その子孫とみなされる人類を指す。

9—**七月になると〜誰かがくれる招待券**　富裕層の人々は七月には地方に行ってしまい、劇場がすいていた。

10—**レオミュール**　一七三〇年にフランスの科学者ルネ・レオミュールが考案した温度の計測・表示単位。列氏温度ともいう。水の凝固点を〇度、沸点を八〇度としてその間を八十等分していた。

11—**オデオンの舞踏会**　オデオンのダンスホールは、全面的に改装されて一八一九年十月一日に営業を再開していた。

12—**オシアン**　三世紀の詩人オシアンの作として、スコットランドの作家マクファーソンが一七六二—六三年に発表した叙事詩は、憂愁に満ちた詩情で一世を風靡した。

13—**ダンディズムが〜駆逐し始めた時代**　「リヨンヌ(雌ライオン)」と呼ばれる活発な女性像が妖精のようなはかない女性像に代わって好まれるようになったのは、実際には一八三〇年以降。

14—**わったしゃー〜か、お、な、じ、み**　一八一四年にダブランテス公爵夫人邸で初演されたマルテ・ニコロ・イズアール作曲、エティエンヌの歌詞によるオペラ・コミック『冒険好きのジョコンド』の一節。

15—**王立運輸会社**　当時、この会社だけが外国への馬車の路線を持っていた。

16—**おお、罪なき不幸な迫害された女たちよー**　バリッソンとルージュモンによる一八一一年初演のパントマイム劇の台詞。

17—**パノラマ**　建造物や風景を描いた画面を円環状にはりめぐらし、その中にいる観客に、風景を目の前にしているように感じさせる装置。

18—**ディオラマ**　箱の中に風景画と展示物を置き、窓からのぞくと、実際に風景が広がっているように見える装置。

19—**ガル**　一七五八—一八二八。ドイツの医者で、骨相学を唱え、脳はさまざまな精神活動に対応した二十七の『器官』の集まりで、器官やその機能の差が頭蓋の大きさや形状に現れるとした。

20—**バラなれば〜一朝のはかなき命**　マレルブ(一五五五—一六二八)の「ペリエ氏を慰む」からの引用。

21—**ヴァンジェール号**　ブレストで一六八〇年に建造された有名な戦闘艦。アメリカ独立戦争も含め、対英国の戦いに参加し、大革命期の一七九四年に沈没した。

22—**いとしい〜たーめらーうなーかれ**　チマローザのオペラ『秘密の結婚』のアリアより。このオペラは、一八一九年から二〇年のシーズンにイタリア座で四回上演された。

23—**駿馬**　ローマの詩人ヴェルギリウス(前七〇—前一九)の『農耕詩』に読まれる次の一節を暗示している。「風が自分の知っているめす馬の匂いを運んできただけで/おす馬が身震いするのが目に浮かぶだろう」(第三歌二五〇—二五一行)

24—**噂の公爵夫人**　詳細は『ゴリオ爺さん』の直後に書かれた『ランジェ公爵夫人』で語られる。

25—**お勤めだったのね**　エリゼ宮には当時ベリー公が住んでおり、過激王党派の社交の場となっていた。しかしボーセアン夫人は彼が近衛隊の一員として仕事でエリゼ宮に詰めていたことを言っている。

26―**ヤギとキャベツ**　農夫が、一度に一種類のものしか乗せられない船で、ヤギとキャベツと狼のどれも無傷のまま運ぶにはどうしたらよいか、という寓話から生まれた表現。両立しないもの、互いに矛盾する利害などを表す。

27―**アリアドネの糸**　ギリシャ神話で、クレタ島の怪物ミノタウロスを退治するために迷宮へ入っていったテセウスは、彼に恋するアリアドネに糸玉を渡してもらい、その糸をたぐって無事に帰還した。

28―**捨てられた女**　ボーセアン夫人がはじめて登場した短篇小説（一八三二年）のタイトルは『捨てられた女』で、そこにはすでにノルマンディー隠遁後のボーセアン夫人の生活、新たな恋が描かれていた。

「二　社交界への登場」

1―**さる貴婦人とのみ聞けど、仔細は語られず**　コルネイユ『シンナ』四幕一二九〇行「水のこと、テヴェレ川のことは語られど、あとは語られず」をもじったもの。

2―**スウェーデン国王の～できるだろう**　ベルナドット（シャルル十四世、一七六三―一八四四）への暗示。ナポレオン時代の元帥で、一八一〇年から摂政としてスウェーデンの政務をとり、一八一八年から四四年までカール十四世ヨハンとしてスウェーデン国王の座にあった。南フランス、ピレネー地方ポーの出身。

3―**オーブリー**　フランソワ・オーブリー（一七四七―九八）は、ロベスピエールが失脚したテルミドール九日の後、公安委員、国防長官となり、イタリア派遣軍砲兵師団長だったナポレオンを解任した。

4―**タイユフェールのおやじは～古狸だ**　この経緯はバルザック『赤い宿屋』に語られている。ジャン＝フレデリック・タイユフェールは軍医として赴任する途中に、同じ宿に泊まっていたドイツ人の商人を殺害し、膨大な富を手にして逃げ、無実の友人が代わりに断罪された。

5―**観相学者**　十八世紀後半に活躍したスイスの牧師ヨーハン・カスパール・ラファーターの主著『観相学断片』（一七七五―七八）は、十九世紀前半に仏訳されて大きな影響を与えた。バルザックは外見から内面を読む手法の一つとして観相学や骨相学を小説の中で応用しようとした。

6―**小間物売り**　小間物売りはしばしば売春の周旋をしていた。

7—**流体**　動物磁気説などの影響もあり、意志や感情をバルザックはしばしば流体として想像している。

8—**ルソーが～覚えているかな**　ルソーではなくシャトーブリアンの『キリスト教精髄』の一節を指しているか。後者の第一部第六巻第二章に次のような一節がある。「ただそう望むだけで、中国にいる一人の男を殺し、その財産をヨーロッパで相続できるとしたら、しかも理屈を超えた力によって、誰一人それを知る人がいないと確信できたなら、あなたはこの望みを抱くだろうか」

9—**ゴルディオスの結び目**　ゴルディオス王はゼウスの神殿に複雑な縄の結び方で戦車をつないだが、この結び目を解いた者がアジアの支配者になるという伝説を知ったアレクサンドロス大王は、結び目を一刀両断した。転じて、難題、難問。

10—**小王宮**　ルイ十八世の時代にはルーヴル宮のアルトワ伯（王の弟、将来のシャルル十世）が用いていたマルサン棟を指した。王党派のサロンであり、過激王党派の拠点でもあった。

11—**九番地**　当時、パレ＝ロワイヤルには五つの賭博場があった。九番地と、バルザックの小説『あら皮』の主人公が行く三六番地、『浮かれ女盛衰記』に出てくる一一三番地、『フェラギュス』で登場人物が行く一二九番地、そして一五四番地である。

12—**胴元がさらに三千六百フランを投げてよこした**　ルーレットでは数字ではなく赤か黒に賭けることもでき、その場合、配当は二倍。

13—**ラ・ブリュイエールの～自分の服しか汚していなかった**　『老嬢』にも同じ逸話がひかれているが、バルザックはラ・ブリュイエールの『人さまざま』の人物ではなく、そのモデルとなったブランカ伯爵のことを述べているらしい。

「三　死神だまし」

1—**コワニャールの事件**　ピエール・コワニャール（一七？？—一八三四）は、サント＝エレーヌ伯爵を名乗り陸軍中佐にまでなったが、一八一八年に、もと脱獄囚で警察に入った男ヴィドックによって逮捕された。

2—**ラグローとモラン夫人の事件**　一八一二年に起きた、モラン夫人がラグローに対する殺人未遂で懲役刑になった事件。

3—**ぼくのかわいいファンシェット～**　ジャン・バティスト・ヴィアル作、デュフレニー原作のヴォードヴィル『二人のやきもちやき』（一八一三年初演）、第十二場の三重唱より。

4―**ささいな秘め事**　もともとは短い祈禱を表したが、大して罪のない恋心の表出を指すようになり、ラ・フォンテーヌの一六七一年の『ランスの人々』にもこの言葉が使われている。

5―**ブレゲ**　アブラアム・ルイ・ブレゲ（一七四三―一八二三）はスイス出身の時計師で、パリで現在のオルロージュ河岸に店を構えていた。彼の時計はヨーロッパ中で粋な若者たちに人気だった。

6―**おおリチャード、おお我が王！～ブルーン**　グレトリー作曲のオペラ・コミック『獅子王リチャード』一幕でブロンデルが歌うアリアの一節。ダブランテス公爵夫人の『回想録』によると、エルバ島に向かうナポレオンは、ある夜リヨン近郊の町を歩きながら、この有名な歌を歌ったという。

7―**道化のヘラクレス**　十六世紀にローマのカラカラ浴場跡で発掘され、ファルネーゼ家が所蔵していた古代彫刻「ファルネーゼのヘラクレス」にかけた冗談。

8―**ペール・ラシェーズ墓地のヴィーナスのモデルになるんなら**　ミロのヴィーナス、カンピドリオのヴィーナスなどさまざまなヴィーナス像にかけた冗談。ペール・ラシェーズ墓地はパリ東部に十九世紀はじめに開かれた墓地で、『十三人組物語』の第一話『フェラギュス』結末部に詳しい描写がある。バルザックもここに葬られた。

9―**梨とチーズのあいだ**　食事の終わりの気楽な会話がはずむ時間を指す。ここでは梨に喩えられたポワレと、「チーズ」（つまらない人間、くさいもの）に喩えられたミショノー嬢の間も表しているか。

10―**ラフィット**　一八一四年から一八一九年までフランス銀行総裁、一八三〇年から総理大臣となる政治家のラフィットと、ボルドーワインの銘柄のシャトー・ラフィットをかけている。

11―**『孤独な男』**　ダルランクール子爵の小説を脚色したピクセレクールのメロドラマで、初演はゲテ座にて一八二一年七月。

12―**アタラ・ド・シャトーブリアンが書いた『孤独な男』**　ロマン派の作家フランソワ・ルネ・ド・シャトーブリアンが小説『アタラ』を書いた。二重にまちがっている。

13―**眠れ、愛しき者～**　スクリーヴ、ドラヴィーニュ作の『夢遊病の女』（一八一九年初演）に取り込まれたアメデ・ド・ボープランの有名な恋歌のリフレインより。

14―**お日様、お日様、〜**　当時、画学生のあいだで流行していた歌の一節。

15―**ゴンデュローという名の高級官吏**　ここで「ゴンデュロー」と名乗ったビビ・リュパンは、『浮かれ女盛衰記』で一八三〇年にカルロス・エレーラ神父になりすましたジャック・コランが再逮捕される時にも保安警察部長の地位にある。

16―**ソルボンヌ**　通常は、十三世紀に神学者ソルボンヌが開き、十九世紀には科学・文学・神学を教えていた教育機関を指す。

17―**ル・ピロット**　かつてのコレージュ・ド・フランス教授で王政復古期に罷免されたピエール・フランソワ・ティソ（一七六八―一八五四）が主宰した反政府的、自由主義的な新聞で、一八二一年から一八二七年まで刊行されていた。この場面は一八二〇年初頭なので時期的に合っていない。

18―**南仏のイチジクでも〜**　コランは南仏トゥーロンの徒刑場から脱走してきたのでそこに戻されると思っているようだが、実際は大西洋岸にあるラ・ロッシェルの徒刑場に送られ、再び脱走することになる。

19―**シリアへと旅立つ〜**　ラボルド伯爵が作詞し、オルタンス・ド・ボーアルネー（ナポレオンの妃ジョゼフィーヌが先夫とのあいだにもうけた娘）が作曲したこの歌は、ナポレオンのエジプト遠征に想を得ており、第一帝政期に流行したが、その後も特にナポレオン派の人々のあいだに受け継がれ、第二帝政期には非公式の国歌のようなものとなった。

20―**バイロン卿が〜言葉**　イギリスの詩人バイロン卿の作品『タッソーの嘆き』（一八一七）への言及。

21―**ヴェルマンドワ公爵が〜うらやましく思った**　ヴェルマンドワ伯爵、つまりルイ・ド・ブルボンは一六六七年にルイ十四世とルイーズ・ド・ラ・ヴァリエール嬢のあいだに生まれた庶子だが。誕生の際、産みの苦しみのさなかの愛人を支えていた王の袖飾りが破けたという。

22―**ルビコン川**　現在はフルミチーノ川と呼ばれる、イタリアとキサルピナ・ガリアの境をなしていた川。ローマ軍団の指揮官は、兵士を率いてこの川を渡り首都に入ってはいけないという国法があったが、カエサルは紀元前四九年に「賽は投げられた」と言って川を渡った。

「四　父の死」

1―**兵役の代理人にでも志願しようか？**　当時、兵役に行きたくない者は金を払って代理の者に行かせることが可能だったが、ゴリオ爺さんは歳を取りすぎている。

2―**フランス銀行**　一八〇〇年に創立されたフランス銀行は、一八一一年以降、ヴィクトワール広場の近くのヴリリエール通りに本拠を置いていた。

3―**小間使いのヴィクトワール**　バルザックはアナスタジーの小間使いの名を統一するのを忘れ、一六四ページではコンスタンスとしている。

4―**ルイ十四世に恋人を取り上げられた王女**　モンパンシエ嬢のこと。ルイ十三世弟ガストン・ドルレアンの娘。ルイ十四世は、彼女とローザン公の結婚を一度承認したが、三日後にそれを取り消し、公を投獄した。

5―**自分の結婚に絶望している**　ダジュダとロシュフィード嬢の結婚生活は『人間喜劇』のどこにも描かれていない。ただしダジュダは一八三三年に妻を亡くし、一八四一年にジョゼフィーヌ・ド・グランリュー嬢と再婚する。

6―**イタリア人大佐の背後にヴォートランの姿がちらつき**　タイユフェールの息子を決闘で殺したフランケシーニ大佐を大舞踏会でラスティニャックが見かけるという出来事をテクストから削除した際に、バルザックはこの部分も削除するのを忘れた。

7―**黄金のような瞳が～変わってしまう**　ラシーヌの戯曲『アタリー』三幕七場にある台詞のおおまかな引用。

幻滅　抄

【『幻滅』第一部〜第三部　梗概】

第一部　二人の詩人

パリに学び帰郷して、父の印刷所を引き継いだ青年**ダヴィッド・セシャール**。彼は、大黒柱を失って家族三人貧窮に喘《あえ》ぐかつての学友**リュシアン・シャルドン**を援助すべく自社に雇い入れる。打算のない友情からだが、リュシアンの妹エーヴを見かけてからは彼女に対する思慕も加わった。本性として詩人向きのダヴィッドと、軍医上がりの化学者だった亡父に自然科学を仕込まれたリュシアン、二十歳《はたち》と少しの青年二人は、しかしそれぞれの適性とは正反対の夢を抱く。紙の製造を安価にする発明に没頭するダヴィッドと、詩人として成功することを目指すリュシアン。現実的とは言いがたい経営陣のもと仕事が繁盛するわけもなく、二人は気づきもしなかったがダヴィッドの印刷所は同業のコワンテ兄弟によって都合の良い競合他社《あてうま》として生き永らえさせられる状態になっていた。コワンテ兄弟は父セシャールから新聞の権利を買い取った業者で、ダヴィッドが随分な額を支払って引き継いだセシャール印刷所は主な収入源であったこの新聞を失った搾《しぼ》りカスというのが実態である。

父親の反対を押し切ってエーヴとの結婚を決めるダヴィッド、いっぽう美青年リュシアンは田舎社交界の女王バルジュトン夫人に気に入られ、印刷所の仕事も辞めて上流人士たるべく邁進《まいしん》する。しかし二人のことが気に入らない田舎紳士や恋敵たちによってリュシアンとバルジュトン夫人の関係は不義密通として噂にされ、ついにはこの話を触れ回った紳士がバルジュトン氏と決闘沙汰《ざた》になった。こうした悶着《ちゃく》で居心地の悪くなったバルジュトン夫人は遠縁の権勢家デスパール侯爵夫人を頼り、リュシアンを伴って逃げるようにパリへと発つ。これはリュシアンにとって、間近に迫った妹と親友との結婚式を欠席することになるばかりか、貧しいうえに結婚準備で物入りな身内から旅費を搾り取っての逃避行である。彼は、きっとパリで成功して故郷に錦を飾ると約した。

第二部　パリにおける田舎の偉人

手を取り合って首都に上った二人だが、バルジュトン夫人はすぐに都会の人士と比べて垢抜けないリュシアンに愛想を尽かす。パリの屋根裏部屋《マンサルド》に独り住み込み、図書館に通って文筆で身を立てようとするリュシアン。芽が出ないなか、図書館で出会ったダルテス青年と友人になり、清貧と真摯を旨とする〈セナークル〉という誇り高い青年たちの仲間に迎え入れられるが、虚栄と惰弱《だじゃく》という悪徳に蝕《むしば》まれたリュシアンは食事処で知り合ったメフィストフェレスの誘惑に負け、泡銭《あぶくぜに》のシャボン玉きらめくジャーナリスムの世界に身を投じるのだった。

野党の新聞の紙上でバルジュトン夫人への復讐《ふくしゅう》を果たし、言われるままに王党派を攻撃、純な女優コラリーを愛人にして、出鱈目《でたらめ》な狂騒のなか宴会に賭博にと右から左へ悪銭を浪費するうち借金も膨れ上がる。いっぽうで新聞記者として社交界にも顔を出すうち、母方の祖先の爵位を回復して貴族を名乗る欲求が頭を擡《もた》げ、与党である王党派への接近を考えるようになった。そして王党派の新聞に鞍替《くらが》えし、表面上はちやほやされつつ、周囲を敵だらけにしていくリュシアン。ついには変節と裏切りの果てに友人ダルテスの著書を紙上で貶《けな》したことで〈セナークル〉の元友人と決闘になり、撃ち合った結果、数カ月の療養を余儀なくされる。動けない彼の看病をするコラリーは、リュシアンが彼女に隠していた経済状況や駆け引きの実態に触れて心を痛めた。

女優業と献身的な看護で無理をしたことが祟《たた》って今度はコラリーが床に伏せる。助けてくれる友人も奇跡的に残ってはいたが、ついにこの世を去った彼女の埋葬費用も自弁することができず、リュシアンは首都と決別し帰郷する意志を固めた。

第三部　発明家の苦悩

故郷へと向かう途上、リュシアンが荷物に紛れて只乗りした馬車には元バルジュトン夫人が乗っていた。かつてリュシアンと夫人の噂を流した恋敵《こいがたき》シクスト・シャトレ、今は新任のシャラント県知事として赴任するシクスト・デュ・シャトレ伯爵と共に、その妻としてである。そして徒歩で旅を続けるうちに偶然、リュシアンは自分の妹と親友の夫婦に降りかかった災難の話を耳にした。

リュシアンがパリに出発して以降もダヴィッド・セシャールは一貫して発明にばかり注力し、印刷所の仕事をおざなりにしていた。手形の不渡りを出したのを機に、エーヴは妻として夫を助けるべく印刷所の経営に積極的に乗り出す。彼女が有能そうであると見たコワンテ兄弟は、これまで生かさず殺さずにしておいたセシャール印刷所に圧力をかけ始めた。校正係セリゼを抱き込み、スパイをさせ、ついにエーヴが印刷所の売却を決断するまで追い込んでから、印刷所を賃借りしたいと持ちかける。これは、しばらく定期収入を宛がっておいてから契約を更新せず、窮するダヴィッドから新発明の製紙法の権利を取り上げてしまうための策略だった。こうした策動に加えて、パリで窮した際にリュシアンがダヴィッドの名前で偽造し振り出した手形の訴訟や、野心的な代訴人プティ＝クロの悪意ある関与、さらには貪婪《どんらん》な父親の打算もあり、ダヴィッドは負債を理由に身柄を拘束されることとなって、追っ手を逃れて隠れる羽目に陥った。

そこへリュシアンが帰ってくる。コワンテ兄弟は自分たちの新聞で「パリで成功した郷土の誇り」の帰還を讃え、彼を持《も》て囃《はや》した。パリで散々ジャーナリスムの虚構とカラクリに触れ、自身も翻弄《ほんろう》された経験を持つリュシアンだが、またも手もなく調子に乗せられてしまう。もちろんこれはリュシアンを利用してダヴィッドを捕まえるための計略だ。

一方でリュシアンもダヴィッドのために、元バルジュトン夫人・現シャトレ伯爵夫人に取り入ろうと考える。そして訪れた絶好の機会、今はセノンシュ邸となっている因縁のバルジュトン邸で、セノンシュ家の養女（実はセノンシュ夫人が婚前に宿した不義の実子）フランソワーズ・ド・ラ・エと、コワンテ兄弟と協力関係にある代訴人プティ＝クロとの結婚契約の晩餐会が幕を開けようとしていた。（以下本文に続く）

（田中未来）

バルジュトン邸におけるリュシアンの雪辱

フランソワーズ・ド・ラ・エ嬢の地位があいまいなものだったせいで、結婚契約署名の儀式にはアングレーム貴族の大半が出席した。将来の夫婦が結納もなしに結婚するというその貧しさが、社交界の関心をかきたてたのだが、社交界の人間はそうした関心を表に出したがるものなのである。施しも祝賀も同じで、自尊心を満足させてくれるような慈善を好むのだ。そこでピマンテル侯爵夫人、デュ・シャトレ伯爵夫人、セノンシュ氏、そしてセノンシュ家の常連二、三人は、町で大評判になるようなお祝いの品をフランソワーズに贈ったのである。

セノンシュ夫人ゼフィリーヌが一年がかりで整えてやった嫁入り道具や、代父からの宝石類、新郎からの慣例の贈り物にそれらのきれいな品々が加わって、フランソワーズを慰めるとともに、娘連れでやってきた母親たちの好奇心を刺激した。プティ＝クロとコワンテが早々に気づいたのは、貴族たちの牙城に彼ら二人が入り込んでいるのをアングレームの貴族たちがやむをえないと黙認していることだった。なにしろプティ＝クロはフランソワーズの財産管理人にして後見監督人であり、コワンテは死刑執行に首吊りの犠牲者が必要などとく、結婚契約の署名に不可欠な人物なのだから。しかし結婚の翌日になれば、プティ＝クロ夫人フランソワーズはなお代母セノンシュ夫人の家にくる権利を持つにせよ、夫の方はそうやすやすと受け入れてもらえるとも思えない。そこで彼は、この傲慢な連中に必ずや自分を認めさせるぞと心に誓った。プティ＝クロは両親の卑しい身分を恥じ、母親には隠居先のマンルから出ないよう言いふくめ、病気ということにさせて、結婚の承諾は書面で送るように頼んだ。自分の側は親もいなければ保護者もおらず、署名する者もいないのを気に病んだプティ＝クロは、社交界にも認められる友人として有名人を連れていけることを大いに喜んだ。しかもそれは伯爵夫人の会いたがっている人物でもある。という次第で彼はリュシアンを馬車で迎えにいった。

この記念すべき夜のため、詩人はほかの誰よりも文句なしに男前に見えるような身じたくを整えてあった。セノンシュ夫人もまた、今話題をさらっている人物の登場を皆に予告していた。仲たがいした恋人同士の再会は、田舎の人たちのとりわけ好む場面の一つなのだった。リュシアンは伊達男《ライオン》といっていい姿に変身していた。大変な美男子で、見違えるように立派になったともっぱらの噂だったから、アングレーム上流社会の女たちはみんな、ぜひまた会ってみたいものと思っていた。当時はいにしえの舞踏会用のキュロットから現今のみっともないズボンへの移行期で、リュシアンも細身の黒ズボンをはいていた。男たちは体の線をはっきりと見せるのがなお流行で、これはやせ男や体のぶかっこうな男にとって頭が痛かった。ところがリュシアンの体つきはアポロン的であった。透かし入りのグレーの絹靴下、小ぶりな短靴、黒サテンのチョッキ、ネクタイ、なにもかもがぴったりと体に張りついているかのようだ。カールさせた豊かなブロンドの髪が白皙《はくせき》の額を引き立たせ、巻毛がおしゃれにはねている。誇りに満ちた瞳がきらきらと輝く。女のような華奢《きやしゃ》で美しい手は手袋に隠し、出し惜しみしている。パリの名にしおうダンディー、ド・マルセーの物腰をまねたポーズを取り、ステッキと帽子をいつも片手に持ち、もう一方の手でたまにしなを作っては自分のせりふを強調した。リュシアンとしては、うわべだけの謙虚さから身をかがめてサン＝ドニ門［ルイ十四世の戦勝を祝って建立されたパリの凱旋門］をくぐる有名人たちのように、サロンにそっと忍びこみたいところだった。しかし一人しか友人のいないプティ＝クロは、この友に頼りきった。夜会の中頃、彼はリュシアンをもったいぶった様子でセノンシュ夫人のところまで連れていった。その途中で、詩人は人々のささやきを耳にした。かつてなら頭に血が上るところだったろうが、今は冷静なままだった。自分一人で、アングレームのお歴々全員に負けない自信があったのだ。

「奥様」と彼はセノンシュ夫人に言った。「わが友であるプティ＝クロは、法務大臣になれる素質をそなえた男ですが、奥様の身内になれるとはなんと幸せなことかと彼にお祝いを述べておきました。たとえ名づけの母親と娘との絆が強いものではないとしてもです（この言葉に込められた風刺は、聞いていないふりをしながら耳をそばだてていた婦人客たち皆に伝わった)。しかしわたくしといたしましては、奥様にごあいさつを申し上げる機会に恵まれましたことを喜んでおります」

よどみない口調、庶民のもとを訪れた大貴族といった物腰でリュシアンは述べたてた。そしてゼフィリーヌのもってまわった答えを聞きながら、サロンをぐるりと眺め渡してスタンドプレイのための地ならしをした。フランシス・デュ・オートワおよび知事の会釈にも、上品かつ少々含むところのある微笑で応じてみせた。それから、やっと見つけたというふりをして、ついにデュ・シャトレ夫人の方に近づいていった。これこそはこの夜会の一大事件だったので、公証人あるいはフランソワーズに私室へと案内された名士たちが結婚契約に署名する段取りだったのが、すっかり忘れられてしまった。リュシアンはデュ・シャトレ夫人、すなわちかつてのルイーズ・ド・ネーグルプリスの方へ何歩か歩きだした。そしてルイーズにとっては帰郷以来、すでに思い出となってしまっているあのパリ風の優雅な調子で、声高にこう言った。「奥様、あさっての県庁での晩餐会にご招待いただきましたのは、奥様のご好意のおかげでございますか?……」

「それはひとえにあなたのご名声によるものです」かつての保護者の誇りを傷つけてやろうとして言葉を練っておいたリュシアンの挑戦的な言い方にむっとしたルイーズは、そっけなく答えた。

「なるほど、伯爵夫人」リュシアンはずるそうでも高慢でもある調子で言った。「ご不興を買っている男を奥様のもとにお連れするようなことは、わたくしにはできませんので」そして返事を待たずに、司教に目をとめて振りかえり、ごく上品におじぎをした。「猊下《げいか》はほとんど予言者でいらっしゃいました」［司教がかつてリュシアンの才能を擁護したことへの暗示］と彼は愛想よく言った。「予言を完全に実現させるべく、これからも努力いたします。今晩こちらにうかがったのはわたくしにとって幸甚でした。ご拝顔の栄に浴しましたのですから」

リュシアンは司教相手に話し込み、会話は十分間も続いた。あらゆる婦人たちはリュシアンを畏敬の眼差しで見つめていた。思いがけず無礼な態度を取られたデュ・シャトレ夫人は声も出せず、返事もできなかった。リュシアンがサロンじゅうの女性たちの賛嘆を一身に集めているのを見、彼が夫人を小馬鹿にしてすっかりへこませたと、婦人客たちがあちこちにかたまって耳打ちしているのを聞いて、夫人の胸はしめつけられ、自尊心はぐらついた。「あの人、あんなことを言っておいてもし来なかったら、こちらはいい笑いものだわ」と夫人は考えた。「あの人、どうしてあんなにいばっているのかしら。デ・トゥーシュ嬢［リュシアンがパリで知り合った美貌の人気女流作家］があの人に夢中だとか？……あんなに美男子なんだもの！――女優が死んだ次の日に、デ・トゥーシュ嬢がパリのあの人のところに駆けつけたという噂だし……。きっと義理の弟を助けに戻ってきたんだろう。マンルでわたしたちの馬車の後ろにいたのは、途中で何か事故にでもあったのか。あの朝リュシアンは、シクスト［デュ・シャトレ］とわたしのことを妙な目でじろじろ見ていたっけ」

そんな思いが次から次へと湧いてきたが、哀れにもルイーズは、リュシアンが司教相手にサロンの王者然と話しているのを見つめるうち、いっそう物思いに溺れていくのだった。リュシアンは自分からは誰にも会釈せず、相手が自分のところまであいさつしにやってくるのを待ち、表情豊かにあたりに視線をさまよわせるその様子は、お手本とするド・マルセーさながら堂に入ったものだった。すぐ近くにセノンシュ氏の姿が見えても、司教のそばを離れてあいさつしに行こうともしない。

十分後、ルイーズはもうがまんできなくなった。立ち上がって司教のところまで行き、こう言った。「司教様、どんなお話をお聞きになっていらっしゃるのです。楽しそうにお笑いですけれど」

リュシアンは数歩後ろに下がり、それとなくデュ・シャトレ夫人と司教を二人きりにした。「いやはや、伯爵夫人。このお若い方はじつに才気煥発《かんぱつ》で！……何もかもが、いかにあなたのおかげかと話してくださっていたところでしたよ」

「わたくしは恩知らずではありませんから、奥様！……」リュシアンは非難の眼差しを投げつけ、その眼差しに伯爵夫人はうっとりとなった。

「ちゃんとお話をしましょう」夫人は扇を使ってリュシアンをそばに招きながら言った。「猊下と一緒に、どうぞこちらへ……猊下には裁き役をお願いしますわ」そう言って夫人は小部屋を示し、司教を案内した。

「あの人、司教様に妙な仕事をさせるのね」シャンドゥール派［税務署長シャンドゥールはアングレーム社交界の大物でデュ・シャトレのライバル］の女が聞こえよがしに言った。

「裁き役ですって？……」リュシアンは司教と知事夫人とを交互に見ながら言った。「それでは誰か罪人がいるのでしょうか」

ルイーズ・ド・ネーグルプリスはかつて自分専用だった小部屋の長椅子に腰を下ろした。自分の両脇にリュシアンと司教を座らせてから、夫人は話し始めた。リュシアンは気もそぞろな様子をしてみせたが、これは昔の恋人にとっては名誉でも、驚きでも、喜びでもあった。リュシアンの態度、しぐさは『タンクレーディ』〔ロッシーニ作曲のオペラ、一八一三年初演〕でパスタが「おお祖国よ！……」と歌いだすときのそれを思わせた。その顔は有名な「米の独唱曲《カヴァティーナ・デル・リッツォ》」〔『タンクレーディ』フィナーレの有名なアリア「この甘美なときめきの中」のこと。ロッシーニはこの曲をヴェネツィアで米料理を待つあいだに作ったとされ、この俗称がある〕を歌っていた。女優のコラリーに演技を学んだ成果か、とうとうリュシアンは目に少々涙を浮かべることにまで成功した。

「ああ、ルイーズ。あなたをどんなに愛していたことか」伯爵夫人が涙に気づいたとみるや、夫人の耳元でささやいた。司教のことも会話もそっちのけで。

「涙をおふきなさい、さもないとわたし、またここで、困った立場に追いこまれてしまいます」夫人はリュシアンの方を向いて、ほかに誰もいないかのように懇願した。司教は気分を害した。

「あんなことは一度でたくさんです」とリュシアンは強い口調で言った。「デスパール夫人のいとこがそう言われるなら、マグダラのマリアの涙でも乾いてしまうでしょう。それにしても、いろいろな思い出が蘇《よみがえ》ってきてしまって。ぼくが抱いていた幻想の数々、二十歳のころのことなんかが。それをあなたはぼくから……」

昔の恋人同士のあいだにいたら自分の威厳が損なわれかねないと知って、司教はあたふたとサロンに戻っていった。人々は知事夫人とリュシアンを二人きりにしておいてやろうじゃないかというふりをした。しかし十五分ほどたつと、ほかの連中が噂したり笑ったり、二人のいる部屋の敷居まで行ってみたりするのに腹を立てたシクストは、ひどく不安そうな顔で部屋の中に入った。するとリュシアンとルイーズは大いに話がはずんでいるところだった。

「いいかい」シクストは妻の耳元で言った。「あなたはアングレームのことをわたしよりもよく知っているのだから、自分が知事夫人だということ、そして政府のことをよく考えてもらわなければ」

「あなた」ルイーズは主人ぶってさし出がましいことを言う夫をじろりと一瞥《いちべつ》し、高慢な態度で震え上がらせながら言った。「リュバンプレさんとは、あなたにとって大切な件についてお話ししていますのよ。下劣きわまる陰謀の犠牲になりかかっているある発明家を救おうという話なのですが、あなたにぜひ力を貸していただきたいの……。ほかのご婦人方がわたしについてどう思おうが、まあ見ててごらんなさい。あの人たちの毒舌など、わたしが縮み上がらせてやりますから」

夫人はリュシアンの腕にもたれて部屋から出た。そして貴婦人ならではの不敵さで、おおっぴらにリュシアンとくっついたまま、結婚契約の署名をしに彼を連れていった。

「一緒に署名しましょうか？……」夫人はそう言ってリュシアンにペンを差し出した。

二人の署名が隣同士になるようにと、夫人は自分の署名したところをリュシアンに指で示してやった。

「セノンシュさん、リュバンプレさんだってすぐにおわかりになりました?」夫人はそう言って、無礼な狩猟家〔セノンシュは狩猟好きの伯爵〕がリュシアンにあいさつせざるをえないようにした。

夫人はリュシアンをサロンに連れていき、あたりを睥睨《へいげい》する中央の長椅子の、自分とゼフィリーヌのあいだに腰かけさせた。玉座についた女王という風情で、最初のうちは声を低めて、明らかに皮肉をまぶした話をしはじめた。やがてかつての男友だちや、夫人に取り入ろうとする女たちが会話に加わった。たちまち一座の花形となったリュシアンは、伯爵夫人に促されるままパリでの暮らしについて話しはじめ、風刺をきかせつつ、即興で熱弁をふるい、有名人についての逸話をちりばめた。まさに会話のご馳走というべきもので、田舎の人たちはこれに目がない。リュシアンの容姿に見とれた人たちは、今度はその才気に感心した。デュ・シャトレ伯爵夫人はリュシアンのことがいかにも自慢でならない様子で、自分の楽器にほれこんだ女のごとくみごとに彼をあやつった。タイミングよく合いの手を入れ、彼のために称賛を求めるその目つきは、悪い噂を立てられかねないもので、事実、ルイーズとリュシアンが同時に故郷に帰ってきたのは、二人の熱烈な恋が何かお互いの誤解によりうまくいかなくなったからなのだと考えはじめる女たちもいた。デュ・シャトレとのお似合いとはいえない結婚はあてつけで、それに対する反動が生じているのだろうと。

深夜一時になって、ルイーズは立ち上がる前にリュシアンにそっとささやいた。「では、あさって来てください。きっとですよ」

ルイーズはごく親密な様子でリュシアンに会釈してから、夫であるデュ・シャトレ伯爵のところへ行って声をかけた。伯爵は帽子を探している最中だった。

「さきほど妻の言ったことが本当ならば、リュシアンくん、わたしがなんとかしよう」パリでもそうだったように、彼をおいてさっさと行こうとしている妻の後を追いかけながら伯爵は言った。「もう今夜から、あなたの義理の弟さんは自由の身だと考えてかまいませんよ」

「伯爵はわたくしに、それくらいの借りがおありですよ」とリュシアンは微笑んで答えた。

「いやはや、これでこっちはおじゃんだな……」とコワンテはこのあいさつの様子をうかがっていたプティ＝クロに耳打ちした。

プティ＝クロはリュシアンの成功に愕然《がくぜん》となり、輝かしい才気と優雅な所作に仰天しながらフランソワーズ・ド・ラ・エの方を見ていた。彼女はリュシアンへの称賛の念を満面に浮かべて、結婚相手に対し「あなたもお友だちのような人になってください」と言わんばかりだった。

プティ＝クロの表情に突如、喜びがきらめいた。

「知事の晩餐会はあさってです。こっちにはまだまる一日ありますよ」と彼は言った。「万事おまかせください」

「な、すごいだろう」深夜二時、歩いて家に帰る途中リュシアンはプティ＝クロに言った。

「来た、見た、勝ったさ！〔戦勝を報告するカエサルの言葉〕あと何時間かすれば、ダヴィッドはもうすっかり幸せになれる」

「おれが知りたかったのはこの点だけなんだ」プティ＝クロは心中で考えた。「きみは詩人だと思っていたが、ローザン〔十七世紀フランスの元帥、宮廷人で艶福家〕でもあるんだな。つまり二倍も詩人というわけだ」彼はリュシアンと、それが最後となる握手をかわしながら答えた。

悲痛のきわみ

「ねえ、エーヴ」リュシアンは妹を起こしながら言った。「いい知らせだよ！　あと一カ月もすれば、ダヴィッドの借金は帳消しだ……」

「それはどうして？」

「いいかい、デュ・シャトレ夫人はスカートの下に昔のルイーズを隠していたんだよ。あの人はぼくのことをかつてないくらいに愛している。そしてぼくらの発明を助けるため、夫に言って内務省に報告させようとしているんだ……。これでもう、ぼくらの苦しみも、せいぜいあとひと月さ。そのあいだに知事に仕返しして、あいつを世にも幸せな亭主にしてやるぞ」

エーヴは兄の言葉を聞きながら、夢の続きを見ているような気がした。

「二年前にそこで子供みたいに震えていた、あの灰色の小さなサロンをまたみて、あの家具や絵やら人々の顔を眺めて、目からうろこが落ちたよ！　パリがどれほどぼくらの考えを変えてくれることか」

「それで幸せになれるの？……」エーヴはやっと兄の話を理解して言った。

「さあ、もう寝なさい。明日、朝ごはんのあとで話そう」とリュシアンは言った。

セリゼの計画というのは、きわめて単純なものだった。田舎の執達吏《しったつり》が債務者をつかまえるのに用いる策略の一つであり、成功するかどうかは不確かなものとはいえ、この場合はきっと成功するはずだった。それはリュシアンとダヴィッドの性格ばかりでなく、二人の抱いている希望のこともよく考えたうえで練られた計画だったからだ。若い女工たちのドン・ジュアンであり、娘たちを互いに反目させあって統治しているこのコワンテ印刷所の校正係は、今は特別な任務を負っているわけだが、バジーヌ・クレルジェのところで働いている洗濯娘にかねてから目をつけていた。アンリエット・シニョルという、セシャール夫人に負けないべっぴんで、両親はアングレームから二キロ、サント街道沿いの地所に暮らす零細のブドウ農家だった。田舎の人たちが皆そうであるとおり、シニョル夫婦もまた一人娘を手元においておくような余裕はなかった。そこで娘を奉公に出し、女中として働かせることにした。田舎では、女中は上等の肌着類を洗濯してアイロンをかける腕前が必要とされる。プリユール夫人――バジーヌはゆくゆくはその跡を継ぐはず――の評判がたいそういいので、シニョル夫婦は食費と下宿料を払って娘をそこに見習いに出した。プリユール夫人は親代わりをもって任ずる田舎の女主人の一人だった。見習いの娘たちと家族同然に暮らし、皆を教会に連れて行き、注意深く監督した。

アンリエット・シニョルはスタイルのいい黒髪の美人で、挑発的な目をし、豊かな髪を長くのばして、肌は南仏の娘のような白さ、モクレンの花の白さだった。それゆえアンリエットは、町のはすっぱ娘たちのうちセリゼが最初に目をつけた一人だった。とはいえ堅気の農家の娘である。男の言いなりになったのは、嫉妬《しっと》をかきたてられたせい、また悪いお手本を見せられたせいでもあり、そしてコワンテ兄弟のところで助監督になったセリゼに「おまえと結婚するつもりさ」という魅力的な文句を聞かされたせいだった。じつはシニョル夫婦が一万から一万二千フラン相当のブドウ畑を持ち、ちゃんとした小さな家も持っていると知ってあわてたセリゼは、アンリエットが決してほかの男の妻になれないようにしてしまったのである。美人のアンリエットとセリゼの仲がそこまで進んでいたときに、プティ＝クロからセシャール印刷所の所有者にしてやろうと言われ、いわば出資金として二万フランを提示されたのだが、プティ＝クロとしてはその金でセリゼを縛ろうというわけだった。将来の見通しに目のくらんだ校正係は、すっかりのぼせあがり、シニョル嬢が野心の妨げのように思えてきて、哀れな娘をかえりみなくなってしまった。絶望したアンリエットは、相手が自分を捨てたがっているらしいと見て、いっそう校正係にしがみついた。ダヴィッドがクレルジェ嬢のもとに潜んでいるのを知ったセリゼは、アンリエットに対する態度を改めないまでも、考えを変えた。辱《はずかし》められたことを隠すため当の誘惑者と結婚しなければならないはめに陥った娘は一種狂気じみた思いにさいなまれるものだが、セリゼはそれを自分の出世のために利用してやろうと考えたのだ。

リュシアンがルイーズの心をふたたび獲得することになったあの日の朝、セリゼはアンリエットにバジーヌの秘密を教え、自分たちの財産も結婚も、ダヴィッドの隠れ場所を突き止められるかどうかにかかっているのだと言った。そう聞かされたアンリエットはたちまち、ダヴィッドはクレルジェ嬢の小部屋に隠れているに違いないと認めた。そんなスパイ行為をしでかしたものの、娘には悪気は少しもなかった。だがこれを第一歩として、セリゼは娘を裏切りの道に引っ張りこんでしまったのである。

リュシアンがまだ眠っているころ、夜会の結果を聞きにやってきたセリゼは、プティ＝クロの書斎で、これからアングレームに反響を巻き起こすに違いないささやかな大事件の数々を聞かされた。

「リュシアンはここに戻ってきてから、あんたに何か一筆よこしたことがありますか？」プティ＝クロが話しおわると、元パリジャンは満足げにうなずきながらたずねた。

「受け取ったのはこれ一通だが」と代訴人は言って手紙を差し出した。それは妹が使っている便箋にリュシアンが数行記したものだった。

「これでよしと」セリゼが言った。「日没の十分前に、ドゥーブロンにパレ門のところで待ち伏せしてもらいましょう。憲兵隊を隠して、部下を配置しておくんです。あの男はあんたの手に落ちたも同然です」

「おまえの方は大丈夫なんだろうな」プティ＝クロはセリゼをじろじろ見て言った。「おれの方は偶然まかせで」と元パリの悪童は言った。「でも偶然ってのは何とも奇妙なやつで、正直者が嫌いときている」

「うまくやるんだぞ」代訴人がそっけなく言った。

「うまくやりますとも」セリゼが言った。「おれをこの泥んなかに落としたのはあんたなんだ。泥のぬぐい賃にお札を何枚かいただかないことにゃ……。だがね、旦那」セリゼは代訴人の顔に浮かんだ表情が気にくわず、こう続けた。「もしあんたがおれをだまして、一週間以内に印刷所を買ってくれないようなときには……。そうなったら、あんたはまだうら若い後家さんを後に残すことになるからな」パリの悪童は殺気のこもった日でにらみながら、声をひそめて言った。

「ダヴィッドを六時に収監できるとして、おまえは九時にガヌラックのところに来てくれ。おまえの件はそこでかたづけよう」代訴人はきっぱりと言った。

「合点ですとも。おまかせください、旦那様！」セリゼが言った。

今日《こんにち》税務署の収益を危うくしている、書類の文字を消し去るペテンのやり口をセリゼはすでに知っていた。リュシアンの書いた四行をきれいに消し、この校正係の社会的将来が憂慮されるほどの巧みさで筆跡をまねて、次の文句を書きつけた。

「親愛なるダヴィッド、心配せずに知事邸に来ていい。きみの一件は解決した。この時間なら外に出てもかまわないだろう。こちらから迎えに行く。知事相手にどう対応すればいいのか、教えてあげたいので。

きみの兄　リュシアン」

リュシアンは正午にダヴィッドに手紙を書き、夜会での成功を知らせ、知事が後ろ楯になってくれると請け合った。知事は発明のことを聞いて大喜びで、今日中にも大臣に報告してくれるはずだからと伝えたのである。この手紙をマリオンが、リュシアンのシャツを洗濯に出すという口実のもとバジーヌ嬢のところに運んできたとき、プティ＝クロからそういう手紙が届くだろうと聞かされていたセリゼは、アンリエットを連れ出してシャラント川のほとりを一緒に散歩しに行った。おそらくはアンリエットの良心が長いあいだ抵抗したのであろう、散歩は二時間に及んだ。子供一人の利益のみならず、将来の幸福、財産がそっくりかかっているのである。しかもセリゼが求めているのはほんのちょっとしたことだったし、それがどんな結果を生むかは話さずにおいた。とはいえ、つまらない仕事に対し莫大な報酬を持ちかけられたことでアンリエットはおびえてしまったのである。だが結局セリゼは、自分の策略に加わることを愛人に承知させた。五時になったら、アンリエットは一度外に出てから戻り、セシャール夫人がすぐ来てくれるよう頼んでいるとクレルジェ嬢に言う。クレルジェ嬢が出ていって十五分たったら二階に上がり、小部屋のドアをノックしてダヴィッドにリュシアンからのにせ手紙を渡す。あとは偶然が味方してくれるだろうとセリゼは考えていた。

エーヴは、一年あまりこのかた締めつけられてきた「苦境」の鉄かせが、初めてゆるむのを感じた。とうとう希望が湧いてきたのである。彼女もまた、兄と一緒に楽しみたかった。故郷に錦を飾り、女たちにちやほやされ、誇り高いデュ・シャトレ伯爵夫人の寵愛を受けている男の腕にもたれて人前に出てみたかった。そこできれいに化粧をし、夕食後、兄の腕を借りてボーリューを散歩しようと決めた。九月のその時刻、アングレームの人たちはみな夕涼みに出かける。

「ほら！　美人のセシャール夫人だよ」エーヴを見て何人かがそう言った。

「あのひとがあんな態度を取るなんて、思いもよらなかったわ」という女もいた。

「ご亭主は隠れているのに、奥さんが出歩いているとはね」ポステル夫人がエーヴに向かって聞えよがしに声高《こわだか》に言った。

「帰りましょう、来るんじゃなかったわ」エーヴは兄に言った。

日没の数分前、ざわざわと人だかりのする音がルモーへ下りる坂道から響いてきた。リュシアンと妹は好奇心からそちらに足を向けた。ルモーから来る者たちが、何か犯罪があったらしいと話をしているのが耳に入ったのである。

「つかまったのはきっと泥棒か何かですよ……。死人のように真っ青な顔をしていました」

徐々にふくれあがっていく群衆の方へ兄妹が駆けていくのを見て、通行人が声をかけた。

リュシアンも妹も、少しも不安を感じてはいなかった。子供やお婆さん、仕事帰りの労働者など三十人ばかりが憲兵隊より先におしかけ、飾り紐のついた憲兵の帽子が人だかりの中できらめいている。その集団に、さらに百人ほどの群衆が続き、夕立雲のように進んでいた。

「あっ」エーヴが言った。「あれはわたしの夫です!」

「ダヴィッド!」リュシアンが叫んだ。

「奥さんが来たぞ!」群衆は左右に分かれながら言った。

「どうして外になんか出たんだ?」リュシアンがたずねた。

「きみが手紙をくれたから」ダヴィッドは血の気の引いた表情で答えた。

「こんなことになるのではないかと思ってたわ」そう言うとエーヴは気を失って倒れた。

リュシアンは妹を助け起こし、二人の人に助けられて家まで運んだ。マリオンが彼女をベッドに寝かせた。コルブは医者を呼びに飛び出していった。医者が来たとき、エーヴはまだ意識を取り戻していなかった。リュシアンは自分がダヴィッド逮捕の原因なのだと母親に白状せざるをえない立場だった。にせ手紙が生んだ勘違いのことなど、彼にはわかるはずもなかったからだ。母の呪いのこもった目つきに打ちのめされたリュシアンは、自室に上がって閉じこもった。

最後の別れ

次の手紙は、リュシアンが真夜中、何度も筆を止めながら書いたものである。一語一語吐き出すように記されたその文章を読めば、リュシアンの千々に乱れる胸のうちをおしはかることができるだろう。

「愛する妹よ、さきほど会ったのがぼくらの会う最後だ。ぼくの決心は固い。そのわけはこうだ。多くの家族には命取りとなる人間が一人いて、そいつが家族にとって一種の病気となっている。おまえたちにとってはぼくがそれだ。これはぼくの思いつきではなく、世の中をたっぷり見てきた人物の意見なのだ。ある晩、ぼくらは友だち同士水入らずで、〈ロシェ・ド・カンカル〉で食事していた。次から次へと冗談を言い合ううち、外交官の男が言った。嫁にいかずにいるというので不思議がられている娘がいたのだが、その娘は彼によれば父親の病気をわずらっているんだという。そして家族の病気に関する自説を披露してみせたんだ。これこれの母親がいなかったならこの家は繁栄していただろう、これこれの息子が父親を破産させた、これこれの父親が子供たちの将来をぶちこわし人々の敬意を損ねた、等々。笑いまじりに述べられたとはいえ、この社会的理論を裏打ちする実例がわずか十分間で続々と出てきて、ぼくはびっくりしてしまった。新聞記者たちというのは煙に巻く相手がいないときには、互いに法外な、とはいえ気のきいた証明つきの逆説をもてあそぶものだが、この真理はそれを償ってあまりあるものだった。

そうなんだ。ぼくはわが家にとって命取りとなる男だ。心は優しさでいっぱいなのに、敵のようにふるまってしまう。おまえたちがさんざん尽くしてくれたのに対し、災いをもってこたえた。意図せずして加えた最後の一撃は、とりわけむごいものだった。このぼくがパリで歓楽とみじめさに満ちた下劣な暮らしを送っていたとき、仲間どうしのなれあいを友情と勘違いし、真の友を捨てて、ぼくを利用するつもりの、そして事実ぼくを利用することになる連中とばかりまじわり、おまえたちのことを忘れ、たまに思い出せば迷惑ばかりかけるといった具合だったのに対し、そのあいだおまえたちはつつましく仕事に精を出し、ぼくが愚かにも策を弄《ろう》して得ようとした幸運に向かって苦労しながら、一歩一歩あゆんでいた。おまえたちがよりよい人間になっていったのに対し、ぼくは不吉な要素を暮らしのうちに育んでいったのだ。そうなんだ。ぼくは並はずれた野心を抱いていて、つつましい暮らしに甘んじることができない。いろいろな味や楽しみを覚えてしまい、それを思い出すと以前ならば満足していたはずの手近な喜びが台なしになってしまう。ああ、愛するエーヴ、ぼくは自分のことを誰よりも厳しく糾弾している。全面的に容赦なく糾弾しているのだ。パリで戦うには一刻も力をゆるめてはならないのに、ぼくの場合、意志が気まぐれにしか湧いてこない。脳が断続的にしかはたらかないのだ。未来を思えばあまりにもこわいから未来などほしくない。だが現在も耐えがたい。おまえたちに会いたくなって来てしまったが、永遠に故郷を捨てるべきだったのかもしれない。だが生活手段もなしに故郷を捨てるのは馬鹿げているし、ぼくはもうこれ以上馬鹿げた行いはしたくない。不完全な人生よりも死の方が好ましく思える。それにどのような地位についたとしても、虚栄心のあまりに強いぼくは必ずや愚行をおかしてしまうだろう。ある種の人間はゼロのごときもので、何か先立つ数が必要なのだ。そうすれば彼らの無は十倍の値打ちを得る。ぼくが値打ちを得るには強い、冷酷な意志と結びつくほかない。バルジュトン夫人はそんなぼくにぴったりの女だった。ぼくの人生が失敗したのはコラリーを捨てて彼女を取らなかったからだ。ダヴィッドとおまえならばぼくの素晴らしい導き手となれるだろう。だがおまえたちにはぼくの弱さをおさえつけるだけの強さがないし、ぼくの弱さは指導の手をすり抜けてしまう。ぼくはつらいことのない、安楽な暮らしが好きだ。そして厄介から逃れるためには、とんでもなく卑怯《ひきょう》なこともやり、それが仇となるのだ。ぼくは生まれながらの王子様さ。出世するための才知は必要以上に備えているが、とはいえそれは一瞬しかきかない。幾多の野心家たちが出世を目指して挑んでも、その中で報われるのは、才知をけちけちと必要な分しか用いず、一日の終わりにもまだ充分に余裕を残しているといった人物だけなのに。ぼくの場合はここでやったとおり、この上ない善意から出た行為が悪を及ぼしてしまう。樫のような人間がいるが、ぼくはきっとお上品な灌木《かんぼく》でしかない。それなのに杉のつもりでいるとは。以上がぼくの決算報告だ。能力と欲望のあいだの不一致、不均衡によってぼくの努力はいつだって無にされる。知識階級にはこうした性格の持ち主が多いが、それは知性と性格、意志と欲望のバランスがいつも崩れているからなのだ。いったいぼくの運命はどうなるのだろう。パリのかつての花形が今では忘れられている例を何人かこの目で見たが、それを思い起こすと自分の将来も予見できる。老年にさしかかるころ、ぼくは財産も名誉もなく、年齢以上にふけこんでいるだろう。現在のぼくはそんな老年を断固拒んでいる。社会の屑にはなりたくない。

愛する妹よ、近ごろはぼくに厳しい態度で接していたが、それでもぼくは優しかった昔と同じようにおまえを愛しく思っている。おまえに再会する喜びは高くついてしまったが、しかし将来おまえとダヴィッドは、おまえたちを愛していた哀れな男が最後の幸福を味わうにはどんな犠牲も高すぎはしなかったと思ってくれるだろう……。ぼくを探さないでくれ。ぼくがどうなったかも探らないでくれ。ぼくの知性は、少なくとも自分の意志を実現する役には立ってくれるはずだ。妹よ、あきらめは日々の自殺だ。ぼくのあきらめは一日しか続かない。それを今日利用するつもりでいる……。

夜の二時に

そうだ。きっぱり決心した。愛するエーヴ、永遠にさようなら。自分がもうおまえたちの心のうちでしか生きつづけないのだと思うと、安らぎを感じる。おまえたちの心がぼくの眠る墓なんだ……。ほかに墓はいらない。もう一度、さようなら！……兄の最後のお別れだ。

リュシアン」

この手紙を書きおえると、リュシアンは物音一つたてず階下に下りて、手紙を甥《おい》っ子《こ》のゆりかごの上に置き、眠っている妹の額に涙まじりの最後の接吻をして、部屋を出た。明け方、手燭《てしょく》の火を消すと、最後にもう一度この古い家を眺めてから路地に出る戸をそっと開けた。だが用心したにもかかわらず、仕事場の床にマットレスを敷いて寝ていたコルブ［ダヴィッドの印刷所の職人。アルザス出身で訛《なま》りがある］を起こしてしまった。

「ダレ！……」コルブが叫んだ。

「ぼくだよ」とリュシアンは言った。「ぼくは出て行くよ、コルブ」

「あなた戻ってこないほうがよかったネ」コルブはひとりごとのように言ったが、リュシアンにははっきり聞こえた。

「この世に生まれてこないほうがよかったのさ」リュシアンは答えた。「お別れだ、コルブ。恨んだりしないよ、自分でもそう思ってるんだから。ダヴィッドに伝えてくれ、きみに接吻できなかったことだけが心残りだってね」

コルブが起き上がり、服を着たときには、リュシアンはすでに家の戸を閉め、ボーリューの散歩道を通ってシャラント川へ下りていくところだった。祝宴にでも出かけていくような身なりだったが、それは彼がパリ仕立ての服、ダンディー風の立派な身のまわり品を死装束のつもりで身につけたからだった。リュシアンの口調、最後にもらした言葉に驚いたコルブは、女主人は兄の出発を知っているのかどうか、別れのあいさつは受けたのかどうか聞きに行こうとした。だが家の中がしんと静まり返っているので、この出発はわかっていたことなのだろうと考え、また寝てしまった。

街道での偶然

問題の重大さにひきかえ、自殺についてはほとんど書かれていないし、研究もされていない。おそらくこの病気は研究不可能なのだろう。自殺とは、名誉と区別して自己尊重とでも呼びたい感情の結果である。自分を軽蔑するとき、自分が軽蔑されていると感じたとき、人生の現実が自分の希望と一致しないとき、人は自殺し、社会に敬意を表するのだ。なぜなら美点も栄光もはぎとられた姿を社会の前にさらすまいとして自殺するのだから。なんと言おうが、無神論者のうち（キリスト教徒は自殺者から除かなければならない）、不名誉な人生を受け入れるのは卑怯者だけである。

自殺には三種類ある。まず長わずらいの最後の発作にほかならないような自殺。これは確かに病理学の領域に属するものだ。それから絶望による自殺。そして理性による自殺である。リュシアンが自殺しようとしたのは絶望と理性の両方によるが、その二つの場合、自殺は思い止《とど》まることができるものだ。というのも止めようがないのは病理学的な自殺のみなのである。しかしジャン＝ジャック・ルソーの場合のように、三種類が結合している例も多い［ルソーの自殺説は十九世紀にはしばしば唱えられたが、現在では否定されている］。

ひとたび決心したリュシアンは、自殺の方法をどうするか思い悩み、詩人なのだから詩的な死をとげたいと考えた。まず思いついたのは、単純にシャラント川に身投げすることである。だがボーリューの坂道をこれが最後と下りていくうち、自殺が引き起こす騒ぎが聞こえてきて、川面に浮かぶ自分の死体のおぞましい光景が目に見えるようだった。変わり果てた遺骸は警察の調査の対象となる……。ある種の自殺者がそうであるように、リュシアンも死後の自分に対する自尊心を抱いたのである。

前にクルトワの水車小屋で過ごしたとき、川べりを散歩していて、水車小屋から遠くないところの水面に円を描いて広がった部分があるのに気づいていた。ちょっとした水の流れによく見かけるものだが、水面の静けさから見てそこは非常に深くなっているはずだった。水の色ももはや緑や青ではなく、澄んでもいないし黄色でもない。まるで磨き上げたはがねの鏡のようである。そのまわりだけはグラジオラスも、青い花も、スイレンの大きな葉もない。岸辺には短い草が密生し、シダレヤナギが何本も、いずれ劣らず美しく植わっていた。水をなみなみとたたえた淵《ふち》になっていることが容易に見て取れた。ポケットに小石を詰めるだけの勇気がある人間なら、必ずやここで死におおせるだろうし、死体も決して見つかるまい。詩人はこのちょっときれいな景色を眺めながらかつて思ったものだった。「溺れ死ぬとしたらぜひこんな場所を選びたいものだな」

ルモーまでやってきたとき、その思い出が蘇った。そこでリュシアンはマルサックの方へと、これが最後という陰鬱な考えにふけりながら歩き出し、こうやって死の秘密を隠し抜こう、調査の対象になるのも、埋葬されるのも、水面に浮かんだ溺死体の醜悪さを人目にさらすのもまっぴらだと固く心に誓った。やがてフランスの街道沿いでよく出会う、そしてアングレームとポワティエのあいだには特に多い丘のふもとにたどりついた。ボルドーからパリまで行く駅馬車が勢いよくやってきた。乗客たちはおそらくここで下りて、長い坂道を歩いて登るのだろう。リュシアンは姿を見られたくなかったので、細い溝にわけ入って、ブドウ畑で花をつみはじめた。街道に戻ったときには、ブドウ畑の石ころのあいだに咲く黄色の花、セダム［マンネングサ］の大きな花束を手に持っていた。道に出るとすぐ目の前に、全身黒ずくめの旅人の後ろ姿があった。頭に髪粉《かみこ》を振り、オルレアン産子牛の革で作った銀の留め金つきの靴をはいて、顔は日に焼け、子供のころ暖炉に落ちたような傷跡があった。一目見て聖職者と思えるこの旅人は、ゆったりとした足取りで、葉巻をふかしながら歩いていた。リュシアンがブドウ畑から道に飛び出したのを聞きつけて、見知らぬ男は振り返り、憂愁に沈んだ詩人の美貌、象徴的な花束、優雅な身なりにはっとしたようだった。旅人は、長いあいだむなしく捜し求めてきた獲物をついに見つけた狩人を思わせた。彼は、航海用語で言えば、リュシアンが船首をこちらに向けて接近するにまかせ、丘のふもとを眺めるふりをして歩みをのろくした。同じようにふもとを見たリュシアンは、そこに二頭立ての幌つき四輪馬車と、立っている御者の姿を認めた。

「駅馬車を行かせてしまいましたね。わたしの馬車に乗って追いかけなければ、座席をふいにしてしまいますよ。なにしろ駅馬車は普通の乗合馬車よりも速いですからな」旅人は強いスペイン語訛りで、ごく丁寧にそう言った。

リュシアンの答えを待たずに、スペイン人はポケットから葉巻ケースを取り出し、相手が一本取れるようケースを開けたまま差し出した。

「ぼくは旅の者ではありません」とリュシアンは答えた。「それにもうすぐ目的地に着きますから、葉巻を楽しむ暇もないのです……」

「ご自分に厳しくしていらっしゃる」とスペイン人は切り返した。「わたしはトレド大聖堂の名誉参事会員だが、ときには葉巻くらいやりますよ。われらの情熱と苦しみをしずめるため、神はタバコをくださったのです……。お見受けしたところ何か悩みがおありらしい。少なくともお手もとの花束がそのしるしです［セダムの語源は「鎮める」の意味のラテン語セダーレ。昔は軟膏の原料として使われた］。まるで悲しい結婚の神みたいだ［結婚の神は花の冠をかぶった美青年として描かれる］。さあ……。悩みなど煙と一緒に飛んでいってしまいますよ……」

そういって神父はもう一度、誘うように麦わら製の葉巻ケースを差し出し、リュシアンに思いやりのあふれる眼差しを注いだ。

「神父様、失礼ですが」リュシアンはぶっきらぼうに答えた。「ぼくの悩みを晴らせる葉巻などございません……」

そう言うリュシアンの目は涙でうるんだ。

「おやおや、お若い方。それではこれは神様のおぼしめしでしたかな。朝方、旅の者なら誰しもとりつかれる眠気をさまそうと、少しばかり歩いてみる気になったのは。そのおかげであなたを慰めて、この世でのわたしの使命を果たすことができるのですから……。さて、あなたのお歳《とし》で、いったいどれほど大きな悩みをお持ちなのです？」

「神父様、慰めていただいても無駄だと思います。あなたはスペイン人でいらっしゃる。ぼくはフランス人です。あなたは教会の戒律を信じていらっしゃるが、ぼくは無神論者ですから……」

「ピラール教会の聖処女様《サンタ・ピルヘン・デル・ピラール》！……無神論者ですと！」神父は叫ぶと、母親のようにかいがいしくリュシアンの腕を取った。「それこそはわたしがパリで観察してみたいと思っていた珍妙な物のひとつですぞ。スペインでは、無神論者がいるとは信じられないもので……。フランスだけですよ、十九歳でそんな意見を持ったりできるのは」

「いや、ぼくは完全な無神論者なのです。神も社会も、幸福も信じていません。神父様、まあぼくをよく見ておいてください。あと何時間かで、この世からいなくなるのですから……。太陽もこれが見納めだ！……」リュシアンは空を指さしながら、いささか大げさな調子で言った。

「いやはや、死ぬなんて、いったい何をしでかしたんです？　誰に死刑を宣告されたんです？」

「最終審の法廷――ぼく自身ですよ！」

「子供みたいなことを！」と神父は声を高めた。「誰かを殺したんですか？　断頭台が待っているとでも？　少しは考えてみましょう。あなたは無に帰りたいのだと言う。そうならば、あなたにとってこの世のことは一切どうでもいいわけだ」

リュシアンは同意のしるしにうなずいた。

「だとすれば、ひとつわたしに悩みを話してみてはもらえないか……。どうせ色恋がうまくいかなくなったというような話じゃないかな？……」

リュシアンはやれやれと肩をすくめてみせた。

「不名誉を逃れようとして自殺なさる？　それとも人生に絶望なさったか？　どちらにして

も、自殺するならポワティエでもアングレームでも同じだし、トゥールでもポワティエでも同じこと。ロワール川の流砂は獲物を放しませんぞ……」

「いや、神父様」とリュシアンは答えた。「ちゃんと決めてあるのです。二十日ほど前、この世がいやになった男があの世に渡っていけるような、とても美しい停泊地を見つけたのです……」

「あの世……ということはもう無神論者とは言えませんな」

「いえ、あの世というのは、将来動物だとか植物だとかに生まれ変わるというだけの意味で……」

「不治の病に冒されていらっしゃるのか」

「じつは、そうなのです」

「ほほう、そうでしたか。で、何の病気です?」

「貧乏の病です」

神父はにっこりとしてリュシアンを見た。そして愛嬌たっぷりに、冷やかすような笑みを浮かべて言った。「ダイヤモンドは自分の価値を知らないんですな」

「これから死のうという貧乏人にお世辞を言えるのは、神父さんだけでしょうね」リュシアンは語気を強めた。

「死ぬ必要などありませんよ」スペイン人は威厳を込めて言った。

「街道に追いはぎが出るとは聞いていたが」とリュシアン。「金持ちにしてもらえるとは知らなかった」

「今にわかりますとも」神父は、馬車が止まっているところまでまだ二人で歩く距離があるかどうかを見やってから言った。

大臣のお気に入りの話

「まあお聞きなさい」神父は葉巻をかみながら言った。「貧乏だからといって死ぬ理由にはなりませんよ。わたしは秘書を探しているんです。今までの秘書がバルセロナで死んでしまったので。ちょうどゲルツ男爵［ハインリヒ・フォン・ゲルツ、ドイツ出身のスウェーデンの政治家。一七一六年から一八年まで総理大臣を務めた］と同じ立場ですよ。この人はカール十二世［スウェーデン国王、一六八二―一七一八］の有名な大臣だったが、わたしが今パリに向かっているように、秘書なしでスウェーデンまで行く途中、とある小さな町にやってきたんです。そこで男爵は金細工師の息子に出会った。これが人目を引く美貌の持ち主で、とはいえあなたにはかなわんだろうが……。ゲルツ男爵はこの少年が聡明なことに気がついた。ちょうどわたしがあなたの額に詩を見てとったように。男爵は少年を馬車に乗せた。わたしがこれからあなたを馬車に乗せてあげるのと同じです。そしてアングレームと同じような田舎の小さな町で、一生食器を磨いたり、装身具をこしらえたりするはずだったこの少年を大事なお気に入りにした。わたしもあなたをそうするつもりだが。ストックホルムに到着すると、男爵はこの少年を自分のところに住まわせ、あれこれ仕事をいいつけた。若い秘書は毎晩夜どおし書きものをして、頑張って仕事する人がみんなそうであるように、ある癖を身につけた。紙をムシャムシャとかむようになったんです。今はなきマルゼルブ氏［一七二一―九四、フランスの政治家。租税法院長、出版統制局長を歴任、百科全書派に理解のある旧体制の改革者だったがルイ十六世の裁判で弁護役を引き受け、のち断頭台で処刑］、あの人は人の顔に煙を吹きかける癖があった。これは余談だけれど、誰だったか、その人の証言が裁判のゆくえを左右するという重要人物相手にも、プーッと一吹きやってしまった。で、その美男子は最初のうちは白い紙をかんでいたんだが、それに慣れると今度はこっちの方がうまいというので、字の書いてある書類をムシャムシャやりだした。まだ今のようにタバコを吸っていなかった時代のことです。とうとう新米秘書くんは、うまい紙を求めるうち、羊皮紙をムシャムシャやるようになって、これを食べてしまった。当時、ロシアとスウェーデンのあいだでは平和条約の締結が問題になっていて、国会はカール十二世にぜひとも平和条約を結ばせようとしていた。一八一四年にナポレオンがむりやり平和条約を結ばされたようなものです。交渉の大元になるのはフィンランドをめぐって両強国間に結ばれた条約だった。ゲルツはその原本を秘書にあずけておいた。だが、それを国会に提出する段になってちょいと困ったことになった。条約がみつからない。国会は大臣が国王の情熱に味方しようとして、原本を紛失させたのだと決めつけた。ゲルツ男爵が責任を問われ、そこで秘書は自分が条約を食べてしまったことを白状した……。裁判が始まり、事実が証明され、秘書は死刑宣告を受けてしまいましたとさ。だがあなたはそこまで追い詰められてるわけじゃないのだから、まあ葉巻を一本お取りなさい。馬車を待つあいだふかすがいい」

　リュシアンは葉巻を一本取って、スペイン流のやり方で神父の葉巻を借りて火をつけた。そして心のうちで思った。「神父の言うとおりだ。自殺ならいつだってできる」

「よくあることですよ」スペイン人は言葉をついだ。「若い人が前途をひどくはかなんでいるそのときに、運勢が開けるというのは。それをあなたに言ってあげたかった。実例で証明するのがいいと思いましてね。死刑宣告を受けたさっきの美男子の秘書は、判決を下したのがスウェーデン国会であり、スウェーデン王の恩赦が望めないだけにいっそう絶望的な事態だった。だが王は脱走には目をつぶった。美男子の秘書はポケットに何エキュ〔一エキュは三フラン〕かの金を入れて小舟で逃げ出し、クールラント大公あてのゲルツからの推薦状を持ってクールラント〔現在のラトヴィア〕宮廷にたどり着いた。推薦状の中でゲルツは、自分が取り立ててやった男の事件と奇癖を説明しておいた。大公は美少年を自分の家令の秘書として雇った。大公は浪費家で、美人の奥さんと家令がいた。三つともが破滅の原因になる。フィンランドをめぐる条約原本をムシャムシャと食べて死刑宣告をくらったこの美男子が、それで悪癖を改めたと思うなら、悪徳が人間にどれほどの力をおよぼすか、あなたはまだわかっていないということさ。自分で作り出した快楽というやつは、死刑でも止めることはできないんだ！　悪徳のそうした力はどこから生じるのか？　それは悪徳そのものに備わった力なのか、それとも人間の弱さからくるものか？　狂気と紙一重の趣味というのがあるのか？　そんな病気を治すのに美辞麗句を振りかざせばすむと思っている道学者先生たちが、わたしにはちゃんちゃらおかしいよ！……

　さて、あるときこの大公は、金を要求して家令に断られたので不安を覚え、会計報告書が見たいと言いだした。やめときゃいいものを！　会計報告書など簡単に作れる。大変なのはそんなことじゃないんだから。家令はクールラント宮廷費の会計一覧を作るために必要な書類一式を、秘書に渡した。その仕事の最中、夜もふけてやっと仕事も終わろうかというときになって、紙食い虫くん、自分が大公の支払い済証書、それも高額のやつをムシャムシャやっているのに気がついた。ぞっとした秘書は、大公の署名まで食いかけたところでやめ、大公夫人の足元にひれ伏して自分の奇癖を弁解し、ひたすらご加護をお願いした。それも真夜中にだ。若い秘書の美貌が大公夫人の心によほど深く刻まれたのだろう、大公夫人はのちに未亡人になると、この秘書と結婚した。かくして十八世紀中葉、家紋がものを言う国で、金細工師の息子が大公にまで出世したわけだ……。しかもそれだけじゃない……。女帝エカテリーナ一世の没後、摂政となって女帝アンナを操り、ロシアのリシュリューになろうとした。

　さてと、お若い方、一つ心得ておきなさい。あなたの美貌がこのビレンという青年以上であるとすれば、わたしだって、一介の参事会員とはいえ、ゲルツ男爵などよりはるかに値打ちのある人間だ。だから、さあ、乗って！　あなたのためにパリでクールラント公国を見つけようじゃないか。公国はなくても、公妃ならきっと手に入るさ」

　スペイン人はリュシアンの腕の下に手を入れて、文字どおり馬車にむりやり引き上げた。

御者が扉を閉めた。

「さあ、話してごらんなさい。うかがいましょう」トレドの参事会員はあっけにとられているリュシアンに言った。「年寄りの神父にだったら、何を打ち明けたって危険はないですよ。きっとせいぜい、家の財産かお母さんのお金を使いこんだという程度のことなのでしょう。穴をあけたままトンズラを決めこんだ。それなのに、そのかわいいきれいなお靴の爪先まで、名誉心のかたまりでいらっしゃる……。さあ、思い切って白状なさい。自分に向かって話すのと同じ気持ちで」

リュシアンはまるでアラビアのおとぎ話に出てくる漁師になったようなものだった。その漁師は大海原のただ中で溺れ死のうとして、海底の国の真ん中に落ち、そこの王様となるのである。スペイン人神父は真剣に心配してくれている様子だったので、詩人はためらわずに胸襟《きょうきん》を開いた。アングレームからリュフェックまでのあいだに、自分の罪を何一つもらさずこれまでの全生涯を語り、このたび引き起こした不幸の話でしめくくった。この話をするのは二週間で三度目であり、それだけにリュシアンの話しぶりも詩的になっていた。そのとき、馬車は街道筋のリュフェック近く、ラスティニャック家の領地がある場所にさしかかった。その名をリュシアンが初めて口にしたとき、スペイン人は体をびくりとさせた。

「ここが若いラスティニャック〔『ゴリオ爺さん』の主人公〕の出身地ですよ」とリュシアンは言った。「ぼくほどの値打ちもないのに、ぼくよりも成功した男です」

「ほほう！」

「そうなんですよ。あの奇妙な貴族屋敷があいつの父親の家なんです。何しろあいつはニュシンゲン夫人の愛人になったんですよ。有名な銀行家の奥さんですが。ぼくは詩の世界に進んでしまった。あいつはもっとそつがないから、実業に打ち込んで……」

神父は馬車を止めさせ、好奇心から、街道から家までのびる並木道を歩いてみたがった。スペイン人の一神父はリュシアンの予想以上に関心を示してあたりを眺めた。

「ラスティニャック家の人たちをご存じなんですね？……」リュシアンがたずねた。

「パリの名士なら残らず知っていますよ」スペイン人はふたたび馬車に乗りこみながら言った。

マキャヴェリの弟子による野心家向け歴史講義

「要するにあなたは、一万か一万二千フランの金がなくて自殺しようとしていたわけだ。まるで子供ですな。人間のことも世の中のことも知らない。運命というのは本人が自分の運命にどれくらいの値段をつけるかで決まるんですよ。ところがあなたときたら、自分の将来に一万二千フランの値段しかつけないとは。だがこのわたしが、今すぐあなたをそれ以上の値段で買ってあげよう。義理の弟さんが監獄に入れられたのは、ささいなことでしかない。そのセシャールさんというお方が発明をしたのなら、きっと金持ちになるはずだ。金持ちが借金のせいで監獄に入ったためしなどない。あなたは『歴史』が得意ではないようですな。歴史には二通りある。一つは公式の歴史、つまり学校で教わる嘘の歴史、『皇太子向き』の歴史だ。もう一つは秘密の歴史で、こちらこそは出来事の本当の原因を集めた歴史、恥辱の歴史だ。あなたの知らない小話をもう一つ、手短にお話しさせていただきますよ。若い神父で野心に燃えた男が、公職を得ようとして、王妃様の寵臣《ちょうしん》にこびへつらった。寵臣は神父に興味を引かれ、大臣職につけ、国務会議に列席させた。ある晩、この若い野心家のところに、ある男が親切のつもりで手紙をよこした（頼まれてもいない親切などするもんじゃないですな！）。彼の恩人の命が危ない、王様は自分に命令するような人物がいることに激怒して、明日寵臣が宮廷にきたなら殺してしまうだろうというのだ。さて、もしあなたがこんな手紙を受け取ったとしたら、いったいどうなさるかな？」

「すぐさま恩人に知らせに行きますとも」リュシアンは勢いこんで答えた。

「身の上話からもわかったとおり、あなたはやっぱり子供ですな」と神父。「くだんの若者はこう考えたんだ。『王様が罪を犯してでもと思っているということは、わが恩人はもうおしまいだ。手紙をもらったのも遅すぎたらしい』そして若者は寵臣が殺される時間まで、ぐっすり眠った……」

「ひとでなしめ！」リュシアンは神父が自分を試すつもりなのではないかとにらんで、そう答えた。

「偉い人間というのは、皆ひとでなしだよ。今の話の人物はリシュリュー枢機卿という名前の男さ」と参事会員は言った。「その恩人の名はアンクル元帥［アンクル侯爵コンチーノ・コンチー二、一五七五―一六一七。フィレンツェ出身、マリー・ド・メディシスの寵臣。フランス元帥となるもマリーの息子ルイ十三世の不興を買いルーヴル宮中庭で殺害された」。自分がフランスの歴史を知らないってことが、これでおわかりでしょう。わたしが言ったとおりじゃないですか。学校で教えている『歴史』など日付と事実の寄せ集めにすぎず、それ自体まったく疑わしいものだし、しかも何の役にも立たないんだ。ジャンヌ・ダルクという人物がいたなんて習ったところで、いったい何の役に立ちますか？　しかもあなたはそこから、こんな結論を出してみたことがありますか？　もし当時フランスがプランタジネット家のアンジュー王朝を承認していたならば、英仏両国民が合体して、今日世界を支配していただろうし、ヨーロッパ大陸の政治的混乱のもととなっているあの二つの島は、フランスの二つの州になっていたはずだと。……。あるいはまた、メディチ家が単なる商人からいかなる手段を使ってトスカナの大公にまでなったか、あなたはそれを研究したことがありますか」

「フランスでは、詩人はベネディクト派修道士ほど学問を積まなくてもいいもので」

「若いお方、いいですか。メディチ家が大公になったのは、リシュリューが大臣になったのと同じですよ。もしあなたが、教科書を丸暗記するのではなしに、『歴史』の中からさまざまな出来事の人間的原因を探求していたなら、自分の行動の指針をそこからくみ取っていたはずだ。今わたしは山ほどの事実の中から、適当に例をとってみたわけだが、そこからこういう法則が引き出せる。人間、特に女を道具としか考えるな。だがそれを相手に気取《けど》られるな。自分より上位にあって役に立ちそうな相手は、これを神のように崇《あが》めよ。そしてこちらの服従に対してたっぷりとお返しをしてもらうまではそばを離れるな。人とのつきあいでは、要するにユダヤ人のごとく貪欲に、ユダヤ人のごとく卑しくふるまえ。権力に対しても、金に対するユダヤ人の態度をそっくりまねしろ。しかも落伍者に対しては、そんなやつは存在しなかったかのように気にもとめるな。どうしてそういう風にしなければならないか、おわかりか？……あなた、世の中を支配したいのでしょう？　それならまずは世の中に従い、よく研究することです。学者は本を研究し、政治家は人間を、人間の利害関係や、行動の発生原因を研究する。ところが世の中や社会という、集団として見たときの人間は運命に従うものなんだ。事件が大好きでね。なぜこんな歴史の講義をあなたにするか、わかるかな。それはどうもあなたが、とてつもない野心の持ち主と思えるからだ……」

「そのとおりです。神父様！」

「ちゃんとわかりましたとも」と神父は続けた。「だが今、あなたはこう思っている。このスペイン人参事会員はエピソードをでっちあげ、『歴史』をひねくりまわして、これまで自分はあまりに高潔でありすぎたと証明しようとしているんだとね……」

リュシアンは図星をさされて微笑を浮かべた。

「お若いの、それならば過去の事実から平凡なものを取り上げてみよう」と神父。「昔フランスはイギリス軍にほぼ完全に征服されてしまい、国王には州がひとつ残ったきりだった。そのとき、民衆のあいだから二人の人間が出現した。一人は貧しい少女、つまりこれがさっき話に出たジャンヌ・ダルクだ。もう一人はジャック・クール［一三九五―一四五六。貨幣鋳造業で巨万の富をなしシャルル七世に重用されるも罪を問われ没落」という名の町民だ。一人は自分の腕と処女の威力を捧げ、一人は財力を捧げる。そのおかげで王国は救われた。だが娘は捕虜になってしまった！……王国は娘を救うこともできたのに、火刑に処されるのを見殺しにした。あっぱれな町民のほうはどうかというと、廷臣たちは男に大罪を着せておいて、その財産を奪い合ったが、国王はこれも見殺しにした。裁判で追い詰められ、包囲され、打ちのめされたその無実の男の財産が、五つの貴族一家を富ませたというわけさ……。男の息子はのちにブールジュの大司教となるのだが、男は王国を出て二度と戻らなかった。フランスには自分の財産はびた一文なく、手持ちの金はエジプトのアラブ人やサラセン人に預けておいたものがあるだけ。きっとあなたはまた言うかもしれない。そんなのはいかにも古臭い話だ。そういう忘恩の例は三百年間、国民教育の教材に使われたものだし、今さら大昔のガイコツを持ち出されても信じる気になれないと。だがな、お若いの、あなたはフランス最後の半神、ナポレオンのことなら信じますか？　ナポレオンは将軍の一人を不遇のまま放っておき、元帥にしてやったのもいやいやながらだった。喜んで取り立てたことは一度だってなかった。その元師というのがケレルマン［ナポレオン帝政下の将軍フランソワ・エチエンヌ・ケレルマン、一七七〇―一八三五。一八〇〇年、イタリア北部マレンゴでの対オーストリア戦における活躍で名を馳せた］なのだ。どうしてか知っているかい？……ケレルマンは血と砲火のただ中で喝采されたかの勇敢な突撃によって、フランスと第一執政ナポレオンをマレンゴで救った。だがこの英雄的突撃のことは戦況広報ではまったく問題にされなかった。ナポレオンがケレルマンに対し冷たかった理由というのは、フーシェやタレーラン公が冷遇された理由と同じだった。つまり国王シャルル七世の、そしてリシュリューの忘恩、さらには……」

「でも神父様。もしあなたがぼくの命を救い、出世させてくださるとしても」とリュシアンは言った。「そんなお話ばかりでは、感謝の思いが薄くなってしまいます」

「青二才くん」神父は笑みを浮かべてリュシアンの耳をつまみ、何ともなれなれしくもてあそびながら言った。「あなたが恩を忘れるとしたら、そりゃあなたが強い男になったということで、こっちはむしろ屈伏しなけりゃなりませんな。だがあなたはそこまでいっていない。なにしろまだ小学生の分際で、さっさと先生になろうとしたんだから。それが現代フランス人の欠点なんだ。みんなナポレオンというお手本に毒されている。望みの肩章がもらえないからといって、あっさり辞表を出してしまうんだ……。だがあなたは、一つの考えに自分の意志と行動の一切を注ぎ込んだことがあるかね？……」

「残念ながら、ありません」とリュシアンは言った。

「あなたはイギリス人のいわゆる気まぐれ者《インコンシステント》ってやつだったのさ」参事会員は微笑みながら言った。

「自分が昔どうだったかなんてどうでもいいんです。もはや何者にもなれないのだとしたら」リュシアンは答えた。

「あなたのあらゆる長所の後ろに、『常ニ旺盛ナ《センペル・ウイレンス》』力がありさえすれば」神父はラテン語の心得があるところを見せようとして言った。「そうすればこの世であなたに逆らえるものはない。わたしはあなたのことが、もうずいぶん気に入りましたぞ……」

　リュシアンは信じられないという様子で微笑んだ。

「そうですとも」見知らぬ男はリュシアンの微笑に応えて続けた。「あなたのことが自分の息子みたいに思えてきた。それにわたしは強い人間だから、さっきあなたが話してくれたように、胸のうちをさらけ出して話すことができる。わたしがあなたのどこを気に入ったかわかるかな？……あなたは自分を白紙状態に戻したんだ。だからこそあなたは、ほかのどこでも聞けない道徳の講義を聞くことだってできる。なにせ人間というやつは群れをなして集まったとなると、わが身の利益を思って芝居を打つとき以上に偽善的になるものなんです。だから人は、若いころ心のうちに生やした雑草を取り除くのに、人生のかなりの部分を費やす。経験を積む、などと称してね」

　リュシアンは神父の話を聞きながら思っていた。「これはどこかの老政治家が、旅の道中にふざけて楽しんでいるんだ。自殺の淵まで追いこまれた哀れな若者に出会って、その考えを変えさせられたら面白いと思っているのさ。冗談にあきれば放り出すつもりだろう……。だが逆説の巧みな男だなあ。ブロンデやルストー［いずれも『幻滅』に登場するジャーナリスト］に負けない猛者《もさ》らしい」

　そんな賢明な考察にもかかわらず、この如才ない人物がリュシアンを悪の道に誘おうと伸ばす魔手は、リュシアン側に受け入れる下地があったせいでいっそう深く彼の魂に食いこみ、有名な例をよりどころとしただけにひときわ甚大な害を及ぼした。この反社会的な会話にすつかり魅了されたリュシアンは、自殺の川底から力強い腕で引き上げられたと感じ、それゆえ命への執着をいっそう強めた。その点で、これは明らかに神父の勝ちだった。だから神父は、皮肉たっぷりの歴史話のあいまに、ときおりいたずらっぽい微笑を浮かべていた。

エスコバル神父の弟子による道徳論講義

「もしあなたが、歴史に対すると同じように道徳を考えておられるなら」とリュシアンが言った。「まさに今、一見慈悲ぶかくふるまっていらっしゃるのはどんな動機によるものなのか、ぜひ知りたいのですが」

「お若いの、それが説教の最後の論点なんですよ。だからそれを話すのは後にまわさせてほしい。そうすればわたしらは今日は別れないということになるだろうから」そう彼は、自分の企みの成功を知った神父らしい老獪《ろうかい》さで言った。

「では、道徳論を聞かせてくださいますね?」とリュシアン。内心、「こいつをからかってやろう」と考えていた。

「お若いの、道徳は法律に始まる。宗教だけでかたづくなら法律などいらないだろう。宗教心の厚い国民はあまり法律を持たないものです。民法の上に位置するのが政治的な法律。そこでだ。一人の政治家の目から見て、お国の十九世紀の額にはいったいなんと書いてあると思うかね? フランス人は一七九三年に人民主権というのを発明したが、その行き着いた先は専制的な皇帝だった。これがあなたの国の歴史だ。風俗はどうか。タリアン夫人［テレーズ・カバリュス、一七七三―一八三五。フランス革命時にテルミドールのクーデタを起こしたタリアンの妻。のちに離婚しリケ・ド・カラマン大公と結婚］とボアルネ夫人［ジョゼフィーヌ・ド・ボアルネ、一七六三―一八一四。ナポレオンの最初の妻］のふるまいはどちらも大差なかった。ナポレオンはその一人と結婚し、あなたたちの皇后にした。だがもう一人の方は、大公妃だったというのに、客に招こうともしなかった。一七九三年に過激共和派だったナポレオンは、一八〇四年には鉄の王冠をかぶった。一七九二年には平等か死かに身を捧げた過激派も、一八〇六年にはルイ十八世に承認された貴族階級に加担するに至る。今日サン＝ジェルマンのお屋敷街に君臨している貴族たちは、外国に亡命中はもっとみっともないことをやった。高利貸をやったり、商人をやったり、パテを作ったり。料理人や小作人、羊の番人にもなった。こうしてフランスじゃ、道徳的な法にせよ政治的な法にせよ、誰もかれもがその到達点で出発点を拒否し、行動を意見で、意見を行動で裏切ってきたわけです。論理なんてものは、政府にだって個人にだってなかった。道徳だってもはやありはしない。あなたの国では、今日、成功のみがあらゆる行為の至上命題なんだ。行為にはもはやそれ自体としては何の意味もなく、それを他人がなんと思うかがすべてなんだ。

ここから、お若いの、第二の教訓が生まれる。外見を立派にせよ！　人生の裏側を隠し、輝かしいところだけを見せるんだ。慎重というのは野心家たちのモットーであり、わたしらの教団のモットーでもある。これをあなたのモットーに掲げなさい。お偉方も貧しい連中に負けず卑劣なことをやるものだ。だが彼らはそれを闇で行い、美徳ばかりをひけらかす。だからお偉方でいられるのだ。下層の人間は闇で美徳を発揮し、みじめさばかりを人目にさらす。だから軽蔑される。あなたは自分の偉大さを隠し、傷をさらしてきた。公然と女優を愛人にし、女優の家で同棲した。あなたに非難すべき点などなかったし、誰もがあなたたち二人をまったく自由の身と考えていた。だがあなたは世間の考え方を逆なでにしていたんだ。だから世間は、世間の掟にしたがっている人間に払う敬意を、あなたには払えなかったのさ。あなたがコラリーをカミュゾ氏とやらにまかせておいて、彼女との関係を隠しておいたなら、あなたはバルジュトン夫人と結婚してアングレーム知事となり、リュバンプレ侯爵となっただろうに。

やり方を変えてみますか？　外にはあなたの美貌、才気、詩をアピールする。ちょっと汚いことをしでかそうというときには、隠れてやること。そうすればもう、世間という大劇場の書割りを汚したなどと非難されることもない。そのへんのことをナポレオンは、『汚れた下着は家で洗え』と言ったのです。

第二の教訓から、次の帰結が生じる――すべては形式にあり。わたしが『形式』というその意味をよくつかむことです。教育のない者のうちには、必要に迫られて、何がしかの金を他人から力ずくで奪うやつがいる。これは犯罪者と呼ばれて、法律の裁きを受けなければならない。一人の貧しい天才が、それを実用化すれば大金になるような秘密を発見し、あなたはその天才に三千フランの金を貸すとする（あなたの三千フランを握って、さらには義理の弟さんを丸裸にしようとしているコワンテ兄弟のまねをして）。天才を苦しめて、秘密の全部あるいは一部を譲らないわけにはいかなくさせる。あなたにとって問題は自分の良心だけで、良心はあなたを重罪裁判所に送ったりはしない。社会秩序に敵対する輩《やから》はこうした食い違いにつけこんで、裁判制度の非をわめきたて、夜、人の家に忍び込んでニワトリを盗んだりする泥棒には苦役が科せられるのに、不正な破産をやっていくつもの家族を破滅させる人間はたかだか数カ月刑務所で暮らすだけというのは許せないと、人民の名のもとに怒る。だがそんな偽善者たちも、泥棒に厳罰を科すことで裁判官が貧乏人と金持ちを隔てる柵をしっかり保っているのだとはよくわかっている。その柵がなぎ倒されたなら、社会の秩序はおしまいだ。一方、破産詐欺をやる者や、相続財産を巧みにだまし取る者、人の事業を自分の利益のためにつぶす銀行家などは、富の移動を行っているにすぎない。

息子よ、こうして社会は、わたしがあなたのために説明してやったとおりの区別を設けないわけにいかないんだ。重要な点は、自分を全社会と対等にすることだ。ナポレオンもリシュリューもメディチ家の連中も、自分の生きた世紀と対等の存在だった。ところがあなたときたら、自分の価値が一万二千フランだという！……あなたの社会が崇めてるのは、もう本物の神様ではなくて、黄金の子牛ですぞ！　それがお国の憲章［シャルル十世が一八一四年に公布］にとっての宗教で、政治的には所有権のことしか頭にない。これはまるで全臣民に、『金持ちになるよう努力せよ』［ギゾー首相は一八四三年三月の議会での演説で国民に向かい「金持ちになりたまえ」という有名な文句を発した］と言っているようなものじゃないか？……晴れて合法的に財産を作り、金持ちになり、リュバンプレ侯爵になったなら、初めて名誉などというぜいたくに手を出すがいい。そのときには、まあ思いやりたっぷりなところを見せてやって、それまでは冷酷にやってきたじゃないかなどと誰にも言わせないようにするんですな。財産を作る途中では、思いやりだなんて言ってられんこともあるだろうが。ただしわたしはそんなやり方を勧めているわけじゃないですよ」そう言って神父はリュシアンの手を取り、軽く叩くのだった。

「あなたのそのきれいなおつむの中に、何を入れておくべきかな？……とにかくこういうお題目だな。派手な目標をたてて、それに到達する手段は隠し、進み具合も隠しておくこと。これまであなたは子供のようにふるまってきた。これからは大人になり、狩人になって待ち伏せするんです。パリ社交界で罠を張り、獲物と機会を待つがいい。体面や、品位などというものを大事にする必要はない。なにしろわしらは誰もが悪徳だの、必要性だの、何らかのものに従っているのだから。ただし至高の掟、秘密は守ること！」

「神父様、なんだか怖くなってきました」とリュシアンは叫んだ。「まるで追いはぎの論理を聞かされているみたいで」

「そのとおりですよ」参事会員は言った。「だがこれはわたしが考えた理論じゃない。オーストリア王家だの、フランス王家だの、成上がり者たちは皆こんな風に考えたのさ。あなたは何ひとつ持っていない。ちょうどメディチ家の人々やリシュリューやナポレオンが野心を燃やし始めたときと同じ境遇にいる。いいかい、こういう連中は自分たちの将来が、忘恩や裏切り、とんでもなく矛盾した行動と引き換えに開けるものと考えたんだ。何もかも手に入れたいなら、何でもやってみるしかない。例をあげようか？　ブイヨット［ポーカーの原型］のテーブルに座ったとき、いったいあなた、そのゲームの規則に口を出しますか？　規則は最初から決まっている。それを受け入れるしかない」

「おやおや」リュシアンは考えた。「神父のくせにブイヨットをやったことがあるんだ」

「あなたなら、ブイヨットをどんなやり方でやります？……もっとも美しき徳である正直をそこで発揮しますか？　いや、手の内を隠すばかりか、勝つ自信があるときだって、大負けしそうなふりをするでしょう。要するに自分を偽《いつわ》るわけですよ……。たかだか五ルイを稼ぐためにね！……自分の手がブルラン四枚［ポーカーのフォーカードにあたる］だなんて教える太っ腹の人間がいたら、あなたどう思う？　だからね、敵が美徳など持たないのに、美徳の教えを守りながら戦おうとする野心家などというものは子供も同然なんです。そんなやつに向かって老練な政治家たちは、勝負師が自分の手を有利に使わない人間に『あんたはブイヨットなどするべきじゃない』と言うのと同じことを言うでしょうな。野心のゲームの規則は、いったいあなたが作ったものなのか？　わたしがさっき、社会と対等になれと言ったのはどうしてか？　お若いの、現代では社会は知らぬ間に、あまりに多くの権利を個人から奪い取ってしまった。そこで個人は社会相手に戦わなければならないのです。もはや法はないあるのは風習のみ。つまりは見せかけだけだ。これすなわち、形式」

リュシアンは驚きを身ぶりで示した。

「いやいや、あなた」神父はリュシアンの純朴な心を傷つけたかと心配して言った。「二国王のあいだに繰り広げられている裏外交の、あらゆる不正な手口を託されているこの神父を、あなたは天使ガブリエルとでも思ったか（わたしはフェルディナンド七世とルイ十八世の仲介役をつとめています。これらの偉い……王様二人とも、王冠を得たのは深遠なる……策謀のおかげなんだ）……。わたしは神を信じている。だがそれよりもさらにわが教団を信じているし、教団が信じているのはもっぱら教皇の世上権のみだ。教皇の世上権を強固なものにするため、わが教団は使徒伝来の教会であるローマ・カトリック教会、つまり民衆を従属させておく感情の総体を護持するのです。われわれは現代のテンプル騎士団みたいなもので、ちゃんとした教理を持っています。テンプル騎士団と同じように、わが教団もこの世界と対等な存在になったという理由により解体されてしまった。あなたに兵隊になる気があるなら、わたしが隊長になってやろう。妻が夫に従うように、子供が母親に従うようにこのわたしに従うがいい。三年以内にリュバンプレ侯爵となって、サン＝ジェルマン地区で一番高貴な娘の一人と結婚し、いつかは貴族院の議席に座る身分になるだろうこと、わたしが保証する。今だって、もしわたしの話で気をまぎらわせてあげなかったなら、あなたはどうなっていただろう？　深い泥の川底に沈んで、行方不明の死体になっていたか。さあ、ここで詩でも作ってみますか？……」

そう言われてリュシアンは好奇心たっぷりに保護者の顔を見た。

「この馬車の中に、トレド大聖堂名誉参事会員、カルロス・エレーラ神父のかたわらに座る若者あり。神父はフェルディナンド七世陛下からフランス国王陛下に遣《つか》わされた秘密の使者であり、至急便をたずさえている。その内容はおそらく――『私を救ってくださったのちに、今私が可愛がってやっている連中をみな吊るし首にし、秘密厳守のためこの使者も同じく吊るし首にされたし』さてこの若者は」と神父は話を続けた。「死んだ詩人とは何の共通点もなし。あなたはこのわたしが拾い上げ、生き返らせてあげたんだ。だからあなたは被造物が創造主のものであるがごとく、わたしのものだ。おとぎ話の中で、アフリット［オリエントの神話に登場する小悪魔］が精霊のものであり、イコグラン［スルタン付士官］がスルタンのものであり、肉体が魂のものであるように！　わたしはあなたを力強く支えて、権力の道を登らせてあげよう。しかも快楽や名誉に恵まれた、たえざるお祭りのような暮らしを約束しよう……。二度と金に困ったりはしない……。あなたは派手に輝き、気取りたおして歩けばいい。そのあいだわたしは土台のぬかるみに身をかがめて、あなたの出世という輝かしい殿堂を支えてあげよう。わたしは権力そのものが好きなんだ！　わたしには禁じられた喜びをあなたが味わってくれれば、それでわたしは満足だ。つまり、わたしがあなたになるのさ！……さてと、人間と悪魔の、子供と外交官のあいだのこの契約がいつか気にくわなくなったときには、さっき話してくれたような目立たない場所に行って、溺れ死んでくれてかまわないよ。あなたは今不幸せで名誉も失っているが、将来はそれより少しましになるか、悪くなるかというわけだ」

スペイン人の横顔

「グラナダの大司教のなさるようなお説教［ルサージュの長編小説『ジル・ブラース物語』（一七一五―三五）で、丁稚奉公からスタートして様々な浮沈を味わいつつ人生を学んでいく主人公は一時、グラナダの大司教の秘書となる］ではありませんね」リュシアンは宿駅に馬車が止まるのを見ながら言った。「この簡素な訓示をあなたがどう呼ぶかは知りませんがね、息子よ。というのも、わたしはあなたを養子にして、相続人になってもらうつもりですからな。とはいえ今の話は野心の法典なんです。神に選ばれたものは少数だ。選択の自由などない。修道院の奥に閉じこもるか（そこでもこの世間の縮小版が待っている）、それとも法典を受け入れるか」

「きっとあなたほど物知りでないほうが幸せなんでしょうね」リュシアンは恐るべき神父の心を探ろうとして言った。

「なんですと！」参事会員は言った。「これまではゲームの規則も知らずにやってきたくせに、やっと強くなり、しっかりした親分についてもらって一勝負というときになって下りようというのか……。復讐にかける気持ちさえなく！　自分をパリから追い払った連中を見返してやりたいとは思わないのか！」

リュシアンは中国の銅鑼《どら》か何か、青銅の楽器が神経に響くうるさい音を立てたかのようにぶるぶると体をふるわせた。

「わたしは一介の神父にすぎない」男はスペインの太陽に焼かれた顔にぞっとするような表情を浮かべて話を続けた。「だがもし自分があなたの話に出てきたようなろくでなしどもに侮辱され、苦しめられ、拷問され、裏切られ、売り飛ばされたりしたら、わたしは砂漠のアラブ人のようになるだろう！……そうだ、復讐のために全身全霊を捧げてやるさ。たとえ最後は首を吊られようと、ギャロット〔スペインで用いられた絞首刑用の鉄輪〕をはめられようと、串刺しにされようと、それともお国のギロチンにかけられようとかまわない。ただし敵を自分の足で踏みつぶしてからでなければ、この首は渡さん」

リュシアンはじっと黙りこんでいた。この神父を馬鹿にしてやろうなどという気はもはやなくなっていた。

「アベルの子孫もいれば、カインの子孫もいる」参事会員は話のしめくくりに言った。「わたしは混血なんだ。敵にとってはカイン、友人にとってはアベル。カインの眠りをさます者に災いあれ！……要するに、あなたはフランス人、わたしはスペイン人で、そのうえ参事会員ときている！……」

「実にまあ、アラブ人みたいな性格だこと」リュシアンは天から送られてきたこの保護者を観察しながら思った。

カルロス・エレーラ神父には、イエズス会士らしさが感じられないばかりか、宗教家らしいところさえなかった。ずんぐりした短軀《たんく》、大きな手、広い胸、ヘラクレスのような怪力の持ち主で、恐ろしい眼差しを、うわべだけの優しさで和らげている。胸のうちを決して外にうかがわせない赤銅色の顔は、親しみよりもはるかに嫌悪をもよおさせた。タレーラン大公のように髪粉をふった長く美しい髪が、この奇妙な外交官に司教風の様子を与えていた。そもそも、ふちの白い青リボンに吊るした金の十字架は、高位の聖職者であるしるしだった。黒い絹の靴下が力士のような足の筋肉を浮き上がらせている。服装は上品かつ清潔で、注意が行き届いている。神父、とりわけスペインの神父は、普通これほど服装に気を配らないものだ。馬車はスペイン王室の紋章つきで、前の席に三角帽子が置いてある。反感をそそる点には事欠かないものの、強烈ではあるがまたいかにも相手のご機嫌を取るような物腰が、その容貌の与える印象を和らげていた。とりわけリュシアンに対しては、神父は明らかに媚《こ》びへつらい、猫のような甘えようである。リュシアンは何か腑《ふ》に落ちない表情で、ささいな点まで観察の目を光らせた。今こそ生きるか死ぬかの瀬戸際だと感じていた。というのも馬車はリュフェックから二つ目の宿駅まできていたからだ。スペイン人神父の言った最後の言葉は、彼の心の弦を大いにかき鳴らした。リュシアンにとっても、詩人の美貌をするどい目で観察している神父にとっても恥ずべきことながら、その弦はもっとも邪悪な弦、堕落した感情の力でふるえ出す弦なのだった。リュシアンはパリをふたたび思い浮かべ、自分の不器用な手が取り落とした支配の手綱をつかみなおしていた。これから復讐してやるんだ！　さっき話した、田舎の暮らしとパリの暮らしの比較やら、自殺の最大の原因やらは心から消えてしまった。もう一度、自分の世界に戻っていく。しかも今度は、その深謀遠慮がクロムウェルばりの悪辣《あくらつ》さにまで達している政治家が守ってくれる。

「ぼくは一人だった、これからは二人だ」と彼は思った。彼が過去の自分のふるまいに過ちを見出せば見出すほど、神父はいっそう強い関心を示すのだった。不幸に比例して神父の同情も大きくなり、どんな話にも驚かない。とはいえリュシアンは、国工同士の秘密を握っているこの人物の動機は何なのかといぶかしんだ。最初は通俗な理由で満足した。「スペイン人は気前がいいから！」スペイン人の気前がいいのは、イタリア人が嫉妬ぶかく、毒薬を用い、フランス人が軽薄で、ドイツ人が正直、ユダヤ人が卑しく、イギリス人が気高いのと同じこと。そんな決まり文句を逆さまにしてみたまえ。そうすれば真実が得られるだろう。ユダヤ人は黄金を独り占めしたが、同時にまた『悪魔ロベール』［マイヤベーア作のオペラ］を書き、『フェードル』を演じ［女優ラシェルの当たり役］、『ウィリアム・テル』［ロッシーニ作のオペラ］を歌い、絵画を注文し、豪邸を建て、『旅の絵《ライゼビルダー》』［ハイネ作］を書き、素晴らしい詩を作っている。今やかつてなく勢力をのばし、彼らの宗教も認められている。しかも教皇に信用貸しさえしているのだ！　ドイツでは外国人に対し、どんなにささいなことでも「契約書は持ってますか」とたずねる。それくらい裁判沙汰が多い。フランスでは、五十年来、国家の愚行を舞台にかけては喝采し、相変わらず妙ちきりんな帽子をかぶり続け、政府はいくら変わろうが常に同じである……。イギリスは世界に向けて背信行為を誇示し、そのおぞましさはこの国の貪欲さに比べられるのみだ。スペイン人は東西インドの黄金を得たが、今ではすっからかんである。イタリアほど毒殺の少ない国はないし、人もよそより気さくでつきあいやすい。スペイン人はかなりの部分、ムーア人の名声で食いつないできた。

スペイン人神父はふたたび馬車に乗ると、御者に耳打ちした。「郵便馬車なみのスピードでやってくれ。ほうびに三フラン出す」リュシアンは乗るのをためらっていたが、神父は「さあ、乗った」と催促した。そこでリュシアンは、対人論法《アド・ホミネム》［相手の矛盾を突く論法］をお見舞いしようという口実で乗りこんだ。

「神父様」とリュシアン。「あなたは、世間のブルジョワたちが不道徳にもほどがあると非難するに違いないような議論を、顔色一つ変えず述べられましたが……」

「実際不道徳さ」と神父。「だからこそイエス・キリストは、スキャンダルの的になった方がいいとお考えになったわけだ、息子よ。また世間があれほどスキャンダルを恐れる理由もまたそこにある」

「あなたはそんなお人なのですから、これからぼくのする質問にも驚きはしないでしょう」

「息子よ、なんなりと！……」とカルロス・エレーラは励ました。「あなたはまだわたしを知らない。いったいこのわたしが、相手がこちらから何も奪おうとしないだけのしっかりした道義心の持ち主かどうか見きわめずに、秘書に雇ったりする人間だと思うかね？　あなたには満足しているんだ。あなたにはまだ、二十歳で自殺する青年の純真さがすっかり残っておる。さて、ご質問は？」

「あなたはなぜぼくに興味を持つのですか？　ぼくが服従するとして、それを何の役に立てようとお考えで？……どうして何もかもぼくにくれるというのです？　あなたの分け前は何ですか？」

スペイン人はリュシアンの顔を見てにやにや笑い出した。

「坂道になるのを待とう。歩いて坂道を登りながら、外で話すことにしよう。馬車の中では秘密が保てない」

しばらくのあいだ二人は口をつぐみ、馬車の進む速さがいわばリュシアンの精神をいっそう酔わせるのだった。

「神父様、坂道にさしかかりました」リュシアンは夢からさめたような口調で言った。

「よし、歩こう」そう言って、神父は馬車を止めろと御者に大声で命じた。

そして二人は一緒に街道に飛び下りた。

なぜ犯罪者は人を堕落させずにいないのか

「おまえさん」スペイン人はリュシアンの腕を取って話しだした。「オトウェイの『救われたヴェネツィア』〔イギリスの劇作家オトウェイによる悲劇、一六八二年作〕について考えてみたことがあるかい？　ピエールとジャフィエを結ぶ、男と男の深い友情がおまえにわかるか？　友情ゆえに彼らにとって女などつまらないものになり、二人のあいだでは社会のあらゆる事柄が変わってしまう……。さあどうだ、これこそ詩人向きの話だろう」

「この神父、芝居のことも知ってるぞ」とリュシアンは心の中でつぶやいた。「ヴォルテールを読んだことはおありですか？」

「それどころか、実践しているよ」と神父は答えた。

「とすると、神様を信じていないのですか？」

「おいおい、こっちが無神論者か？」神父はにこやかに言った。「なあ、実際の問題を考えよう」神父はリュシアンの体に腕をまわしながら言った。「わたしは四十六歳、ある大貴族の私生児で、だから家族もない。だがわたしにも心はある……。ただし、いいか、こいつをそのまだ柔らかい脳に刻んでおけ。人間は孤独が大の苦手なんだ。しかもあらゆる種類の孤独のうち、精神的な孤独がいちばん怖い。古代の隠者たちは神とともに生きていた。彼らは霊的世界という、いちばんにぎやかな世界に住んでいたんだ。守銭奴たちは、セックスまでをも、自分の頭脳の中に収めている。レプラ患者であれ徒刑囚であれ、極悪人であれ病人であれ、人間がまず考えるのは運命をともにする仲間を持つということだ。この感情こそは人生そのものなんだが、これを満たすために人間はありたけの力をふりしぼり、生命の熱気を注ぎ込む。この至高の欲望を持たなかったら、サタンでさえ仲間を見つけられるだろうか？……これを詩に作ったなら『失楽園』の序にぴったりだろう。あれは『反抗』の擁護論にほかならんわけだが」

「さしずめ堕落の『イリアス』というところでしょうか」とリュシアン。

「でな、わたしは孤独だ。一人で生きている。神父の服は着ていても、心は違う。わたしは人に尽くすのが好きだ。これが欠点なんだ。尽くすことで生きている。だから神父にもなったわけだ。恩を仇で返されるのは怖くない。こっちが感謝しているんだよ。教会など、わたしにとっては何でもない。一つの観念にすぎん。わたしはスペイン国王のために尽くしてきた。だがスペイン国王を愛するというわけにはいかん。国王はわたしを保護してくれる、わたしの上に君臨する人だ。わたしは自分の作ったものを愛したい。この手で細工して、自分用に鍛え上げたいんだ。そしてそれを父が息子を愛するように愛してやりたい。いいか、わたしはおまえの二輪馬車に揺られよう。おまえが女たちにちやほやされればそれを喜ぼう。そしてこう言うのさ。『この美青年、これはわたしなんだ！　このリュバンプレ侯爵、これはわたしが作って、貴族社会に送り出してやったんだ。彼の栄光はわが作品であり、彼が黙るのも語るのも私の声による。何でも私に相談する。ちょうどマリー＝アントワネットにとってヴェルモン師［マチュー＝ジャック・ド・ヴェルモン神父、一七三五―一八〇六。十九年にわたりマリー＝アントワネットの家庭教師および相談役を務めた］がそうだったように』」

「その結果、断頭台送りですか！」

「ヴェルモン師は王妃を愛していなかったのさ……」と神父が答えた。「自分だけを愛していたんだ」

「ぼくはあとに悲しみを残していかなければならないのでしょうか」とリュシアンがたずねた。

「わたしには財宝がある。それを使うがいい」

「今、ぼくはダヴィッドを釈放させるためなら何だってしてやりたい気持ちです」そう言ったリュシアンの声は、もはや自殺しようとする者の声ではなかった。

「息子よ、ひとこと言えばいい。そうすればその男は明日の朝、自由の身になるために必要な金額を受け取るだろう」

「何ですって！　一万二千フランをぼくにくださるのですか……」

「ふふ、今一時間に四里の速さで走っているのがわからんのか？　もうすぐポワティエで夕食だ。そこでおまえには契約書に署名して、わたしに服従するという証拠を一つだけ与えてほしい。重要な証拠だぞ、それをもらっておきたいんだ。そうしたら、ボルドー行きの駅馬車がおまえの妹に一万五千フランを運んでくれるだろう……」

「その金はどこにあるのです？」

　スペイン人神父は何も答えず、リュシアンは心で思った。「これでわかったぞ、ぼくはからかわれていたんだ」

　やがて、スペイン人と詩人は黙ったままふたたび馬車に乗りこんだ。神父は何も言わずに馬車の物入れに手をやり、革袋を取り出した。仕切りが三つある、旅人にはおなじみの巾着袋だ。神父はその中からポルトガル金貨を百枚取り出した。大きな手を三度袋につっこんで、そのたびに山ほどの金貨をつかみ取った。

「神父様、ぼくはあなたのものです」リュシアンはあふれだす黄金に目をくらまされて言った。

「まだまだ子供だな」神父はリュシアンの額にやさしく口づけして言った。「こんなのは袋に入っている金貨の三分の一にすぎん。ここには三万フランある。旅費は別にしてだ」

「一人旅なのに……」リュシアンが声を上げた。

「それがどうした！」スペイン人が答えた。「パリには十万エキュ［三十万フラン］以上の手形を振り出してある。金のない外交官などというのは、さっきまでのおまえみたいなもの。意欲のない詩人と同じさ」

（野崎 歓＝訳）

浮《う》かれ女《め》盛衰記　第四部

――ヴォートラン最後の変身

『浮かれ女盛衰記』第一部〜第三部　梗概

まずは第一部〜第三部を俯瞰——

リュシアンが表に立ち、カルロス・エレーラ（ヴォートラン）が裏を固めて、パリ社交界と政治界の攻略に乗り出す二人。計画が表面上は順調に進むいっぽうで、台所事情はギリギリまで逼迫《ひっぱく》していた。折よくリュシアンの愛人エステルに大銀行家が一目惚れしたのを上手く転がして大金を引きずり出し、破産による計画破綻の危機を乗り切ったかに見えたのも束の間、悲愴《ひそう》な覚悟を決めていたエステルの自殺により、皮肉にも強盗殺人という冤罪《えんざい》で二人組は逮捕されてしまう。数多《あまた》の思惑渦巻く取調べと駆け引きの果て、一八三〇年、七月革命を胚胎《はいたい》するパリの監獄の深奥で、青銅の心持つ悪徳と誘惑の権化ヴォートランもまた自身の蛹《さなぎ》のなかドロドロに鎔《と》け、最後の変身を遂げようとしていた。

続いて登場人物の紹介がてら、
本書収録の第四部を読む上での予備知識など――

ヴォートラン（本名ジャック・コラン）　不死身の〈死神だまし〉の異名を持つ鉄人、大悪党。ヴォケー館での逮捕劇後またもや脱獄し、赴いたスペインの内戦の混乱のなか神父**カルロス・エレーラ**を殺してこのスペイン人に成り代わった。パリへ向かう途中、絶望の淵にあったリュシアンを見初め、この美青年を自らの傀儡《かいらい》として、自身の永久に失われた社会的生命を擬似的に再獲得しようと考える。作中の記述によれば一七七三年もしくは七六年、あるいは七九年の生まれ。いま、一八三〇年の時点で、五十一～五十七歳。女嫌い。

リュシアン・ド・リュバンプレ　大いなる野心の代わりに卑小な虚栄心しか持たない意志薄弱で享楽的な詩人肌の美青年。河に身投げしようとしていたところに偽エレーラ神父の後ろ盾を得て、首都に返り咲き母方の祖先の苗字も正式に取り戻した。さらには爵位を得て一層の飛躍を図るべくグランリュー公爵家の令嬢との結婚を目論むが、行く行くは侯爵としてフランス大使（つまり外国におけるフランス国王の代理人）にもなろうというこの計画の途上で、娼婦《しょうふ》殺しの嫌疑をかけられ偽神父ともども逮捕拘禁される。取調べのなかで相棒にして恩人でもある偽神父を売ってしまい、これを悔いて獄中で自死。享年三十二、偽カルロスはまだ彼の死を知らない。

エステル・ヴァン・ゴプセック　どんな男もシビれさせる危険な〈痺れエイ〉と渾名《あだな》された元娼婦で、リュシアンの恋人。彼のために偽神父の手で修道院に送られ、淑女としての教育を受ける。リュシアンの結婚資金のためにニュシンゲン男爵に売られ、修道院生活を通して得た純潔を重んじる思想ゆえに自害。これを他殺と疑われてリュシアンが拘禁されることになる。本人もリュシアンも知らずじまいになったが、母親の大叔父にあたる高利貸しゴプセックの莫大な遺産を受け継ぐ立場であった。享年二十四。

ニュシンゲン男爵　カネは大金でなければカネではない。偽装倒産と株価操作で拵《こしら》えた巨万の富をさらに億倍にもせんとする銀行家、投機の権化。どこまでも肥え太ろうとする一七六三年製の自律金庫。深夜の森で見かけたエステルに蝶番《ちょうつがい》が外れるほど惚れ込み、六十六歳のこの初恋に付け込まれて、自転車操業状態のハリボテ貴族リュシアン・ド・リュバンプレ㈲の金ヅルにされてしまう。そしてついに念願叶って関係を持った直後にエステルが自殺、これを強殺事件として警察に訴え出た。後に貴族院議員にもなる。アルザス地方の出身で、ドイツ訛《なま》りの非常に聞き苦しいフランス語を話す。

ウージェーヌ・ド・ラスティニャック　同い年のリュシアンと同じ地方出身の没落貴族の子。

デルフィーヌ・ド・ニュシンゲン男爵夫人の愛人という立場から気が付けば男爵の協力者となり、金鯱《きんこ》ニュシンゲンのコバンザメとして大判小判をザックザク得、男爵夫妻の娘アウグスタと結婚、いつの間にやら伯爵、そして何度も大臣に任じられ、馬車を持てない悲しき徒歩組から人生の勝ち組へと成り上がることになるのだがそれはまだ先のこと、一八二四年、パリに返り咲いたリュシアンを嘲笑《あざわら》ったとき、仮面をかぶったあの男に突如腕を掴まれて冷や汗の水溜りを作ったのだった。「あんたはあいつだ、こんな真似ができるのはあいつしかいない……」「ならばこれはそいつの命令だと思って聞け、ラスティニャコラマ侯爵閣下。今後リュシアンのことは大事な兄弟のように扱うんだ、いいね？」

オラース・ビアンション　ヴォケー館の愉快な仲間で、以来、同世代のラスティニャックの友人。多くの作品に登場しつつ善良な医師として真っ当に大成功する。リュシアンとも友人で、判事である義理の叔父が担当した訴訟について彼に話したり、ニュシンゲン男爵が深夜の森で出くわした天女はリュシアンの知り合いではないかと指摘したり、意図せずして何度も、結果的に〈フランス大使リュシアン・ド・リュバンプレ侯爵閣下計画〉を妨げることになる言動をしている。

ポピノ判事　ビアンションの義理の叔父。実直だが処世が下手で出世が遅い。パリの女王とも言える有力な貴婦人デスパール侯爵夫人が夫侯爵を禁治産処分すべく起こした訴訟を担当。

調査の結果、侯爵が正気であることを知り、夫人の主張が夫の財産を取り上げるための偽りであることを見抜く。実直なので出世の機会を捨ててありのまま報告をまとめようとするが、侯爵夫人に働きかけられた法務大臣によって担当を外された。年齢を明確に示す記述はなし。

デスパール侯爵夫人　一七九五年生まれ。三十を過ぎても、彼女の敵の目から見てさえ二十代にしか見えないという美しくも計算高い社交界の花形。別居中の夫侯爵が、先代侯爵の得た財産の元の持ち主に対して財政援助をしているのが気に入らず、「侯爵は精神を病んで責任能力がない」として禁治産処分の訴えを起こす。判事ポピノが使えないと見て担当を変えさせるが、ポピノの甥《おい》ビアンションからこの件を聞いたリュシアンが情報を漏らし、事情を知ったグランヴィル伯爵とオクターヴ・ド・ボーヴァン伯爵、セリジー伯爵らが法務大臣を説得したために訴訟は失敗、彼女は判決理由書の中で叱責《しっせき》を受けた。この一件以来リュシアンと三伯爵を憎悪している。

グランヴィル伯爵　一七七七（あるいは八、九）年生まれ、パリの検事総長。親友セリジー伯爵の妻の愛人ということでリュシアン・ド・リュバンプレを厚遇する。信心に凝り固まった妻との関係は長らく冷え切っており、数年間に亘って大事に囲って土地まで与えた愛人にも結局裏切られている。本作の結末の後には貴族院に入り、法曹界でも順当に昇進していくが、愛人の子が事件を起こしたのを機に引退を宣言する。

オクターヴ・ド・ボーヴァン伯爵　一七八九（あるいは九一）年生まれ。王太子妃に気に入られており、親友グランヴィル伯爵以上に昇進の早い司法官。出奔した妻を愛し続け、自己満足以外に何の見返りもなく秘密で援助を与えている。グランヴィル伯爵同様に親友の知己《ちき》としてリュシアン・ド・リュバンプレを厚遇。一八三一年に妻が亡くなると政治生活から身を引く。

セリジー伯爵　一七六五年生まれ、仲良し三伯爵の最年長。十六世紀以来の名門伯爵家出身で、帝政下に元老院議員やイリュリア総督、王政復古後に国務大臣や国務院副議長などを歴任している有力者。年の離れた放縦な妻を溺愛《できあい》しており、その愛人であるリュシアンを厚遇。ニュシンゲン男爵の依頼を受けた秘密警察のコランタン一味がリュシアンの身辺を嗅《か》ぎまわった際には、青年とともに警視総監に面会して密偵行為をやめさせるよう圧力をかけた。リュシアンの獄死により妻が正気を失いかけていることが目下の大きな心労の種。

コランタン　権謀術数に長《た》けた大戦略家ジョゼフ・フーシェ［史上実在の人物］の私生児とも仄《ほの》めかされる、秘密警察の大物。ニュシンゲンの恋に端《たん》を発するジャック・コランとの暗闘の中で、かつての師にして同僚であるペラード老と、有能な部下コンタンソンを失う。グランリュー公爵の依頼でリュシアンの経済的基盤の胡乱《うろん》さを暴いた。一七七一年もしくは七

三、七七年の生まれ、五十三〜五十九歳でジャック・コランと同年輩。

クロチルド・ド・グランリュー　名門大貴族グランリュー公爵家の五人の娘の二番目、一八〇二（もしくは五）年生まれ。理知的で魅力的な女性だが容貌はむしろ醜く、体型もひょろ長く貧相に痩せこけて〈板のよう〉である。リュシアンが戦略的な結婚を目的に近付いてくると彼に夢中になり、熱くふしだらな書簡を交わしつつ、家名によってではなく自分自身が愛されるようになってみせると決意。彼女がリュシアンに宛てた手紙は、現在カルロス・エレーラが周到に隠して保管している。

セリジー伯爵夫人　一七八五年生まれ、最初の夫の戦死後セリジー伯爵と再婚。四十を過ぎてもなお優美、ディアーヌ・ド・モフリニューズから奪った愛人リュシアンにくびったけで、もちろん文通もしていた。逮捕された彼の釈放のためディアーヌとともに奔走するが、拘置所の鉄格子を捥《も》ぎ取って独房に辿り着いた彼女が見たのはリュシアンの変わり果てた姿だった。

ディアーヌ・ド・モフリニューズ公爵夫人　一七九六年生まれ、デスパール侯爵夫人と並ぶ社交界の花形。悪意のない人物だが享楽的でたいへんな濫費家《らんぴか》。二年ほど愛人関係にあったリュシアンをセリジー伯爵夫人に奪われた際には「ちょうどもう彼には飽きていた」などと負け惜しみを言っているが、以降もリュシアンとの関係は友好的。彼女もリュシアンと文通していた。夫公爵がカディニャン大公位を継いで以降はカディニャン大公妃ということになる。かつて、当時の愛人がアランソンで逮捕されたのを解放するためカミュゾ夫人に頼ったことがある。

アメリ・カミュゾ　判事カミュゾの妻。王室門衛ティリオン氏［バルザックの創作した人物］の娘で、王に面会に来る貴族たちの話を聞かされて育ったためか、たいへんな上昇志向の持ち主。無能な夫を出世させて自分の社会的地位を向上させることに情熱を燃やし、策動を続ける。彼女と夫との関係はヴォートランとリュシアンのそれに似ているとも言えるが、こちらは飽くまで堅気《かたぎ》である。一七九八年生まれ、リュシアンやラスティニャックと同い年。

カミュゾ　判事。デスパール侯爵禁治産訴訟を担当することになり、それによって侯爵夫人の庇護を得て大躍進するはずであったのだが、先述のとおりこの訴訟は失敗する。地方に判事の職を得たのも、地方から中央に出世してこられたのもすべて妻の力。一七九四年生まれ、ファーストネームは不明。拘置されたリュシアンと偽カルロス・エレーラ神父の取調べを担当、様々な思惑の焦点となっているこの事件について、世渡りの方面ではともかく判事としてはそれなりに健闘したが、その結果リュシアンの自殺とセリジー伯爵夫人の狂乱によって非常にまずい立場に置かれることになる。

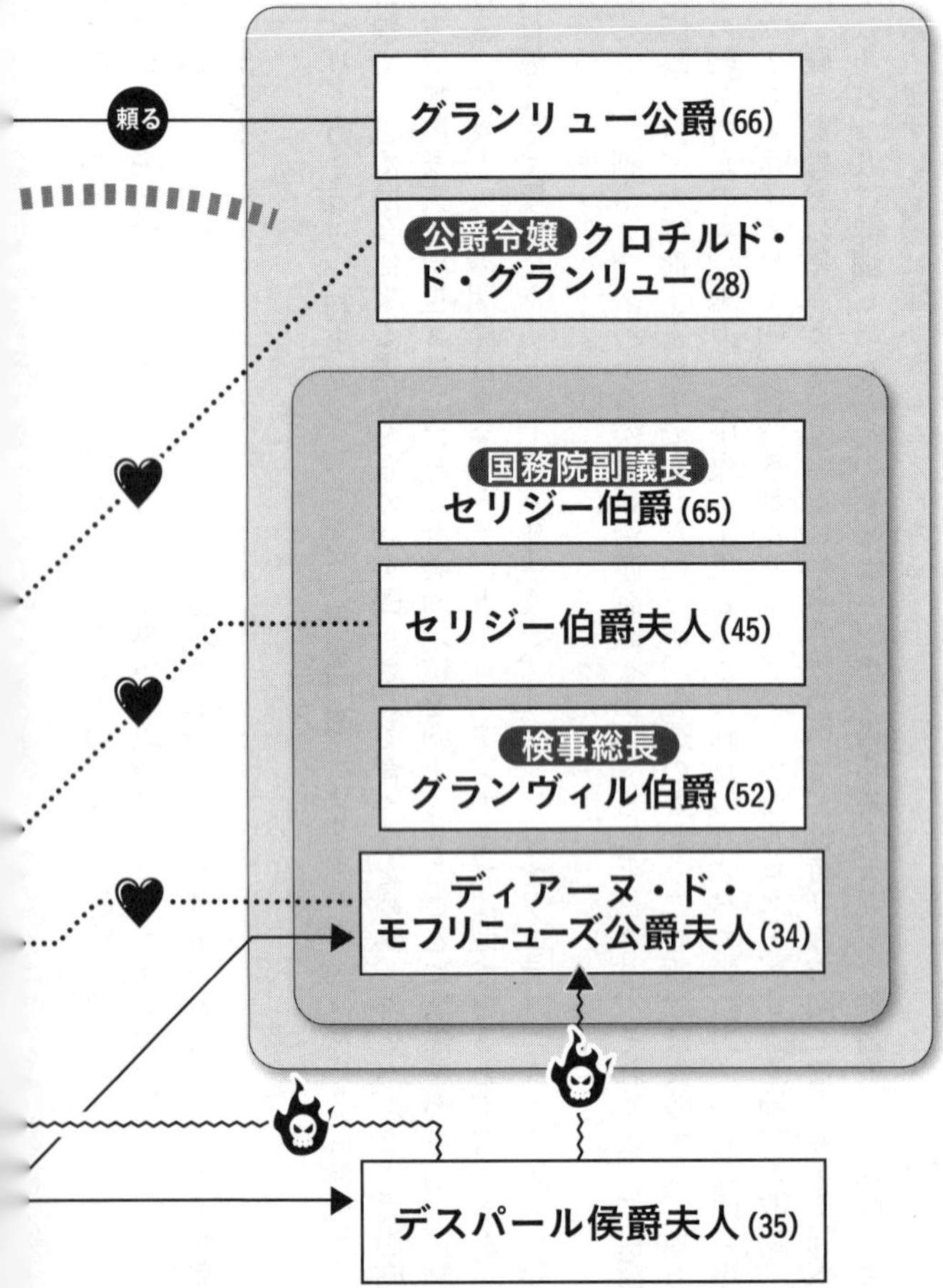

※利害や立場に応じてグループ分けした。
※( )内は年齢、(†)は享年。

1830年時点主要人物関係 ― 略図

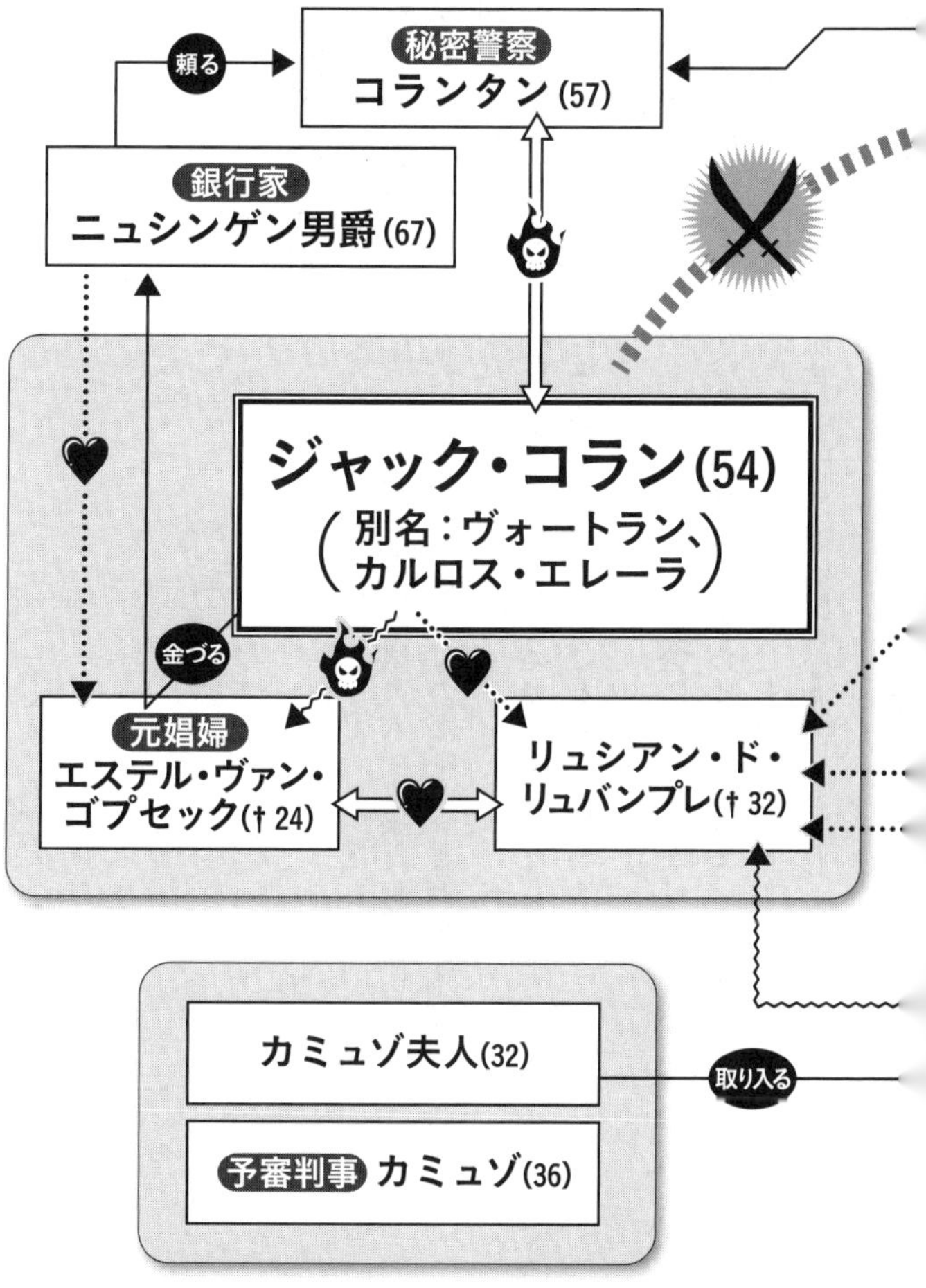

法服《ローブ》と婦人服《ローブ》

「何かあったの、マドレーヌ？」カミュゾ夫人は部屋に入って来た小間使いに尋ねた。お家《いえ》の急に際して使用人は自然とそれ相応の態度を取るものだが、いま彼女の小間使いの纏《まと》っている雰囲気もそういう類《たぐい》のものだったのだ。

「奥様、いま旦那様が裁判所からお戻りになられたのですが。かなり動転したご様子でしたので。すぐにお会いにいらしたほうがよろしいのではないかと思いまして」

「何か言ってらした？」

「いいえ奥様。でもあんなご様子は初めてで。ご病気にでもなりかけていらっしゃるみたいな。お顔が黄色いんです、もう今にも崩れておしまいになりそうで。それに――」

　最後まで聞かずにカミュゾ夫人は部屋を飛び出し、夫の書斎へ向かう。その夫、予審判事カミュゾは肘掛け椅子に身を任せ、両脚を投げ出し、頭は背もたれに、腕もだらんと垂れ、顔面蒼白、目は虚《うつ》ろ、もはや完全に失神寸前の体《てい》であった。

夫人は吃驚《びっくり》して、「まあ、どうしましたの、あなた？」

「ああ！　アメリ！　かなりまずいことになったんだ、まだ震えが止まらないよ……検事総長なんか、というかセリジー伯爵夫人が、いや、というよりも、どこから話したらいいんだか……」

「まず結果からお話しなさいましな！」

「ああそうか！　つまり、一審法廷の評議部でポピノさんが免訴の書類に最後の署名をして、さあこの書類でリュシアン・ド・リュバンプレを放免して、ってときにはもう何もかもが終わっていたんだ！　書記も公判記録を片付けるところだったし、もうこの件はケリが付くはずだったのに、そこにやって来た一審の裁判長が書類を読んで、『ああ、死人を釈放なさるわけですね』って、冗談めかして冷たく言うんだよ、『この若者は、ド・ボナルドの言う〈自然の審判〉の御前に出て行きましたよ。脳卒中の発作でお亡くなりです』ってさ……。

要は事故なんだと思って僕はほっとしたよ、でもポピノさんが『つまり、裁判長殿の仰《おつしや》るのはピシュグリュ［軍人。ナポレオン一世に対する陰謀に加担し逮捕投獄され、獄中でネクタイを用い縊死］的な意味での卒中ということですね？』って。それで裁判長が真面目な顔になって『皆さん、いいですか、リュシアン・ド・リュバンプレという若者は動脈瘤《どうみやくりゆう》の破裂で死亡した、これが公式発表です』って言ったんだ。みんなお互いに顔を窺《うかが》い合ったよ。『今回の嘆かわしい事件には、重要な地位にある人々が関わり合いになっています。カミュゾさん、貴方《あなた》は職務に忠実に行動したわけですが、セリジー伯爵夫人がこのままおかしくなってしまわれないよう神に祈るべきですな。運び出される時には死人同然でしたよ。検事総長殿も痛ましいほど力を落としてらっしゃいましたし……』それで最後に裁判長は僕に耳打ちしたんだ、『下手《しもて》に寄りすぎましたな、カミュゾ君！』って。

ひどいもんさ、もう歩くのもやっとだったよ。脚が震えて、街に出るなんてとても無理だし、とにかくちょっと休もうと思って執務室に戻ったんだ。そうしたらコカールが、この災害みたいな審理の書類を整理しながらこんな話をするんだよ。なんでも、綺麗なご婦人が付属監獄に攻め込んで来て、この人があのリュシアンにもうぞっこんだったんだけど、救いに来たっておつもりなんだな、それでそのリュシアンが優待房《ピストール》の窓枠からネクタイでぶら下がってるのをご覧になって、失神なさったと。僕の審問のやり方のせいであの情けない若造、ここだけの話あいつは完璧にクロだったんだけど、あいつが自殺することになったのかも知れない、って、そういう考えが裁判所からずっと付き纏って、僕はまだずっと、いつ失神するか分からない状態なんだよ……」

「なんですか、それじゃああなたは釈放しかけた容疑者が勝手に首を吊ったからってご自分が殺したみたいに思ってらっしゃるの？　そんなの、軍人が戦場で自分の乗っている馬を殺された程度のことでしょう！」

「ねえ、そんな喩《たと》えはただの言葉遊びだよ、今は冗談を言っている場合じゃないんだ。死者ハ生者ヲシテ財産ヲ所有セシメル［相続人は直ちに故人の遺産を与えられる］、法律ではそうでも今回は逆だよ。このリュシアンの奴は僕たちの将来の希望まで自分の棺桶に引きずり込んでしまったんだ……」

「あら、そうかしらねえ?」カミュゾ夫人の口調は相当に皮肉っぽい。

「そうなんだよ。僕の経歴《キャリア》はもうおしまいだ。もう一生、セーヌ県地裁の平《ひら》判事なんだ。こんな取り返しのつかないことになる前からもうグランヴィル伯爵は僕の審理の具合にかなりご機嫌斜めだったけれども、彼がうちの裁判長に仰ったことからして、伯爵が検事総長でいる限り僕にはもう昇進の目はないんだよ!」

〈昇進〉! 恐ろしい言葉だ。今の時代、この概念が、独自裁決権を持つ司法官たちをみんなただの小役人にしてしまっている。

往時、司法官というのはそれだけで既に全《まった》き地位だった。各高等法院の三つか四つの部の長に割り振られた法官帽をかぶることができれば、それで権力欲は十分に満たされたものだ。かつてド・ブロス氏やモレ氏も、ディジョンであれパリであれ、評定官《ひょうじょうかん》の職で大いに満足していたものなのだ。この職はそれ自体としても一財産であったし、巨万の富を蔵する者にこそ相応《ふさわ》しい称号とされてもいた。当時のパリには、高等法院以外で法曹界の者が望み得る高位は三つしかなかったわけで、それは即ち統合軍総監察官、国璽尚書《こくじしょうしょ》、そして緋色《ひいろ》の長衣の大法官だ。全国の高等法院の下部組織について言えば、各地の上座裁判所の国王代理官という職があって、これが既に一生大得意で座っているに足る立派な地位だった。月給を宛てがわれるだけの一八二九年のパリ高等裁判所判事と、一七二九年の高等法院評定官とを比べてみれば、その差は歴然だ！　金銭こそが社会的な権威の担保と広く認められている昨今ではあるが、その一方で司法官になるためには昔のように初めから大金を蔵している必要がなくなっている。そんな事情もあって、一旦司法官となっても彼らは国民議会議員になり、貴族院議員になり、司法に携わりながら立法にも参加して……というふうに、本来ならば司法官だというだけで放《はな》ってしかるべき威光の源を、他の多くの地位に求めたりするようになったのだ。

そして、昇進するための方策として彼らは、名を競うようになる。軍や行政機関での出世法を参考にしたわけだ。

名を売ろうというこの考え方は、司法官の独立権限を必ずしも侵蝕しはしないとしても、その行動原理があまりにもありきたりで直接的で、しかもあまりにも衆目に晒《さら》されているため、官職一般の権威を下げずにはいないというのが実情だ。国から支払われる月給のために聖職者も官吏もただの雇われ人に堕《だ》し、攀《よ》じ登るべき等級の階梯が野心を掻《か》き立てる。野心は権力に対する阿《おもね》りを生み、また一方で近代的な平等主義が被告人と裁判官を社会という寄木張りの地平で同じ床板の上に同席させる。そんなふうにして社会秩序の二本の柱たる信仰と正義は衰退してしまったのだ、何もかもが進歩していると謳《うた》われるこの十九世紀にあって。

「どうして昇進できないなんてお思いになるの？」

アメリ・カミュゾは揶揄《からか》うような目で夫に問うた。彼女の野心を満たすための道具であるところのこの男に、ひとつ活力を取り戻させてやる必要を感じたのだ。

「もうだめなんてことがあって？」そう言いながら彼女の見せる身振りは、被告人の死など気にもかけない様子をありありと示している。「リュシアンの敵《かたき》だったお二人は喜ぶじゃないですか。デスパール侯爵夫人と、従姉《いとこ》のシャトレ伯爵夫人と。デスパール侯爵夫人は法務大臣閣下と懇意だし、閣下にお取次ぎをお願いできるでしょう？　それで今回の件の事情を説明したらいいんですよ。法務大臣閣下を味方に付けられたら、もう裁判長も検事総長も怖くないでしょう？」

「でもセリジー伯爵ご夫妻は！　伯爵夫人は、何度も言うけど、おかしくなってしまわれたんだよ！　しかもそれが僕のせいだって言われているんだ！」

「あらあら！　判事なのに何の判断もつかないのかしら？」夫人は笑い飛ばす。「頭がおかしくなっておしまいなら、もうあなたをどうこうなんてできっこないじゃないですか！　いいから今日あったことを全部説明してくださいな」

「まったくなんてこった……まずね、僕はあの若造の供述を取ったんだ、自分でスペイン人神父だと言っているあの男の正体が確かにジャック・コランだって。それが済んだところにモフリニューズ公爵夫人とセリジー伯爵夫人からの言伝《ことづて》が届いたんだ。リュシアンの取調べはするな、ってさ。一足違いだったんだよ……」

「ちょっと、なんて馬鹿なことを！　あなたの書記は信用できるんだから、リュシアンを呼び戻して、上手《うま》いこと言って安心させて、調書を作り直してしまえばそれでよかったんじゃないの！」

「セリジー伯爵夫人みたいなことを言うなよ、司法を何だと思っているんだい！」カミュゾは自分の仕事を真面目にしか考えられないのだ。「あの方は僕の調書をぶんどって火に焼《く》べてしまわれたんだよ！」

「やったわね！　それでこそ女ってもんですよ！」

「あの方は、自分とモフリニューズ公爵夫人のお気に入りを徒刑囚と一緒に重罪院［刑事事件の中でも〈重罪〉とされるものを裁く法廷］に出すくらいなら、裁判所そのものを吹っ飛ばすとまで仰ったんだぞ！」

「ねえあなた」カミュゾ夫人は勝ち誇った様子を隠せない、「あなた、いま最高な状況じゃないの……」

「まったくね！　まったくサイコーだとも！」

「あなたはご自分の義務を果たしたのよ」

「そうとも。でも生憎《あいにく》とそれは、グランヴィル伯爵の老獪《ろうかい》なお考えに反してのことなのさ。今朝もマラケ河岸《がし》のところでお目にかかったけどね……」

「今朝？」

「今朝さ！」

「何時《なんじ》ごろ？」

「九時さ」

「ちょっとあんた！」アメリは握り合わせた両手を悶々《もんもん》とひねくりながら、「いつもいっつも言ってるでしょうに、ぼんやりするなって……ああもう！　このひと人間じゃないわ、石の詰まった荷車よ。あたしが引きずってやらなきゃ歩けもしないんだわ……！　いいですか、あなた、検事総長さんはあなたを待ち伏せしてらしたのよ。それはつまりあなたに忠告をするためだったの」

「あ、なるほどそうか……」

「そんなことも分からなかったのね！　あなたね、そんなふうになんにも聞こえてないようじゃ、いつまで経っても予測も判断もなんにもできない予審判事のまんまなんですからね！」カミュゾは何か言おうとしたが、「だから私の言うことくらいはちゃんとお聞きなさい！　いい？　あなた本当にこの件はもう取り返しがつかないと思ってるの？」

カミュゾは自分の細君を、農民が香具師《やし》を見るときの目で見つめていた。

アメリの計画

「モフリニューズ公爵夫人とセリジー伯爵夫人も関わり合いになってらっしゃるわけでしょう？　それならお二人にも私たちの味方に付いていただきましょうよ。ね？　まあまずは、デスパール侯爵夫人から法務大臣閣下につないでいただきましょう、それであなたが閣下に今回の裏事情を話すの。そうしたら閣下は国王陛下にその話をなさるわ、王様っていうのは綴《つづ》れ織《おり》の裏側を知りたがるものだもの。平民がぽけーっと口を開けて眺めているだけの出来事の、本当のカラクリを覗《のぞ》いてご満悦ってわけよ。そうなったら、私たちはもう検事総長もセリジー伯爵も怖くないわ」

「きみみたいな嫁さんというのは、ほんとうに宝物だなあ！」判事は元気を取り戻した、「なんにせよ俺はジャック・コランの尻尾《しっぽ》を摑《つか》んだんだからな、あいつを重罪院に引きずり出して、これまでの悪事を全部ほじくり出してやるんだ。そうしたらこれは判事の経歴としては大成功だよな……」

「あなた」アメリは夫が心身虚脱の状態を脱するのを喜びつつも、「裁判長さんには下手に寄りすぎたって言われたらしいけれど、今度は上手《かみて》に寄せすぎですよ。また道を間違いそう」

予審判事は突っ立ったまま、吃驚したような顔で細君を見つめる。

「陛下も法務大臣閣下も今回の内幕をお知りになったら、それはまあ面白がられるでしょうね。でも、自由主義者の弁護士が嚙《か》んで来て、この件に大なり小なり関係のある人たちをみんな世論の批判に晒したり重罪院に召喚したりってことになったら、これは面白がるどころじゃないわ。なにせセリジー、モフリニューズ、グランリューなんて名家まで巻き込まれているんですから」

「ほんとうだ、みんな大ピンチだ！　しかも首根っこを押さえているのはこの俺だ！」

判事は立ち上[*1]がって、書斎を歩き回り始めた。その様子は、難局を乗り切ろうと舞台上で堂々巡りするスガナレルを髣髴《ほうふつ》させる。

「ああそうだ！　アメリ！」細君の前で立ち止まり、「思い出したよ、パッと見はなんでもないことだけど、今の状況からしたら一級の重要度だ。いいかい、あのジャック・コランって奴はズル賢いことにかけてはまったく巨人さ、駆け引きやポーカーフェイスの達人なんだ。底の知れない男だよ。まさに、んー、なんだ、そう、クロムウェルだな、徒刑場のクロムウェル！　あんな悪党は見たことがないよ、俺ももうちょっとで騙《だま》くらかされるところだったんだ。でもね、刑事事件の予審ではほんのちょっとの糸口さえ摑めたら、それがアリアドネの糸になるんだよ。手繰《たぐ》っていけばどんなに暗黒な意識の迷路も、どんなに複雑な事象の迷宮も脱《ぬ》けることができるんだ。いいかい、俺がリュシアン・ド・リュバンプレの自宅から押収した手紙の類をパラパラ繰って見せたら、奴《やっこ》さんそれをちらっと盗み見て、探りを入れたみたいなんだな。別にして仕舞っておいた分まで押収されてやしないか、ってみたいにさ。しかもそのあと満足そうな様子まで見せやがったんだよ。ブツを値踏みする泥棒の目、それから『俺にはまだ切り札がある』って被告人の態度さ。それでずいぶん沢山のことが分かったね。きみたち女性はともかくとして、普通は判事や被告人にしかこういうことはできないもんだよ。目が合った一瞬に、駆け引きの修羅場《しゅらば》が凝縮されているんだ。その一瞬に、何重にも安全錠のかかった嘘や引っ掛けを暴き合うのさ。分かるかい、一瞬で、ごまんと仮説を立てて何手も先を読み合うんだ！　おっかないことだよ、生きるか死ぬかが決まるんだ、ほんの瞬《まばた》き一つの間にさ。それでつまり、このヤクザは他にも手紙を隠しているぞ！って思ったんだよ。でもすぐに審理の他の細かいところに気を取られたんだ。まずしっかり目の前の被告人の相手をして、もう一人のほうの取調べもして、このことはその後でまた考えよう、ってさ。でもとにかくジャック・コランがまだどこかに手紙を隠しているのは確かなことだよ。ああいうロクデナシはそういうところで抜け目がないんだ。それもきっとあの美青年とお付き合いのあったご婦人方との一番きわどい手──」

「それなのにあなたはさっきまで震えてらしたわけ？」大声で夫の言葉を遮《さえぎ》る夫人は喜色満面だ。「これなら思っていたよりずっと早くパリ高裁で部長になれそうじゃないの！　いい？　あなたはみんなを満足させられるように立ち回らなきゃだめですよ。でないと、こんな大事《おおごと》になってきたんですもの、横取りされてしまうかもしれないわ！」それを聞いてカミュゾがまたも驚いた様子を見せるので、「デスパール侯爵夫妻の禁治産裁判のとき、ポピノが外されて、あなたが担当することになったでしょう？　今回はどう？　検事総長さんはセリジー伯爵夫妻の名誉が大事なんですよ？　この件を高裁に移審して、ご自分の言いなりになる判事に委任状を出させて予審をやり直させるかもしれないじゃない！」

「そうか！　きみは僕なんかより全然なんでも分かっているんだなあ。一体全体いつの間に刑法の勉強をしたんだい……」

「もう、何を言ってらっしゃるの！　グランヴィル伯爵は明日にはきっとびくびくしていらっしゃるわ、ジャック・コランに自由主義者の弁護士でもついてごらんなさいな。というよりも絶対につくわね、弁護士のほうからお金を出してでも弁護につくわ！　それに奥様方もどんな危機が迫っているかよく分かっていらっしゃるわよ、きっとあなたなんかよりもずっとね。あの方たちが検事総長さんに忠告なさるわ。検事総長さんのほうでも、お友達が被告席のすぐ近くまで引きずり下ろされそうになっているのに、気付いてらっしゃらないわけがないでしょう。徒刑囚ジャック・コランがリュシアン・ド・リュバンプレと繫がっていて、そんなリュシアンがグランリュー嬢の婚約者よ！　エステルなんて娼婦の愛人だったリュシアンが、モフリニューズ公爵夫人の元愛人で、セリジー伯爵夫人のお気に入りで、って……！　だからあなたのすべきことはね、検事総長さんのご機嫌をとって、セリジー伯爵に恩を売って、デスパール侯爵夫人にもシャトレ伯爵夫人にも貸しを作って、モフリニューズ公爵夫人だけじゃなくグランリュー公爵家も味方に付けて、それであなたのところの裁判長からお世辞の一つも引き出すことよ。デスパール侯爵夫人とモフリニューズ公爵夫人、それにグランリュー公爵家は私が受け持ちますわ。あなたは朝一で検事総長さんのお宅よ。グランヴィル伯爵のところは幸福な家庭ってわけじゃないわ。あの方にはもう十年近くも愛人がいるでしょう、ベルファイユ嬢だったかしら？　しかも私生児まで何人もお作りになって。つまりこの人も司法官といったって聖人じゃないのよ、どこにでもいるような普通の男なの。だから付け入る隙《すき》がどこかにあるはずよ。弱点を見つけるの。持ち上げて、いい気にさせるの。助言を請いにお行きなさい、今回の件が危険だってあなたからご注進するの。そう、一緒に危ない橋を渡っているんだって形に持っていけばいいわ、そうしたらあなたは――」

「いや、僕はきみの足跡にキスして回らなくちゃいけない！」カミュゾは細君を抱きしめる。

「アメリ！　きみは救いの女神だ！」

「あなたをアランソンからマントに引っ張り上げたのも、そこからセーヌ県地裁まで連れて来たのも私ですよ！　今更何を言ってらっしゃるの！　私は五年後には部長夫人と呼ばれたいの。でもいいですか？　かわいいあなた、方針を固める前にはいつだって長いことよおく考えるのよ。判事の仕事は消防士とは違うの。書類が燃えているわけじゃないんだから考える時間はあるわ。それに、だからこそ、司法官は絶対に馬鹿な間違いなんてしちゃいけないんですからね」

「僕の立場の強みは」判事は長いこと考えてから話し出した、「一点、偽《にせ》神父が確かにジャック・コランだって知っているところだ。この事実を立証さえしてしまえば、これはもう誰にも動かせない真実ということになるんだ。審理の担当が変わったとしても、判事だろうと上級裁判官だろうとね。子供が悪戯《いたずら》で猫の尻尾に鉄屑を括《くく》り付けたりするけど、あれと一緒だ。どんな手続きを踏んだとしても、この裁判ではずうっと徒刑囚ジャック・コランの鎖の音がジャラジャラいうことになるんだ」

「そうね、いい調子ですよ！」

「なら検事総長は他の誰かではなく僕と組むのがいいはずだよな、サン＝ジェルマン界隈［貴族街］のど真ん中にぶら下がったダモクレスの剣［玉座の真上に髪の毛一本で吊るされた剣の故事］をどうにかしようっていうんだから。ああ、でも、今からそういう都合のいい状況に持っていくのは大変なんだよ！　いまさっき検事総長と僕はジャック・コランの奴を本人の言っているとおりにトレドの司教座聖堂参事会員カルロス・エレーラとして扱うことに決めたんだ。外交特使としてスペイン大使館に召喚させるのがいいだろうって。リュシアン・ド・リュバンプレを釈放する手続きをしたのもこの方針に沿ってだし、調書の書き直しもこの線でやっているんだ。奴らは潔白だって調子でさ。明日はラスティニャック、ビアンション、あと誰だったか、十年前にヴォートランことジャック・コランが下宿屋で逮捕されたときに居合わせた連中が面通しに来るんだけど、誰もこの自称トレド司教座聖堂参事会員さんがジャック・コランその人だとは言わないだろうね……」

カミュゾ夫人が考え込む間、沈黙が流れた。

「その被告人がジャック・コランだって確証はあるんですか？」

「あるさ。検事総長だって確信してらっしゃる」

「それなら、裁判所が騒ぎになるように仕向けなさい、もちろんこっそりとね。そいつがまだ極秘扱いになっているなら、付属監獄の所長に働きかけて収監を公表させるの。子供の悪戯なんかじゃなくて絶対王政国家の警察長官の真似をなさい。自分の手柄にするために、王様に対する陰謀をでっち上げたって話があるでしょう。あなたは三つの名家をわざと危険に晒して、それを見事に救って見せるのよ」

「そうだ、こいつは素敵だ！　頭が混乱していて監獄のほうの事情をすっかり忘れていたよ。ジャック・コランを優待房《ピストール》に移せって令状をコカール[*2]に持たせたんだった。もう所長のゴーさんに届いてるはずだよ。それと、保安警察隊長のビビ・リュパンっていう男がジャック・コランを相当に恨んでいるんだけど、こいつの手配で、奴を知っている囚人が二人ほどラ・

フォルスの監獄からこっちの付属監獄に移送されているんだ。明日の朝もし奴が運動場に出たら、えらい騒ぎが起きるだろうね……」

「騒ぎ？　一体どうして？」

「いいかい、ジャック・コランって奴はね、徒刑囚連中の財産をまとめて管理していたんだ。すごい額だって話だよ。それでどうも、死んだリュシアンの贅沢三昧《ぜいたくざんまい》のためにそのカネを全部使ってしまったらしいんだね。だからその落とし前を付けなくちゃいけなくなるってわけなんだよ。ビビ・リュパンに言わせるとこれはもう大惨事になること必至らしいから、そうなると看守も見過ごせないし、当然秘密になんてしておけなくなるね。ジャック・コランの命の保証さえないくらいだし。で、僕は朝一で出庁しておけば早々にこいつがジャック・コランだって調書を仕上げられるわけだ」

「いっそのこと、その預金者連中がジャック・コランをきっちりと片付けてくれればいいんですけどね。そうしたらあなたはとっても有能な男だって認められるのに！　朝一番にグランヴィル伯爵のお家に伺うのはよして、検事局のほうで待ってなさい、この件は武器になるわよ。宮廷と貴族院の大物三家族に向けられた大砲だもの！　堂々といきなさいね、グランヴィル伯爵に、ジャック・コランをラ・フォルスに移送するように提案するの。囚人どもが裏切り者として始末してくれるからって。私はモフリニューズ公爵夫人のお宅に伺って、グランリュー公爵にお取り次ぎいただくわ。それにもしかしたらセリジー伯爵にも。とにかく、非常事態だって空気を広めてまわるほうはお任せなさい。そうね、でも大事なのは、偽神父の正体がジャック・コランだと司法上はっきり認められた時点で私に一言ことづててくださることよ。それで二時には裁判所を出られるようにしてください、法務大臣閣下との会見を取り付けておきますわ。それはデスパール侯爵夫人のお宅でということになるかもしれないけど」

　カミュゾが感嘆の表情で棒立ちになっているので、抜け目のないアメリは思わず笑みをこぼした。

「ほら、食事にしましょう。それにお喜びなさいな、私たちパリに出て来てまだ二年なのに、もう今年中には高裁の判事になれる見込みが出てきたのよ。そうなったら、あとは政治がらみで一肌脱ぐ機会でもあればすぐに部長になれるわ」

　この密談一つとっても、ジャック・コランの影響力が今やいかに大きいかが分かるというものだ。なんといっても、本論［バルザックは飽くまでも自作は「研究」であるというポーズを取っている］の最後の主人公である彼の一挙手一投足が、今は亡き彼の寵児《ちょうじ》が取り入った三名家の名誉に直結しているのだから。

動物磁気学的見地からの考察

　リュシアンの死とセリジー伯爵夫人による監獄襲撃が司法機関のシステムにもたらした混乱は実に大きく、ために未だ監獄の所長は偽神父の極秘囚扱いを解除し忘れていた。

司法の歴史上、被告人の死亡というのは時に発生する事態ではあるのだが、それでもやはり珍しいもので、看守たちや書記、それに所長までもが平静を失うのも無理からぬところではある。とはいえ、彼らの動揺の主たる原因は美青年があっけなく屍骸《しがい》と成り果てたことのほうではなく、監獄の入場検問所の鍛鉄《たんてつ》製の鉄格子が社交界のご婦人の細腕で捥ぎ取られてしまったことのほうだった。そういうわけで、検事総長とオクターヴ・ド・ボーヴァン伯爵がセリジー伯爵夫妻と共に馬車で去ってしまうや、所長をはじめ書記も看守たちもみんな集まってきたのである。ちょうど監獄の担当医ルブラン氏も出て来たところだった。この医師はリュシアンの検死と、この薄幸の美青年が住んでいた区の〈死人科医〉との合議のために呼ばれていたのだ。

ところで、パリでは区役所ごとに死者の死亡診断と原因究明を担当する医者がいて、これを〈死人科医〉と呼ぶのである。

傑出した先読みによって、グランヴィル氏はリュシアンの死亡診断書を監獄からではなく彼の居住していたマラケ河岸を包含する区の役所から発行させ、亡骸《なきがら》も、まず自宅に移しておいてからサン＝ジェルマン＝デ＝プレ教会での葬儀に向かうようにと手筈を整えた。これはつまり、リュシアンと関係のあった各名家の名誉を慮《おもんばか》ってのことである。実際の折衝はグランヴィル氏の秘書シャルジュブフ氏に委任されたが、リュシアンの移送は夜のうちに行われねばならず、秘書は早急に区役所、教会、葬儀関係窓口と話をつけなければならない。そうしてやっと、世間的には、リュシアンは自由の身で自宅において死亡したことになり、列席する友人たちも彼の自宅のほうに招かれることになるわけである。

　そんなこんなで、気が楽になったカミュゾが野心的な伴侶と共に暢気《のんき》に食卓に着こうとしているまさにそのとき、司法宮付属監獄《ラ・コンシェルジュリ》の入場検問所のところでは、監獄の所長と監獄担当医ルブランの二人が、恋する女性の馬鹿力と鉄格子の無力さについて遺憾の意を表明し合っていた次第だ。

「人間が熱情に駆られて発揮する神経的な力というやつは、実際計り知れませんな！」送り出されてきた医師が所長のゴー氏に言う。「そういう力の前では力学やら数学やらは形無しです。ちょうど昨日ね、ちょっと空恐ろしい実験に立ち会ったんですが、それを見た後だとさっきの奥さんが発揮した超人的な力にも納得がいきますわ」

「その話、ぜひ聞かせてください。どうも私は動物磁気学[*3]というやつに弱いんですよ。いや、信じているわけではないんですが、どうにも気になってしまいまして」

「ふん、動物磁気を扱う医者がですな、いやまあ我々の業界にも動物磁気学を信奉してるのがいるわけでして、ええ、私に、ある現象について話をしたんですが、それを私が信じないもんですからね、実際に試してやろうと言い出したんです。動物磁気の実証だという不可思議な神経現象をですよ、自分の目で見られるとなればこれは気になります。なので承諾したわけですが、その結果はまあ、なんとねえ。医学アカデミーの面々を順番にこの実験に呼んでやったら、連中どう言うでしょうかなあ。実際、信じないわけにはいかんかったですよ。でまあ、件《くだん》の医者は私の古い友人なんですがね、どういう人物かというと、メスマーの説に触れて以来異端として医学部から追い出されておりまして。七十かそこらの爺《じい》さんですな。名前はブーヴァール、今では動物磁気学界の長老といったおもむきです。まあ私にとっては父親みたいな存在でね、本当に世話になった。彼あってこその今の私です。それでこの偉大なる老ブーヴァールが言うにはですよ、人間の神経に動物磁気を働かせたときの力がどれほどのものか証明してやろう、と。もちろん人間はある程度限定的な法則に従う存在だから、その力も無限というわけにはいかない。それでも、我々の計算なんぞでは根本原理を摑みきれない自然現象みたいな、そういう凄《すご》いものを見せてやる、とこう言うわけなんです。

『いいか』とこれは彼が言ったまんまですが、『この女の手にお前の手首を握らせるんだ。この女がこうして目覚めているうちは、まあごく普通の力でしか握らない。な？　でもな、世間で〈夢遊病状態〉なんて馬鹿な名前で呼ばれてる状態になると、この女の握力は金物職人の使うでっかいペンチ並みになるんだからな！』

で、どうです！　〈眠らされ〉た、と言うとブーヴァールが怒るんでね、ええ、〈遮断されれ〉たこの女の手に、私の手首を預けましてね、爺さんがこの女に『手加減なしで握っていけ』と命令したんですよ。もう、指先から血が噴き出しそうになって、慌てて止めてもらいましたね。ほら！　見てくださいよこの腕輪。こりゃ三ヶ月は消えませんよ！」

「うわ……！」火傷《やけど》にも似た環状の内出血の痣《あざ》を見て、ゴー氏は思わず声を漏らす。

「ゴーさんよ、身体のどこかに鉄の輪っかを、それこそ金物職人がネジでしっかり締め上げた鉄の輪っかをはめられたとしても、あの女の指に摑まれたときほどには感じんでしょうよ。

あの女の手はガッチガチの鋼鉄でしたわ。あのままいったら骨まで砕いて私の手首をちょん切っちまったですよ。最初は気付かないくらいの力なんです。でもだんだん、しかも延々と、汲めども尽きせぬ感じで力が強くなっていくんです。あれはもう手というより拷問道具でしたわ、締め責めに優るとも劣らないって具合です。それで私は信じる気になったんですよ。意志の力が一点に集中して、諸々《もろもろ》の種類の電気の力と同じで計量不能な、動物的な力になる、そうなると、人間は生命力の全部を、身体の任意の場所に集中できるわけなんですわ。で、それを攻撃なり防御なりに使うこともできる。だからさっきの奥さんも、絶望に追い立てられて、生命力をぜんぶ両手に集中させたというわけですな」

「しかし鍛鉄の棒を挽ぐとなると、もう無茶苦茶な力が要りますよ？」看守長が訝《いぶか》しげに口を挟む。

「あれはちょうどあそこだけ弱っていたんですよ！」とゴー氏。

「私としては、もう人間の力に軽々しく限界を定める気にはなれませんな」と医師。「それに考えてもみれば、世の母親というものには自分の子供を助けるためにライオンを金縛りにしたり、猫も歩けないような壁の出っ張りを伝って火の中に飛び込んだりなんて事例もありますしな、拷問みたいな苦痛を伴うこともある出産にだって耐えるわりですし。徒刑囚なんかが自由を求めて無茶な脱獄を試みたりするのも、やっぱりそういう力が存在するからこそじゃありませんかね？　生命力ってものの限界なんてまだ私らには分かっちゃいませんよ、まさに自然の力そのもの、どこから湧いてくるのやら分からんくらいですからな！」

「所長」看守が一人やって来てゴー氏に小声で伝える、「極秘囚第二号が、具合が悪いから医者をよこせと言っているんですが。本人は、死ぬかもしれない、と」

「仮病ではなく?」

「だってゼエゼエいっていましたよ!」

「今はもう五時で」医者が言う、「私はまだ飯も食っていない。しかしまあ気になりますわな、参りましょう……」

極秘扱いの男

「極秘囚第二号というのはですね、ジャック・コランではないかと疑われているスペイン人神父のことなんです」所長が医者に説明する。「あの青年と同じ事件の被告人で……」

「それならもう今朝診《み》ましたよ、カミュゾさんに呼ばれましてね。あの丈夫《マスラオ》なら、ここだけの話、文句なしの健康体ですわ。大道芸人に混じって鎖破りの力業《ちからわざ》でもやれば一財産作れそうなカラダでしたな」

「しかし自殺しようとするということもあるかもしれません。ちょっと一緒に極秘房区画まで行ってみましょう、どちらにしても私は奴を優待房に移す用事があるんです。カミュゾさんがあの一風変わった名無しさんの極秘扱いを解除しましたんでね……」

ジャック・コラン、幾度となく死神の手を巧みに擦り抜けてきたその不死身ぶりゆえに徒刑囚の業界では一名〈死神《しにがみ》だまし〉、今や彼のことは偽名ではなくこれらの名前でだけ呼ぶべきであろうが、彼はカミュゾの取調べのあと極秘独房に戻されて以降、非常な不安を感じていた。数多の犯罪、三度の脱獄、そして重罪院での二度の有罪判決に彩られた半生のあいだに、一度として感じたことのない不安である。この男は、徒刑囚の生き方、力強さ、精神、情熱を一身に凝縮した、まさに象徴的な徒刑囚であるのだが、しかし彼が自ら友と選んだ者に対して示す愛着、忠犬にも相応しいこの心延《こころば》えには、怪物的なまでの美しさがありはしないか？　幾多の観点からして唾棄すべき、低劣でおぞましい男ではあるにせよ、熱愛する相手に捧げるその絶対的な献身ゆえに、彼は実に興味深い研究対象ではないだろうか。本論は既にして相当な長さになってはいるが、リュシアン・ド・リュバンプレ亡きあと、この犯罪者の立ち至る結末を見ずに終わっては中途半端、尻切れ蜻蛉《とんぼ》と思われよう。愛くるしいスパニエルを失って、この先その相棒、このライオンが果たして生き永らえることができるのか、気になろうものではないか！

実生活、つまり社会において、何であれ物事は不可避的に他の物事と連鎖しており、独立では発生し得ない。大河の水は平らな板の様相を呈するものだが、これというのは、どんなに荒くれた波も、どんなに高く跳ね返る飛沫《しぶき》も、必ず全体の大きな流れによって押し潰されてしまうからだ。流れのうちに逆巻くどんな渦よりも、流れ全体のほうが圧倒的に重く、速い。流れの中に押し隠された水面下の動きを見るように、ヴォートランというこの渦巻きの上に権力がどう圧《の》し掛かってくるのかをご覧になりたくはないか？　この跳ねっ返りの荒波が果たしてどこまで頑張れるのかを、真《まこと》に悪魔的でありながらも確かに人間的な〈愛する心〉を持ったこの男の命運がどのようにして尽きるのかを、見届けたくはないか？　いやまったく、愛という天上の原理は、堕落した心のうちにもこうまでしぶとく息づいているものなのだ！

この卑しい徒刑囚は、トマス・ムーア、バイロン卿、C・R・マチュリン、カナリス男爵、*4数多の詩人が愛した、〈悪魔が天国の露を盗み取るべく天使を誘惑する〉というテーマを地《じ》で行こうとした。ジャック・コランのブロンズの心を読み解き得るなら、彼がもう七年も前に己を棄て去っていたことが分かるだろう。彼の絶大な能力は全てリュシアンに込められ、リュシアンのためだけに使われた。リュシアンの成功が彼の成功であり、リュシアンの恋愛が彼の恋愛であり、リュシアンの野心が彼の野心であった。彼にとって、リュシアンとは己《おの》が魂の可視化された形態だったのだ。

死神だましは代理人を通してグランリュー家の食事に招かれ、貴婦人たちの閨房《けいぼう》に入り込み、エステルを愛した。つまり、彼はリュシアンのうちに、若く、美しく、高貴なジャック・コラン、ゆくゆくはフランス大使にもなろうというジャック・コランを見ていたのだ。

一種の精神的な父親になることで、死神だましはドイツの迷信にある〈生き写し《ドッペルゲンガー》〉を実現したとも言える。一人の男を真実愛したことのある女性なら、あるいは理解できるだろうか。愛する男の魂の中に自分の魂が移っていく感じ。その男の人生が高貴なものであれ下賤なものであれ、幸福であれ不幸であれ、無名のままであれ栄誉をほしいままにするのであれ、その人生をただ隣で共に生きるのではなく、もはやその男自身として生きるという感覚。遠く離れていても、彼が傷を負ったのと同じ脚に痛みを覚え、彼が決闘に臨むのを感じ、あるいは、極端な話、誰から教わらなくとも彼の不貞を知ってしまうような。

独房に戻されたジャック・コランは、

「あの子が尋問されとるんだ！」

と思っては震えていた。震えていたのだ、労働者が安酒一杯やっつけるのと同じ調子で人間一人やっつけてしまう彼が。

「あいつ、愛人どもと面会できたんだろうか？　叔母ちゃん、あのメス犬どもに会えたんだろうか？　公爵夫人だか伯爵夫人だかども、しゃきしゃき動いて取調べの邪魔をできたんだろうか……？　俺の伝言、リュシアンに届いたんだろうか……？　でもどうにもならなくて、もし取調べされてたら？　あいつ、どうやって持ち堪《こた》えるんだ？　かわいそうに、俺のせいだ！　というかパカールのコソ泥野郎とコス狡《ずる》いプルダンスの女郎《めろう》のせいだ。エステルがニュシンゲンから引っ張った国債を売っ払って作った七十*5五万フラン、あれを連中がちょろまかしたりするからこんな滅茶苦茶になったんだ。あの透《す》っ波《ぱ》の皮《かわ》ども、あと一息ってとこで台無しにしてくれやがって！　このイタズラは高価《たか》くつくぞ、覚えてやがれよ……あと一日、あとたった一日だけもたせたらリュシアンは金持ちになってたんだ！　そんであのクロチルド・ド・グランリューと結婚して侯爵だったのによう。うまい具合にあの邪魔っけなエステルも消えたってのに。リュシアンの奴、あのエステルがあんまり好きすぎたからな……クロチルドは、あれは単なる救いの浮き板だ、あんな洗濯板［クロチルドは〈板のように〉ぺちゃぱいであると描写されていた］は全然問題じゃなかった。ああ、だからリュシアンはもう完璧に俺のものだったのになあ！　そのはずがどうだよ。判事の前でリュシアンがちょっとでも迂闊《うかつ》な目付きをしたら？　それともうっかり赤くなったりしてみろ！　あのカミュゾって奴は目《め》端《はし》が利きやがるからな……奴が手紙の束を見せたとき、確かに俺たちは目が合ったし、それで腹の底まで探り合ったんだ。あいつは確かに、俺がリュシアンの愛人どもをゆするネタを持ってるって見抜いてやがったぞ！」

　こんな調子の煩悶が三時間も続き、鉄の身体《からだ》に硫酸の血が流れているかのようなこの男も、あまりに強大な不安によってとうとう打ちのめされてしまった。脳が狂気の炎に焼かれるようで、ジャック・コランはその渇きに浮かされ、無意識のうちにバケツの水を飲み干してしまっていた。ちなみに極秘独房にはこの水バケツともう一つのバケツ［こちらは便器代わりであろう］、それから木のベッドが備わっている。他には何もない。

　衛兵詰所にあるのと同じような粗末なベッドの上で彼は考える、「隙なんか見せてみろ、あいつどうなっちまう？　大体あの子はテオドールなんかとは違って根がヤワなんだ……」

　この極限状況でジャック・コランの念頭に浮かんだ〈テオドール〉に関して少し説明しておこう。テオドール・カルヴィ、コルシカ島出身の若者だ。十八歳のとき十一件の殺人のため終身刑に処され、非常な対価を払って得た種々の助勢によってジャック・コランの鎖縁《くさりえん》の相方に収まっていたのは、一八一九年から二〇年にかけてのこと。ジャック・コランの最新の脱獄劇は彼の武勇伝の中でも特に鮮やかな手並みを見せた名場面の一つだが、これが実行されたのはロシュフォール港の徒刑場においてである。ここは徒刑囚がバタバタ死ぬところで、この二人の危険人物も早々に斃《たお》れるものと期待されていたわけだが、あにはからんや、というやつで、憲兵に扮したジャック・コランが、こちらは徒刑囚の格好のままのカルヴィを、所長を務める警視のもとへ連行するところと称して、まんまと二人で脱け出してしまったのだ。その後、逃亡の過程で二人は離れ離れとなり、テオドールのほうは捕縛されて徒刑場に戻された。スペインに逃れてカルロス・エレーラに成り代わったあと、ジャック・コランは若きコルシカ人を再び逃がすためにロシュフォールに向かうところだったのだが、その途上シャラント川の岸辺でリュシアンと出会ったのである。英雄的悪党にしてコルシカの誇りたるテオドール・カルヴィ（死神だましにイタリア語を教えたのも彼だ）は、リュシアンという新たな寵児の出現によって当然のごとくに見捨てられてしまった。

実際、若気の過ちを苦に自殺を志してはいたにせよ、リュシアンには前科など一つもなく、その彼と共に生きるという道はジャック・コランにとって真夏の太陽のごとく燦然《さんぜん》たる輝きで、一方テオドールを選んだ場合の行く末は、不可避的に新たな犯罪を連ねた果ての断頭台と分かりきっているのだから、これは当然の選択だったのである。

さて、いま、極秘囚としての隔離状態がきっとリュシアンの判断力を狂わせ、この青年の手落ちから不幸が起きるという考えがジャック・コランの頭のほとんど全てを占めていた。そして破局の可能性に、なんとこの男は目に涙を浮かべていた。子供のとき以来、一度として起きたことのない現象である。

「これは相当な熱が出てるんだ……医者を呼ぶか……それに大金を約束してやれば医者がリュシアンにつないでくれるかもしれん……」

そう考えているところに、看守が食事を運んできた。

「無駄デス、我が子ヨ。私はとても食べられナイ……。この監獄の所長さんニ、お医者さんをお願いしてくだサイ。もう私は天に召されるときがきたのかもしれナイ……」

偽神父の徒刑囚がこの訛《なま》りの強い言葉に絡めたゼエゼエいう喘《あえ》ぎを真に受けて、看守は一礼して立ち去った。ジャック・コランは医者を買収するという希望に必死に縋《すが》ったのだが、やって来た医師は所長を伴っていたため、その計画は諦めざるを得なくなる。心を落ち着け、所長の来訪の目的が明かされるのを待ちつつ、脈を取る医師に腕を預けた。

「熱がありますな」と医師はゴー氏に言う、「しかしこれは拘留中の被告人にはごくごく普通にあることです」次いで偽スペイン人の耳に、「そしてこういう発熱は、私に言わせると、何か疚《やま》しいことがある証拠なんですな」

ここで所長は、検事総長から手渡されていたカルロス・エレーラ宛のリュシアンの手紙を取りに、医師と被告人のことは看守に任せて独房を出て行った。

「せんセイ」看守は扉のところに離れていて、理由は分からないながら所長もいなくなっているのを見てとると、ジャック・コランは医師に切り出した、「リュシアン・ド・リュバンプレに、ほんの数行の書き付けを届けられるナラ、私は三万フランくらい安いものだと思っているのでスガ」

「あんたさんからお金を巻き上げる気はありませんよ。もう誰も彼と連絡なんてとれんのですから……」

「誰も？」ジャック・コランは仰天した、「なぜ？」

「首を吊っちまいましたからな……」

巣穴に戻ってみると我が子たちが攫《さら》われてしまっていた、そんなときの虎であっても、インドの密林にこれほど凄まじい叫び声を轟《とどろ》かせはしなかったろう。ジャック・コランはその叫びとともに、虎が後肢で立ち上がるように聳《そび》え上がり、雷霆《らいてい》の降《くだ》るがごとき灼熱の眼光を医師に叩《たた》きつけ、そうしてから粗末なベッドにへたり込んだ。「……俺の子よう……！」

「かわいそうに！」医師は、眼前の人体に起きたこの凄まじい現象に感激して、思わず叫んだ。

というのも、この感情の爆発の瞬間からジャック・コランは完全に虚脱してしまい、「俺の子よう……！」というのは辛うじて発された囁《ささや》き声でしかなかったのだ。

「こいつも、うちの管轄でくたばっちまうんスかね？」と看守。

「いや、そんなことはあり得ない！」と言いながらジャック・コランは起き直るが、彼の目には熱がなく、もう炎の力が宿っていない。「何かの間違いだ！　あの子なわけがない！　見間違いだ。極秘独房で首吊りなんぞできるわけがないんだ！　見ろ、ここでどうやって首なんか吊れる？　パリ全部が証人だ、あの子が死ぬわけがない！　神かけて、あの子が死ん

「でいいわけがないんだ!」

今度は看守と医師が呆けたようになってしまった。もうとっくに、何事にも驚かなくなっていたはずの彼らなのだが。そこへ、ゴー氏がリュシアンの手紙を持って戻って来る。所長の出現で、苦悶の炸裂《さくれつ》そのものによっても打ちのめされていたジャック・コランはいくらか落ち着きを取り戻したようだ。

「検事総長から預かったあなた宛の手紙です。検閲せず未開封のままお渡しするようにとのことでしたので」

「リュシアンからでスカ……」

「ええ」

「所長サン、彼ハ……？」

「亡くなりました。ルブラン先生がこちらにいらしたとしても、残念ながらやはり手遅れだったでしょう……。彼は優待房でほどなく亡くなりましたので……」

「一目、会えまスカ？」ジャック・コランはおずおず尋ねる、「哀れな父ヲ、最後に息子の死に顔に会わせてやってくれませンカ？」

「かまいませんよ。お望みなら彼の部屋を引き継いでいただいてもけっこうです、あなたには優待房に移っていただくように言われておりますので。極秘扱いは解除されました」

被告人は熱も命もこもらない眼で所長と医師をぼんやりと見比べる。何か罠が仕掛けられているのではないかと探りながら、ジャック・コランは独房を出るのを躊躇《ためら》っていた。

ですからな……」
「亡骸をご覧になりたいんなら」と医師、「急いだほうがいいです。今夜中に運ばれる予定
「私は馬鹿のように見えるかもしれまセン、子供をお持ちならお分かりになるでショウ。私は目の前がはっきり見えまセン……これは私にとってただの死などではないのデス、でも何を言ってるのかお分かりにはならないでショウ、あなたがたはもしか父親であったとしテモ、単に父親であるだけデス……私ハ、私は母親でもあるのデス！……ワ、私ハ、俺は気が変になる……もう……」

別れのとき

所長の権限でしか開かれない堅固な扉に閉ざされた通路を使えば、極秘房区画から優待房区画まで近道することも実は可能である。この二つの区画の最短経路は円天井《ヴォールト》とそれを支える両側の分厚い壁で構成された地下通路で、これはちょうど裁判所の中の〈売店歩廊《ギャルリ・マルシャンド》〉と呼ばれる歩廊の真下にあたる。そこを通過することでジャック・コランは、看守に腕を取られ、所長の先導に従い、背後に医師を従えて、ほんの数分でリュシアンの遺体が安置された優待房に辿り着いた。

ベッドに寝かされたリュシアンを見るや、彼は亡骸に駆け寄り、必死の抱擁で掻き抱いた。激情に突き動かされたその敏捷《びんしょう》さと異様な力に、居合わせた三人は慄《おのの》きを禁じ得ない。

「どうです」医師は所長に、「さっきも話した類の力ですよ。ご覧なさい、あの人は死体を捏《こ》ね回してしまいますがね、死体ってのはですよ、ご存知じゃないかもしれませんが、石みたいにコチコチ……」

「一人にしてください……！」ジャック・コランの微《かす》かな声。「あまり時間がないんでしょう、もうすぐこの子は……」

〈埋められる〉という言葉を彼は口に出しかねた。

「この子の形見に何か持っていさせてください……！　先生、どうか私の代わりにこの子の髪を少し切ってくださいませんか。私にはできないことですから」

「こりゃ確かに親子なんですな！」と医師、

「そう思いますか？」とは所長。この発言の重々しさに感化され、医師はしばし考え込んでしまった。

所長は看守に被告人をこの房に一人残すことを指示し、遺体が運び去られる前にこの自称父親のためにリュシアンの髪をいくらか切ってやるよう言い添えた。

五月の夕方五時半、司法宮付属監獄の中は、窓に鉄格子や金網が嵌《は》まっているとはいっても手紙を読むのに不自由はない明るさである。ジャック・コランはリュシアンの手を握り締めたまま、彼の遺した手紙を一語一語読んでいった。

ところで、手に氷の欠片《かけら》を強く握ったまま十分間も辛抱できる人間などというのは、普通いない。これは、冷気が生命の根源にまで殺人的な速さで伝わっていくためだ。しかし毒にも等しいこの冷気の作用も、凍《い》て付いたように硬直した死人の手を握り締めたときに魂が受ける影響と比べれば、何ほどのこともない。人が死者の手を取るときには、死そのものが生命に語りかけ、そのドス黒い神秘で大抵の感情を殺してしまう。こと感情に関して、変化とは即ち死であると言って間違いありますまい。

いま、ジャック・コランと共にこの手紙を読むことで、リュシアンの最期の言葉がいかにいみじくも毒の杯たり得たか、読者諸賢にも実感できよう。

「カルロス・エレーラ様

親愛なる神父様、私は貴方から恩義ばかりを受けていながら、それを仇《あだ》で返してしまいました。この忘恩の振舞いは、不慮の仕儀とはいえ、償いがたく、致命的です。この手紙をお読みになるころ、私はもうこの世におりません。流石《さすが》の貴方でも、もう救ってくださることは不可能でしょう。

貴方はこれまで私に、吸い殻のように貴方を捨てて破滅させてしまう、そんな選択肢をも持たせていてくださいましたが、私はただ愚かしく貴方に頼り続けました。それが今になって、心の父よ、貴方の拾ってくださった息子は、面倒を振り払おうと、予審判事の巧妙な誘導に乗せられて、なんとしても貴方を亡き者にせんとする奴原《やつばら》に与《くみ》してしまったのです。彼らは無法にも、貴方がフランス人の極悪人と同一人物であるなどと言い立てて、しかもあろうことか、私はそれを認める供述をしてしまいました。申し開きのしようもありません。

私のほうが貴方の期待したような大人物になり得ぬ小物だったからといって、小物同士ならいざ知らず、貴方ほど強く大きな存在を相手に、最後の別れに際して駄弁を弄《ろう》するのは相応しからぬことです。貴方は私を威勢高く栄光に満ちたものにしようとして、その結果、私を破滅に、自殺《げんうん》へと突き落とした。結局はただそれだけのことです。もうずっと以前から、頭の上で眩暈《げんうん》が翼を広げて、いつ降ってこようかと旋回しているのが微かに聞こえていました。

貴方も仰っていたように、人はカインの末裔《まつえい》とアベルの末裔に分けられましょう。人類の大いなる劇場において、カインの象徴するものは反抗です。彼の血統には、最初の火花がイヴに燃え付いて以来ずっと悪魔に煽《あお》られ続けてきた炎が宿っており、貴方もまた、こちらの流れを汲むアダムの子孫に違いありません。そして、魔物揃いのこの血筋には、時として更に別格の者が現れます。本当に凄まじい、巨大な体躯に人類の持ち得る力を全て凝集したような、生きる上で広大な空間を必要とするため荒野にしか棲《す》めないという種類の猛烈な生物を思わせる存在です。こういった類の人物が人中《じんちゅう》に現れるのは、ノルマンディーの直中《ただなか》にライオンが放たれるのと同じくらい危険なことです。彼らは常に餌食《えじき》を必要として、凡庸な人間を食い殺し、無能な者の財産を食い荒らさずにはおきません。彼らの戯れはあまりに剣呑《けんのん》で、終《しま》いには自らの連れ合い、寵児と選んだ犬ころをも殺してしまいかねません。神が然《しか》るべく差配すれば、こういった驚異的な存在はモーセ、アッティラ、シャルルマーニュ、ムハンマド、ナポレオンともなりましょう。しかし人の海の底で錆《さ》び付くままに捨て置かれた場合には、彼ら巨人的な使徒はプガチョフ、ロベスピエール、ルヴェル、あるいはカルロス・エレーラと成り果てるのです。軟弱な魂を大いに魅惑し、惹き寄せては嚙み砕いてしまう。彼らなりの流儀で美しく、偉大ですらある。譬《たと》えるなら、森の中で子供の興味を掻き立ててやまない鮮やかな毒草や毒茸。言うなれば悪の詩情だ。あんたたちみたいな人間は、きっと窟《あなぐら》にでも籠もっているべきなんだ。あんたたち流の度外れたアツい生活を僕にも垣間見させてくれたね、おかげでこの世での取り分はもう十分いただいたよ。だから僕はもう、ゴルディオスの結び目［解いた者はアジアを支配すると言われた複雑な縄の結び目］みたく込み入ったあんたの計略からは抜けて、首括りのネクタイと契約を結ぶことにする。

失敗の穴埋めとして、検事総長に供述の撤回を申し立てておきました。あなたならあとは上手く立ち回れるでしょう。

僕の正式な遺言によって、あなたがつい父性愛から僕のために使い込んでしまったお金も全額返還されます。

お別れです。さようなら、偉大なる悪と堕落の権化！　さようなら、然るべき道を行けばヒメネスよりもリシュリューよりももっと偉くなったろうあなた！　あのときあなたの言ったとおり、シャラントの岸辺に立っていた僕に逆戻りです。あなたのおかげで一時の夢を見られました。残念に思うのは、ここがあのとき若気の過ちもろとも身を投げようとした故郷の河ではなく、セーヌの岸辺で、監獄の独房だということくらいです。

僕のことは惜しまないでください。僕はあなたのことを、尊敬していたのと同じくらい軽蔑もしていましたから。


リュシアン」


夜中の一時前、遺体を運び出すために人夫たちがやって来たとき、ジャック・コランはベッドの脇に跪《ひざまず》いていた。手紙は地べたに、自殺者の手から滑り落ちた拳銃のように落ちていたが、ジャック・コランは両手でリュシアンの手を握り締め、祈りを捧げ続けているのだった。

この男を前にして、人夫たちは少しの間、動けなかった。ジャック・コランがまるで、中世の墓石に添えられたような、巧みに彫り上げられ永遠の祈りに凍り付いた跪居像《ききょぞう》のように見えたのだ。虎のように薄い色の瞳を闇に浮かべ、超自然的に固まっている不動の偽神父、その姿に畏敬の念を喚起され、彼らは丁寧に、起き上がってくれるよう頼んだ。

「どうして?」ジャック・コランは恐る恐る尋ねる。

あの大胆不敵な死神だましが子供のように頼りなくなってしまっていた。

所長に促されたシャルジュブフ氏が、こんなにも大きな悲嘆の姿に胸を打たれながら、またジャック・コランを真実リュシアンの父と信じて、葬儀と葬列に関するグランヴィル氏の指示を説明して聞かせた。その指示に従って、マラケ河岸のリュシアンの自宅に司祭を招き、通夜はそこで行わなければならないのだ。

「なるほど、検事総長さんは立派な心の持ち主だと分かりました」徒刑囚は悲しげな感嘆の声を上げた。「グランヴィルさんに、私が感謝していたとお伝えください。私はきっと彼のお役に立ちましょう。いいですか、間違いなくお伝えください、彼にはきっと私の協力が、しかもどうしても、必要なはずだと。……おかしなものですね、この子のために七時間泣いて、それでこんなふうに気持ちが変わるものだなんて。かわいそうに……もう二度と会えないのか……！」

息子の亡骸を取り上げられる母親のような眼差しでリュシアンを包み、ジャック・コランはくずおれた。

彼が横で呻《うめ》き声を上げるので人夫たちは遺体を運び出すのを弥《いや》が上にも急がねばならなかったが、検事総長の秘書と監獄の所長は一足先に退場しており、この一幕は見ず終いとなった。

しかし、ジャック・コランのあのブロンズの精神はどうなってしまったのか。決断は洞察と同様に俊敏で、思考と行動が時を分かたず雷光のごとく迸《ほとばし》り出て、三度の脱走、三度の徒刑場送りによって鍛えられた神経は、ついに野人の神経の持つ金属並みの頑健さにも到達していたというのに。

例えば、鉄は打撃や圧迫を繰り返し受けると、ある段階に至って突然折れる。強固な分子構成が人の手で純化され均質化し、解体するのだ。そして、融解しているわけでもないのに固体としての強度を失うのである。蹄鉄工、金物職人、刃物職人など日常的に鉄を相手にしている労働者たちは皆、このことを業界の用語で〈鉄がうるかる〉と言う。麻糸を柔らかくするために〈うるかす〉という工程から言葉を拝借したものだ。人の魂も、あるいは身体・心情・精神の三位一体のエネルギーと言い換えてもいいが、こちらもまた、立て続けに衝撃を受けることで鉄と相似の状態変化を来《きた》すのである。つまり人も、麻や鉄と同様に、うるかってしまうのだ。鉄材の破断によって起きる恐ろしい鉄道事故、ベルヴュー[*6]の大事故が記憶に新しいが、あの種の事故に関して、科学者や司直、それに大衆も寄って集《たか》って破断の原因について無数の仮説を立てているものの、どうやら誰も本当の専門家に意見を求めることを思い付かないようだ。鍛冶屋たちは口を揃えて「そりゃあ、鉄がうるかってたんだ！」と答えるだろう。しかしこの危険が予測不可能なのもまた事実だ。軟化した鉄も丈夫な鉄も、見た目には何ら変わるところがないのだから。

告解師や予審判事は、大犯罪者がまさにこういう状態に陥るのをしばしば目にするという。重罪院や〈化粧室〉「死刑囚は刑の執行直前に〈化粧室〉という場所で、首の後ろ、ギロチンの刃の当たる辺りの髪を刈られる。また死刑執行人はこのとき死刑囚の私物を接収する権利を与えられていた」の恐ろしい雰囲気は、最もしぶとい精神にさえほとんど必ず、神経構造の瓦解を引き起こすのだ。そして、暴力的なまでに固く閉ざされた口から自白が漏れる。凝り固まった反抗的な心が折れる。奇妙な話だ！　死刑の執行を待つだけの、もはや自白など必要ない局面になって初めて、末《まっ》期《ど》の虚脱によって潔白を装う仮面が引き剝《は》がされるのだ。もっとも、この自白も決して無意味ではない。自白のないままに死刑が執行される場合、司法機関は常に一抹の不安を抱え続けているものだからである。

そして、ワーテルローの戦場でナポレオンが体験したのもまた、こんなふうに満身の力が雲散霧消する感覚だったのだ！

監獄の運動場

朝八時、優待房《ピストール》区画の看守がジャック・コランの房を見にきたとき、彼は蒼ざめてはいるが一応は落ち着いた様子で、何か悲壮な決意によって無理矢理に力を取り戻したというような風情だった。

「運動の時間ですよ」と看守。「もう三日も閉じ籠もったきりで身体が鈍《なま》ってるでしょう、外の空気を吸いたければどうぞ」

ジャック・コランはこのとき、己を顧慮することなくひたすら考え事に没頭しており、自分のことは中身の人間がいない空っぽの服、ただの襤褸《ボロ》というくらいに感じていた。そのため、ビビ・リュパンが罠を張っていようとは考えもしなかったし、自分が運動場に姿を現すことの重大性すらも念頭に浮かばなかったのである。ジャック・コランは機械的に自分の房を出て、監房の並びに沿った通路に踏み込んだ。この監房群というのは、かつてのフランス王宮であるこの建物の壮麗な拱廊《アーケード》を、立ち並ぶ石柱とその装飾の突出部を利用して二階建てに間仕切りしたものである。ちなみにこの拱廊の上階には〈聖ルイの〉[*7]歩廊が走っていて、これは破毀院《はきいん》［今後も何度か出てくるが、日本で言う最高裁判所。破毀院では、上告されてきた案件に関して、それまでの審理自体が法に適っているかの点検だけを行い、事件自体の審理は行わない］の付属施設へと通じている。いまジャック・コランは問題の通路に優待房区画の通路から入ってきたわけだが、ここで特筆しておくべきことがある。史上にも名高き弑逆者《しいぎゃくしゃ》、かのルヴェルがかつて収監されていたのが、ちょうどこの二本の通路がぶつかる直角な曲がり角のところの房なのだ。さて、この暗い通路はボンベック塔の螺旋《らせん》階段につながっていて（この上には、これまた〈聖ルイの〉と呼ばれる素敵な小部屋がある）、優待房や通常の監房の留置人たちが運動場に出るにはこの階段を使うのである。

　留置されている者は皆、皆というのはこれから重罪院に出廷する者、既に出廷した者、極秘扱いが解除された者、とにかく司法宮付属監獄の囚人全員が、昼間の数時間（例えば夏なら朝の早いうち）、この狭い、総石敷きの空間に出て来てぶらぶらすることになっている。この運動場は断頭台か徒刑場への待合室でもあるわけだが、片方の端でそちらに通じ、もう片方の端では憲兵、予審判事の取調べ室、あるいは重罪院を介して、娑婆《しゃば》にも接している。それだけに、断頭台よりも寒々しい眺めの場所だ。断頭台はまだしも天上に召されるための足場と言えなくもないが、この運動場のほうは地上の恥辱の掃き溜めで、なんとも救いのない場所なのだから！

ラ・フォルスでもポワシーでも、はたまたムランでもサント＝ペラジーでも、監獄の運動場というのはどこでも同じだ。どこでも同じようなことが同じように起きる。違うのはせいぜい壁の色、壁の高さ、あとは広さくらいのものだろう。ならばここでこのパリの万魔堂《パンデモニウム》について正確な描写をしておかないことには、本論が属しているところの〈風俗研究〉の看板に偽《いつわ》りありということになってしまう。

破毀院の法廷を戴いた豪壮な円天井《ヴォールト》の下、四つ目の拱門《アーチ》のところに、かつて聖王ルイ九世が貧者への施しを行ったという石の台があるのだが、今日ではこの石は留置人にちょっとした食料品を販売する露台として使われている。そのため、運動の時間になると、囚人たちはまずこの石の周りに集まってくるのである。ここに並ぶ留置人向けのおやつというのは、蒸留酒やらラム酒やらといったものだ。

同じ棟（ちなみにこの棟は、聖ルイ時代の美麗な王宮の名残を唯一留めているビザンチン様式の柱廊に面している）の、手前二つの拱門《アーチ》のところは弁護士と被告人が会見する面会所に充《あ》てられている。被告人がこの面会所に入るには、三つ目の拱門の奥の、ものものしい鉄格子に囲まれたおどろおどろしい通路を使う。この入れ子になったような通路は、演目が大当たりしているときの劇場前に柵を並べて作られる入場整理の臨時の小道に似ていると言えば分かりやすいだろうか。面会所のほうは、入場検問所の置かれている広間に隣接していて、採光は運動場側にいくつか設けられた開口部に依っている。最近になって検問所側の壁がガラス張りに改装されたが、これは弁護士と顧客の面談を職員が監視できるようにということであり、なぜそんな必要があるかというと、美しい女性被告人が自分の弁護人に対して過剰な魅惑力を行使することがままあるためである。倫理というやつはどこまで責任感が強いのやら、まったく頭が下がりますな？　しかしどうも、こういった用心というのは、教理問答書《カテキスム》にある〈良心の試験〉を思わせる。あれと同様、純で初心《うぶ》な想像力の持ち主にわざわざ醜悪なことを考えさせて、かえって堕落を助長するようなことになるのではなかろうか。警察の許可のもと、家族や友人が囚人、被告人、留置人に会いに来られるのもこの面会所である。

これで大体、この運動場が司法宮付属監獄の二百人の囚人にとってどういうものであるかお分かりいただけただろう。ここは彼らの庭園なのだ。木も、土も花もない庭園……まあ要するに運動場と呼ぶほかはない。面会所と、許可された食品と飲料が頒布される聖ルイの石台、これらの付属施設だけが、外界とのほんのわずかな接点だ。

運動場に出ている間だけ、囚人たちはいくばくかの開放感と友誼《ゆうぎ》を味わえる。他の監獄では留置人たちが作業場に集められて仕事をするということもあるが、ここ司法宮付属監獄では（優待房に入っているのでなければ）どんな活動も許されていない。それもあって、ここでは誰もが重罪院の動静にひたすら注意を向けている。ここに来るのは予審か裁判かにかけられるために決まっているのだから、当然のことでもあるが。この中庭は実際なんともぞっとする様相を呈しているのだが、実際のところ、想像していただくことなどできまい。見に行くしかない。見て来た人にしか本当には分からない。

まず、この縦横四十×三十メートルの空間に集まった百人ほどの重軽罪被告たちはもちろん社会の選良《エリート》ではない。この連中は大抵が社会の最底辺の出身で、身なりもよくないし、顔立ちも卑しかったり醜かったりする。というのも、社会の上層から犯罪者が出るのは幸いにして稀《まれ》なことであるからだ。そしてきちんとした身分の人は、公金横領、文書偽造、あるいは偽装倒産といった罪でここに収監されたとしても優待房に入るための差額を支払えるし、そのまま独房に籠もっていて運動場になどまず出てこないものなのである。

四方を美しくも恐ろしい黒ずんだ壁（即ち、間仕切りで監房に仕立てられた柱列、セーヌ川寄りの側は強化壁、北側は優待房群の鉄格子窓）で囲われ、看守たちの用心深い監視に終始晒されて、そんな中をおぞましい犯罪者たちが互いに疑いの視線を交わしながらうろうろしている、こんな舞台装置だけを見てもこのお散歩広場は相当に辛気《しんき》臭い。しかし、この穢《けが》れた者たちの直中《ただなか》で彼らの憎しみと好奇心と絶望とに満ちた視線に晒されるのを想像したら、これはもう心底背筋が寒くなるだろう。ここには喜びなど欠片もない。ここでは何もかもが、人も、場所も、陰鬱なのだ。何もかもが、壁も、心も、黙り込んでいる。この不幸な男たちにとっては何もかもが危険を孕《はら》み、徒刑場生まれの友情（これも徒刑場そのものと同様に陰惨なものだが）でもない限り、彼らはお互いにこれっぽっちの信頼も置けないのだ。警察は彼らの頭上を滑空しつつ、環境に毒を流し、雰囲気を腐らせる。そしてそれは、互いによく見知った罪人同士の握手にまでも滲み込んでくる。ここでは、親友に出会っても、その人物が警察に寝返っていないか、我が身可愛さから自供していないか知れたものではないからだ。

この安心の不在、ひつじに対する不安が、端《はな》から偽りのものである運動場での自由をさらに蝕《むしば》む。ひつじというのは去勢された牡羊、要するに牢屋の隠語で言うスパイのことで、おそらく大抵は悪質な事件の犯人であり、誰恐れぬ者のないその能力というのが何かと言えば、自分をダチ公だと信じ込ませるのに長《た》けているということである。ダチ公というのも隠語《ちようふ》で、年季が入って熟成された泥棒、堅気の社会とはとっくに縁を切り、死ぬまで泥棒と決め込んだ輩《やから》、上流泥《ど》棒界の掟に常に、必ず忠実であり続ける者のことだ。

ところで、犯罪と狂気にはどこか似たところがある。付属監獄の運動場をぶらつく囚人たちも、療養所の庭を徘徊《はいかい》する患者たちも、眺めとしては同じものだ。どちらにおいても彼らは互いを避け合って歩き回り、控えめに言ってもなんとも独特な視線を、あるいはその時の気分によってはえげつない視線をすら、投げ交わす。一時として陽気なことも本気なこともあり得ない。お互いのことをよく知っているか、そうでなくとも恐れているから。判決待ちが、あるいは後悔が、極度の不安が、運動場の散歩者たちに、あの心許《こころもと》なげで狼狽《ろうばい》した様子を付与するのだ。行くところまで行った熟練の犯罪者だけが、堅気の者の穏やかさや呵責《かしやく》なき良心の誠実さをすら思わせるような落ち着きを、漂わせ得る。

ここでは中流の人は例外的な存在で、しかもそういった人々は羞恥心のため独房を出ないので、運動場の常連たちは大抵みな労働者と同じような格好をしている。つまり、上っ張り、作業服、ビロードの上着《ジャケット》がほとんどだ。こういった粗末だったり汚れていたりの服装は、粗野であったり陰気であったりの人相や、粗暴な物腰（沈鬱な気分に囚われて、いくらか抑えられてはいるが）と調和して、全て、場の沈黙までもが相和《あいわ》して、ごくたまに来る見学者に恐怖、でなくとも嫌悪の念を起こさせる。もちろん、司法宮付属監獄を見学する珍しい機会を得るには、それ相応の特別な縁故関係《コネクション》が必要なのだが。

解剖学の展示室で性病の醜悪な症例の蠟《ろう》細工模型を見せられた青年は、必ず純潔を志し、神聖で高貴な愛を心に抱くようになるものだ。それと同様、付属監獄とその運動場の眺め、そしてその住人たち、徒刑場か断頭台か、あるいはまた何らかの名誉刑を運命付けられた彼らを目の当《ま》たりにすれば、良心の中で叫び立てる神の正義を恐れぬ者でさえも人の正義に恐れをなし、長きに亘って正直な生活を営むことになるのである。

符牒《ちょうふ》、娼婦《しょうふ》、盗夫《とうふ》に関する語学・哲学・文学的試論

ジャック・コランが降り立ったときに運動場に居合わせた散歩者たちというのは、とりもなおさず〈死神だまし〉の人生の中でもかなり重要な場面の登場人物なので、ここでこの恐ろしい集団のおもだった数名について描写を行うことは決して無意味な脱線ではあるまい。

ここでも、人間の集団というのは常のとおりである。つまりここにも、中学校などと同じで、精神的、肉体的な力関係による支配構造が存在する。そしてここでは、徒刑場でと同様、身分の高さは罪の重さで決まる。つまり、首の賭かっている者が誰よりも一番偉いわけだ。監獄の運動場は、これは容易に想像もされようが、刑法の学舎《まなびや》であって、しかもパンテオン

広場［この広場に面するパリ大学法学部のこと］でより何億倍も上等な授業を行っている。ここの学生恒例の催しは重罪院再現劇場、お前は裁判官、お前は陪審、検察、弁護士、と役を割り振って、訴訟の吟味《ぎんみ》を行うのである。有名な事件の公判があるたび、ほとんど必ずこの悪趣味な茶番劇が展開される。ちょうどこのときは、凄惨きわまるクロタ夫妻宅押し込み強殺事件の一大刑事訴訟が議事日程に記載されていた。クロタ氏とその奥さんは元農民、その息子は公証人、そしてこの不幸な事件が起きるまで知られていなかったことだが、なんと彼らは金貨で八十万フランもの箪笥《たんす》預金をしていたらしい。夫婦殺しの犯人の一人は有名なダヌポン、またの名をテッテー的な〈テッテ鳥《どり》〉。脱獄した徒刑囚で、ここ五年来七つか八つの偽名を使って官憲の執拗な追及を出し抜いてきた男だ。この悪党の変装術は完璧で、デルスークという男に成りすましたまま二年のあいだ収監されていたほどである。このデルスークというのは彼の弟子の一人で、有名ではあるが決して軽罪法廷の管轄範囲を越える仕事はしない泥棒だ。さて、テッテ鳥は今回で脱獄後三回目の殺しということになる。つまり死刑は確実ということで、これだけでも囚人たちの恐怖と尊敬の的だったのであるが、その上、隠しているはずの財産の額もまたそれだけで同じ反応を呼び起こし得るものだった。というのも、盗まれた現金の一銭一厘とて発見されていなかったのだ。一八三〇年七月の騒ぎ［七月革命］を経てなお、この大胆な事件がパリに巻き起こした怖気《おぞけ》の嵐は諸賢の記憶にも残っていよう。なんとなれば、いつ何時も金勘定を忘れない現代の悪しき傾向のため、殺人事件の衝撃はその際に盗まれた金額の大小にも大いに影響され、従って、この件は国立図書館の蔵する古金貨が盗まれた［一八三一年に実際にこういう事件があったらしい］ことにも等しい重大性を帯びたわけであるから。

テッテ鳥、瘦せて貧相なイタチ面《づら》の小男。四十五歳。十九歳のとき以来渡り歩いた三つの徒刑場の名士。ジャック・コランとも親交深く、その事情については後述する。二十四時間前にテッテ鳥とともにもう二人、ラ・フォルス監獄から徒刑囚が移送されて来ていたが、付属監獄に着いてすぐにこの二人が、断頭台行きのダチ公テッテ鳥の不吉な王位を保証し、運動場の皆に認めさせた。ここな二人の片割れは、これまた脱獄した徒刑囚セレリエ、またの名をオーヴェルニュ者《もん》、股旅《またたび》親爺、車的屋《シャテキ》［荷馬車荒らし］、そして徒刑囚業界に言う上流泥《ど》棒《ろ》界での呼び名は〈絹《きぬ》ノ糸《いと》〉。最後のこれは仕事の危険な局面も絹の細糸一本の差で見事に切り抜けてみせる手際から付いた渾名《あだな》で、かつては死神だましの一味の者だった。

死神だましは絹ノ糸が二股かけているのではないか、上流泥棒界の評議会に属しながら警察の囲われ者でもあるのではないかと強く疑っていたため、一八一九年にヴォケー館で逮捕されたときには彼が自分を売ったのではないかと口にしたくらいである（『ゴリオ爺さん』を参照のこと）。セレリエは、いや、ダヌポンをテッテ鳥と呼ぶのだし、彼のことも絹ノ糸と呼ぼう、絹ノ糸はパリ市中出入り禁止の追放《おかまい》を破った上、傷害や殺人こそ伴わないものの加重要件を満たした窃盗に何件も関与、最低でも二十年は徒刑場に押し込められると見られていた。そしてもう一人の徒刑囚はリガンソン、〈屑屋お嬢〉と呼ばれる情婦《おんな》と二人して、上流泥棒界でも屈指の修羅の夫婦《めおと》である。幼少のみぎりより司直と犬猿の仲であり続けた彼の渾名は〈牡屑屋《おくずや》〉。その心は〈屑屋お嬢〉に対応する雄《オス》ということ。まったく、上流泥棒界の面々にとっては神聖にして侵すべからざるものなど存在しない。この野蛮人どもは法も守らず、神の教えも軽んじ、博物学すらも、ご覧のようにその聖なる用語体系を戯画的に用いて貶《おとし》める始末なのだ。

ここで少々、余談を語らねばならない。ジャック・コランが運動場に、つまりビビ・リュパンと予審判事カミュゾによって巧妙に配置された敵たちの真っ直中に現れて、そしてそれに続いて出来《しゅったい》する興味深い事態、この一連の場面がご都合主義的でなどないことを分かっていただくため、また珍紛漢紛《チンプンカンプン》にならぬように、今ここで、泥棒や徒刑囚の業界の事情、その掟、習慣、そして何よりその言葉遣い、特にこの言葉遣いの恐ろしい詩情がここからの場面を語る上で欠かせないのであるが、これらについての説明をさせていただく必要があるのだ。ではまず、ペテン師、掏摸《スリ》、泥棒、人殺したちの使う言語の概説から。〈符牒《ちょうふ》〉と称されるこの一風変わった語彙は、最近では文学に非常に上手く取り入れられて人気を博したおかげで、花も恥じらう乙女の口に上ったり、豪邸の一室に響いたり、果ては王侯を楽しませたりと大活躍、そういった読者の中で内心「まんまとハメられた！」と思ったことのある者は一人や二人ではあるまい。こう言うと驚かれる方も多いかも知れないが、この地下世界の言語ほど精力的で彩りに満ちた言葉は他にないのである。固有の中心地を持った国家というものが成立して以来、この言辞は薄暗い地下室、掃き溜め、社会の奈落の三丁目で蠢《うごめ》いてきたわけであるが、ここで奈落の三丁目という鮮烈で印象的な芝居小屋の用語を借りてくるのは場違いではあるまい。人の世とは、それこそ一種の劇場ではございますまいか？　なお、〈奈落の三丁目〉というのは具体的にはオペラ座の舞台の地下の一番深いところのことで、ここには舞台カラクリの類やそれを操作する人員、脚光《フットライト》、お化け、地獄から湧いて出る青い悪魔、その他もろもろ大道具小道具などが隠してある。

　さて、この言語のどの一語をとってみても、あるいは粗暴で、往々にして創意が横溢し、時に心胆を寒からしめる、そんな描写力に富んでいる。下穿きのことはちょうふでハントと言う、これについては詳説は避けよう。ちょうふでは人は眠らない、タオレるのだ。どうですかこの喚起力！　常に追われ、草臥《くたび》れていて、警戒心の強いドロボウという名の生物の、その独特の睡眠のありようを見事に伝えている！　この生物は、年がら年中疑念の大鷲《おおわし》に頭上を脅かされているだけに、安全を確保したと見て取るや否や深い眠りの淵に転がり落ちる。なんとも恐ろしい寝穢《いぎたな》さ、まさに野生動物のような鼾《いびき》のかきようで、しかもそれでいて、耳だけは用心に裏打ちされてそばだっているのだ。

　実に、この言語では何もかもが荒くれている。最初の、あるいは最後の音節、単語の全体が激烈で、どうしたって吃驚《びっくり》させずにおかない。例えば〈女〉は〈追い風〉。そしてこれはなんという詩情《うたごころ》、〈麦藁《むぎわら》〉のことは〈ボースの羽ペン〉だ［ボース地方は穀倉地帯である］！〈真夜中〉は時打つ鐘のことを言い換えて〈十二発ハジく〉とくるからに、もう、震えがきませんか?!　〈屋部《やぶ》を濯《すす》ぐ〉と言えば押し入り強盗でごっそりいただくということだし、〈皮《かわ》二重《ぶたえ》る〉、別の皮を借りて着るなどと言うのと比べてしまえば、もう普通に〈床に就く〉だなどとは言っていられない。そしてまたこれ、これの想起させる映像の鮮やかさはどうです、[*8]〈ドミノ遊び〉。始終追われている人間の食事の様子がありありと思い浮かぶでしょう！

それに、ちょうふは日夜進化を続けているのだ！　文明を追って、というよりもぴったりと後を尾《つ》けて、新しい発明のあるごとに新しい表現を増やしていく。たとえばジャガイモ、ルイ十六世とパルマンティエ［フランスにジャガイモを普及させた農学者］に生み出されて世に現れたこの食べ物は、早速ちょうふに〈ブタ用オレンジ〉として迎え入れられた。銀行券が発明されると、徒刑囚業界では直ちにこれを〈ガラぴら〉と名付ける。紙幣にサインを入れる主計官ガラ男爵に因んでのことだ。そして〈ぴら〉！　薄葉紙のたてる音が聞こえてきませんか？　千フラン札は〈雄ぴら〉、五百フランは〈雌ぴら〉。徒刑囚たちはじきに百フランと[*9]二百五十フランのお札にも何か珍奇な名前を付けてくれることでしょう。

一七九〇年、ギヨタンが死刑執行に際しての諸問題を一挙に解決する効率的な機械を発明して、人類に多大な貢献をしたのはご存知だろう［つまりギヨティーヌ、所謂《いわゆる》〈ギロチン〉のこと］。すると徒刑囚たちや元苦役囚たちは、王政の黄昏《たそがれ》にして新たな正義の黎明《れいめい》のこの時に出現したこの機械《からくり》を検分していたかと思うと、突如〈無念山《いやいやのぼる》の大僧院〉の名を献じたのだ！　彼らはまた、鋼《はがね》の刃《やいば》の角度を検討した上で、この機械の動作を〈刈り取る〉という動詞で表した。徒刑場が〈原っぱ〉と呼ばれることなども考え合わせるに、まったくこれらの、シャルル・ノディエ風に言うなら〈語詞〉の、その創意工夫に言語学者たちは大いに感嘆するところだろう。

言語学といえば、ここらでちょうふの由緒正しさにも言及しておこうではないか！　その語彙の一割ほどはロマンス語［ここでは〈初期フランス語〉の意］由来、また一割ほどはラブレーも用いたガリアの古語に由来する。〈ソコヌく〉（そこなう）、〈カマす〉（うるさがらせる）、〈ヤブる〉（屋部《やぶ》、即ち部屋《へや》、の中で行うこと一般。〈金庫ヤブり〉という表現など、考えてみれば可笑《おか》しい）、〈シンタ〉（お金）、〈ジロンド〉（美人、ある河のオック語での呼称から）、〈さぐり〉（ポケット）というあたりは十四、五世紀の言葉。人の命を意味する〈たま〉などは太古にまで遡る言葉だ。この〈たま〉から、人にとって耐え難いことを言う〈たまらない〉という言葉や、また、死ぬほど吃驚《びっくり》して〈たま消える〉、これが音変化して〈たまげる〉という言葉ができた、というような話もある。

　ちょうふのうち少なくとも百語はパニュルジュの言辞だと言えよう。というのも、パニュルジュというのはギリシア語の接頭辞 pan-（全て）と接尾辞 -ourgos（為す者）でできた〈なんでもする奴〉という意味の語であって、これは第一にはラブレーの作中の人物名であるが、この人物がこの名をもって象徴しているところの当時の大衆を指す意味でこの言葉を使っても強《あなが》ち間違いではないだろうからだ。科学は近年、鉄道によって文明の様相を急変させつつあるが、この鉄道も既にちょうふで〈鮮《いけ》ゴロゴロ〉と名付けられている。

　頭（但し、首がちゃんと繋がっているときの）を指す言葉〈ソルボンヌ〉[*10]が、最古の小説家たち、即ちセルバンテス、イタリアの物語作家《ノベリスタ》たちやアレティーノ［イタリア・ルネサンス末期の風刺詩人、劇作家。〈王侯の鞭〉とも呼ばれた］の作にも見出せるところからも、このちょうふという言語の歴史の古さが分かるだろう。そしてこうした古い時代の多くの小説で活躍する娼婦というものが、いつの時代もペテン師、泥棒、追《お》い剝《は》ぎ、掏摸、詐欺師たちの守護者、相棒、慰めであったことも忘れてはいけない。

売春と窃盗というのは〈自然状態〉が社会化された状態に対して起こす、雌雄それぞれの形での生きた反抗なのである。だから、哲学者たちや現今の改革者、人道主義者、そしてこの行列に続く共産主義者やフーリエ主義者たち、彼らは皆、知ってか知らずか、結局はこの二つの結論、売春と窃盗に行き着くべく論考を重ねていることになる。盗人は、所有権、相続、社会保障などについて本を書いて詭弁《きべん》を弄したりはしない。そんなものは単に無視するのだ。盗むという行為は彼にとって、自分のものを取り返すことに過ぎない。彼は結婚というものについて一切議論しないし、批判もしない。印刷物の中のあり得ない理想郷に、双方の合意だの一般化不可能な魂の密接な結びつきだのを求めたりもしない。ただ欲求の金槌で絶えず緩みを叩き締められる鎖のような獣性に引きずられて、暴力的に番《つが》うだけのことなのだ。現代の改革者連中はまどろっこしく漠然とした理論をくどくどと書き連ねたり博愛主義的な小説なんぞを書いてみたりするばかりだが、盗夫は実践に生きるのだ！　彼は事実のように明々白々で、拳骨のように論理明快。しかもその言葉遣いときたらもう！

もう一つ別の視点も提示させていただこう。娼婦、泥棒、殺し屋たちの業界、つまり監獄や徒刑場の、その人口というのは男女合わせて六万から八万人にも上る。彼らの世界は、従って、我が風俗の描写、社会状況の文学的反映を構築する上で看過すべからざるものでもあるのだ。そしてこれに対して、司法機関、憲兵隊、警察の雇用者の総計もほぼ同数に上る。途方もない話ではないか？　一方は他方を捜索し、他方はこれを忌避する、この集団的対立は謂《い》わば巨大な決闘なのであり、こんなに劇烈なものはそうザラにはない。そして本論は、この戦いの概略を示すものでもあるのだ。さて、泥棒でも公娼稼業でも、劇場関係でも、警察でも司祭職でも憲兵隊でも、要するにどこでも事情は同じであって、いま挙げた六つの立場のどれでも、一度そこに属した者には消せない印が刻まれることになる。そうなると転向は不可能だ。神聖なる僧職の与える聖痕は不変のもので、軍隊生活の痕跡も消えないものである。そして、強烈に反社会的な立場、文明の中の毒についても、それは同じなのだ。激烈で奇妙な、常軌を逸した、独特の徴候によって、公娼も泥棒も、人殺しも、徒刑場帰りの者も、簡単に見分けられてしまう。それゆえ彼らは、敵、即ち密偵や憲兵にとって、猟師にとっての獲物のような立場に置かれることになる。彼らの風体、物腰、顔色、あるいは目付き、様子、においとでも言うのか、とにかく彼らは見間違いようのない特性を帯びているのだ。そういった事情から、徒刑場界隈の名士たちというのは誰も彼も変装の達人なのである。

大朋連《だいポンれん》

もう少し、彼らの世界の成り立ちについて付言しておこう。だがその前に時事的な話も差し挟んでおくと、烙印《らくいん》の廃止、軽罰化、陪審員の暗愚な寛容さのために彼らは昨今いよいよ危険な存在となりつつある。実際、もう二十年もすれば、パリは四万の出所者に攻囲された状態に陥りかねない。フランス中で彼らの逃げ込める場所と言えばセーヌ県の百五十万の人混みしかないのであるから、必然的に彼らにとってのパリは猛獣にとっての原始林ということになるのだ。

さて、ナポレオンの百日天下も終わった頃、社会情勢がいくらか落ち着いてきたためにかえって暮らしに窮することになったという者も当時は多かったのだが、そんな中、一八一六年、特に有名な盗賊団の首領たちと何人かの豪胆な食いっぱぐれ者が集まって大朋友《だいポンユー》連合、〈大朋連《だいポンれん》〉という組織を結成した。徒刑囚業界のサン＝ジェルマン街、貴族階級であるところの上流泥棒《どろ》界の元になった組織だ。朋友《ポンユー》というのは兄弟、友達、仲間といった概念をひっくるめた意味で、全ての泥棒、全ての徒刑囚、全ての一般囚はみな朋友なのである。そして大朋友たち、上流泥棒界の花形たちは、二十と数年に亘って、朋友世界の破毀院、学士院、貴族院であった。大朋友たちは各々固有の財産を持ち、また共有の資産も持ち、一般朋友たちとは一線を画した仕来《しきた》りを持つ。即ち、大朋友同士は互いに直接の知り合いで、窮状にあっては相互扶助を旨とした。全員が狡智《こうち》において警察を上回り、官憲からの買収にも応じず、彼ら独自の憲章を掲げ、互いを認知するための合言葉を持っていたのである。

また、*11彼ら徒刑囚業界の大貴族たちは一八一五から一九年くらいの時期以来、泣く子も黙る〈万佛会《まんフランかい》〉を形成してもいた（『ゴリオ爺さん』も参照のこと）。これは、収穫が一万フランに満たない小さな仕事には手を出さないという取り決めゆえの名前である。ちょうど一八二九年から三〇年にかけてのこの頃、彼ら万佛会の勢力や構成員に関する覚え書きが、とある著名な司法刑事の文責で出回っていた。これに書き留められた男女混成の優秀な軍勢には慄然とすべきものがあるが、彼らのなんとも恐ろしげなこと、並外れた敏腕、その上よくよく幸運にも恵まれているところなど、実に驚嘆に値する。分けても、レヴィ、パスツレル、コロンジュ、シモーのような五十、六十になる泥棒たちが、子供の頃からずっと社会に反抗を続けているというあたりは……！　それにしてもこんな年寄りの泥棒たちが大手を振って闊歩していることを公表するのは、司法機関の無能さを白状するようなものではないか！

ジャック・コランは万佛会の金庫番で、のみならず、徒刑囚業界の英傑たる大朋連の共有資産の管理をも任されていた。その筋からの信用に足る情報によると、徒刑囚業界には常に彼らの資産が存在するという。一見おかしな話であるが、考えてみれば当然だ。盗品というのは、特殊な場合を除いて、まず返ってこない。ではそういった金品はどこにいくのか。受刑者たちは獲物を徒刑場に持ち込めるはずもなく、信用と腕前とに頼らざるを得なくなる。つまり、我々が堅気の社会で銀行を信じて資産を預けるように、誰か腕の立つ仲間に自分の財産を預けるしかないのだ。

十年来保安警察隊長を務めるビビ・リュパンも、かつては大朋連の貴族階級に属していた。その彼が裏切ったのは、自尊心をズタズタにされたことが原因である。つまり、自分がジャック・コランの偉大な頭脳にも、並外れた膂力《りょりょく》にも敵わないということを、見せつけられ続けたためなのだ。そして、この隊長殿がジャック・コラン追及に血道を上げるのもこれが理由であるし、警察に属す彼が昔の仲間の泥棒たちと些《いささ》か妥協的な関係を築いているのも、ジャック・コラン逮捕という目的に利するためなのである。もっとも、この癒着については司法官たちもそろそろ問題視し始めているのだが。

というわけで、ビビ・リュパンの個人的な復讐のため、また予審判事もジャック・コランの素性を白日の下に晒す必要からこれを是認したわけだが、偽スペイン人に放つ猟犬として選ばれた三名は、実に適役だと言える。テッテ鳥《どり》と絹《きぬ》ノ糸《いと》は万佛会に属し、牡屑屋《おくずや》は大朋友であるのだから。

ところで屑屋お嬢、牡屑屋の追い風であるこの恐ろしい人物は、きちんとした身分の女性に変装するのが得意なために未だ官憲の手に落ちたことがなく、自由の身であった。この女、公爵夫人でも男爵夫人でも伯爵夫人でもそれは見事に演じ切るのだが、馬車や使用人まで持っているのである。スカートを穿いたジャック・コランのようなもので、彼の右腕たる〈アジア〉に比肩し得る唯一の女性だ。そして実のところ、徒刑囚業界の英雄たちというのは皆、忠実な連れ合いの女性に支えられているのである。裏が取りたければ、司法記録や裁判所の極秘資料を紐解けばよい。堅気の女性の情熱や、それどころか信心深い女が自分の聴罪師に対して抱く情愛ですら、大悪党と危難を共にするこれらの女性の愛着を凌ぐことはできないだろう。

こういう手合いの悪党にあっては、その豪胆な仕事ぶり、また殺しなどの動機の大本にあるのは、情熱である。過剰な愛欲が彼らを、医学者に言わせれば〈体質的に〉強く女性に惹き付け、そして旺盛な心身の力を全てそのことに費やさせてしまうのだ。そのため、昼間は無為に過ごさざるを得ない。過激な情事は体力回復のためにたっぷりの休息と食事を要求するのだから。そのため彼らは仕事をすることにひどい嫌悪を覚え、いきおい、金銭を得るにあたっては手っ取り早い方法に訴えることになるのである。ただ、いくら彼ら自身が快適に暮らしたいという欲求を強烈に持っているにしても、そんなものは女が彼らに要請する濫費の凄まじさに比べればほとんど何でもない。女が望むなら、この気前のいいメドール［『オルランド狂乱』に登場するサラセンの勇士の名］たちは宝石でも晴着でも与えるし、それに女というのは食い意地が張っているものであるから、素敵なご馳走だって用意しなければならないのだ。女がショールを欲しがれば、恋する男はどこかから盗んでくる。そしてそれが愛の証《あかし》だと女は思うのだ！　人が盗みに走るのはこういった次第であって、人の心というものを仔細に観察すれば、これはほとんど自然な感情の流れだとすら言えよう。盗みの先には殺しがあり、殺しを重ねるうちに男はだんだん断頭台へと近付いて行くのである。

つまり、医学会の説に信を置くならば、世の犯罪のうちの七割がたの原因は、こういった男たちの度外れた情欲であるということになる。そしてこの説の裏付けは、死刑囚の遺体検分の際に、実際に手で触《さわ》れる形で、衝撃的に立ち現れてくるのである。さらに、女のほうがこの男、普通なら怖くて逃げ出したくなるような男を熱愛していた理由もまた、その怪物性にあるのだということが同時に分かるだろう。面会のため監獄に通い詰めるこうした女たちの忠心、予審判事の狡智を謀《たばか》り逸《そ》らすのに余念なく、後ろ暗い秘密を決して漏らさぬ鋼の番人たる情婦たちこそが、多くの訴訟を迷宮に導き入れ、真相究明を不可能にしてしまうのだ。そこに犯罪者の強みがあり、弱みもまたそこにある。こういった女たちの言い方では、〈誠《まこと》がある〉というのは上記のような愛着をきちんと示すということで、〈ぶち込まれて〉（収監されて）いる男に有り金を全て注ぎ込むことを指す。彼が少しでも快適に過ごせるように考え、あらゆる意味で彼に忠義を尽くし、できることは何でもする。彼女ら同士の間で最大級の侮辱は、〈取《と》っ締《ち》められた〉（牢に入れられた）情夫《おとこ》に対して不実であると責められることだ。そしてもしそれが本当なら、不実な情婦は皆から心の無いヒトデナシと看做《みな》されることになるのだ……！

テッテ鳥はある女を熱愛していて、これについては後で触れる。絹ノ糸は利己主義者で、盗みはただ自分だけのため。この点ではジャック・コランの部下パカール、プルダンス・セルヴィアンと二人して七十五万フランを持ち逃げしたあのパカールとよく似ている。彼は誰にも愛情を抱かず、女性というものを軽蔑し、絹ノ糸たる己のみを愛していた。牡屑屋はと言えば、既に述べたようにこの渾名自体が屑屋お嬢への愛着ゆえに付けられたものだ。いま、上流泥《ど》棒《ろ》界のこの三人の名士たちはジャック・コランに勘定を確認する必要を感じていたわけだが、実際のところこの勘定を明らかにするのはなかなか難しい問題だったのである。

預金者のうちどれくらいが生き残っていて、そのそれぞれの預金額が幾らであるのか、これは金庫番しか知らないことだ。そしてリュシアンのために貯金箱からつまみ食いするに際して、死神だましはこの金庫の委託者たちに特有な死亡率の高さを計算に入れていた。九年間に亘って警察のみならず仲間たちの注意をも逸らし続けられれば、大朋連の憲章に従って、委任者たちの実に三分の二から遺産を相続できる状態になるとジャック・コランはほとんど確信していたのである。あるいは、刈り取られた朋友《ポンユー》たちに、生前に払い戻しをしていたということにもできよう。結局、大朋連の首魁《しゅかい》たる彼を監視できる者など誰もいないのだ。それに、そもそも誰もが彼を絶対的に信頼する必要があった。というのも、猛獣のような生活を営む徒刑囚たちの中でも、この野蛮な世界の貴族同士の関係は甚《はなは》だ複雑で微妙なものだったからである。ならば、呑んでしまった十万エキュ［三十万フラン］に対して、おそらく十万フランほどもあればジャック・コランは何ら非難を受けずに済むことになるだろう。そして今、ジャック・コランの債権者の一人であるテッテ鳥は余命九十日。そのうえ頭目に預けた額よりもよほど多いはずの財産を隠している彼には、きっと話も通じやすいはずだ。〈出戻り馬〉、つまりグルガン（国立の徒刑場で、囚人の食事に充てられる豆の一種）を食べたことのある者のことだが、彼らを間違いなく見分けられる特徴というものがあって、その中には監獄の責任者や看守たち、警察とその協力者連中はもちろん、予審に関わる司法官たちですら見知っているものもある。それは一つには監獄に慣れているということだ。累犯者というのは当然のこととして監獄内の事情に通じているわけで、慣れ親しんだ場所であるからには何事にも驚いたりはしないものである。

ならばこそジャック・コランも不用意な仕草を見せぬよう警戒して、これまでラ・フォルスでも付属監獄でも完璧に無実の外国人を演じていたのである。しかし、苦痛に打ちのめされ、二重の死を経て、というのもこの悲劇の夜に彼は二度死んだのであるから、そのために彼はジャック・コランに戻ってしまっていた。あんなに完璧だった役者は自分の役柄をすっかり失念して、勝手知ったる付属監獄、ボンベック塔の螺旋階段を何気なく降り始める。看守のほうは、このスペイン人神父に運動場への道案内をしてやる必要がないことに驚いた。「ビビ・リュパンの言ったとおりだ、こいつ出戻り馬だ。こいつ、ジャック・コランなんだ」

いかしい御入来

階段小塔からの出口が形作る額縁の中に死神だましが姿を現したとき、囚人たちはみな既に〈聖ルイの〉石台での買い物を終えて、彼らにとってはいつだって狭すぎるこの運動場に、散り散りになっていた。そのため、全員が素早く、一斉に新入りに気付くことになった。この世に囚人ほど目敏《めざと》いものはない。運動場に出た囚人たちは皆、自分の巣の中心にいる蜘蛛《くも》のようなものなのだ。この比喩は実際、数学的に厳密だと言っていいくらい的確である。というのも、視界は黒い壁に囲われていて、そんな中、留置人はいつでも、目を向けていなくてさえ、看守たちの出入りする扉、面会所の窓、ボンベック塔の脇の階段口、これら運動場の全ての開口部をしっかり意識しているのだから。被告人の置かれた重度の孤立状態にあってはどんな些細なことでも一大事件であって、何だって気になるのである。退屈が、動物園の檻の中の虎のような退屈が彼らの注意力を十倍にも増しているのだ。ここでジャック・コランの服装に触れておくのも無駄ではないだろう。一言で言えば服装規定にあまり拘《こだわ》らない聖職者といった格好で、黒い長ズボン、黒い靴下、靴は銀の留め金付き。そして黒いベスト、それから濃い栗色のフロックコート風な上着。この上着の仕立てのために、彼は誰がどこからどう見ても聖職者にしか見えない。その上、いかにもな髪型である。ジャック・コランは最高に聖職者然とした髪型の、しかもこの上なく自然に見える鬘《かつら》をかぶっていた。

「ようよう！　こいつぁ凶兆だな！」とテッテ鳥。「いのしし（坊主）だぜ！　一体全体なにしに来やがったんだろな？」

「また連中のアレだろ、ありゃ新手のコック（スパイ）だぜ」と絹ノ糸。「紐屋さん（当時の憲兵隊のこと）が変装してお商売に来たんさ」

憲兵はちょうふでは色々な呼び方をされる。泥棒を追っているときは〈紐売り〉、連行しているときは〈処刑場の燕〉。そして断頭台への護送に際しては〈ギロチン軽騎兵隊〉。

運動場の描写の仕上げとして、テッテ鳥以外のいま二人の朋友《ポンユー》について手短な素描を添えておこう。まずセレリエ、別名オーヴェルニュ者《もん》、またの名を股旅親爺、あるいはまた車的屋、そして即ち絹ノ糸。この男は三十の名前、三十の旅券を持っていた。しかし彼のことはこれ以降、絹ノ糸としか呼ばない。上流泥棒《どろ》界で彼に付けられたのはこの名であるからだ。偽神父の仮面の下に憲兵を見て取ったこの深慮の哲人は、[*12]身の丈五足《ピエ》四拇《プス》［一七三・二センチ］の頑丈なつくり、筋肉が相当に盛り上がっているのが分かる。巨大な額の下で、猛禽《もうきん》のように、灰色で艶のない硬い睫毛《まつげ》越しに、小さな目を燃え立たせている。ぱっと見は狼に似ていると思わせるほどに顎が幅広く、また力強くて目立つのだが、この類似から連想される残酷さ獰猛《どうもう》さと釣り合うくらいに、狡賢《ずるがしこ》そうな印象も与える鋭い顔立ちである。顔のそこら中に痘痕《あばた》こそあるが。そして、見事な刀傷もいくつか。これらスッパリ斬られた太刀《たち》傷の、その縁は何か知的な感じがするのと同時に、冷笑的な雰囲気をも湛えている。飢えと渇き、またセーヌの河岸や土手や、あるいは橋や街路での野宿、仕事の成功を祝う乱痴気《らんちき》騒ぎの強い酒、そんなものでできあがった犯罪者の生活を通して、彼の顔面はワニスの一塗りでもかけられたようになっていた。絹ノ糸がもし、すっぴんで、三十歩ほどの距離のところに現れたなら、刑事や憲兵はたちまち彼が自分たちの獲物だと分かっただろう。しかし忘るなかれ、この男の化粧と変装の技術はジャック・コラン並みなのだ！　まあしかし監獄の運動場にいる今は、舞台に出るときしか身なりをかまわない大物の役者よろしく、絹ノ糸も無造作な格好をしていた。上半身*13には狩猟用のチョッキのようなもの。ボタンはいくつか千切れていて、相棒をなくしたボタンホールからは白い裏地がちらちら覗く。足には緑のぼろスリッパ、ズボンは汚れて灰色がかった南京木綿。頭にはひさしの取れた縁なし帽《カスケット》、その下からは、そこここ破れて色褪《いろあ》せた古いマドラス手拭《てぬぐい》の擦り切れた端っこが覗いている。

絹ノ糸と並ぶと、牡屑屋は実に好対照をなす。この有名な泥棒は小柄で、でっぷり太ってはいるが身軽、顔には血の気がなく、奥まった陰険な目をしている。料理人のような格好をして、ひどい蟹股《がにまた》。捕食動物に特有な要素ばかりが目立つ人相で、いかにも恐ろしい。

絹ノ糸と牡屑屋は二人して、もう助かる見込みのないテッテ鳥のご機嫌をとっているところだ。テッテ鳥自身、累犯の人殺しである以上は、もはや四ヶ月と経たぬうちに判決を下されて、処刑されるものと了解していた。そのため絹ノ糸と牡屑屋も、テッテ鳥のダチとして、彼のことは坊さんと呼ぶ。つまり〈無念山《いやいやのぼる》の大僧院〉の僧侶、という意味である。二人がテッテ鳥の機嫌をとる理由はといえば、これは知れたことで、テッテ鳥は二十五万フラン分の金貨をどこかに埋めて来ているのだ。クロタ氏夫妻宅（起訴状式の表現だ）から盗んだうちの彼の取り分、朋友二人に遺すものとしては実に立派な財産である。その二人にしてからが数日のうちには徒刑場に戻されるところであるにしても。牡屑屋と絹ノ糸には、どちらも加重窃盗（つまり、状況に鑑みてただの窃盗より罪が重いということ）で十五年、また、これと合わせて割引ということにはならない別勘定で、以前の判決の十年ほどの刑期（彼らはそれぞれ勝手に途中で切り上げていたわけだが）がある。つまり、それぞれ二十二年、二十六年の強制労働がこれから待っているわけであるが、二人ともすぐに脱走して、テッテ鳥の黄金の山を掘り出そうと考えているのだ。しかし万佛会《まんフランかい》会員のテッテ鳥はだんまりを決め込んでいた。実際に判決が下るまでは、自分の秘密を人手に渡すことはないという考えなのだ。また、徒刑囚業界の貴族階級に属する彼は、その誇りに懸けて、これまで共犯者の名前を供述したことがない。彼のこの性格は皆の知るところであって、今回の凄惨な強殺事件を担当している判事ポピノも、テッテ鳥から何も引き出せないでいた。

さて、彼ら厳《いか》つい三巨頭は、ジャック・コランが現れたとき、この運動場の上座、つまり優待房区画の下のところに陣取っていた。ちょうど絹ノ糸が、初収監だという若造に教育を施しているところ。十年の徒刑場送りは確実だというこの若者、それぞれの原っぱの違いについて教えを乞うているのだ。

「いいか小僧」絹ノ糸はもったいぶった口ぶりで語る、「ブレスト、ツーロン、ロシュフォールの違いというのはだな」

「押忍《おす》、先輩」若者は初心な好奇心で一杯だ。

この被告人は、裕福な家の生まれで、容疑は文書偽造。リュシアンの隣の優待房から降りてきたとのこと。

「ぼうず、ブレストじゃあな、スープの三匙目には豆に当たる。これがツーロンじゃあ五匙目でどうにかやっと、そんでロシュフォールじゃあ何杯掬《すく》ったって無駄ってことよ。よっぽどの古株ででもないかぎりはな」

それだけ言うと、甚深《じんしん》の哲学者たる絹ノ糸はテッテ鳥と牡屑屋に合流した。三人とも例のいのししが非常に気になっていて、運動場の下手《しもて》に向かって歩き出す。一方、打ちひしがれたジャック・コランのほうは上手《かみて》に向かって来ている。死神だましは位《くらい》を追われた皇帝のように恐ろしい考えにすっかり囚われていて、皆の関心が自分に集まっていること、注目の的になっていることには気付いていない。そうして彼は、リュシアンが硝子《ガラス》を割って首吊りに使った悲劇の窓の鉄格子を見つめ、吸い寄せられるようにゆっくりと歩いて行く。運動場の囚人たちは誰もリュシアンの自殺の件は知らなかった。隣の房にいたという若い偽造犯は、ある事情（後述する）から誰にも話していなかったのだ。三人の朋友《ポンユー》は神父の行く手に立ちはだかった。

「ありゃいのししじゃねえぞ」とテッテ鳥。「出戻り馬だ。右っ引きじゃねえか！」

ここは説明が必要だろう、読者諸賢の中にわざわざ徒刑場を見学に行くような物好きがそう多いとも思えない。徒刑場の囚人たちは必ず二人一組、歳のいったのと若いのとのペアで互いに鎖で繋がれるのだが、踝《くるぶし》の上あたりに留められた輪っかにかかる鉄鎖の重量は相当なもので、そのため徒刑囚歴が一年になる頃には彼らは一種の不具状態に陥る。〈籠手《こて》〉（この鉄具のことを徒刑場ではこう呼ぶ）の付いたほうの脚にばかり余計に力を入れなければならないために、歩き方に癖《くせ》が付いてしまうのだ。そして鎖を解かれて後《のち》も、切断されて失われた脚がそれでもなぜか痛むことがあるのと同じように、取り外されたこの器具が幻肢のように残り続ける。つまり、いつまでも〈籠手〉があるように感じて、この歩き方の癖が抜けないのだ。この状態を警察用語で〈右を引いている〉と言うのだが、この特徴は警察官だけでなく徒刑囚の間にも知れ渡っていて、同類を見分ける助け、あるいは少なくとも確信の補強にはなる要素なのである。

脱走して八年になる死神だましにあってはこの癖も大分抜けていたのであるが、考えごとに没頭しているせいで歩き方がゆっくりしたものものしい調子になり、そうなると、薄れたとはいってもまだ残っているこの癖が、テッテ鳥のような玄人の目にははっきり見て取れたのだ。考えてもみれば、徒刑場で四六時中一緒にいて、自分たち以外に観察するものもない徒刑囚たちであるから、お互いに特徴を観察し尽くしているのも無理はないだろう。従って、原理的に、彼らの敵対者であるところの密偵や憲兵や刑事たちがつい見逃してしまうような癖も、彼ら自身は見逃さない。あのコワニャール［実在した脱走徒刑囚］が逮捕されたときの話が格好の例だろう。彼が中佐を務めていた国民軍セーヌ県軍団の閲兵式に一人の徒刑囚が送り込まれ、これがコワニャールの左頬の筋肉の引《ひ》き攣《つ》りを見分けたのが決め手となったのだ。それまでは、ビビ・リュパンには既に確信があったとはいえ、警察としてはポンティス・ド・サン＝テレーヌ伯爵がコワニャールと同一人物であるとはどうしても信じられなかったのである。

オヤジ陛下

「ありゃオヤジじゃねえか！」絹ノ糸、ジャック・コランの、絶望に沈んだ男の空っぽの視線に掠《かす》められて思わず口に出した。

「うは、ほんとだ、死神だましだわ」と牡屑屋は手を擦り合わす。「あの背格好、たしかにな。でもどしたんだろか？　ふんいき違うじゃんよお」

「わあった！」とテッテ鳥。「作戦なんだ。叔母ちゃんに会いに来たんだぜ、刈り取り寸前だもんな」

　拘留人、それに獄卒や看守たちが叔母ちゃんと呼ぶところの存在について大雑把にご理解いただくには、パリの監獄を視察して回る途中だったダーラム卿に、ある中央刑務所の所長が申し述べたという素晴らしい表現を引くのがよかろう。ちなみに、今から数年前に亡くなったこの英国の伯爵、この視察の折にはフランスの司法制度を隅から隅まで検分しようと、これまた当時は存命だった死刑執行人サンソンに頼んで、フランス革命でずいぶん有名になった例の機械を組み立てさせた上、実際に動くところが見たいと言って子牛を処刑させようとしたという話だ「実際には伯爵は羊の処刑を頼んだが断られ、代わりに藁束がぶった切られたという」。

　それはさておき、所長は運動場や独房区画など監獄中をほぼ案内し終えた時点で、ある区画を嫌そうに指差しながら、こう言った。

「閣下、あちらにはご案内いたしかねます。叔母どもの区画ですので」

「フム！」とダーラム卿、「して、それは何なのですかネ？」

「第三の性でございます、閣下」

「テオドールが土ィかけられ（斬首され）ちまうなんてよお！」とテッテ鳥。「いい子なのに！　それにすげえ腕前だぜ！　度胸も最高だ！　社会的損失ってもんだぜ！」

「だな、テオドール・カルヴィ、最後の一口くっちゃくって（食べて）るとこだな」と、これは牡屑屋。「あいつの追い風どもも目ん玉からキイキイだらだらだな。あんにゃろめモテたもんなあ！」

「よう、奇遇じゃねえの」テッテ鳥がジャック・コランに声をかける。

　と同時に、腕を組んだ二人の仲間と一緒に彼の道をがっちり塞《ふさ》いだ。

「オヤジ、今じゃいのししさんってわけかい？」と、これもテッテ鳥。

「俺っちらのフェリッペ、ベタっちまった（金貨を掠め取ってしまった）って聞いたんだけっどもよお？」牡屑屋がドスを利かせる。

「カルリノ沸かして（カネ、渡して）くれんのかよ？」絹ノ糸も尋ねる。

三人の口から飛び出した問いかけは、さながら三発の銃弾だ。

「哀れな神父ヲからかってはいけまセン、間違いデつかまってしまったんデス」ジャック・コランは三人の仲間を認めつつ、反射的にこう答えた。

「めん（顔）は違えど」とテッテ鳥、ジャック・コランの肩に手をかけながら、「おんなじ鐘の音《ね》、だな！」

仲間たちの登場と彼らのこの振舞いが、オヤジを急激に現実世界に引き戻した。彼は悲劇の宵からこの瞬間まで、果ての見えぬ精神世界に転げ落ちて、新たな道を探し求める瞑想に没頭していたのである。

「てめえら、オヤジに二度付けカマしてんじゃねえ！（自分たちの頭領に疑いがかかるような真似をするな）」ジャック・コランは低く籠もった声でドスを利かせた。ライオンの低い唸りにも似た声である。「おちゃらけ（警察）どもがいるだろが。あいつらにはぐら賽《さい》振らいとく（罠にかからせておく）んだよ。俺ぁ神業紙一重の朋友《ポンユー》のために言《こと》忌み遊びの最中よ（死に瀕した状態の仲間のために芝居を打っているところだ）」

この後半のセリフは、哀れな悪党どもを改心させようとしている神父、というような穏やかな様子を擬しながら言われたのであるが、それと同時にジャック・コランは運動場を眺め渡し、三人の仲間には拱門《アーチ》のところにいる看守たちを馬鹿にするような目配せを送った。

「コックがいるんじゃねえのかよ？　ビイドロ灯して鼻かみ直せ！（目を開けてよく注意しろ！）俺の影踏むな、ポワトゥーは勘弁してやって、俺にはいのししかぶしとくんだ（俺のことは知らないふりをしろ、くれぐれも用心して、俺のことは坊主として扱うんだ）。でないとてめえらまとめてソコヌくからな、てめえらも、てめえらの追い風もシンタも（さもないとお前たちを破滅させるぞ、お前たちも、お前たちの女も金も）」

「じゃあ俺っちらにまでビビン！（俺たちをすら警戒する）ってわけですかい？」と絹ノ糸。

「叔母ちゃんをフケさしに（お気に入りを助けに）来たんっしょ？」

「マドレーヌはもう土手の隠し場に行く化粧まで済ましてるんだぜ（グレーヴ広場［当時の公開処刑場］に送られるのを待つばかりだ）」とテッテ鳥。

「テオドールが！」ジャック・コランは跳び上がりそうになるのを抑え、叫び声を押し殺す。既に打ちのめされている鉄人にとって、これはダメ押しの拷問だった。

「的にかけられれんだよ、あいつ」とテッテ鳥が繰り返す。「二ヶ月も前から渡し待ちに積まれて（死刑を宣告されている）んだ」

ジャック・コランは虚脱感に襲われて、膝を薙《な》がれでもしたように倒れかかり、三人の仲間たちに抱きとめられた。しかしそんな状態でも、しかつめらしく手を合わせるだけの機転を利かせていたのだ！　テッテ鳥と牡屑屋がこの罰当たりな死神だましを恭しく支え、絹ノ糸は面会所への通路を見張っている看守のほうに走る。

「神父さんが具合悪いみたいなんス、椅子を一つくださいな！」

こんなふうに、ビビ・リュパンの企みは不発に終わった。流刑地から脱走したナポレオンがかつての配下の兵隊に見つかったときと同様、死神だましは三人の徒刑囚たちの恭順と敬意を勝ち得たのである。ことは二言だけで済んだ。「てめえらの追い風とシンタ」、女と金、男が本当に執着するものは要するにこれだけだ。そしてジャック・コランの脅しは彼らにとって圧倒的な権能の証明、オヤジが彼らの財産をしっかり握っていることの証拠だった。見たところ相変わらず全能、似非《えせ》ダチどもの言ったのは嘘っぱちで、彼らのオヤジは裏切ってなどいなかったのだ。そして今、頭領の超人的な腕前と抜け目のなさの評判も手伝って、三人はオヤジに興味津々だった。この牢獄で、彼らの枯れた魂をくすぐることができるのはもはや好奇心だけなのである。付属監獄の閂《かんぬき》の奥にまで大胆な変装のままで入り込んだジャック・コランに、三人の犯罪者は眩暈《めまい》さえ覚えていた。

「俺は四日前から極秘房に押し込められてたんだ。テオドールがそんなに僧院の近くまで行ってたとはな……」とジャック・コラン。「そもそも俺は別の子を助けに来たんだが、可哀相に、昨日の四時、あそこで首を吊っちまったよ。そこにもってきてまたこんな悪い報せか。俺の手札にゃもうエースがねえよ……」

「オヤジィかあいそうに！」と絹ノ糸。

「俺ぁパン屋（悪魔）に見捨てられちまった！」ジャック・コランは二人の手を振りほどき、

恐ろしい気色《けしき》を纏ってすっくり立つ。「俺らじゃどうしたって世界にはかなわねえってときがあるんだな！　終いにゃコウノトリ（裁判所）に呑まれちまうぞ……」

スペイン人神父の立ち眩《た》み《くら》のことを聞いた所長が、手ずから椅子を持って、運動場に様子を窺いにやって来た。日向に椅子を据えて神父を座らせるが、その一見無関心そうな表情の裏では、職務によって日ごと夜ごとに磨かれた恐るべき洞察力でもって全てを観察しているのだ。

「アア、神ヨ！」とジャック・コラン。「こんな人タチ、社会のクズ、犯罪者や人殺シト一緒にされているなンテ……！　しかし神は忠実な僕《しもべ》を見捨てたりしないでショウ。でも所長サン、これも巡り合わせデス、私はココデ、慈善の施しを行いまショウ、きっとしるしが残るよウナ。この不幸な者たチニ、自分たちが魂を持っていることを教えまショウ、この先には永遠が待っているこトヲ。地上では全てを失っテモ、まだ天国を勝ち取る望みがあるこトヲ。本当に心から悔い改めレバ、彼らにもきっと天国の扉が開かれることを教えまショウ！」

三人組の徒刑囚の後ろには、二、三十人の囚人が集まってきている。この野次馬たちは三人の目付きにどやされて一メートルほど距離を開けていたが、それでも皆、福音的惻隠《そくいん》の情に満ちた神父の演説を耳にした。

「面白そうじゃねえスか」これは泣く子も黙るテッテ鳥、「ゴー所長、このおっさんの話、俺ぁ聞いてみたいッス」

「なんデモ、こちらには死刑囚がいるんだトカ？」とジャック・コランは傍《そば》に立ったゴー氏に問う。

「いま上告の棄却を伝えられている頃です」

「ジョウコクのキキャク？　それはつまりどういう意味なのでスカ？」ジャック・コランは周りの連中を見回しながら、いかにも素朴に尋ねた。

「こいつぁなんともトウシロー（素人）だ！」ついさっきは絹ノ糸に原っぱの豆について講義を受けていた小柄な若造がこう言うと、

「つまりよお、今日か明日にゃ刈り取られるってことだよ！」と囚人の一人が神父に説明してやる。

「刈り取らレル？」問い返すジャック・コランの醸《かも》す無邪気さ、無知な様子には三人の朋友《ポンユー》たちもつくづく恐れ入った。

「彼らの言葉では」とゴー氏が説明する、「死刑の執行のことをそう言うんです。書記が上告を読み上げたとして、執行人には執行命令が下るでしょうな。しかもこの情けない死刑囚は、信仰による救いをずっと拒み続けているんですよ……」

「アア、所長サン！」とジャック・コラン、「その魂を救わなくテハ！」

　この罰当たりがこう言いながら手を合わせたのは絶望した恋人のような様子でもあったのだが、所長の油断のない目にはただ熱心な信仰ゆえのものと映った。

「アア、所長サン！」死神だましは続ける、「私に職分を果たす機会、職能を示す機会をくだサイ！　その頑なな魂ヲ、私は悔い改めさせてみせまショウ！　神は私ニ、大きな変化へと導くことのでキル、言葉の力をくださいまシタ！　私は心の殻を砕イテ、開かせることができるのデス……心配することはありませセン、兵隊さんデモ、見張りでも付けてくだされば
よろしいデス」
「では、当監獄付きの聴罪師に交代を要請してみましょう」とゴー氏。
そうして所長は運動場から立ち去ったのだが、内心、徒刑囚や留置人たちがこの神父に対して好奇の視線こそ向けるものの、宗教的な意味では皆揃って完璧に無感動であることに驚いていた。スペイン語訛りの片言《カタコト》すら、この神父の優しい声によって魅力的な響きになっているほどなのに！

奸智対奸智

「でも神父様、どうしてこんなところに入れられてるんです？」さきほど絹ノ糸と話していた若者がジャック・コランに尋ねた。

「アア！　間違いなんでスヨ！」ジャック・コランはお坊ちゃんを値踏みしつつ、答える。

「ある高級娼婦が自分のお家《うち》で亡くなったとキニ、たまたま居合わせてしまったんデス。その人は自殺だと分かったんでスガ、その人のお金が盗まれていたんでスネ。それで泥棒がまだ捕まっていないのデス。マアア、盗んだのはきっと使用人でしょうけレド」

を仰ぐ。

「じゃあ、あの青年が自殺したのは、その盗みのせいなんですか……？」

「キット、冤罪《えんざい》で名誉を汚されたと思ッテ、耐えられなかったんでショウ」死神だましは天を仰ぐ。

「なるほどねえ。でも釈放されようってときに自殺するなんてなあ。まったくツイてますよ！」

「無実だからコソ、そんなふうに思い込んでしまったんでショウ。そもソモ、盗まれたのは彼のものになるはずのお金だったのでスシ」

「で、額はいくらなんです？」と深慮抜かりない絹ノ糸が口を挟む。

「七十五万フラン、デス」ジャック・コランは静かに答えた。

徒刑囚三人組は顔を見合わせ、自称聖職者の周りに蝟集《いしゅう》した囚人の群れから離れて行く。

「ありゃオヤジが女郎の底板（地下倉）濯いだんだぜ！」と絹ノ糸。「なのによくもまあ俺らの弾除け（五フラン貨＝カネ）がヤバいなんてビビンとコケって（噂で怖がらせて）くれた奴もいたもんだな！」

「やっぱ大朋連のオヤジはあいつっきゃいねえぜ」とテッテ鳥。「俺らのカルリノは角落ち（紛失）なんかしちゃいねえんだ」

テッテ鳥は、このときちょうど誰か信用できる人間を必要としていたわけで、ジャック・コランが正直な男だと思いたい気持ちがあったのである。そして、場所もあろうに監獄というところでは、物事が自分の望みのとおりだと信じ込みやすくなってしまうものなのだ！

「俺ぁ賭けてもいいが、俺らのオヤジはきっとコウノトリのオヤジを五つ切れにして（検事総長をやっつけて）、叔母ちゃんをフケさし（お気に入りを逃がし）ちまうぜ」と絹ノ糸。

「それができたらば」と牡屑屋《おくずや》、「まあメグ（神様）だとまでは思わねえけんど、パン屋とモクダチ（悪魔とパイプを回し喫《の》みする仲）だって噂は信じちまうな」

「さっきの『パン屋に見捨てられちまった！』ってのはちゃんと聞いてたかよ？」と絹ノ糸が指摘する。

「しっかしなあ！」とテッテ鳥、「俺のソルボンヌもフケさして（斬首されないように助けて）くれたらよお、俺ぁへそのあぶくのカルリノ（分け前のお金）と据え膳の黄色い輪切りっこ（隠しておいた金貨）で面白おかしくくらくらする（暮らす）んだがなあ」

「[*14]オヤジの玉っ子んなれよ！（頭領の指示に従えばいい）」と絹ノ糸。

「板ころがしてんのか？（冗談で言っているのか）」テッテ鳥は朋友《ポンユー》の顔を見返す。

「トウシロ（素人くさいこと）言うなよ、おめさんまっすぐ渡し待ちに積まれ（死刑を宣告される）んだ。だら、きっちりひづめ踏ん張って（生き残って）またくっちゃくったり宵寒《よいざむ》したりいづなったり（食べたり飲んだり盗みを働いたり）するにゃあ、オヤジを肩車するっきゃ重石《おもし》の突っ張りようがねえだろよ（頭領の手伝いをすることにしか、道を開く希望はないだろう）」と牡屑屋。

「だな」とテッテ鳥。「だから俺らの誰も、オヤジに足《た》らずコいたりゃしねえ（頭領を裏切ったりはしない）。だろ？　でなきゃ、俺が地獄の道連れにしてやっからな」

「こいつぁどうも、……本気だなあ！」と絹ノ糸。

と、こんな彼ら徒刑囚たちの異質な世界には全く共感を覚えない人でも、ジャック・コランの今の精神状態はご想像いただけよう。彼は今、夜のあいだ五時間に亘って涙を注いだ寵児の亡骸と、鎖縁の相棒の差し迫った死、つまり若きコルシカ人テオドールの遺すだろう骸《むくろ》、この二つの屍《しかばね》の狭間に置かれているのだ。テオドール・カルヴィに面会するというだけでも、並外れた狡智を発揮せねばならない。しかるにその命を救うとなれば、これはもう奇跡でも起こすしかない！　しかも死神だましは、もうその算段を始めているのである。

ジャック・コランがやろうとしていることを諸賢にご理解いただくには、一つ指摘しておくべき事実が存在する。人殺しや泥棒、徒刑場に巣食う連中というのは、実は思ったほど恐ろしい人間ではないのだ。ごく稀な例外こそあれ基本的に彼らは臆病で、その理由はといえばおそらく、常に恐れを抱いているために心が締め付けられっぱなしだということだろう。彼らの能力はいつでも盗みのほうだけを向いていて、そして実際に泥棒をするときには、全生命力を傾け、身体的にも精神的にも最大限の敏捷さを発揮し、そんな全開状態で凄まじい緊張に晒されることで一気に消耗してしまう。その反動で、乱暴に能力を振るって仕事に臨むとき以外は、すっかり馬鹿になってしまうのである。しんどいステップを踊ったあとの踊り手や、あるいは最近の作曲家の書くような（聞くほうも大変な）二重唱を歌ったあとの歌い手たちが、疲れ切って倒れこんでしまうのと似た話だ。泥棒というのは、理性が抜けきってしまっていたり心配に押しつぶされていたりで、完全に子供のようになってしまっている。

底抜けに騙されやすくなっていて、馬鹿みたいな誤魔化しにも絡め取られてしまう。まず、一仕事うまくいったあとの彼らはすっかり気が抜けて、どうしたって放蕩に身を任せずにはいられない。ワインやリキュールに溺れ、情婦にむしゃぶりつく。体力を使い切ることで落ち着きを取り戻そうとし、理性を失うことで心配ごとを忘れ去ろうとするわけだ。当然、こんな状態ではとても警察に対抗できない。そうして逮捕されると、彼らは完全に盲《めし》いてしまう。頭には靄《もや》がかかって、希望を求めるあまり何でも信じ込んでしまうので、どんなに無茶で馬鹿げたことでも吹き込まれるがままだ。ぶち込まれた犯罪者がどこまで愚鈍になっているか、一つ好例をご紹介しよう。この少し前の頃のこと、ビビ・リュパンは十九歳の殺人犯に、未成年は処刑されることはないのだと吹き込んで、まんまと自白を引き出したことがある。そしてこの青年が公判のために司法宮付属監獄に移送され、上告も棄却された段階で、悪辣《あくらつ》な保安警察隊長は面会にやってきた。

「おめぇさん、十九歳ってのは確かか？」とビビ・リュパン。

「ええ、俺ぁ十九と半年ス」殺人犯は落ち着き払って答える。

「そんなら、二十歳《はたち》んなる気遣いはねえなぁ」

「そりゃどういう意味ッスか？」

「そりゃおめぇ、三日後に刈り取りだってことだよ！」

この殺人犯は、実際に判決が下されてもなお、未成年は処刑されないと信じ込んでいたものので、スフレオムレツの空気が抜けるみたいにへたり込んでしまった。

さて、証言を抹消する必要からあれほど残酷にもなる彼ら（彼らは証拠を消すための殺ししかしない。これは死刑廃止論者の論拠の一つでもある）、器用さと抜け目のなさの巨人たち、手の動きも、目敏さも、五感全てが野生人のように鋭く働く彼ら、その彼らが悪の英雄として輝くのは、大偉業を成し遂げるその舞台上に限ってのことである。それどころか、首尾よく罪を犯し果《おお》せた瞬間から、もう彼らにとっての面倒が始まるのだ。貧困に押しひしがれていたのと同じ程度に、盗みの結果をどう隠すかという問題で困ってしまうのである。そして何より彼らはその時点で、お産の直後の女性のように弱ってしまっている。計画を立てる段階では怖いくらいに精力的なのに、ひとたび計画が成功するや、子供同然になってしまうのだ。端的に言えば野生動物と同じで、満腹しているところを狙えば実に容易《たやす》く狩れるのである。こんなふうになんとも変わった連中だが、監獄では白を切ったり隠し事をしたりと中々人間的になる。しかしそんな隠し事も、長期の拘留で打ちのめされ弱らされて、最後の最後には吐き出してしまうわけだが。

こういったわけであるから、三人の徒刑囚が自分たちの頭領を売るよりもその下に付くことを選んだ心理もお分かりいただけよう。彼らは、盗まれた七十五万フランを隠しているのはジャック・コランだと勘繰り、付属監獄の中でも落ち着き払っているその姿に感じ入り、彼なら自分たちの便宜も図ってくれるかもしれないと考えたのだ。

死刑囚の部屋

一方、ゴー氏は偽スペイン人と別れるや、面会所を通って一旦所長室に戻り、それからビビ・リュパンを探しに出た。そのビビ・リュパンはといえば、ジャック・コランが独房から出てきてから二十分、運動場に面した窓にずっと張り付いて、覗き穴から全てを観察していた。

「誰もあれがジャック・コランだと言いませんでしたな」とゴー氏。「ナポリタにも何も聞こえてこなかったようですし。それに、あの神父さんは夜通し随分落ち込んでいましたが、彼がジャック・コランだと思わせるようなことは一言も漏らしませんでしたし」

「奴が監獄をよく知ってるって証拠ですよ」と保安警察隊長は応じる。

ナポリタというのはビビ・リュパンの助手で、いま付属監獄に収監されている留置人の誰にも面が割れていないのをいいことにひつじとして送り込まれていた。文書偽造容疑の坊ちゃんの正体がこのナポリタだ。

「それで、死刑囚の告解をやらせてほしいそうなんですがね」

「まだそのテが残ってたか!」ビビ・リュパンは躍り上がる。「忘れてたぜ……テオドール・カルヴィ、あのコルシカ人はジャック・コランの鎖連《くさりづ》れだったんですよ。奴ぁ原っぱではジャック・コランにずいぶんいいあてぼろをしてもらってたって話ですわ」

徒刑囚たちは、踝や足の甲にかかる〈籠手〉の衝撃を和らげるために鉄輪と脚の間に押し込む詰め物を拵えるのだが、麻の槙皮《まいはだ》や布切れでできたこの詰め物のことを徒刑場ではあてぼろと呼ぶのである。

「誰が見張りについてるんです？」ビビ・リュパンは所長に尋ねる。

「〈鉄輪《かなわ》のハート〉ですな」

「おし、俺が憲兵の皮かぶって付きます。何にも聞き逃しゃしません。責任は全部俺が持ちます」

「もし、本当にジャック・コランだったら、あなた気付かれて絞め殺されたりしませんか？」

「憲兵の格好するんだからサーベルも持ちますよ」と保安警察隊長。「それに、ジャック・コランなら渡し待ちに積まれるような真似は絶対にしません。もし本当に神父だったらそれこそ何の心配もありませんしね」

「それなら善は急げというやつですよ。もう八時半です」とゴー氏。「ソトルー爺さんが上告の棄却を伝えて、もうサンソン［後述されるとおり、死刑執行人の家系］さんが控えの間で待ってるでしょう」

「そうか、今日でしたな、後家さんの軽騎兵隊が呼ばれてるのは」とビビ・リュパン。「ところで、〈後家さん〉というのも例の機械の渾名だ。恐ろしいでしょう！　「でも検事総長が迷うのも分かりますさぁね、奴ぁずっと無実を主張してるし、俺に言わせりゃ証拠も足りてないし」

「あれは確かに筋金入りのコルシカ人ですな。何も言わない。よく持ち堪える」

付属監獄の所長が保安警察隊長に言ったこの最後の言葉には、死刑囚というものの暗い現実が覗いている。司直の手で娑婆の生者の群れから切り離された者は、それ以降は検察に管理されることになるのだが、この検察という機関には一種の至上権力が与えられている。つまり、独立裁量権を有し、己《おの》が良心以外の何者にも縛られないのだ。監獄もまた検察の絶対の支配下にある。この、人の想像力を掻き立てずにはいない〈死刑囚〉という社会的な主題は、これまで詩が独占してきた［念頭に置かれているのはユゴーの『死刑囚最後の日』か］。詩人は賛嘆すべき仕事をしてきたし、我が散文には現実以外に頼るべきものもない。だがしかし、実際のところ現実というのは凄まじいものであるから、きっと抒情と五分に組み打つことも十分にできるだろう。さて、自白を拒んだり、あるいは共犯に関する供述を拒んだりする死刑囚は、恐ろしい拷問にかけられる。ここで言う拷問とは、終いには足を折ってしまう締め具でも、延々と胃に流し込まれる水でも、四肢を車裂きにする恐ろしい機械でもない。もっと陰険な、消極的拷問とでも言うべきものだ。検察は死刑囚を、自分自身のほか相手のいない状態に置く。つまり、暗く、静かなところに、四六時中警戒していなければならない相棒（もちろん、ひ、つ、じ、だ）と一緒に閉じ込めるのである。

近代的な心優しい博愛主義者たちは、自分たちこそがあの恐ろしい孤立の責め苦を［元来は人道的な意図から］発明したつもりでいるのかもしれないが、それは勘違いだ。拷問が廃止されて以来、検察は、陪審院の（今も昔も小うるさい）良心を刺激したくないというごく自然な考えに沿って、孤独というものが、禍根を残さぬためにどれほど強力な頼みの綱となり得るかを理解しているのだ。孤独とは、真空である。そして通常は、身体が物理的真空に耐えられないのと同様、心も精神的真空に耐えられないものだ。孤独のうちに住まうことができる人間などというのは、二種類しかいない。己《おの》が思考、精神世界から生まれるもので空虚を満たすことのできる天才、あるいは、被造物全てが天の光に照らされ神の声によって息づいているのを観想し得る者。これら天国にごく近い者たちを除けば、一般に、孤独と拷問の関係は人間の精神と肉体の関係に等しいのだ。孤独と拷問との間には、神経的な病と外科的な病との間にあるのと同様の大きな違いがある。それは即ち、前者では苦痛が無限に増幅されるということである。精神が思考によって永遠に浸るように、肉体は神経系によって無窮に触れるのだ。これを検察が早くに理解したからこそ、最後まで自白しなかった犯罪者などというのはパリ裁判所の全記録をひっくり返してもほんの数えるほどしか出てこないのである。

死刑囚のこの陰惨な境遇というのは時として、（特に政治が絡んだり王家や国家に関係があるときにはさらに）凄まじいものになることがあるのだが、そういった場合については我が〈人類劇場《コメディ・ユメーヌ》〉の該当分野で触れるので、[*15]そちらをご覧いただきたい。ここでは、王政復古期のパリ裁判所が死刑囚を閉じ込めていた石造りの箱を描写しておけば、受刑者の最後の日々がいかに恐ろしいものであるかを垣間見せるに足りるだろう。

七月革命以前の付属監獄には、〈死刑囚部屋〉というものがあった。いや、実は今もある。この部屋は、所長室の背後に切石の厚い壁を挟んで接していて、その反対側の壁の分厚さは二メートル半ほど、こちらは〈無駄足広間《サル・デ・パ・ペルデュ》〉と呼ばれるだだっ広いロビーの下を部分的に支えてもいる。付属監獄の入り口広間の真ん中に立つとして、そこから視線が呑み込まれていく暗く長い廊下の、最初の扉がこの部屋に通じている。この部屋の採光口にはものものしい鉄格子が嵌まっているが、この採光経路の収まっている場所には監獄の訪問者の誰もまず気付かない。具体的にどこにあるのかというと、入り口広間の一番奥に洋服箪笥よろしく設《しつら》えられた書記仮眠室と、所長室の入場検問側の窓との間にあるほんの少しの空間だ。この状況を見れば、四方を分厚い壁に囲われたこの部屋が、付属監獄の改装のときにどういう考えからこの陰鬱で死臭漂う用途に充てられたのかが分かるだろう。要は、脱走が不可能なのだ。この部屋の前の廊下を奥に進めば極秘独房群や女囚区画のほうに向かうが、その途中で憲兵や看守たちが常に屯《たむろ》しているストーブの正面に出てしまう。採光口が唯一建物の外に面しているが、これは石畳から三メートル近い位置にあって、しかも面しているのは外とはいっても監獄の前庭、外門担当の憲兵たちが見張っている。厚い石壁に挑むなどということも人間業では到底不可能だ。それ以前に、死刑囚は拘束衣というものを着せられる。ご存知のとおり、両手の自由を奪う衣服だ。その上、片足を鎖でベッドに繋がれている。そしてさらに、彼の世話と見張りを任されたひつじが付きっきりだ。部屋の床は分厚い石敷き、また入ってくる光はわずかで、部屋の中ではほとんど何も見えない。

この部屋に入ると、骨まで一気に凍り付くような気分を味わわずにはいられない。パリの判決執行制度が変わって、ここがただの空き部屋になって十六年も経った今でもだ！　この部屋で後悔に苛《さいな》まれる犯罪者を想像してご覧なさい、沈黙と暗黒、恐怖の源たるこの二つのものに包まれて。そしてこれが正気を保っていられる境遇か、よく考えてみてください！　一体どんなつくりの精神が、こんな状況の中さらに拘束衣を着せられ身動きすらままならない状態で、正気を失わずにいられるというのか！

ところがテオドール・カルヴィ、この時点で二十七歳のこのコルシカ人は、完全黙秘の薄い膜に包《くる》まり、この監房の機能にもひついじの弄する巧妙なおしゃべりにも抗して、なんと既に二ヶ月も耐えているのである……！　ではここいらで、このコルシカ人が死刑判決を勝ち取るに至った刑事訴訟について説明しておこう。甚だ興味深い事案ではあるのだが、手短に済ませようと思う。

というのも、既にかなり長くなってしまっている本論の結末部であるが、その中心的な関心はジャック・コランに関わる部分だけにあるのであって、この男の及ぼす凄まじい影響が謂わば脊椎《せきつい》のように『ゴリオ爺さん』と『幻滅』を、そして『幻滅』と本論を結び付けているわけであるが、そうである以上もはやこれ以上、あまり長い脱線はやっていられないのである。であるから、テオドール・カルヴィの公判に臨席した陪審員たちを大いに不安がらせているところの問題について、より緻密な検討を加えることは読者諸賢の想像力に俟《ま》ちたいと思う。さて、検事総長グランヴィル氏は、破毀院がカルヴィの上告を棄却して以来すでに一週間も、自らこの件を担当下に置いて処刑命令を一日また一日と延ばしていた。受刑者が死出のとば口に立ってとうとう自白した、と、そういう事実を待って、それによって陪審員たちを安心させることに拘っているのだ。

とある特異な刑事訴訟

ナンテールで、寡婦が強盗に殺害された。ご存知のとおりヴァレリヤンの丘、サン＝ジェルマン＝アン＝レー、それにサルトルヴィルとアルジャントゥイユの丘に囲まれた不毛の平原の真ん中にあるこの町の、そのはずれにぽつんとこの哀れな未亡人は住んでいたのだが、思いもかけない遺産相続の数日後に殺されたのである。彼女の相続内容は現金が三千フラン、それから十二揃いの食卓用具、金鎖と金時計、それに上等の亜麻布《あまぬの》類といったところ。相続元の故人はワイン商で、遺言を執行した公証人としては現金をパリの銀行に投資することを勧めたのだが、このお婆《ばあ》ちゃんはその考えには乗らなかった。こんな大金を手にするのは初めてだったし、何についても誰のことも信用していなかったのだ。まあ一般庶民や田舎者というのは大半がそうであるけれども。そこでこの婆さんは、自分の親戚であり亡くなったワイン商の親戚でもある地元のワイン商の男とよくよく相談した上で、現金は終身年金に充て、ナンテールの家は売って、サン＝ジェルマン＝アン＝レーに引っ越して都市住民《ブルジョア》の暮らしをすることに決めた。

彼女の住んでいた家というのは、パリ近郊の小規模耕作者がよく建てるああいうみっともない家屋で、手入れの悪い生垣に囲まれた割と大きな菜園も付いていた。そこら中に露天の石切り場があるナンテールの土地柄、石膏と切り石はそれこそ大量にあるわけだが、パリ周辺で一様に見られるようにこの家でも、これらの材料が何ら建築的意図のないやっつけ仕事で用いられている。こういう連中が建てるのはほとんどいつも、文明化された野蛮人の掘っ立て小屋という体のものなのだ。この後家さんの家の場合、まず一階と二階があって、その上の屋根裏にも数部屋があった。

この未亡人の亡夫にしてこの家屋の建設者でもある男は採石業者だったのだが、彼は全ての窓に頑丈な鉄柵を取り付けていた。玄関の扉もこれまた非常に頑丈である。故人は、自分の石切り場から五百歩ほどの位置に建てたこの家が、荒野の真ん中で孤立無援なのをよくよく自覚していたのだ。彼の顧客はパリのおもだった石工頭《いしくがしら》たちで、パリへの出荷から戻る荷馬車はどうせみんな空っぽ、そこで、家を家らしくする重要な材料はみんなこれらに載せて持ち帰る。パリの解体工事現場では、自分の便に適《かな》う部材を選び出し、しかもひどく安い値段で手に入れた。そんなわけで、窓も、柵も、扉も、鎧戸《よろいど》も、建具の類は全て合法的略奪の所産。中にはお得意さんからの贈り物もある。それも単なる贈り物ではなく選《え》りすぐりの贈り物だ、窓枠が二つあれば、彼は良いほうだけを貰うという調子だったから。家の前庭はなかなか広く、厩舎《きゅうしゃ》もそこにある。道に接した側には壁を作ってあって、頑丈な鉄格子の門が設えてある。厩舎には番犬が飼われていて、夜は小型犬を一頭、家の中に入れていた。そして家の裏には一ヘクタールほどの菜園。

子供もないまま未亡人となり、石屋の奥さんはたった一人の女中と一緒にこの家に暮らしていた。石切り場を人手に渡したお金で、二年前に亡くなった主人の負債も埋めてある。彼女の財産はこの寂しい家一軒だけで、鶏や牛の世話をして卵と牛乳をナンテールで売った。亡夫が何やかやの雑用にも使っていた馬丁や御者や石切り工たちはもうおらず、婆さんは菜園の耕作は放棄して、石だらけのこの土地に自然と生えてくる少しばかりの草や野菜を採集するだけになっていた。

家の値段と相続した額を合わせるとおおよそ七、八千フラン、ということは、彼女の胸算用では終身年金にして毎年七、八百フラン、それだけの収入を持ってサン＝ジェルマン＝アン＝レーで暮らすんだと思うと、婆さんは大いに満足だった。既にリン＝ジェルマン＝アン＝レーの公証人とも何度も相談している。親戚である地元のワイン商のほうも、彼女が死ぬまで年利を払い続けるという条件でそのお金を預かりたいと申し出ていたのだが、婆さんとしてはその気はなかったのだ。そんな状況の中、ある日を境にこのピジョー未亡人も女中もぷっつり姿を見せなくなった。前庭の鉄格子の門も玄関の扉も、鎧戸も全て閉まっている。三日経って、事態を知らされた司法当局が臨検を行うことになった。パリから検察官を伴ってやって来たのは予審判事のポピノ氏、その彼が確認したのは、以下の事実である。

前庭の鉄格子にも、玄関の扉にも、押し入られた形跡はない。玄関の鍵は扉の鍵穴に、内側から刺さっている。窓の柵の鉄棒は一本として壊されていないし、どこの鍵も施錠されたまま、どの鎧戸も建具も全て無傷で閉まったままだった。

壁にも泥棒の侵入を証拠立てる痕跡は一つもなければ、何本かある陶製の煙突はどれも人間が通るには狭すぎるし、屋根瓦にも狼藉《ろうぜき》の跡は一切ない。二階の部屋を検分した司法官たち、憲兵たち、そしてビビ・リュパンが発見したのは、それぞれのベッドで死んでいるピジョー未亡人と女中だった。二人とも寝間着の頭巾で絞殺されている。三千フランも、銀食器も貴金属類もみんな消えていた。遺体は腐敗が始まっていて、これは屋内の小型犬と前庭の大型犬の死体も同様。菜園を取り囲む生垣も調べられたが、枝の折れた場所などはなかった。菜園内の通路にも人の通った跡は見出せない。菜園方面から侵入したのだとしたら犯人は足跡を残さないように草の上を歩いたのだろうとポピノ氏は判断したが、それにしてもどうやって屋内に侵入したのか？　菜園に面した扉は前述のとおり閉まったままであるし、扉の上の飾り窓にも三本の鉄棒が無傷のまましっかり嵌まっている。この扉でも、前庭側の扉と同様に鍵は内側から鍵穴に刺さっていた。

以上のとおり犯行の不可能性をポピノ氏と検察官とナンテールの憲兵班長が確認し、ビビ・リュパンがなおも丸一日調べまわって同じ結論に達した時点で、この殺人事件が恐ろしい問題であることがはっきりした。政治警察と司法警察とが揃ってお手上げなのだ。

この事件が起きたのは一八二八年から二九年にかけての冬のこと。『法廷日報』がこの奇妙な事件を報じたとき、パリでどれほど好奇心が掻き立てられたかは今や神のみぞ知るところだろう。毎朝いくらでも新しい話題に事欠かないパリでは、何事もすぐに忘れ去られていくものだ。しかし、警察のほうでは何一つ忘れない。先の不首尾な臨検から三ヶ月が経った頃、派手な金遣いからビビ・リュパンの手先の密偵の目に留まった娼婦（そもそも何人かの泥棒と付き合いがあるというので見張られていたのだが）が女友達の一人に、十二組の銀器と、金鎖に金時計を質に入れに行ってくれるよう頼んだ。先方は断ったのだが、この件がビビ・リュパンの耳に届いたのである。ビビ・リュパンはナンテールで盗まれた十二揃いの食器と金鎖、金時計のことを思い出した。そこですぐに公営質屋《モン・ド・ピエテ》の仲買人たちとパリ中の故買屋に通達が出され、件の娼婦〈金髪のマノン〉には苛烈な監視が付けられる。

じきに、金髪マノンがとある若者に入れあげていること、しかしその男が彼女の示すどんな愛の証にも靡《なび》かず、一向に人前に姿を見せないこと、などが分かった。さても、これは異《い》なこと。密偵たちのさらなる努力によってこの男の姿も確認され、この美男子がかの脱走徒刑囚、コルシカの仇討ち《ヴェンデッタ》の名高き英雄、〈マドレーヌ〉ことテオドール・カルヴィその人であると判明したのである。

二股かけの故買屋がテオドールに放たれた。泥棒相手に窩主買《けいずか》いをする一方で警察にも協力する輩だ。これがテオドールに食器と時計と金鎖を買い取ろうと約束して、さていざ取引、夜の十時半、サン＝ギヨーム袋小路に住まうこの屑鉄屋が支払いの金を数えているその現場に、警察が踏み込んでテオドール（この時は女装していた）の身柄と品物を押さえた。

予審は即座に開始される。しかしこれだけの証拠では、判例からいって死刑を求刑するには弱すぎる。カルヴィの証言に矛盾点は一つもない。彼は尻尾を出さなかった。品物はアルジャントゥイユで田舎女から買った、ナンテールの殺しの噂を聞いて、この食器や時計に宝飾品を持っているのは危険だと思った、この一点張りだ。実際、押収された品物は、ピジョー未亡人の叔父であるパリのワイン商の死亡時にまとめられた遺産目録に照らしてみると、まさに盗品そのものだと確認された。とにかく、金に困ってこれらを売ろうと考えたが、それには無関係な人間を使ったほうがいいと思ったのだと彼は主張する。

この脱獄徒刑囚からはこれ以上何も引き出せず、しかも彼の態度があまりにも揺るぎないので、司法当局はとうとう、犯人はナンテールのワイン商で、その妻がカルヴィに盗品を売ったという田舎女なのだろうと考えるに至る。可哀相に、被害者の親戚でもあるワイン商は妻と揃って逮捕されてしまった。しかし、勾留一週間に亘って綿密な取調べを行った結果、この夫婦のどちらも犯行の時期に自分たちの地所を出ていないことがはっきりしたし、カルヴィのほうも、彼が銀器と宝飾品を買い取ったという相手はこの夫人ではないと証言した。

カルヴィの情婦も取調べられたが、事件発生時から盗品の質入れ失敗までの期間にこの人物がおおよそ千フランもの金を使っていることから、この状況証拠が徒刑囚とその情婦を重罪院送りにするに十分であると判断されたのである。前述のとおり彼はワイン商の妻を見覚えなかったけれども、ワイン商夫婦のほうは二人とも彼に見覚えがあると証言したので、この巧妙な犯罪の下手人はカルヴィであろうということになった。テオドールの殺人は今回で十八件目、判決は死刑である。予審では、多くの証言によって、テオドールが一ヶ月ほどナンテールに滞在していたことが明らかになった。ひどい身なりで、砂埃にまみれながら石材加工の手伝いをして働いていたのだ。ナンテールの人々は、ひと月に亘ってこの赤ン坊を育てていた（この犯罪の計画を立てていた）青年の歳を、十八くらいだろうと思っていたという。

　検察側は、共犯者の存在を疑っていた。排煙管の内径が計測されて金髪マノンの体格と比較されたが、彼女がそこから侵入したというのはあり得ないことだった。かつての大きな煙突に代わって今日びの建築で用いられる陶製の管は、六歳の子供であっても通り抜けられたものではないのだ。この奇妙で苛立《いらだ》たしい謎さえなかったなら、テオドールはもう一週間も前にさっさと処刑されていたことだろう。そしてこの間に監獄付きの聴罪司祭が彼から全く何も引き出せていないことも既に述べたとおりだ。

　この事件とカルヴィの名前がジャック・コランの注意を引かなかったのは、彼が当時コンタンソン、コランタンとペラードを相手取っての暗闘に忙殺されていたためだろう「第一部及び第二部での出来事」。それにそもそも死神だましは、ダチ公たちや裁判所に関わることを極力思い出さないようにしていたのだ。彼が恐れていたのは、朋友《ポンユー》に出くわして、正面から預金の支払いを求められることだった。なにせオヤジの預かった金庫は既に空っぽだったのだから。

シャルロ

　司法宮付属監獄のゴー所長はすぐに検事総長の執務室に向かったが、着いてみると、検事次長がカルヴィの死刑執行令を手に、検事総長グランヴィル氏と話をしているところだった。グランヴィル氏は夜通しセリジー氏の屋敷にいたので疲れてもいたし、セリジー伯爵夫人が理性を取り戻すかどうかについて医師たちが確言しかねているのも心配で胸が痛んだが、死刑の執行という重大な案件のため、自分の預かる検事局に出てこないわけにもいかなかったのだ。ゴー所長と少し話した結果、グランヴィル氏は検事次長から令状を戻してもらい、ゴー氏に預けた。

「よほどのことがない限り、死刑は執行する」とグランヴィル氏。「君の判断を信頼するから、くれぐれも慎重に頼むよ。死刑台の準備は十時半までなら遅らせられる。だから、君が使えるのは一時間だ。しかし、こんな日には一時間が一世紀にも感じられるな……一世紀と言えば、本当に沢山のことが起きるだけの時間だ！　くれぐれも、執行の延期を匂わせたりはしないように。必要ならば予定どおり〈化粧室〉に連れて行って、それでも新事実が出ないようなら九時半までにはサンソンに令状を渡すんだ。その時間までは彼を待たせておいてかまわない」

　ゴー所長が検事総長の執務室を辞して歩廊に出る通路を歩いていると、円天井《ヴォールト》の下で、ちょうどこれから検事総長の許《もと》に向かうカミュゾ氏と出くわした。そこで、所長は手短に今朝からの付属監獄でのジャック・コラン絡みの出来事を伝え、そうしてから死神だましとマドレーヌの対面のために監獄のほうに向かった。もちろん、自称聖職者がこの対面を許されるのは、ビビ・リュパンが憲兵の格好をして、カルヴィの監視役のひつじと入れ替わってからのことだ。

看守がジャック・コランを死刑囚の部屋に連れて行くために迎えに来たとき、徒刑囚三人組がどれほど吃驚したかをご想像いただくのは難しい。彼らは三人揃って、ジャック・コランのかけている椅子に駆け寄って来た。

「ジュリアンさん、今日なんスよね？」と絹ノ糸。

「ああ、そうね。シャルロもう来てるしね」看守は完全にどうでもよさげに答える。パリ市民も監獄の住人も、パリの死刑執行人のことをこう呼ぶのだ。一七八九年の革命以来の伝統である。この名が出ると、運動場に衝撃が走った。囚人たちはみんな互いに顔を見合わせる。

「これでケリだね！」と看守。「もう所長が令状持ってたしね。判決もちゃんと読まれたしね」

「ってことは、あの別嬪《べっぴん》のマドレーヌはもう最後の秘跡も受けたんか……？」テッテ鳥《どり》はここまで言って息を呑んだ。

「テオドールの奴、かあいそうによお……」と牡屑屋、「いい子なんだぜ？　あの歳でモミガラん中にクシャミするなんて、ツイてねえ話じゃねえか……」

　看守は面会所への通路に向かって歩き出した。ジャック・コランがついて来ているものと思っていたのだが、スペイン人のほうはのろのろ歩いていて、ジュリアン看守との距離が十歩ほども開いたあたりで、くらっときたように、身振りでテッテ鳥に支えを求めた。

「そいつぁ人殺しなんですよ！」テッテ鳥を指してそう言いながら、ナポリタが腕を貸そうとする。

「いイエ、私にとっテハ、ただの不幸な者デス……！」と、カンブレ大司教［ルイ十四世の孫の家庭教師でもあったフェヌロンのこと］ばりの機転と穏やかさで答えた死神だましは、端《はな》から甚だ胡散臭《うさんくさ》く見えたナポリタからは身を離した。

「あの子はいま無念山《いやいやのぼる》の大僧院の石段に足ィかけてるけどな、今回は俺様が僧院長さんだぜ！　見てろ、コウノトリの髪ん中に手ぇつっ込んで（検事総長をやりこめて）やっからな。奴さんの手からあの子のソルボンヌをフケさしてやるんだ」

「あの子のテントのためにもね！」と絹ノ糸がニヤニヤしながら言う。

「その迷える魂ヲ、天に昇らせてやりたいのデス！」囚人が何人か寄って来ているのを見て、ジャック・コランはしかつめらしくこう答えた。

　そして、面会所への通路のところで待っていた看守のほうへ独り向かう。

「やっぱ思ったとおりマドレーヌ助けに来たんだ、オヤジはやっぱすげえや！」と絹ノ糸。

「だけんど、どうやって？　ギロチン軽騎兵隊ももう来てんだぜ。会えるかだって分かんねえよ」と牡屑屋。

「あいつにゃパン屋がついてんだぜ！」とテッテ鳥。「あいつが俺らのフェリペぇベタっちまっただぁ？　笑わせるぜ！　あんなにダチ思いなんだぜ？　あんなに俺らのことが大事なんだ。その俺らに、あいつに足らずコかそう（あいつを売らせよう）なんてよお、あいにくと俺らぁかすとりじゃねえんだ！　マドレーヌきっちりフケさしてみろ、俺ぁあいつに玉っ子（自分の秘密）だってくれてやるぜ！」

この最後の一言で、自分たちの神に対する三人組の忠誠心は弥増《いや》した。今や彼らのオヤジは、彼らの希望そのものなのだ。

ジャック・コランはというと、マドレーヌが窮地にあるからといって、焦って自分の役柄を忘れるようなことはなかった。三つの徒刑場と同じでこの監獄のこともよく知っている彼だったが、ごくごく自然に道を間違えて見せるもので、所長室まで行くだけでも、看守が引っ切り無しに「こっちですね、そっちじゃない！――その角はこっちらにね！」という具合に指図しなければならなかったくらいだ。所長室に着いたジャック・コランは真っ先に、大柄で太った男がストーブに肘《ひじ》を突いているのを見つける。面長の赤ら顔にどことなく気品の漂うこの男、これがサンソンだと彼にはすぐに分かった。そこで、愛想いっぱいでサンソンのほうに向かって行きながら、

「あなタガ、こちらの司祭さんでスネ！」とやった。

この人違いの恐ろしさに、場は凍りつく。

「いいえ」とサンソン、「私は他の仕事をしとります」

このサンソンは、サンソン家最後の死刑執行人（つい最近［一八四七年、ギロチンを質入れして］免職された）の父で、ルイ十六世を処刑したサンソンの息子だ。

四百年来この仕事を続けてきた家系に、数多の首斬り役人の跡を継ぐ者として生まれた彼だが、一度は血統の重荷の相続を放棄しようとしたこともある。ところでそもそもサンソン家は、王国第一の執行人の任を受ける以前、ルーアンで二世紀に亘って死刑執行人を務めていた。つまり、十三世紀の頃から司法機関の判決の執行に携わってきたわけである。六世紀ものあいだ貴族の血統なり一つの役職なりを父子代々受け継いできた家などというのは、そうそうザラにはない。さて、いま問題の我らがアンリ・サンソン、彼は若い頃は軍人で、騎兵隊の大尉に任命されて前途も洋々というところを、国王処刑の補佐をしろと父に呼び戻された。そして、一七九三年から断頭台が玉座の市門とグレーヴ広場とに二基常設されるようになると、正式に副手を任されることになる。一八三〇年現在、彼はおよそ六十歳。気品溢れる謹厳な態度、落ち着いて穏やかな物腰、そして、ギロチンに死刑囚を供給するビビ・リュパンとその手下どもに対する深い軽蔑をもって余人と一線を画していた。彼にあって中世の首斬り役人の古い血を感じさせる特徴といっては、巨大で凄まじく頑健なその両の手くらいのものだろう。なかなかしっかりした教養もあり、市民であり選挙民であることに誇りを持っていて、聞くところによると庭弄《いじ》りが趣味だというこの大男、低い声で話し、物静かで寡黙、禿げ上がった額は広く、死刑執行人というよりもよっぽど英国の貴族のような雰囲気の彼であるから、予備知識のないスペイン人神父ならば確かにジャック・コランがわざとやらかしたような間違いを犯して当然というところだ。

「この人、徒刑囚なんかじゃありませんよ」と看守長。

「どうも、本当にそんな気がしてきたな……」と、口には出さず、ゴー所長は部下に対して曖昧に首をひねって見せた。

告解

ジャック・コランが地下室に連れられてきたとき、拘束衣のテオドール・カルヴィは備え付けの粗末なベッドの端に腰掛けていた。通路から少しのあいだ差し込んだ明かりで、死神だましは、サーベルに寄りかかって立っている憲兵がビビ・リュパンであることをすぐに見て取る。

「わしゃ、しんがみハメや！」ジャック・コランは勢いよく切り出した。「わしらイッタリヤーノでしゃべったろやないかい。ぬかしたりにきたんやで！」（俺は死神だまし だ。イタリア語で話そう。助けに来たぞ）

これ以降この二人の会話は偽憲兵ビビ・リュパンには理解できない言語でなされるわけだが、今は死刑囚の監視自体も受け持つことになっている保安警察隊長としては持ち場を離れることもできず、彼がどれだけやきもき口惜しい思いをしたかはちょっと筆舌に尽くしがたい。

　そしてテオドール・カルヴィ、青白く、オリーブ色がかった顔色の金髪の若者だ。落ち窪んだ目は青く濁ってとろんとしているが、南国人にまま見られるこういった無気力げな様子の裏に相当な膂力を秘めているらしく、体つきも均整が取れている。なんだか不吉な印象を与える弓なりの眉と扁平な額、野蛮な残酷さを漂わせた赤い唇、そして、喧嘩っ早い上にすぐ人を殺してしまうあのコルシカ人に特有の激しやすさを隠しきれない顔筋の戦慄《わなな》き、こういったものさえなければ、この上なく魅力的な顔立ちでもあったろう。

　テオドールはジャック・コランの声の響きに打たれ、一瞬幻聴かと思って、はっと顔を上げる。二ヶ月の暗闇暮らしでこの切り石造りの箱の闇の深さにも流石に目が慣れており、自分の前に立っているのが聖職者だと見て取ると、彼は深い溜息《ためいき》を吐《つ》いた。硫酸で洗われた顔は彼の見知ったオヤジとは似ても似つかず、偽聖職者がジャック・コランだとは見抜けなかったのだ。

「たしかに俺だぜ、ジャックだ。坊主に化けて助けに来たんだよ。でも俺だって気付いたふりなんか見せんじゃねえぜ、告解してるふりで話すんだ」

　これは早口のイタリア語だった。そして、

「この若者はすっかり落ち込んでいマス、死ぬのが怖いのデス。きっと何もかも告白しますヨ」と憲兵に向かって言う。

「あんたがあいつだって証拠を見してくれよ、たしかに声はそうだけど、声だけじゃあよ」

「ネエ、この可哀相な若者は私ニ、自分は無実だと言っていまスヨ」ジャック・コランは重ねて憲兵に言った。

声でバレるのが怖くて、ビビ・リュパンは一言も返事ができない。

「せんどわしぃ！」とジャック・コランはテオドールの求めに対して合言葉を耳打ちした。

「せんどわれぇ！」とカルヴィも合言葉の片割れを返す。「たしかに俺のオヤジだ……」

「お前がやったのか？」

「ああ」

「全部話すんだ、どうするか考える。時間がねえぞ、シャルロがもう来てる」

テオドールはすぐに跪き、告解の姿勢を取った。ここまでの会話は素早く、それこそ黙読にかかる時間程度で済まされたので、ビビ・リュパンはどうしていいか分からない。テオドールは自分の犯行の状況について、読者諸賢は既にご存知だがジャック・コランにとっては初耳である情報を伝え、

「陪審どもは証拠もなしに俺を死刑にしやがったんだ」と締め括った。

「子供じゃあるまいし、もう髪ィ切られるってときまで黙ってたのかよ……！」［既に述べたとおり、死刑囚は断頭台に送られる直前に〈化粧室〉で首の後ろにかかる髪を切られる］

「だって、光り物の密売の分しか食わないはずだったんだぜ。それがこんな判決だからな。パリ法廷《ゴト》も堕ちたもんさ……！」

「で、仕事は実際どうやったんだ？」

「なんだそれか！　俺、あんたと会えんくなってから、針山（パリ）でコルシカ出の女の子と仲良くなったんよ」

「女なんぞと仲良くする阿呆はな」とジャック・コランが口を挟む、「女のせいでしくじることとんなるんだ……！　女ってのは檻にも入ってない野放しの虎だぞ、無駄口叩いて鏡ばっかり覗いてる虎だ。つまりお前、いい子にしてなかったってわけだな……！」

「だってよぉ」

「で、その追い風は一体何の役に立ったんだ……？」

「その可愛子ちゃんはよ、薪束くらいに小柄で、鰻《うなぎ》みたいに細っこくて、猿みたいに器用でよ、窯《かま》の煙突から滑り込んで玄関開けてくれたわけよ。犬どもは毒入り肉団子食らってお陀《だ》仏《ぶつ》さ。家にいた女二人は俺が冷やっこくしてやったよ。もらうもんもらったら、中に残ったジネッタが鍵掛けて、また窯の煙突から出て来たってわけ」

「そいつぁ一生もんの素敵なテだな……」ジャック・コランは、彫金師が小像の雛形《ひながた》を愛《め》でるように、この犯行の手口を賞賛した。

「それをたった千エキュ［三千フラン］のヤマに使っちまったんだから俺も馬鹿だったよ……！」

「いいや、女のために使ったのが馬鹿なんだ！」とジャック・コラン。「言っただろが、女ってのは男をアホタレにしちまうんだって……！」

ジャック・コランは侮蔑に燃える目でテオドールを見据える。

「あんた、いなかったじゃねえか！　俺にゃあ誰《だあれ》もいなかったんだぜ」

「で、好きなのか、その女？」テオドールの返事に込もった非難から逃れるようにジャック・コランは尋ねた。

「俺、今は、あの子のためよかあんたのために生きてたいと思うよ」

「安心しろ！　俺が死神だましって呼ばれてんのは伊達じゃねえんだ、お前のことは任せとけ！」

「ほんとか？　命が……？」若きコルシカ人は拘束された両腕を、この独房の湿った天井に向かって掲げる。

「俺のかわいいマドレーヌ、片道切符で原っぱに戻される覚悟はしとくんだぜ、〔謝肉祭《カーニバル》の〕飾り牛みたくバラの花輪を頂戴ってわけにゃいかねえんだからな……！　俺らが以前《めえ》ロシュフォールに繋がれたのは奴らが俺らを片付けたがってるからだけどな、今回はツーロンに行かされるようにしてやる。そんでお前はさっさと脱けて針山に戻ってくるんだ、その間に俺がちょっとした暮らしを用意しといてやるからよ……」

この堅固な円天井《ヴォールト》の下ではまず聞かれることのない、解放の喜びに満ちた溜息が漏らされた。そしてその妙《たえ》なる音色は石壁に反響し、驚倒するビビ・リュパンの耳にも吸い込まれていく。

「これが告解と赦免の秘跡というものなのデス。私ハ、彼が全てを正直に話したノデ、彼に赦《ゆる》しを与えたのデス」とジャック・コラン。「コルシカ人というノハ、ご覧のとおり信心深いのでスヨ！　しカシ、彼が神の御子同様に無実だと分かった以上、私は彼を救いたいと思いマス」

「神父様、神父様に神のご加護がありますように！」とテオドールもフランス語で言った。

死神だましは、これまでで一番カルロス・エレーラ、これまでで最高に聖職者になりきり、死刑囚部屋を出て、廊下を駆け抜け、恐慌状態を演じながらゴー所長の前に転《まろ》び出る。

「所長サン、あの若者は無実でシタ！　真犯人を教えてくれましタヨ……！　彼は危うくおかしな面子《メンツ》のために死んでしまうところでシタ……彼はコルシカ人デス！　コルシカ人には名誉が大問題なんデス。五分でかまいまセン、検事総長さんに面会の許可をいただけませンカ。グランヴィルさんもきット、フランスの司法の過失を真剣に嘆くこのスペイン人神父の言葉に耳を傾けてくださるはずデス！」

「分かりました！」とゴー氏。居合わせた者は皆この異常な事態に驚愕した。

「その前ニ」とジャック・コラン、「私のことは運動場に戻していただきまショウ。先ほどもう心を開きかけていた犯罪者ニ、しっかりと改心を促したいと思うのデス……。ああいった人たちニモ、ちゃあんと心があるのでスヨ！」

この短い演説に、その場の全ての人々がざわめいた。憲兵たち、書記官、サンソン、看守たち、執行人の助手、監獄式の表現で言えば〈機械の組み立て〉の命令が出るのを待っていた彼らは皆どんな感動も上滑って影響を受けない人たちだが、それでもやはり当然のこととして、彼らにも好奇心というものは備わっているのだ。

コラン老嬢登場の段

ちょうどそのとき、美しい馬を多頭立てにした馬車がやって来て、セーヌ川に面した司法宮付属監獄の門前に、いかにも重要な用がありそうな様子で停まる音が響いた。扉が開かれ、てきぱきと踏み台が降ろされ、その場の誰もが大人物の登場を予感する。間もなく監獄の入場検問に現れたのは、青い紙切れを振りかざしたご婦人だ。家僕と猟卒《りょうそつ》［元来は〈狩猟用のお仕着せを着た従者。金持ちが豪華な服を着せて馬車の外側後部に乗せる、おもに見せびらかすための使用人〉］を従えて、黒ずくめの豪奢《ごうしゃ》な服装のこの貴婦人は、ヴェールのかけられた帽子の陰で、刺繍《ししゅう》の入った大きなハンカチに涙を吸わせている。

ジャック・コランは即座にそれがアジア、あるいは本名で呼ぶことにしてジャックリーヌ・コラン、彼の叔母であることを見抜いた。甥に負けず劣らずの辣腕家《らつわんか》であるこのなんとも恐ろしい老女は、いま囚われの甥っ子のことに全思考力を集中し、司直とも互角の、あるいはそれ以上の知性と洞察でもって、彼を援護しているのだ。その彼女が手にしているのは、前夜、モフリニューズ公爵夫人の小間使い宛に、セリジー伯爵の紹介で発行された書状。リュシアンとカルロス・エレーラ神父の極秘扱いが解かれ次第すぐに面会を可能にするという許可証で、これには諸監獄を管轄する部局長も一筆添えている。この書類の色は、それだけで既に、強力な後ろ盾があることを示していた。劇場の招待券と同様、監獄の面会許可証も等級ごとに色や形式の違いがあるのだ。

守衛はすぐに入場検問の戸を開いた。書類の色以上に、羽飾りをつけた獄卒の緑と金のお仕着せ、ロシアの将軍のように煌《きら》びやかなこの服装から、この婦人は貴族、それも王家に連なる紋章を持った大貴族であると判断したためだ。

「アア！　神父様！」偽装貴婦人は聖職者を見て滂沱《ぼうだ》の涙とともに叫んだ、「こんな立派なお坊様ヲ、ほんの少しの間デモ、こんなところに押し込めるなンテ！」

所長が許可証を受け取って目を通すと、〈国務院副議長セリジー伯爵閣下のご紹介により〉とある。

「アア！　サン＝エステバンサン！　侯爵夫人サン！」とカルロス・エレーラ、「たいへんありがたいお心がけデス！」

「奥様、こういった形でのご面会はちょっと……」と善良なるゴー爺さん。

そう言いながら彼は自ら、この黒いモアレ絹とレースの塊の道を塞いだ。

「しカシ、これだけ距離を置いていまスシ、しかも皆さんの見ている前でスヨ……？」と、参会者を見渡しながらジャック・コラン。

書記官も所長も、看守たちも憲兵たちも皆この叔母の服装にはすっかり目を眩まされていたが、それにしても目が回りそうなほど麝香《じゃこう》がキツい。彼女の身に着けているレースはそれだけでも合わせて千エキュはくだるまいし、黒いカシミアは六千フランの品。その上、前庭でぶらぶらしている獄卒の態度には、我輩こそは気難しい女王様が片時も手放せぬ召し使いでござい、とでも言いたげな横柄《おうへい》さがあった。河岸に面した監獄の表門は日中ずっと開かれているのだが、家僕のほうはそこに留まっており、猟卒は彼と口をきくでもない。

「どうしてほしい？　なにをしたらいいんだい？」サン＝エステバン大人は叔母と甥との間で取り決められた符牒で言った。

第三部でも見たとおり、この符牒というのは、元の言葉がフランス語であれちょうふであれその語末に、ッチャだのッチョだの、あるいはァルだのリだのといった音を付け足して、元の単語を判別不能にしている。外交暗号を話し言葉に適用したようなものだ。

「手紙を全部、安全なところに隠すんだ。それからそれぞれの一番きわどい手紙だけ持って、泥棒女の格好して無駄足広間《サル・デ・パ・ペルデュ》で次の指示を待っててくれ」

そしてアジアことジャクリーヌは祝福を授かるためのように跪いて、偽神父は福音に満ちたしかつめらしさで叔母に祝福を与える。

「ほなさいならな、コーシャクのよめはん！［この場面では〈サン＝テステーヴ（Saint-Esteve）〉は〈サン＝エステバン（San-Esteban）〉とスペイン語表記になっているのだが、このセリフはどういうわけかイタリア語である］」と声高に言ってから、符牒を使って小声で、「ヨーロッパ［プルダンス］とパカールを見つけてくれ、あいつらがちょろまかした七十五万もだ。どうしても必要なんだ」

「パカールならあそこさ」信心深い侯爵夫人は目に涙を浮かべたまま猟卒を指して言った。

この手際のよさ、手回しのよさにジャック・コランは思わず微笑むと同時に、驚きの仕草をも示した。まったく、この男を驚かせるなんてことは実の叔母にしかできない。偽侯爵夫人は気取って見せるのも慣れたもので、その場の観衆のほうに向き直る。

「彼は、ご子息の葬儀に行かれないのが残念極まるのデス」と、耳障りなフランス語で彼女は言う。「司法当局の恐ろしい勘違いのおかゲデ、お坊様のご子息のことは秘密でもなんでもなくなってしまいましたシネ……！　わたくしはこれから参列させていただこうと思いマス。それからこレヲ」と、ゴー氏に金貨の詰まった財布を手渡し、「可哀相な囚人さんたちのために役立ててくだサイ……」

「いいぞ、すげえハッタリだ！」と甥っ子は満足げに耳打ちする。

そしてジャック・コランは看守に連れられて運動場のほうに向かった。

一方、半ば恐慌状態のビビ・リュパンはジャック・コランが出て行って以降ずっと意味ありげにエヘン！　オホン！　と咳払いをしていたのだが、なかなか本物の憲兵に気付いてもらえない。ようやく死刑囚の警護を代わってもらって駆けつけたときには、既に貴婦人は豪奢な馬車に乗って去った後だった。死神だましの宿敵たる彼なら、老婆の作り声に隠された嗄《しゃが》れ声にも聞き覚えがあったのだが。

「囚人どもにって、三百玉っ子［三百フラン］ですってさ……！」と、看守長はゴー氏が書記官に手渡した財布を示す。

「ジャコメティさん、ちょっとそれ見してください」とビビ・リュパン。

保安警察隊の長は財布を受け取り、中身を手のひらに空けて仔細に検分する。

「本物の金《きん》だな……ご丁寧に財布には紋章まで入ってやがる！　やってくれるぜあんちくし

ょう！　抜け目がねぇ！　いっつも俺ら後手に回らされる、いっつもだ……！　ほんとなら犬ころみたいに撃ち殺しちまえば済むことなのに！」

「一体どうしたんです？」財布を返してもらいながら書記官が問うと、

「どうしたもこうしたも、あの女は盗人に間違いないんですよ……！」ビビ・リュパンは入場検問の外の石畳で地団太を踏みながら叫んだ。

　この発言は観衆に強い印象を与えたが、サンソン氏だけは彼らから距離を置いて、円天井《ヴォールト》造りのこの広間の真ん中にある大きなストーブに凭《もた》れたまま、死刑囚の身支度をさせてグレーヴ広場で断頭台を組み立てるという命令が出るのをただ待っていた。

籠絡

　運動場に戻ったジャック・コランは、原っぱ慣れした男の足取りでダチ公たちのところへ向かい、

「で、お前は一体何を背負《しょ》わされてんだ？」と、テッテ鳥《どり》に尋ねた。

「俺の件はもう決まってんだ」運動場の隅に移動してから殺人犯は答える。「だから信用できるダチが要るんだよ」

「つまり、どういうことだよ？」

　テッテ鳥は頭領に脱獄後の犯行全てを説明したあと、クロタ夫妻強殺事件の詳細を伝えた。

もちろんちょうふでだ。

「お前は立派だよ」とジャック・コラン。「いい仕事だ。でも俺に言わせりゃお前は一つ間違いをやらかしてるな」

「どこがマズってる？」

「ヤマ踏んだあとはな、ロシアの大貴族に化けて、旅券こしらえて、紋章入りの馬車買って、金は堂々と銀行に持って行くんだったな。そんでハンブルク宛の信用状書かせて、駅馬車を借り切るんだ。下男下女連れて、情婦《おんな》にゃ貴婦人のかっこさせてよ。そんでハンブルクからはメキシコに高飛びだ。金貨で二十八万もあるならよ、気の利いた男ならどこなと好きなとこ行ってなんなと好きなことするんだよ、このトウシロめ！」

「そりゃおめえはオヤジだからちゃんとそうやって考え付くんだろうがよ。おめえはいつだってソルボンヌがしっかりしてんもんな……！　それに引き換え俺はよお」

「まあ、今んなって忠告なんぞしてやっても死人にスープ出してやるようなもんだわな」とジャック・コランは朋友《ポンユー》の目を覗き込む。

「ちげえねえ！」テッテ鳥はそう返しながらもどこか訝しげだ。「それでもご馳走してくれよな、あんたのスープ。飲めなくたって足ィあったためるくらいにはできらあよ……」

「おめぇさんこうしてコウノトリにとっつかまったわけだ、加重窃盗五件に殺人三件、おまけに一番最近のは金持ちのブルジョア[*16]二人ときた……。陪審の連中はブルジョア殺しは好かねえわな、そんでおめぇさんは渡し待ちに積まれるわけだ。もう望みはこれっぽっちもねえわなあ……！」

「みんなもそう言ったぜ」と答えるテッテ鳥はなんとも惨めったらしい。

「さっき俺はジャクリーヌ叔母ちゃんと所長室で堂々と話してきたんだがよ、知ってるよな、朋友連中のお母ちゃんだぜ、叔母ちゃんの言うにゃ、コウノトリはおめえのことが怖くてよ、さっさと始末したがってるって話だぜ」

「でもよ、俺、もう金持ちなんだぜ、だからもうなんにもしやしねえよ？」こんなふうに言うテッテ鳥の素朴な様子を見れば、泥棒が如何に盗みを自然な権利として自明に思っているかがお分かりいただけよう。

「理屈こねてる時間はねえんだよ、実際的な話をだな……」

「俺をどうしようってんだい？」オヤジの話を遮るテッテ鳥。

「今に分かる！　死んだ犬にだってまだまだ使い途があるんだぜ」

「そりゃ他の連中にとってだろがよ！」

「俺の役に立つんだぜ！」ジャック・コランは言い放つ。

「そりゃたしかにちょっとしたもんだな。でもそれで俺はどうなるんだ？」

「おめえのカネがどこにあるかなんて訊かねえ。でもどう使いたい？」

テッテ鳥はオヤジの瞳を窺うが、そこからは何も読み取れない。ジャック・コランは平然と続けた、

「大事な追い風とか、それともどっかに子供とか、特に何かしてやりてえ朋友《ポンユー》とか、誰かい

ねえのか？　俺はもう小一時間もしたら出て行けるんだ、おめえが誰かに何かしてやりてえんなら、代わりにやってやれるんだぜ？」

テッテ鳥はまだ迷っていた。優柔不断の警戒態勢にあるのだ。ジャック・コランはダメ押しの一手に出る。

「俺が預かってるおめえの割り前は三万だ、これはどうする、朋友連中に遺すのか？　それとも誰かにくれてやるのか？　ちゃんと取ってあるんだぜ、今晩にでもお前の言う相手に渡せるんだ」

殺人犯は喜びを示す仕草を漏らした。「捕まえたぜ、もうこっちのもんだ！」とジャック・コランは思う。

「ぐずぐずしてる暇はねえぞ、考えろ。あいにくと時間は十分もねえんだ……。もうじき検事総長に呼ばれて面談に行くんだよ。もうこっちのもんだぜ、コウノトリの首ィひねってやれるんだ！　マドレーヌは絶対助けれる」

「マドレーヌが助けれんならよ、オヤジ、俺もよお……」

「無駄口叩くな」ジャック・コランは断ち落とす。「遺言をまとめるんだ」

「わあったよ！　カネは〈お淋《りん》〉に渡してくんな」惨めな感じでテッテ鳥は言った。

「へえ……！　モーセとかいう、南部《みなみ》で車的《シャテキ》屋の親分やってたあのユダ公の寡婦《やもめ》のか？」

歴史上の名将と同様、死神だましはあらゆる盗賊団の構成員をしっかり把握しているのだ。

「どんぴしゃ！」テッテ鳥は急にずいぶん得意げだ。

「美人だよな！」恐ろしいならず者どもの、その心理のカラクリを操る術に精通しているジャック・コランは調子を合わせる。「ありゃ上玉だ！　物をよく知ってるし、誠もたっぷりだ！　完璧な女どろだな。そうか、お淋ちゃんと一緒んなって元気百倍ってわけだったか！　しっかし、あんな追い風つかまえといて、そんで土ィかけられるような真似するなんておめえ、もったいねえぜ、馬鹿なことしたな！　こぢんまりした商売に切り替えてひっそり暮らしてりゃよかったのによお……！　で、お淋のほうはどうシノいでんだ？」

「サント＝バルブ通りに収まってるよ、ちょっといいお宿「公認娼館」の切り盛りさ」

「そんでその上お前の相続人様ってわけだな？　おめえよお、女なんつうろくでもないもんにひっかかるからこういう末《すえ》に落ち着くんだぜ……」

「かもな。でもいいかい、俺がほんとにもんどり打つまでは一銭もやらんでくれよ」

「誓うよ」これは真剣な口調だ。「朋友《ポンユー》どもには何もなしか？」

「なしだ。俺を据え膳にしやがったんだからな」テッテ鳥は憎々しげに答える。

「おめえを売ったって、そりゃどこのどいつだ？　言ってみろ、仇《かたき》ィとってやる」ジャック・コランは勢い込んで尋ねた。最期に臨んだ心をも震わせ得る、最後の感情に訴えかけようとしているのだ。「おい、朋友、俺なら、仇討ちと同時におめえとコウノトリの間だって取り持ってやれるかも知れねえんだぞ？」

　すると殺人犯はオヤジに向かって、嬉しくて嬉しくて馬鹿になったような顔をする。

「でも待て」無言でも実に雄弁なこの表情の変化に答えてジャック・コラン、「今は飽くまでテオドールのための言忌み遊びだ、いいな？　でもこの茶番がうまいことといったらよ、そのあと俺はダチのためにそりゃあ色んなことをしてやれるんだ。なんたっておめえは俺のダチだもんな！」

「あんたがあのかあいそうなテオドールの儀式をさ、たった一日だけでも延ばすことができたらよ、俺、あんたのためになんでもするぜ」

「そんなことならもう段取りは済んでるぜ、それに俺はもうコウノトリの手からあの子のソルボンヌをフケさせるのだってカタいと思ってる。なあ、テッテ鳥よ、厄介ごとから抜け出すにゃあ、助け合わなきゃよお……。一人じゃにっちもさっちもいきゃしねえぜ……」

「ちげえねえや！」と殺人犯。

信頼は強く突き固められ、オヤジに対する尊敬は狂信の域に達して、テッテ鳥はもう躊躇わなかった。

最後の憑依

ここまでずっと隠し通していた共犯者の名前を、テッテ鳥は明かした。これはジャック・コランとしても、どうしても知っておきたかったことだ。

「いいかい、玉っ子はこうなんだ！　この赤ン坊じゃあ俺とゴデが組んでよ、それにもう一人嚙んでたのが、ビビ・リュパンとこで手先ィやってるリュファールなんだ」

「〈毛織剝ぎ《けおりは》〉か……！」これが泥棒業界でのリュファールの名前だ。

「そうよ。あのろくでなしども、俺が奴らの隠し場知ってて、連中は俺のを知らねえもんだから俺を売りやがったんだ」

「おめえ、俺の長靴磨いてくれるじゃねえか！」

「なんだって？」

「いやよ、だからな」とオヤジ、「俺をまるっと信用すんのがどんだけ得かって話よ……！　おめえの仇討ちもな、これで俺の仕掛けに入ってくるんだ……！　おめえの隠し場は訊かねえ、そいつぁ最後の最後んなってからだ。リュファールとゴデのほうを洗いざらい教えてくれ」

「あんたこれまでも、これからもずうっと俺らのオヤジだ！　俺はあんたにゃなんにも隠し事はしねえ」とテッテ鳥は言い切った。「俺のカネはお淋とこの底板（地下倉）だよ」

「おめえの追い風は確かなのかよ？」

「ああ、それならよ、あいつはなんにも知らねえんだ！　そんときお淋は酔わしといたんだよ。そりゃあいつは後家さんにかけられたってなんにも吐きゃしねえ女だよ？　でもあんだけの金《きん》の山だしなあ！」

「だな。どんな正直者でも分別に鬆《す》が入っちまう額だよ！」

「まあそんなわけでよ、俺は光らせ「監視」なしで始末を付けれたわけよ。鶏小屋の鶏はみんなおネンネ、おさは真っ黒ってわけさ。カネは床下三尺だ、酒瓶の並んでる後ろのな。

ちゃんと埋め戻すときにゃ石ころと漆喰《しっくい》も敷いといたぜ」

「よし！」とジャック・コラン。「で、他の連中の隠し場は？」

「リュファールの奴は、お淋とこに隠させてるよ。お淋もかあいそうだぜ、この匿《かくま》いがバレたら共犯で一生サン＝ラザール送りだってんで、野郎から逃げらんねえんだ」

「なんつうゴロツキだ！　おちゃらけ（警察）が泥棒さんを立派に育ててたんじゃ世話ぁねえやな！」

「ゴデの奴は妹んとこだ、上等な薄物専門の洗濯女だよ。こいつは堅気なんだが、なんも知らん間にこの件でロルスフェ［ラ・フォルス監獄のこと］に五年から食らい込むかもな。ゴデの奴、こっそり床板はずして、元に戻して、そんでさっさと消えたってわけよ」

「俺がおめえに何をやってもらいてえか、分かるか？」聞くことを聞いたジャック・コランは、魅入るような目でテッテ鳥を見据えて尋ねる。

「なにさ？」

「マドレーヌの件を背負ってもらいてえのさ……」

テッテ鳥は反射的に嫌悪の反応を示したが、オヤジの不動の視線の下、すぐに服従の態度を取り繕った。

「なんだ！　もうさっそく不満たらたらってわけか！　俺の考えに文句があんのか？　なあおい！　三件の殺しも四件の殺しもおんなしことじゃねえか？」

「そうかもしれんがよお！」

「朋友連中のメグ［泥棒仲間の神様］にかけてよお、おめえの素麺ん中にゃジャムなんぞちびっとも流れちゃいねえんだ（お前の血管には血が通《かよ》っていない［根性がない、もしくは仲間甲斐がない］）。そんな奴を助けてやろうとしてたなんて俺は馬鹿だったよ……！」

「助けるってどうやってさ！」

「おめえ馬鹿か？　カネさえ遺族に返してやるって言やあな、おめえさんは片道切符の原っぱ送りで済むだろが。そりゃカネがもう押さえられてんなら、俺だっておめえのソルボンヌにビタイチ出しゃしねえよ？　でも今のおめえにゃ七十万の値打ちがあるんだぜ、この馬鹿！」

「オヤジ！　おれ、おれ……！」テッテ鳥は有頂天だ。

「それに」とジャック・コランは続ける、「殺しは当然リュファールになすり付けるとしてだな……それでなくてもビビ・リュパンの奴は即刻クビだぜ！　もうこっちのもんだろうが……！」

　この発想に、テッテ鳥は心底仰天した。瞳孔も開き気味になって、石像のようにカチンコチンだ。逮捕されて三ヶ月、重罪院に出廷する直前の今、ラ・フォルスのダチたちの意見からしても、審理が済んだらどう考えてももう望みはないものと彼自身思い込んでいたし、ぶち込まれている連中の頭にも、（その上テッテ鳥は誰にも共犯者を明かさなかったのだし）とてもではないがこんな計画は思い浮かばなかったのだ。そんなところに希望のようなものをチラつかせられて、テッテ鳥は、実際もうほとんどアホタレになってしまったわけだ。

「リュファールとゴデはもうお披露目やってんのか？　もう何枚かでも黄色っぽにお散歩させてんのか？」とジャック・コランは尋ねる。

「できやしねえよ」とテッテ鳥。「あんゴロツキども、俺が刈り取られんの待ってやがんだ。お嬢が牡屑屋《おくずや》に会いにきたとき、俺の追い風がそう言ってよこしたよ」

「よし！　そんなら、連中のへそのあぶく［分け前］は一日もありゃ押さえられる！　そしたらあの悪党どもはもうおめえみたく手ぇ打てっこねえ。おめえは雪みたく真っ白んなって、連中は返り血で真っ赤ってわけだ！　おめえは連中に誑《たぶら》かされただけの堅気のぼんちってことにしてやろうか。それにおめえの踏んだ他のヤマもな、おめえのカネがありゃあ逃げ道は作ってやれる。そんでおめえは原っぱだ、それぱっかりはしょうがねえからな。でもその先はどうとでもして逃げれっだろ……ろくでもねえ人生だなあ？　そんでも命あっての物種ってやつだ！」

　テッテ鳥の目には内面のグチャグチャな熱狂が浮き出ている。

「よう！　七十万もあるとなりゃあな、そりゃいくらだってやりようはあるんだぜ！」ジャック・コランは朋友の希望を煽り立てた。

「オヤジ！　オヤジ……！」

「法務大臣を誑《たら》し込んでやろうか……リュファールの野郎、さぞキツぅいお仕置き受けることんなるだろうぜ！　あんなおちゃらけはぶっつぶさにゃな。それにビビ・リュパンももうおしまいだ」

「決まりだ！」テッテ鳥は乱暴な喜色を満面に表している。「命令してくれ、俺ぁ従う」

そして彼はジャック・コランを抱きしめした。命が助かる可能性をはっきり見込んで、目には喜びの涙さえ浮かべている。

「まだ話は済んでねえ」とジャック・コラン。「コウノトリは消化がわりいんだ、特に熱がぶり返した（余罪が発覚した）ときにゃよ。そんで追い風一人、しらふの据え膳にしなきゃならねえ（女を一人、偽の罪で告発しなければならない）」

「なんで？　どうやって？」

「いいから手伝えよ！……まあどういうことかっつうとな、……」

死神だましは手短にナンテールの殺しの手口を伝え、ジネッタ役を引き受けてくれる女が必要だということをテッテ鳥に納得させた。そしてすっかり上機嫌になったテッテ鳥と共に牡屑屋《おくずや》のところに向かう。

「よう、おめえが屑屋お嬢にぞっこんなのは知ってるぜ……」とジャック・コランは切り出す。

牡屑屋の返した視線は、なんとも恐ろしい詩情に満ち満ちていた。

「おめえが原っぱ行ってるあいだ、お嬢はどうなるんだろうな？」

牡屑屋の獰猛な目に、涙が浮かぶ。

「そこでだ、俺がお嬢を追い風のロルスフェ（女性用のラ・フォルス監獄、即ちレ・マドロネットかサン＝ラザール）に一年ほど押し込んでやるってのはどうだ？　おめえ、積み込み

（公判）が済んで原っぱ行って、そんで脱けて来るにゃそんくらいかかんだろ?」

「いくらあんたでも奇跡は起こせねえよ。あいつ導火線なしなんだもんな（一切共犯関係にない）」と屑屋お嬢の愛人。

「よう、牡屑屋」とテッテ鳥、「俺らのオヤジはメグよかよっぽどすげえんだぜ……!」

「お嬢との合言葉はどんなんだ?」とジャック・コラン、拒絶などあり得ないと自信たっぷりの貫禄で牡屑屋に尋ねる。

「〈針山のフケ（パリの夜）〉。こう言ったら、俺の用で来たんだって分かんだよ。そんで、用事ィ言い付けたいんなら、弾除け（五フラン貨）一枚出して見せて、そんで言うんだ、〈ズクオ!〉ってな」

「お嬢には、テッテ鳥の積み込みに巻き込まれてもらう。そんでネタバレのおかげで日陰暮らしは一年で切り上げって寸法だ!」宣告するようにこう言いながら、ジャック・コランはテッテ鳥のほうに目を向ける。

テッテ鳥はオヤジの言わんとするところを理解して、目顔で、屑屋お嬢をこの偽装工作に協力させるよう牡屑屋を説得してみせると約束した。

「じゃあな、野郎ども。俺があの子をシャルロの手から助け出したら、じきにここでも分かるだろ。おお、そうよ、シャルロの野郎が所長室にいやがったんだぜ、小間使いども引き連れて、マドレーヌに化粧しようって待ってやがった! ほれ、もうコウノトリのオヤジ（検事総長）が俺様をお呼びだ」

ちょうど、面会所の通路からやって来た看守が彼に合図を送っていた。若きコルシカ人の危機が、この人並みはずれた男に社会と闘争する野性の力を取り戻させたのだ。

ここで一つ付言させていただこう。リュシアンの亡骸がついに持ち去られたとき、ジャック・コランは極限状態の中で決意していたのだ、もう一度、もう一度だけ己が魂を宿らせる依《よ》り代《しろ》を得ようと。今度はもはや一人の人間にではなく、一つのものに己を托そうと。ナポレオンがベレロフォーン号に向かう小舟の中で運命の決断をしたように、ついに彼も心を決めたのだ。そして奇《く》しくも、周囲の状況もこの悪と堕落の天才の最後の試みを後押しする形に働いた。

その〈周囲の状況〉というのをご理解いただくために、この犯罪者の人生の意外な転変のもたらす驚異、今日ではもう信憑性《しんぴょうせい》皆無のうそ臭さを伴ってしか発生し得ないこういう驚異というものの味を幾分減じてしまうことにはなるかも知れないが、ジャック・コランと共に検事総長の執務室に赴く前に、ここまででご覧に入れた司法宮付属監獄の場面の裏でカミュゾ夫人が誰に会って何をしていたのか、それをご説明したいと思うのである。風俗研究家の制約事項にして誓約事項の一つとして、劇的な効果のために事実を犠牲にするような編集を加えることは決してしない、というものがある。事実がわざわざ劇的な様相を帯びてくれている場合ならば、なおさらだ。そして社会の事象というのは、パリでなど特に、実に劇的な偶然を孕むのである。捏造家《ねつぞうか》の想像力をすら凌ぐ気まぐれな出来事が常に無数に錯綜《さくそう》して、大変なことになっているのだ。事実というものの果敢な独創性は、つくりごとにおいては到底許され得ないほどに現実離れした厚顔無恥《こうがんむち》の奇跡的推移を織り出すに至る。要するに事実とは、執筆者が和らげ、刈り込み、去勢しないことには、読者にはとても事実だと思われないくらいに奇なものなのだ。

カミュゾ夫人の第一の訪問

カミュゾ夫人は、それなりに趣味の良い午前の装いを整えようとした。しかしこれは、六年前から数年間に亘って地方暮らしをしていた判事の妻にはなかなか難しい問題だ。なにせデスパール侯爵夫人宅でもモフリニューズ公爵夫人宅でも文句を付けられないようにしなければならないのだし、しかも朝の八時九時から押しかけた上で、という条件まで付くのだから。王室門衛ティリオン氏の娘として生まれたアメリ＝セシル・カミュゾであるが、端的に言うと、彼女はこの難問に半分だけ正解できた。しかしながら、こと身嗜《みだしな》みに関して、半分成功というのはむしろ二重の失敗ではありますまいか？

さて、どんな分野にであれ野心を抱く者にとって、パリの女がどんなに役に立つか、これをきちんと理解している人はなかなかいない。泥棒業界で女性がいかに大きな役割を果たしているかは既に見たとおりだが、上流社会でも同じように女性は非常に重要な存在なのである。ここで一つご想像願おうか。あるとき、ある男が、法務大臣に直接話をする必要を生じる。必要というか、そうしないと社会的にずっと下積みの立場に甘んじることになるのだ。

ところで、法務大臣という役職は今も存在するが、復古王政下ではその権力はそれこそ多大なものだったのである。それでこの〈ある男〉の職業だが、ひとつ奮発して好適な条件に置いてやろう。そう、例えば判事、つまり法務大臣に仕事上の縁《ゆかり》があるわけだ。ではこの男、この司法官はどうすればいいか。まずは部局長か事務次官、あるいは事務総長をつかまえて、大臣に緊急の用談があるのだと説得しなければならない。それにしても、法務大臣というのがそうそうすぐに会いに行ける相手だと思われますか？　昼日中、もし法院にいないならば閣僚会議に出ているか、書類の裁定をしているか、あるいは会見の最中だ。朝はどこだかでお休みであろう。夜は夜で公私に亘ってはずせない用事が色々とあるに決まっている。そこに全ての判事がなんやかやと理由を付けて会見を求めたりしたら、司法の長官としては五月蠅《うるさ》くて仕方がないではないか。ならばこそ、個人的で緊急を要すと称する会見の場合、その名目は中間的な権力者によって吟味されることになっており、会見を求める者にとってはこの中間的な権力者というのが障害、言わば開くべき扉となるのだ。それも、他の会見希望者が既にその鍵を回してしまっていればお終いなのである。ところが、これがご婦人ならどうか！　彼女なら別のご婦人に会いに行く。そして相手のご婦人かその小間使いの好奇心に訴えれば、すぐにでも寝室に招じ入れられる。特に先方が何か大きな懸案を抱えていたり、藁にも縋るような心境であったりすれば簡単だ。この先方のご婦人、大臣としても無視できないほどの権勢を持ったこの女性をいま仮にデスパール侯爵夫人と呼んでいただこうか。彼女が香《こう》を焚《た》き染《し》めた紙片に一言二言書き付けて、従僕がそれを大臣の従僕に届けるとしよう。

大臣は起き抜けにこの手紙を見つけて、すぐに目を通す。大臣としての責務はあるにしても、一人の人間として、パリの女王とも言える女性たちの一人から声がかかったということに名誉心をくすぐられないはずがない。サン＝ジェルマン街でも有数の権力者が、王女殿下か王太子妃か、もしかしたら国王陛下のお気に入りでもある女性が、自分に用があると仰るのだから！　例えばカジミール・ペリエも、シャルル十世の侍従長だった人物に会うために、全てを放り出して出かけたというではないか。

というようなわけであるから、次のセリフの効能もお分かりいただけよう。デスパール侯爵夫人に、小間使いが（奥様はもう起きているだろうと踏んで）寝室の扉越しに言ったものである。

「奥様、カミュゾ夫人がお急ぎのご用でいらしております！　奥様もご承知のご用件だそうです！」

もちろん侯爵夫人はアメリをすぐ通すようにと叫んだ。そして、話し始めた判事の妻の言葉に耳を傾ける。

「奥様、奥様の仇を討ちましたがために、わたくしどもは破滅でございます……！」

「まあ、それはどういうことなのかしら……？」扉は半開きで、室内は薄明かり。その中でカミュゾ夫人を見つめながら侯爵夫人は尋ねる。「ねえ、今朝の貴女《あなた》ってとっても素敵、そのちっちゃいお帽子。何処《どちら》のデザインなのかしら……？」

「奥様、そんな勿体《もったい》ないお言葉……ですが、宅の取調べのせいで、リュシアン・ド・リュバンプレが絶望して首を吊ってしまったことはお聞き及びでございましょう……」

「まあ大変、それじゃあセリジーさんなんてどうなってしまうかしら！」その話をまた始めから聞くのが愉快で、デスパール侯爵夫人はわざと寝耳に水とでもいうように驚いてみせる。

「ああ、奥様、セリジー伯爵夫人は正気を失ってしまわれたとか……」とアメリ。「奥様、法務大臣閣下に、宅をすぐにお呼び出しいただくようにと早馬を走らせてくださいましたなら、きっと宅は興味深いお話を閣下のお耳に入れましょう。そして閣下がその話を陛下にもしてくだすったなら……そうなれば、宅の敵は皆沈黙するしかなくなるはずなのですが……」

「カミュゾさんの敵というのは何方《どなた》のことかしら？」

「検事総長と、そして今ではセリジー伯爵もです……」

「いいわ。貴女たちを助けてあげましょう」デスパール侯爵夫人は言い放つ。侯爵夫人は検事総長グランヴィル氏にもセリジー伯爵にも含むところがあるのだ。彼女が自分の夫を禁治産処分にするために起こしたあのいやらしい訴訟、あれを失敗させたのは彼らなのだから［『禁治産』の主題であり、『浮かれ女盛衰記』第一部でも話題に上る訴訟。この訴訟を担当したのもカミュゾ］。

「私は味方のことは忘れないし、敵のことも忘れなくてよ」

侯爵夫人は呼び鈴を鳴らし、カーテンを開けさせる。途端に陽光が流れ込んだ。小間使いに書見台を持って来させ、手紙を走り書きする。

「ゴダールを司法省に走らせて頂戴。馬でね。返事はないから待たないでいいわ」

言いつかった小間使いは速やかに部屋を出て行きはしたが、しばらくは扉越しにこっそり立ち聞きしていた。

「それで？」と侯爵夫人。「興味深いお話があるんですって？　私にも聞かせて頂戴な。クロチルド・ド・グランリューにも関係のあるお話かしらね？」

「奥様、それは閣下からお聞きくださいませ。宅はわたくしには何も教えてくれなかったのです。ただ自分の立場が危ないとしか。こう言ってはなんですが、正気を失っておしまいになるくらいなら、セリジー伯爵夫人はいっそ亡くなってくださったほうがわたくしどもにとっては幸せでした」

「彼女も可哀相にねえ！　でも、正気じゃないと言うなら、もう随分前からそうじゃなかったかしら？」

同じ言葉を発するにしても、社交界の女性はその言い方を百通りも使い分けているもので、注意深く聴いていれば、そこには音楽でいう階調の無限の広がりがあることが分かるだろう。眼差しの中に表出するのと同じように、気持ちは声を通しても表れてくる。眼球によって光の中に刻み付けられるのと同じように、喉頭が風を彫琢《ちょうたく》することでも、心の姿は明らかにされるのだ。侯爵夫人の「彼女も可哀相にねえ！」という言葉の抑揚が窺わせたのは、恨みが晴らされた満足感、勝ち誇った喜び！　いやまったく、彼女としてはリュシアンの庇護者だったセリジー伯爵夫人に対してどれほどの不幸を願っていたことだろう！　憎しみの直接の対象亡き後、満たされようのない復讐の願いはなんとも陰惨なドス黒い形で生き残るものだ。そのあまりのおぞましさに打たれて、カミュゾ夫人は返す言葉がなかった。カミュゾ夫人にしてからが、相当に狷《ねじ》けて、恨みっぽく、いちいち根に持つタイプのご婦人ではあったのだけれども。

「そういえば、レオンティーヌ「クララ＝レオンティーヌ・ド・セリジー伯爵夫人」が牢屋にまでいらっしゃったって、ディアーヌ「ディアーヌ・ド・モフリニューズ公爵夫人」から聞きましたわ。公爵夫人、この件で相当まいっていらっしゃるみたいね。あの方はとてもいい人でいらっしゃるけど、セリジーさんのことがあれほどお好きなのは玉に瑕《きず》よねぇ。まあでも分からなくはないわ、二人ともほとんど同じ頃にあのお馬鹿なリュシアン君に夢中になってらしたんですものね。同じ男《ひと》を崇《あが》めることくらい、女同士を強く結び付けたり激しく対立させたりする原因は他にないもの。ディアーヌは昨日レオンティーヌのところに二時間もいてあげたそうだけど、伯爵夫人ったらなんだか恐ろしいことを口走ってらっしゃるらしいわよ！　ほんとう、胸が悪くなるくらいだって言うじゃない……！　然るべき淑女なら、いくらなんでもそんな発作を起こすべきじゃありませんわよねぇ……！　ほんとうに、いやだわ！　結局、純粋に肉体的な恋愛だったってことですのよね……公爵夫人、うちにお見えになったときにはもう死人みたいに血の気をなくしてらしたわ。よくあそこまでお耐えになれたものよ！　ほんとうにこの件は化物じみたお話だわ……」

「宅が法務大臣閣下に全部お話ししますわ。それが自分の行為を正当化することでもありますし。だってみんなリュシアンを助けてやるつもりだったんですのよ、宅にしてもただ義務を果たしただけですわ、奥様。予審判事は極秘囚の取調べをしなければならないんです、法の定めるとおりに……！　それを無視するわけにはいきませんわ、だからあの情けない男にも何か尋ねないわけにはいかなかったんですのよ。それを、ただ形式的に取調べをしているだけなのが分からずに、向こうが勝手に自白を始めたんですわ……」

「空気の読めない無作法者でしたものね！」と侯爵夫人は切って捨てる。

この批評を受けて、判事の妻は口を噤《つぐ》んだ。少し間を置いてから侯爵夫人は言葉を継ぐ、

「侯爵の禁治産処分に失敗したのも、カミュゾさんのせいじゃないのはちゃんと覚えていますわよ！　まったく、リュシアンと、セリジー伯爵にボーヴァン伯爵、グランヴィル伯爵のおかげですわ。でもいずれ天は私に味方してくださるでしょう！　あの人たちはみぃんな不幸になるのよ。ねえ、安心していいわ。なんなら義弟《おとうと》を法務大臣のところにやって、旦那さんを早く呼ぶように急かさせますわよ……」

「まあ！　奥様そんな……」

「よくって？　旦那さんに栄光の軍団勲章《レジオン・ドヌール》をさしあげるわ、すぐに、明日にでも！　約束するわ。そうしたら今回の件での貴女たちの働きが正しかったという動かぬ証拠になるでしょう？　ね。それに、リュシアンへのお咎《とが》めの追い討ちにもなりますわ。やっぱりあれは有罪だったんだ、ってね。誰が好き好んで首吊りなんてするもんですか……ね、じゃあよろしくって？　ごきげんよう、貴女、素敵よ！」

カミュゾ夫人の第二の訪問

さてカミュゾ夫人、その十分後には美女ディアーヌ・ド・モフリニューズ公爵夫人の寝室に通されるところである。公爵夫人は夜中の一時に横になったものの、九時現在まで一睡もしていなかった。

一般に公爵夫人などというのは心が化粧漆喰《スタッコ》でできているようなもので、基本的に一切の物事に不感症なのだが、女友達が正気を失うというような事態を前にしては、流石に大きく動揺せずにいられないのである。

それに、ディアーヌとリュシアンとの関係も、関係自体は既に一年半も前に終わっているとはいっても彼女の中に色々と思い出を残していて、あの純真な青年の非業の死は彼女自身にとっても恐ろしい打撃だった。公爵夫人は夜通し彼の姿を思い浮かべていたのだ、あの美青年、あんなに素敵で、あんなに詩的で、あんなに愛に巧みだったリュシアンが、どんな姿で吊り下がっていたのかを。熱に浮かされたレオンティーヌが身振り手振りを交えて克明に描いて見せたままに。ディアーヌはリュシアンから受け取った滔々《とうとう》たる、陶然とさせる手紙を何通も手元に残していた。それはミラボーがソフィーに宛てたものにも比すべき、いやもっと文学的、もっと精巧なものだ。なんと言っても、リュシアンがこの世で一番強烈な感情に駆られて書いた手紙なのだから。その感情とはもちろん、虚栄心だ！　公爵夫人という身分にある人々の中でも最も美しい女性を、ものにする。彼女を、自分のために（もちろん、人知れず）痴《し》れた振舞いに及ばせる。その喜びにリュシアンは夢中になり、そして彼の中の愛人の部分が抱くこの傲然たる誇りが、詩人の部分にも大いに刺激を与えたのだ。そして公爵夫人のほうでも、老爺《ろうや》が猥褻[*17]な版画を隠し持っていたりするのと同じような感じでリュシアンの情熱的な手紙を保管していたのは、それが彼女のうちで最も公爵夫人らしからぬ部分を大袈裟に褒《ほ》め称えるものだったからである。

「しかもあの人は、汚らわしい牢屋なんかで亡くなったんだわ……！」そう思って怖気に囚われリュシアンの手紙の束を握り締めているところに、小間使いがやって来て静かに扉を叩いた。

「カミュゾ夫人が、奥様に関わる最重要の用件でおいでとのことでございます」

ディアーヌはぎょっとして立ち上がった。

「まあ！　そうね！」その場に相応しい表情を作ってやって来たアメリを眼前に、公爵夫人は叫ぶ。「分かったわ！　私の手紙でしょう……そうよ、手紙……！　なんてことかしら……！」彼女はソファに倒れこんだ。情熱の昂ぶりに任せて、リュシアンの手紙と同じ調子で返事を書いていたことを思い出したのだ。彼が女の誉《ほまれ》を謳ったように、彼女も男の詩《うた》を讃えたのだった、それもどれほどか情熱的に！

「奥様！　残念ながらそうなのです、私は奥様のお命以上のもののために参りましたのですわ。なにしろ奥様の名誉に関わる問題なのですから……。お気を取り直してくださいまし、お召し替えなさって、グランリュー様のお宅に参りましょう。不幸中の幸いで、危険に晒されているのは奥様お一人ではないのですから」

「でも、そういえば、リュシアンのお家で見つかった手紙は全部、昨日レオンティーヌが裁判所で焼いてしまったんじゃなかったの？」

「奥様！　リュシアンさんの背後にはいつもジャック・コランがいたんですのよ！　皆様はいつもあの恐ろしい関係を忘れておしまいですけれど、あれこそが、あのなんとも惜しい素敵な青年が亡くなってしまった原因なんですのよ！」と判事の妻。「あの徒刑場のマキャベリの周到さったらないんですから！　カミュゾが申しますには、あの怪物は確実に、一番重大なものはどこかにしっかり隠しているそうですわ。皆様がお手紙を送られたお相手は、その、奴の……」

「奴のお友達だったのだものね」と公爵夫人は慌てて引き受ける。「そうね、貴女の仰るとおりだわ。グランリューさんにもご相談しましょう、皆さんに関係のあることですからね。ありがたいことにセリジー伯爵もきっとお手を貸してくださいますし……」

　司法宮付属監獄の場でも見てきたように、極度の危険というのは魂にとって、強力な化学物質が肉体に与えるのと同じような効能がある。言うなれば精神的なボルタ電池だ。感情というものが、おそらくは電流のような形に凝縮されるこの過程の、その化学的原理が解明される日もそう遠くはないかもしれない。

　なんにせよ、徒刑囚においても公爵夫人においてもこれは同じ現象だった。死んでしまいそうなくらい打ちのめされていて、おまけに一睡もしていない彼女に、日頃はあれほど服装にうるさい公爵夫人に、追い詰められた雌獅子のような力が湧き出し、戦火の直中の将軍のような智慧《ちえ》が宿ったのだ。ディアーヌは自ら服を選び、身なりを整えた。しかも、普段から自分一人で主人と小間使いを兼ねているお針子でさえ顔負けの素早さでだ。それはあまりに途方もなく、この世のものとも思えぬことで、小間使いはしばらく棒立ちのまま動けなかった。公爵夫人が肌着姿で、リンネルの淡い靄越《もやご》しに、カノーヴァの手になる美神像《ヴィーナス》とも見紛う完璧な白い肢体を、（もしかすると意識的に、判事の妻にも）垣間見[*18]させるとは。薄葉紙に包まれた宝石、とでも言おうか。ディアーヌが自分でさっさとお手軽コルセット（前合わせでホックをかけるだけの、急いでいるときに面倒な紐掛けをしないで済むやつだ！）を見つけて装着し、肌着のレース飾りと美しい胸元の形を整えたところに小間使いがペチコートを持って来て、最後にドレスを手渡す。小間使いの目顔の合図でアメリが公爵夫人を手伝ってドレスの後ろを留めている間に、小間使い自身はスコットランド糸の靴下と天鵞絨《ビロード》の編み上げ靴、ショールと帽子を取って来て、アメリと小間使いがそれぞれ公爵夫人の片脚ずつ履物のお世話をした。

「奥様ほどお美しい方は、わたくし見たことがございませんわ！」ディアーヌの肌理《きめ》の細かいすべすべした膝頭に熱烈に接吻しながら、如才なくアメリは言う。

「この世に奥様ほどの方はおりませんもの」と小間使い。

「およしなさい、ジョゼット」と公爵夫人。今度はカミュゾ夫人に向き直り、「馬車でいらしたの？　そう、じゃあその中で道々話しましょう」そう言うと彼女は手袋をはめながらカディニャン邸の大階段を駆け降り始める。こんな場面は前代未聞だ。そして、

「グランリュー様のお邸《やしき》に。急いでね！」と、従僕の一人に馬車の後ろに乗るように合図をしながら言いつけた（従僕のほうは、辻[*19]馬車などに乗ることに少しく尻込みした）。

「奥様、それにしましても、あの青年が奥様からのお手紙を持っているなどとは仰いませんでしたわよ！　それさえ伺っておりましたら、主人ももっと違ったやり方をしましたでしょうに……」

「レオンティーヌが大変な状態だったんですもの、そこまで頭が回らなかったのよ。あの人ったら一昨日の時点でもう半狂乱だったのよ、まして昨日のあのことでどんなに無茶苦茶になってしまわれるか、想像できるでしょう？　ああ！　ねえ、昨日はほんとうにひどい一日でしたのよ……！　ほんと、もう恋なんてこりごりだって思わされたわ。昨日ね、レオンティーヌと私は、古着商いの恐ろしいお婆さんの引率で、正義の名を冠してあるあの臭くて血みどろの掃き溜めみたいな司法省に連れて行かれましたのよ。その道中で私はレオンティーヌに言いましたの、『これはもう、ニュシンゲンさん［男爵夫人、デルフィーヌ。ゴリオ爺さんの下の娘］がナポリ旅行中に地中海の嵐に遭ったときみたいに、膝をついて叫ばなくてはいけないところですわね、〈神様！　これが最後のお願いですからどうかお助けください！〉って！』それが今日は手紙のことでしょう、ほんとうにねえ、昨日といい今日といい、私、もうきっと一生忘れられませんわ！　ねえ、手紙なんて書かなければいいのにってお思いにな

る？……でも恋ってそうなのよ！　目から飛び込んで胸に火がつくような熱い手紙を受け取るの、そうしたらもう何もかもが燃え出してしまうのよ！　用心なんてどこかにいってしまうの。それで返事を書いてしまうのよ……」

「どうしてお返事なんてなさるんです、お会いになれるのに！」

「破滅するというのはほんとうに素敵なことなのよ……！」公爵夫人は誇らかに答えた。

「これぞ魂の官能、というものなの」

「お美しいご婦人方には仕方のないことかもしれませんわね、わたくしどもなぞよりよほどそういった機会がおありでしょうし……！」カミュゾ夫人は謙《へりくだ》る。

公爵夫人は微笑んだ。

「でも、気前がよすぎるのは考えものね。私、これからはあのこわあいデスパール侯爵夫人をお手本にしようかしら」

「デスパール様がどうなさったんです？」判事の妻は興味津々だ。

「あの方、千も恋文をお書きになって――」

「そんなに……！」カミュゾ夫人、思わず公爵夫人の話を遮ってしまう。

「そうなのよ！　でもね、その中にはたったの一言だって、あの人の名誉に関わるような言葉はないの……」

「まあ！　そんなに冷徹に用心深くだなんて、奥様、きっと続きませんでしょう、奥様はやっぱり女性なんですもの、悪魔の誘惑には勝てない天使なんですわ……」

「もう手紙は書かないと誓いましたの。それにこれまでだって、可哀相なリュシアンにしか出したことがないのよ。彼の手紙は一生大事に取っておくわ！　ねえ、あれは炎よ、やっぱりときには必要になるものなの……」

「でも奥様、もし誰かに読まれでもしたら！」恥じらいの身振りを見せるカミュゾ夫人。

「大丈夫よ！　書きかけの小説の一部なんだって言いますわ。私ね、もう全部書き写して、元の手紙は焼いてしまったの！」

「まあ、奥様！　この件が落ち着きましたら是非、ご褒美にわたくしにも読ませてくださいましな……」

「どうしましょうかしら」と公爵夫人。「でもね、もしお読みになったら、レオンティーヌ宛のなんかとは比べ物にならないってお分かりになるわよ！」

　この発言こそ女性そのものだ、国も時代も問わず、これが女性というものだ！

無名を運命付けられた偉大な人物[*20]

　美貌のディアーヌ・ド・モフリニューズと共にグランリュー邸に上がるのだと思うと、カミュゾ夫人はもう喜びに舞い上がって膨れ上がってしまって、ラ・フォンテーヌの蛙のようにはち切れんばかりだった。今朝こそは、彼女の野心を大いに助けてくれるだろう関係を築くことができるのだ。早くも、自分が〈部長夫人〉と呼ばれるのが聞こえるような気さえした。巨大な障害を乗り越えてきたんだという、言いようもない満足を彼女は覚えている。彼女にとっての主たる障害というのは、この時点では衆人の知るところではないとはいえ彼女にとってはとっくに明らかであるところの、夫カミュゾの無能さであるわけだが。それにしても、凡庸な男を出世させる！　これこそ、女性にとって、あるいは王や皇帝にとっても無上の喜びではないか。これは即ち、大俳優を魅惑してやまないあの喜び、名優たる自分が出来の悪い戯曲を何回となく上演してやることの喜びと同じだ。つまり自意識の陶酔だ！権力の狂宴と言い換えてもいい。権力者が自らその力のほどを実感するには、権力の気まぐれな濫用でもって、取るに足らない者に不条理な出世の栄誉を垂れてやるほかはない。そうすることで、絶対的な権力者でさえ唯一到達し得ない天才の力というものを嘲《あざけ》ってみせるわけだ。かつてカリグラ帝が愛馬を執政官に取り立てたというが、この皇帝の悪ふざけに倣《なら》う者はこれまでも多かったし、今後も跡を絶たないだろう。

さて、ものの数分で二人は、優美に取り散らかったディアーヌの寝室から、グランリュー公爵夫人によって謹厳で豪壮に整えられたグランリュー邸へと移動を完了した。

ポルトガル出身の信心深いグランリュー公爵夫人は、毎朝八時に起床し、聖ヴァレール礼拝堂にミサを聞きに出かける。この礼拝堂はこの区の聖トマス・アクィナス教会の支部であるが、この当時は廃兵院広場《アンヴァリッド》*21の一角［の個人の邸宅内］にあった。今現在は解体されて、同じブルゴーニュ通りで建設予定のゴシック様式教会に聖クロチルドと合祀《ごうし》される運びだという。

ディアーヌから一言耳打ちされるや、グランリュー公爵夫人は夫の部屋に赴き、すぐに公爵を連れて戻った。グランリュー公爵はカミュゾ夫人に一瞥《いちべつ》をくれ、大貴族の眼力でもって彼女のひととなり、それにもしかすると魂までをも見て取る。アメリの服装から、公爵は容易に彼女の現在のブルジョア暮らし、さらにはアランソンからマント、マントからパリへと移ってきた過程をも見抜いてしまったのだ。

いやはや、公爵たる者の持つこの眼力を判事の妻が知っていたなら、慇懃《いんぎん》だが皮肉の込もった公爵のこの一瞥を、優雅に清《す》まして受け止めてなどいられなかったろう！　しかし彼女にはこの視線から慇懃さしか読み取れなかったわけで、無知というものも結果的には鋭敏さと同様の働きをすることがあるのだ。

「こちらはカミュゾ夫人、王室門衛のティリオンさんの娘さんですわ」とグランリュー公爵夫人。

公爵は司法官の妻に対してとても丁寧に挨拶し、その表情からは幾分か深刻さが薄れたようだ。そこへ、彼が呼んでおいた従僕がやって来る。

「馬車を使ってオノレ＝シュヴァリエ通りに行ってくれ。十番地の、そう大きくない扉の呼び鈴を鳴らして、従僕が出てきたら、ご主人にこちらまでお出《い》でいただくよう伝えてほしい。もしちょうどお宅にいらしたら、そのまま馬車にお乗りいただいてすぐにお連れするんだ。私の名を出せば問題は起きまいよ。全部で十五分で戻って来てくれ」

言いつかった従僕が出て行くや、今度は入れ違いに公爵夫人の従僕が入って来た。

「ショリュー公爵のお邸に行って、この名刺を渡してくれたまえ」公爵の差し出した名刺は特別な折り方をされている。両公爵は親友同士で、文字に書いて痕跡を残す危険も冒せないような秘密の用件で至急会う必要があるときには、この方法で互いに連絡することに決めてあるのだ。

こんなふうに、社会のどの階層の習慣も結局は似たようなものであって、作法や様式や機微に違いがあるだけなのである。上流社会には上流社会のちょうふがある。ただ、それは流儀と呼ばれるのだ。

「奥さん、娘があの青年に宛てて書いた手紙が存在するというのは、本当に確かなのですかな？」と尋ねながら、公爵は水夫の投げる測鉛のような視線をカミュゾ夫人に投げかけた。

「見たわけではございませんわ、でもご用心に越したことはないかと」判事の妻は震えている。

「クロチルドが人に見られて恥ずかしいことなど書くわけがありませんわ！」公爵夫人は思わず声が高くなってしまう。

「まあ、全然分かってないのね！」と思いつつ、ディアーヌは公爵を見つめる。目が合った公爵は震え上がった。

「君は実際どう思うんだね、ディアーヌ……？」と、公爵は彼女を窓のほうに引いて行きつつ耳打ちする。

「ねえ、クロチルドはリュシアンに夢中ですのよ、出発の前に道中で落ち合う約束をしていたくらいですわ。ルノンクールのお嬢さまがご一緒じゃなかったら、二人でフォンテーヌブローの森に駆け落ちしていたことでしょうね！　リュシアンがクロチルドに宛てたお手紙、きっと聖女だってくらくらさせてしまいますわ！　私たち三人、みんなお手紙のやり取りに魅入られてしまったイヴの末裔なんですのよ……」

公爵とディアーヌは公爵夫人とカミュゾ夫人が小声で話しているところに戻って来た。クロチルドの件についてアメリはディアーヌと同じ見方をしていたが、とにかく誇り高いポルトガル女に取り入るべく、信心深いふりをしている。

「この我々が、たかが卑しい徒刑囚一人に首根っこを押さえられているとはな！」と、公爵は肩をすくめる。「身元の確かでない人間なんぞを家に入れるからこうなるんだ！　人を通す前に、先方の財産と親戚と行跡を確認しておかんと……」

これこそがこの件の教訓だ、少なくとも貴族の観点からすれば。

「もう起きてしまったことですわ」とモフリニューズ公爵夫人。「可哀相なセリジーさんとクロチルドと、それに私を救うことを考えましょうよ……」

「アンリ［・ド・ショリュー公爵］を待とう、呼んであるんだ。しかしジャンティを呼びに遣《や》った相手にこそ全てはかかっているな。あの男がパリにいてくれるといいんだが！」そう言ってから、公爵はカミュゾ夫人に向き直り、「カミュゾさん、お気遣いいただいてたいへん助かりましたよ……」

要するにもう帰れということだ。王室門衛の娘たる者、それが分からぬほど愚かではない。

彼女は立ち上がったが、そこでモフリニューズ公爵夫人が彼女の手を取った。その動きの堪《こた》えがたい優美さこそ、彼女があんなにも多くの人の尊敬と友情を勝ち得ている理由なのだ。ディアーヌはアメリをグランリュー夫妻に意味ありげに示しながら、

「彼女が私たち皆を救うために夜明けから起き出してくださったことは措《お》くとしても、わたくしとしましては、親愛なるカミュゾ夫人にお二人の覚えがめでたくありますように願いますわ。これまでにも彼女は忘れようもないほどわたくしを助けてくださいましたし、彼女と彼女のご主人は二人とも私たちに忠義を尽くしてくださっているんですもの。ご主人の昇進をわたくしお約束いたしましたし、お二人にも、何よりわたくしのためにもカミュゾさんを応援していただきたいんですの」

「念を押されるまでもありません」と、公爵はカミュゾ夫人に言う。「グランリュー家の者は、受けた助力を決して忘れない。もうじき、国王陛下の臣下がいっそう力を取り戻すことになります［七月勅令をほのめかしている］。そのために大いに戦わねばなりませんし、ご主人にも第一線で頑張っていただくことになりますな……」

辞去するカミュゾ夫人は誇らかで、朗らかで、息もできないくらい胸がいっぱいになって、のぼせあがっていた。勝ち誇って帰宅し、検事総長の反感など何するものぞと自信満々の気分だ。彼女は「グランヴィルなんかクビにさせちまおうかしら！」とさえ思っていたのだ！

公儀隠密、怪腕コランタン

カミュゾ夫人はもう本当に帰り時だったのである。ちょうど玄関前の階段で、彼女は国王の寵臣であるショリュー公爵と入れ違いになった。

「アンリ！」親友が到着するや、グランリュー公爵は駆け寄る。「頼むよ、今すぐお城に行って、陛下に話してくれないかな。どういうことかというとね……」そして、先ほど軽やかで優美なディアーヌと言葉を交わした窓のほうへ、彼を連れて行った。

そうして脇で友の話を聞きながら、ショリュー公爵は時折ちらちらと、軽佻《けいちょう》なモフリニューズ公爵夫人に視線を投げる。ディアーヌのほうも敬虔《けいけん》な公爵夫人のお説教を聞きながら、こっそりショリュー公爵の目配せに応じていた。そして密談を終えて戻ってきたグランリュー公爵が切り出す。

「ねえ、ディアーヌ、分別というものを持たないといけませんよ！」彼女の手を取ってさらに、「いや、本当に。品位を保たないと。二度と危ない真似はしちゃいけない、手紙なんてもってのほかだ！　手紙というものは公《おおやけ》でも私《わたくし》でも本当に面倒の種なんだから……。クロチルドみたいに初恋ならまだしも、君――」

「君みたいに戦火をくぐり抜けてきた歴戦の精兵には、許されないことですぞ！」と、ディアーヌは公爵に向かってむくれてみせながら引き取った。この口真似と彼女の表情に釣られて、沈痛だった両公爵の顔に微笑みが浮かぶ。敬虔なグランリュー公爵夫人の表情までもがほころんだ。「わたくし、もう四年も恋文なんて書いていませんわ……！　ねえ、もう安心しても大丈夫かしら？」稚気《ちき》の裏に不安を隠してディアーヌは尋ねる。

「まだです！」とショリュー公爵。「陛下が恣意的な裁定を下すというのは大変なことなのですよ。これは立憲君主にあっては、夫のあるご婦人の不貞にも等しいものなのです。危険な火遊びなんですよ」

「罪としてはまだかわいいものですがね！」とグランリュー公爵。

「禁断の果実ね！」と微笑むディアーヌ。「あーあ、わたくし政府になりとうございますわ！　わたくしにはそんな果実もう残っておりませんもの。ぜんぶ食べてしまいましたから」

「まあ！　もう！　貴女ったら、冗談が過ぎますわよ！」と敬虔なグランリュー公爵夫人。

そのとき、玄関前に馬車が、いかにも大急ぎで走らされたらしい音を立てて止まったのを聞きつけ、両公爵は二人のご婦人の許を辞してグランリュー公爵の書斎に向かう。ちょうどそこに通されてきたオノレ＝シュヴァリエ通りの男とは誰あろう、王城の防諜警察長官、政治警察の長、闇の手練《てだれ》、コランタンその人であった。

「よくおいでくださいました、サン＝ドゥニさん」とグランリュー公爵。「どうぞお先に」

公爵の記憶力のよさに意表を衝かれたコランタンは［「第二部でグランリュー公爵がリュシアンの資産状況調査を依頼した際にコランタンの名乗った表向きの名が〈サン＝ドゥニ〉」］、両公爵に深々と礼をして、言われたとおり先に書斎に入った。

「お呼び立てしましたのは、また同じ彼のことで、というよりも彼のせいでと申しましょうか……」と公爵。

「しかし彼は亡くなったのでは？」とコランタン。

「相棒が残っているのですよ」とショリュー公爵。「手強い相棒がね」

「徒刑囚ジャック・コランですな！」

「フェルディナン、説明したまえよ」ショリュー公爵が親友に促す。

「我々はその輩を恐れているのです。というのも、セリジー伯爵夫人とモフリニューズ公爵夫人がこの男の育てた手駒のリュシアン・シャルドンに宛てた手紙を、こいつは人質のように押さえているらしいのですよ。どうやら、情熱的な手紙を書いては同様の返事を引き出すというのがあの若者の手口だったようですな。どうも、うちの娘も何通か書いているらしいのです。娘自身が旅行中なのではっきりしたことは分からんのですが、そういう心配があるのです……」

「あの若造にそんな備えをする才覚はありませんな……。つまりカルロス・エレーラ神父の用心ということでしょう！」コランタンは椅子の肘掛けに肘を突き、両手で頭を抱えて考え込んだ。「カネ……だめだ、金なら奴はこっちよりよっぽど沢山持ってる。あのエステル・ゴプセックを釣り餌のゴカイにしてニュシンゲンの貯金池から二百万近く釣り上げてやがるんだから……公爵方、然るべき筋から私に全権を委任させてください、何処からも邪魔が入らない至上権限です。私があの男を始末します……！」

「それは、その、手紙も始末してくださると……？」とグランリュー公爵。

「いいですか、公爵方——」コランタンは血が沸騰したようなイタチ面を振り立てて立ち上がる。そして両手を黒いメルトンのズボン（つま先まで一体型のだ）のポケットに突っ込んだ。現代の歴史劇を生きるこの名優は、チョッキとフロックを着ただけで、下は訪問着に着替えないまま出て来たのだ。ある種の状況にあっては、高い位にある人間がどれほどに迅速さを貴び、感謝の念を抱くものか、それを知っていればこその選択である。彼は声高に独り言で考えを進めつつ、書斎の中を我が物顔で堂々巡りし始めた。

「奴は徒刑囚です！　公判も何も、すぐにビセートルの極秘独房にでも放り込んじまえばいい、連絡手段なし、飼い殺しだ……でもだからこそ、それを見越して手下に指示を出してるかもしれない！」

「しかし、あの男は極秘独房に送られたのですよ」とグランリュー公爵が口を挟む、「しかも、前触れもなくあの娼婦のところで捕まって即座に」

「あの野郎にとってそんなことがなんです？」とコランタン。「奴はものすごいやり手です、そう、それこそ私と同じくらい……！」

「じゃあ一体どうするんだ？」というふうに両公爵は思わず顔を見合わす。

「あのヤクザめ、すぐ徒刑場に戻してやるのもテか……ロシュフォールに送れば半年で死ぬ！　いや、誰かに殺させるというんじゃありません！」グランリュー公爵の反応を見てコランタンは説明を加える、「真夏のシャラントの瘴気《しょうき》の中でまともに働かせたなら、徒刑囚は半年ともたないものなんです。でもこれは奴が手紙に安全策を張ってなかった場合しか有効じゃない。野郎が敵を警戒してたなら、いや警戒してたと考えるべきだ、どんな安全策を張ってるのかをまず知らないと。預かってる奴が貧乏なら買収できる……しかしどっちにしろあのジャック・コランを囀《さえず》らさんことには！　こいつぁ大変な一騎打ちだ！　俺じゃ勝てないかも知れん。ならむしろ、手紙と他の書面とで交換といくか……！　赦免状《しゃめんじょう》を出すか！　それで奴は今後、うちで使う。俺の後を任せられそうな人間はもうジャック・コランくらいしかいないんだ。コンタンソンの奴もペラード爺さんも死んじまった。二人ともあんなに腕の立つ密偵だったのに、あいつが殺してくれやがったんだ、自分の収まるポストを作るためみたいに。……公爵方、そんなわけですから、完全な独立裁量を認めていただくほかありません。ジャック・コランは現在、司法宮の付属監獄にいます。私は検事総長グランヴィル氏に面会に行きますが、信用できる人間を送ってください。向こうで合流します。グランヴィル氏は私のことを知りませんから、説得的な紹介状か、相当に権威のある方が取次いでくださることが必要です。首相宛の紹介状もあったほうがいいでしょうね……。半時間でご用意ください、私のほうの準備もそれくらいかかりますから。検事総長殿を納得させられる風体を整えんといけませんからね」

「あの」とショリュー公爵、「貴方の腕前は存じておりますので、ただ一点、『はい』か『いいえ』で答えていただきたいのですが、必ずなんとかしてくださいますね？」

「はい。至上の全権と、この件について今後とも誰からも一切何も訊かれないことを約束してくださいますなら。私の計画はもうまとまっています」

この不気味な返答は二人の大貴族を少しばかり震えさせた。

「では、お願いしましたよ！」とショリュー公爵。「この件は貴方が普段任されているお仕事と同様、極秘ということにしてください」

コランタンは両公爵に一礼して去る。

フェルディナン・ド・グランリューの用意させた馬車に乗って、アンリ・ド・ルノンクール［ショリュー公爵］は直ちに国王の許へと向かった。彼は職務上の特権として、いつ何時でも陛下にお目通りを願うことができるのだ。

こんな具合に社会の下層でも上層でも様々な思惑が絡み合って、今まさにその全てが検事総長の執務室で出会おうとしているわけである。各方面の思惑を代弁するのは三人の男たち、皆必然と必要に導かれてそこにやって来る。司法を代表するグランヴィル氏、貴族の代理人コランタン、そして対するは強力な反抗者、その野性の精力のうちに社会の悪を写し取ったジャック・コラン。

いやはや、正義たる司直と専横な貴族の連合が、徒刑場とその狡智を相手取っての一大決闘である！　徒刑場とはまさに、計算も思考も踏み越える大胆不敵さの象徴！　手段を一切選ばず、専横者のような偽善性も持たず、おぞましくも容赦なく代弁するのは、飢えた胃袋の論理、空きっ腹の上げる血みどろで電光石火の抗議の声だ！　この謂わば持てる者と盗む者との戦いは、文字どおり守りと攻めの衝突ではあるまいか？　社会化された人間と自然状態の人間との凄まじい対立を、あらん限り最も狭く密な場の中にぶちまけたかたちではあるまいか？　そしてそれは要するに、権力を預かる者が自らのあまりの力不足ゆえに野蛮な暴徒と反社会的な妥協を取り結ぶ破目に陥るという、このよくある事態の恐ろしくも生々しい現場ということになるのである。

検事総長というものの苦悩

カミュゾ氏が面会を求めて来たことを知らされて、検事総長は通すようにと合図を返した。グランヴィル氏はこの来訪を予想していたし、リュシアン事件をどう片付けるか、判事と相談して話をまとめるつもりだったのだ。前日、薄幸の詩人の横死以前に二人で決めた案はもはや役に立たない。

「かけてくれ、カミュゾ君」グランヴィル氏自身も自分の椅子にどさっと腰を落とす。

判事と自分しかいないので、グランヴィル氏は自分に圧《の》し掛かっている重石をそれほど隠さなかった。カミュゾはグランヴィル氏に目を向けて、その引き締まった顔がほとんど鈍色《にびいろ》と言っていいほどに青白く、凄まじい疲労を浮かべているのを見て取る。その完全な意気消沈の状態は、あるいはつい先刻書記官から上告の棄却を伝えられた死刑囚よりも大きな苦しみを受けているのではないかとさえ思わせるほどだ。死刑囚にとって破毀院への上告が棄却された報せというのは即ち、司法機関内では誰知らぬ者なく「貴殿の人生は終わりです、覚悟を決めてください」という通告なのであるが。

「伯爵、出直します。急ぎの用ではあるのですが……」とカミュゾ。

「それには及ばんよ」グランヴィル氏は堂々と答える。「本物の司法官なら、苦悩は受け入れた上で、きちんと隠し果《おお》せねばならん。もし私が動揺しているように見えたなら、それは私の落ち度だよ……」

カミュゾは思わず居住まいを正した。

「カミュゾ君、司法官がときに晒されるこの究極の要請に、君は晒されることがないよう祈るよ！　人によっては、これよりまだましなものにだって耐えられないかもしれん！　私はさっきまで一晩、最も親しい友人の一人のところで過ごしてきたんだ。といってもそもそも、友人と呼べる存在が私には二人しかおらんがね。オクターヴ・ド・ボーヴァン伯爵とセリジー伯爵だが。この二人と私の三人で、昨日の夕方六時から今朝の六時まで、交代交代に応接間とセリジー伯爵夫人の寝室とを行ったり来たりしていたわけだよ。そのたびごとに、彼女が亡くなってしまってはいないか、彼女の理性が無くなってしまってはいないかと戦々恐々としながらね！　デプラン、ビアンション、シナールの三人の医師と、それに二人の看護人が付きっきりだった、セリジー伯爵は本当に奥さんを大事にしているからな。それにしても、恋に狂った女性と、絶望に狂いそうな友人との間で過ごす一晩だ、ちょっと想像してみてくれたまえ。もちろん大臣たるもの、絶望するにしても馬鹿みたいに狼狽《うろた》えたりするわけではない！　セリジーは、議会にでもいるみたいに落ち着いて座っていたよ。でも、そうやって身を捩《よじ》らんばかりに必死で自分を抑えているせいで、額には玉の汗が噴き出しているんだ。私は睡魔に負けて五時から七時半まで眠った。そして八時半にはここに、死刑の執行を命じに来なければいけなかったわけだ。カミュゾ君、お分かりいただけるだろうが、司法官とはいえ、一晩中、神の手が人の営みに重く圧し掛かり、気高い心さえも打ち砕きそうになっているのを見せられながら苦悶の深みの底で転げまわったあとで、こうやって机に向かって、それで『四時に斬首を執行せよ！』などと冷徹に命じるのは、これは実際非常に難しいことだよ。『健康で生命力に溢れた、神の創りたもうた存在を、抹消せよ』などとはね。しかしそれが私の責務なんだ……！　自分がいかに打ちのめされていようが、処刑台を組み上げるように命じなければならんのだ……。

死刑囚のほうは、司法官が自分と同じくらい苦しんでいるとは知らないだろうね。しかし今現在、一枚の令状で結び合わされて、私は社会の復讐、彼は償うべき罪、我々は結局、果たされるべき一つの義務の両面でしかないんだ。我々は今、ひととき、法の刃によって縫い合わされているんだよ。でも司法官の抱くこの大きな痛みは、誰がこれを嘆いてくれる？　誰が慰めてくれる……？　この痛みを、人知れず心の奥底に葬ることこそ我ら司法官の矜持《きょうじ》なんだ！　聖職者は人生を捨てて神に捧げ、軍人は国のために多くが戦場に斃《たお》れる、私には彼らが羨ましく思えることがあるよ、我々司法官の抱く疑念、不安、この恐ろしい責任と比べればね。

ご存知のとおり、我々はこれから二十七歳の若者を処刑しなければならん。昨日亡くなった彼と同じように美青年だ。同じように金髪だ。死刑とは意外だよ、盗品売買の証拠しかないんだから。しかも判決が出ても、この青年は自白しない！　もう七十日も、どの方面から攻めても全く動じずに、ずっと無実を主張しているんだ。この二ヶ月というもの、私はこの肩の上に頭を二つ載せているようなものだよ！　いっそ、彼の自白と引き換えなら自分の寿命を一年差し出したってかまわない。なんとしても陪審員たちを安心させなければならないわけだからね……！　それに、もしいつか、いま彼の死刑の罪状になっている事件の真犯人が他にいるということにでもなってみたまえ、司法省にとってこれは大打撃だよ。

　パリでは、ほんのちょっとのことが深刻な問題になるからね。どんな小さな司法ミスでも政治的な問題にされてしまうわけだから。

　革命立法府は随分期待していたようだが、実際問題、陪審というのは社会の退廃を助長するばかりだよ。とても、あれで役目を果たしているとは、十分に社会を守っているとは思えない。預けられた権限を弄《もてあそ》んでいるだけじゃないか。いま彼らは二つの陣営に分かれていて、その片方は死刑廃止を訴えているんだよ、おかげでもう、法の前での万人の平等などあったものじゃない。どこかの県では恐ろしい犯罪に、例えば尊属殺人に無罪の評決が出るかと思えば、その一方で別の県では普通の、という言い方は変かもしれんが、通常の犯罪者が死刑になったりするんだからな！　そんな中で、我々の管轄で、このパリで、もし無実の罪で死刑を執行したりしたらどうなる？」〔＊原注　徒刑場には二十三人もの尊属殺しがいる。彼らは情状酌量の余地を認められたのだ」

「あれは脱獄徒刑囚ですよ」とカミュゾ氏はおずおずと指摘する。

「自由主義者の連中と新聞記者どもにかかれば、簡単に過ぎ越しの仔羊に仕立て上げられてしまうよ！」思わず声が高くなるグランヴィル氏。「それにそうなると連中のほうがよっぽど有利だ、なにせあれはコルシカ人で、どこまでも過激にコルシカ人だからな。証拠の挙がっている彼の殺人は全部が仇討ち《ヴェンデッタ》によるものなんだよ……！　あの島の文化では、自分の敵を殺すことが真っ当な人間の務めなんだからな。

　いやまったく、真の司法官こそ不幸だよ！　なあ、本当なら司法官は古代の神祇官《じんぎかん》みたいに世間と隔絶されて暮らすべきじゃないか！　決まった時間にだけ庵《いおり》から出てきて、年老いて厳《おごそ》かで、いかにも崇高な、そういう姿しか見せずに、古代社会の大神官のように法曹と聖職の権威を併せ持って裁定を下すのが本当じゃないか。そんなふうに、裁判官席に座っている姿しか人には見られないのが……。ところが実際はどうだ、我々は他人と同じように苦しんだり楽しんだりしているところを始終見られているんだよ……！　人様のお宅に招かれたところを、自分の家で家族といるところを、市民としての姿を、個人的な感情だって持っているのを、全部見られているんだ。それでどうして威厳を保てるというんだ？　きっと滑稽にしか見えやしないよ……」

　間《ま》や間投詞を挟みながら、紙の上には捉えきれない雄弁な身振りを交えて発されたこのぎりぎりの悲鳴を前に、カミュゾは震えた。

どうする？


「私も」とカミュゾは言う、「私も昨日、我々の職務上の苦しみを学び始めました……！　あの若者が死んでしまって、私も死ぬかと思いました。彼は私が本当は肩入れしているのに気付かなかったんです、あいつは勝手に嵌まり込んでしまったんです」

「何を言ってるんだ！　取調べ自体、するべきじゃなかったんだよ！　世の中には何もしないのが最善な場合もあるんだ……！」

「しかし、法は！　もう逮捕されて二日目だったんですよ……！」

「まあ、済んだことは仕方がない」と検事総長は気を取り直す。「取り返しのつかないことではあるが、それでも私なりに、できる限り取り返すように手は講じた。私の馬車と使用人たちはあの儚《はかな》い詩人の亡骸を送っているところだし、セリジーも私と同じように、いや私以上のことをしているな、彼はあの若者が最期に望んだとおりに遺言の執行人を引き受けたよ。この約束を聞いたときにだけは、彼の奥さんの目にちらりと理性の光が見えたそうだ。そしてオクターヴ伯爵は自ら葬儀に参列している。

「では伯爵、仕上げにかかりましょう」とカミュゾ。「まだ我々は相当危険な被告人を抱えています。貴方も奴の正体を確信なさっていることでしょうが、ジャック・コランです。あのヤクザ者の正体がもうすぐ白日の下に晒されます」

「そんなことになったらおしまいだ！」

「今時分、奴は死刑囚のところにいます。奴にとってこいつは、パリでリュシアンがそうだったように、奴の徒刑場での……お気に入りだったのです！　ビビ・リュパンが憲兵に扮して、この会見を見張っています」

「なぜ保安警察が動いてる？　私の指示もなしに……！」

「もうじき監獄中に、ジャック・コランが捕まっていることが知れ渡ります……それでこここからが、私が今こちらに伺った用件なのですが、この大胆な大悪党はさっと、セリジー伯爵夫人とモフリニューズ公爵夫人、それにクロチルド・ド・グランリュー公爵令嬢のお書きになった危険な手紙を所持しているはずなのです」

「それは確かなのか……？」グランヴィル氏の顔には苦悶に満ちた驚きが覗く。

「私の判断根拠をお話ししますので、伯爵ご自身でもご判断ください。ジャック・コランの取調べで、私があの若者の家で押収された手紙の束を出したとき、奴は鋭い目線を走らせて、満足げな笑みを漏らしたんです。予審判事たる者、その意味が分からないなんてことがありましょうか。ジャック・コランほどの極悪人です、こんなに有効な武器になるものをみすみす手放しているはずがありません。もしそんな手紙が、奴の選ぶ弁護人、政府や貴族に敵対する弁護士の手にでも渡ろうものなら、どうなります？　私の家内はモフリニューズ公爵夫人のご高誼《こうぎ》に浴しておりますので、この件をお伝えに上がると申しておりました。今頃は連れ立ってグランリュー様のお邸にご相談に行っているはずです……」

「それでは奴の公判を行うのは不可能じゃないか！」グランヴィル氏はこう叫んで立ち上がると、執務室内を大股に歩き始めた。「手紙は我々には見つけられないところに隠しているはずだし……」

「どこなのかは分かります」とカミュゾ。この一言で、検事総長が彼に対して抱いていた悪印象は一気に払拭された。

「ほう……！　どこなんだ？」グランヴィル氏は席に戻る。

「家からこちらに伺うあいだ、私はこの難事についてとっくり考えたのです。ジャック・コランには叔母がいます、本当の親戚の叔母です。政治警察のほうから警視庁にこの女に関する覚え書きをまわしてもらいましたが、奴の父親の妹です。このジャクリーヌ・コランという叔母にとって、奴は教え子であり神なのです。それにこのヤクザ女はまた、古着屋を営んでいて、その商売の筋から貴族の秘密にも色々と触れる機会があるようです。ジャック・コランが自分の命綱でもある手紙を預けるとしたら、この女しかいないでしょう。ですから、この女をすぐに逮捕してはいかがでしょうか……」

検事総長はカミュゾにちらりと鋭い一瞥をくれた。その意味するところはこうだ、「こいつ、昨日思ったほどには馬鹿じゃないな。ただ、まだ青い。司法の手綱《たづな》を捌《さば》くにはまだ未熟なんだ」

「ただ」とカミュゾは続ける、「なんにせよ上手くやるには昨日決めた手筈は全て変えなければなりません。ですからご意見、ご命令を伺いに参ったのです……」

検事総長はペーパーナイフを手にとって、それで机の縁を軽く叩き始めた。思考に没頭するときには人それぞれ色々な癖を持っているものだが、彼の場合はこれがそうなのだ。

「大貴族が危機に瀕しているんだ、三家族も！……どんな小さなヘマもできない……！たしかに君の言うとおりだ、まずはフーシェの金言に従おう、〈とにかく逮捕だ！〉それに、ジャック・コランは即時、極秘独房に戻さなければ」

「そんなことをすれば奴が徒刑囚だと公言するようなものです！　リュシアンの名誉を汚すことになります……」

「本当に恐ろしいな、この一件は！」とグランヴィル氏。「どっちを向いても危険だらけだ」

ちょうどこのとき、監獄の所長が入ってきた。もちろんノックはしたのだが、いずれにせよ検事総長の執務室ともなると警備が厳重で、よほど検事局に馴染みの人でないとノックするところまで来られるものではないのだ。

「伯爵」とゴー氏、「カルロス・エレーラという被告人が面会を求めています」

「その彼だが、今までに誰かと話をしたか？」と検事総長。

「他の留置人たちとは、はい、今朝の七時半くらいから運動場に出ておりますから。それと、死刑囚とも面会して、こっちでは何か喋らせた様子です」

ここで、一条の光が差し込んだように、グランヴィル氏はカミュゾ氏の話の中で出てきた情報を一つ思い出した。ジャック・コランとテオドール・カルヴィが昵懇《ねんご》ろであったというならば、危険な手紙を取り戻す上で、これは役に立つ事実なのではないか。

処刑を延期する口実ができたのを喜びつつ、検事総長はゴー氏を手招きした。

「処刑は明日に延期しよう。ただし、監獄の誰にもこのことを気付かれないように。絶対に秘密だ。処刑人には準備を監督しに行くふりをさせてくれ。それで、そのスペイン人神父のほうは、しっかり警護を付けてここに連れて来るんだ。スペイン大使館から召喚要請がきている。カルロス氏が誰にも会わないように、君のところの秘密階段を使わせて、憲兵は二人、それぞれしっかり被告の腕を捕まえておくように指示するんだ。この部屋の前まで絶対に手を離さないように。――それで、この危険な外国人が話をしたのは確かに留置人たちとだけなんだな？」

「ああ、そういえば、ちょうど彼が死刑囚部屋から出てきたところに、ご婦人がお一人面会にいらっしゃいました」

これを聞いて、検事総長と予審判事は目を見合わせた。それにしてもその目付きたるや！

「どんなご婦人です？」とカミュゾ。

「彼の檀家の一人ですよ。たしか、侯爵夫人だとか」

「いよいよまずい！」と、カミュゾの顔を見ながらグランヴィル氏。

「憲兵も看守たちも、皆そのご婦人の香水のおかげで頭痛がしたと言ってましたな」二人の反応に戸惑いながら、ゴー氏はこう付け加えた。

「いいかね、君の職務はどんな不注意も許さないものなんだ」と検事総長の口調が厳しくなる。「付属監獄はなにも伊達や酔狂であんな強固な壁で囲ってあるわけではないんだからね。そもそも、そのご婦人はどうやって入ってきたんだ？」

「規則どおりの許可証を持っていらっしゃいましたよ。身なりも間違いなくきちんとしていましたし、獄卒と従僕も連れて、立派な馬車に乗って。それで、昨夜遺体を移送なさったあの若者、彼のお葬式に行く前に告解師に会いにいらしたんだと……」

「警視庁の許可証だな？　それを見せてくれ」とグランヴィル氏。

「しかも、セリジー伯爵閣下のご紹介だと書いてありましたよ」

「で、どんな様子だったんだ、そのご婦人は？」

「きちんとした方だと見えましたよ」

「顔は見たか？」

「いいえ、ヴェールをかけてらっしゃったので」

「会話の内容は？」

「そりゃだって、祈禱書《きとうしょ》かかえた信心女ですよ……？　それがどんな不都合な話をするっていうんです……？　神父さんに祝福を求めて、膝をついて――」

「長いこと話しましたか？」とカミュゾ。

「五分にもならないと思います。ただ、あれはたぶんスペイン語なんでしょうね、誰も話の内容までは分かりませんでした」

「いいかね、何一つ、何一つ漏らさずに話してくれよ」と検事総長。「どんな細かいことでも、我々にとっては重大な問題なんだ。まったく、君も今回の件で懲《こ》りてくれよ！」

「あー、ご婦人は泣いていました」

「それは泣き真似ではなく？」

「分かりません、ハンカチで顔が隠れていましたから。それから、囚人たちにと言って、金貨で三百フラン置いて行かれました」

「それならこいつじゃない！」とカミュゾ。

「それを聞いたビビ・リュパンは『あの女は盗人だ』と叫んでいましたが……」とゴー氏。

「そういうことは彼の領分だ、彼がそう言うならそうなんだろう」とグランヴィル氏。そしてカミュゾに向かって、「すぐに逮捕令状を出してくれ、それに急いでその女の家を封鎖だ。蟻《あり》も這い出る隙がないように！……それにしても、どうやってセリジーの紹介状なんて手に入れたんだ……？　その許可証を持って来させないと……。ほらゴーさん、君は早くその神父をここに。少なくとも、奴をここに押さえておけば、そのあいだは事態が悪化することもないはずだ。人ひとりの魂、二時間も話せば色んなことが分かるし、変わるものだしな」

「貴方のような検事総長の手にかかれば、なおさらでしょうね」と如才なくカミュゾ。

「君と私の二人がかりだしな」と検事総長は礼儀正しく応じた。それからまた彼は考え事に意識を集中する。そして長い間を置いてから、

「……どこの監獄の面会室にも監視人のポストを作るべきだな。それで優秀で忠実な警察官を選んで、引退後には給料をはずんでそこに収まってもらうのを退職金代わりにする。ビビ・リュパンにも、第一線を引いたらそれを頑張ってもらおう。現状では目も耳も、必要なところに十分に配置できていない。さっきのゴーさんの話みたいでは何もはっきりしたことが分からないし」

「彼は仕事が多くて忙しすぎるんですよ」とカミュゾ。「それに、極秘独房と取調べ室のあいだにも不備があって、これもなんとかしないといけないと思います。付属監獄から取調べ室までの移動で、囚人はいくつも廊下や中庭や階段を通るわけですが、こう長い移動では職員の注意力に隙が生じますよ。それに対して囚人のほうではずっと油断なく隙を窺っているわけですし。そうだ、看守たちに聞いたんですが、既に一度、ジャック・コランを取調べ室に連れてくる途中に婦人が現れたらしいんですよ。しかもこの婦人は未決囚待合室《ネズミ取り》の階段の上、憲兵の詰め所にまで入り込んだらしいんです。憲兵たちのことは叱っておきましたが……」

「いやはや！　この建物も全面的につくり直さないといかんな！」とグランヴィル氏。「しかしそれには二、三千万はかかる……！　まったく、司法の円滑な運営のために三千万出してくれなんて、議会に言ってみたまえよ！」

　そこへ、複数の足音とガチャガチャいうサーベルの音が聞こえてきた。ジャック・コランが到着したらしい。

検事総長は厳粛の仮面を被る。一個人としての彼の表情は、その下に隠れて消えてしまった。カミュゾもそれを真似る。

果たせるかな、執務室の受付係が扉を開けると、ジャック・コランが現れた。彼は落ち着き払っていて、カミュゾがいることにも全く驚かない。

「私にお話があるそうですね、伺いましょう」とグランヴィル氏。

「伯爵殿、私はジャック・コランです！　降参します！」

カミュゾは面喰らった。検事総長は一切動じなかった。

犯と法、両頭会談

「私がこう出るわけも、ちゃんとお見通しのつもりでいらっしゃるんでしょう？」と、ジャック・コランはおどけたような目付きで二人の司法官を見据えて言った。「そりゃあ、さぞお困りでしょうな。私がスペイン人神父のままなら、憲兵隊にバイヨンヌまで護送させて、後はスペイン人の銃剣《バイヨネット》が始末を付けてくれるだろう、ってところなんですから！」

司法官たちのほうは何の反応も示さない。

「しかし伯爵殿、私がこうする理由《わけ》は、それよりもまだもっと深刻なものなのです。あくまでも恐ろしく個人的な理由ではありますが、命を守るのよりももっと大事なことなのです。しかし、それは貴方お一人にしか話せぬことです……ですので、もしご心配なら……」

「何の心配だ？　誰の心配だね？」とグランヴィル伯爵。その態度、その表情、その雰囲気、物腰、眼差し、彼の全てはこの偉大な検事総長をして、今この瞬間、司法そのものの権化たらしめていた。文官の示し得る勇気の、その最たる見本だ。この刹那《せつな》、検事総長グランヴィル氏は、かつての高等法院の年老いた司法官たち、内戦状態のなか命がけで自らの職務に相対し、そうしながらなお、後になって彼らに献じられた大理石像のように不動の沈着を示していた裁判官たち、彼らの高みにまで上っていた。

「脱獄徒刑囚と差し向かいになるのが恐ろしくないとでも仰るのですか？」

「カミュゾ君、はずしてくれ」と検事総長は即座に言った。

「私の手足を縛るように提案しようかと思っていたのですがね」とジャック・コランは冷たく言った。顔には恐ろしい表情が浮かんでいる。そうして少し間を置いてから、彼は真面目な調子で言う、「伯爵殿、私は既に貴方に対して敬意は抱いておりましたが、今それはもう賛嘆の念に変わりました……」

「では、君は恐ろしい人間のつもりでいるわけかね？」と、司法官は軽蔑しきった様子で尋ねる。

「恐ろしいつもり！」と徒刑囚。「馬鹿馬鹿しい。私はただ恐ろしい存在であり、それを理解しているだけのことです」そしてジャック・コランは椅子に腰掛けた。その態度には、自分が相手と対等だという確信を持って会談に臨む、そんな余裕が漂っている。

　そのとき、執務室から出て行きかけて、もう扉も閉めようとしていたカミュゾ氏が、グランヴィル氏のところまで戻って来て折りたたまれた二枚の書類を手渡した。

「ご覧ください」判事はその書類の片方を指す。

書類に書かれていたのは、グランヴィル氏も見知っているモフリニューズ公爵夫人の小間使いの名前で、それを読むなり彼は「ゴーさんを呼んでくれ！」と叫んだ。

監獄の所長が入室する。その耳元で、

「被告に面会に来た女性の特徴を」と検事総長は問う。

「小柄で、がっしり、太って、ずんぐりしていました」とゴー氏は答えた。

「許可証の宛名の人物は、痩せて背が高いはずなんだぞ。で、年齢はいくつくらいだった？」

「六十といったところでしょう」

「私に関係あることですか？」とジャック・コラン。そして気さくに言葉を継ぐ、「もう、手間は省きましょうよ、それは私の叔母ちゃんですよ。本当の叔母です、女性の。もうお婆ちゃんですがね。私の協力なしに叔母を見つけるなんて無理なんですから、捜すなんて無駄なことはしないでいいんですよ……。そんなことでいちいちモタモタしていたら話がちっとも前に進みませんからね」

「神父さんのフランス語が普通になってる！　片言じゃなくなってますな」とゴー氏。

「そうでなくても片付けなくちゃならんことが沢山ありすぎますからな！　ねえ、ゴーさんや」と、ジャック・コランは苦味混じりの微笑を浮かべ、付属監獄の所長を名前で呼んだ。

ゴー氏は検事総長に駆け寄って耳打ちした、

「気を付けてください伯爵、あの男は危険です！　怒り狂ってます！」

グランヴィル氏はジャック・コランをじっくり眺め、相手は落ち着いていると見て取る。しかし、じきに所長の発言が真実であることに気付いた。表面上の態度は見せかけで、その下では野人の神経が、凍て付くほど苛烈に殺気立っているのだ。ジャック・コランの瞳の中では噴火寸前の火山が燻《くす》ぶり、両の拳はもはや引き攣っている。まさに獲物に飛びかかる直前の虎そのものだ。

「二人とも、はずしてくれ」と検事総長は所長と判事に対して厳かに言い渡した。

「リュシアンを殺した奴を追い出していただいて正解ですよ……！」とジャック・コラン、それがカミュゾに聞こえるかなど気にしていない。「もう我慢の限界でした、絞め殺してしまうところでしたよ……」

グランヴィル氏は震えた。人間の眼がこれほど真っ赤に充血しているのも、頬がこれほど青白くなっているのも、額にこれほどの汗が浮いているのも、それに筋肉がここまで凄まじく緊張しているのも、全て彼には初めて見る現象だったのだ。

「彼を殺したところで、どうなるというんだね？」と検事総長は穏やかに尋ねた。

「日ごと夜ごと社会のための復讐をしている、あるいは少なくともそういうつもりでいらっしゃる貴方でしょう？　その貴方が、私に復讐の意義を問うんですか……！　どうやら貴方は、ご自身の血管の中で復讐の波濤《はとう》が荒れ狂うのを感じられたことはないのですね……。しかし、あの阿呆の判事が殺してくれやがったんですよ、それは分かっていらっしゃるでしょう？　我々のリュシアンを殺したのはあいつなんですよ。貴方もリュシアンのことは可愛がってらしたでしょう、あの子も貴方のことを慕っていましたよ！　貴方のことは何でも知っています。あの子は毎日、帰ってくると、その日あったことを何から何まで話してくれましたから。私があの子を寝かしつけていたんですよ、子守女が子供を寝かしつけるみたいに。そうしてあの子の話を何でも聞いていたんです……。本当に何から何まで話してくれたんですよ、どんな小さな気持ちの動きも漏らさずに……。どんなに素晴らしい母親が一人息子を愛するのよりも深く、やさしく、私はあの天使のことを愛していたんです。ああ、貴方も知ってらしたらよかったのですが！　あの子の心の中では、草原に花が芽吹くように次々と善が生まれてくるんですよ。たしかにあの子は弱い子でした、それだけがあの子の欠点です。竪琴の弦《つる》のように弱かったんです、でも張り詰めたときにはあんなに強い、ほんとに琴の弦みたいに……。これは人の持ち得る一番美しい性質ですよ、この弱さはつまり、優しさであり、感動です、芸術の太陽、愛の日差しの中で晴れやかに心を花ひらかせることのできる才能です、神が人間のために数多の形に創り出した美というものに感応することができる才能なんです……！　つまり、きっと、リュシアンは女に生まれそこなったんでしょうね。ああ！　いま出て行ったあの野蛮な阿呆に対して、私はそれはもう智略の限りを尽くしましたよ。判事の前に出た被告人という立場で、私は、神が自分の息子を救うためにしただろうくらいのことを、もし神がピラトの面前に一緒に罷《まか》り出ていたならしただろうほどのことをやってのけたのです……！」

テオドールの無実

　ジャック・コランの色の薄い黄色の瞳、つい先刻までは、一年の半分を雪に閉ざされた大地で餓えるあのウクライナの狼のように爛々《らんらん》と燃え立っていたその眼《まなこ》から、涙がとめどなく溢れ出した。彼は言葉を継ぐ、

「それなのにあの間抜け判事は耳を貸さなかった。そのせいであの子は死んだんです……！　伯爵、私はあの子の亡骸を涙で洗いました、そして私が知るはずのない者、私たちの頭上にある存在に訴えたのですよ！　神など信じないこの私が……！（唯物論者でなければ、私は私たり得ません……！）ただこの一事で、もう全て申し上げたようなものです！　貴方も、誰も、苦しみの何たるかを知りはしないでしょう、しかし私は、私だけはそれを知っています。涙は全て苦しみの炎に呑まれて、私は昨夜は泣くこともできませんでした。いま泣くことができるのは、貴方が分かってくださると感じるからです。さきほど貴方は司法そのもの、正義そのものとしてそこに立っていらっしゃいましたね……伯爵、どうか神が……（なんと、私は神を信じ始めています！）どうか神が貴方を、私のような目に遭わぬようお守りくださいますように……。あのクソ判事は私の魂を奪ってしまいました。ああ！　伯爵！　伯爵、今時分、私の命が、私の美しい部分が、私の善い部分が、私の良識が、私の精力の全てが葬

られようとしているのです！　化学の徒に全身の血を抜かれた犬を想像できますか？　私は今まさにそんな犬のような状態なんです……。だから私はこうして貴方の許に伺って、『私はジャック・コランです！　降参します！』と申し上げたのです……。今朝、正気を失ったみたいに、母のように、きっと聖母がイエスの墓所でしただろうように接吻《くちづ》けていたあの子の亡骸を取り上げられて、私は心を決めました……。私は今後、無条件に、正義のために働きたいのです。そして今、早速一つ、しなければならないことを見つけてきたのです」

「それは、グランヴィルに向かって言っているのかね？　それとも検事総長にかね？」と司法官は問うた。

二人、〈犯罪〉と〈司法〉は互いを見つめる。徒刑囚の話に司法官は深く心を動かされていた。相手の身の上も気持ちも理解して、この上もない同情を覚えていたのだ。同時に、司法官として（司法官はいつ何時であっても司法官なのだ）、ジャック・コランの脱獄以降これまでの動静を把握していない彼は、結局のところ一度の文書偽造しか犯していないこの男を操縦することなど自分にとってそれほど難しいことではないと判断してもいたのである。そのため彼は、ブロンズ同様に合金の如く善と悪の交じり合ったこの精神に対して寛大に振る舞ってみる気になったのだ。それに、一度として女性から愛情を抱かれることのないまま五十三歳の今までを生きてきたグランヴィル氏は、愛されない男の常として、感じやすい性格というものに敬意を抱いていた。もしかするとこの絶望、女性から敬意や友誼しか引き出すことのできない多くの男に共通したこの宿命こそが、ボーヴァン、グランヴィル、セリジー三伯爵の強固な友情の根ざすところでもあるのかもしれない。不幸を同じくするというのは、幸福を分かち合うのと同じくらいに人を同調させるものであるのだから。

「しかし君には、どうとでも好きにできる未来があるんだ……！」と、検事総長は打ちひしがれた悪党に、試すような視線を向ける。

相手は、自分自身のことになど何の関心もない、と身振りで示した。

「リュシアンの遺言書に従って、君は三十万フランの遺贈を受けるんだ」

「かわいそうに！」ジャック・コランは感極まった。「ほんとに！　ほんとにあの子はかわいそうに！　いつだって正直すぎるんだ！　俺は、俺はいつだって悪党だった。あの子は、あの子はいつだって正直で、誇り高くて、美しくて、本当に崇高だったんだ！　穢しようがないくらい澄んだ魂を持ってたんだ！　伯爵、あの子はたしかに私から金銭上の恩恵は受けました、でも心は私の悪影響を全く受けなかったんですよ！」

こうまで深く完全に自分という個人を放棄して、検事総長の巧みな釣り餌にもてんから興味を示さない、この様子はこの男の吐露した心情が正真正銘の本物だからではないか、一人の人間としてグランヴィル氏はもうこの罪人の味方だった。だが検事総長の部分はまだだ！

「しかし、もう何事にも興味がないというのなら、君は一体わざわざ何を言いにここまで来たんだね？」

「私が自分の正体を明かすというだけでも、大したことではないですか？　たしかに貴方がたはいい線まではいっていた、でもきっと私を捕まえることはできなかったでしょうね！

それに、私の処遇については実際かなりお困りでしたでしょう？」

「ほんとに恐ろしい奴だな！」と検事総長は思う。涙を拭いながらジャック・コランは厳かに続けた、

「貴方は無実の罪で首を一つ斬り落としかけています。私はその事件の真犯人を見つけたんですよ。しかし私はそいつらのために来たのではありません、貴方のためです。貴方の良心の呵責を和らげるためです。リュシアンに少しでも良くしてくれた方々を、私は大事に思っているのですよ、あの子が生きるのを邪魔した連中を絶対に許さないのと同じくらい強くね……」そして少しだけ間を置いて、「徒刑囚など私にとって何ほどのものです？　そんなものは私にとって、貴方にとっての蟻の一匹と同じくらいなものです。私はこの点イタリアの山賊みたようなものですよ、あれは大した連中だと思いますね！　弾丸一発の値段に見合う稼ぎにさえなるなら何の躊躇いもなく旅人を撃ち殺すというんですから！　とにかく、私は貴方のために来たのです。あの若者の告解を聞いたのですよ、あいつが白状するとしたら私相手しかありません、あいつと私は鎖連れだったんですからね！　テオドールは根はいい奴です。愛人のために盗品を売るか質入れするかしてやろうとしたんですね。しかしナンテールの件自体には、あいつはそれこそ貴方と同じくらい無関係なんですよ。それにあいつはコルシカ人ですからね、復讐するのも、虫けらみたいに殺し合うのも連中の習慣なんです。

イタリアやスペインでは人間の命というものを尊重しません。単純な理由からです、向こうでは人間には魂というものが、何かこう、自分が死んだ後にも永遠に生き残る自分の像み

たいなものがあると信じられているんですね。まあ、こんな馬鹿話を我が国の唯物論者どもにしても笑われるだけでしょうが。人の生命の平穏を乱す者に厳罰を下すのは、無信仰の国か哲学者の国だけです。それも当然でしょう、そういう国ではみんな物質しか、現在という時間しか信じていないんですからね！

もしカルヴィが盗品の出どころを白状していたら、貴方がたはあいつの仲間を捕まえることになったでしょう。ですがこれも下手人《げしゅにん》ではありません、本当の犯人は既に別件で貴方がたの手の内ですから。しかもあいつのその仲間というのは女なものですから、女を売るが嫌さにカルヴィは白状しなかったんですよ……。仕方がないでしょう、どんな立場の人間にもそれぞれの矜持というものがあります、徒刑囚やペテン師にだってです！　あの一人の女性を殺した下手人も、あの大胆な、奇妙で謎めいた事件の共犯者たちも私は摑んでいました。細かいところまで話させましたからね。カルヴィの処刑を延期してください、全部お話ししましょう。ただ、あいつは減刑して徒刑場送りにすると約束してくださいませんか……。いま私の抱えている苦痛からして、嘘など吐けないことはお分かりでしょう、私の言っていることは全て真実ですよ……」

「ジャック・コラン、本来は妥協などしてはいけない司法省にとってこれは名折れではあるが、君が相手なら、私は自分の職責の厳格さを枉《ま》げてでも然るべき筋に話を通していいだろうね」

「あいつの命は助かりますか？」

「そういうこともあり得なくはない……」

「伯爵、一言、約束してくださいませんか、私にはその言葉だけで十分ですから」

グランヴィル氏は、自尊心を傷つけられたふうな様子を見せた。

貴婦人たちの手紙の件

「私は大貴族三家の名誉を摑んでいて、貴方の摑んでいるのはたかだか徒刑囚三人の命です。私のほうが有利なのではありませんか？」

「君を極秘独房に戻すこともできるんだ。そうしたらどうするんだね……？」と検事総長。

「ねえ、駆け引きはやめましょうや！　俺は腹を割って話したんですよ、〈グランヴィルさん〉を相手にね！　それでも〈検事総長〉さんが相手になるっていうんなら、俺は手札を引っ込めて身構えなきゃいけない。あなたがたった一言約束してさえくれれば、俺はクロチルド・ド・グランリュー公爵令嬢がリュシアンに宛てた手紙を引き渡そうってところだったのに！」

この口調、その冷静さ、そしてジャック・コランの目付きを前に、グランヴィル氏は目の前の男がほんの少しのミスも許されない危険な相手なのだと理解した。

「では、君の要求はそれで全部かね？」と検事総長。

「では私自身の要求を申し上げましょう」とジャック・コラン。「グランリュー家の名誉はテオドールの減刑と引き換えです。これはこちらからすればずいぶん損な取引ですよ、だって終身徒刑囚の命にどんな値打ちがあります……？　脱走でもしようものなら即座に始末していいことになるわけですからね、事実上ギロチン送りとほとんど同じですよ！　現金と為替手形くらいの違いしかありませんや！　ただし、この前ロシュフォール送りになったときはずいぶんと優しくない扱いでしたから、今度はツーロンに送ること、それとちゃんと真っ当な扱いをするようにツーロンに言いつけてください。それで、私自身についてですがね、私はもっと大きな要求をしますよ。こっちにはまだセリジー伯爵夫人とモフリニューズ公爵夫人の手紙がありますからね。しかもこれが物凄い手紙なんですから！　いいですか、伯爵、女郎が手紙を書くときには、綺麗な気持ちを、綺麗な文章で書こうとするもんです。で、普段からしょっちゅう貴い様式で貴い感情を云々《うんぬん》してらっしゃる貴婦人がたはと言いますとね、これがもう女郎の振舞いみたいな手紙を書くんですよ！　どういうわりでこんなチグハグが起きるのか、私は知らないし知りたくもありません。そんなことは哲学者にでも考えてもらいましょう。ともかく、私に言わせれば女というのは下等な存在です。自分の下半身に従いすぎますからね。女が美しいのは、男みたいに振る舞うときくらいなものです！

今回の手紙のご婦人がたもね、おつむのほうがずいぶん男らしいご様子で、皆さん大傑作をものしてらっしゃいますよ……ほんとに、端から端まで一分の隙もなく素晴らしい、あのピロンのオード［十八世紀の風刺詩人・劇作家アレクシス・ピロンの編んだ猥褻な詩集『プリアポスに捧ぐ頌歌《オード》』］にも比すべき傑作揃いです……！」

「そんなにかね？」

「ご覧になりたいですか……？」と微笑むジャック・コラン。

司法官は恥ずかしくなった。

「私としてはご覧に入れるのに吝《やぶさ》かではありませんよ。ただし、もう今度は茶番はなしです！　今度こそ男と男の約束ですよ、お読みになったあと手紙は一旦返していただきますし、手紙を持ってくる者を監視も尾行も偵察もしないように貴方の部下に厳命していただきたい」

「それには時間がかかるかね？」

「いいえ」そして振り子時計を見て、「いま九時半ですね……四分もあれば伯爵夫人と公爵夫人の手紙を一通ずつ持って来させられます。それを読んだらすぐにギロチンの準備を中止していただきましょう！　私がこんなに落ち着いていられるのは、確かにそういう手紙を摑んでいるからですよ。それにご婦人方のほうにも誰ぞがご注進に及んでいるでしょうしね……」

ジャック・コランのこの読みの確かさに、グランヴィル氏も思わず驚いた様子を見せる。

「いまごろ大わらわになってらっしゃることでしょうな。法務大臣を動かしたり、もしかしたら国王にまで頼りにいくかもしれません……それで、どうなんです、お約束いただけますか？　何者が手紙を持って来ようと見なかったことにする、一時間経つまでは決して追跡しないしさせないと」

「約束しよう！」

「分かりました、信じましょう。貴方は、脱獄徒刑囚だろうと騙したりはしない人だ。貴方はテュレンヌなんかと同じ気性の方だ、たとえ泥棒が相手でも約束は守ってくださるでしょう……。それでは、いいですか、いま無駄足広間《サル・デ・パ・ペルデュ》に襤褸を着た乞食女がいます。老婆です、広間のど真ん中で、おそらくつまらん訴訟の代書人とでも話しているところでしょう。受付係を走らせて、その老女に向かってこう言わせるんです、『オヤジっちヨんだっしゃりまっせ』と。そうしたら彼女は来ます……。ですが、無意味に残酷な真似をなさらないでください……！　私の条件を呑まれるにしても、あるいは徒刑囚なんぞと妥協するのがお嫌だとしても、まあ徒刑囚といっても私はただの文書偽造犯ですが、どちらにしても、カルヴィの奴を意味もなく〈化粧室〉に押し込めて恐ろしい思いをさせないでやってください……」

「処刑は既に中止している……」とグランヴィル氏。「司法が君に遅れを取るなどとは思わないでいただきたいものだね！」

ジャック・コランはなんだか驚いたふうに検事総長を見つめる。グランヴィル氏は呼び鈴を鳴らした。

「脱走する気はないね？　約束してくれれば十分だ。君が自分でその女性に会ってきなさい」

受付係が入ってくる。

「フェリックス、憲兵たちを下がらせてくれ」

ジャック・コランもこれには感服した。今回の司法官との一騎打ちで彼は、より器の大きいほう、より強力なほう、より気前のいいほうでありたかったのだが、この点では相手のほうが完全に上手《うわて》だったのだ。もちろん、司法省を相手取っての戦いとしては、下手人を無罪と思い込ませて仲間の命をすくい取った自分の大勝利だと彼自身思っているのだが、この勝利はあくまで裏の、秘密のものであるから、陽の当たる部分ではコウノトリが堂々と彼を圧倒して見せたという形になるわけである。

ジャック・コランの舞台デビュー

ジャック・コランがグランヴィル氏の執務室から出るのと入れ違いに、内閣官房秘書課長にして下院議員であるデ・リュポー伯爵が小柄な病身の老人と連れ立ってやって来た。まだ真冬であるかのように赤褐色のガウンを着込んだこの老人、髪には髪粉《かみこ》を振って、青白く冷たい顔、オルレアン牛の革靴に浮腫《むく》んだ足が心もとないのか、金の握りが付いた杖に寄りかかって痛風病みのような歩きぶり。帽子は脱いで片手に持ち、ラペルホールの勲章吊りには勲章を七つ付けている。

「デ・リュポーさんじゃないですか、どうしたんです?」と検事総長。

「大公[*2]閣下に言われて来たんですよ」とデ・リュポーは耳打ちする。「セリジー伯爵夫人とモフリニューズ公爵夫人、それにグランリュー公爵令嬢の手紙を取り返していただきたい。

そのためにどんな手を使ってもいいそうです。この人と協力して……」

「どなたです？」と検事総長も相手の耳元で尋ねる。

「検事総長、貴方に隠し事はしませんよ、彼があのコランタンです。陛下は、貴方から直接、この件の情報と成功に必要な全てを彼に与えるように、と仰せです」

「それでは申し訳ありませんが、大公閣下に伝言をお願いできませんか？」とこれも耳打ち。

「その件は既に片が付いています、と。この人の協力も」とコランタンを示し、「必要なかったと。法務大臣閣下に関わりのある問題のほうは、というのも二つ恩赦を出す必要があるんですが、こちらに関しては私が陛下の裁可をいただきにあがりますので」

「率先して動いてくださって、賢明です」デ・リュポーは検事総長の手を力強く握る。「大事［七月勅令発布のこと。結果的にこれが七月革命の直接の原因となる］を試みる前ですからね、国王陛下は貴族院議員や大貴族が物笑いの種になったり名誉を汚されたりするのは喜ばれないところです。この件はもうただの下らない刑事訴訟などではなく、国家の問題ですからね……」

「ですから、閣下には貴方がいらした時点でもう片は付いていたとお伝えくださいよ！」

「本当にもう片は付いてるんですか？」

「ええ、大丈夫です」

「だとしたら、法務大臣閣下が大法官になられた暁には、貴方が法務大臣ですな……」

「私にはそんな野心はありませんよ……！」

デ・リュポーは愉快げに笑いながら出て行く。彼を戸口まで送りながらグランヴィル氏は付け加えた、

「二時半ごろから十分ほど陛下にお目通り願えるよう、大公閣下にお口添え願います」

「それで野心がないなんて仰るんですからなあ！」と見透かすような視線を返すデ・リュポー。「まったく、お子さんが二人いらっしゃるんでしょう、最低でも貴族院入りはなさりたいはずですよ……！」

「検事総長殿がもう手紙を押さえてらっしゃるのなら、私の介入は無用ということになりますな」と、コランタンはグランヴィル氏と二人きりになったところで口を開いた。検事総長は彼を物珍しげに眺めていたが、そんな興味もコランタンの評判を思えば無理からぬものだろう。

「貴方のような方が余計ということはあり得ませんよ、かなり微妙な案件ですからね」検事総長は、相手が、聞こえたものか見抜いたものか、もう事情を飲み込んでいるらしいのを見て取ってこう答えた。

コフンタンはそれに対して、鷹揚《おうよう》な、ほとんど保護者のような様子で頷く。

「問題の人物をご存知でしょうか？」

「ええ、伯爵。ジャック・コランですね。万佛会《まんフランかい》の会長、三つの徒刑場の金庫番、五年来カルロス・エレーラ神父の僧衣の下に隠れ通してきた徒刑囚です。どういうわけでこの男がスペイン王から先王への密使など言いつかったのか、そこのところが誰にも分かりません。

私の調査報告を持たせた人間をマドリッドに送りまして、返事を待っているところです。あの徒刑囚は二国の王の秘密に関係しているというんでしょうかね……」

「奴は恐ろしくタフな人間です！　こちらとしては、選択肢は二つしかありません。味方に付けるか、始末してしまうかです」と検事総長。

「我々は同意見というわけですな、光栄なことです」とコランタン。「私はあんまり沢山の人間のために沢山のことを考えさせられていますからね、それだけの数に当たれば、たまには気の利いた方に出会えることもあるわけですな」あまりにも素っ気無く冷たい調子でこう言われて、検事総長は何も答えられないまま、とりあえず急ぎの書類を処理しにかかった。

一方、ジャック・コランが無駄足広間《サル・デ・パ・ペルデュ》に現れたときの老嬢ジャクリーヌ・コランの驚きはいかほどだったか！　青物の行商に扮した彼女は、両手を腰に当てたまま棒立ちになってしまった。甥っ子の離れ業には慣れっこになっているはずの彼女にとっても、今度のこれはあまりにも桁外《けたはず》れだったのだ。

「おいおい！　そんな珍しい標本みたいに俺のことじろじろ見ててどうなるよ！」と言って、ジャック・コランは叔母の腕を取り広間から連れ出す。「人目ぇ引くだろが、下手したら逮捕だぞ。そんなのは時間の無駄だぜ」そしてバリユリ通りに出る売店歩廊《ギャルリ・マルシャンド》の階段を降《くだ》った。

「パカールは？」

「〈赤毛〉んとこだよ、花市場の河岸でもぶらついてるだろうさ」

「プルダンスは？」

「あの娘《こ》も赤毛んとこでおとなしくしてるよ。あたしの名付け子ってことにしてあるんだ」

「よし、じゃ行くぜ」

「尾《つ》けられちゃいないだろうね……?」

〈赤毛〉のこと

花市場の河岸で金物屋を営む〈赤毛〉というこの女は、ある有名な人殺しの寡婦である。この殺人犯も万《まん》佛《フラン》会《かい》の会員で、一八一九年にこの男が処刑されたとき、ジャック・コランが約定どおり二万数千フランの遺産を彼女に届けたのだ。この朋友《ポンユー》と、当時は帽子作り女工だった赤毛との愛人関係を知る者は死神だまし以外にいなかった。

「俺はあんたの情夫《イロ》のオヤジだ」当時ヴォケー館に寄宿していたヴォートランは、この女工を植物園「十七世紀に開かれた王立薬草園に始まる、パリ植物園。〈植物園〉という名ではあるが動物園なども併設されている」に呼び出してこう切り出した。「あいつから話は聞いてるだろ、え? 俺を裏切ったやつは生きて年を越せねえが、義理堅い奴には俺もちゃんと応える。俺は死んでもダチに不利なことは言わねえんだ。だから、悪魔に魂をくれてやるみてえに、俺に義理立てすることだぜ。絶対に損はさせねえ。俺は可哀相なオーギュストの野郎に約束したんだよ、おめえさんを幸せにしてやるってな。あいつはおめえを金持ちにしてやりたがってたんだ、おめえのために刈り取られちまったようなもんさ。泣くなよ、まあ聞け。おめえが徒刑囚と、この前の土曜日に土ィかけられた人殺しと好い仲だったなんて知ってんのは、この世で俺だけだ。俺は誰にもなんにも言わねえ。おめえは二十二で、別嬪で、しかも今じゃ二万六千フランもカネ持ってるんだぜ。オーギュストのことは忘れな、結婚して、堅気の女になるんだ。俺は誰にも喋らねえ。その代わり、そういう落ち着いた暮らしと引き換えに、おめえのほうでも俺に協力してもらうぜ。俺か、それか俺からの使いが来たら、迷わず言うとおりにするんだ。安心しな、おめえの立場がマズくなるようなことはこっちも絶対に頼まねえからな。おめえの立場も、おめえに子供やら旦那やらできてたらそいつらの立場も、それにおめえの親戚の立場もちゃんと考える。こういう稼業やってるとな、ちょっと隠れたり相談したりできる安全な場所がどうしても必要になるんだ。それに手紙を届けてもらったり、ちょっとしたお使いをやってくれる口の堅い女とかもな。おめえにはときどき俺の郵便受け、門番［市街地の集合住宅の門番、マンションの管理人室にいる管理人のような存在］、使い走りをやってもらいてえんだ、それ以上でも以下でもねえよ。おめえさんは俺が思ってたよりだいぶ金髪だが、まあともかくオーギュストと俺はおめえさんのこと〈赤毛〉って呼んでたんだ、だからこれからもそう呼ばせてもらうぜ。タンプル街のほうで商いやってる俺の叔母ちゃんを紹介してやるからな、これからはその人の言うことだけ聞いてりゃいい。何かあったら叔母ちゃんに言いな、結婚相手だって見つけてくれるだろうし、きっとおめえさんの役に立つぜ」

こんなふうにして悪魔の契約は結ばれたわけだ。プルダンス・セルヴィアンが長い間ジャック・コランと結んでいたのもこういう類の契約だったし、彼はこういった関係を常に補強し続けていた。まさに悪魔と同様、人を取り込むのが趣味のようなところが彼にはあるのだ。

一八二一年頃、ジャック・コランは赤毛を裕福な金物問屋の番頭と結婚させた。この番頭は雇い主の商売を取り仕切り、これからいよいよ栄達しようというところ。子供も二人できて、区長の助役の職も得ている。こうしてプレラール夫人となった赤毛は、どんな小さなものであれジャック・コランにもその叔母にも具体的な苦情の種を抱いたことは一度もないのだが、それでも彼らから用事を頼まれるたび全身に震えがきてしまうのだった。そんなわけなので今回も、おっかない二人が揃って店に入ってくるのを見て、彼女は血の気が引いて青くなってしまった。

「奥さん、仕事の話なんだが……」とジャック・コラン。

「いま主人がそこにいるんです……」

「そうか、まあ今すぐどうしても用があるってわけでもないからな、俺も無闇に邪魔はしねえよ」

「ねえあんた」と今度はジャクリーヌ・コラン、「辻馬車を呼びにやっておくれ。それとあの娘《こ》にも降りてくるように言っとくれな。立派な奥さんのとこに小間使いのくちを見つけてね、そのお宅の執事さんが会ってくれることになったんだよ」

パカールはといえば、なんだかブルジョアに変装した憲兵のような雰囲気を漂わせつつ、プレラール氏と世間話をしていた。橋の建造のために大口の針金納入の仕事があるとか、そんな話だ。

店の者が一人辻馬車をつかまえに行き、数分後にはヨーロッパ、いや、エステルに仕えていたときの仮名はもう止して、プルダンス・セルヴィアンと呼ぼう、彼女とパカール、ジャック・コランとその叔母の四人は車中の人となったので、赤毛としては心底ほっとした。死神だましは行き先をイヴリー市門と指示する。

　オヤジの前で震えるプルダンス・セルヴィアンとパカールは、神の前に出た罪深い魂さながらだ。

「七十五万フランはどうなったんだ？」とオヤジは尋ねる。二人を見下ろす彼の視線は、見透かすようで、疚しい覚えのある悪党なら全身の血を無茶苦茶にかき乱されずにいないような据わり加減だ。二人とも、髪の毛が全部針になって頭に刺さっているかのような恐ろしい心持ちになる。

「七十三万フランはね」とジャクリーヌ・コラン、「ちゃんと押さえてあるよ。*23封蠟《ふうろう》した小包で今朝ロメット「パカールの女兄弟。タンプル街の店を預かっている」に預けといたからね」

「叔母ちゃんに返したんだな」と死神だまし。「そうでなかったらおめえら二人して真っ直ぐあそこ行きだったぜ……」このとき馬車はちょうどグレーヴ広場の近くを通っていて、ジャック・コランが指差したのもその公開処刑場だ。

　プルダンス・セルヴィアンは故郷《くに》の習慣で、落雷を見たときのように十字を切った。

「おめえらのことは許してやろう」とオヤジ、「ただし、二度とこんな真似はしねえと約束してもらうぞ。それに、今後おめえら二人は俺のこの二本の指になるんだ」と、右手の人差し指と中指を立てて見せる。「親指はこちらにおわす追い風様だからな！」そう言って彼は叔母の肩を叩いた。「いいかおめえら。まずてめえだ、パカール、おめえはもう何も心配しないでいい。針山中《じゅう》を好きに嗅ぎ回っていいぜ！　プルダンスとの結婚も認めてやろう」

パカールとプルダンスの今後のこと

パカールはジャック・コランの手を取って、尊敬を込めて接吻した。

「そんで俺は何をしたらいいんスか？」

「なんにもだ！　それでしかも年金も付くし女も付く。嫁さん以外にもな。なんせおめえはそっちについちゃずいぶん摂政時代《レジャンス》［ルイ十五世がまだ若いうち、無理やり摂政になったオルレアン公フィリップの治世。風俗が乱れた］式にだらしねえからな……！　いい男すぎんのも困ったもんだな、え、おい！」

皇帝《スルタン》から冷やかしの褒め言葉を頂戴して、パカールは頬を染める。

「それでてめえだ、プルダンス、おめえには身上が必要だな、将来性のある仕事だ。それでこそ俺の役に立つってもんだからな。いいか、叔母ちゃんがちょいちょい名前借りてるサン＝テステーヴがいるだろ、あれがサント＝バルブ通りにちょっとした暗宿《くらやど》持ってるんだが、ここは客の入りもいいし年に一万五千だか二万だかの上がりがある。そこの切り盛りをいま任されてんのが――」

「お淋《りん》だね」とジャクリーヌ。

「テッテ鳥《どり》の追い風だ！」とパカール、「ヴァン・ボグセックさん〔エステルの偽名、第一部でジャック・コランが咄嗟《とっさ》に付けたもの。本名van GobseckのGとBを入れ替えただけ〕が（気の毒に！）亡くなったあと、俺とヨーロッパはそこに逃げ込んだんスよ」

「いま話してるのは俺だぞ？」とジャック・コラン。

馬車の中に重く深い沈黙が降りる。プルダンスとパカールは顔を見合わすこともできなくなった。

「そう、その宿の切り盛りをしてんのはお淋だ」ジャック・コランは話の続きにとりかかる。「パカールよお、てめえがプルダンスと逃げ込んだのがあそこだってんなら、おめえにはたしかにおちゃらけを千切る（警察を出し抜く）だけのおつむはあっても、オカンを手玉に取るにゃあ全然足りてねえわな」と言いつつ叔母の顎を撫《な》でて、「叔母ちゃんがおめえらをすぐ見つけられたわけだぜ……。まあちょうどいい、おめえらはお淋のとこに戻ることになるんだからな……まあ順序よくいこうか、まず叔母ちゃんがヌリッソン〔サン＝テステーヴ夫人の別名〕と掛け合って、サント＝バルブの商売を買い取るからな」プルダンスのほうを向く、「ちゃんとやれば、そりゃあ儲かるだろうぜ！　おめえさんの歳で、もう尼僧院長様ってわけだ！　こいつはまったく王女様並みだな」最後のほうは冷やかすような口調だ。

プルダンスは死神だましの首っ玉にかじりついて接吻したが、オヤジは即座に彼女を突き放す。これは彼の人並みはずれた力を垣間見せる実に乱暴な動作で、パカールが受け止めなければプルダンスは馬車の硝子窓に頭から突っ込んでいたところだろう。

「触《さわ》んじゃねえ！　俺はそういうのは好かねえんだ！　この礼儀知らずめ」

「そうだぜ」とパカール。「なあおい、オヤジはおめえに十万フランからくれたみてえなもんなんだぜ。大通りに面してるし、ジムナーズ座の向かいだ、芝居の客も流れてくるし……とにかく軽くそんくらいの値打ちはあるんだからな！」

「俺は建物ごと全部買い取るつもりだぜ」と死神だまし。

「すげえ！　六年もしたら俺ら百万長者だぜ！」

矢鱈《やたら》に話の腰を折られるのにうんざりして、死神だましはパカールの脛《すね》に、骨も砕くような強烈な蹴りを一発お見舞いした。しかしパカールの神経はゴムみたくグニャグニャにタフで、骨はブリキの頑丈さだ。

「わあったッスよ！　黙るッスよ！」

「おい、おめえら俺が駄法螺《だぼら》吹いてると思ってるんじゃねえだろうな？」死神だましは、パカールが少しばかり飲みすぎているらしいことに気付いた。「おい、いいか、あそこの地下室には金貨で二十五万ほど埋まってるんだぜ……」

馬車の中に再び重く深い沈黙が降りる。

「ただ、埋まってるとこはだいぶ頑丈なこととんなってるんだがな……とにかくこいつをおめえらで引っ張り出してもらう、三晩のうちにだ。叔母ちゃんも手伝ってくれるからな。十万は商売を買い取るのに使う、五万は建物だ、残りは置いとけばいい」

「置いとくってどこに？」とパカール。

「地下室によ！」とプルダンス。

「黙ってな！」とジャクリーヌ。

「いや、でも、稼業［公認の娼館経営］の売り買いにはおちゃらけの認可がいるんじゃないんスか」

「認可させるさ」とジャック・コランはけんもほろろだ。「てめえの心配することっちゃねえよ……」

ジャクリーヌは甥っ子の顔をしげしげ見つめ、この強大な男が常にかぶっている無表情の仮面の奥で、彼の面相がすっかり変わってしまっていることに気付いて驚いた。

「それとだ」とジャック・コランはプルダンスに向かって、「叔母ちゃんがおめえに例の七十五万を預けるからな」

「七十三万スよ！」とパカール。

「ああそうかよ！　じゃあ七十三万だ、とにかく、今夜おめえはそれを持って、なんとでも理由をつけてリュシアン夫人［エステルのこと］の家に入り込むんだ。そんで天窓から屋根に出て、煙突からおめえの元ご主人様の寝室に入る。そんでベッドのマットん中に、元の包みに収まったカネを押し込んで来るんだ」

「扉から入っちゃいけないんですか？」とプルダンス・セルヴィアン。

「アホか、変死の現場だぞ、普通の出入り口は封印されてるだろうが！　何日もしねえうちに部屋にある物の目録が作られることとなる。それまでにカネを戻しときゃあおめえらの盗みはなかったことになるんだよ」

「オヤジ万歳！」とパカール。「なんてえ太っ腹だい！」

「停めてくれ……！」とジャック・コランは野太い声で御者に命じる。

辻馬車は植物園の馬車駐《ど》め広場の前で停まった。

「おめえら二人はここで降りな、うろちょろして悪さするんじゃねえぞ！　今晩五時に技芸橋《ポン・デ・ザール》だ。何か変更があったら叔母ちゃんが伝えるからな」そして叔母にだけ聞こえるように「最悪の場合も考えといてくれよ」と囁き、「明日、叔母ちゃんが底板のカネを安全に引っ張り出す方法を教えるからな。慎重にやるんだぜ……」

プルダンスとパカールは石畳に飛び降りる。放免された泥棒のように二人とも有頂天だ。

「ああ！　やっぱオヤジは立派なお人だぜ！」とパカール。

「本当に、最高の男！　あんなに女嫌いでさえなければね」

「いやあ、ほんとにいい人だぜ！　さっき俺にくれた蹴りは見たかよ？　ほんとなら俺ら放り出されるとこだったんだぜ、それもアド・パトレース《ゴ先祖様ノイルトコニ》だ、そもそも面倒なことんなったのは俺らのせいなんだからな……」

「でも」となかなか頭の回るプルダンス、「なにか濡れ衣着せられて原っぱ送りにされたりしないかしら……？」

「オヤジが？　そんな気があればちゃんと俺らにそう言うさ！　おめえまだあの人が分かっ

てねえよ！　それにしたってどうだ、オヤジがおめえにくれた将来はよお！　これで俺らブルジョアだぜ。ツイてるなあ！　オヤジが目ぇかけるっつったらよお、ほんとにどんな奴よりも親切にしてくれるんだぜ……！」

獲物が猟師になるとき

「じゃあ子猫ちゃん」とジャック・コラン、叔母に向かって言っているのだが、「お淋《りん》の件だ。あの追い風にゃあご退場願わにゃな。まあ五日後には逮捕で、そうするとあれの部屋からは金貨で十五万ほど出てくることになるんだ。このカネは例のクロタの件の、さっきの底板のとは別の割り前の残りだぜ」

「お淋はマドロネットに五年ほど喰らい込むことになるね」とジャクリーヌ。

「そんなもんだろうな。つまり、そうなるとヌリッソンとしちゃあ宿を手放そうかってことになるわけだ。自分で切り回すわけにもいかねえし、そう都合よく遣り手が見つかるもんでもねえからな。買い取りの件はこれで上手く転がせるだろ。この件はしっかりやろうぜ……でもな、いま言った工作が役に立つかは、三つとも全部、俺がいま手紙ィ使って仕掛けてる取引次第なんだよ。そういうわけだからな、縫い込み解《ほど》いてブツの見本を出してくれ。そんで残りの束は何処《どこ》に隠してるんだ？」

「そりゃあ赤毛んとこだわよ！」

「おい！」とジャック・コラン、御者に叫ぶ。「裁判所にやってくれ、超特急でな！……すぐ戻るって言っといて、もう三十分だ。マズいぜ！　それじゃあな、叔母ちゃんは赤毛んとこにいといてくれ。裁判所の使いっ走りが来てド・サン＝テステーヴ夫人に用があるって言うからな、小包は封印したままでそいつに渡すんだ。名前の前の〈ド〉が合言葉だと思ってくれ。それと〈検事総長からの使いで、貴女もご存知の用で参りました〉[*24]って言うようにさせるからな。赤毛んとこの店ん中じゃなく店の前に座って、花市場の様子でも眺めてるふうにしてな、プレラールに変に思われたらあとあと厄介になるかもしれんし。そんで手紙を渡し終わったら、パカールとプルダンスを働かすほうに取り掛かってくんなよ」

「なるほどね、読めたよ」とジャクリーヌ。「あんたビビ・リュパンの後釜になろうってんだね。あのリュシアン坊やが死んじまったせいで、あんた頭がどうかしちまったんだ！」

「そうでもしなきゃテオドールはどうなる？　今日の四時にゃ刈り取りだっつって、もう髪ィ切られるとこだったんだぞ！」

「まあでも、たしかにそれも悪かないかもねぇ！　あたしらも正直者のブルジョアんなって、トゥーレーヌの美味しい空気吸いながら老後を過ごすってぇわけだね！」

「他にどうしようがあったっつうんだ？　リュシアンは俺の魂を持ってっちまったんだ、俺の幸せってもんをだ。俺にはこれからまだ三十年から退屈な人生が待ってて、しかも心は空っぽなんだぜ？　原っぱのオヤジなんぞやめちまって俺は正義のフィガロんなるんだよ、そんでリュシアンの敵《かたき》ィ討つんだ。コランタンの野郎を合法的にぶっ潰してやるにゃあおちゃらけの皮でもかぶるしかねえだろが！　それに、ぶっ壊す相手がいるとなりゃあまだしも生きがいもあるってもんだ。人から見てどんな立場にいようとな、そんなのは上っ面だぜ、本当のところってのは、何を考えてるかなんだ！」と自分の頭を叩いてみせる。「うちの財布にゃいくら残ってんだ？」

「あたしたちゃもう素寒貧だよ！」とジャクリーヌ。甥っ子の物言いと雰囲気にすっかり気《け》圧《お》されてしまっている。「あんたの坊やのために全部使っちまったんだ。ロメットんとこには商売用の金だってもう二万くらいしかありゃしないよ。ヌリッソンの持ってた六万も全部借りて使い切っちまったし……あたしらもう一年もシーツを洗ってないくらいさ。あの子は朋友《ポンユー》どものへそのあぶく（分け前）もあたしらの財布もヌリッソンの全財産も、全部食い散らしちゃったんだからね」

「それが合わせていくらだ？」

「五十六万になるね……」

「まずさっき言ったパカールとプルダンスに貸しってことの十五万があるだろ、それからもう二十万は当てがあるから取ってきてもらうぜ……そんで残りはエステルの遺産から出てくるな。あとはヌリッソンにゃ利息も付けてやらんと。カネはそんなとこだとして、テオドールとパカールにプルダンス、それにヌリッソンと叔母ちゃんとで、俺の聖戦の軍隊が揃うってわけだ……で、いいか、二十万の話だ、そろそろ着くからな」

「そら、手紙だよ」とジャクリーヌ、服の裏地に縫い込んであった隠しポケットをようやく切り開き終えたのだ。

「よし」ジャック・コランは三人の貴婦人の貴重な肉筆の手紙を受け取る。最高級品の紙にはまだ香水の残《のこ》り香《が》がある。「ナンテールのヤマ踏んだのはテオドールなんだが……」

「へえ！　あいつだったのかい！」

「時間がねえっつったろ、黙って聞いてくれよ。あいつジネッタとかいうコルシカ女を引っ張りこんでたんだ……こいつをヌリッソンに見つけさせてくれ。人相書きとかはゴー伝いに手紙わたすからな、二時間くらいしたらムショの入り口んとこに受け取りに来てくれよ。そんでこの娘っ子な、ゴデの妹の洗濯女んちに潜り込ませるんだ……ゴデとリュファールがクロタ濯《すす》ぎでテッテ鳥と組んでたんだがよ、そんときの七十五万は丸々残ってんだ。三分の一はお淋とこの地下室だろ、これがテッテ鳥の分だな、もう三分の一はお淋の宿ん中、これがリュファールの分。残りの三分の一はゴデの妹んとこに隠してある。

まずはテッテ鳥のへそから十五万引っ張るだろ、そんでゴデとリュファールの分から十万ずつだ。リュファールとゴデが取っ締められちまえば、連中のへその足りねえ分は自分らでどっかに分けて隠したんだろうってことになる。連中には、ゴデの十万は俺らが、リュファールとテッテ鳥の分はお淋が、連中のために除けといてやったんだって思い込ませてやるぜ……！　お淋とこの作業はプルダンスとパカールにやらせるとして、叔母ちゃんとジネッタは、このジネッタってのもきっとなかなか捷《はしこ》い娘っ子だろうと思うんだが、二人でゴデの妹んとこを頼むぜ。俺は初舞台からクロタ事件の犯人と四十万をコウノトリに見つけさせてやって、おまけにナンテールの件も解決したふうに見せてやるんだ。シンタは戻ってくるし、俺ら一気におちゃらけの中枢に食い込めるって寸法よ！　なんのこたぁねえ、俺ら今までずっと狩られる側だったのが、今度からは狩る側になるってだけのこったぜ。叔母ちゃん、御者に三フランやんな」

辻馬車は裁判所前に着いていた。ジャクリーヌは甥っ子に圧倒されたまま乗車賃[*25]を払う。死神だましは検事総長のところに戻るべく、階段を上って行った。

お先に撃ちたまえよ、英国人諸君《ジョン・ブル》！

生き方を百八十度転換するというのはやはり相当な心の動揺を伴うもので、既に固く決心してはいたものの、階段を上るジャック・コランの歩みは幾分重い。バリユリ通りからのこの階段は売店歩廊《ギャルリ・マルシャンド》に通じ、そこの重罪院側の柱廊の下に、検事局の薄暗い入り口がある。ちょうどこのときは政治的に重要な公判が行われていて、そのため重罪院に上がる広い階段の下は人でごった返しており、考え事に沈み込んだ徒刑囚はここでしばらく足止めを食った。この広い階段の左手には巨大な柱のような扶壁《ふへき》が突き出しているのだが、石の塊のようなこの扶壁には小さな目立たない扉が付いている。これを開けると小さな螺旋階段があって、実はこれが付属監獄のほうに通じる連絡通路になっているのである。この通路を利用しているのは検事総長や付属監獄の所長、重罪院の裁判官たちや検事たち、それに保安警察隊長といった面々だ。そして、今日ではその部分は塗り込められてしまっているのだが、王妃マリー＝アントワネットが革命法廷に連行されたのもこの階段からの枝分かれの一つを通ってのことなのである。ご存知のとおり、革命法廷は破毀院の厳粛法廷の間に据えられていたわけだ［当時、裁判所の建物内で、破毀院が付属監獄の上に位置していたのは既に述べられているとおり］。

この辛気臭い階段を目の前にしてマリア＝テレジアの娘のことを思うと、胸が締め付けられる。結い上げた髪とスカートのパニエ、付き人の群れでヴェルサイユ宮殿の大階段すらいっぱいに溢れさせていたという彼女が、こんな狭い階段を歩かされたとは……！　あるいは彼女は母親の罪を贖《あがな》わされたのだろうか、あの忌まわしいポーランド分割を。あえてああいった無法を犯す王侯というのは、神慮がどんな罰を与えるかなど考えもしないのであろうが。

ちょうどジャック・コランが検事総長の許に向かうべく階段の円天井《ヴォールト》の下に踏み込みかけたところに、問題の秘密通路から保安警察隊長ビビ・リュパンが出て来た。

彼もグランヴィル氏の執務室に向かうところで、付属監獄から連絡通路を通って来たのだ。こんなところで目の前に突然、今朝あんなにじっくりと観察したカルロス・エレーラのフロックコートが現れて、ビビ・リュパンがどんなに驚いたか、ちょっとご想像いただこう。このフロックコートの前に回って顔を検《あらた》めようと彼は駆け出す、ジャック・コランはその気配に振り向いた。差し向かいになった両者はそれぞれその場を動かず、互いに似ても似つかぬ眼からは、それでも同質な視線が、決闘のピストルのように同時に火を噴いた。

「てめえ！　今度こそ捕まえたぞ！　この悪党め！」と保安警察隊長のご挨拶。

「ははぁん……！」ジャック・コランの返礼には皮肉が混じる。死神だましは、瞬間、検事総長が自分を尾けさせたのだと考えた。そして、妙なことだが彼は、思っていたよりもグランヴィル氏が小物だったということに胸を痛めていたのだ！

そこを衝いてビビ・リュパンは勇猛果敢、ジャック・コランの喉笛めがけて跳び掛かる。しかしこちらも相手の動きはしっかり見ていて、一閃《いっせん》、次の瞬間に刑事は受け身も取れずに真っ逆さま、三歩ほど向こうに叩き落とされていた。死神だましは悠然と歩み寄ると、ビビ・リュパンに手を差し伸べる。その様子はまさしく英国の拳闘士さながら、自らの力に絶対の信を置き、さあもう一勝負いこうじゃないかと言わんばかりだ。ビビ・リュパンも、ここで喚いて憲兵隊を動員するほど弱虫ではない。しかしともかく彼は起き上がると廊下の入り口に走り、そこをしっかり固めておくようにと憲兵に合図した。そして、それを静かに見守っていた仇敵の前に電光石火の勢いで舞い戻る。ジャック・コランはもう状況を甘受することに決めていた。――検事総長が約束やぶったか、それか単にビビ・リュパンが事情を聞いてないだけか、とにかくどっちなのかはっきりさせねえことにゃ始まらねえや。

「俺を逮捕しようってぇのか？　能書きはいらねえぜ、こんなコウノトリの腹ん中じゃあてめえのほうがよっぽど有利なのはちゃんと分かってっからな。てめえを蹴り殺すのは簡単だが、憲兵どもやら非常線やらはどうしようもねえ。騒ぎはごめんだ。俺をとっ捕まえて、そんでどこに連れてこうってんだ？」

「カミュゾさんとこだよ」

「それもいいけどな、どうせなら検事総長さんとこってのはどうだ？　そのほうが近くだろ？」

ビビ・リュパンとしては、これまでのところ司法関係者の上層部には自分は受けが悪く、しかも犯罪者や犯罪被害者を食い物にして私腹を肥やしているのではないかと疑われてもいることを知っているので、こんな見事な獲物を抱えて検事局に参上するというのは願ってもない汚名返上の機会である。

「いいぜ、じゃあそうしよう！　でもな、降参するっつうなら安全策を取らせてくれよ、引《ひ》っ叩《ぱた》かれちゃかなわねえからな！」こう言いながらビビ・リュパンはポケットから指錠[*26]を取り出した。

ジャック・コランは両手を差し出し、ビビ・リュパンがその両の親指を繫ぐ。

「しっかしよう、そんなにいい子ちゃんなら、どうやって檻から出て来たのかも聞かせてくれよ？」

「今のおめえとおんなじだよ、そこの階段からさ」

「へえ、じゃあまた憲兵に一杯食わしたってわけか？」

「いいや。グランヴィルさんが口約束で放してくれたんだぜ」

「板ころがす気か？（馬鹿にしてんのか）」

「じき分かるぜ……！　指ィつながれんのはおめえのほうかもしんねえぞ」

旧い知り合い

ちょうどその頃、コランタンは検事総長にこう言っていたところだ、

「しかし、奴が出て行ってもう一時間になりますな。担がれたんではありませんか……？　奴は今頃スペインに走っているところかも、そうなるともう見つかりませんよ。あそこはどうにも妙ちきりんで理屈の通じない国ですからな」

「私の目が確かなら、彼は戻ってきますすよ。利害で考えればそうなります。向こうが寄越すものよりも、こちらからくれてやるもののほうが多いんですから」

そこにビビ・リュパンが入ってくる。

「伯爵、朗報ですよ。脱走したジャック・コラン、『これが貴方のやり方というわけですかね？　私をどこで捕まえたのか、まあこの猫っかぶり野郎に訊いてごらんなさい！』」

「なるほど」とジャック・コランを捕まえて来ました」

「どこなんだね？」と検事総長。

「検事局の目の前の、階段のところです」とビビ・リュパン。

「その男を放したまえ」グランヴィル氏の口調は厳しい。「そして今後も、命令がない限り彼を拘束することは許さない。分かったら退《さ》がりたまえ……！　どうも君は自分一人が司法であり警察であるかのように振る舞うクセがあっていかん」

それだけ言うと彼は保安警察隊長に背を向けた。ビビ・リュパンは青くなる。検事総長の態度に加えて、ジャック・コランが自分に向けた視線の中に、はっきりと自分の失脚を読み取ったのだ。

「私はこの部屋を一歩も出ずに君を待っていた。私は君と同じように約束を守ったし、君もそれを疑いはしないだろうね」

「最初は疑いましたがね。それに私の立場にあれば伯爵だってきっとそう思われたでしょう。しかしよく考えればそんなはずはないと分かりました。私がお渡しするもののほうが貴方のくださるものよりも大きいんですからね、私を騙すのは勘定に合いません」

この発言に司法官はコランタンと目を見合わせた。死神だましがこれを見落とすはずもなく、これまでグランヴィル氏に注意を集中していた彼はようやく、部屋の一角で肘掛け椅子に座っている小柄で奇妙な老人に気が付いた。そして即座に、自らの敵の存在を感知する敏捷な本能の警告を受け、ジャック・コランはこの人物を観察する。一見してすぐ、相手の目が風貌の語る年齢と合わないこと、つまり相手が変装していることが分かる。この一瞬、この目敏さでもってジャック・コランは、ペラードの家でコランタンに変装を見抜かれたことの雪辱を果たしたのだ。(第二部を参照)

「我々二人きりではありませんね……!」とジャック・コラン。

「ああ」と素っ気無く検事総長。

「それにこちら様は、どうも私の旧知の友人ではございませんかね……?」

そう言いながら一歩近付いて、ジャック・コランは目の前の相手がコランタンであることを認めた。コランタン、ごまかしようもなく、リュシアンを失脚させた張本人。煉瓦《れんが》の赤を帯びたジャック・コランの顔は、傍《はた》からは分からぬくらいの刹那、血の気が引いて蒼白になる。目の前の危険な獣《けだもの》に跳び掛かってこれを叩き潰したい、猛り立ち焼け付くようなこの衝動のために全身の血が心臓に集中したのだ。しかし彼はこの猛獣の欲求を、彼をこんなにも恐ろしい存在たらしめている超人的な力でもって押し留め封じ込めた。そして逆に愛想のいい、高位聖職者を演じるうちに身に付けた馬鹿丁寧な慇懃《いんぎん》さでもって小柄な老人にご挨拶申し上げる。

「これはこれはコランタンさん、こんなところでお目にかかれるとは偶然でしょうか、それとも、もしかすると光栄にも私《わたくしめ》奴のことでいらっしゃったのでしょうか？」

検事総長はもうこれ以上ないほどの驚きに打たれて、思わず目の前の二人を観察してしまう。ジャック・コランの物腰や語調には抑え込まれた激情の片鱗が見えていて、その原因を彼は知りたいと思った。一方、神がかった素早さで正体を見破られたコランタンのほうは、尻尾を踏まれた蛇のように跳ね起きる。

「そう、いかにも私はコランタンです、親愛なるカルロス・エレーラ神父」

「このたびは、私と検事総長殿の間に入ろうといらっしゃったんでしょうか……？」と死神だまし、「貴方のお得意の駆け引きに関わり合いになる光栄に、私も浴しているのでしょうか？　ああ、ところで伯爵、貴方の貴重な時間を無駄にしないためにも、これをご覧ください」と検事総長を振り向いてフロックコートのポケットから取り出した三通の手紙を差し出す。「私の商品の見本です。お読みいただいている間、私はこちらの方と話をさせていただきたいのですが」

地位を約束する

「こちらこそ光栄ですよ」と返事をしつつ、コランタンは思わず震えてしまう。

「私どもの件では貴方の完全勝利でしたね、私はすっかりやられてしまいました……」と言うジャック・コランの口調は、賭けで全財産をスッた男のように、なにやら軽やかさを帯びていた。「しかし貴方も盤上で何人か失いました……勝利はなかなか高くついたというわけですな……」

「ええ」コランタンは相手の冗談めかした譬えに乗って、「貴方の皇后《クイーン》を取った代わり、私は城塔《ルーク》を両方とも失いました……」

「いやいや、コンタンソンはただの歩兵《ポーン》でしょう、代わりなどいくらでも見つかります」ジャック・コランは揶揄《からか》うように言った。「しかし、貴方は、ええ、正面から賛辞を捧げさせていただきますが、私の名誉にかけて、貴方は本当に驚異的な方ですよ」

「いえいえ、こちらこそ、貴方には全くかないませんよ」コランタンは筋金入りのおどけ者のような様子を見せる。〈そっちがふざけようってんなら、こっちも望むところだ！〉とでも言いたげな。「いえ本当に、私には何でも揃っていましたが、貴方は、貴方はといえばほとんど徒手空拳で……」

「いやいやそんな！」とジャック・コラン。

「しかもそれでいて、もう少しで勝っておしまいになるところだったんですからねえ」相手の反応に注目しつつ、コランタンは続ける。「私がこれまで出会った中で、貴方は一番並外れたお方です。仕事柄、私が相手にするのはいつも相当に敢然と大胆な考え方をする連中ですから、これまでにも常人離れした人間は沢山見てきましたがね。私は、不幸にも故オトラント公爵閣下［ジョゼフ・フーシェ］ととても親密でしたから、ルイ十八世の治下では王のために働きました［一八一六年、警察大臣フーシェの追放と同時にコランタンも一旦パージされたことになっている（バルザック一八四二年の草稿『ヴァランティーヌとヴァランタン』）］し、王の亡命中は皇帝ナポレオン、さらにその前は総裁政府に仕えまして……。いや、貴方にはルヴェルの剛健さがあります、あれは私が見た政略の末端実行者の中でも最高の器量でした。ですがそれだけじゃない、貴方は外交の王［タレーランのこと］の柔軟さも備えてらっしゃる！　それになんという協力者をお持ちなんでしょう……！　あの可哀相なエステル嬢に仕えていた料理女、あんなのを配下に使えるようになるなら、私は何人だって生贄《いけにえ》を捧げますよ……それにあの、ニュシンゲン男爵を担ぐためにしばらくエステル嬢の替え玉になっていた女性、あんな美女をどこで見つけてくるんです……？　私にはあんなのが必要になることはあっても見つけてくる手段がありませんよ……」

「ああ、そんなふうに仰られては困ってしまいます……貴方ほどの方からそんなに褒めていただいては、私はすっかり舞い上がってしまいますよ……」

「しかし当然の賛辞ですよ！　あのペラードを騙しておしまいになるなんて。人もあろうに彼が、貴方を警察の人間だと思い込まされてしまったんですからね！　いやまったく、あの馬鹿な小僧を守りながらでなかったら、貴方は我々をこてんぱんにやっつけていたところですよ……」

「いやいや、混血児に化けたコンタンソンのことをお忘れですよ！……それにペラードの英国紳士も。役者は芝居の間だけ舞台の仕掛けに助けられて演じているものですが、あんなふうに白昼堂々、しかもずっと完璧でいられるのは貴方や貴方の部下だけでしょう……」

「では、我々はお互いに、お互いの値打ちや長所を評価しているわけですね！　そして今こうして、我々はどちらも一人ぼっちです。私は旧友を失って、貴方はお気に入りの若衆を亡くして。しかし今ここで有利なのは私のほうでしょう。そこで提案なのですが、芝居の『アドレの宿』のようにしませんか？　私は貴方に手を差し出して『抱き合って、もう終わりにしましょう』と言いたいのです。検事総長殿の面前で、私は貴方に全面赦免の特赦状を差し上げたい。そして私のところで働いていただきたいのです、私の次席として、そして私の後継者候補として」

「なるほど、私に地位を約束してくださるんですか……。悪くない話ですね！　黒から白に早変わりというわけですか……」

「貴方の才能がきちんと評価される業界ですよ、報酬もいいですし、好きに動いていただけます。もちろん政治絡みの秘密警察ですから、独特の危険もあります。長官の私でさえ、過去に二回収監されています……。しかしそれでどうということもありません。それに、仕事で色んな土地に行けます！　何でも好きなものに化けられますし……政治劇の裏方なんですよ、大貴族からも丁重な扱いを受けられます……どうです、ジャック・コラン、私のこの提案に乗りませんか？」

「それは、正式な許可の下で提案なさっているのですか？」と徒刑囚。

「私は全権を委任されています……！」とコランタン、自分の発案にすっかり満足している。

「ご冗談でしょう……。貴方はやり手だ、警戒されるのも当然なのはお分かりでしょうが。貴方はこれまで何人も、自分から袋に入るように仕向けては縛り上げて、そうやって売り飛ばしてきたんですからね……。貴方がそんなふうに上手く勝ちを収めた事件をいくつも知っていますよ、モントーラン、シムーズ……いやはや、まったく密偵版マレンゴの戦いですな」［「モントーラン事件は『梟党《ふくろうとう》』、シムーズ事件は『暗黒事件』に登場。いずれもバルザックの創作」］

「では、検事総長殿のことは貴方も信用なさってましょうな？」

「ええ」ジャック・コランは敬意を込めて一礼する。「検事総長殿の心の高潔さ、堅固さ、気高さに私はすっかり敬服しております。この方の幸福のためになら私は命だって捧げましょう。ですからまず手始めに、セリジー伯爵夫人を危険な状態からお救いしたいと思っております」

検事総長は思わず嬉しそうな様子を見せた。

「では検事総長殿にお尋ねなさい、私が貴方をその恥ずべき境遇から解放して私の配下に加えることができる、その権限を持っているというのが本当かどうか」

「確かに本当だ」と、グランヴィル氏は徒刑囚を見つめながら言う。

「では本当なんですね！　私の過去は清算されて、そして私の能力を証明すれば貴方の後継者にもなれると？」

「我々のような人間のあいだに、誤解はあり得ないでしょう」コランタンは、誰であろうと信じてしまうだろう度量の大きさを示した。

「そしてその条件は、三人のご婦人の手紙を引き渡すことというわけですね……？」とジャック・コラン。

「わざわざ言うまでもないことだと思っていましたが……」

ぬか喜び

「親愛なるコランタンさん」と切り出した死神だましの表情には、名優タルマをしてニコメデス役を見事に演じ切らしめたあの皮肉な調子が浮かんでいる、「感謝いたします。私にどれくらいの値打ちがあるのか、それに私の手にしている武器を取り上げることがどんなに重要視されているか、それを貴方は教えてくださいました……。このご恩は一生忘れませんよ……。今後ずっと、何時《いつ》いかなるときも、私は貴方のご用命に応じましょう。そしてあの芝居のロベール・マケールよろしく『抱き合いましょう……！』などとわざわざ言う代わりに、私は貴方を抱きしめます」

目にも留まらぬ早業で胴の真ん中を捉えられ、コランタンは身を守る暇がなかった。ジャック・コランは人形でも抱きしめるように相手を締め付け、両の頬に接吻し、軽々と持ち上げ、扉を開け、そしてこの乱暴な抱擁にふらふらになったコランタンを部屋の敷居の外に降ろす。そして小声で耳打ちした、

「あばよ。俺らの間にゃホトケ三人分の越えられねえ溝がある。俺らどっちも相手の得物をとっくり検めたよな？　どっちも鍛え具合に差はねえし、幅も長さもおんなしだ……俺はあんたに一目置くぜ、あんたも俺をナメたりしてくれるなよ。俺はあんたと対等でいたいんだ、下には付きたくねえ。それにあんたみたいな全面武装の将軍は、副官の立場からしても危険すぎるからな。俺はこっちであんたはそっちだ、こっちの縄張りに踏み込んだら容赦しねえぜ……！　あんたは〈国家〉だ、走狗《イヌ》はあくまでご主人の名前で呼ばれるもんだからな、そんで俺は、俺は司法、〈正義〉になるんだよ。俺らまたしょっちゅう会うだろうけどな、今後ともよろしく頼むぜ。今後とも、いま俺があんたを抱きしめたみたいに、品位と礼儀を大事にしていこうじゃねえか――」一段と声を落として、「心底じゃあお互い最低のゴロツキだとしてもよ」

コランタンは生涯で初めて面喰らってしまっていた。眼前の恐ろしい好敵手の熱心な握手

にも呆然と手を預けるばかりだ。
「なるほど、それなら」と気を取り直して、「我々は友人でいるのがいいでしょうな……」
「そのほうが、組むよりもそれぞれ大きな力になるというものですよ」とジャック・コラン。
そして小声で付け加えた、「もちろんお互いに、よりいっそう危険な相手にもなりますがね。
それで早速ですが、明日にもこの友情の証を示していただけませんかね……」
「なるほどなるほど」とコランタンは気さくに答える。「この手紙の件を私から取り上げて
検事総長殿の手柄にしたいというわけですな。そうすると彼の昇進も早まりますわなあ。ま
あしかし、自分の提案を蹴られておいてこう言うのも妙かもしれませんが、いい選択をなさ
ったと思いますよ……。ビビ・リュパンはもう知られすぎていますからね、彼の時代は終わ
ったと言うべきでしょう。彼の役職を引き継がれるなら、それは確かに貴方にとって最良の
条件でしょうな。いや、これは本当に心の底から、お祝い申し上げますよ……」
「それでは、また近いうちに」とジャック・コラン。
死神だましが振り返ると、検事総長は書き物机に腰掛け、肘を突いて両手で頭を支えてい
る。
「どうやってセリジー伯爵夫人を正気に引き戻そうというんだね……?」
「五分もいただければ」
「お三方の手紙も全て引き渡してくれるんだな?」
「さきほどの三通はお読みになりましたか……?」

「ああ！」検事総長の声が少し高くなった、「書いた人のことを思うと恥ずかしくなるよ……」

「そうですか。さあ、ようやく二人きりです、誰も通さないように言いつけてください、話をまとめましょう」とジャック・コラン。

「ああ、その前に……司法機関としての仕事を優先しなくては。カミュゾさんに君の叔母さんの逮捕令状を請求するように言ってあるんだよ……」

「あいつじゃ一生かかっても捕まえられませんよ」

「タンプル街で家宅捜索をするんだよ、パカール女史なる人物が預かっている店を……」

「襤褸やら背広やら、せいぜいダイヤだの軍服だのくらいしか出ませんよ。まあしかし、カミュゾさんにはああ熱心に動くのをもう止《よ》していただいたほうがいいですね」

　グランヴィル氏は受付係を呼び、カミュゾ氏を呼ぶように言いつけた。

「では、話をまとめようか！　どうやって伯爵夫人を治療しようというのか、早く知りたくて仕方がないよ……」

ジャック・コランがオヤジの王位を放棄する段

「検事総長殿」ジャック・コランの口調は極めて真面目だ、「私は文書偽造という名目で、五年間の強制労働刑に処されていました。私は自由を愛しています……！　この気持ちは、あらゆる情熱と同様に、真っ直ぐ目的に向かって突っ走りました。そして、お互いを愛するあまりに関係をこじらせる恋人たちのようなことになったのです。脱走と再逮捕を繰り返して、結局七年間も徒刑場におりました。ですから赦免していただきたいのは私が原っぱ……いや失礼、徒刑場で摑まされた加重刑の分だけです。本来の刑期はもう疾《と》うに勤め上げているのですから。そして、私に何か別の罪でも出て来ない限り、といってそんなものは保安警察隊はおろかコランタンの手にかかっても出て来はしませんが、私にフランス国の市民としての権利を返していただきたいのです。パリを追放されて、警察に監視されて、そんなものが人間の暮らしと言えますか？　そんな状態で何処に行けます？　何ができます？　私の能力はお分かりでしょう、先ほどもコランタンが、あの奸智と姦計の詰まった玉手箱が私を前にして、怯えて青くなっていたんですからね……。あれこそ私の能力の証明です。しかしコランタン、奴が私から全て奪ったんです！　奴こそが、どうやってか、どういうつもりでか分かりませんが、リュシアンの幸福を土台から全部引っくり返したんです……全部コランタンとカミュゾが……」

「恨み言は抜きにして、本筋に戻ってくれたまえ」

「ええ、では、本筋というのはこうですよ、昨夜、あの子の冷たい手を握り締めて、私は誓ったんです。この二十年のあいだ社会全体に対して挑み続けてきた無謀な戦いを、もう終わりにしようと。もう私の宗教観はお話ししましたから、私が信心家を気取ろうなどとは思えないでしょうね。しかし、私はこの二十年のあいだずっと、社会を裏側から、どん底の掃き溜めから見つめてきて、物事の流れにはある力、貴方がたが〈神の摂理〉と呼んでいる力が働いていることに気付いたんです。私はそれを〈偶然〉と呼びますし、仲間の連中は〈ツキ〉と呼んでいましたがね。間違った行動には、どんなに素早く逃れようとしても必ず、何らかの報いがあるんです。こうして社会を相手に闘っていると、手札がいいとき、[*27]例えばどちらも得点権のある五枚続きと絵札の四枚揃いが手にあるときなど、決まって蠟燭が倒れてカードに火がついたり、プレイヤー自身が脳卒中で倒れたりするんです……！　リュシアンがまさにそうだったようにですよ。あの子は、あの天使は悪いことなんて一欠けだってしやしませんでした、ただ成り行きのまま、されるがままだったんです！　もう少しでグランリュー公爵令嬢と結婚して侯爵になれるというところで、将来は約束されていたんです、で、何が起きましたか！　娼婦が一人、国債を売った代金を隠したまま毒を飲んで死にます。それで、あんなに苦労を重ねて築き上げたリュシアンの将来は一瞬で崩れ去りました。しかもそのとき最初の一突きを加えてきたのは誰でしたか？　一皮剝けば汚濁に塗《まみ》れた卑劣漢、利殖の世界で凄まじい大罪をやりおおせた怪物（『ニュシンゲン銀行』を参照のこと）、財布や金庫に詰まった山ほどの銀貨の全てがそれぞれ誰かの涙に濡れているという、言うなればゼニの世界で合法的にジャック・コランそのものだったあのニュシンゲンですよ。貴方ももちろん、奴の破産戦術やら何やら、百回首を括られても足りないやり口はご存知でしょう。奴がのうのうと暮らしている一方で、私のほうは何をしようと、たとえどんなに善いことをしたとしても、そこには常にこの身に繋がれた鉄鎖の刻印が残ります。徒刑場と警察という二枚の羽子板の間を延々と往復する羽根突きの人生です、成功なんてものには永遠に辿り着けません、平穏なんてものが到底あり得ない境遇です。グランヴィルさん、そんなジャック・コランは今、リュシアンと共に埋葬されようとしているところなのです。今頃あの子は聖水を塗《まぶ》されて、ペール＝ラシェーズ［現パリ二十区にある墓地。バルザックの墓もここにある］に向かっているところでしょう。しかしこの私には行き場が必要です、生きる場所ではなく、死に場所がです……。これまで、貴方個人も、貴方がた司法関係者も、刑期を終えた徒刑囚について、その市民としての社会的地位については何の配慮もしてこられなかった。徒刑囚が法の求める償いを果たし終えても、社会は彼を許しはしません。不信感を抱き続け、その疑念をなんとしても正当化し続けます。刑期を終えた徒刑囚を、生存不可能な存在にしてしまうのです。彼に市民としての全ての権利を返して然るべきであるのに、立ち入り禁止の区域を設定しています。哀れな元徒刑囚はこう言われるのです、『あんたが上手く紛れて生きれる場所はパリしかねえってのかい、でもパリはあんたにゃ立ち入り禁止だからね！　市壁から××キロのところより近付くのもいけないよ！』と……。おまけに彼は警察の監視下に置かれます。こんな条件で、生きていけると思われますか？　生きるためには働かなければなりません、徒刑場を勤め上げたからといって年金が付くわけではないんですから。しかし貴方がたは解放後も元徒刑囚に分かりやすい印を付けて、決まった場所に繋いでおくようになさる。そうしておいて市民が彼を信用するとでも本当に思っているのですか？　社会も司直も周囲の誰も彼を信用していないという証を立てておいて？　事実上、貴方がたは彼に、再犯か餓死かの選択を迫っているのです。誰も彼を雇いません、だから彼はかつての稼業に戻るほかはないのです、それが処刑台に行き着く道だと分かっていても。そして私も、法律との取っ組み合いを放棄したいとずっと思っていながら、陽のあたる場所に身を置くことができないで今まできたのです。きっと私にできる仕事はただ一つです、我々に圧し掛かる力そのもののために働くことです。このことに思い至った途端、先ほど申し上げたような力が私の周りに働いたんですよ。

今、大貴族が三家庭、私の思うがままです。しかし、これで私がゆするつもりだなどとは考えないでください……。ゆすりなんていうのは一番卑怯な暴力です。私に言わせれば殺人なんぞよりもよっぽど罪深い強悪《ごうあく》です。人を殺すには、まだしも恐ろしく根性が要りますからね。この意見は紙に書いて署名してもいいですよ。私はあの手紙を、私の身の安全を保障していて、こうして貴方と対等に、司法と犯罪の代表として向かい合う足場になっているあの手紙を、すぐにでも貴方の手に委ねるのですからね……。

受付係にでも取りに行かせてください、手筈は整えておきましたから……。交換条件などありません、私は取引する気などないのですから！　検事総長殿、あれらを取り分けておいたのは、なにも自分のためではありません！　いつかリュシアンの身に危険が降りかかったときのことを考えていたのです！　もし貴方が私の願いを聞き入れてくださらないとしても、それはそれでかまいません。自分で自分の頭に鉛弾を撃ち込んで貴方の面倒を一つ減らす、それもいいでしょう。それに私は、死ぬのに必要なのよりもよっぽどの覚悟を持っていますし、死ぬほどという以上に人生に倦《う》んでもおりますから、旅券さえいただければアメリカにでも渡って孤独に生きることだってできます。野蛮人に必要な素養なら十分持ち合わせておりますしね……。私が昨夜考えたのはこういうことだったのです。貴方の秘書官から私の言伝もお聞き及びのことでしょう……貴方がリュシアンの名誉を慮って細心の注意を払ってくださったこと、それを知って、私は貴方にこの命を差し上げようと決めました。私の命など取るに足らない贈り物ですがね！　こんなもの、もうどうでもいいのですから。あの眩《まばゆ》い光なしではもう何にもならないのです、あの胸躍らせる幸福なしでは。この命の意味そのものだった思いを、あの子を立派に成功させるという心の太陽を失くした以上はね。ですから、私はお三方の手紙を全てお引き渡しするのですよ……」

グランヴィル氏は頭《こうべ》を垂れた。

前段の続き

「監獄の運動場に出たときに、私はナンテールの事件の真犯人に出くわしました。それに、かつての鎖連れの奴が、知らずに巻き込まれただけでギロチンにかけられそうになっていることも知りました。それにまた、ビビ・リュパンが司法機関を欺いていると、奴の手先がクロタ事件の殺人犯だとも聞きました。これこそ、貴方がたの言う神の思し召しというやつではありませんか……？　私は自分が善を為すことができる可能性を見出したのです。私の素養を、私の身に付けた悲しい能力を生かして、社会の役に立つことができるのではないか、害ではなく益になることができるのではないかと考えたのです。そしてその可能性を、貴方のご判断の確かさとお人柄の良さに賭けさせていただこうと決めたのです」

この男の善良そうな、素朴で率直な様子、先ほどまでの聞くも恐ろしい辛辣さや悪の思想もすっかり抜けた話しぶり、もはや完全な変身が成し遂げられたように見える。ジャック・コランはもうジャック・コランではなかった。

「貴方のことを信頼しておりますので、私の処遇は完全にお任せしたいと思っています」と、悔悛者《かいしゅんしゃ》のような恭順の態度でジャック・コランは続ける。「私の前には三つの道があるでしょう、自殺か、アメリカか、エルサレム通り［パリ警視庁］か。ビビ・リュパンも今では金持ちです、奴はもうやれることは全部やりました。それに奴は猫をかぶった反逆者です、私に任せていただければ一週間でまるっといっと掌繰《たなぐ》って（現行犯逮捕して）ご覧に入れますよ。私をあの悪党の替わりに据えてくだされば、大いに社会に対する貢献になるでしょう。私自身はもう何も要りません（私は誠を持って、事に当たります）。いま奴の任されている仕事に必要な能力なら私は全てちゃんと備えていますし、教養だってビビ・リュパンよりもよっぽどあります。修辞学級まで出させてもらっていますからね［学齢的に言えば、高校の最終学年まで修めているといったところ］。奴ほどガサツでもありませんよ、必要なときにはきちんとした振舞いもちゃんとできます。私は堕落そのものであることをやめて、ただ秩序と更生のための歯車になりたいのです。もう誰も、悪徳の軍団に入隊させはしません。ねえ伯爵、戦争で敵将を捕虜にしたとき、銃殺になどするものですか？　軍刀を返して、牢代わりに町を一つ宛てがうものでしょう？　私は徒刑場の将軍ですよ、その私が降参しているんです……。といっても、本当のところ私を負かしたのは司法ではなく死神なのですが……。私がいま活動したいと申し上げている世界が、私に合った唯一の場所なのです、そこでなら私のこの力も役に立ちましょう……ご決断ください……」

これだけ言うとジャック・コランは慎ましい服従の姿勢で待った。

「手紙を私の手に委ねると言ったな……？」と検事総長。

「取りに遣ってくだされば、お使いの方に引き渡されるようにしてあります……」

「それは、どういう具合にだね？」

ジャック・コランは検事総長の心を読み、同じ戦術を続けることにする。

「カルヴィの死刑を二十年の徒刑場送りに減刑すると約束してくださいましたね――」ここで検事総長の見せた身振りに対して慌てて付け加えることには、「いえ、契約を再確認しようなどというのではありません！　そうではなくて、奴の命が救われるべきなのは手紙と引き換えだからなどではない、ということを改めて申し上げたいのです。あいつは無罪なのですからね」

「それで、手紙は？　私には、君が君自身の言うとおりの人物であるのか、それを知る権利と義務があるんだ。条件なんぞ出さないでくれたまえよ……」

「信用できる人間を花市場の河岸に遣ってください、一軒の金物屋に〈アキレスの盾〉の看板が出ておりますから」

「盾の店だな……？」

「ええ」ジャック・コランは苦い微笑を浮かべる。「そこに私の身を守っている盾があるというわけですよ。そこに、私が先だって申しましたとおり、年金持ちの鮮魚商というような格好の老女がおります。市場の金持ち小母さんの服装で、耳にはちょっと宝石でも飾っているでしょう。その人物に、〈ド・サン＝テステーヴ夫人〉に用があるんだと言ってください。ドが肝心ですからね……そして『検事総長殿からの使いで、貴女もご存知の用件で参りました』と言うんですよ……そうすれば即座に、封蠟付きの小包三つが貴方のものです……」

「手紙はそれで全部なんだな？」

「貴方も強《したた》かですね！　なるほど、伊達に検事総長をしていらっしゃらない。私がまだ、貴方の出方を見ようと白紙を摑ませるくらいのことをやりかねないと思ってらっしゃるんですね……？　私という人間を誤解しておられますよ！　私は貴方を、息子が父親を信用するように信頼しているのですから……」

「だとしても、一旦は付属監獄に戻ってもらう。そして君の今後についての決定を待ってもらおう」検事総長は鈴を鳴らし、やってきた受付係にこう言いつけた、「ガルヌリさんを呼びに行ってくれ。部屋にいたら、すぐに来てくれるようにと」

　パリには、この町を見守る四十八のちっぽけな神の如くに四十八人の警視がいて、この人数に因んで、白波稼業《ぬすっと》の者は彼らのことを隠語で〈四分の目《ちょうふ よぶん》〉と呼んでいる。パリ市の各区に四人ずつの余分者というわけだ。その彼らと保安警察隊のほかに、二人、警視庁と司法省の両方に属する警視が存在する。その役目は、複雑微妙な案件の処理や、また多くの案件で予審判事の代わりを務めることなどである。この二人の司法官（警視というのも司法官だ）の部署は派遣局と呼ばれているが、それというのも、彼らは毎度決まって家宅捜索やら逮捕やらの業務を付託されて派遣されるのだ。この職域を満たすには、よくよく思慮分別のある鍛え上げられた大徳の士が必要であり、パリが常にこの職分を果たせる人間を得られているのは、偏《ひとえ》に神慮の垂れる奇跡だと言って差し支えあるまい。この予備戦力とでも言うべき司法職を示唆せずにいては、本論における裁判所に関する記述は不完全ということになってしまうところだ。彼らこそは司法省の最強の遊撃部隊であり、時代の趨勢《すうせい》の中で司法正義がかつての荘重と盛大さを失ったとはいっても、実質的にはかつてよりも強大になっているということの証明なのだから。パリにおいては特に、司法機関の組織は目覚しい改良を受けているのである。

　グランヴィル氏は自分の秘書官であるシャルジュブフ氏を既にリュシアンの葬儀に派遣しており、手紙回収の任に宛てるために代わりの確かな人間を必要としていたわけで、彼がいま呼びにやったガルヌリ氏というのはまさにこの二人の派遣局警視のうちの一人なのだ。

埋葬

「検事総長殿、私は確かに誇りを持っているという証を立てました……放していただいて、きちんと戻ってまいりました……。その、もう十一時をまわります……リュシアンの葬儀が終わって、墓地に向かう頃です……。私を監獄には戻さずに、ペール＝ラシェーズまであの子の亡骸のお供をしに行かせてくださいませんか。その後で必ず、囚人になりに戻って参りますから……」

「分かった、行きなさい」と答えるグランヴィル氏の声の調子には、思いやりが溢れている。

「検事総長殿、もう一つ、あの娼婦、リュシアンの愛人だったあの娘《むすめ》のお金ですが、あれは盗まれてなどおりません……。先ほどいただいた時間のうちに、あの家の使用人に事情を聞くことができたのですが……、彼らの証言については、貴方が派遣局の警視を信頼なさるのと同じくらいに、確かだと保証いたします。ですから、エステル・ゴブセック嬢が国債の証書を売って作ったお金は、今は封印されているあの寝室から見つかるはずです。小間使いの言うには、亡くなったあの娘はいわゆる秘密主義者というやつで人を全然信用しなかったらしく、紙幣はベッドにでも隠されているのではないかということでした。封印を解除なさったら、よく捜してみてください。特にベッドは、分解してマットレスを開いて、詰め物の中まで念入りに検めるとよいでしょう。お金はきっと出てきますよ……」

「それは確かかね……?」

「あの腕白どもも私の前では正直者です、ふざけた真似はしませんよ……。私は連中の生殺与奪の権を握っていますからね。私が彼らを吟味し、裁きを下すんです。そしてその判決の内容は、貴方がたのように形式的な段取りを踏むことなく速やかに執行されます。私の権威がどれほどのものかお分かりいただけるでしょうか。なんならクロタ夫妻のところで盗まれたお金も見つけてみせましょう。ビビ・リュパンの手先の一人、奴の右腕をまるっと取っ締めてご覧に入れます。それにナンテールの事件の秘密も暴いてみせましょう……こんなものはただの手付金ですがね……!　そして、この申し出を容れて私を司法省と警察の下で働かせてくださったなら、一年後には貴方も私のこの提案を心から喝采するお気持ちになられますよ。私はばっちり、然るべく行動します。任された事件は全て解決してみせます」

「私は何も約束はできないよ、君に対する個人的な好意以上にはね。君の望みは、私の一存では叶えることができないことだ。恩赦は法務大臣の報告に基づいて国王陛下が裁決なさることだし、君の就きたいというポストは警視総監が任命するものなんだよ」

「ガルヌリさんがいらっしゃいました」と受付係。

検事総長の合図で、派遣局警視が通される。ガルヌリ氏はジャック・コランに訳知りげな一瞥をくれ、眼前でグランヴィル氏がジャック・コランに向かって言った言葉に驚きはしたものの、それを顔には出さなかった。

「行きなさい!」

「あの、よろしければ」とジャック・コラン、「いま現在私の立場を保障しているものをガルヌリさんがお持ち帰りになるまで待って、貴方に確かにご満足いただけてから参りたいと思うのですが」この恭順、この誠実は検事総長の胸を打った。

「行きなさい！　君のことは信頼しているから」

ジャック・コランは、目上の者に対する完全な服従の意思を込めて、深く一礼する。その十分後、グランヴィル氏の手元には封蠟も無傷なままの三つの小包があった。しかしこの重大事に頭がいっぱいで、それにまたジャック・コランの信仰告白のような演説に注意を逸らされたこともあって、彼はセリジー夫人の治癒の約束のほうをうっかり失念してしまっていた。

ジャック・コランのほうは、外へ出て、信じられないほど爽快だった。自由で、まっ新《さら》に生まれ変わったような気分だ。裁判所から足早にサン＝ジェルマン＝デ＝プレ教会に向かうと、葬儀のミサはもう済んで、柩に聖水がかけられているところである。あんなに愛情を注いだ息子の亡骸に、どうやら真っ当な別れを告げるのには間に合ったわけだ。彼は葬列の馬車に乗り込み、墓地に向かう遺骸の付き添いをする。

パリの葬儀では、よほど変わった事情があったり、あるいは自然死だとすれば故人が相当の有名人でもない限り、教会に参集した群衆はペール＝ラシェーズに近付くにつれてどんどん数が減っていく。弔意を表明しに教会まで出向く時間は作れても、皆それぞれに用事がある以上、速やかにそちらのほうに戻っていくのだ。そういった事情で、リュシアンの葬儀のために用意された十台の馬車のうち定員いっぱいなものは四台もない。ペール＝ラシェーズに辿り着いた時点で、参列者はもう十人そこそこ。その中にラスティニャックの姿があった。

[*28]「あいつの言いつけをちゃんと守ってるんだな、いい心がけだよ」旧知の青年にジャック・コランはこう声をかけた。

ラスティニャックは、ヴォートランがこんなところにいることに驚きを見せる。

「怖がることはねえよ」とかつてのヴォケー館住人は言う、「こうしてあの子に最後までついて来てくれてたんだ、もうそれだけで俺はあんたの奴隷になるよ……。俺の助けってのはそう馬鹿にしたもんじゃないぜ。俺は今、というよりも今後、これまでよりずっと強力になるんだからな。あんたは世間に船出して、今までたしかにかなり上手く渡ってきたよ、でも俺の助けが必要になることだってあるかもしれない。そんときは、いつだって俺はあんたのために働くぜ」

「あなたは一体何をしようっていうんです？」

「徒刑場の人買いになるんだよ、自分が住むのはもうやめにしてな」

ラスティニャックは吐き捨てるように顔を背けた。

「なあ、あんただって盗みに遭うかもしれないんだぜ……！」

ラスティニャックは足を速めて離れて行く。

「人生、なにが起きるか分からないんだぜ！」

一行はエステルの墓の隣に掘られた墓穴の前に到着した。

「愛し合って幸せだった二人、だ」とジャック・コラン。「こうしてまた一緒になれたんだ、一緒に腐ってくってのも悪かねえよな。俺もいずれはここに埋めてもらいたいもんだよ……」

リュシアンの亡骸が墓穴に降ろされると、ジャック・コランは気を失って倒れた。ほんの軽い音、さっさと酒手を貰いたい墓掘り人夫たちが無造作に投げ落とす土くれが柩を打つ軽い音に、この強大な男は耐えることができなかったのだ。ちょうどそこに保安警察隊の刑事が二人やって来て、ジャック・コランを確認すると自分たちの乗ってきた辻馬車に乗せて連れ去った。

死神だましがコウノトリと和解する段

「今度はまた一体何だ……?」我に返ったジャック・コランは貸し馬車の中を見回しながら尋ねる。両側には二人の刑事、しかもその片方が誰あろう、リュファールだ。死神だましはこの悪党の魂を透かし見て、お淋《りん》の秘密までも改めて推し量った。

「いや、検事総長からあんたにお呼びがかかってんスよ」とリュファール。「おかげで俺らさんざん行ったり来たりスよ。で、やっと墓場で見つけたと思ったら、あんた頭から墓穴に落っこちそうになってるじゃないですか」

ジャック・コランはそれについては何も言わないでおく。そして、

「ビビ・リュパンの差し金かね？」ともう一人の刑事に尋ねた。

「いや、私らガルヌリさんに言われて動いてるんですわ」

「ガルヌリさんはなんと？」

二人の刑事は顔を見合わせ、無言ではあるが何を言わんとしているのか丸分かりの身振りや目付きで相談を始める。

「なあ、ガルヌリさんはあんたがたにどういうふうに命令したんだ？」

「いや」とリュファール、「あんたをすぐ見つけて来いって、サン＝ジェルマン＝デ＝プレ教会にいるはずだからって言われたんスよ。葬列がもう動いてたら墓場にいるだろうって」

「検事総長さんが俺にご用か……」と呟くジャック・コラン。

「ご用事か〈御用だ！〉か知りませんがね」

「いや、そうだ、俺に用事があるんだ、そりゃそうだった……！」

ジャック・コランはこれだけ言うと黙ってしまったので、二人の刑事はどうにもかなり不安になってしまう。そして二時半ごろ、ジャック・コランがグランヴィル氏の執務室に入ると、新たな同席者が待っていた。グランヴィル氏の前任者、今は破毀院で部長職にあるオクターヴ・ド・ボーヴァン伯爵だ。

「セリジー伯爵夫人が危険な状態にあるのを忘れてもらっては困る、君は夫人を救って差し上げると私に約束したじゃないか」

「おそれながら、検事総長殿、彼らが私を発見したときの状況報告を聞いてください」とジャック・コラン、二人の刑事を招じ入れる。

「検事総長殿、この男は例の若者の墓穴の縁で失神して倒れておりました」

「セリジー夫人を助けてくれ」とボーヴァン伯爵、「そうすれば君の要求は全部呑む！」

「私は要求など何もしておりません。無条件降伏したのです、もう検事総長殿のお手元には――」

「手紙は確かに全て受け取ったよ！　しかし君はセリジー伯爵夫人を正気に戻すと約束しただろう。できるのかね？　それともあれはただの虚仮威《こけおど》しだったのかね？」

「おそらくできるかとは思いますが」とジャック・コランは控えめに述べる。

「では私と一緒に来てもらおう」とオクターヴ伯。

「いいえ、それはできかねます」とジャック・コラン。「貴方と馬車に同乗するわけにはまいりません……私はまだ徒刑囚なのですから。司法省のために働きたいと望む私が、みすみす司法省の不名誉となるような真似をするわけにはまいりませんよ……。お先においでください、私は少ししてから参りますので。伯爵夫人には、リュシアンの一番の親友が、カルロス・エレーラ神父が伺うとお伝えくださいませ……。そういう訪問があるとなれば伯爵夫人の気にも留まりましょうし、きっといくらか良い影響もあるはずです。いまいちどスペイン人神父を騙《かた》ることはお許しください、大事のための小悪です！」

「私は四時ごろに合流するよ」とグランヴィル氏。「法務大臣閣下と一緒に陛下のところに伺わないといけない」

そしてジャック・コランは花市場の河岸で待つ叔母のところに向かった。

「で、あんたコウノトリに身売りしたってわけかい？」

「おう」

「危なっかしい話だわね！」

「いや、テオドールの奴の命がかかってたんだぜ。俺はあいつの恩赦も取り付けたんだ」

「で、あんたは？」

「俺か？　俺は俺のあるべき姿でいるんだよ！　これまでどおりこっちの業界の連中をぶるぶる震えさせてやるんだ！　ほれ、いいから仕事だ、パカールを全力疾走させろ！　ヨーロッパにも俺の言った仕事をさっさと片付けさせるんだ！」

「そんなのすぐ済むよ、お淋を丸め込む方法ならもう考えてあるからね……！　こんな花壇に座り込んで、ただぼんやりしてたわけじゃないんだよ！」ジャクリーヌ叔母さんも凄腕なのを忘れてはいけない。

「ジネッタとかいうコルシカ娘も明日には見つけてくれるな？」とジャック・コランは叔母に微笑みかける。

「足取りさえ摑めりゃね……」

「金髪マノンに当たりゃいい」

「なら今夜中には捕まえられるよ。それにしてもえらく急《せ》くじゃないか！　えぇ？　ごちそう（儲けの大きい仕事）なのかい？」

「俺はよ、初手からビビ・リュパンの一番の手柄以上のことをやってやりたいのよ！　さっき、リュシアンを殺してくれやがった怪物とちょろっと顔合わせたんだがよ、俺はあの野郎に復讐するためだけに生きてるんだ。奴も俺も、おんなじように肩書きを武器に、肩書きに守られて戦うことになるぜ。あのクソ野郎に届くまではまだ何年かかかるだろうけどな、そんときんなったら、きっと胸板のド真ん中をぶっ刺してやっからな……！」

「向こうもあんたにおんなしこと思ってんじゃないかね。ペラードの娘ぇ引き取ったらしいよ、ほら、あたしらがヌリッソンに売ったあの小娘さ」［第二部の出来事］

「まあ手始めに、野郎んとこに使用人でも潜り込ませてやるか……」

「上手くいくかねえ？　そんなの向こうにもお馴染みのテだよ……」

「だろうな！　まあなんだ、憎しみも生きる糧《かて》なり、だ！　頑張ろうじゃねえか！」

ジャック・コランは辻馬車をつかまえると真っ直ぐマラケ河岸に向かう。彼の部屋、リュシアンの部屋とは別に借りている小部屋だ。彼が戻ってくるとは思っていなかった門番は、驚きつつも留守中の出来事を説明しようとしたが、

「知っていマス」と神父。「私は聖職者であるノニ、それでも巻き込まれて拘置されてしまったのでスヨ。スペイン大使館が介入してくれたおかゲデ、こうして自由になれたのデス」

それだけ言うと彼は部屋に駆け上がり、聖務日課書の表紙に隠してあった手紙を取り出した。それはリュシアンが、イタリア座で彼とエステルが一緒にいるところを見たセリジー伯爵夫人からつれなくされるようになったときに、彼女に宛てて書いたものだ。

リュシアンはその手紙を書きはしたものの、セリジー夫人の寵愛を完全に失したものと思い込んだ絶望のあまり、あえて届けさせることもせず終いだったのである。しかしこの傑作はジャック・コランの目に留まり、そもそも彼にとってリュシアンの手になるものは何でも聖性を帯びることと、それにまたリュシアンが虚栄の恋によって紡ぎ出した言葉の詩趣のために、彼はこの手紙を祈禱書の中に隠して取っておいたのだ。そしてグランヴィル氏からセリジー伯爵夫人の状態について聞かされたとき、ジャック・コランの慧眼《けいがん》はすぐに、彼女の狂乱の原因を、不仲な状態のままリュシアンを失ったことにこそあると見抜いたのである。彼は女性というものをよく知っていた。司法官が犯罪者というものをよく理解しているように、知悉《ちしつ》していた。どんな細かい心の動きも捉えることができた。そのため即座に、セリジー夫人はリュシアンの死に責任を感じているのだと、リュシアンに対してあまり厳しすぎる態度を取ったと自責の念に苛まれているのだと考えたのである。彼女に愛されているという自覚を持った男が自らこの世を去ることなど、セリジー夫人にしてみればあり得ないことなのだから。であってみれば、彼女の厳しい態度にもかかわらずリュシアンは彼女を愛し続けていたのだと知らせてやれば、彼女は正気を取り戻すはずなのである。

ジャック・コランは確かに徒刑囚の総大将ではあったが、それは彼が同時に魂の療治に長けた医者でもあるという事実を少しも侵しはしない。そしてこの男がいまセリジー邸の応接間にやって来ることは、家主たちにとっては恥辱であると同時に希望に満ちたことでもあったのである。伯爵夫人の寝室に先立つ控えの間には、伯爵のほかに医師たちをはじめ数人が詰めていたのだが、自らの内面的名誉に汚点を付けぬため、ボーヴァン伯爵はセリジー伯爵以外の皆を下がらせ、親友と二人で待っていた。国務院の副議長、枢密院の構成員にとっては、ジャック・コランなる陰気で不吉な男が踏み込んで来ることは、やはりそれだけで既にかなりの衝撃なのである。

現れたジャック・コランは、服を着替えていた。羅紗《ラシャ》のズボンとフロックコートを纏い、足取りも、目付きも、振舞いも、何もかも非の打ち所なく礼儀に適っている。そしていずれも国家の要人である両伯爵に挨拶すると、彼は伯爵夫人の居室に入ってもいいか尋ねた。

「今か今かと君のことを待ってらっしゃるよ」とボーヴァン伯爵。

「今か今かと……? それならばもう大丈夫でしょう」恐るべき幻惑者はそう答え、実際、半時間ほどの会談のあと、夫人の部屋から出てくるやこう告げた。「伯爵、お入りください、もう何も心配はございませんよ」

伯爵夫人はリュシアンの手紙を胸に押し付け、もう完全に落ち着いて自分自身と和解した様子だ。それを見た伯爵は心からの喜びの仕草を示す。

「やれやれ、こんな連中が俺らや国民の行く末を決めてるってんだからなあ!」と思い、両伯爵がセリジー伯爵夫人の寝室に入って行くのを見送りながらジャック・コランは肩をすくめた。「雌《メス》が一匹ちょっと妙な溜息漏らしたってだけで知性も何も裏返っちまう！　ちょっと流し目されただけで馬鹿になっちまうし、スカートの裾がちょっと上がったり下がったりってだけでパリ中走り回って上を下への大騒ぎだもんな。女一人の気まぐれが国家の運営に影響しやがるんだ！　まったく！　俺みてえに、そんなガキの圧制からは身を引いちまえばどんなにか強くなれるってのによ。あんな惚れた腫れたでひっくり返っちまったような誠やら、やたら無邪気な底意地の悪さやら、野蛮人みてえな悪知恵やらにゃあ逃げの一手だぜ！女ってのはいつだって天性の処刑人だ、拷問の天才だ！　いつだって、男がくたばるのは女にやられてなんだ。検事総長やら大臣やら寄って集《たか》って、たかだか公爵夫人やら公爵令嬢のジャリやらの手紙のために道理も何も捻じ曲げちまうんだからなあ！　それに伯爵夫人の正気だぁ？　あんな女は狂ったまんまにしといたほうがよっぽど平和だぜ、正気に返ればまたぞろとんでもねえ馬鹿をやりはじめるに決まってるんだからな！」そしてジャック・コランは傲岸な笑みをこぼす。「そんで、連中、俺の言うこと鵜呑みにしてやがるんだからなあ！俺が教えてやった秘密を信じ込んで、俺のことはこのままにしといてくれるんだ。俺はこの世を支配してやるよ、これまで二十五年間そうしてきたみたいにな……」

ジャック・コランはセリジー伯爵夫人との会談で、かつてあの可哀相なエステルに行使したのと同じ圧倒的な力を振るったのだ。もう何度もご覧に入れてきたように、彼には、理性を失った人間でさえも手懐けてしまう巧みな言葉、目付き、身振りが備わっている。リュシアンは貴女の姿を心に抱いて旅立った、彼は伯爵夫人にそういうふうに語って聞かせたのだ。

ただ一人自分だけが愛されているという思いに転ばない女性など、いるわけがない。

「貴女と対等な恋敵などいないのですよ！」と、内心では冷たく嘲笑《あざわら》いながらジャック・コランは止めを刺したのである。

それからそのまま丸一時間、彼は応接間にほったらかしにされていた。そしてグランヴィル氏がやって来たとき、ジャック・コランはぼんやりと陰気に突っ立って、自分の人生に己が霧《ブリュメール》月十八日［ナポレオンが独裁政権を打ち立てたクーデターの決行日］を刻まんとする男の夢想に浸っていた。

検事総長は伯爵夫人の居室の戸口まで行き、そこで少し中の様子を伺ってからジャック・コランのところに戻って来て、

「気持ちに変わりはないかね？」と問う。

「ありません」

「そうか。それなら、君には今のビビ・リュパンの役職に就いてもらう。カルヴィも減刑しよう」

「あいつをロシュフォールには遣りませんね？」

「ツーロンにも遣らんよ、彼は君の部下にするといい。但し、この恩赦と君の任命が確定するのは、半年間ビビ・リュパンの副官として働いてもらって、君の行状を見た上でということになるがね」

結末

ビビ・リュパンの新たな助手は、一週間後にはクロタ家に四十万フランを返還し、リュファールとゴデを捕らえた。

エステル・ゴプセックが国債の証書を売った代金は確かに彼女のベッドの中から発見され、セリジー伯爵はリュシアン・ド・リュバンプレの遺言に従ってジャック・コランに三十万フランの遺贈金を引き渡した。

リュシアンがエステルと自分のために懇望した比翼の墓碑彫像は、今ではペール＝ラシェーズでも屈指の名品と認められている。また、二人の墓のすぐ下の区画はジャック・コランが買い取った。

そして、十五年ほど職務を果たしてから、ジャック・コランは一八四五年ごろに引退したという。

一八四七年脱稿

（田中未来＝訳）

「浮かれ女盛衰記　第四部――ヴォートラン最後の変身」訳注

1―**スガナレル**　モリエールの作中人物名。複数の作品に様々な立場で登場するが、ここで想定されているのは、それらの総合的イメージと思われる。

2―**ビビ・リュパン**　ビビ《Bibi》は〈赤ん坊の〉の意、リュパン《Lupin》はかの名高き怪盗と同じ苗字で、発音は本来ルパンよりもリュパンが近い。リュパン坊や、赤ンぼリュパンといったニュアンスの渾名。

3―**動物磁気学**　ドイツ人医師メスマーの提唱した概念。神秘宗教がかった側面を持つため学者たちからは疑似科学扱いを受けたが、心身医学や催眠療法の端緒を開いた。バルザックはこれを本気で信じていたと言われる。

4―**カナリス男爵**　実在の詩人たちと同列に並べられているが、カナリス男爵はバルザックの生み出した作中人物。『モデスト・ミニョン』などに登場。

5―**七十五万フラン**　『馬車が買いたい！』（一九九〇年、白水社）の中で鹿島茂は、十九世紀の一フランはおおよそ千円に相当するものとしている。以来四半世紀で日本円の体感的な価値も多少は変動していようが、便宜上この換算法に従っておけば計算も楽で実感も湧きやすいのではないかと思う。一フランが千円という根拠については同書を参照されたい。

6―**ベルヴューの大事故が記憶に新しい**　この事故が起きたのは一八四二年。この第四部は一八四七年に書かれた。作中では物語の現在（一八三〇年）のほかに執筆時の現在が顔を出すことがあるので、我々後世の読者はこの点に気を付けておく必要がある。

7―**聖ルイ**　ルイ九世。単に〈聖王〉と称されただけというわけではなく、実際に聖人に列せられている。一二一四―七〇（在位一二二六―七〇）、九七年列聖。

8―**ドミノ遊び**　〈ドミノ（ドミノ札）〉を歯の隠喩として用いている。裏返しにした白いドミノ札を勢いよく掻き混ぜる様子は、歯を見せてガツガツと貪り食う食事風景を目にも耳にも髣髴させる。

9―**二百五十フラン**　一八四七年四月に実際に発行されたのは二百フラン札で、そのためかここを〈二百フラン〉と書き換えている校訂者もいるが、同年二月時点では四四年から計画されていた二百五十フラン札の発行がほとんど決まりかけていたという。ちなみに百フラン札が発行されたのは一八四八年三月、二月革命後の経済危機に際してのことだとか。

10―**ソルボンヌ**　通常の語彙では、十三世紀の神学者ソルボンヌが開いたパリ大学学生のための学寮のことで、爾来〈パリ大学〉の換喩として通用している。

11―**万佛会**　原文 les Dix Mille、一万。これは、様々な苦難を越えて紀元前四〇一年クナクサの会戦から退却した一万人のギリシア人傭兵の軍勢のことを指す表現で、これだけを普通に読めば〈一万人の退却〉、あるいは〈一万人の軍団〉と理解されるところである。

12―**身の丈五足《ピエ》四拇《プス》**　この身長は現代の日本人男子の平均を少し上回る程度で、また西洋人は概して日本人よりも大柄であるというイメージもあるところから、現代の日本人読者にとっては大した体格には感じられない。ただ、大雑把な流れとしてヨーロッパ人の平均身長は中世以来十七、八世紀頃まで下がり続け、以降漸増に転じるようであり、フランスにおける一九六〇年の男子一七〇センチと二〇〇七年の男子一七五センチ（この間の変化は「急伸」と言われている）という数値を念頭に置いても十九世紀前半のフランス人男子の平均身長は少なくとも一七〇センチを割り込むことになるので、絹ノ糸の一七三センチ強は長身な部類と理解されるべきなのであろう。

13―**上半身には狩猟用のチョッキのような〜**　ここは、『ヴィドック回想録』（三宅一郎訳、作品社刊、その一二〇頁の下段）にほぼ同一の描写が見える。そちらによると、脱走した場合に周辺住民がすぐ見分けられるようにという配慮から、看守が囚人の帽子や衣服を部分的に破壊する習慣があったらしい。F・E・ヴィドックという（実在の）人物はヴォートランのモデルとも言われ、『ヴィドック回想録』の原書も本作の種本の一つとして有名。

14―**オヤジの玉っ子んなれよ！**　〈玉っ子〉という語は複数の意味で再出。丸いということで〈頭〉を指すところから拡大して、頭の中に隠された〈秘密〉、またその人の意図、というところからこの箇所では〈その人の意図どおりに動く〉という用法になっているものらしい。丸い硬貨を指してお金、〈フラン〉という通貨単位の代わりにも用いられる。

15―**そちらをご覧いただきたい**　結局書かれなかった『弑逆者』という作品への言及らしい。ここでの口ぶりからすると〈政治生活情景〉に収める予定のものだったのだろうか。

16―**ブルジョア**　大雑把に言って、貴族階級と、労働者などの大衆との間に位置する有産階級のこと。この物語の少しあと、一八三〇年七月の市民革命の主導力となる勢力であり、今後七月王政下で由緒正しい貴族をどんどん押し退けて台頭していく社会階層として、既に着々と実際的な力を持つようになってきている。

17―**猥褻な版画**　日本のあぶな画や春画に相当するものか。この物語の時点で写真は疾《と》うに発明されていたし、その存在と技術そのものも公表されつつあったが、それほど一般化してはいない。

18―**お手軽コルセット**　最初の手稿では〈逢引のために最近発明されたあのコルセット〉。女性の着用するコルセットの紐掛けはなかなか大変で、場合によっては旦那が手伝わされることもあったらしい。そして夜になって今度は紐を解くのを手伝わされるのだが、どうも朝自分が結んだのとは違った結び方がされていて吃驚してしまう、というような笑い話が存在する。

19―**辻馬車**　ここの〈辻馬車〉の原語は〈フィアークル〉で、四輪二頭立ての箱型辻馬車。二列座席のベルリーヌ型かその半切り《クーペ》型かは不明だが、いずれにせよ乗客の乗り込む箱の後ろに従者用の立ち台はあるはずなので、ここでディアーヌの従僕が尻込みするのは物理的な困難ゆえではなく名誉（自分の、あるいは主人の、もしくはその両方）の問題によるものかと思われる。あるいは、もっと立派な馬車に付いているような従者用の外部座席がないのが不満だったという可能性もあるが。

20―**無名を運命付けられた偉大な人物**　この小見出しとこの節の内容はズレがあるように感じられるが、本来の意図としてはコランタンを指すものかと思われる。

21―**建設予定のゴシック様式教会**　紆余曲折を経て結局ネオ・ゴシック様式で一八五六、七年に完成した。今現在、パリで最古のネオ・ゴシック様式聖堂。

22―**大公閣下**　ここでバルザックはおそらく、実在の人物であるポリニャック大公をほのめかしている。ポ大公は一八三〇年当時の首相で、七月勅令の立案者。

23―**封蠟**　融かした蠟を垂らして、指輪などに付いた印章を押すことで小包や手紙に封をした。バルザックの改稿の凄まじさは伝説的だが、『幻滅』第一部のゲラ訂正の写真などを見ると、余白が足りなくて紙を貼り足すのに蠟が用いられているらしいところもある。

24―**花市場**　パリの裁判所近くの花市場は一八〇八年以

来、現在まで同じ位置に存在する。一方、本作中に何度か見える〈花市場の河岸《Quai aux Fleurs》〉は公式の名称としては一八七九年まで存在せず、本作中の当時および本作執筆の当時は飽くまで慣用的呼称だったのではないかと思われる。これが裁判所や花市場から数区画離れた現在の〈Quai aux Fleurs〉と同一の場所を指すのかは不詳だが、検事総長の執務室から往復十分という記述があることからも、現在よりもっと裁判所に近いあたり、それこそ花市場の目の前の河岸を指した可能性もある。

25―**乗車賃**　四人の乗った辻馬車の行程は、大雑把に言って、パリの中心にある裁判所の近くから東南方向のイヴリー市門に向けて走り出し、半分もいかないうちに植物園のところで停車、二人を降ろし、また裁判所に引き返す、ということになる。ここでも二頭立て四輪の箱型辻馬車（フィアークル）だが、四人で乗っているということは箱の中で座席が前後二列向かい合ったベルリーヌ型であろう。『馬車が買いたい！』からの孫引きになるが、一八二九年時の箱型辻馬車の〈ひと乗り〉の料金が三十スー即ち一フラン半だったそうで、この場面での行程を植物園までの往路でひと乗り、裁判所までの復路でもうひと乗りの合わせてふた乗りと捉えてその料金が三フランと考えると、一八三〇年時もひと乗り三十スーの料金だったのだろう（少なくともバルザックはそう認識していたのだろう）と得心がいく。つまりジャック・コランは別に、上機嫌で、あるいはゲン担ぎの景気付けに、多めに支払うように言ったわけではないようである。

26―**指錠**　両手の親指にかける、手錠を小型化したようなもの。手錠と併用されたり、犯罪者のほか、かつて奴隷の拘束にも用いられたという。現在でも存在する。

27―**例えばどちらも得点権のある～**　ここで念頭に置かれているのは〈ピケ（piquet）〉というトランプゲーム。手札で決まる得点と、その手札を使ってのトリック・テイキングによる得点が複合する遊び。通常の五十二枚組トランプから全柄の二～六を抜いた三十二枚を使う。二～四人でプレイされるが、おそらくここでは〈泥棒ピケ〉の別名がある四人ピケであろうか。

28―**あいつの言いつけ**　ラスティニャックはリュシアンと同じ地方の出身で、どちらも没落貴族の血を引き、リュシアンに軍配が上がるにしてもどちらも美男子。そして、ラスティニャック自身『ゴリオ爺さん』でヴォートランに〈憑依〉されかけているわけであるから、「一歩間違えば自分がこうなっていたかも知れない」という思いもあってリュシアンの亡骸に付き添っていたのではないか。何も第一部冒頭であいつ即ちヴォートランから「今後はリュシアンのことを大事な兄弟のように扱え」と脅されたからではなかろう。ゴリオ爺さんを看取って以降は鼻持ちならない冷笑漢となって大いに出世するラスティニャックだが、彼も案外、芯まですれっからしではないのかもしれない。

解説——野崎　歓

1　創造主の神話

「バルザックののち、小説はわれわれの父親世代が小説という語で理解していたものとは、もはや何ひとつ共通するところがなくなった」（ゴンクール兄弟『日記』一八六四年十月二十四日）

そんな言葉もあながち大げさとはいえないほど、まったく新しい小説の道を切り開き、巨大な作品を創り上げた人物、それがオノレ・ド・バルザックです。一七九九年に生まれたバルザックは、一八五〇年に世を去りました。彼の生きた半世紀はまさしく、フランスにおいて近代的な意味での小説というジャンルが確立された時期に当たります。

市民階級の台頭《たいとう》、初等教育の拡充による識字率の高まり、そして印刷技術の向上によって、活字メディアは俄然《がぜん》、活況を呈し、巨大化を遂げます。そのなかで、小説への需要がかつてなく高まっていきました。国外の斬新な作品――ホフマンの幻想小説やウォルター・スコットの歴史小説――が次々に仏訳されたことも、フランス人が小説の面白さに目覚める大きなきっかけとなりました。バルザックもまた、異国の最新の文学にたっぷりと学びつつ、小説によって同時代の市民社会に肉薄し、描き切るという、実はそれまでほとんど前例のない試みに挑戦したのです。

人気が高まっていたとはいえ、文学ジャンルとしての小説の地位はいまだ低く、批評家たちは詩という由緒ある高貴なジャンルに対して、新興〝マスコミ〟の勢いに乗って登場した小説を蔑視し、「産業的文学」の烙印《らくいん》を押したりもしました。しかし面白いことに、バルザックの仕事の革新的な意義をいちはやく認めたのは、むしろユゴーやボードレールといった大詩人たちでした。バルザックの葬儀で読み上げられた、故人への敬意あふれる弔辞のなかで、ユゴーは『人間喜劇』について次のように表現しています。

「観察であり、しかも想像であるような書物。それは真なるもの、親密なるもの、ブルジョワ的なるもの、些細《ささい》なもの、物質的なものをふんだんに提供しながら、しかもときおり、あらゆる現実を大きく引き裂くようにして、不意に、もっとも痛ましくもっとも悲劇的な理想を垣間見せるのです」(《レヴェヌマン》紙、一八五〇年八月二十日)

徹底してリアリスティックであると同時に、奔放な、幻視的なまでのイマジネーションを横溢《おういつ》させ、現実のありとあらゆる次元を経めぐりつつ、「理想」のこうむる悲劇を描き出すバルザック作品の特質を、ユゴーはみごとにとらえています。しかもユゴーは同じ文中で、バルザックは「恐るべき人間研究」に従事しながらも憂鬱《ゆううつ》になったり人間嫌いになったりせず、「笑みを浮かべて晴れ晴れと」そこから身を解き放つことができたと記しています。なるほど、個人や社会の暗部に深く測鉛《そくえん》を下ろして、ときにはおぞましい真実をも明るみに出し、野心の挫折や運命の無情を好んで主題としながら、バルザックの小説はつねにポジティヴな生命感を失わず、人生へのあくなき好奇心と愛着をにじませています。そこに読者は、並はずれた創造者バルザック自身の精神の脈動を感じとらずにはいられません。その結果、バルザックを愛読することは、作者その人への讃嘆《さんたん》の念へとつながっていきます。たとえばバルザックのうちに「現代的な美」の創造者を見てとって、ボードレールはこんなふうに称えています。

「というのも、『イーリアス』の英雄たちといえども諸君の足元までしか及ばないのだから。おお、ヴォートランよ、ラスティニャックよ、ビロトーよ（……）。——そしてあなた、おお、オノレ・ド・バルザックよ、あなたが自らの胎内から生み出したあらゆる人物たちのなかで、あなたこそはもっとも英雄的でもっとも特異、もっともロマンチックでもっとも詩的な人物なのだ！」（『一八四六年のサロン』）

バルザック的小説の魅力が、それぞれが一個の典型にして血のかよったリアルな存在でもあるような登場人物たちの造型にあることはまちがいないでしょう。しかもその作者は、二千数百人にのぼる『人間喜劇』中のキャラクターすべてを凌駕《りょうが》するほどの強烈な個性の持ち主だとボードレールはいうのです。バルザックの生み出した最大の神話的人物はバルザック自身だったのかもしれません。

2　絶対の探求

では、バルザックとは本当のところどういう人物だったのでしょう。彼を知る人々の証言には食い違いも多く、実体をつかむのは容易ではありません。たとえばある高名な文学者は、バルザックの眼は磁気を放って炯々《けいけい》と光り、鷲《わし》ですら視線をそらすほどの威力があった云々《うんぬん》と、圧倒的なオーラに包まれた一種の魔人としての肖像を描いています（ゴーチエ『オノレ・ド・バルザック』）。他方、たまたま事務手続きで彼を間近に見た大使館書記官は、「小柄な肥満体で、パンの配給係じみた顔、樽《たる》職人みたいな横幅、メリヤス業者のような物腰、居酒屋店主ふうの外見」などと身もふたもない回想をしています。陽気な語り口で次から次に奇想天外な逸話を披露し周囲を魅了したという人もいれば、いつでも金勘定の話と愚痴《ぐち》ばかりで閉口したという人もいます。本人はモードの審判者を気取り、ダンディぶりを誇示したかったようですが、およそあか抜けない、むさ苦しい男だったとの証言もあるのです。

とにかく確かなのは、彼が二十九歳で事実上破産して以来、巨額の借金を抱え、債鬼《さいき》に追われ続けたこと、そして自らの浪費癖および事業の失敗の連続ゆえに（個人雑誌を創刊したり、鉄道の株を買ったり、贅沢《ぜいたく》な別荘をもったり、銀山開発やパイナップル栽培を計画したり……）、たえずふくらみ続ける借金を返済すべく、小説家としてのデビュー時から晩年まで、昼夜を問わず仕事に明け暮れ、書きに書いたということです。カシミヤ（夏はリネン）のカプチン会修道士風の服を身にまとい、小さなみすぼらしい机の前にすわってカラスの羽根軸のペンを走らせ続ける。とびきり濃いコーヒーをがぶのみし（煙草は知力体力を鈍らせるのでやらない）、昼夜兼行で書きまくる。そのはてに「十六、七時間の重労働でブチのめされ」（ツヴァイク『バルザック』水野亮訳）、死んだようにベッドに倒れこむ。書簡を見ると、元旦にも朝三時に起きて仕事を始めています。そんな執筆が青春時代以来、十年、二十年と途切れることなく続いたのです。

厖大《ぼうだい》な借金を原稿料で返済しなければならないという事情は確かにありました。とはいえ、そうした無茶な創作を、実はバルザック的な小説のあり方そのものが要求していたともいえるでしょう。同時代のフランス社会——未曾有《みぞう》の成長期を迎えていた——の急激な変動をそのまま小説化することが、三十代早々にバルザックの定めた目標でした。それは「戸籍簿と競争する」とか、「ナポレオンが剣で企てたことを私はペンで成就するであろう」といった有名な言葉が示すとおりの、いささか誇大妄想的な野望ではありました。しかし小説こそはそんな野望を抱かせるだけの可能性をもつジャンルだという直観が、バルザックに決定的な一歩を踏み出させたのではないでしょうか。『あら皮』(一八三一年)とともにいよいよ大作家の道を歩み始めた数年後には、「人物再登場」という画期的アイデアを得て、個々の作品の枠を越えてつながり、広がっていく全体小説のヴィジョンをふくらませていきます。

全百三十七作で完結するはずの『人間喜劇《コメディ・ユメーヌ》』——ダンテの『神曲《コメディ・ディヴィーヌ》』の向こうを張ってのネーミングで、いってみれば「人曲」あるいは「人間の劇」であるとともに、「人類劇場」とも解し得ます——のプランは、八十九作まで達したところで途絶しました。しかし原理的にいってそもそも、未完成を運命づけられた企図だったのではないでしょうか。何しろそれは、社会と時代の無限の多様性に向かって開かれているとともに、一人一人の人物の生とともに次なる展開をはらんでいく、はてしない運動と増殖を特質とするプロジェクトなのですから。しかもバルザックの目的は(ユゴーの評言にあったとおり)、単に眼前の現実を描写し、再現することではありませんでした。その深奥《しんおう》にひそんでいるはずの真実、たえず生起するものごとの根本的な原因を透視することが問題なのであり、彼は「人々や情熱や出来事のこの巨大な総体の隠された意味を不意打ちにすること」(『人間喜劇』総序」)に努力を傾注しました。つまり小説とは「社会研究」――一時、彼は全体の題をそう考えていました――であるのみでなく、科学的かつ哲学的な「絶対の探求」でもあったのです。

そんな途方もない探求を支え続けたのはいったい何だったのか? エネルギーの塊のような作家のうちに燃え立つ野心や名誉欲、成功への意志でしょうか。それと同時に、バルザックのうちには現実への信頼があり、この世界が日々、生み出し続けるドラマへの驚嘆があったように思うのです。社会の事象とはあまりに「劇的な偶然を孕《はら》む」ものであり、「事実というものの果敢な独創性は、つくりごとにおいては到底許され得ないほどに現実離れした厚《こう》顔《がん》無《む》恥《ち》の奇跡的推移を織り出すに至る」(『浮かれ女盛衰記』)と彼は記しています。

つまり独創性は作家よりもまず社会自体のうちにあって、作家はその汲《く》めども尽きぬ泉の水を汲み続けるほかはないというのです。それはまた、作家がどのような想像をほしいままにしようと、その結果は必ずや人間社会のうちに対応物を見出すはずだという信念でもあるでしょう。バルザックの筆遣いはつねに、ときとして憎らしいほど自信満々で、揺るぎがありません。それはおそらく、彼が「自分の時代の諸々の力と姿を、技術、科学、芸術、流行を、残らず愛していた」(クルティウス『バルザック論』小竹澄栄訳)からであり、情熱をこめて「己れの時代を抱擁していた」からでした。バルザックの文体を特徴づける一種の陶酔感覚もそこに由来するのです。

3 善悪の彼岸

「自分の時代」のみならず、『人間喜劇』で扱われる時代はルネサンス以来の四世紀に及びます。広大な時空を飛翔し、パリの大貴族から田舎の農民、大銀行家から金貸し、娼婦から神秘思想家まで、登場人物たちの職業身分も多種多様です。内容からしても、秘められた女心の描写で唸らせるかと思えば(『谷間の百合』)、落剝《らくはく》した老人の末路を哀感ふかく描き出し(『従弟《いとこ》ポンス』)、はたまたナポレオン帝政期の政治的陰謀を活写して、最後にはナポレオンその人まで登場させる(『暗黒事件』)といった具合で、いったいどこからこのあまりに豊饒《ほうじょう》な小説世界に分け入っていけばいいのやら、嘆息したくなるほどです。

しかし本巻の編集にあたって、編者が迷いなく選んだのは、ヴォートランの導きに従うというやり方でした。ヴォートランとは、バルザックの生み出した人物たちのうちでも最も強烈な印象を与える一人であり、名だたるバルザック読みの胸を熱くさせてきた特別な存在です。そもそもバルザック自身が彼に一目置いていたことは、『人間喜劇』の人物のうち唯一、彼だけを自らの手で小説から演劇へと越境させ、『ヴォートラン』と題した芝居を書き舞台にかけたことに明らかです。

脱獄して偽名で生きるこの変装の名人は、『ゴリオ爺さん』から『幻滅』、そして『浮かれ女盛衰記』という三大長編を縦断して活躍し、その変幻自在ぶりで目を奪いつつ、罰当たりな人生哲学を随所で披瀝し、戦慄的なスリルを小説に吹き込んでいるのです。

「地下世界」の帝王にして「偉大なる悪と堕落の権化」たるヴォートランことジャック・コラン、またの名をカルロス・エレーラは、「悪の詩情」をふんぷんと放って若者を誘惑し、彼の人生を操ろうとします。しかしそうした恐ろしい犯罪者としての資質以上に、ヴォートランにはどこか愉快なまでの不埒《ふらち》な逞《たくま》しさがあり、その姿を前にして読者は自然の驚異を目の当たりにしたかのように瞠目《どうもく》せずにはいられないのです。実際、下宿屋ヴォケー館にくすぶってお人好しそうな様子を取りつくろっていようとも、あるいはどれだけ狡知《こうち》にたけたところを見せようとも、ひとたび彼がわれを忘れて激昂《げっこう》するや、彼は「山猫」さらには「虎」に変身し、普段は周到に隠している猛獣性をむきだしにします。そんなとき、彼は「火山」と化して「溶岩と火花」を噴き上げるかにすら思われるのです。要するにヴォートランとは、死神をもだます法外なエネルギーの具現であり、そのエネルギーが日常の仮面を破って噴出する瞬間、読者はいわば異次元を垣間見ることになります。

そこにはバルザックの半世紀後に無意識の理論を樹立したフロイトが「エス」や「リビドー」と呼ぶことになるものを予告する部分もあるかもしれません——バルザックにとっての手持ちの理論は、十八世紀の医学者メスマーが提唱した、人間界を束ね宇宙を充たす「動物磁気」をめぐる学説だったわけですが。しかもヴォートランの物語が示すのは、単に彼個人のうちに潜在する脅威的な力というだけではありません。その力はうわべの社会の裏側にひそむ別の社会に直結するものとしてとらえられています。つまりヴォートランをとおして、バルザック作品は貴族やブルジョワ中心の文化の外に自律して存在し、固有の言語まで備えた「上流泥棒界《どろ》」――「隠語《ちょうふ》」に満ちたその異言語が『浮かれ女盛衰記』では盛大に活用されます――に足を踏み入れるとともに、ひそかに、しかし傲然《ごうぜん》と既成秩序に反逆し続ける者の闘争を描くことになるわけです。宗教的モラルを不遜にあざわらう「悪魔」じみたその姿は、ロマン主義文学が好んで扱った、反逆者としての堕天使像につながります。しかし同時に、バルザックは抜群の取材力にもとづく裏社会事情の解説をこまごまと織り込んで、ヒーロー像をあくまで現実的な材料によって作り上げることに意を尽くしてもいます。その結果いよいよ、ヴォートランの姿は、現代社会に立ち向かう批判者としての凄《すご》みを帯びるのです。『ゴリオ爺さん』で彼がラスティニャックに説く人生哲学の、凡俗にまさる力をもつ者はその他大勢を踏みつけにしてかまわないのだとする部分には、ドストエフスキー――バルザックの愛読者で、ロシア語に翻訳までしています――の『罪と罰』に直結する空恐ろしさがあります。「表社会」を堅固に支えているはずのもろもろの価値観は、肩に「強制労働」を示す「T・F」の二文字を刻印された脱獄徒刑囚によって、激しくゆさぶりをかけられるのです。

4 パッションの物語

しかし同時に、バルザックの多くの登場人物たちと同様、ヴォートランの内なるエネルギーはそのまま激しいパッションに形を変え、それが彼を鼓舞《こぶ》しています。女嫌いの彼は男と男の友情にこそ崇高さが宿ると信じ、とりわけ自分の惚れ込んだ美青年の出世を助けることに生きがいを見出すのです。『ゴリオ爺さん』のラスティニャック相手に示されるそうした危険な庇護者ぶりは、『幻滅』におけるリュシアンを相手にいよいよ本格的に発揮されます。人生に挫折し若くして死を選ぼうとするリュシアンの前に、聖職者の扮装で現れたエレーラ、すなわちヴォートラン＝コランは、青年に第二の生を与えることで彼を「養子」にし、自分が彼の「父」になろうとします。リュシアンに「媚びへつらい、猫のような甘えよう」を示す怪人物の様子のはしばしには、ほとんど同性愛的なエロスの発露が感じられます。オスカー・ワイルドやプルースト、トーマス・マンといった作家たちがこの人物に並々ならぬ衝撃を受けるとともに、強い愛着を抱いたのもゆえないことではありません（リュシアンの死はわが人生最大の痛恨事の一つというワイルドの有名な言葉は、彼が自分とヴォートランを同一視していたからこその表現だと、『浮かれ女盛衰記』を読めばわかるのです）。

　ただしヴォートラン像の核心がホモセクシュアリティ――バルザックの言葉でいえば「第三の性」――の主題に留まらないことはいうまでもありません。「子」に対する献身という点では、ゴリオ爺さんの父性愛をなぞり、変奏する部分も感じられます。しかしまた、ヴォートラン自身が自らを「芸術家」としてとらえていることに注意すべきでしょう（「おれはいわゆる芸術家なのさ」）。彼の場合、それは美を愛することに加えて、自らの手で望むがままに美を彫塑し、生命を吹き込むことを意味します。自作の彫像に恋してしまうピグマリオンとしての芸術家ともいえるでしょう。自らの作品であるリュシアンを彼はパリ社交界に投げ入れ、貴婦人と恋愛させ、栄達の道を歩ませようともくろみます。

そこにわれわれは、バルザック自身の創作の営為との鮮やかな照応関係を見て取ることができるのではないでしょうか。青年たちの物語を綴る作家とヴォートランはほとんど一心同体です。バルザックが、働きづめの自分をいつも「徒刑囚」になぞらえていたことや、修道士姿で執筆していたことまでもが、ヴォートランを彷彿させるように思えてきます。かつてある批評家は、ヴォートランこそは「創造力の神話的形象」だと喝破しました（ベガン『バルザック熟読玩味』）。バルザックをバルザックたらしめていたパワーの真髄というべき部分に、われわれはヴォートランの物語をとおして触れることができるのです。

しかしながら、いうまでもなくヴォートランはバルザックの生み出した人物の一人にすぎません。彼のまわりには、ひと癖もふた癖もある女たちや老人たち、学生や貴族や司法関係者たちなどが交錯して複合的な物語を織りなしていきます。どこに注目するかによって、『人間喜劇』はいかようにも表情を変え、カレイドスコープのようにきらめく多彩な面白さを見せてくれることでしょう。そしてその光景が今日に生きるわれわれにとってもきわめてアクチュアルに迫ってくることは、たとえば現代フランスで注目を集める作家ミシェル・ウエルベックがつねづね、バルザックへの熱烈な傾倒を標榜し、自作の扉に『浮かれ女盛衰記』からの引用を掲げたりしている事実にもうかがえるでしょう。「バルザックに忠誠と愛を誓わない者は小説芸術の初歩さえ理解できていないのだ」と彼は主張するのです（『発言』）。

編者としては、本書に『ゴリオ爺さん』全編、そして『浮かれ女盛衰記』の第四部を清新な翻訳によって収めることができて、非常に満足しています。前者の有名な「～ラ､マ」尽くしの掛け合いシーンや、後者の「地下世界の言語」がどんな具合に訳出されているか。ぜひお楽しみください。『幻滅』の全編については藤原書店版（野崎・青木真紀子共訳）をご覧いただければ幸いです。『浮かれ女盛衰記』の全訳もおそらくは遠からぬ将来に、刊行の運びとなるでしょう。では本書をひとつの入口として、読者がバルザックの築いた大伽藍の探検に乗り出されますよう！

作品解題

『ゴリオ爺さん』*Le Père Goriot*（1835）

〈作品の誕生と変貌〉

「誰もが自分の身近に、おそらく心の中に、その素材を見出せる」はずの小説、と語り手が冒頭で紹介する『ゴリオ爺さん』は、王政復古下のパリの生活を観察し描いた「ローカルな」作品でありながら、どの時代の読者の「身近に、心の中に」もある素材とも響き合う不思議な傑作ではないだろうか。バルザックの創作活動の中で重要な役割を果たすことになる発明を軌道に乗せた作品であり、八十九の小説からなる『人間喜劇』の要《かなめ》に位置するとも言える。

知られている限り、バルザックがはじめて『ゴリオ爺さん』に言及したのは一八三四年九月二十八日、母への手紙の中でだった。九月、トゥール地方でサッシェの館に滞在していたバルザックは、この小説と『セラフィタ』（すでに《ルヴュ・ド・パリ》誌に掲載が始まっていたが、一八三五年に全体を刊行）の完成に十日必要と見積もっていたが、結局秋から冬にかけ、パリのカッシーニ通りで『ゴリオ爺さん』の執筆を続けた。「私の修道院に鐘が鳴り響きました。《ルヴュ［・ド・パリ］》で、踏みつけにされ続けても壊れないほど壮大な、ある感情を描ききらなければならないのです」とバルザックは二年前にふられたカストリー夫人への手紙に書いている。この鐘の音は、作品の中心主題を告げるひらめきだった。それは、バルザックの創作活動の重大な転機を告げるゴングでもあった。バルザックは『ゴリオ爺さん』で、社会をその広さと深さのまま、細密に描き出す作家としての地位を確立し、「人物再登場法」を本格的に使い始めて『人間喜劇』への道を切り開いたのである。

『ゴリオ爺さん』は四回に分けて《ルヴュ・ド・パリ》誌に掲載された。この文芸誌は、王政復古期の終わり頃から数多くの新進作家を世に出し（その多くは忘れられてしまった）、主に短編小説を掲載していた。『ゴリオ爺さん』も最初は借金返済の足しにする短編になるはずだったが、執筆、校正の過程で大きな作品に育っていったのだ。作者が作品を最後まで書き終わっていなかった一八三四年十二月十四日に冒頭部分の掲載が始まり、第二部は同二十八日、第三部は翌一八三五年一月十八日、結末部分は一月二十六日に読者の手に渡った。執筆開始からおよそ四ヶ月で書き終わったことになる。この執筆のスピードには驚くほかないが、実はバルザックにはよくあることだった。単行本としては、ヴェルデとスパッシュマンにより一八三五年三月に二巻本で初刊行され、その後もバルザックはテクストに修正を加えながらさまざまなかたちで何度もこの作品を出版していく。

バルザックは校正刷りにかなりの訂正を施す習慣があった。物語の筋は《ルヴュ・ド・パリ》誌に掲載された段階ですでに固まっていたが、その後、社会や人間に関する考察や、箴言《しんげん》のような文句、登場人物の心理などに関して、追加や訂正が重ねられた。下宿人たちが当時流行《はや》った視覚装置「パノラマ」の「ラマ」を使って言葉遊びを繰り広げる箇所にも、大きな書き加えが見られる。人々の行動を観察し記録するだけでなく、各階層の人間が言葉に対していかなる意識を持ち、どのように言葉で人を傷つけたり傷ついたり、言葉と戯れたりしていたのかを、作家は書き留《とど》めたかったのだ。

一八四五年にバルザックが発表した最終構成案によれば、『人間喜劇』は「風俗研究」「哲学的研究」「分析的研究」から構成され、そのうち「風俗研究」は〈私生活情景〉〈地方生活情景〉〈パリ生活情景〉〈政治生活情景〉〈軍隊生活情景〉〈田園生活情景〉に分かれ、各情景の中に長編、中編、短編が分類される予定だった。この構成案にタイトルが示されている作品をすべて書き終わらないうちに、それでも『人間喜劇』だけで八十九の作品を残して、一八五〇年、バルザックは死んだ。一八四三年に『人間喜劇』に組み込まれた時には〈パリ生活情景〉に分類されていた『ゴリオ爺さん』は、一八四五年にバルザック自身が所有していた『人間喜劇』のページに書き付けた指示によって最終的に〈私生活情景〉に入ることになった。

〈人物再登場法と『人間喜劇』〉

同じ登場人物を複数の小説に登場させ、作品と作品を有機的に結びつけて社会全体を具体的かつ論理的に描き出す方法を思いついた時、バルザックは自分の天才と成功を確信したという。小説家は『ゴリオ爺さん』でこの「人物再登場法」を本格的に活用し始めた。はじめ「ウージェーヌ・ド・マシアック」という名だった登場人物を、『あら皮』（一八三一年）に出てくるラスティニャックと同一人物にしようと思い立ち、『あら皮』のラスティニャックが社交界でかなり経験を積んだダンディなので、『ゴリオ爺さん』冒頭の場面を一八二四年から一八一九年に五年早め、『あら皮』と十年の差を設けた。このように、「人物再登場法」を適用するとなると、名前の調整だけでなく、年代や、人物造形や、心理のからくりの変更も必要になった。一八四〇年に『人間喜劇』という総題をはじめて提示し、一八四二年から『人間喜劇』に既存の小説と新しい小説を加えていったバルザックは、この「フュルヌ版人間喜劇」の手持ちの版に修正を加え続けた。こうして訂正が加えられた「フュルヌ・コリジェ版」にも多くの齟齬《そご》が残っている。再登場する人物たちの成長や変貌や交流を語る『人間喜劇』は、ところどころ不整合で亀裂の入った大伽藍《だいがらん》、いや全体の形さえくっきりとは見定めがたい、ざわめき動き続ける言葉の巨大な渦なのである。

『ゴリオ爺さん』の初版本で、既存のバルザックの小説に出てくる登場人物は二十三人のみだった。再版のたびに改訂を行った末、他の小説にも登場する人物は四十八人にまで増えていった。中でも重要な再登場人物は、『人間喜劇』の二十二の小説に現れ、大金を動かすニュシンゲン男爵、二十九の小説に登場し、多数の重要人物の身体を診察して、優れた語り手ともなり、レジオン・ドヌール勲章を受け、科学アカデミーに入ることになるオラース・ビアンション、二十九の小説に姿を見せ、ダンディの代表から首相の座にまで上り詰めるド・マルセー、二十九の小説に顔を出し、一八三九年にはすでに二度大臣となっているラスティニャック、そして、バルザック自身が本巻に収められた三作を結ぶ「脊髄《せきずい》」と見なしていたヴォートランらである。

この「人物再登場法」は当時必ずしも好評だったわけではなく、同じ人物の同じ癖ばかり見せつけられて飽き飽きする、作品群を迷路のようにしている、などの批判もあった。だが「人物再登場法」によって、読者は他の小説で人物の前歴やその後の姿を知ることができるようになった。後にマルセル・プルーストは、この手法に見て取れる天才のひらめきと美しい効果を讃《たた》えた。二十一世紀の読者も、社交界を去ったボーセアン夫人がどうなったのか知るためには『捨てられた女』（一八三二年）を、レストー伯爵家の騒動の顚末《てんまつ》を知るには『ゴプセック』（一八三〇年）を、ランジェ公爵夫人の言葉の意味をさらに知るためには『ランジェ公爵夫人』（一八三四年）を、タイユフェール嬢の父の過去を知るには『赤い宿屋』（一八三一年）を読み、『人間喜劇』の世界を泳ぎ回って既知の登場人物の知り合いと次々出会うことができる。

〈主題と構成〉

『ゴリオ爺さん』はその主題の強さと豊かさ、構成の巧みさによって、一篇の小説として読んでも鮮烈な印象を残す。バルザックは「父の想い」というテーマを書こうという意図を以前から持っていたようだが、具体的に確認できるのは創作ノートに書きつけられた「父」というタイトルと、何ページか先の「ゴリオ爺さんの主題——律儀な男——パリの下宿——六百フランの年利収入——各自五万フランの年利収入がある娘のために貧しくなってしまい、犬のように死ぬ」という要素である。父性のテーマはバルザックの作品のあちらこちらに変奏されている。たとえば『ゴリオ爺さん』執筆開始の前年に《ルヴュ・ド・パリ》誌に掲載された『フェラギュス』には、元徒刑囚で秘密組織を指揮している点ではヴォートランにも通じる男フェラギュスが、ブルジョワ上流階級に嫁いだ娘を陰で熱心に支え、最後には娘を失って廃人同然になる物語が書かれていた。

『ゴリオ爺さん』はまた、ラスティニャックの物語のはじまりでもあり、『幻滅』やフローベールの『感情教育』等と同じく、若者がさまざまな体験を経て成長、変貌していく「自己形成小説（教養小説）」というジャンルの物語としても読める。ゴリオの没落とラスティニャックの出世が交差し、そこにヴォートランの少なくとも表面は快活だった人生の一時期とその終焉《しゅうえん》、タイユフェール嬢の人生の転機、ヴォケー夫人の野心と失望などが絡んで、すべてのクライマックスが冬のある一日に集中する見事な多重奏ができあがっている。

バルザックの小説の冒頭部分の描写は読者を退屈させるほど細密で有名だが、語り手が力説しているとおり、場所の雰囲気や細部と各登場人物は互いに互いを説明し、舞台設定は物語の展開と思いがけないところで結びつく。冒頭でサン＝マルセル地区の静けさと、ヴォケー館の前の普段は馬も上り下りしない急坂を思い浮かべた読者は、物語の中で馬車がここまで上ってきた時、それがいかに重大な事件を予告しているか気づくことになる。丁寧に描かれている下宿の階段口や畑、菩提樹《ぼだいじゅ》の並木、庭のテーブルは、ラスティニャックとヴォートランの一触即発のにらみ合いや語り合いの舞台になり、家の前に敷かれた砂利は、ヴォートラン逮捕の時に警察官の足音をじゃらじゃらと響かせ、聴覚に危機を訴えるだろう。

場所と時間、人物を描写し、分析する第一部では、下宿人も読者も「ゴリオ爺さんとは誰か」という謎を抱く。ラスティニャックの調査のおかげで、ゴリオの前歴が読者だけに知らされたところで第一部は終わる。謎に対してあれこれ間違った推測をさせておいて、読者と一部の人物だけに真実を語るという、バルザックが一八三〇年代初めから短編小説に適用してきた手法がここにも見られるが、ゴリオの前歴だけを第一部で暴き、心の秘密を最後まで明るみに出さないことで、この手法は長編小説にも応用できるようになった。

「社会の縮図」である下宿に舞台を設定し、バルザックは『人間喜劇』を支える「あらゆる地域、階層の人々を描き出す」という夢を小型に実現している。実は当時、下宿というのはありふれた身近な題材だった。十九世紀前半の並以下の住居にはだいたい調理設備がなかったため、独身者や地方からパリに上った学生にとって、食事つきの下宿に住むのがごく一般的で理にかなった選択だったのである。『ゴリオ爺さん』のダイナミックな構造は、下宿のある貧しいサン＝マルセル地区、上流貴族の住むサン＝ジェルマン地区、成金ブルジョワの多いショセ＝ダンタン地区を、主にラスティニャックがつないでいくことで生まれている。水平面で分断されたパリをはじめは徒歩で、時に馬車で、縫い合わせるように移動するラスティニャックは、最後に無垢《むく》な若者の心をゴリオの墓穴に葬り、ペール・ラシェーズ墓地の高みからパリ全体を掌握して闘いを挑む。サン＝マルセル地区の下宿に住む学生の身分を捨て、ショセ＝ダンタン地区のダンディに生まれ変わるのである。父の葬式にも来なかったニュシンゲン夫人の家に夕食に出かけていくという本作での彼の最後の行動は、倫理感や正義感よりも利益と出世欲を優先させ、ニュシンゲン銀行の汚い事業にも関係し、一八三八年にはデルフィーヌ・ド・ニュシンゲンの娘と結婚することになるラスティニャックの今後を予告する行為でもあるだろう。

〈時代と小説の時間〉

物語の舞台が一八一九年、つまり王政復古期に設定されているとはいえ、一八三四年から三五年にかけて書かれたこの作品には、金銭が支配する七月王政の社会が透けて見える。「一八三〇年［の七月革命］が一七九三年［フランス大革命の中で恐怖政治が行われた年］を完了した」と述べたバルザックは、ここに貴族階級の最後の輝きを、変化を経験した者の視点から回想のノスタルジーをこめて書いている。ボーセアン夫人の最後の舞踏会にきらめく灯火は、サン＝ジェルマン地区に住む上流貴族が生きた最後の虚栄の印でもある。富裕ブルジョワ層と貴族の結婚は、この小説ではまだスキャンダルのように書かれているが、七月王政の社会においては凡庸《ぼんよう》な出来事になっているだろう。ゴリオの二人の娘のうち、銀行家の妻になっている妹のデルフィーヌは、一八一九年の時点では貴族に嫁いだ姉アナスタジーに踏みつけられているように感じているが、この小説が書かれた一八三五年には、もはや過去の栄光にすがりつくしかない貴族の妻よりも上に立っているだろうと、バルザック研究者ニコル・モゼは鋭く見抜いている。

ゴリオが《一七九三年老人》、つまり大革命の幽霊であることも見逃せない。やはりモゼが指摘しているように、大革命の直後に繁栄を築いて没落したナポレオンとゴリオの運命の間には奇妙な符合が見られる。一八一三年、ゴリオが商売をやめた年は、ナポレオンがライプツィヒの闘いで初めの大敗を喫した年だし、ゴリオがヴォケー館に転がり込んだのはナポレオンがワーテルローで決定的な敗北を経験した年だ。そしてゴリオは一八二〇年、ナポレオンは一八二一年に死ぬ。『ゴリオ爺さん』における父親の死は、父性の死であり、父性的な権力の死でもあるかもしれない。その意味でも、『ゴリオ爺さん』は単なる父性愛の物語ではなく、社会と歴史を描く試みであり、読者はめまぐるしく社会が変化していった十九世紀の小説ならではの仕掛けやずれを楽しむことができる。

〈ヴォートラン像〉

最後に、本巻に収められた三作の「脊髄」、ヴォートランについて述べておきたい。この「悪の詩《ポエジー》」たる壮大な登場人物、行動でも言葉でも、作品と下宿を賑《にぎ》やかに、劇的に揺り動かし、語る想念が社会と人間についての雄弁な分析になっているこの大胆な人物については、モデル探しもかつてさかんになされた。文学の中では、レチフ・ド・ラ・ブルトンヌの『堕落した百姓』で若い男をシニカルな理屈で誘惑して自分の思い通りに育て、自分がはじき出された社会で成功を収めさせようとする人物と類似点があることや、ディドロの『ラモーの甥《おい》』でジャン＝フランソワ・ラモーが述べる「自然界では、すべての種が食い殺し合う。社会ではあらゆる階級が互いを貪り食う」といった哲学が、ヴォートランのそれと重なることなどが注目されてきた。

他方、実在の人物としては、バルザックが直前に書いた『フェラギュス』（一八三三年）にも名が挙がっている盗賊ピエール・コワニャール（一七七九―一八三一）の他、ウージェーヌ・フランソワ・ヴィドック（一七七五―一八五七）との重なりがしばしば指摘されてきた。ヴィドックは、もともと犯罪者でありながら、結局、社会の中に居場所を見つけ、警察権力の長になった経歴がヴォートランと酷似している。ところが、『ゴリオ爺さん』のヴォートランはヴィドックをイメージして書かれていない。この作品の手書き原稿では、ヴィドックの名を消したところに、警察部長ゴンデュローの名が書かれているのである。つまり作者の頭の中では、一時期、ヴィドックがヴォートランを逮捕することになっていたのだ。反対に『幻滅』と『浮かれ女盛衰記』に現れるヴォートランの方は、明らかにヴィドックを意識して書かれた。「腐敗、徒刑場、社会の悪のおぞましさの権化たるこの人物には壮大なところはありません。断言しますが、モデルは確かにいるのです。(中略）この人物はヴォートランそのもの、ただしヴォートランの情熱を抜き取った存在です」とバルザックは一八四六年十月十一日、イッポリット・カスティーユへの手紙に書いている。再登場し、ヴォートラン、カルロス・エレーラと名を変えていくジャック・コランの人物像にも、ずれと亀裂があるのが面白い。それこそ、多面的で、亀裂や断絶をはらんだ『人間喜劇』の特徴なのだから。

※挿絵は、読者が思い描く登場人物像を壊さないことを祈りつつ、背景の空間を想像させてくれそうなものを選んだ。ヴォケー夫人像のみ Bertal と Rouget のサインが入っているフュルヌ版 (1843) の挿絵、他は James Henry Lynch の画、Eugène-Michel-Joseph Abot の彫りによる *Le Père Goriot* Calmann-Lévy, Quantin (1885) の挿絵などから取った。

『幻滅』 *Illusions perdues* (1836-43)
〈地方とパリ、ラスティニャックとリュシアン〉
『幻滅』は一八三六年、一八三九年、一八四三年に書かれた三つの話からなっており、それらが『幻滅』というタイトルのもとに一つの作品となったのは一八四三年の『人間喜劇』刊行時、第八巻でのことだった。『ゴリオ爺さん』完成の次の年に書き始められた『幻滅』も、もともとは短めの作品となる予定だったが、次第にふくれあがっていった。先に書かれた『ゴリオ爺さん』、後に来る『浮かれ女盛衰記』との結びつきは明白だが、他の作品とも主題や人物でつながっている。リュシアンの親友で妹の夫になるダヴィッド・セシャールの実験と発明の試みは『人間喜劇』に現れる他の発明家、『絶対の探求』(一八三四年) のバルタザール・クラース＝モリナらの発明への情熱の主題とつながり、田舎のサロンでリュシアンに詩を朗読させるバルジュトン夫人の文学好きは『田舎ミューズ』(一八四三年) のディナを思い出させ、ダヴィッドの父、けちなセシャール親父は『ウージェーニー・グランデ』(一八三三年) のグランデ爺さんが体現する吝嗇《りんしょく》のテーマとの接点を持つ。
ラスティニャックと同郷の青年、リュシアンを主人公として「自己形成小説」が変奏されていると読むこともできるだろう。青年が幻滅や葛藤を経て大人になっていく物語はそれまで、『谷間の百合』（一八三六年）や『ゴリオ爺さん』のように、バルザックの故郷トゥール地方かパリを舞台にしてしか書かれていなかった。この小説は『人間喜劇』における地方の若者たちの生活環境をアングレームまで広げ、青年を地方からパリへ、パリから地方へ移動させることで〈地方生活情景〉と〈パリ生活情景〉をつないだのである。ただしリュシアンは自己を形成するはずが、幻滅を経て、いつまでも「知性と性格、意志と欲望のバランスが崩れている」自己に死の宣告を下し、他者に操られる存在になる。

〈地方生活情景〉の序文でバルザックは『幻滅』について「最後の〈地方生活情景〉は人生の二つの時期を結ぶ作品であり、地方と首都をつなぐ幾多の現象を見せてくれるだろう」と書いている。予告どおり『幻滅』では地方とパリのつながり、そして対比も描かれることになる。地方でまだ尊重されている詩は、パリではすでに時代遅れで、首都に到着した詩人リュシアンは小説を書くように勧められる。バルザックは『フランス人の自画像』（一八四〇―四二年）で、地方の女性は一種類、パリの女性は無数いると書いているが、地方では美しかったバルジュトン夫人もリュシアンも、パリに出てみると互いの目に野暮ったく映る。

『ゴリオ爺さん』のラスティニャックはこの野暮ったい状態から、すぐに仕立て屋を味方につけてお洒落《しゃれ》なパリの青年へと変身した。リュシアンにその才覚はなく、パレ＝ロワイヤルの店で買わされた服はオペラ座で彼に窮屈な思いをさせ、パリの貴婦人に奇妙な服だと思われる。オペラ劇場は、音楽を楽しむだけでなく、人を観察し、人に観察される場だった。『ゴリオ爺さん』でイタリア座の桟敷にはじめて座ったラスティニャックは感嘆の眼差《まなざ》しで見られ夢見心地になるが、オペラ座に連れて行かれたリュシアンは屈辱的な体験をする。すでに社交界に地位を築いている青年貴族ラスティニャックは、父の「シャルドン」という姓を隠して勝手に母の「ド・リュバンプレ」という貴族名を名乗ろうとするリュシアンの出自を暴露し笑い者にする。青い眼、黒い髪で観察眼鋭く、社交界をうまく泳ぎ渡っていくラスティニャックと、透き通るような青い眼で金髪、ナルシストで意志の弱いリュシアンは、対照的な人物として描かれている。ペール・ラシェーズ墓地からラスティニャックがパリに闘いを挑んだのに対し、リュシアンは同じ場所からパリを俯瞰《ふかん》して、もはやこの町に自分の味方がいないことを嘆き、追い出されるようにしてパリを去る。屈辱的な旅をして故郷へたどり着いたリュシアンが自分の虚栄心につけこんだ策略に踊らされ、家族の不幸の種になっていることを自覚する経緯が、本巻に収められた『幻滅』の末尾に書かれている。過去の恋人バルジュトン夫人のサロンにあらわれたリュシアンは、パリで磨かれた魅力を地方のサロンでひけらかす。だがその後、「善意から出た行為が悪を及ぼしてしまう」自分の性質に絶望して死に向かうところを、神父に変身したヴォートランに拾われて再びパリに向かうリュシアンは、ラスティニャック家の領地の前を通る。しかもラスティニャックがヴォートランから聞いたような道徳論、社会論を、この謎の人物の口から聞かされるのだ。ラスティニャックが『ゴリオ爺さん』でヴォートランの誘惑に結局は乗らなかったのに対し、リュシアンはこの道中でヴォートランに魂を売り渡すだろう。

〈恋と出版界への幻滅〉

一八三六年に刊行された第一部『二人の詩人』は、「幻滅」という主題にふさわしく、バルジュトン夫人に裏切られて一つめの幻滅を体験するところで終わっていた。そのとおり、リュシアンの一つめの幻滅は、恋の幻滅だ。アングレームで社会的立場の違いに恋の行く手を阻まれたリュシアンは、詩人としての才能と高貴な美しさでバルジュトン夫人に愛されるが、一緒にパリに出た途端に捨てられる。第二部に描かれた幻滅は、主に首都での文学とジャーナリスムの活動の中で味わう幻滅だ。リュシアンは高潔な文学者への道を諦め、自分の主義や意思を捨てて他人の命令のままに記事を書き、利益のために政治的立場を変えていって、すべての友人を失う。

したがって本作に描かれた幻滅は、文学界、出版界での幻滅でもある。王政復古期の文学生活が描かれ、文筆家が進みうる二つの道が示される。片方の道のりは地道で長く高潔で、「セナークル」の文学青年たちがたどる道だ。もう一つは素早く成功できるが良心を泥まみれにしなければならないジャーナリストたちの道だ。作家と読者の間を出版社や書店がつなぎ、どのように書物が流通していくか、いかにして作者と作品の評判が作られ、金と交換されるかという実情も生き生きと描かれている。経済の法則に支配された出版界の実情は、清くうぶな思想の持ち主の幻想を打ち破る。名声はしばしば金で買われ、たとえ痛烈な批判の記事を書かれても、黙殺されて終わるよりは有利である。「ギャルリー・ド・ボワ」に書店と娼婦が同居しているのも象徴的ではないだろうか。身体の一部、魂の映し絵のように書かれた手書きの原稿は、活字に組まれて、娼婦の身体と同じく値段交渉の末、売りに出され、売れなければ、ただの紙、物を包む屑紙になってしまう。

〈紙、印刷、出版、流通〉

しかし、紙自体は、この作品の中で重要な位置を占めている。手書き原稿から印刷物に至るまですべてを、パリと地方を往復する視点で観察しているこの作品は、パリだけでなく、地方の町での印刷の実態、書き言葉の流通や読まれ方、紙の製造まで観察している。安い植物繊維を原料とする紙の製法の発明に打ち込んでいるうちにコワンテ兄弟の印刷所との競争に破れるダヴィッド・セシャールの物語は、一八四三年のフュルヌ版まで第三部に集約されていた。バルザックが手書きで修正を書き込んだいわゆる「フュルヌ・コリジェ版」ではじめて、ダヴィッドがエーヴに語る発明の夢が第一部に移され、各部のつながりが強化された。

新しいステナップ印刷機やインキをのばすローラーをまだ取り入れていない田舎の印刷所は、「歴史の秘書」を自任するバルザックが描き残そうとした、世の中から消えつつある物事の一つだろう。字体に名を残したフェルミン・ディド（一七六四―一八三六）らが「立派な書物を刷った歴史ある道具」、しかしその中でもう時代遅れになっていた道具類は、冒頭で描かれる古風な印刷所の持ち主セシャール親父にとっては宝物だが、息子のダヴィッドにとってはもはやガラクタだった。インキ溝と印刷機の間を往復する動作から「熊」とあだ名される印刷工、百五十二の小さい仕切り箱に入っている活字を拾いだす動作から「猿」と呼ばれる文選植字工など、田舎だからこそ残っている物や人や風習が、活字、印刷、紙のテーマをめぐって懐かしい姿をあらわす。

バルザック自身、小説家であると同時に、多くの雑誌、新聞に記事を書く一種のジャーナリストだったし、印刷所や出版社を経営しようとして巨額の負債を負った。だからこそバルザックは執筆、紙の製造、印刷、出版、書物の流通を、ここで一連の活動として具体的に語ることができたのである。紙でできた小説の中で紙の話をし、出版物である小説の中で出版を語るというのは、斬新な試みではないだろうか。それが、この小説を「あらゆる作品中で最も重要な作品」（一八四三年三月二日、ハンスカ夫人への手紙）にした理由の一つだろう。

※本巻収録の翻訳の初出は、〈バルザック「人間喜劇」セレクション〉第五巻『幻滅――メディア戦記　下』（野崎歓／青木真紀子訳、藤原書店、二〇〇〇年）です。今回の再録にあたり、多少手を加えました。

『浮かれ女盛衰記』 *Splendeurs et misères des courtisanes*（1838-47）

〈化身〉

一八二四年、つまりヴォケー館を去って四年あまり経った頃、ラスティニャックはオペラ座の舞踏会ですっかり変身を遂げたかつてのヴォートラン、実名ジャック・コラン、今やカルロス・エレーラと名乗る男に再会する。『浮かれ女盛衰記』のこの冒頭は、『幻滅』のオペラ座の場面と対をなしている。再びリュシアンを揶揄《やゆ》しようとしたラスティニャックは、仮面をかぶった男に脅され、リュシアンを支援することを約束させられる。

オペラ座では、『幻滅』で問題になっていた「シャルドン／ド・リュバンプレ」という名前の問題が解決されていることもわかる。エレーラが名前と顔を変えて生まれ変わったように、リュシアンは姓を変えて別人となった。あるいは別人となったから（魂を売ったから）姓を変えたのだ。つまりこれは、『幻滅』の最後で自殺しようとしていたところを通りかかったエレーラ（コラン）の馬車に拾われ、コランの手先になる契約を結んで第二の生を生きていくリュシアン・ド・リュバンプレの物語なのである。『幻滅』で詩や記事を書いたリュシアンは、刊行される文章はもう何も書かない。自分の所有者であるエレーラに宛てた手紙を残して自殺する。とはいえすでに『幻滅』でリュシアンは、ジャーナリスムのからくりや政治的利害に操られ、何かを「書かされる」存在になっていなかっただろうか。その意味では、リュシアンは主体的に考え、書くことを諦める段階をすでに踏み越えてしまっていたのかもしれない。

〈代理で生きる〉

『浮かれ女盛衰記』の中心を貫いているのは、『ゴリオ爺さん』から引き継がれた「代理」というテーマでもある。社会的制約のせいで自分にはできないことを、誰か別の人間に成し遂げさせ、経験してもらって満足するという主題だ。この主題がゴリオとヴォートランを結んでいる。ゴリオは娘たち、ヴォートランはリュシアンを代理に立てて、自分には入り込めない上流社会で成功させようとする。だが、ゴリオは娘たちに操られ、娘たち自身の幸せを願い、その幸福も不幸も自分の身に引き受けるのに対し、ヴォートランはリュシアンを愛しているが彼を操り、自らの意思を貫くためにはリュシアンの恋を踏みにじる。バルザックは一八三四年にヴィドックに会って強い印象を受けていたが、経歴が似ているヴィドックのフィクション版にとどまらず、コラン（エレーラ）像は、メスマーの「動物磁気」説を応用した磁気的な視線と影響力、ロマン派が展開した「悪魔」のイメージなどを重ね、壮大で不気味なものになっていった。社会の既成概念への反抗、闘争を信条として掲げ、悪魔的なのに神父を演じる彼は、『人間喜劇』が描く社会の最大の矛盾を体現し、皮肉っている。

〈娼婦「痺《しび》れエイ」〉

リュシアンとヴォートランの物語というだけではない。これは、女たち、特に題名からして「娼婦」エステルの物語でもある。この三人は奇妙な三角関係を結んでいる。ジラルダンは、娼婦の世界を描いた『痺れエイ』が貞節を重んじる読者に嫌われることを恐れ、一八三八年に《ラ・プレス》紙への掲載を拒否した。一八四五年、最初の二部につけた序文で、バルザックは人々の生き様が均一化されてきていることを嘆き、同時代の作家シャルル・ラブーに賛同して、もはや泥棒、徒刑囚、娼婦たちにしか独自の風俗が見られない、社会から切り離された存在にしかエネルギーが感じられないと述べている。バルザックはさまざまな娼婦たちを描いてきた。『あら皮』の宴会に姿をあらわすウーフラジーとアキリーナ、『マラーナの女たち』（一八三二―三三年）でブルジョワ階級の夫人になるジュアナの母方に代々受け継がれてきた娼婦の家系、『老嬢』（一八三六年）で偽の妊娠の噂を流して男から金を搾り取り、地方からパリに上り高級娼婦になっているシュザンヌ・ド・ヴァル＝ノーブル、そして『風流滑稽譚《こっけいたん》』（一八三二―三七年）でやはり恋のために自殺するインペリアなどだ。しかし『浮かれ女盛衰記』でやっと、バルザックは娼婦の心理と身体を生々しく解剖する試みに乗り出した。

バルザックは手持ちの登場人物に加えて、エステルを創造する必要があった。『ゴリオ爺さん』でヴォートランが「自分の父親の骨でドミノを作りかねないような、とんでもない男」と形容し、「あいつから金を盗《と》ろうったって苦労しそうだぜ」と言っていた高利貸しを主人公にした『ゴプセック』の一八三五年の版に、バルザックは『痺れエイ』につながる要素を滑り込ませてあった。高利貸しは「ジャン＝エステル・ファン・ゴプセック」という名であり、姪《めい》の「美しきオランダ女」のことを語って、「うちの家系では女たちはぜったいに結婚しないのさ」と、娼婦の家系であることをほのめかしていたのである。

科学者ジョフロワ・サン＝ティレールは、ナポレオンのエジプト遠征の時期にエジプトに調査旅行を行い、現地で「電気なまず」と「しびれえい」という二種の電気魚を生きたまま手に入れて、調査、研究の成果を論文に公表していた。バルザックがこの生物の身体に流れる電気をエロティックなものと見立ててエステルの人物像を創り出したことは、芳川泰久氏の著書（『闘う小説家バルザック』）に興味深く分析されている。種の分断線は越えられないとした科学者キュヴィエとジョフロワ・サン＝ティレールは当時、「アカデミー大論争」を繰り広げていた。そこでバルザックは『人間喜劇』の「総序」に「たった一つの動物しか存在しない」と書いて科学者ジョフロワ・サン＝ティレールの「器官形成の統一性」説を支持し、その思想を『人間喜劇』構築の手法と哲学に取り入れている。小説家は、科学者の論文、当時の娼婦の実態を研究した書物など多種多様なテクストを重ねたイメージの上に、恋する娼婦像を構築したのである。

〈金銭と感情の流れ〉

この作品は『幻滅』の続編のようだが、二作品の執筆時期は部分的に重なっていた。バルザックは一八三五年、『幻滅』の結末を書き終わる前に、『浮かれ女盛衰記』のもととなる『痺れエイ』を書き始めた。リュシアンの一度目のパリ滞在での失望とアングレームへの帰還を書く前に、バルザックの心はもうリュシアンの二度目のパリ生活を書こうと急《せ》いていたのである。一八三八年九月に『痺れエイ』が出版され、一八四七年に全体が完結したことを考えれば、作家バルザックが最も長い期間携わっていた作品ということになる。これはまた、『人間喜劇』の中で登場人物が一番多い小説でもあり、名前がある人たちだけで、フェルナン・ロットの計算によれば二百七十三人の登場人物があらわれる。

バルザックは『浮かれ女盛衰記』の直前に発表した『ニュシンゲン銀行』（一八三八年）から、銀行家ニュシンゲンの人物像のみでなく、金銭と愛の絡み合いというテーマを引いてきた。そして実際、『人間喜劇』の中を流れる金が本作品に流れ込まんとしている。高利貸しゴプセックがかき集めてきた金、つまり『ゴリオ爺さん』で夫の家に伝わるダイヤモンドを金に換えてもらおうとゴプセックのところへ持ち込んだレストー夫人のように、人々がさまざまな想いを胸に金品を預けてゴプセックに儲けさせてきた金の集積が、もう少しでエステルのところに流れ込むはずのところで彼女は死ぬ。人々から血のように金を搾り取ってきたニュシンゲンの巨万の富の一部も、エステルを介して、ヴォートランとリュシアンの懐に入り込む手はずが整えられていた。だが、死んだエステルの枕の下にあったその金は消え失せ、エレーラとの計画を難破させてリュシアンに刑務所への道を開いてしまう。

〈大衆小説風の作品にあぶり出される禁忌《タブー》〉

込み入った策略があちらの陣営でもこちらの陣営でも仕組まれ、複雑に絡み合っていくとはいえ、小説の構成は比較的明確だ。第二部の終わりでエステルが死に、第三部でリュシアンが死ぬ。エステルもリュシアンも、一度死にかかって、悪魔のような人物エレーラに二つめの生を与えられるが、結局滅びてしまうのである。残るはヴォートランが、警察、上流階級とどう決着をつけるかという問題だ。小説のテンポは次第に速くなり、読者は固唾《かたず》をのんで物語の展開を追う。

『ゴリオ爺さん』では背景に隠れていたヴォートラン周囲の悪の一味が登場し、それに対抗して警察と司法の面々も登場、同時代のウージェーヌ・シューやアレクサンドル・デュマの小説にも似た大衆小説風のどんでん返しや追跡劇が生まれ、いくつもの非業の死が描かれる。ただし、バルザックは現実の鋭い観察者、記録者としての立場を完全に捨てることはなく、警察について、ナポレオン時代の警察大臣ジョゼフ・フーシェ（一七五九―一八二〇、『人間喜劇』ではコランタンの実の父という噂もある）の回想録等を読んで情報を集めた。バルザックは同時に、フィクションと現実が混淆《こんこう》した伽藍『人間喜劇』の細部の構築にも注意を払っていた。『ゴリオ爺さん』ではわずかに言及されていただけのコランの犯罪活動が明らかになり、名前が出ていただけの絹ノ糸も実際に登場する。『ふくろう党』（一八二九年）で一八二八年から一八二九年にかけて人物像が創られた冷徹な警察官コランタンは、『暗黒事件』（一八四一年）で怨恨から貴族たちに無実の罪を着せて死に追いやり、本作でコランを逮捕する。バルザックはまたラ・ペラードの腹心コンタンソンの履歴を『現代史の裏面』の第一部（一八四六年）で明らかにしている。

この作品を締めくくるのは、エレーラ（コラン）の「最後の変身」だが、それを促したのは、この「悪の詩《ポエジー》」にとって一番大切な感情、『ゴリオ爺さん』でヴォートランとしてラスティニャックに語った「男同士の友情」の悲劇的な結末だ。リュシアンを失ったエレーラは自分を（気を）失うほどに嘆き悲しむ。リュシアンの手紙の口調から、この二人の男の間にホモセクシャルな関係があったと解釈する人もいる。『風流滑稽譚』での性的な冗談は、時代のずれとラブレー風文体のヴェールのもとにのびのびと繰り広げられていたが、ここで小説家は現実の同時代のパリを舞台に、当時の性のタブーを中心的な題材に据え、愛の心理と身体的な愛の両面に大胆に切り込んだのである。

バルザックは文学の潜水夫として社会の深海を探索した。そして娼婦、徒刑囚の生態だけでなく、書かれていない、書かれてはならない主題を、小説の言葉の層の中に読者があぶり出せるよう仕組んだのだった。

（博多かおる）

バルザック　著作目録

〈原書全集・選集〉

バルザックの著作集は、生前から企画・刊行されてきた。『人間喜劇』と銘打たれた作品集は「フュルヌ版」と呼ばれる一八四二年に刊行開始された版が最初だが、バルザックは「哲学短編集」「私生活情景」「十九世紀風俗関係」などのタイトルのもとに作品をグループ化する試みを一八三〇年代から行っていた。他方、『人間喜劇』以外の作品、つまり『風流滑稽譚』や劇作品、初期小説、新聞・雑誌・共著に発表された多数の文章等も存在し、ガリマール社から出た最新のプレイヤード版バルザック作品集はこれらの一部を *Œuvres diverses*（諸作品集）に収めている。ここでは、いくつかの重要な版を年代順に追っていく。

・フュルヌ版 (Édition Furne)

一八四二年から一八四六年にかけて一六巻が刊行され、補遺として第一七巻が一八四八年に出た。挿絵入り。バルザックは版画家たちにテクストを読むことを要求し、装幀や植字にも注文をつけた。バルザックの死後、ウシオー Houssiaux が権利を買い取り、この一七巻を再版。その際、フュルヌ版に欠けていた『農民』『結婚生活の小さな悲惨』を第一八巻に、第一九巻に劇作品（『ヴォートラン』『パメラ・ジロー』『継母』）を収めた巻を一八五五年刊行し（一八六五年の再版の際に *Le Faiseur* を追加）、第二〇巻として『風流滑稽譚』を出版した。この版は国際バルザック研究会（Groupe International de Recherches Balzaciennes）とバルザック記念館、シカゴ大学の ARTFL グループの協力により、現在、バルザック記念館の左記のサイトにおいて、ＷＥＢ上で読んだり検索をしたりすることが可能である。

www.v1.paris.fr/commun/v2asp/musees/balzac/furne/presentation.htm

- ミッシェル・レヴィ版

Œuvres complètes de H. de Balzac, Paris, Michel Lévy frères, 1869-1876, 24 vol.
『人間喜劇』とそれ以外の作品、および書簡集をはじめて一堂に集めた著作集。

- コナール版

Œuvres complètes de Honoré de Balzac, texte révisé et annoté par Marcel Bouteron et Henri Longnon. Illustrations de Charles Huard, gravées sur bois par Pierre Gusman. Paris, L.Conard, 1912-1940. 40 vol.
注釈つきのはじめての著作集。

- クラブ・ド・ロネットム版

Œuvres complètes, édition nouvelle établie par la Société des études balzaciennes [sous la direction de Maurice Bardèche.] Paris, Club de l'honnête homme, 1956-1963, 28 vol.
挿絵、注釈、未刊の作品断片などが入った著作集。訂正が施された新版が一九六八年から一九七一年に刊行された。

- ランコントル版

Œuvres complètes de Balzac, avec les préfaces écrits par Roland Chollet, Lausanne, édition Rencontres, 1959-1968, 28 vol.
作品が出版年代順に並べられた著作集で、二十世紀の代表的なバルザック研究者の一人ロラン・ショレが各巻に序文をつけている。

- ビブリオフィル・ド・ロリジナル版（「フュルヌ・コリジェ版」掲載）

Œuvres complètes illustrées, publiées sous la direction de Jean-A. Ducourneau. Paris, Les Bibliophiles de l'originale, 1965-1976. 30 vol.

バルザック自身が、フュルヌ版の第一六巻まで（第一七巻は紛失）に訂正などを書き込み、「一八四五年のカタログ」を貼り付けたいわゆる « Furne corrigé »（フュルヌ・コリジェ版）の複製が一巻から一六巻までに入っている。

- 新プレイヤード版

La Comédie humaine, édition publiée sous la direction de P.-G.Castex, Paris, Gallimard, 《Bibliothèque de la Pléiade》, 1976-1981, t.I~XII.

「フュルヌ・コリジェ版」にもとづいた現代の決定的な校訂版。入手可能なあらゆる版、当時から現在までの資料を参照し、テクストの変化、注釈を各巻末に示している。第一二巻の最後には登場人物事典もついている。

- 新プレイヤード版、『人間喜劇』以外の著作集

Œuvres diverses, édition publiée sous la direction de P.-G.Castex, Paris, Gallimard, 《Bibliothèque de la Pléiade》, t.I: 1990, tome II: 1996.

『風流滑稽譚』、バルザックが小説家として成功する前（一八一八年から）のエセーや小説、一八二〇年代に新聞に書いた記事等、歴史と文学の間を探った作品 *Histoire de France pittoresque*、一八三〇年の転機にさまざまな新聞に掲載した文章、その後、王党派の新聞に寄稿した記事などが集められている。ただしここに収録されていない文章はまだ数多く残っている。

- 初期作品集

Premiers romans, tome 1 : 1822-1825, Paris, Robert Laffont, coll. Bouquins, 1999.

Premiers romans, tome 2 : 1822-1825, Paris, Robert Laffont, coll. Bouquins, 1999.

『人間喜劇』の作品群が生まれる以前の、バルザック二十代の小説が収められている。

〈書簡集〉

バルザックは膨大な数の手紙を残した。中でもハンスカ夫人宛の手紙は多い。ハンスカ夫人からバルザックへの手紙は残念ながら燃やされてしまった。

• 『書簡集』

Correspondance, tome 1: 1809-1835, édition établie, présentée et annotée par Roger Pierrot et Herve Yon, Paris, Gallimard, Bibliothèque de la Pléiade, 2006.

Correspondance, tome 2: 1836-1841, édition établie, présentée et annotée par Roger Pierrot et Hervé Yon, Paris, Gallimard, Bibliothèque de la Pléiade, 2011.

• 『ハンスカ夫人への手紙』

Lettres à Madame Hanska. [nouvelle édition revue et augmentée], établie par Roger Pierrot. Paris, Robert Laffont, (coll. Bouquins,), 1990, 2 vol.

〈翻訳全集・選集〉

明治時代は主に英語からの重訳のかたちで、大正時代以降は主にフランス語から直接、多くの翻訳が試みられてきたが、バルザックの書き残したものが『人間喜劇』以外にも幅広いことから、すべてを一堂に集めた「全集」は存在しない。現在入手が比較的容易な「全集」と呼ばれる作品集、「選集」のみを掲載する。

• バルザック全集

東京創元社から『人間喜劇』の約半数の作品と、『風流滑稽譚』『書簡集』（バルザックの大量の書簡からの抜粋）を全二六巻で刊行。ここには一九七三—七五年刊行の版の情報を記す。

第一巻『ふくろう党／Z・マルカス』（桑原武夫／山田稔／田村俶／渡辺一夫／霧生和夫訳）一九七三年。

第二巻『結婚の生理学』（安士正夫／古田幸男訳）一九七三年。

第三巻『あら皮／追放者／シャベール大佐』（山内義雄／鈴木健郎／河盛好蔵／川口篤訳）一九七三年。

第四巻『田舎医者／ピエレット』（新庄嘉章／平岡篤頼／原政夫訳）一九七三年。

第五巻『ウジェニー・グランデ／現代史の裏面』（水野亮訳）一九七三年。

第六巻『「絶対」の探求／暗黒事件』（水野亮訳）一九七三年。

第七巻『十三人組物語：フェラギュス／ランジェ公爵夫人／金色の眼の娘』（山田九朗／岡部正孝／渡辺貞助／古田幸男訳）一九七四年。

第八巻『ゴリオ爺さん／老嬢』（小西茂也／小林正訳）一九七四年。

第九巻『谷間の百合／アルベール・サヴァリュス』（宮崎嶺雄／河盛好蔵訳）一九七四年。

第一〇巻『セザール・ビロトー／赤い宿屋／ゴーディサール』（新庄嘉章／水野亮／伊吹武彦訳）一九七四年。

第一一巻『幻滅』上巻（生島遼一訳）一九七四年。

第一二巻『幻滅』下巻（生島遼一訳）一九七四年。

第一三巻『浮かれ女盛衰記』上巻（寺田透訳）一九七五年。

第一四巻『浮かれ女盛衰記・下巻／ガンバラ／マッシミルラ・ドーニ』（寺田透／小松清訳）一九七五年。

第一五巻『ベアトリックス／捨てられた女』（市原豊太訳）一九七四年。

第一六巻『二人の若妻の手記／骨董室』（鈴木力衛／杉捷夫訳）一九七四年。

第一七巻『ラブイユーズ／オノリーヌ』（小西茂也／堀口大學訳）一九七四年。

第一八巻『農民／ゴプセック』（水野亮訳）一九七四年。

第一九巻『従妹ベット』（水野亮訳）一九七四年。

第二〇巻『従兄ポンス／トゥールの司祭』（水野亮訳）一九七五年。

第二一巻『村の司祭／ルイ・ランベール／海辺の悲劇』（加藤尚宏／水野亮訳）一九七五年。

第二二巻『いなかミューズ／人間の門出／アディユ』（西岡範明／島田実／新庄嘉章訳）一九七三年。

第二三巻『カトリーヌ・ド・メディシス／コルネリユス卿』（渡辺一夫／川口篤／杉捷夫／鈴木健郎／沢崎浩平訳）一九七五年。

第二四巻『モデスト・ミニョン／ソーの舞踏会／ド・カディニャン公妃の秘密』（寺田透／中村真一郎／朝倉季雄訳）一九七四年。

第二五巻『風流滑稽譚』（小西茂也訳）一九七五年。

第二六巻『書簡集』（伊藤幸次／私市保彦訳）一九七六年。

・「人間喜劇」セレクション
『人間喜劇』の主要な小説を選んで、タイトルにも作品の主題が明快になる言葉を付し、藤原書店から全一三巻で刊行。各巻に対談つき。別巻二巻については参考文献に記す。

第一巻『ペール・ゴリオ　パリ物語』［訳・解説］鹿島茂、［対談］中野翠×鹿島茂、一九九九年。

第二巻『セザール・ビロトー　ある香水商の隆盛と凋落』［訳・解説］大矢タカヤス、［対談］髙村薫×鹿島茂、一九九九年。

第三巻『十三人組物語「フェラギュス　禁じられた父性愛」「ランジェ公爵夫人　死にいたる恋愛遊戯」「金色の眼の娘　鏡像関係」』［訳・解説］西川祐子、［対談］中沢新一×山田登世子、二〇〇二年。

第四巻『幻滅（上）メディア戦記』［訳・解説］野崎歓／青木真紀子、［対談］山口昌男×山田登世子、二〇〇〇年。

第五巻『幻滅（下）メディア戦記』［訳・解説］野崎歓／青木真紀子、［対談］山口昌男×山田登世子、二〇〇〇年。

第六巻『ラブイユーズ　無頼一代記』〔訳・解説〕吉村和明、〔対談〕町田康×鹿島茂、二〇〇〇年。

第七巻『金融小説名篇集　「ゴプセック　高利貸し観察記」「ニュシンゲン銀行　偽装倒産物語」「名うてのゴディサール　だまされたセールスマン」「骨董室　手形偽造物語」』〔訳・解説〕吉田典子／宮下志朗、〔対談〕青木雄二×鹿島茂、一九九九年。

第八巻『娼婦の栄光と悲惨（上）　悪党ヴォートラン最後の変身』〔訳・解説〕飯島耕一、〔対談〕池内紀×山田登世子、二〇〇〇年。

第九巻『娼婦の栄光と悲惨（下）　悪党ヴォートラン最後の変身』〔訳・解説〕飯島耕一、〔対談〕池内紀×山田登世子、二〇〇〇年。

第一〇巻『あら皮　欲望の哲学』〔訳・解説〕小倉孝誠、〔対談〕植島啓司×山田登世子、二〇〇〇年。

第一一巻『従妹ベット（上）　好色一代記』〔訳・解説〕山田登世子、〔対談〕松浦寿輝×山田登世子、二〇〇一年。

第一二巻『従妹ベット（下）　好色一代記』〔訳・解説〕山田登世子、〔対談〕松浦寿輝×山田登世子、二〇〇一年。

第一三巻『従兄ポンス　収集家の悲劇』〔訳・解説〕柏木隆雄、〔対談〕福田和也×鹿島茂、一九九九年。

・バルザック選集

水声社から、主題ごとに編んだシリーズが二〇一〇年までに二回、全九巻刊行されており、二〇一五年秋から新シリーズの刊行が始まった。『人間喜劇』の作品に限らず、初期小説、『動物寓話集』なども含み、本邦初訳の作品もある。


【バルザック幻想・怪奇小説選集】責任編集＝私市保彦／加藤尚宏。

一『百歳の人―魔術師』私市保彦訳、二〇〇七年。

二　『アネットと罪人』私市保彦監訳、澤田肇／片桐祐訳、二〇〇七年。
三　『呪われた子　他』（他に『サラジーヌ』『エル・ベルドゥゴ』『不老長寿の薬』『フランドルのキリスト』『砂漠の情熱』『神と和解したメルモス』『続女性研究』収録）私市保彦／加藤尚宏／芳川泰久／澤田肇／片桐祐／奥田恭士訳、二〇〇七年。
四　『ユルシュール・ミルエ』加藤尚宏訳、二〇〇七年。
五　『動物寓話集　他』（他に『魔王の喜劇』『廃兵院のドーム』収録）私市保彦／大下祥枝訳、二〇〇七年。
【バルザック芸術・狂気小説選集】責任編集＝私市保彦／加藤尚宏／芳川泰久。
一　『知られざる傑作　他──絵画と狂気篇』（他に『鞠打つ猫の店』『財布』『ピエール・グラスー』『海辺の悲劇』『柘榴屋敷』収録）澤田肇／片桐祐／芳川泰久／私市保彦／奥田恭士／佐野栄一訳、二〇一〇年。
二　『ガンバラ　他──音楽と狂気篇』（他に『マッシミラ・ドーニ』『ファチーノ・カーネ』『アデュー』収録）博多かおる／加藤尚宏／私市保彦／大下祥枝訳、二〇一〇年。
三　『田舎のミューズ　他──文学と狂気篇』（他に『ド・カディニャン公妃の秘密』収録）加藤尚宏／芳川泰久訳、二〇一〇年。
四　『絶対の探求　他──科学と狂気篇』（他に『赤い宿屋』収録）私市保彦訳、二〇一〇年。
【バルザック愛の葛藤・夢魔小説選集】編集＝私市保彦／加藤尚宏／芳川泰久。
一　『偽りの愛人』（他に『ソーの舞踏会』『二重の家庭』『捨てられた女』収録）私市保彦／加藤尚宏／澤田肇／博多かおる訳、二〇一五年。
二　『二人の若妻の手記』（他に『女性研究』収録）芳川泰久／加藤尚宏訳、未完。
三　『マラーナの女たち』（他に『オノリーヌ』『シャベール大佐』『フィルミアーニ夫人』『徴募兵』収録）加藤尚宏／大下祥枝／私市保彦／奥田恭士／東辰之介訳、未完。
四　『老嬢』（他に『ボエームの王』『コルネリウス卿』『ふたつの夢』収録）私市保彦／片桐祐訳、未完。

五 『三十女』（他に『家庭の平和』収録）芳川泰久／佐野栄一訳、未完。
＊右に加え、『追放された者たち』『ルイ・ランベール』『セラフィタ』を著者の序文をつきで刊行した一八三五年版の *Le Livre mystique* を邦訳した左記の書が同じく水声社から出ている。
•『神秘の書』私市保彦／加藤尚宏／芳川泰久／大須賀沙織訳、水声社、二〇一三年。

〈文庫〉

ここではほぼ十年以内（改版、文庫化再録を含む）に刊行された、特に読者にとって文庫収録の意味が大きいと思われるものを中心に挙げる。なお特に有名な作品についてはこの期間に限らず何作か挙げる。


•『オノリーヌ』（他に『捨てられた女』『二重の家庭』収録）大矢タカヤス訳、ちくま文庫、二〇一四年。

•『ソーの舞踏会』（他に『夫婦財産契約』『禁治産』収録）柏木隆雄訳、ちくま文庫、二〇一四年。

•『暗黒事件』柏木隆雄訳、ちくま文庫、二〇一四年。

•『サラジーヌ 他三篇』（他に『ファチーノ・カーネ』『ピエール・グラスー』『ボエームの王』収録）芳川泰久訳、岩波文庫、二〇一二年。

•『グランド・ブルテーシュ奇譚』（他に『ことづて』『ファチーノ・カーネ』『マダム・フィルミアーニ』『書籍業の現状について』収録）宮下志朗訳、光文社古典新訳文庫、二〇〇九年。

•『ゴプセック／毬打つ猫の店』芳川泰久訳、岩波文庫、二〇〇九年。

•『ゴリオ爺さん』平岡篤頼訳、新潮文庫、一九七二年。

•『ゴリオ爺さん』（上・下）高山鉄男訳、岩波文庫、一九九七年。

•『谷間の百合』石井晴一訳、新潮文庫、一九七三年。

•『知られざる傑作 他五篇』（他に『沙漠の情熱』『ことづけ』『恐怖時代の一挿話』『ざくろ屋敷』『エル・ベルデ

ゥゴ』収録）水野亮訳、岩波文庫、一九六五年。
・『純愛――ウジェニー・グランデ』竹村猛訳、角川文庫、一九五七年。
・『艶笑滑稽譚　第一輯―贖い能う罪　他』石井晴一訳、岩波文庫、二〇一二年。
・『艶笑滑稽譚　第二輯―明日無き恋の一夜　他』石井晴一訳、岩波文庫、二〇一二年。
・『艶笑滑稽譚　第三輯―結婚せし美しきイムペリア　他』石井晴一訳、岩波文庫、二〇一三年。
・『ジャーナリストの生理学』鹿島茂訳、講談社学術文庫、二〇一四年。
・『役人の生理学』鹿島茂訳、講談社学術文庫、二〇一三年。
・『ジャーナリズム性悪説』鹿島茂訳、ちくま文庫、一九九七年。

（博多かおる＝編）

バルザック　主要文献案内

〈伝記・評伝〉

・アンリ・トロワイヤ『バルザック伝』尾河直哉訳、白水社、一九九九年。
作家でもあり伝記作者としても高名なトロワイヤが、バルザックの創作活動と人となりを想像力豊かに描き出した伝記。

・シュテファン・ツヴァイク『バルザック』水野亮訳、早川書房、一九八〇年。
多数の伝記文学を書いたツヴァイクが、敬愛するバルザックの生涯を幼少期から死まで追う。最後に、葬式でのユゴーの弔辞の一部も引用されている。

・ロール・シュルヴィル『わが兄バルザック――その生涯と作品』大竹仁子／中村加津訳、鳥影社、一九九三年。
バルザックの妹が綴る、兄への敬愛に彩られた記録。

・Roger Pierrot, *Honoré de Balzac*, Paris, Fayard, 1994.
バルザックの書簡を編纂してきた研究者による事実と資料にもとづいた精密な「伝記」。

〈ハンドブック、入門書、概論、語彙検索〉

・『バルザック「人間喜劇」ハンドブック』（バルザック「人間喜劇」セレクション別巻一）大矢タカヤス編、藤原書店、二〇〇〇年。
主要登場人物辞典、『人間喜劇』家系図、『人間喜劇』年表、『人間喜劇』と服飾、が収められている。

・『バルザック「人間喜劇」全作品あらすじ』（バルザック「人間喜劇」セレクション別巻二）大矢タカヤス編、

藤原書店、一九九九年。

『人間喜劇』全作品のあらすじを、まるで実際の作品を読んでいるかのような感覚でたどれるように編んだ一冊。

• 霧生和夫『バルザック――天才と俗物の間』中公新書、一九七八年。

バルザックの人生と作品を、いくつかの重要な軸を中心に据えつつ総合的に分析した、入門書としても読める研究書。

• 高山鉄男『バルザック』(Century Books ――人と思想) 清水書院、新装版、二〇一四年。

バルザックの人生と創作、世界観を、重要な転機を踏まえコンパクトにまとめている。

• 鹿島茂/山田登世子『バルザックがおもしろい』藤原書店、一九九九年。

バルザック世界への案内書となる、藤原書店『バルザック「人間喜劇」セレクション』プレ企画。

• 霧生和夫氏による原文語彙検索 http://www.v2asp.paris.fr/commun/v2asp/musees/balzac/kiriu/concordance.htm
バルザック記念館のホームページの中にあり、バルザックの作品に出てくる語彙が、『人間喜劇』「その他の作品」に分けてアルファベット順に並べられ、その言葉の出てくる新プレイヤード版のページ数、行数が記されている。バルザック研究に必須。


〈研究論文集〉

• 『バルザック――生誕二〇〇年記念論文集』日本バルザック研究会、駿河台出版社、一九九九年。
日本のバルザック研究者たちがそれぞれの切り口からバルザックの作品を考察した論文集。
• 『バルザックの世界』(『ユリイカ』十二月号) 青土社、一九九四年。
研究者、文芸評論家がバルザック文学の射程を測り、作品世界を探索。
• *L'Année balzacienne*, Groupe d'études balzaciennes, Paris, 1960-1982 : Garnier, 1983- : PUF.
毎年刊行され、バルザックの作品に関する研究論文や資料を掲載している重要なバルザック研究専門誌。

- *Le Courrier balzacien*, Paris, Société des Amis d'Honoré de Balzac et de la Maison de Balzac.
現在、年に三回発行され、バルザックに関する論文や情報を掲載。

〈邦訳のある海外のバルザック研究書〉

ここでは、古典的な著書の一部と、バルザック研究に広がりを与えたいくつかの書のみを挙げる。

- アラン『バルザック』小西茂也訳、創元選書、一九四七年。
哲学者アランがバルザックの小説世界をめぐって闊達な省察を繰り広げた作品論。
- アラン『バルザック論』岩瀬孝／加藤尚宏訳、冬樹社、一九六八年。
バルザックの世界を著者自らの人間観察の成果をふまえて分析した古典。
- ピエール・バルベリス『バルザック――レアリスムの構造』河合亨／渡辺隆司訳、新日本出版社、一九八七年。
作家の生涯を歴史の中に位置づけ、情熱、秘教主義、経済、政治、レアリスムなど作品の重要な主題を論じる。
- ロラン・バルト『S／Z――バルザック『サラジーヌ』の構造分析』沢崎浩平訳、みすず書房、一九七三年。
バルザックの中編小説を五六一の意味作用をもたらしうる最小の機能単位に分割。コノテーションという概念を駆使して、これらの機能、人物の行為、物語の説話行為の次元が相互関連して複雑に機能する仕組みを分析し、テクストの多義性を浮き彫りにした。
- アルベール・ベガン『真視の人バルザック――そのヴィジョンの世界』西岡範明訳、審美社、一九七三年。
バルザックが「真の意味の小説家」であるがゆえに「詩人」でもあること、精神的な現実についての「超越的感覚の持ち主」であることを強調したベガンのバルザックに関する主著。
- E・R・クルティウス『バルザック論』大矢タカヤス監修、小竹澄栄訳、みすず書房、一九九〇年。
ヨーロッパ文学全般を視野に入れた広い視点から、「近代の神話」を創造した作家としてバルザックを捉え、『人間喜劇』の構成原理を哲学的に考察し、思想史に位置づけた。

・ジョルジュ・ルカーチ『バルザックとフランス・リアリズム』男沢淳／針生一郎訳、岩波書店、一九五五年。
マルクス主義をふまえてバルザックの作品を分析し、そのリアリズムを論じている。

・ミッシェル・セール『両性具有――バルザック『サラジーヌ』をめぐって』（叢書・ウニベルシタス）及川馥訳、法政大学出版局、一九九六年。
前述したバルトの著と同じく『サラジーヌ』を扱い、両性具有の問題から、男と女、生と死、死と芸術、右と左など、人間の二元的なあり方について、神話学・人類学・考古学等にもとづき縦横無尽に考察を展開する。

〈日本のバルザック研究書〉

実際は多数あるが、現在入手が比較的容易な単著の中から、古典的な文献、現代の研究を取り混ぜてごく一部を挙げる。

・東辰之介『バルザック――「脳」と「知能」の小説家』水声社、二〇〇九年。
バルザックはなぜ「脳」に執着してそれを描いたのかを問い、脳生理学からバルザックの人間学に肉薄する。

・伊藤幸次『バルザックとその時代』渡辺出版、二〇〇四年。
バルザックの作品に場所や地理の分析をふまえて切り込み、十九世紀の絵入り本、カリカチュアと『人間喜劇』の関連から浮世絵にまでヴィジョンを広げている。

・奥田恭士『バルザック――語りの技法とその進化』朝日出版社、二〇〇九年。
語り手が用いる人称と匿名性、語りの構造の分析をもとにバルザックの作品の進化を読み解く。

・柏木隆雄『謎とき「人間喜劇」』ちくま学芸文庫、二〇〇〇年。
『人間喜劇』に潜む「謎」をテクスト分析によって解き明かし、容易には見えない物語のあいだの関係性や構図、イメージのつながりを明らかにする。

・加藤尚宏『バルザック——生命と愛の葛藤』せりか書房、二〇〇五年。
『ふくろう党』から『あら皮』『谷間の百合』『村の司祭』など、豊かな作品分析の上に立って、十九世紀前半フランスの各社会階層の人々の愛、生命や自然を論じる。

・寺田透『バルザック——人間喜劇の平土間から』現代思想社、一九六七年。

・寺田透『人間喜劇の老嬢たち——バルザック一面』岩波書店、一九八四年。
後者は、前者を骨子とし、その前後に著者が執筆したバルザックに関する論をまとめた大著。

・原政夫『日本におけるバルザック書誌』駿河台出版社、一九六九年。
一九六〇年代までのバルザック作品の邦訳目録、参考文献目録、翻訳対訳一覧、本邦初訳一覧などがコメントと共にまとめられている。

・道宗照夫『バルザック初期小説研究「序説」』(一・二) 風間書房、(一) 一九八二年、(二) 一九八九年。
バルザックの初期小説『わが生涯のひと時』『コルシーノ』『王妃の侍女』『小間物商王』『火付け役の頭』などを分析。

・道宗照夫『バルザック「人間喜劇」研究』(一) 風間書房、二〇〇一年。
『人間喜劇』の個々の作品論を通してバルザック全体像の理解を目ざす試み。

・芳川泰久『闘う小説家バルザック』せりか書房、一九九九年。
十九世紀という、それ以前の時代と多くの面で切断された時代に「小説と小説の置かれた状況」のために闘ったバルザックの作品を、斬新でいて根本的な主題(私生活の発見、両性具有、動物と境界線、活字鋳造など)から分析した書。

〈バルザックと出版、芸術、社会、文化〉

バルザックは小説家であると同時にジャーナリストでもあり、「歴史の秘書」と名乗り、社会の研究に邁進した。その作品は、諸芸術との関係も深い。以下に、各側面からバルザック作品の読解を深めてくれる書の一部を挙げる（一部フランス語文献あり）。

【バルザックと出版】

• 私市保彦『名編集者エッツェルと巨匠たち――フランス文学秘史』新曜社、二〇〇七年。
第三章で、バルザックも執筆した『動物の私的公的生活情景』における挿絵とテクストの関係、動物のイメージ等を分析し、第四章で『人間喜劇』と出版者エッツェル、第五章でやはりバルザックが携わった「パリの百科全書」たる『パリの悪魔』を紹介している。

【バルザックと美術】

• ジョワシャン・ガスケ『セザンヌ』与謝野文子訳、岩波文庫、二〇〇九。
バルザックの熱心な読者セザンヌの興味深い指摘を多数含む。
• ミシェル・セール『生成――概念をこえる試み』（叢書・ウニベルシタス）及川馥訳、法政大学出版局、一九八三年。
『知られざる傑作』の分析をもとに、秩序形成とそれに先き立つざわめき、混沌、多様なものの関係について考察する書。
• 高階秀爾『想像力と幻想――西欧十九世紀の文学・芸術』青土社、一九八六年。
『知られざる傑作』『サラジーヌ』『ピエール・グラッスー』を西洋美術史の文脈のもとで解読する試みを収録。

【バルザックと音楽】

• Patrick Barbier, *À l'opéra au temps de Balzac et Rossini*, Paris, Hachette, 2003.
パリがヨーロッパの歌劇の首都となった十九世紀前半における複数のオペラ劇場の実際、マリブランら名歌手たちとベルリオーズやロッシーニら作曲家の活動、観衆の行動を表と裏から語る。

【バルザックと都市、社会】

• デヴィッド・ハーヴェイ『パリ――モダニティの首都』大城直樹／遠城明雄訳、青土社、二〇〇六年。
空間編成、貨幣、地代、国家、労働、女性たちの状況、大量消費、スペクタクル、階級、自然、科学、レトリックと表象など、十九世紀社会を読み解くために現代の読者が必要とする鍵の数々を含んだ書。バルザックの作品への言及も頻繁になされている。

• アンヌ・マルタン＝フュジエ『優雅な生活――〝トゥ＝パリ〟、パリ社交集団の成立 1815―1848』前田祝一監訳、前田清子／八木淳／八木明美／矢野道子訳、新評論、二〇〇一年。
上流階級のサロン、劇場、カフェ、議会、アカデミー、流行り始めた海水浴場、発明されたばかりの鉄道など、十九世紀前半、ブルジョワ社会への移行期に生成した文化空間を分析する重要な書。

• 鹿島茂『馬車が買いたい！』白水社、一九九〇／二〇〇九年。
十九世紀の小説の舞台を、馬車、宿、食生活、パリの盛り場（パレ＝ロワイヤル、ブールヴァール）、お金の単位などに焦点を当てて具体的に把握することで、バルザック、スタンダール、フローベールらの登場人物の行動や心理を当時の現実に即して読み解くことを可能にした書。

• ジャン＝ポール・アロン編『路地裏の女性史――一九世紀フランス女性の栄光と悲惨』片岡幸彦監訳、新評論、一九八四年。
女中、娼婦、女工、医者の女性像、モードの世界、主婦、農村の女、女流作家など、十九世紀のさまざまな女性像に、第一線の歴史家、歴史社会学者たちが光を当てている。

- アレクサンドル・パラン＝デュシャトレ著／アラン・コルバン編『十九世紀パリの売春』（りぶらりあ選書）小杉隆芳訳、法政大学出版局、一九九二年。
バルザックも参照した一八三六年発表の『公衆衛生、道徳、行政の面から見たパリ市の売春について』のダイジェスト版。公衆衛生学者による売春についての詳細な調査と考察。
- ルイ・シュヴァリエ『労働階級と危険な階級——19世紀前半のパリ』喜安朗／木下賢一／相良匡俊訳、みすず書房、一九九三年。
パリの犯罪、疫病、人口、社会調査、家屋、労働環境、特定の社会階層の身体的特徴（そのステレオタイプ）などについての詳細な記述の中で文学作品が分析され、『人間喜劇』に関しても、ヴォートラン、ブルジョワやプロレタリアのパリ、バルザックによる犯罪や労働者の描写の特徴などが論じられている。
- シュテファン・ツワイク『ジョゼフ・フーシェ——ある政治的人間の肖像』高橋禎二／秋山英夫訳、岩波文庫、一九七九年。
バルザックの小説にも現れる、近代警察のもとを作ったとも言われるナポレオン時代の警察長官の伝記。
- ウージェーヌ・フランソワ・ヴィドック『ヴィドック回想録』三宅一郎訳、作品社、一九八八年。
ヴォートラン像と深い関連がある人物、元徒刑囚にして警察の長になったヴィドックの回想録。
- 村田京子『娼婦の肖像——ロマン主義的クルチザンヌの系譜』新評論、二〇〇六年。
第二部でバルザックの『マラナの女たち』『娼婦盛衰記』『従妹ベット』を取り上げ、男の目に「危険な存在」として映る娼婦性を社会的背景をふまえて分析。

【バルザックと食】

- ロベール・クルティーヌ『食卓のバルザック』石井晴一／渡辺隆司訳、柴田書店、一九七九年。

バルザックの作品や書簡などに出てくる料理を、そのテクストの抜粋と共にユーモアを交えて紹介し、レシピをつけた本。合わせるべきワインなどについての言及もある。

• アンカ・ミュルシュタイン『バルザックと19世紀パリの食卓』塩谷裕人訳、白水社、二〇一三年。

人物の性格があらわれる場としての食卓からバルザックの小説を読み解く試み。「バルザックの食卓」「レストランの食卓」「宴の食卓」「家庭の食卓」「吝嗇の食卓と食道楽の食卓」「女たちと食卓」を論じている。


【衣服】

• フィリップ・ペロー『衣服のアルケオロジー――服装からみた19世紀フランス社会の差異構造』大矢タカヤス訳、文化出版局、一九八五年。

ブルジョワ風衣服の起源を探り、帽子、外套、下着、靴下、靴などの変遷、記号としての機能、百貨店とブルジョワの衣服の普及などを、バルザック、ゾラ等の作品を引用しつつ仔細に語る。


【動物磁気】

• ロバート・ダーントン『パリのメスマー――大革命と動物磁気催眠術』稲生永訳、平凡社、一九八七年。

ヴォートランら『人間喜劇』の人物も発揮する目の力のもと、「動物磁気」を解き明かす書。

• マリア・M・タタール『魔の眼に魅されて――メスメリズムと文学の研究』鈴木晶訳、国書刊行会、一九九四年。

十八世紀末にあらわれたアントン・メスマー（メスメル）の催眠療法、動物磁気説を紹介し、ホフマン、バルザック、ポーから、ヘンリー・ジェイムズ、トーマス・マン、ヒトラーへと受け継がれていく〈魔の眼〉の系譜をたどる。

【バルザックと観相学】

• ジュディス・ウェクスラー『人間喜劇――十九世紀パリの観相学とカリカチュア』高山宏訳、ありな書房、一九八七年。

一七七五年にスイスのラファーターが発表した『観相学断片』はフランス語にも訳され、バルザックの作品に応用されている。バルザック、パントマイム俳優ドビュロー、風刺画家ドーミエなどに焦点を当て、都市を舞台に身振りのアートを分析した書。

• ユルギス・バルトルシャイティス『アベラシオン――形態の伝説をめぐる四つのエッセー』(バルトルシャイティス著作集 一)種村季弘/巖谷國士訳、国書刊行会、一九九一年。

バルザックもしばしば用いた、動物との類似性から人間の性格を読み解く観相学の系譜を跡づける「動物観相学」の分析を含む。

【バルザックをめぐる旅】

• 柏木隆雄編『バルザックとこだわりフランス――ちょっといい旅』恒星出版、二〇〇二年。

バルザックの作品を紹介し、ルートマップつきで作品の舞台となっている地へと案内する。

〈フランス語による作品研究〉

フランス語で書かれたバルザック研究は数多く、多岐にわたり、当然、他の言語で書かれたバルザック研究も数えきれないほどある。ここではフランス語文献の中で、近年の文学研究のいくつかの傾向を代表する、あるいは創始した単著を挙げるにとどめる。

• Anne-Marie Baron, *Le Fils prodige : L'inconscient de «La Comédie humaine»*, Paris, Nathan, coll. «Le Texte à l'œuvre »,

1993.
『人間喜劇』とその作者を、精神分析の手法を用い「無意識」に分け入って解析する研究。

- Éric Bordas, *Balzac, discours et détours : Pour une stylistique de l'énonciation romanesque*, Toulouse, Presses universitaires du Mirail, coll. « Champs du signe », 1997.
文体論、ディスクール分析の観点からバルザック研究を続けている著者の代表作の一つ。
- Rolland Chollet, *Balzac journaliste: Le tournant de 1830*, Paris, Klincksieck, 1983.
バルザック、そのテクストとジャーナリスムの関係を丁寧にたどった必携書。
- Jacques-David Ebguy, *Le Héros balzacien : Balzac et la question de l'héroïsme*, Saint-Cyr-sur-Loire, Christian Pirot, 2010.
幻滅し、理想を見失った十九世紀におけるバルザック小説のヒーロー像を、社会階層間の境界の曖昧化や、社会規範の揺らぎを視野に入れて考察した書。
- Pierre Citron, *La Poésie de Paris dans la littérature française de Rousseau à Baudelaire*, Paris, Minuit, 1961, 2 vol.
第二巻で、バルザックの作品におけるパリの表象が分析されている。
- Jeannine Guichardet, *Balzac, « Archéologue » de Paris*, Paris, SEDES, 1986.
バルザックが試みた社会の「考古学者」としての執筆活動に光を当てる研究の幕を開けた研究。
- Lucienne Frappier-Mazur, *L'Expression métaphorique dans « La Comédie humaine »*, Paris, Klinchsieck, 1976.
バルザックの小説における比喩的表現の手法、効果、イメージの役割や、家父長制、金、身体などいくつかの比喩の軸を中心に分析している。
- Nicole Mozet, *La Ville de province dans l'œuvre de Balzac: l'espace romanesque: fantasme et idéologie*, Paris, CDU-SEDES, 1982.
バルザックの小説における地方を分析するようでいながら、安易な「パリ／地方」という対立を退け、テクストの重層性、イデオロギーの複雑な絡み合いを追う。

• Nicole Mozet, *Balzac au pluriel*, Paris, PUF, coll. « Ecrivains », 1990.
バルザック像とその作品を多面的に捉える研究の動きを引き起こした著。記号論、構造主義、精神分析などをふまえて独自のさまざまな角度から作品に切り込み、「書く」「読む」ことに関する根本的な問い直しの可能性を開いた。同著者の *Balzac et le temps: littérature, histoire et psychanalyses*, Saint-Cry-sur-Loire, Christian Pirot, 2005. も、精神分析を用い、時間性にまつわる問題を掘り下げ、バルザックの小説の核となる主題を再考している点で重要。

• Stéphane Vachon, *Les Travaux et les jours d'Honoré de Balzac : chronologie de la creation balzaciene*, Paris, Vincennes, Montréal, Presses universiaites de Vincennes, Presses du CNRS, Presses de l'Université de Montréal, 1992.
バルザックの作品発表を、初版、再版、他の媒体に分け、年月ごとに整理した、バルザックの創作活動の歩みを具体的に見取るために必須の書。

• *Ironies balzaciennes*, études réunies et présentées par Éric Bordas, Saint-Cyr-sur-Loire, Christian Pirot, 2003.
バルザックにおける発話の曖昧さや、多義性に関する研究の道を開いた論文集。著者は Aude Déruelle, Boris Lyon-Caen, Christèle Couleau, Alexandre Péraud ら。

〈映画化された作品〉

日本語字幕のあるもののみ挙げる。

• 映画『ゴリオ爺さん』原題：*Le Père Goriot*　監督：ジャン＝ダニエル・ヴェラーゲ、出演：シャルル・アズナヴール、チェッキー・カリョ、マリク・ジディ、ナディア・バランタン他、DVD一〇〇分、二〇〇五年製作（二〇〇四年放映のテレビ映画）、二〇一三年字幕付き版発売、販売元：IVC,Ltd.（VC）(D)、《IVCベストバリューコレクション～文学編～》

名歌手シャルル・アズナヴールがゴリオ爺さんを演じ、名作をテレビ映画化した作品。物語や人物に関する省略や変更もあるが、当時の下宿や社交界の雰囲気を想像させてくれる。

• 映画『美しき諍い女』原題：*La Belle Noiseuse* 監督：ジャック・リヴェット、出演：エマニュエル・ベアール、ミシェル・ピコリ、ジェーン・バーキン他、デジタル・リマスター版（二枚組）、DVD二三七分、一九九一年製作、二〇〇二年無修正版発売、販売元：パイオニアLDC。

バルザックの『知られざる傑作』からインスピレーションを得て、ヌーヴェル・ヴァーグの巨匠、ジャック・リヴェットが生み出した約四時間の大作。

• 映画『ランジェ公爵夫人』原題：*Ne touchez pas la hache* 監督：ジャック・リヴェット、出演：ジャンヌ・バリバール、ギヨーム・ドパルデュー、ビュル・オジエ、ミシェル・ピコリ、アンヌ・キャンティノー他、DVD一三八分、二〇〇六年、販売元：アルバトロス。

リヴェットが『十三人組物語』の同名の中編小説を映画化した。ほの暗いパリ上流階級の女性の私室、きらびやかな夜会や舞踏会、まぶしい光に照らされたスペインの島に建つ修道院などを舞台とし、恋愛遊戯と悲劇的な結末のあいだに観客をさまよわせる。

• 画ニメ『ざくろ屋敷』 監督：深田晃司、DVD四八分、二〇〇六年、販売元：ビデオメーカー。

画家、深澤研の繊細なテンペラ画と古楽器による音楽で、バルザックの短編小説『ざくろ屋敷』を再現した「画ニメ」作品。

（博多かおる＝編）

バルザック 年譜

一七九九年
五月二十日（フランス革命暦草月一日）、フランス中西部ロワール川沿いの町トゥールにて、父ベルナール＝フランソワ（一七四六—一八二九）と三十二歳年下の母アンヌ＝シャルロット＝ロール・サランビエ（一七七八—一八五四）の次男としてオノレ・バルザック生まれる。父は南仏アルビジョワ地方の農民の家の出で、もともとバルサという名字だったが、パリに上りフランス大革命前に名字を変え、革命中に官吏として出世し、オノレ出生当時はトゥールのフランス陸軍第二十二師団糧秣部長、かつ町の調停裁判所判事を務めていた。母はパリのサン＝ドニ通りに店を持つ裕福な商家の娘。バルザック家の長男、一七九八年生まれで母が授乳した第一子ルイ＝ダニエルが生後間もなく亡くなったこともあり、オノレは近郊のサン＝シールの乳母に預けられた。

一八〇〇年（一歳）
妹ロールが誕生。

一八〇二年（三歳）
妹ローランスが誕生。

一八〇四年（五歳）
四月、里子に出されていた先から実家に戻り、トゥールのル・ゲ塾に通う。

一八〇七年（八歳）
六月、ヴァンドームのオラトリオ教団経営の学校に入学。六年間一度も実家に帰らず寄宿舎で暮らす。弟アンリ誕生。アンリは、母とジャン・ド・マルゴンヌ氏（やがてオノレがしばしば滞在することになるサッシェの館の主）の間の不義の子とされる。

一八一三年（十四歳）
四月二十二日に、学校から連絡があり両親がオノレを引き取りに来る。読書のしすぎで心身ともに消耗しきっていた。一年半の間、家族と過ごす。

一八一四年（十五歳）　十一月に、父がパリ第一師団付きとなり、バルザック一家はパリのタンプル通り四〇番地（現在の一二二番地）に引っ越す。

一八一五年（十六歳）　一月、パリのマレ地区にあったルピートル塾の寄宿生になり、ナポレオンの百日天下の間、この王党派の塾にいた。十一月にガンセール塾に転校。シャルルマーニュ高校でも修辞学の授業を受ける。

一八一六年（十七歳）　中等教育を修了し、十一月に代訴人見習書記としてジャン＝バティスト＝ギイヨネ＝メルヴィルの法律事務所に入る。同月、パリ大学法学部に登録。妹の証言によれば、ソルボンヌとパリの国立自然史博物館でも講義を聴いていた。

一八一八年（十九歳）　四月、パリのタンプル通りにあった公証人ヴィクトール・パセの事務所で見習い書記となる。

一八一九年（二十歳）　一月、バカロレア（法律）に合格。四月に父が退職。両親は公証人になってほしいと願っていたが、オノレは作家をめざすことを宣言し、親から才能を試すための猶予期間を与えられる。八月にバルザック一家がオノレとアンリをのぞいてパリからヴィルパリジ（首都の北東約二十キロ）に引っ越す。八月、パリのレスディギエール通りの屋根裏部屋で一人暮らしを始め、デカルト、マルブランシュ、スピノザ、ドルバックなどの哲学書を読み、哲学的エセーを書く。九月初めに韻文悲劇『クロムウェル』を着想、執筆を始める。

一八二〇年（二十一歳）　四月初旬までに『クロムウェル』を完成。家族も、意見を求められたアカデミー会員アンドリュー、次にコメディ・フランセーズ正式団員ラフォンも、この作品に否定的な見解を示した。オノレは韻文劇を諦め小説家をめざす。ウォルター・スコットの影響が明らかな『アガティーズ』と呼ばれる中世小説および『ファルチュルヌ』（いずれも未刊）、前年に着想した書簡体小説『ステニー』の執筆を進める。五月、妹のロールが土木技師シュルヴイルと結婚。オノレは秋頃、レスディギエール通りの部屋を去ってヴィルパリジの家族の家に移る。

一八二一年（二十二歳） ヴィルパリジに住みながらもしばしばパリに出て、家族が使っていたマレ地区の部屋に滞在。『ビラーグの跡取り娘』『クロティルド・ド・リュジニャン』を書き始める。妹のローランスが九月に結婚。秋には一八一四年以来はじめてトゥール地方に行き、マルゴンヌ氏の義父の家に滞在。

一八二二年（二十三歳） 二十歳以上年上のベルニー夫人との関係が始まり、夫人が一八三六年に亡くなるまで続いた。前年出会った出版界のルポワトヴァンに案内されてジャーナリスム界を知り、一八二七年までに、初めは共同、後に単独で、ローン卿（Lord R'Hoone）またはオラース・ド・サントーバン（Horace de Saint-Aubin）という筆名のもとに政治論説や小説を書く。この年、『ビラーグの跡取り娘』『ジャン＝ルイ』『クロティルド・ド・リュジニャン』『アルデンヌの助任司祭』『百歳の人』を刊行、一部発禁になる。

一八二三年（二十四歳） 一月に三幕もののメロドラマ『黒ん坊』の上演をゲテ座に拒否される。七月から九月にかけてトゥール地方に滞在。カトリック教徒で正統王朝派のジャン・トマシーと親交を結ぶ。オラース・ド・サントーバンの名で『最後の妖精』刊行。

一八二四年（二十五歳） 八月にパリのトゥルノン通り二番地の部屋に入居。八月頃、ウォルター・スコットに影響を受けた歴史小説『破門されし者』に取りかかる。匿名、筆名で『長子権論』『アネットと罪人』などを刊行。

一八二五年（二十六歳） ベルニー夫人から資金援助を受けて知人らと出版社を設立し、モリエールとラ・フォンテーヌの挿絵入り小型版全集の刊行企画を始動させる。かつてのナポレオンの宮廷をよく知るダブランテス公爵夫人と交際を始める。四年前に貧乏貴族と結婚していた下の妹ローランスが二十二歳で死去。匿名で『紳士の法典』『ヴァン・クロール』を発表。

一八二六年（二十七歳）　借金をして三月に印刷所の営業権を買い取り、パリのマレ＝サン＝ジェルマン通り（現在のヴィスコンティ通り）の印刷所の二階に住み込む。『結婚の生理学』初版は初めてこの印刷所で版組みされた書物の一つだったが、私家版のみだった。

一八二七年（二十八歳）　七月、ベルニー夫人の資金援助をもとに知人らと活字鋳造会社を設立。ユゴーらセナークルの文学青年たちと知り合う。妹の旧友で、その後オノレの重要な友人かつ助言者となる女性ズュルマ・カローに出会う。

一八二八年（二十九歳）　事業に失敗し文学に回帰した年。二月、印刷事業と活字鋳造事業が破綻。六万フランの負債が残った。カッシーニ通り一番地に転居。『ふくろう党』を構想、現地のブルターニュに取材する。

一八二九年（三十歳）　三月に『ふくろう党』を実名で刊行するが売れず、十二月に『結婚の生理学』を刊行、予期せぬ成功を収める。六月に父が死去。

一八三〇年（三十一歳）　四年間親しくしてきたジャーナリストで文筆家のアンリ・ド・ラトゥーシュと決裂し、文筆家で、新聞経営者として大成功を収めることになるエミール・ド・ジラルダンらと親交を結ぶ。《カリカチュール》《ル・タン》《ラ・シルエット》《ラ・モード》などの新聞雑誌に多数執筆。一月、初めて「オノレ・ド・バルザック」という名のもとに《ラ・モード》紙に『エル・ヴェルデュゴ』を発表。四月に「私生活情景」の最初の六編となる『ヴァンデッタ』『ゴプセック』『ソーの舞踏会』『毬打つ猫の店』『貞淑な妻』（『二重家庭』）、『家庭の平和』を刊行。五月、《ラ・モード》紙に『二つの夢』（『カトリーヌ・ド・メディシス第三部』）を発表。同月末頃、ベルニー夫人とともにトゥール近郊の「柘榴屋敷」へ、そしてブルターニュへと旅行。秋頃、ユゴーやラマルティーヌ、デュマ、ドラクロワらが常連となっていたシャルル・ノディエのサロンに通い始める。年末には『サラジーヌ』『砂漠の情熱』を発表。

一八三一年(三十二歳)

代議士に立候補することを企図するが納税額が足りず挫折。八月刊行の『あら皮』、九月に発表した「哲学短編集」(十二の短編〔『サラジーヌ』『悪魔の喜劇』『エル・ヴェルデュゴ』『呪われた子』『不老長寿の妙薬』『知られざる傑作』『徴募兵』『女性研究』『二つの夢』『フランドルのキリスト』『教会』が含まれる〕)で作家としての評判が確立される。ロッシーニやオペラ座支配人ヴェロン氏など多くの著名人と交際を始め、カッシーニ通りに広大なアパルトマンを借り、軽二輪馬車と馬を買う。エミール・ド・ジラルダンとデルフィーヌ・ゲーの結婚式の証人となり、ジョルジュ・サンドとも知り合う。十月から二ヶ月近く、トゥール近郊のサッシェにあるマルゴンヌ氏の館に滞在。

一八三二年(三十三歳)

三月に正統王朝派の機関誌《レノヴァトゥール》に寄稿を始め、自由主義から正統王朝派に転向。前年に匿名の手紙をくれていたカストリー侯爵夫人と関係を結ぼうとしたが失敗に終わる。ウクライナの貴族ハンスカ夫人との文通が始まる。四月に『風流滑稽譚』第一集を発表。〈私生活情景〉第二版に「ル・コンセイユ」(『ことづけ』と『グランド・ブルテーシュ』の入ったテクスト)、『財布』『アデュー』『独身者たち』(『トゥールの司祭』)『三十女』など九編を発表。「新哲学短編集」において『コルネリウス卿』『フィルミアニ夫人』『赤い宿屋』『ルイ・ランベール略伝』(『ルイ・ランベール』の一部)を刊行。『コント・ブラン』(共作)なども世に出た。

一八三三年(三十四歳)

マリア・デュ・フレネ(旧姓ダミノワ)との関係が始まる。ハンスカ夫人と九月にスイスのヌーシャテルではじめて会い、十二月から翌年一月にかけてジュネーヴで再び会う。七月に『風流滑稽譚』第二集、九月に『田舎医者』、十二月に「十九世紀風俗研究」の〈地方生活情景〉として『ウージェニー・グランデ』『ことづけ』（単独では初出）『名うてのゴーディサール』などを刊行。《ルヴュ・ド・パリ》誌に『フェラギュス』、《ヨーロップ・リテレール》誌に『歩き方の理論』を発表。

一八三四年（三十五歳）　自分の作品の一貫性を意識し始め、著作全体を「十九世紀風俗研究」「哲学的研究」「分析的研究」の三つのグループに分けて体系化する構想を抱く。十二月に連載を開始した『ゴリオ爺さん』から「人物再登場法」の手法を用い始める。六月にマリア・デュ・フレネとの子供、マリー・デュ・フレネ（一九三〇年に子孫を残さず死去）が生まれる。ギドボニ＝ヴィスコンティ夫人に出会う。オペラ座に仲間とボックス席を借りたり、金の地金の握りにトルコ石を象嵌したステッキを作らせたり、ロッシーニやノディエらを招待して晩餐会を催したりする。四月に「十九世紀風俗研究」の〈パリ生活情景〉において『ランジェ公爵夫人』、『金色の眼の娘』の第一章を刊行。九月には同作品集の〈私生活情景〉において『絶対の探求』『同じ物語』（『三十女』）を刊行、十二月には「哲学的研究」で『海辺の悲劇』を刊行。六・七月には《ルヴュ・ド・パリ》誌に『セラフィタ』の第一章から第四章まで、十二月に『ゴリオ爺さん』第一部、第二部（翌年一月に連載完了）を発表。

一八三五年（三十六歳）　年の初めに『ゴリオ爺さん』が完成し、年末に『谷間の百合』を《ルヴュ・ド・パリ》誌に発表し始めた年。バスティーユ通り一三番地からシャイヨーのバタイユ通り（現在のイエナ通りの一部）に引っ越す。債権者と国民衛兵の応召義務違反による逮捕などを逃れる目的があった。ギドボニ＝ヴィスコンティ夫人と関係を結ぶ。五月にはウィーンでハンスカ夫人に会い、ワグラムを訪れ、メッテルニヒらに歓迎される。十月にベルニー夫人を見舞う。『金色の眼の娘』第二・三章（完結）、『神と和解したメルモス』『えんどう豆の花』（『結婚契約』）、「神秘の書」で『ルイ・ランベールの知の物語』（『ルイ・ランベール』）、一八三六年（三十七歳）『セラフィタ』を刊行。

前年に所有権の八分の六を取得していた《クロニック・ド・パリ》紙の経営者となるが七月に同紙の経営が破綻。四万六千フランの損失を被る。『谷間の百合』の未校正原稿をロシアに不正転売したとして《両世界評論》誌のフランソワ・ビュロを告訴し、ビュロもバルザックが作品の続きを契約どおりに渡さないとして告訴、長い訴訟となる。四月には国民衛兵の応召義務違反により逮捕され、投獄された。ギドボニ＝ヴィスコンティ伯爵家の遺産相続をめぐる裁判の代理人として、カロリーヌ・マルブティ夫人を伴い北イタリアへ行く。八月に戻り、ベルニー夫人の死を知って深く悲しむ。六月、『谷間の百合』を出版社ヴェルデから二巻本で刊行。《クロニック・ド・パリ》紙に、『禁治産』『骨董室』の冒頭、『ファチノ・カーネ』『砕けた真珠』（『呪われた子』第二部）、『リュジエリの秘密』（『カトリーヌ・ド・メディシス』第二部）を発表、十月、十二月には《ラ・プレス》紙に『老嬢』を発表。

一八三七年（三十八歳）ギドボニ＝ヴィスコンティ伯爵家の遺産相続裁判の全権代理人としてふたたびイタリアへ赴き、任務を果たす。ミラノからヴェネツィア、ジェノヴァ、フィレンツェ、ボローニャを旅する。パリ南西の郊外ジャルディに新しい土地と家を買う。「社会研究」を構想する（結局、生涯実現せず）。二月、「十九世紀風俗研究」の〈地方生活情景〉で『幻滅』（第一部）などを刊行、七月、「哲学的研究」で『知られざる殉教者』などを刊行。七月から八月にかけて《ルヴュ・エ・ガゼット・ミュージカル》誌に『ガンバラ』を発表。十二月に『風流滑稽譚』第三集、『セザール・ビロトーの栄光と盛衰』を刊行。

一八三八年（三十九歳）二月末から三月初頭にかけてノアンのジョルジュ・サンドの館に滞在。三月中旬、銀山を採掘して金を儲けるためにサルディニア島に渡るが、すでに採掘権はマルセイユの会社が獲得しており、失敗。四月二十一日に島からジェノヴァに渡り、おそらくトリノ、ミラノに滞在してから六月にパリ帰着。ジャルディの家に入居。十二月には、四月に設立された文芸家協会に加盟。『ニュシンゲン銀行』『痺れエイ』(『娼婦盛衰記』の冒頭)、『上流の女たち』(『平役人』)刊行、《コンスティチューショネル》紙に『地方における怨恨』(『骨董室』の冒頭以外の部分)を発表。

一八三九年(四十歳)

三月末に刊行された『パルムの僧院』について、スタンダールに賛辞のこもった手紙を四月に書き送る。八月、文芸家協会会長に選任され、著作権確立のために活動。妻を殺した罪に問われたペーテルを救うために画家ガヴァルニと事件のあったブールへ赴き、ペーテルを擁護する記事を書くが、被告人はギロチン刑となった。十二月、アカデミー・フランセーズ会員に初めて立候補(この後、一八四二年の七月と十二月、一八四八年十二月にも立候補するが、いずれも失敗)。『骨董室』『近代興奮剤考』『パリにおける田舎の偉人』(『幻滅』第二部)、『イヴの娘』『マッシミルラ・ドーニ』『ベアトリクス、または強いられた恋』(『ベアトリクス』の第一部・第二部)、『ピエール・グラスー』などを刊行、『フランス人の自画像』に三篇を執筆。

一八四〇年(四十一歳)

一月、出版社への提案の中に、自分の著作全体を示す『人間喜劇』という総題をはじめて提示。三月、戯曲『ヴォートラン』がサン=マルタン座で上演されたが、翌日から上演禁止となった。七月に月刊誌《ルヴュ・パリジェンヌ》を創刊するが九月に廃刊。現在バルザック記念館となっているパッシーの家(当時のバース通り、現在のレヌアール通り)に引っ越す。戯曲『ヴォートラン』、小説『ピエレット』『カディニアン公妃の秘密』などを刊行。

一八四一年(四十二歳)

四月から五月にかけ、エレーヌ・ド・ヴァレットという女性とブルターニュを旅行。四つの出版業者を相手に全集刊行の契約を結び、夏のあいだの交渉の結果、十月に『人間喜劇』という総題のついた契約を結び直す。十一月、ハンスカ夫人の夫であるハンスキ氏死去。『村の司祭』『役人の生理学』を刊行、《ラ・プレス》紙に『二人の兄弟』(『ラブイユーズ』第一部)、『二人の若妻の手記』第二部まで、《ル・メッサジェ》紙に『偽りの愛人』『ユルシュール・ミルエ』などを発表。共作『動物の私的・公的生活情景』中の四篇もエッツェルとポーランによって刊行。

一八四二年(四十三歳) 六月、『人間喜劇』の刊行が始まる。小説『二人の若妻の手記』、戯曲『キノラの手だて』を刊行。『人間喜劇』に初出の作品は、『アルベール・サヴァリュス』『人間喜劇の「総序」』『続・女性研究』。《ラ・レジスラチュール》紙に『ホラ話の危険』(『人生の門出』)、《ラ・プレス》紙に『地方における独身暮らし』(『ラブイユーズ』第二部)を発表。

一八四三年(四十四歳) 夏にサンクトペテルブルグへ行き、一八三五年以来会っていなかったハンスカ夫人に再会、結婚を申し込む。帰路でドイツに寄ったが、この頃から体調優れず、十一月にパリに戻ってからナカール医師の診療を受ける。『人間喜劇』の初出作品は『田舎ミューズ』『幻滅』。戯曲『パメラ・ジロー』など刊行。《ラ・プレス》紙に『オノリーヌ』、《ル・パリジャン》紙に『エステル、または銀行家の恋』(『浮かれ女盛衰記』第二部)を発表。

一八四四年(四十五歳) 一月、シャルル・ノディエの葬儀に参列。体調は優れなかったが、創作に打ち込み多数の作品を生み出した一年。『浮かれ女盛衰記』(第一部・第二部)、『カトリーヌ・ド・メディシスの謎を解く』(『カトリーヌ・ド・メディシス』)を刊行、《デバ》紙に『モデスト・ミニョン』、《ラ・プレス》紙に『農民』の第一部などを発表し、同時代の作家共作の挿絵入り本『パリの悪魔』に四つの章を執筆。

一八四五年(四十六歳) この年、あまり仕事進まず。四月、レジオン・ドヌール勲章シュヴァリエ章を受章。四月にハンスカ夫人と娘アンナ、その婚約者にドレスデンで会ってドイツの温泉地を回り、パリに戻る。夏には再びハンスカ夫人とその娘を伴ってトゥーレーヌ地方に行き、八月にストラスブールからオランダへ出た後、一度パリに戻ってから再び南仏、ナポリに向かい、十一月にパリに単身帰着。『ベアトリクス』（最終章）、『結婚生活の小さな悲惨』（冒頭）を発表、『パリの悪魔』に二篇を書く。

一八四六年（四十七歳）

三月から五月にかけてハンスカ夫人とともにイタリアとスイスを旅し、その後、ハンスカ夫人妊娠の知らせを受ける。八月から九月、ハンスカ夫人とドイツに滞在。九月にパリのフォルチュネ通り（現在のバルザック通り）に邸宅を購入。五月、《エポック》紙に『人間喜劇のカタログ』掲載。八月にフュルヌ版『人間喜劇』十六巻が完結。十二月、ハンスカ夫人流産の知らせを受け、悲嘆にくれる。『人間喜劇』に『そうとは知らぬ喜劇役者たち』『邪悪な道の行き着くところ』（『浮かれ女盛衰記』第三部）、『現代史の裏面』（第一部）が入った。年末の三ヶ月、《コンスティチューショネル》紙に『従妹ベット』を連載。

一八四七年（四十八歳）

二月、ハンスカ夫人を迎えにフランクフルトへと旅立つ前に、家政婦で愛人だったと推定されるルイーズ・ド・ブリュニョルを解雇。二月から五月、ハンスカ夫人は密かにパリに滞在。バルザックはパッシーのバス通りからフォルチュネ通りに住所を移し、夫人の出発後、新居の準備に取りかかる。体調は悪く、ハンスカ夫人に動産・不動産すべてと「『人間喜劇』の最終原稿」、つまり「フュルヌ版」に自分の手で訂正を加えた「フュルヌ・コリジェ版」を遺贈することを記した遺言書を作成。九月五日、パリの北駅から出発し、十三日にウクライナのヴィエルツショヴニャのハンスカ夫人邸に到着、翌年一月まで滞在。『従兄ポンス』『アルシの代議士』（第一部、全体は未完に終わる）、『ヴォートラン最後の変身』（『浮かれ女盛衰記』第四部）発表。

一八四八年（四十九歳）　二月、パリに戻り、二月革命の文学活動への影響を悲観的に捉え、小説よりも劇作の方がまだ有利と見て、戯曲の創作に傾く。『貧しき縁者』『ゴリオ爺さん』『偽りの愛人』『捨てられた女』などを演劇化することも考えたが、三月から五月にかけて戯曲『継母』を執筆。九月、ふたたびヴィエルツショヴニャへ。『人間喜劇』第十七巻（『従妹ベット』『従兄ポンス』）が刊行され、いわゆる「フュルヌ版」の『人間喜劇』が実質的に完結。

一八四九年（五十歳）　一年をウクライナで過ごす。アカデミー・フランセーズ会員に二度立候補して二度とも落選。健康状態が悪化し、心臓発作、頭痛と発熱に襲われる。七月にハンスカ夫人がロシア皇帝にバルザックとの結婚を請願し、結婚した場合は広大な領地を放棄せざるを得ないと知らされる。

一八五〇年（五十一歳）　一月末、キエフに旅行、健康状態が悪化。三月にハンスカ夫人とベルディチェフ（ウクライナ）のサント＝バルブ教会で結婚。五月にパリに戻るが、その後容態は悪化。七月十八日頃、ユゴーが見舞いに来た時は活発な政治議論などを交わしたようだが、八月十八日にユゴーがやっと枕元に通された時にはすでに意識不明で、午後十一時半に息を引き取った。八月二十一日、サン＝フィリップ・デュ・ルール教会での三等の葬儀の後、ペール・ラシェーズ墓地まで葬送行進が行われ、ユゴー、デュマ、サント＝ブーヴ、内務大臣バロッシュが棺の四隅の紐を持った。墓地ではユゴーが追悼演説を行い、バルザックの天才を讃えた。

（博多かおる＝編）

執筆者紹介

野崎 歓

（のざき・かん） 1959年新潟県生まれ。東京大学大学院人文科学研究科仏語仏文学専攻博士課程中途退学。現在は放送大学教養学部教授、東京大学名誉教授。著書に『異邦の香り――ネルヴァル「東方紀行」論』（講談社、読売文学賞）『フランス文学と愛』（講談社現代新書）『翻訳教育』（河出書房新社）『水の匂いがするようだ――井伏鱒二のほうへ』（集英社、角川財団学芸賞受賞）、訳書にミシェル・ウエルベック『地図と領土』（ちくま文庫）など。

博多かおる

（はかた・かおる） 1970年東京生まれ。パリ第七大学テクストとイメージの科学科博士課程、東京大学大学院人文社会系研究科欧米系文化研究専攻博士課程修了。博士（文学）。現在、上智大学文学部フランス文学科教授。専門はフランス十九世紀文学（主にバルザック）、文学と音楽。著書に『十九世紀フランス文学を学ぶ人のために』（共著、世界思想社）、訳書にパスカル・キニャール『約束のない絆』（水声社）など。

田中未来

（たなか・かなた） 1983年兵庫県生まれ。翻訳者。東京大学大学院人文社会系研究科仏語仏文学専攻、修士課程修了。訳書にエミール・クストリッツァ『夫婦の中のよそもの』（集英社）、エルヴェ・コメール『その先は想像しろ』（集英社文庫）など。

読者のみなさまへ

『ポケットマスターピース』シリーズの一部の収録作品においては、身体的なハンディキャップや疾病、人種、民族、身分、職業などに関して、今日の人権意識に照らせば不適切と思われる表現や差別的な用語が散見されます。これらについては、著者が故人であるという制約もさることながら、作品の歴史性および文学的な価値を重視し、あえて発表時の原文に忠実な訳を心がけました。

偏見や差別は、常にその社会や時代を反映し、現在においてもいまだ存在しています。あらゆる文学作品も、書かれた時代の制約から自由ではありません。現代の人々が享受する平等の信念は、過去の多くの人々の尽力によって築きあげられてきたものであることを心に留めながら、作品が描かれた当時に差別があった時代背景を正しく知り、深く考えることが、古典的作品を読む意義のひとつであると私たちは考えます。ご理解くださいますようお願い申し上げます。

（編集部）

ブックデザイン／鈴木成一デザイン室
地図・人物関係図／伊藤彩歌（クリエイション・ハウス）

集英社文庫ヘリテージシリーズ

ポケットマスターピース03
バルザック

2015年12月25日　第1刷
2020年8月25日　第2刷

定価はカバーに表示してあります。

編　者　野崎《のざき》　歓《かん》

発行者　徳永　真

発行所　株式会社　集英社
東京都千代田区一ツ橋2-5-10　〒101-8050
電話　【編集部】03-3230-6094
【読者係】03-3230-6080
【販売部】03-3230-6393（書店専用）

印　刷　凸版印刷株式会社

製　本　凸版印刷株式会社

フォーマットデザイン　アリヤマデザインストア　　マークデザイン　居山浩二

Printed in Japan
ISBN978-4-08-761036-9 C0197